Wut kommt selten allein

Bibliografische Information der Deutschen Nationalbibliothek
Die Deutsche Nationalbibliothek verzeichnet diese Publikation in der Deutschen Nationalbibliografie; detaillierte bibliografische Daten sind im Internet abrufbar: http://dnb.d-nb.de

2. Auflage 2022

Korrektorat: Michael Supanz
Umschlaggestaltung: Nele Schütz Design, München
Umschlagfoto: Neumarkt-Egna Marketing/Patrizia Bosin
Autorenfoto: Foto-Meyerhenke, Haan
Design & Layout: Athesia-Tappeiner Verlag
Druck: Finidr, Tschechien
Papier: Umschlag Symbol Card, Innenteil Alto Blanc

Gesamtkatalog unter
www.athesia-tappeiner.com

Fragen und Hinweise bitte an
buchverlag@athesia.it

ISBN 978-88-6839-653-4
ISBN 978-88-6839-295-6 (e-Book)

FSC
www.fsc.org
MIX
Papier aus verantwortungsvollen Quellen
FSC® C014138

Bildbeschreibung Umschlag
Die Lauben von Neumarkt im Südtiroler Unterland

Dieses Buch wurde der Umwelt zuliebe nicht mit einer Schutzfolie eingeschweißt.

RALPH NEUBAUER

WUT
kommt selten
ALLEIN

ATHESIA VERLAG

Für Niclas

Null

Er spürte nichts, als es ihm geschah. Auf seiner Netzhaut war das Bild eingebrannt, das er nicht verstanden hatte. Etwas war auf ihn zugeschossen und dann war da nichts mehr. Nur noch das Nichts.

Es war wahnsinnig schnell gegangen. Dieser Ruck, diese Kraft. Kurz zuvor war er noch auf der Jagd. Er hatte Witterung aufgenommen, er hatte sich gute Chancen ausgerechnet. Adrenalin war in sein Blut geschossen.

Und jetzt – jetzt war er mausetot.

Hätte er zuvor ahnen können, was ihm zustoßen würde?

Nein.

Das hätte sich niemand vorstellen können.

Eins

Fabios Gedanken rankten sich um das anstehende Renovierungsprojekt. Die Fenster mussten alle erneuert werden. Denkmalgerecht. Nicht einfach die alten rausnehmen und neue Fenster rein. »Nein! So geht das nicht«, hatte man ihm mitgeteilt. Die Denkmalbehörde ist nicht leicht zu verstehen. »Die alten Fenster habt Ihr doch auch akzeptiert und das über viele Jahre. Jetzt soll ich diese sauteuren Fenster einbauen lassen, bloß weil es der Denkmalschutz will? Ich verstehe nicht, warum das bei mir jetzt gilt, aber vorher keinen interessiert hat«, hatte er getobt.

Aber genützt hat es nichts.

»Da hat halt früher einer nicht hingesehen. Kann sein. Aber wir sehen hin. Sie werden sehen, das sieht dann auch toll aus, wenn die Fenster zum Baudenkmal passen«, hatte man ihm noch mit auf den Weg gegeben.

Es gab solche Fenster nicht von der Stange. Die mussten alle einzeln angefertigt werden. Alles war vorgeschrieben. Maße, Material, alles halt. Der Fensterbauer hatte dann eine Kalkulation gemacht. Die Summe hatte Fabio erschauern lassen.

»Dafür bekommt man ein ganzes Haus«, hatte er Elisabeth gegenüber geächzt.

»Aber nur ein ganz kleines«, hatte seine Frau darauf geantwortet. Sie war die Nüchternere von ihnen beiden. Sie hatte auch keine Sorgen, dass es nicht klappen könnte, als sie sich vor knapp zwei Jahren entschlossen hatten, den Ansitz Esser zu kaufen. Ein riesiges Baudenkmal, dessen Grundmauern wahrscheinlich bereits im späten 14. Jahrhundert gelegt worden waren. Elisabeth hatte bereits Kontakt mit einem Heimatforscher aufgenommen. Gemeinsam wollten sie die Geschichte des alten Ansitzes erforschen. Elisabeth hatte sich in das alte Gemäuer verliebt.

Fabio war zunächst wenig begeistert, denn niemand konnte wissen, welche Kosten noch auf sie zukommen würden. Ein Neubau wäre leichter zu kalkulieren gewesen. Aber Elisabeth wollte unbedingt dieses historische Gebäude. Auch die Größe schreckte sie nicht. Im Gegenteil. Sie liebte diese Häuser. Groß, mit Charakter und mit Geschichte. Beim Erwerb hatten Fabios Eltern eine Geldspritze dazugegeben, sodass der Ankauf schnell perfekt war. Die folgende Innenrenovierung war dann aber schon eine echte Herausforderung. Bis Teile des Erdgeschosses und der ersten Etage so hergerichtet waren, dass die kleine Familie dort einziehen konnte, hatte es dann fast ein Jahr gedauert. Aber selbst ihr Sohn, Laurin, fühlte sich durch die Bauarbeiten nicht gestört. Für ihn war das Haus ein einziger riesengroßer Spielplatz.

Die Küche, gleich rechts vom Eingang, war den Handwerkern wirklich gut gelungen. Fabio und Elisabeth hatten Glück gehabt und die Wandvertäfelung eines alten, dem Abbruch geweihten Bauernhauses kaufen können. Die Restauratoren bauten diese Tafeln so in die Küche ein, als wären sie schon immer hier gewesen. Auch die Holztafeln der Decke stammten aus dem alten Gehöft.

In dieser Küche saß Fabio, nippte an seinem Morgenkaffee und grübelte über die Frage, wie zum Teufel er diese denkmalgerechten Fenster bezahlen sollte.

Seine Gedanken unterbrach der Klingelton seines Handys. Die Bereitschaft der Questura.

»Wo, sagen Sie? ... Falknerpromenade? ... Ja, kenne ich. Tirol. Ist sonst niemand da? ... Nein – na gut. Ich fahr hin.«

Elisabeth schaute ihn fragend an. Sie hatte gerade noch Fabios Gedanken von seiner Stirn abgelesen, was nicht schwer war, denn ihr Mann redete seit Tagen von nichts anderem als von den Finanzierungsschwierigkeiten. Aber was für eine Information er durchs Telefon erhalten hatte, das verriet ihr seine Stirn nicht.

»Ich muss los. Sie haben einen Toten gefunden. In Dorf Tirol auf der Falknerpromenade.« Während er sprach, tippte er die Nummer von Tommaso in sein Handy.

»Morgen Tommaso, ich muss zu einem Toten in Tirol. Kann dich also heute nicht mitnehmen. Oder willst du mitkommen? ... Nein? ... Ja, heute Abend nehme ich dich wieder mit.«

Fabio und Tommaso hatten seit Jahren eine Fahrgemeinschaft. Und Fabios kleine Fulvia hatte sich daran gewöhnt, den gewaltig großen Tommaso aufzunehmen. Die drei waren ein gutes Gespann.

»Weiß man schon Genaueres?«, fragte Elisabeth, als sich Fabio die Jacke griff.

Er schüttelte den Kopf. »Noch nicht. Die Meldung kam gerade rein. Wir wissen nur, dass ein Toter gefunden worden ist. Das ist erst mal alles.« Fabio streichelte seinem Sohn über den Kopf und gab ihm einen Kuss auf die Wange.

Laurin schaute seinen Papa an und fragte: »Fängst du jetzt den Mörder?«

»Bestimmt tue ich das. Aber nur, wenn es einen Mörder gibt. Vielleicht ist der Mensch auch einfach so gestorben. Das werde ich bald wissen.«

Fabio fragte sich, ob Polizistenkinder eine andere Wahrnehmung von der Welt bekommen als andere Kinder.

Elisabeth nahm ihn in den Arm. »Mach dir nicht so viel Sorgen. Das wird schon alles.« Aufmunternd kniff sie ihm in die Wange.

Laurin rief »Sorgen, Morgen, Borgen« und lachte dabei.

»Wie recht er doch hat«, dachte Fabio. »Ich habe Sorgen, auch noch morgen, und das Geld muss ich mir borgen.« Aber innerlich grinsen musste er auch.

*

Mit der Fulvia war es ein Katzensprung bis Tirol. »Die Leute sagen immer ›Dorf Tirol‹«, sinnierte er. Wahrscheinlich dann, wenn sie den Ort meinen und nicht die alte Grafschaft, um Verwechslungen auszuschließen. Aber richtig heißt der Ort eben ›Tirol‹.«

Ohne Tommaso an Bord der schmalen leichten Fulvia fuhr sich der Wagen richtig flott. »Ich müsste mir mehr Zeit nehmen, diese kleine Rennsemmel auszufahren«, überlegte Fabio. Seine Tagträume entführten ihn auf die Mendelstraße, auf der sich dieser Wagen bestimmt gut auskannte. Der Vorbesitzer war damit bei den frühen Mendelrennen gefahren. »Die finden zwar nicht mehr statt, aber ich könnte ja mal …«

Die Tagträume wurden durch die Ankunft in Tirol beendet und Fabios Aufmerksamkeit wandte sich seiner Aufgabe zu. Er wollte zu dem Toten auf dem Falknerweg. Er musste den Wagen auf der Hauptstraße parken und einige Schritte zu Fuß gehen. Der Falknerweg führte von der Hauptstraße direkt Richtung Schloss Tirol und war als reiner Fußweg ausgewiesen.

Fabio konnte schnell erkennen, wo er hin musste. Eine kleine Ansammlung von Personen stand um einen Menschen herum, der am Boden lag. Die Sanitäter waren zwar noch da, hatten aber offensichtlich schon festgestellt, dass sie hier nicht mehr helfen konnten. Sie hatten ihre Koffer schon gepackt und wirkten abmarschbereit.

Er zeigte seinen Ausweis und ohne Umschweife informierte ihn einer der Sanitäter: »Der Mann ist tot. Kann man nichts mehr machen. Ich sehe keine Verletzungen. Wie es aussieht, ist er an dieser Stelle zusammengebrochen. Ist ungewöhnlich, denn der Mann ist jung und sieht gesund aus. Aber kann immer mal passieren ... Wir sind hier jedenfalls fertig und wollen jetzt gehen. Brauchen Sie uns noch?«

Fabio entließ die Sanitäter und ging zu dem Toten. Da lag ein junger Mann, bekleidet mit einer kurzen Sporthose, einem Funktions-T-Shirt und Laufschuhen. »Ein Jogger ... Kollaps«, überlegte Fabio. Er bückte sich und betrachtete Gesicht, Schulterpartie, Rumpf und Beine. »Kein Blut. Keine offensichtliche Verletzung.«

Er stand auf. »Wer hat den Mann gefunden?«, fragte er in die Runde.

Eine Frau im Jogginganzug trat vor. »Ich ... ich habe ihn gefunden.«

»So, wie er hier lag?«

»Ja.«

»Von wo sind Sie gekommen?«

Sie zeigte hinter sich in Richtung Schloss Tirol. »Ich bin von dort gekommen. Und da habe ich den Mann hier liegen sehen. Ich habe ihn angesprochen und als er sich nicht gerührt hat, habe ich ihn angestupst. Aber er hat sich nicht bewegt. Dann habe ich die Rettung angerufen.«

»Wie ist Ihr Name?«, Fabio zückte seinen Block und einen Stift.

»Mein Name ist Margarete Mannhall«, sagte die Joggerin und Fabio nahm Ihre Personalien auf. »Das hier ist meine Chefin«, sie deutete auf eine junge blonde Frau, »und das sind Kolleginnen von mir«.

Margarete Mannhalls Blickrichtung zeigte Fabio, wen sie damit gemeint hatte.

»Daniela Marini«, stellte sich die Frau vor, welche die Joggerin als ihre Chefin bezeichnet hatte. »Unserer Familie gehört das Hotel, gleich hinter uns. Wir stehen sozusagen direkt an unserem Garten. Frau Mannhall hat uns angerufen und die Situation geschildert. Da sind wir natürlich raus, um zu sehen, ob wir helfen können.«

Fabio notierte sich den Namen.

Daniela Marini fuhr fort: »Frau Mannhall arbeitet bei uns als Masseurin. Sie läuft jeden Morgen diese Strecke.« Ihr Blick schien dem Laufweg zu folgen. »Das ist schrecklich, dass so ein junger Mann hier einfach zusammenbricht.«

»Aber Sie haben nichts gesehen, bemerkt, oder ist Ihnen etwas aufgefallen?« Die Frage richtete sich an die Hotelchefin und die anderen beiden Frauen. Alle schüttelten den Kopf.

Eine der beiden Kolleginnen der Joggerin sagte: »Ich habe den Mann noch nie gesehen.«

Die andere meinte: »Er ist nicht vom Dorf. Wahrscheinlich ein Gast.«

»Kann ich bitte gehen? Mir ist ein wenig übel.« Das war die Joggerin.

Fabio nickte, und die beiden Frauen nahmen ihre Kollegin in die Mitte und gingen mit ihr den kurzen Weg zum Hotel. Die Hotelchefin blieb.

Fabio hatte alle Personalien aufgenommen und machte jetzt Fotos vom Auffindeort. Dabei fiel ihm eine Büste auf, die nicht weit von der Leiche auf dem Weg stand. Sie zeigte den Namensgeber des Weges, Hans Norman Falkner. Man konnte auch das Geburtsjahr und das Jahr seines Todes lesen. Automatisch rechnete Fabio das Lebensalter aus. »Von 1906 bis 1988 … dann ist er 82 Jahre geworden«, murmelte er.

»Ja, der Herr Falkner hat den Weg hier finanziert und das Denkmal auch. Er war auch berühmt«, antwortete Daniela Marini, so, als hätte Fabio danach gefragt.

»Ach ja? Nie von ihm gehört.«

»Er hat als Bergführer gearbeitet. Er war an der Rettungsaktion beteiligt, nachdem Auguste Piccard in den Ötztaler Alpen notlanden musste.«

»Auguste Piccard?«

»Das war ein berühmter Forscher, der sich als erster Mensch mit einem Ballon in die Stratosphäre hat tragen lassen. Das war 1931. Und als er am Gurgler Ferner notgelandet war, hat Hans Falkner ihn gerettet. So ist auch er berühmt geworden.«

»Sie sind ja ein wandelndes Lexikon.« Fabio war amüsiert, hier noch ein wenig Wissen einheimsen zu können.

»Ich gehöre zur Marini-Familie, die das Hotel betreibt. Da muss ich schon wissen, was es mit dem Weg auf sich hat, der die Grenze zu unserem Garten bildet.«

Fabio blickte auf die notierten Personalien auf seinem Block. »Wer gehört denn noch zur Familie?« Er wusste gar nicht, warum er das fragte. Wahrscheinlich nur, um die Zeit bis zum Eintreffen des Leichenwagens zu überbrücken.

Daniela wollte gerade antworten, als ein großer Hund angelaufen kam und an der Leiche schnüffeln wollte.

Fabio machte eine Bewegung mit dem Fuß, aber der Hund blickte ihn nur von unten an und knurrte leicht. Es schien keineswegs so, als wolle er sein Vorhaben, die Leiche zu beschnüffeln, unterbrechen. Ein Mensch, zu dem der Hund gehörte, war nicht zu sehen.

»Kennen Sie diesen Hund?«, fragte Fabio.

Daniela verneinte. »Hier auf dem Falknerweg werden sehr viele Hunde ausgeführt. Frauchen oder Herrchen werden sicher bald um die Ecke biegen … Wir haben hier im Dorf das erste Hundehotel im Land. Das war eine Idee, die damals exotisch anmutete. Aber die Nachfrage ist groß.« Im nachdenklichen

Ton fügte sie hinzu: »Touristisch ist das schon ganz gut, aber den Bauern ist es halt nicht recht.«

»Wegen der Hinterlassenschaften … nehme ich an«, meinte Fabio, der Mühe hatte, den Hund davon abzuhalten, weiter an der Leiche zu schnüffeln. Der Hund war groß, dunkel und sah nicht freundlich aus. »Was mache ich bloß, wenn das Vieh nicht von der Leiche ablässt«, fragte er sich, als ein groß gewachsener schlanker Mann mit einer Leine in der Hand lässig des Weges kam. Der Mann beachtete die junge Frau und Fabio nur flüchtig, ging an den beiden vorbei, pfiff kurz und der Hund ließ von der Leiche ab und trottete weiter voran, Richtung Schloss Tirol.

»Der hat überhaupt nicht realisiert, dass hier ein Toter auf dem Weg liegt.« Fabio war ein wenig fassungslos. »Der war mit seinen Gedanken ganz woanders. Und den Hund hatte er nicht im Blick.«

Daniela Marini sah, dass Fabio irritiert war. Der Hundemann war bereits außer Rufweite. »Wollen Sie immer noch wissen, wer alles zur Marini-Familie gehört?«, fragte sie vorsichtig.

»Ja. Ja, gerne.« Fabio wandte sein Gesicht zu ihr, aber seine Gedanken drehten sich immer noch um die Art und Weise, wie der Hundemann reagiert hatte.

Daniela wollte gerade ansetzen zu erzählen, dass ihre Eltern das Hotel gegründet und über die Jahre erweitert hatten, dass sie und ihre Schwester Isabel nun zusammen mit den Eltern das Hotel leiteten, als Fabio fragte: »Kann es sein, dass hier auch andere Hundehalter zu so früher Stunde entlanggehen? Ich meine, Ihre Masseurin ist ja sehr früh unterwegs, wenn sie ihre Runde läuft. Gibt es zu so früher Stunde auch Menschen, die hier regelmäßig ihre Hunde ausführen?«

Fabio hatte diese Frage zwar laut gestellt, aber die Frage richtete sich nicht direkt an Daniela, sondern spiegelte Fabios spontane Idee, dass es vielleicht doch weitere Zeugen geben könnte, die etwas gesehen oder bemerkt haben könnten. Er wandte sich Daniela zu, die noch gar nichts gesagt hatte: »Ich meine, wenn Sie das eben gesehen haben. Da ist dieser Mann einfach an der Leiche vorbei und hat weder die Leiche, noch uns wirklich bemerkt. Er hat nicht einmal bemerkt, dass mich das Verhalten seines Hundes gestört hat.«

»So was habe ich öfter beobachtet. Meiner Meinung nach wollen manche Halter nicht so gerne auf ihre Hunde angesprochen werden. Es gibt ja viele, die ihre Tiere nicht im Griff haben, und die gucken dann eben weg und tun so, als hätten sie nichts gesehen. Es gibt natürlich auch viele, die gehen vorbildlich mit ihren Hunden um. Da gibt es nichts zu kritisieren.«

Daniela wog ab, beschrieb ihre Wahrnehmung, wertete nicht.

Fabio fragte: »Sind in Ihrem Hotel Hunde erlaubt?«

Daniela lächelte leicht. »Nein. Wir erlauben keine Hunde.«

Fabio nickte.

Es entstand eine Pause. Der Leichenwagen ließ auf sich warten. Fabio war froh, nicht alleine auf die Leiche aufpassen und Hunde abhalten zu müssen.

Er schaute sich um. Außer ihm, Daniela und dem toten jungen Mann war jetzt niemand mehr da. Es war anscheinend noch zu früh, um hier spazieren zu gehen – ausgenommen Hundehalter. Der Blick vom Falknerweg war grandios. Man blickte ins Vinschgau hinein, zur anderen Seite weitete sich das große Etschtal. Mit ein bisschen Mühe konnte er das Mittelgebirge von Tisens ausmachen. »Dort wohne ich«, sagte er und zeigte in die Richtung, in die sein Blick ging. »Allerdings ist Prissian nicht wirklich gut zu erkennen«, fügte er hinzu.

Daniela hörte interessiert zu. »Prissian, sagen Sie? Das kenne ich auch.«

»Ich habe dort den Ansitz Esser gekauft. Vor einem Jahr …«, hörte sich Fabio sagen. Gleichzeitig fragte er sich, warum er einer wildfremden, wenn auch sympathischen Frau, das alles erzählte.

Daniela dachte nach. »Ansitz Esser, ja, davon habe ich gehört. Wurde dort nicht der Ritter Oswald von Wolkenstein gefangen gehalten?«

Fabio horchte auf. »Der, nach dem der Ritt benannt worden ist?«

»Der Ritt?«

»Ja, der Oswald-von-Wolkenstein-Ritt, ein großes, sportlich sehr anspruchsvolles Reitspektakel in Seis, Kastelruth und Völs. Findet jedes Jahr Ende Mai statt. Nie davon gehört?«

»Doch, doch, aber wenn Sie ein Hotel leiten, haben Sie außer im Winter keine Zeit für so was. Nur im Winter ist hier im Dorf nichts los. Alle haben geschlossen, viele machen dann Urlaub. Sobald die Saison beginnt, geht es rund um die Uhr, ohne Feiertage und Wochenenden. Selbst wenn der Ritt direkt neben uns stattfinden würde, hätten wir Ende Mai kaum Zeit, ihn zu besuchen. Aber interessant, dass Oswald auch hierfür Namenspatron war.«

»Und Sie meinen, dass Oswald auf dem Ansitz Esser gefangen gehalten worden ist?«

»So genau weiß ich das nicht. Aber Oswald war ja nicht nur Ritter, sondern auch Minnesänger. In einem seiner Lieder hat er seine Gefangenschaft in der »Fall« beschrieben. Gemeint war mit der »Fall« wahrscheinlich die Fahlburg. Die liegt ja direkt neben dem Ansitz Esser, wenn ich das richtig erinnere.«

Fabio bestätigte das: »Ja, aus dem Fenster der alten Selchküche sehen wir direkt auf die Fahlburg. Die liegt etwas oberhalb.«

Daniela referierte weiter: »Also Oswald war wohl ein rauer Geselle und mit fremder Leute Eigentum ging er nicht zimperlich um, deshalb hatte er wohl auch Schulden. Darum nahm man ihn gefangen, kerkerte ihn ein und folterte ihn, damit er Papiere unterzeichnete, die seine Schuld dokumentieren sollten. Das soll auf der Fahlburg geschehen sein. Der Ansitz Esser war damals, ich glaube es war im Jahr 1421, als Oswald gefangen gehalten worden war, möglicherweise auch Gefängnis. Das ist ganz interessant, denn am Prissner Bach entlang gibt es einige interessante Gebäude. So auch der Ansitz Lidl, wahrscheinlich früher auch Gerichtssitz. Und der Ansitz Esser passt in diese Linie. Es kann daher gut sein, dass Oswald auch im Ansitz Esser eingekerkert war, zumindest für eine Zeit. Denn die Herrschaften nahmen nur ungern Gefangene in ihrem Schloss auf, wenn es ein passendes Gelass in der Nachbarschaft gegeben hat. Genaues weiß ich aber nicht. Das müsste man einmal erforschen.«

Fabio nickte anerkennend: »Sie wissen sehr viel. Vielen Dank. Das werde ich alles meiner Frau erzählen. Sie beschäftigt sich seit dem Erwerb des Ansitzes mit seiner Geschichte. Wenn ich mir die Keller so anschaue, kann ich mir durchaus vorstellen, dass sie auch als Zelle gedient haben könnten.«

Daniela machte Anstalten sich zu verabschieden. Es gab keinen Grund, die junge Hotelchefin noch länger mit Beschlag zu belegen. Sie ging, nicht ohne eine Einladung auszusprechen, einmal auf einen Kaffee vorbeizuschauen: »Unsere Terrasse bietet bei klarer Sicht einen tollen Ausblick über das ganze Etschtal und in den Vinschgau hinein. Bringen Sie doch Ihre Frau mit. Sie sind herzlich eingeladen.«

Fabio hatte jetzt Muße, den Blick zu genießen. Schloss Tirol war zu sehen. »Hier joggt die Masseurin also jeden Morgen«, dachte Fabio. Sein Blick überflog die Szene. Erst jetzt wurde ihm bewusst, dass es sehr intensiv nach Rosmarin duftete. »Merkwürdig, dass unsere Sinne so Manches ausklammern, obwohl es sehr präsent ist.« Aber den Duft nahm er erst jetzt wahr. In der Ruhe. Als er noch mit allen gesprochen hatte, war er dazu nicht in der Lage, obwohl er genauso intensiv war. Fabio ließ die Blicke schweifen, atmete jetzt bewusst und genoss die frühe Morgensonne. »Ein wirklich schön gestalteter Weg«, dachte er und betrachtete die Pflasterung aus kleinen rotbraunen Steinen. Als eine Art Relief waren Metallplättchen im Muster von Ginkgoblättern eingelassen. »Aufwendige Gestaltung«, dachte er, »Schöne Laternen haben sie hier auch.« Er nahm die bronzefarbenen Laternen mit ihren schön geformten Leuchtkörpern in den Blick, die hier in regelmäßigen Abständen den Weg säumten. »Nachts gibt das bestimmt ein besonders schönes Licht«, überlegte er, »Tirol ist ja auch eine Touristenhochburg. Da müssen sie schon was tun.«

Fabios Gedanken wurden durch die Ankunft der Leute vom Bestattungsinstitut unterbrochen. Er verfügte noch, dass die Leiche zunächst in das Pathologische Institut gebracht werden solle. »Soll Dr. Phillipi sich die Sache einmal ansehen. Ich möchte schon wissen, warum ein so junger Mann plötzlich tot umfällt.«

Ein Problem gab es noch. Der junge Mann hatte keine Papiere dabei und den Zeugen war er auch nicht bekannt gewesen. Fabio nahm an, dass er in einem der vielen Hotels und Pensionen sein Quartier gehabt hatte. Dort würde man ihn sicher bald vermissen und dann eine Vermisstenanzeige stellen. Fabio hatte deshalb zur Sicherheit ein Foto vom Gesicht des Toten gemacht, auch um es möglicherweise in die Zeitung setzen zu lassen: »Wer kennt diesen Mann?« Aber er rechnete nicht damit, dass dies notwendig sein würde.

*

Zurück im Büro in der Questura in Bozen griff sich Fabio einen der langweiligen Fälle. Dies nur, weil er nicht so recht wusste, was er sonst tun sollte. »Das ist hier schon ein echter Gemischtwarenladen«, dachte er. Es gab immer mal wieder Fälle von Diebstahl, die schon ein wenig eigenartig waren. Hier zum Beispiel wurden Bienenvölker gestohlen. Das kommt schon vor, dass sich die Imker Bienenvölker gegenseitig stehlen. Mit mehr oder weniger großer Absicht. Aber dieser Fall ist schon eine Nummer größer. Denn es wurden nicht einzelne Völker aus einer größeren Anzahl von Völkern gestohlen, sondern ganze Völkerscharen. So, als fahre jemand mit einem Lkw durch die Lande und stehle die Bienenkörbe, wo er sie vorfindet.

Als Fabio über den wenigen Details grübelte, die vor allem Eduard in der Akte notiert hatte, rief ihn Carlotta zum Chef. Carlotta war die Seele des kleinen Zirkels um den Vicequestore, Fabio und seine beiden Assistenten Eduard und Francesca.

Das, was der Vice mit ihm zu besprechen hatte, war nicht erfreulich:»Setzen Sie sich bitte.« Mit einer Geste wies er Fabio einen Platz in der Sitzgruppe seines Büros zu. »Es geht um Ihre Zukunft.« Der Vice machte eine Pause. Nicht um die Sache in die Länge zu ziehen. Er wusste, was er sagen wollte. Er brauchte die Pause, um das, was er soeben erfahren hatte, zu verdauen.

»Ich hatte einen Anruf aus Rom.« Er blickte Fabio an. »Man hat mir mitgeteilt, dass man meinen Platz demnächst neu besetzen möchte. Und Sie haben auch schon jemanden ... Aber das sind leider nicht Sie.«

Fabio musste schlucken. Vor sieben Jahren war er nach Bozen abkommandiert worden. Blöde Geschichte damals. Die Versetzung war die Quittung dafür, dass er bestimmten Kreisen aus Politik und Wirtschaft mit seinen Ermittlungen in einer Korruptionsgeschichte zu nahe gekommen war. Damals hatte man ihm diese Versetzung in die Provinz damit zu versüßen versucht, dass man ihm die Stelle des Vicequestore in Aussicht gestellt hatte. Die sollte er bekommen, sobald der Amtsinhaber in Pension gehe. Und nun diese Ankündigung.

»Es kommt noch schlimmer, mein lieber Fameo. Sie haben mir gesagt, dass man für meine Nachfolge eine alte Bekannte ausgewählt habe: Carmelita Cantallielo.«

Fabio entfuhr ein gequältes: »Nein!«

»Leider doch.« Der Vice nickte. Seine Augen schossen wütende Pfeile ab.

»Wieso? Wieso die Cantallielo?«

Der Vice zuckte leicht mit den Schultern. »Schwer zu sagen ... Vermutlich gehen Typen wie sie niemals ganz unter. Irgendeinen Förderer wird sie schon noch haben – auch nach der Sache damals.«

Der Vice spielte darauf an, dass die Cantallielo bereits vor knapp sieben Jahren ein »Gastspiel« als Vicequestorin in Bozen gegeben hatte. Er selbst musste damals – aus Gründen, die bis heute niemandem bekannt geworden waren – plötzlich seinen Posten räumen, um der Dame Platz zu machen. Fabio hatte mit dieser neuen Chefin seine liebe Not und war deshalb froh gewesen, dass sie nach einer Plagiatsaffäre schnell wieder abgezogen worden war. Danach hatte er nie mehr etwas von ihr gehört. Und jetzt diese Nachricht.

»Mein lieber Fameo, ich muss deshalb mit Ihnen sprechen. Sie waren der auserwählte Nachfolger, und ich persönlich weiß, dass Sie diesen Posten sehr gut ausfüllen werden. Wenn ich Anfang nächsten Jahres in den Ruhestand gehe, dann ist es nach dem Telefonat, dass ich soeben geführt habe, sehr wahrscheinlich, dass ›die Dame‹ an meiner Stelle eingesetzt wird ... Ich habe derzeit nur eine Idee, wie ich das verhindern könnte.«

Da der Vice schwieg, fragte Fabio nach einer kurzen Pause: »Und welche?«

Der Vice blickte Fabio in die Augen: »Ich stelle einen Antrag auf Verlängerung meiner Dienstzeit. Zwei Jahre wären maximal drin ... Rom könnte den Antrag ablehnen. Aber es wäre eine Chance, ›die Dame‹ vorerst zu verhindern. Ich möchte, dass Sie sich das durch den Kopf gehen lassen. Ich selbst hatte nicht vor, noch länger diesen Posten auszufüllen. Wenn Sie sagen: ›Lassen Sie den Dingen seinen Lauf‹, dann werde ich nichts dergleichen tun. Wenn Sie aber sagen: ›Lassen Sie uns alles versuchen, diese Chefin zu verhindern‹, dann fällt mir derzeit nur diese Lösung ein. Auch müssten Sie mich dann noch zwei weitere Jahre ertragen. Für den Fall, man bewilligt mir die Verlängerung, ist es auch nicht sicher, dass man Ihnen im Anschluss an diese Zeit den Rang des Vicequestore wirklich anträgt.«

Der Vice stand auf. Fabio tat es ihm nach.

Die beiden Männer standen einander gegenüber. Der Vice legte seinen rechten Arm auf Fabios Schulter: »Denken Sie in Ruhe darüber nach. Ich werde versuchen, herauszufinden, was dahintersteckt. Vielleicht erfahre ich noch Einzelheiten von Interesse. Dann sehen wir weiter.«

Fabio bedankte sich und ging.

Carlotta sah ihm an, dass ihn etwas bedrückte. »Schlechte Nachrichten?«

Fabio verharrte und überlegte, ob er Carlotta jetzt schon einweihen sollte. Er entschied, es noch nicht zu tun. Stattdessen griff er nach einer Notlüge: »Es ist wegen des Toten im Dorf Tirol. Der Vice scheint besorgt.«

Carlotta runzelte leicht die Stirn und dachte: »Lügen kann er nicht, der Fabio. Aber wenn er lügt, dann ist es etwas, was ihn persönlich betrifft. Da bohre ich jetzt nicht nach. Der kommt schon noch ...« Sie lachte: »Ach, du machst das schon.«

Fabio nickte und ging.

*

Auf der Heimfahrt saß Tommaso, wie gewöhnlich, neben ihm in der Fulvia. Es tat heute besonders gut, den Freund an der Seite zu haben. Dieser spürte auch gleich, dass ihm etwas auf der Seele lag. Fabio berichtete von seinem Gespräch mit dem Vice.

Tommaso, der die ganze Geschichte mit der Cantallielo miterlebt hatte, meinte dazu nur: »Scheiße!« Diesen Ausdruck verwendete er sonst nie.

Sie schwiegen eine Zeit lang. Jeder war in seinen Gedanken versunken.

Fabio erinnerte sich an die Konflikte, die er damals mit Carmelita Cantallielo hatte: Wie sich die Dame mit dem falschen Doktortitel ihm gegenüber aufgespielt hatte, wie sie versucht hatte, seine Ermittlungen zu beeinflussen und ihn von wichtigen Schritten abzuhalten.

Tommaso erinnerte sich auch an die Dame. Wie sie über eine von ihr gelenkte Medienberichterstattung Stimmung erzeugen wollte, die ihrer Partei in die Hände spielen sollte. Er mochte solche Parteigünstlinge nicht. Menschen, die über Beziehungen auf Posten gehoben wurden und dort schnell Karriere machten. Leistung zählte da nicht, sondern nur unbedingte Treue und Zuverlässigkeit zur Partei oder zu bestimmten Personen in der Partei. Wenn es gelang, dann wurden diese Typen immer weiter nach oben durchgereicht. Die Arbeit derer, die etwas von dem Geschäft verstanden, wurden von diesen Günstlingen beeinflusst, gelenkt, sabotiert und – wenn es ihnen passte – in die Bedeutungslosigkeit geführt.

Fabio atmete durch und dachte: »Diese Gedanken schiebe ich jetzt zur Seite.« Er wandte sich an Tommaso: »Ich hatte heute eine Leiche. Und du?«

Tommaso verstand die Gründe des Themenwechsels. Jetzt war nicht die Zeit, Lösungen zu finden oder Ratschläge zu geben. Das Faktum musste zunächst verdaut werden. Man musste darüber schlafen. Lösungen finden sich. Er antwortete: »Ich habe auch eine Leiche. Aber schon etwas länger. Davon habe ich noch gar nichts erzählt.«

Fabio: »Ein Mord?«

Tommaso musste grinsen. Fabio hatte jetzt zwei Jahre lang keinen Mord mehr gehabt – nur Kleinkram. Tommaso wusste, dass das für seinen Freund nicht das Schlechteste war. Vor knapp zwei Jahren hatte er dieses alte Baudenkmal gekauft und war seither mit Umzug, Renovierung, Umbau ausgelastet. Einen anstrengenden Arbeitsalltag hätte Fabio in dieser Zeit gar nicht gebrauchen können. Aber Tommaso wusste auch, dass Fabio am liebsten Morde ermittelte. Weil man da tiefer in menschliche Abgründe blicken konnte, weil bei diesen Fällen oft archaische Gefühle eine Rolle spielten, weil es immer etwas mit dem zu tun hat, was verborgen in der menschlichen Seele schlummert. Das herauszufinden, machte seinem Freund Spaß. Deshalb war er gerne Polizist.

»Wahrscheinlich kein Mord. Wahrscheinlich ein Unfall … aber ein komischer Unfall.«

»Erzähl!« Fabios Interesse war sofort geweckt. »Du weißt doch, dass ich glaube, dass es viele unentdeckte Morde gibt. Viele Todesfälle sind eben nicht natürlich, sie wirken nur so. Es fehlt an ordentlich durchgeführten Leichenschauen. Wenn wir da aktiver wären, würden wir viele Todesfälle in einem anderen Licht sehen.«

Tommaso und Fabio hatten sich immer wieder darüber unterhalten, dass es höchst wahrscheinlich ist, dass insbesondere ältere Menschen von ihren Angehörigen auf perfide Weise zu Tode gebracht werden, ohne dass es wie ein Mord aussieht. Da gab es Stürze die Kellertreppe hinunter, die wie ein Unfall aussahen. Da gab es Vergiftungen, die wie ein Herzstillstand aussahen. Da ereigneten sich Unfälle in den Bergen, bei denen nachgeholfen worden war. Viele Todesfälle in Südtirol zögen Polizeiarbeit nach sich, würden die Toten öfter von einem sachverständigen Leichenschauspezialisten untersucht. Da waren sich die beiden Polizisten sicher. Auch Dr. Phillipi, der Gerichtsmediziner, hatte ihnen zugestimmt. Aber der Arzt war der Einzige weit und breit, der sich auf diese Kunst verstand. Und er hatte mehr als genug Arbeit.

Tommaso berichtete: »Unsere Carabinieri haben in einem der Täler rund um Altrei eine weibliche Leiche gefunden. Das war vor drei Tagen. Es handelt sich um eine 65-jährige Frau aus Tramin. Ihr Name ist Maria Steinegger. Sie war keine besonders sportliche Frau, würde ich sagen. Aber wir fanden sie an einer Stelle, auf die man nur stürzen kann, wenn man zuvor einen Jägersteig hochklettert. Also, ich meine, richtig klettert. Es ist steil, der Weg ist nicht überall befestigt, einfach gefährlich für jemanden, der den Weg nicht kennt. Ich frage mich schon, wieso diese eher unsportliche Frau einen solchen Weg genommen haben könnte. Jedenfalls liegt die Vermutung nahe, dass sie ihn genommen hat.«

»Du glaubst nicht an einen Unfall?«

»Doch ... schon ... Sie hatte viele gebrochene Knochen, innere Verletzungen und war daran verblutet. Aber wieso ist sie da rauf? Das kann ich mir nicht erklären – und ihr Mann auch nicht.«

»Sie war verheiratet?«

»Mit Naz Nußbaumer. Einem der größeren Winzer in Tramin. Hat auch Ländereien in Montan und in den Tälern rund um Altrei. Er stammt aus Montan.«

Tommaso rieb sich die Stirn, so als müsse er seine Gedanken dahinter neu sortieren.

»Wir haben versucht, herauszufinden, von wo sie herabgestürzt sein könnte, und haben dann diesen alten Jägersteig gefunden. An einer besonders steilen Stelle fanden wir einen Gegenstand, den wir der Toten zuordnen konnten. Ein Fernglas. Das hat ihr gehört, hat ihr Mann gesagt. Diese Stelle ist wirklich gefährlich. Es geht von dem kleinen Pfad, der ins Gestein gehauen ist, steil bergab. Deshalb gibt es dort auch eine Sicherung mit einem Stahlseil, an dem man sich festhalten kann. Das Fernglas lag auf dem schmalen Weg. Ich frage mich, wieso gerade dort? Ich stelle mir vor, diese unsportliche Frau macht sich auf diesen nicht leicht zu gehenden Weg. Warum, wissen wir nicht. Sie hat ein Fernglas dabei. Der Weg wird sehr schmal und an seiner schmalsten Stelle geht es steil bergab. Da habe ich das Fernglas doch am Band um den Hals – oder? Dann hätte ich es nicht in der Hand, zumal ich mindestens eine Hand für das Stahlseil bräuchte. Lieber hätte ich dann beide Hände frei. Dann aber wäre das Fernglas bei einem Absturz nicht auf dem Weg zum Liegen gekommen, sondern es wäre mit in die Tiefe gestürzt. Wir haben es aber auf dem Weg gefunden. Also muss die Tote es in einer ihrer beiden Hände gehalten haben, bevor sie abgestürzt ist. Komisch, nicht wahr? Eine eher behäbige Frau geht ein hohes Risiko ein, wenn sie sich nicht gut an dem Stahlseil festhält, wenn sie schon unbedingt diesen Pfad nehmen will. Warum geht sie das Risiko ein?«

»Und was hast du veranlasst?«

»Das ist es ja. Es gibt keinen Anhaltspunkt dafür, dass jemand nachgeholfen hat. Die Frau hatte sehr wahrscheinlich einen Unfall. Ich habe erst einmal erreicht, dass der Staatsanwalt die Leiche nicht freigegeben hat. Jetzt habe ich etwas Zeit. Denn mir gehen unsere Gespräche nicht mehr aus dem Kopf. Wenn wir die Leiche untersuchen lassen könnten, dann finden wir vielleicht etwas, habe ich mir gedacht.«

»Aber du kannst die Leiche nicht einfach so – ohne Verdacht – untersuchen lassen?«

»Ich muss schon etwas in der Hand haben. Dr. Phillipi steigt mir aufs Dach, wenn ich ihm ständig neue Leichen liefere. Er weiß doch kaum noch wohin mit all der Arbeit. Sein Institut ist mehr als ausgelastet.«

»Und jetzt?«

Tommaso wiegte seinen Kopf leicht hin und her. Um seinen Mund bildeten die Gesichtsmuskeln ein Schmunzeln: »Nun, Dr. Phillipi bildet doch jetzt auch Nachwuchs aus ... und da habe ich ihm ein bisschen geholfen.«

»Du hast was?«

»Die Leiche ist nicht als Verdachtsfall bei ihm eingeliefert worden, sondern als Anschauungsfall für seine Studenten.« Tommaso machte ein unschuldiges Gesicht. »Die Frau ist fast 300 Meter tief gefallen. Nur gebremst durch Aufschläge auf Gesteinsvorsprüngen. Was glaubst du, wie die Leiche aussah? Da können Studenten doch viel lernen. Und, wer weiß? Vielleicht finden die ja was.«

»Du hast was? Ich glaub es nicht. Studenten schnippeln jetzt an ihr rum? Weiß das der Mann der Toten?«

»Nein. Er weiß es nicht. Er wollte, dass seine Frau eingeäschert wird – hat mir der Bestatter gesagt.«

»Die Leiche war schon beim Bestatter?«

»Nein, denn wir haben die Leiche erst einmal konfisziert. Aber den Bestatter kenne ich gut.« Tommaso schaute etwas verträumt aus dem Fenster der Fulvia. »Sie macht jetzt nur einen kleinen Umweg über die Pathologie, bevor sie eingeäschert wird. Weiß ja keiner.«

Fabio musste laut lachen. »Tommaso, Tommaso! Was soll ich sagen?«

»Nichts. Am besten nichts. Zu niemanden ... Weißt du, wenn der Mann es nicht so eilig mit der Einäscherung gehabt hätte, wäre ich vielleicht gar nicht auf den Gedanken gekommen.«

»Du hast den Mann im Verdacht?«

»Nein ... Ich fand es nur komisch. Da stürzt eine Frau zu Tode. Das kommt hier in den Bergen vor. Die Situation ist aber merkwürdig. Habe ich gerade beschrieben. Und der Mann scheint nicht zu trauern. Sagt mir der Bestatter. Und er will, dass die Leiche eingeäschert wird. Das ist hier in der Gegend eher selten. Da habe ich mir gedacht, vielleicht will der Mann etwas verbergen. Was auch immer, ich weiß es nicht. Und da fiel mir ein, dass Phillipi neulich erzählt hat, dass er Leichen zum Üben für seine Studenten braucht. Nun, vielleicht finden die ja was. Wenn nicht, wird keiner etwas merken. Denn der Asche kannst du nicht mehr ansehen, was dem Menschen angetan wurde.«

Fabio pfiff durch die Zähne. »Und was machst du, wenn die Studenten etwas finden?«

Tommaso grinste: »Ermitteln, was sonst?« Mit einem Blick auf Fabio: »Und deine Leiche?

»Ach, nichts Besonderes. Ein junger Mann ist beim Joggen zusammengebrochen. Keine Verletzung, keine äußeren Einwirkungen. Den habe ich zu Phillipi geschickt. Todesursache unklar und bei einem so jungen Mann auch ungewöhnlich. Muss abgeklärt werden. Aber ansonsten nur das Übliche. Wir wissen noch nicht, wer er ist. Warten ab, bis ihn jemand als vermisst meldet. Wird schnell gehen, hat wahrscheinlich in einem der Hotels in Tirol gewohnt. Ein Urlaubsgast wahrscheinlich … Da scheint mir deine Leiche interessanter zu sein.«

»Möchtest am liebsten ermitteln …? Aber nichts da, die gehört uns, den Carabinieri!«

Inzwischen hatte die Fulvia die steile Auffahrt nach Prissian hinter sich gebracht und der Wagen rollte langsam über die alte steinerne Brücke, die den Prissianer Bach überspannte.

»Du kannst mich hier raus lassen. Ich möchte noch ein bisschen zu Fuß gehen«, sagte Tommaso.

Fabio war es recht, denn er konnte dann sofort nach der Brücke rechts abbiegen, hinein in die kleine schmale Sackgasse an deren Ende der Ansitz Esser lag, sein denkmalgeschütztes Haus, dessen Fenster ihm derzeit Sorgen machten.

Zwei

»Wann ist denn jetzt die Beerdigung?« Zenz Nußbaumer wollte von seinem Vater wissen, ob der Termin zur Beisetzung seiner Mutter schon feststand. Ihm kam das überhaupt nicht gelegen, dass sie verunglückt war. Die Premiere seines Stückes ging ihm durch den Kopf. Anfang Juli würde sie stattfinden, und er hatte jetzt jeden Tag viel zu tun und konnte unmöglich fehlen.

Sein älterer Bruder Bartl schaute ihn verächtlich an. Ihn ärgerte Zenz' Art schon immer. »Der denkt immer nur an sich. Immer nur daran, dass es für ihn passt.« Das war seine Einschätzung, soweit es seinen Bruder betraf.

Ihr Vater wirkte wie immer: unwirsch. Es schien, als mache es ihm nicht viel aus, dass seine Frau gerade mal drei Tage tot war.

Bartl wusste, eine glückliche Ehe war es nicht, was seine Eltern verbunden hatte. Vielleicht am Anfang. Aber es waren mehr der Hof, der Grund und das Geld, was die beiden zusammenhielt. Und jetzt war sie tot. Abgestürzt. Er konnte es nicht begreifen. »Was zum Teufel hat Mutter in diesen Bergen gewollt? Gut, sie kannte sich da ein wenig aus. Sein Vater kommt von dort. Er hat dort Grund. Keinen so guten, wie ihn die Mutter hier in Tramin gehabt hat«, überlegte Bartl. Er hing seinen Gedanken nach.

Die Mutter war Alleinerbin von 15 Hektar bester Weinlage in Tramin. Als sie heiratete, haben die Leute gesagt: »Da heiratet ein Waldbauer die Weinlage.« Für Naz Nußbaumer war die Heirat mit Maria Steinegger von Vorteil. Er hatte Wald, viel Wald. In Montan und in den Tälern rund um Altrei. Etwas zerstückelt, schwer zu bewirtschaften. Wein brachte mehr Geld, war ertragreicher. Ein Jahr nach der Hochzeit kam Bartl zur Welt, drei Jahre später Zenz. Ihre Kindheit war nicht heiter. Zenz, der sensiblere von den beiden Jungen, hielt es auch nicht lange aus. Mit 18 verließ er den Hof, ging nach Innsbruck, lernte Schauspiel und so was. Dass er jetzt zurückgekehrt war, wunderte alle. Zwanzig Jahre hatte er sich nicht blicken lassen. Und kaum war er wieder da, verunglückte ihre Mutter.

Bartl sah keinen Zusammenhang, aber es war ihm, als zöge Zenz das Unglück an. »Was wollte er wirklich hier?«, hatte er sich immer wieder gefragt.

»Theaterspielen«, hatte er ihnen erzählt und von seinen anderen hochtrabenden Plänen.

»Aber da habe ich ihm erst einmal einen Strich durch die Rechnung gemacht ...«, dachte Bartl. »Mit mir nicht, Brüderchen! Sich zwanzig Jahr hier nicht sehen lassen, die Arbeit auf dem Hof den anderen überlassen und dann plötzlich hier auftauchen, mit diesen völlig idiotischen Ideen, und alles durcheinanderbringen. Nicht mit mir. Stell dich hinten an. Ganz weit hinten.« Bartl bekam diesen Gedanken gar nicht mehr aus dem Kopf. Auch nicht jetzt, wo es darum ging, die Mutter zu beerdigen.

»Der Bestatter hat gesagt, dass es dauert, bis man die Leiche eingeäschert hat. Aber er gibt uns Bescheid.« Naz Nußbaumer machte nie viele Worte. Was er seinen Söhnen verschwieg, war die Tatsache, dass die Staatsanwaltschaft die Leiche noch nicht freigegeben hatte. »Was sollen die sich auch Gedanken machen. Alles unnütz. Das dauert jetzt halt noch etwas länger, dann wird Maria eingeäschert und dann ist Schluss damit.«

Drei

In der Questura sichteten sie immer als Erstes am frühen Morgen, ob sich in der Nacht etwas ereignet hatte, das in Form eines Berichts oder einer Notiz den Weg auf den Schreibtisch gefunden hatte. Francesca, Eduard und Fabio trafen sich danach auf einen Espresso in der Kantine der Questura und besprachen kurz den vor ihnen liegenden Tag.

Francesca erzählte, dass sich gestern am späten Abend die Pension BelVilla aus Tirol gemeldet habe. Einer ihrer Gäste werde vermisst. Die Beschreibung passe auf den toten Jogger.

»Fährst du hin?«, fragte Fabio in Richtung Francesca. »Personalien, Angehörige, das Übliche. Ein Foto des Toten liegt auf dem Schreibtisch. Nimm es mit. Ich habe dir ja gestern schon erzählt, was ich gesehen habe. Wir warten noch auf den Bericht von Dr. Phillipi. Aber da erwarte ich nichts Aufregendes. Fürs Erste wäre es gut, wenn wir die Angehörigen unterrichten können.«

Francesca trank ihren Kaffee aus und ging.

»Und du?« Fabio sah Eduard an.

»Nur Routine. Du weißt, dieser Diebstahl von Bienenvölkern. Passiert hier ja immer mal wieder, dass einzelne Völker gestohlen werden. Aber dieser Fall, wenn es ein Fall ist und nicht mehrere, der ist ungewöhnlich, weil ganze Völkerscharen abgeräumt wurden. Dazu braucht es eine gewisse Logistik. Das wäre neu ... aber ich bin noch bei der Schadensaufnahme und habe erste Zeugen vernommen. Ich habe noch keine Idee, wie ich weiter vorgehe. Aber mir fällt da schon noch was ein.«

Fabio wusste seine beiden Assistenten also gut beschäftigt. Er hatte überlegt, ob er sie schon heute über das Gespräch mit dem Vice unterrichten sollte. Zumindest Francesca hatte die Cantallielo kennengelernt.

Auch seine Frau war erstaunt über diese Nachricht gewesen. Als er seine Befürchtungen geäußert hat, dass im Fall, dass es so kommt, wie es ihm der Vice ausgemalt hatte, er ja auch nicht den erhofften Gehaltssprung einfahren würde, hatte Elisabeth ihm nur gesagt: »Mach dir deshalb keine Sorgen. Es reicht doch!«

Das hatte Fabio dann aber doch nicht verstehen können. Sie kannte doch auch den Kostenvoranschlag für die Fenster. Das Haus würde noch viel mehr Geld fressen. Da wäre so ein Gehaltssprung schon ganz gut. Insoweit verstand Fabio das Gottvertrauen seiner Frau nicht. Er machte sich Sorgen darüber, wie es weitergehen konnte, und sie meinte: »Das klappt schon irgendwie.« Wenn seine Eltern nicht eine erkleckliche Summe zum Kaufpreis dazugegeben hätten, würden sie jetzt überhaupt nicht über die Finanzierung von neuen Fenstern diskutieren, sondern überlegen, wie sie den Kredit zurückbezahlen würden. Er hatte sich daher vorgenommen, heute noch einmal mit dem Schreiner zu reden. Vielleicht ließ sich ja am Preis noch etwas drehen.

*

Francesca war froh nach Tirol fahren zu können. Ein leichter Auftrag. Personalien feststellen, also nichts Besonderes. Es war ein schöner Tag. Die Luft war warm, es roch schon nach Sommer. Sie hatte das Fenster des zivilen Polizeiwagens heruntergelassen. Die MEBO[1] war fast leer, was selten vorkam. Sie hatte keine Eile, fuhr deutlich langsamer, als es das Tempolimit zugelassen hätte. Sie träumte vor sich hin.

Francescas Gedanken wurden jäh unterbrochen, als mit lautem Motorgeräusch ein getunter Mercedes an ihr vorbeirauschte. »Den kauf ich mir!«, schoss es ihr durch den Kopf. Es war klar, dass der Wagen viel schneller fuhr, als es erlaubt war. Einem Impuls folgend gab sie Gas, merkte aber schnell, dass sie Schwierigkeiten haben würde, dem Mercedes zu folgen. Ihr Wagen hatte einen kleinen Motor mit wenig PS. Sie konnte sich aber Typ, Farbe und Teile des Kennzeichens merken. Der Wagen war in Deutschland zugelassen. Das Stadtkennzeichen war ein »K«. »K wie Köln«, überlegte Francesca und ließ den Raser davonfahren. »Ich bin nicht bei der Verkehrspolizei.« Aber insgeheim

1 Schnellstraße **ME**ran–**BO**zen

ärgerte es sie, dass sie sich so eine lahme Kiste aus dem Fuhrpark gegriffen hatte. »Hätte ich doch den Alfa genommen.«

Tirol lag oberhalb von Meran. Francesca musste an den Gärten von Trauttmansdorff vorbei, sich dann ein wenig durch den Stadtteil Obermais wuseln, anschließend den Weg ins Passeiertal einschlagen und schließlich führte der Weg nach einer scharfen Linkskurve hinauf ins Dorf Tirol. Es schien, als bestünde es aus einer Ansammlung von größeren und kleineren Hotels. Ein durch und durch touristisch ausgerichtetes Dorf. In kurzen Abständen fanden sich Wegweiser, die zu den verschiedenen Hotels wiesen. Francesca hatte gelesen, dass Tirol knapp 2.500 Einwohner hat und in den rund 5.000 Betten pro Jahr acht- bis neunhunderttausend Gäste übernachteten. »Auf den Straßen sieht man also hauptsächlich Fremde«, dachte sie, als sie langsam die Hauptstraße entlangfuhr – Ausschau haltend nach dem Namen der Pension, von der die Vermisstenmeldung abgegeben worden war. Die Hauptstraße ist nicht sehr lang und so war es auch nicht schwer, den richtigen Hinweisgeber auf die Pension BelVilla zu finden.

Als Francesca ihren Wagen auf dem Parkplatz der Pension in der Keschtngasse abstellte, grinste sie innerlich. Sie parkte genau neben dem »Rennfahrer«, der sie auf der MEBO geärgert hatte. Weißer Mercedes aus Köln, tiefergelegt, mit allen denkbaren Tuninganbauten. Dicke Schweller, verbreiterte Kotflügel, dicke Reifen, vier Auspuffrohre und die hinteren Fenster natürlich mit schwarzer Folie verdunkelt. Die Motorhaube war noch warm. »Eine echte Zuhälterkarre, ein Potenzhobel, für Typen, die auf dicke Hose machen«, dachte Francesca. »Vielleicht mache ich mir einen Spaß daraus, den Halter anzusprechen«, dachte sie. Möglicherweise wohnte er hier.

Sie zeigte ihren Dienstausweis der jungen Frau, die ihr öffnete.

»Ich bin Isabel Marini, die Inhaberin der Pension BelVilla, und ich war es auch, die die Polizei gestern Abend informiert hat. Es tut mir leid, dass ich erst so spät angerufen habe«, begann sie das Gespräch, »aber das kann ich ganz gut erklären.« Sie bot Francesca an, Platz zu nehmen. Im relativ großzügigen

Eingangsbereich gab es eine moderne Ledersitzgruppe. »Möchten Sie einen Kaffee?«

Francesca nickte dankbar und nutzte die Gelegenheit, sich umzusehen, als die junge Frau hinter einer Tür verschwand, um den Kaffee zu holen. BelVilla war keine Pension familiärer Art. Von dem eher ungewöhnlich großen Empfangsbereich führte eine breite Treppe nach oben und auch nach unten. Lediglich zwei Türen waren zu sehen. Hinter einer war Isabel Marini verschwunden. Der Raum war eher kühl eingerichtet. Weiß war die dominierende Farbe. Außer an einigen abstrakten Bildern konnten die Augen nur an einer üppig bestückten Bodenvase hängen bleiben. Kein Raum, um sich länger darin aufzuhalten, fand Francesca.

»Dieser Raum hat nur die Funktion, dass die Gäste ihr Gepäck abstellen können«, mit diesen Worten stellte Isabel Marini zwei Kaffee auf die Tischplatte. »Das Haus ist praktisch zweigeteilt. Ich wohne im Untergeschoss und das obere Geschoss besteht aus zwei Ferienwohnungen«, erklärte sie. »Die Wohnungen habe ich an eine Gruppe junger Männer aus Köln vermietet. Einer von Ihnen ist vermutlich der junge Mann, der beim Joggen zusammengebrochen ist.« Sie nippte an ihrem Kaffee und forderte damit Francesca auf, es ihr gleichzutun.

Francesca zeigte ihr das Foto, das sie von Fabios Schreibtisch mitgenommen hatte.

»Ja, das ist er. Ganz sicher. So ein junger Mann. Wie konnte das nur passieren?« Isabel Marini wirkte betroffen. »Wissen Sie, warum er zusammengebrochen ist?«

»Nein, das wissen wir noch nicht, aber wir untersuchen es. Was ich jetzt brauche, sind seine Meldedaten. Wie heißt er, von wo kommt er her? Und dann würde ich auch gerne mit den anderen jungen Männern sprechen. Wie viele sind es denn?«

»Sie waren vier. Sie haben sich über ein Buchungsportal angemeldet. Ich hatte sie vorher noch nicht als Gäste. Sie haben beide Wohnungen gemietet. Jede der Wohnungen hat ein Schlafzimmer und ein Wohnzimmer mit Küchenzeile, außerdem einen großen Balkon, fast schon eine Terrasse, könnte man sagen.«

»Und wie sind die so? Ich meine, sind es ruhige Gäste, oder eher nicht?«

»Das kann ich Ihnen gar nicht so genau sagen. Wissen Sie, ich arbeite im MARINIs giardino Hotel, ein paar Hundert Meter von hier. Da bin ich praktisch den ganzen Tag und komme erst sehr spät wieder hierher. Eigentlich schlafe ich nur hier. Die jungen Männer habe ich kaum getroffen. Wenn ich morgens zur Arbeit gegangen bin, schliefen sie noch, und wenn ich abends so gegen 22 Uhr wieder zurückkam, dann waren sie noch nicht da. Ich glaube, die gehen lange aus.«

»Wo kann man denn hier lange ausgehen?«

»Im Dorf hier eher nicht. Aber es gibt schon Diskotheken oder Tanzclubs, die lange aufhaben … Ich nehme jedenfalls an, dass sie eher dorthin gegangen sind, denn um 22 Uhr stand ihr Wagen niemals vor der Tür.«

»Dieser weiße Mercedes aus Köln?«

»Genau der. Mit dem sind sie gekommen. Gefahren hat ihn der junge Mann, der jetzt verunglückt ist.«

»Wie heißt denn der junge Mann?«, fragte Francesca, um Struktur in das Gespräch zu bekommen.

»Sein Name ist Sebastian Kleinfuhrmann. Er war noch so jung. Ich glaube, die sind alle so zwischen 28 und 30 Jahren alt.«

»Seit wann haben Sie ihn vermisst?«

»Die anderen aus der Gruppe haben am Abend bei mir nachgefragt, ob er sich bei mir gemeldet hat. Das kam mir schon komisch vor. Denn, wie gesagt, wenn ich nach Hause komme, waren sie normalerweise schon unterwegs. Aber dann hat es bei mir Klick gemacht. Ich meine, der junge Mann ist ja quasi vor dem Hotel, in dem ich arbeite, gefunden worden. Das habe ich natürlich mitbekommen. Meine Schwester hat ihn noch gesehen. Ich meine, sie war dabei, als der Polizist gekommen ist, um alle zu befragen. Das hat sie mir natürlich erzählt. Passiert ja auch nicht alle Tage so was – zum Glück. Ich habe allerdings nicht geahnt, dass es sich um einen meiner Gäste handelt. Ich war so früh noch nicht im Hotel. Gefunden hat ihn unsere Masseurin. Die joggt jeden Morgen auf dem Falknerweg.«

»Ihre Masseurin?«

»Das Hotel ist ein Familienbetrieb. Wir sind die Marinis. Meine Eltern, meine Schwester und ich betreiben das Hotel. Ich wohne hier, meine Schwester und meine Eltern im Hotel. Deshalb sagte ich wohl ›unsere Masseurin‹. Sie ist bei uns angestellt. Es ist ihre erste Saison bei uns. Meine Schwester wollte ihr den Tag frei geben, aber sie hat gemeint, dass es ihr nicht so viel ausgemacht hat. Sie hat also gearbeitet. Unsere Gäste lieben sie. Wissen Sie, wie unsere Gäste sie nennen? ›Magic Mäggi‹ nennen sie die Masseurin, weil sie magische Hände habe. Das sagen zumindest die Gäste.«

»Als die anderen jungen Männer Sie am Abend ansprachen, da haben Sie sich gedacht, dass der fehlende junge Mann der sein könnte, der am Morgen vor dem Hotel tot aufgefunden worden war, richtig?«

»Ja, genau so war es. Dann habe ich die Polizei angerufen. Ich habe mich schon gewundert, dass die jungen Leute überhaupt noch da waren. Sonst waren sie um diese Zeit schon unterwegs im Nachtleben. Aber vielleicht hat es auch daran gelegen, dass sie morgen abreisen.«

Francesca überlegte kurz: »Wissen Sie etwas über das Verhältnis der jungen Leute untereinander? Waren das Freunde oder gab es schon mal Streit?«

Isabel Marini überlegte, zog dann die Stirn ein wenig kraus. »Ich weiß nicht, ob das wichtig ist. Aber es gab da was ... Also ich bin zwar normalerweise von morgens bis abends im Hotel, aber manchmal bin ich auch für kurze Zeit hier, um etwas zu holen oder etwas zu tun. Vor zwei Tagen war ich gegen Mittag hier, um mich um den Garten zu kümmern. Von meiner Wohnung geht es in den Garten. Die jungen Männer hatten die Türen zum Balkon weit offen. Soweit ich es verstanden habe, waren sie beim Frühstück. Da meine ich gehört zu haben, dass sie sich stritten. Aber ich habe nicht gehört, worum es ging ... Es ging mich ja auch nichts an.«

»Dann wird es vielleicht das Beste sein, wenn ich mit den anderen drei spreche. Aber zuvor muss ich Sie um die Adresse und alle Daten bitten, die Sie über den jungen Mann haben, denn wir müssen seine Angehörigen unterrichten.«

»Ich glaube, die drei Freunde von Herrn Kleinfuhrmann sind kurz vor Ihnen gekommen. Ich rufe gleich auf ihrem Zimmer an.« Isabel Marini verschwand wieder hinter der Tür.

Das wusste Francesca schon, denn sie war ja von dem schnellen Mercedes aus Köln auf der MEBO sehr schnell – viel zu schnell – überholt worden. »Zufälle gibt's«, sinnierte sie, während sie auf die Männer wartete.

Es dauerte keine Minute und Francesca war umringt von drei gut aussehenden jungen Männern um die dreißig. Gebräunt, schlank bis muskulös, sportlich, salopp gekleidet und alle drei Charmebolzen – so jedenfalls gaben sie sich.

Francesca zeigte auch ihnen das Foto und alle bestätigten sofort, dass es sich um ihren Kumpel Sebastian handele.

»Dann wäre die Identität schon einmal festgestellt«, dachte Francesca und setzte sich mit den dreien in die Sitzgruppe. »Ich muss Ihnen leider mitteilen, dass Ihr Freund tot ist.«

Die Reaktion der Kumpels war eher von Neugier als von Betroffenheit geprägt. So kam es Francesca vor.

»Wie ist das denn passiert?«, wollten sie wissen. Und: »Wie und wann?«, »Hatte er einen Unfall, oder ist er überfallen worden?« Das waren die Fragen, mit denen sie Francesca bombardierten. Nicht einer zeigte Trauer oder war bestürzt.

Francesca beobachtete das nur, kommentierte es nicht, sondern wandte sich an die drei:»Dann erzählen Sie mal. Wann haben Sie Ihren Freund Sebastian zum letzten Mal gesehen?«

Ein großer Blonder, der sich ihr als Christian vorgestellt hatte, sagte: »Wir haben uns eine Wohnung geteilt. Gestern Morgen, als ich wach wurde, war Sebastian nicht mehr da. Als wir zu Bett gegangen sind, da habe ich ihn noch gesehen. Das war das letzte Mal.«

Die anderen beiden stimmten zu: »Wir waren abends noch unterwegs, sind so gegen 3 Uhr morgens hier angekommen und dann sind wir in unsere Wohnungen. Klaus und ich in unsere Wohnung, Christian und Sebastian in ihre.«

»Und Ihnen ist es nicht komisch vorgekommen, dass Ihr Freund Sebastian nicht beim Frühstück dabei war, auch mittags nicht aufgetaucht ist?«

»Doch, schon«, sagte Klaus.

»Aber auch wieder nicht«, sagte Christian. »Sebastian war manchmal komisch. Es konnte schon vorkommen, dass er alleine los ist, ohne uns Bescheid zu geben. Das hat uns jetzt nicht wirklich gewundert ... Kommt schon, sagt auch mal was!« Damit meinte er seine Kumpels.

»Wir hatten Streit«, sagte Klaus. »Nichts Ernstes, aber jetzt tut es mir fast leid.«

»Worum ging es denn bei Ihrem Streit?«

»Ach, wir sind halt hier, um Frauen kennenzulernen. So Urlaubsflirts halt. Wir machen jede Nacht Party. Das geht hier ganz gut. Wir fahren immer in den Musikantenstadel in Marling. Das ist so ein Tanzschuppen. Der hat bis 3 Uhr morgens auf. Da lernt man schnell jemanden kennen. Nur der Sebastian, der hatte echt Pech. Er ging immer leer aus. Das hat ihn wohl wütend gemacht.«

»Der wurde immer schnell wütend«, flocht Christian ein. »Dann war er unausstehlich. Er hat allen Ernstes gemeint, ich würde ihm die Bräute ausspannen. So ein Spinner. Er hat halt nicht so die Chancen. War ja auch irgendwie nur so ein Angeber. Das kommt nicht immer gut bei den Frauen an.«

»Sie haben sich also nicht gut miteinander verstanden?«

Die drei drucksten herum und redeten durcheinander: »Das kann man so nicht sagen ...« »Immerhin hat er uns in seinem Auto mitgenommen ...« »So übel war er auch wieder nicht.« – »Aber er wollte mit uns mithalten – bei den Frauen, verstehen Sie – und das, ja das war eben nichts. Satz mit X ...« »Der kam halt nicht so an.«

Francesca kombinierte. »Das Auto, ist das dieser getunte weiße Mercedes aus Köln, der vor der Tür parkt?«

Klaus nickte: »Genau der.«

»Das ist der Wagen von Sebastian?«

Die drei nickten.

Christian fragte etwas plump: »Wie ist das denn jetzt? Wenn Sebastian doch nun tot ist, kann ich das Auto nach Köln fahren, oder wie geht das jetzt? Wir reisen morgen ab und wenn wir den Wagen nicht nehmen können, haben wir ein Problem.«

Francesca wunderte sich über die Sorgen dieser jungen Männer. Da ist einer ihrer Freunde gestorben und alles, was sie interessiert, ist, ob sie seinen Wagen mitnehmen können. Kein echtes Interesse daran, wie der Freund oder Kumpel ums Leben gekommen ist, kein Zeichen von Trauer. Da war die Pensionschefin schon stärker mitgenommen als einer dieser »Freunde«.

Sie überlegte. Die Frage, ob sie das Auto des Verstorbenen mitnehmen könnten, würde sie den jungen Männern heute nicht beantworten. Sie fragte vielmehr: »Kann ich mal die Wohnung sehen und seine Sachen?«

Etwas unwillig begleitete sie Christian in die Ferienwohnung, in der er und Sebastian gemeinsam gewohnt hatten. Es war eine hübsche und zweckmäßig eingerichtete Wohnung. Obere Etage mit Blick auf die Talseite – also die teurere Seite. Es gab einen Balkon, von dem aus man rechts bis nach Burg Tirol und links bis tief ins Etschtal Richtung Bozen schauen konnte. Auf dem kleinen Balkontisch lag ein Fernglas.

»Ihres?«, fragte Francesca und zeigte auf das Glas.

Christian war mit seinen Gedanken nicht ganz bei der Sache. Er überlegte zu lange, fand Francesca, bis er ein »Nein« herausbrachte.

»Also gehörte es Sebastian?«

Christian nickte.

Francesca nahm es auf, hielt es sich vor die Augen und suchte mit dem Glas die Gegend ab. »Was wird ihn interessiert haben?«, fragte sie sich. Nach einer Weile fand sie den Falknerweg, der sich zur Burg Tirol hinzog. »Also hatte er den Platz, an dem er sterben würde, mit seinem Fernglas sehen können«, sinnierte sie. Aber das hatte wohl kaum Bedeutung. Sie wandte sich wieder dem Zimmer zu.

»Darf ich mal seine Sachen sehen?«

Etwas zögerlich wies Christian auf einen der Schränke. Francesca schaute sich den Inhalt an. Ihr fiel nichts auf, was besonders oder außergewöhnlich gewesen wäre. Badesachen, Hosen, Hemden. »Hat Sebastian Verwandte? Eltern, Geschwister, andere Angehörige?«

Christian murmelte etwas wie: »Vollwaise. Alles geerbt, Einzelkind.«

»Das brauche ich jetzt doch etwas genauer, junger Mann.« Francesca fühlte sich inzwischen von dem jungen Kerl nicht genügend ernst genommen. »Also, Sebastian hat keine Eltern mehr und er war Einzelkind, richtig?«

»Ja.«

»Wissen Sie, ob die Großeltern von Sebastian noch leben, ob seine Eltern Geschwister hatten? Also, ob Sebastian Verwandte hatte?«

»Nein. Das weiß ich nicht so genau. Wir kannten ihn ja erst seit einigen Wochen.«

»Ach so! Aber sie und die anderen beiden, sie sind schon Freunde?«

»Wir drei kennen uns seit der Schulzeit. Sebastian haben wir in einem Kölner Club kennengelernt. Er hat auf dicke Hose gemacht, alle Runden bezahlt und so. War ganz nett und für uns auch praktisch. Dann hat er den Vorschlag gemacht, eine Woche hierherzukommen. Hier wäre immer was los, partymäßig ... Er hat auch sofort gesagt, dass er fahren würde. Hat ja auch diese übel gute Karre. Wahrscheinlich vom Geld seiner Eltern, nehme ich mal an. Na ja, und da haben wir halt gedacht, warum nicht. Dass der so ein Komischer war, wussten wir nicht – und überhaupt: So doll ist das mit Partymachen hier auch wieder nicht. Es gibt wohl nur diesen einen Tanzschuppen.«

»Wie komisch war der denn?«

»Komisch halt. Wir sind jeden Abend raus, Party machen. Klar, wir wollen uns hier amüsieren. Und die Mädels hier sind echt krass. Kommen aus allen Ecken und wollen alle nur das eine. Das, was wir auch wollen. Nur der Sebastian hat keine abbekommen. Was weiß ich warum. War vielleicht nicht der Typ dafür. Das hat ihn echt wütend gemacht und er hat mit uns jedes Mal rumgezankt. Als ob wir daran Schuld gewesen wären. Ich hatte echt keine Lust mehr auf ihn. Aber was sollte ich machen. Ich hatte das Zimmer mit ihm zusammen.«

Während Francesca zuhörte, war sie ins Bad gegangen und betrachtete die Rasierwässer, die Deostifte, die Zahnbürsten.

»Wir mussten halt noch bis morgen durchhalten. Schließlich wollten wir mit ihm wieder zurückfahren. Wäre sonst zu teuer geworden, jetzt noch eine Zugfahrt zu bezahlen ... Ich habe mich auch nicht gewundert, dass er heute Morgen nicht im Bett war, als ich aufgewacht bin. Ich war sogar eher froh, dass ich den Kerl nicht sehen musste.«

»Was ist denn das hier?« Francesca hielt Christian eine Medikamentenschachtel vors Gesicht.

Christian wurde ungehalten: »Lassen Sie die liegen, das sind meine.«

»Was ist das denn?« Francesca gefiel der Ton des jungen Mannes gar nicht. Immer, wenn es um ihn ging, wurde er frech.

»Das geht sie nichts an.«

Francesca überlegte kurz. »Sind Sie eben mit dem Mercedes gefahren?«

»Was soll das jetzt wieder?«

»Ja oder nein!« Francesca wurde laut.

»Ja, aber warum wollen Sie das wissen?«

»Weil ich Sie eben noch auf der MEBO gesehen habe. Geschwindigkeitsbegrenzungen interessieren Sie wohl nicht ... junger Mann? Und jemand, der mit viel zu hoher Geschwindigkeit durch Südtirol rast, den frage ich halt, was er so einnimmt ... Ich kann das aber auch mitnehmen und untersuchen lassen.«

»Ist ja schon gut. Schon gut.« Christian war rot im Gesicht angelaufen. Ob aus Wut oder aus Scham, war nicht auszumachen. »Das sind Betablocker.«

»Betablocker? In so jungen Jahren?«

Christian senkte den Blick. »Ja. Finde ich auch scheiße. Aber ich brauche die – leider.«

»Nun gut. Das geht mich auch nichts an ... Eine Frage noch: Können Sie sich vorstellen, dass Sebastian die Dinger genommen hat? Vielleicht weil er meinte, es wäre etwas anderes?«

Christian blickte Francesca erstaunt an. »Nein – das kann ich mir nicht vorstellen. Er hat mich gefragt, was das für Pillen sind, und ich habe es ihm gesagt. Ich glaube nicht, dass er freiwillig meine Betablocker genommen hat. Das wäre ja auch doof. Einem Gesunden können die Dinger auch ordentlich schaden.«

Francesca nickte. Sie hatte nur noch eine Frage: »Was hat Sebastian denn so gemacht, beruflich, meine ich?«

»Ich glaube, er hat studiert. Das weiß ich aber nicht so genau. Er hat immer von der Uni geredet. Aber wenn ich so richtig darüber nachdenke, dann hat er uns nie erzählt, was genau er dort macht oder was er dort studiert.« Nachdenklich fügte er hinzu: »Ist schon komisch, dass mir das erst jetzt auffällt. Irgendwie war er ohne Eigenschaften. Es gibt nichts, was mich mit ihm verbindet. Außer, dass er immer die Runden bezahlt hat ... Aber, das ist jetzt echt wichtig: Können wir den Wagen nehmen, um nach Hause zu fahren? Das wäre nämlich echt total blöd, wenn wir den Zug nehmen müssten. – Dafür ist eigentlich kein Geld mehr da.«

Christian druckste herum, wirkte besorgt, aber auch irgendwie berechnend. Trauer um den Verlust des »Kameraden« gab es bei den drei jungen Männern offensichtlich keine. Es war ihnen so was von egal, was mit Sebastian geschehen war. Francesca konnte sich gut vorstellen, dass die drei den »Vollwaisen« im Nachhinein ordentlich »ausnehmen« würden. Sie würden denken: »Da ist eh keiner, der Ansprüche stellen wird. Lass uns den Wagen nehmen, als wäre es unserer. Und das Bargeld aus Sebastians Portemonnaie, und vielleicht würde ihnen auch seine Kreditkarte von Nutzen sein können. Sie zeigte auf den Schrank: »Diese Hälfte des Schrankes war für Sebastians Klamotten, richtig?«

Christian nickte.

Francesca zückte eine Polizeibanderole und »versiegelte« die Tür. »Siegelbruch bringt Ärger. Muss ich nicht extra betonen, oder? ... Und den Wagen lassen Sie ebenfalls hier stehen. Darf ich um die Schlüssel und die Papiere bitten?«

Christian schluckte gut sichtbar. Aber er folgte der Aufforderung. Die Polizistin hatte ein sehr bestimmtes Auftreten, wenn es darauf ankam.

»Aber wie sollen wir denn jetzt nach Hause kommen?«, holperte es aus Christian heraus.

»Das werden Sie schon schaffen. Ich brauche dann bitte noch die vollständigen Personalien von Ihnen und den anderen beiden.«

Als sie alle Angaben notiert hatte, fragte sie alle drei: »Ist Sebastian eigentlich regelmäßig gejoggt?«

Die drei Freunde schauten sich an. Christian antwortete dann für alle: »Nein, nie. Warum?«

Draußen vor der Tür rief Francesca das Büro von Dr. Phillipi an und gab den Namen des Medikaments durch, dass angeblich Christian gehört. Sie ließ ihm ausrichten, dass der tote Jogger Zugang zu diesem Medikament hatte, und stellte die Frage, ob eine eventuelle Einnahme mit dem Ableben des jungen Mannes in Zusammenhang stehen könnte.

Zuvor hatte sie noch ein paar Worte mit Isabel Marini gesprochen. Sie wollte wissen, wie sich die vier jungen Männer verhalten hatten, aber sie waren nicht unangenehm aufgefallen.

»Sie waren charmant, haben sich gut benommen. Ich glaube, die wollten etwas erleben. Sie haben mich nach Diskotheken und Clubs gefragt. Ich habe mir gedacht, junge Leute in dem Alter sind ganz gut im Musikantenstadel in Marling aufgehoben. Da sind sie dann wohl hin, nehme ich jedenfalls an. Sie waren immer erst zu Hause, wenn ich schon lange geschlafen habe, und wenn ich aufgestanden bin, haben sie noch geschlafen. Echte Partytiger halt, aber ansonsten völlig unauffällig.« Mit Bezug auf Sebastian: »Keine Auffälligkeiten. Er war genauso wie die anderen. – Er trat vielleicht etwas selbstbewusster auf. Aber das ist nur ein Eindruck.«

Vier

Bartl fragte sich schon die ganze Zeit, seit Zenz vor drei Monaten wieder aufgetaucht war, was er hier wollte. Zwanzig Jahre hatten sie keinen Kontakt mehr gehabt. Und plötzlich war er wieder da. Kam mit einem Porsche auf den Hof gefahren. Führte große Reden. Versuchte den Vater zu beeindrucken. Auch die Mutter – vor allem die Mutter. Was er nicht alles Tolles gemacht hätte. Schauspieler sei er gewesen, an großen Bühnen hätte er gearbeitet. Dann sei er als Dramaturg ein wichtiger Mann im Schauspielhaus in Düsseldorf gewesen. Keine Inszenierung ohne ihn! Und jetzt wolle er seine Kunst nach Südtirol bringen, die Theaterlandschaft umkrempeln, neue Wege einschlagen, alte Zöpfe abschneiden. All so einen Quatsch hatte er geredet.

Die Mutter hatte ihn mit Augen angesehen, die Bartl lange nicht mehr in ihrem Gesicht gesehen hatte. Da war schon so etwas wie Eifersucht in ihm hochgekocht. Er war es gewesen, der hier die Arbeit gemacht hatte. Er hatte sich mit dem herrischen Alten abgeben müssen. Er hatte die Prügel kassiert, jedenfalls so lange, bis er stärker als der Vater war. Danach hatte dieser das Prügeln eingestellt. Aber der Alte blieb der Herr – über alle und alles. Das hatte Bartl die ganzen Jahre ausgehalten. Für eine Frau hatte er einfach keine Zeit gefunden. So war er mit 41 immer noch ledig, lebte auf dem Hof und arbeitete von früh bis spät, von Januar bis Dezember. Die Weine verkauften sich gut, man könnte sagen, mehr als gut. Auch die Äpfel gingen ganz gut weg und lieferten einen guten Ertrag. Jahr für Jahr. Der Alte musste damit ein Vermögen gemacht haben. Großen Lohn hatte er nie bekommen. Er bekomme ja den Hof, hatten sie ihm immer gesagt. Aber was, wenn jetzt sein Bruder ihm diese hart erarbeitete Aussicht madig machen wollte?

Bartl war nicht kompliziert gestrickt. Aber eines war ihm sofort klar. Dass sein Bruder jetzt wieder auftauchte und sich hier mausig machte, das konnte nicht in seinem Interesse sein. Auch wenn dem Erstgeborenen der Hof zustand, war es nicht ausgemacht, dass der jüngere Bruder nichts abbekam. Verdient hatte Zenz es sich jedenfalls nicht, das stand fest. Und was war das überhaupt für eine Arbeit, die er da machte? Theater? Ja, was ist das denn?

Nun war die Mutter verunglückt. Das war schon ein schwerer Schlag. Aber Zenz hatte nur Sorge, dass die Beerdigung ungünstig fiel – wegen seiner Premiere. Und der Alte? Der sagte wieder mal nichts. Der wirkte auch nicht so, als trage er schwere Trauer. Nicht mal zum Schein. Und überhaupt: Einäschern! Was war das denn? Nicht mal eine richtige Beerdigung wollte er seiner Frau zukommen lassen.

Dagegen etwas zu sagen hatte sich Bartl aber nicht getraut.

Fünf

Eduard bearbeitete die Fallakte mit den Diebstählen der Bienenvölker. Er sah, dass auch Fabio hier und da einen Vermerk verfasst hatte. Er musste innerlich ein wenig grinsen: »Fabio muss sich schon sehr langweilen, wenn er in diesem Fall selbst Hand anlegt.«

Viel passiert war in der Sache bisher nicht. Es reihte sich Anzeige an Anzeige, Protokoll an Protokoll. Die bestohlenen Imker meldeten den Verlust ihrer Bienen. Meist fuhr Eduard raus und nahm das Protokoll auf. Er hatte auch die Stellen besucht, an denen die Bienenvölker gestanden hatten. Er hatte notiert, wann die Imker die Bienenstöcke das letzte Mal besucht hatten, bevor sie ihren Verlust bemerkten. Er hatte sich unter Imkern umgehört, was sie darüber wussten, meinten, glaubten. Auch darüber hatte er einen Vermerk angelegt. Den Schaden durch den Verlust eines Bienenvolks konnte man leicht mit 1.000 Euro beziffern. Die »Beute«, so nennen sich die modernen Bienenstöcke aus Styropor, kosten je 150 Euro, das Bienenvolk schlägt mit 200 Euro zu Buche und den entgangenen Honig pro Volk bezifferten die Imker auf zwischen 500 und 800 Euro.

»Das ist schon ein echter Verlust, wenn einem Imker ein Volk gestohlen wird. Aber wenn es gleich 20 Völker sind, dann ist das schon eine erkleckliche Summe«, überlegte Eduard. Die Imker hatten ihm erzählt, dass es hin und wieder vorkäme, dass Imker einander die Völker stehlen. Nach jedem Winter stelle man fest, welche und wie viele Völker nicht überlebt hatten. Böse Nachbarn klauten schon mal ein Volk … oder auch zwei. Aber noch niemals sind ganze Völkerscharen gestohlen worden. Es kommt auch vor, dass Völker ausbrechen und ausschwärmen. Diese werden dann gewöhnlich von anderen Imkern eingefangen, was gar nicht so einfach ist. Der Lohn der Mühe ist dann das Volk. Es ist auch kaum festzustellen, wem es vorher gehört hat. Keiner der Imker, die Eduard befragt hatte, konnte sich erinnern, dass es einen solch intensiven Diebstahl von Bienenvölkern in der Vergangenheit gegeben hatte. Bis heute waren 83 verschwunden – und das innerhalb von einem Monat. Gerade zur Zeit der Obstblüte war das dramatisch, denn die Bienen sind der Anfang des Obstjahres. Ohne Bestäubung kein Obst.

Es gab auch keine örtliche Häufung. Gestohlen wurde praktisch überall. Ziemlich sicher war, dass die Diebe nachts kamen. Sie mussten über einen Wagen mit hoher Ladekapazität verfügen, weil es sonst nicht möglich gewesen wäre, gleichzeitig bis zu 20 Beuten abzutransportieren. Das war bislang die höchste Zahl von gestohlenen Bienenvölkern. Beobachtungen von aufmerksamen Zeitgenossen hatten die Questura noch keine erreicht, obwohl die Tageszeitung *24DerTag24* ausführlich und auch wiederholt darüber berichtet hatte. Die Geschädigten waren kleine Imker, große Imker, Hobbyimker, verstreut über das Land. Es gab also auch keinen Grund, in der Biografie der Opfer zu suchen, um vielleicht einen Racheakt auszumachen, der Hinweise zum Täter liefern konnte. Es gab bisher nichts, was Eduard auch nur den Zipfel eines Verdachtes geliefert hätte.

Eduard ging davon aus, dass diese Diebstähle von einheimischen Imkern oder Obstbauern ausgeführt wurden. Zu Beginn der Obstblüte beobachteten die Diebe, welche Stöcke gut beflogen waren. Das, so hatte ihm ein Imker erklärt, erkennt man leicht am Flugbetrieb am Einflugbrett der Beute. Ein solch starkes Volk wird dann gerne in der Dunkelheit der Nacht abgeräumt. Die Beuten sind nicht alle gekennzeichnet. Und wenn doch, dann kann der Dieb die Waben aus der gestohlenen Beute in eine eigens gekaufte neue Beute einsetzen und die gestohlene Beute vernichten oder übermalen. Ist die Beute nicht besonders gekennzeichnet, dann reicht es aus, das farblich markierte Flugbrett zu tauschen. Die Bienen sind dann zwar zunächst verwirrt, fliegen sich aber binnen zwei Tagen wieder ein. Es ist also recht leicht, Spuren zu verwischen. Die Diebe sind zumeist Imker, die ihre Völker durch die Varroamilbe verloren haben und kein Geld für den Aufbau eines neuen Volkes ausgeben wollen. Immer wieder beklagen Imker im Herbst und im Winter ein fast schon seuchenartiges

Bienensterben aufgrund der Auswirkung der Varroamilbe. Im Frühjahr zur Baumblüte, wenn alle Bienenvölker dringend gebraucht werden, um die Bestäubung der großen Obstplantagen vorzunehmen, fehlen die verstorbenen Völker. Die ›bösen‹ Imker oder auch die bösen Obstbauern klauen dann auch schon mal Bienenstöcke, damit die Blüten ihrer Obstplantagen bestäubt werden …

Diese Diebe lassen sich eigentlich nur auf frischer Tat überführen. Denn geschickte Diebe verwischen leicht alle Spuren. Die Beuten sehen sich zum Verwechseln ähnlich.

»Es gibt«, so überlegte Eduard, »eigentlich nur den Weg über die Schwarmintelligenz«. Den Begriff hatte er neulich in einem ganz anderen Zusammenhang gelesen. Eduard übersetzte ihn jetzt auf sein Bienenproblem. »Viele Augen sehen viel – und ein Dorf hat viele Augen. Wenn ich alles sehen könnte, was alle Augen sehen, dann wüsste ich vieles, was sonst im Verborgenen bleibt … Eigentlich weiß man im Dorf doch irgendwie, wer so etwas macht. Aber niemand würde es aussprechen. Höchstens, wenn er es muss. Zum Beispiel bei einer Gerichtsverhandlung.« Eduard überlegte weiter, dass solch kleine Fälle wahrscheinlich vor den Friedensgerichten abgehandelt würden. »Wenn es in der Vergangenheit Fälle dieser Art gegeben hat, dann könnte ich vielleicht aus den alten Akten Erkenntnisse für die aktuellen Fälle sammeln.«

Eduard wollte daher alle Friedensgerichte anrufen, um dort zu erfragen, ob dort Streitigkeiten »rund um die Bienen« ausgetragen worden waren. Die Idee war, über eine Namenshäufung oder eine Häufung von ähnlich gelagerten Fällen eine Gruppe zu identifizieren, die als Täter infrage käme. Nicht, dass diese Gruppe die Täter in Eduards konkretem Fall sein müssten, aber er erhoffte sich durch diese Aktion eine Idee zu erhaschen, wo er suchen sollte, denn er wollte Licht in das Dunkel bringen, zumindest irgendetwas tun.

Es gibt in Südtirol derzeit noch sieben Friedensgerichte. Am späten Mittag hatte Eduard schon fünf von ihnen abtelefoniert. Er war müde und hungrig. Außerdem war bisher nichts Verwertbares bei dieser Aktion herausgekommen. Als Nächstes auf der

Liste hatte er das Friedensgericht in Kaltern[2]. Die Kanzleileiterin hieß Luisa Simoni. Eduard kannte sie, weil sie zuvor bei der Staatsanwaltschaft in Bozen gearbeitet hatte. Er hatte hin und wieder mit ihr zu tun gehabt.

Gerade wollte er ihre Nummer wählen, als Francesca ins Büro rauschte. Die Szene gestaltete sich wie meistens: Tür auf, Luftzug, Wirbel, die Tasche auf den Stuhl in der Ecke geworfen, ihr munterer Blick, der alles sofort erfasste, das Stakkato ihrer Schuhe mit den hohen Absätzen, die Francesca so liebte, ihre schnelle Auffassungsgabe, die sie erkennen ließ, welche Akte Eduard vor sich hatte. »Die Bienen? Und? Gibt es etwas Neues?«

Eduard war jetzt wieder wach. Die durch das stundenlange monotone Telefonieren fortschreitende Müdigkeit war wie weggeblasen. »Francesca, die Muntermacherin. Francesca, das Energiebündel. Francesca, die Frau, die niemand unterschätzen sollte.« Blitzgedanken. »Es gibt nichts Neues. Ich habe dir ja davon erzählt, was ich vorhabe. Aber nach fünf Telefonaten habe ich nichts. Jetzt steht das Friedensgericht in Kaltern auf der Liste. Danach gehe ich essen. Möchtest du mitkommen?«

»Ja, gerne. Aber ich muss auch noch etwas erledigen. Der tote Jogger kommt aus Köln. Ich muss noch die dortigen Behörden informieren und herausfinden, ob der Tote Verwandte hat. Dann können wir von mir aus los.«

Beide setzten sich an die Telefone und wählten Nummern, erreichten Ansprechpartner, notierten auf Zetteln. Durch das gekippte Fenster strömte Frühlingsluft und Verkehrslärm ins Büro.

*

2 Die Zuständigkeiten des früheren Friedensgerichts in Kaltern sind auf das Friedensgericht in Neumarkt übergegangen. In Kaltern gibt es kein Friedensgericht mehr. Das schöne alte Gebäude am Rottenburgplatz wird jetzt (Stand: 2017) von den Carabinieri genutzt. Aus dramaturgischen Gründen lasse ich das alte Friedensgericht in Kaltern wieder aufleben.

Fabio hatte sich nach dem Morgenkaffee zurückgezogen. Er wusste Eduard und Francesca beschäftigt. Ihn trieb der Gedanke an die Cantallielo um. Was sollte er dem Vice bloß antworten?

Insgeheim hatte er sich Hoffnungen gemacht, schon im nächsten Jahr seine Nachfolge anzutreten. Das höhere Gehalt war schon verlockend. Die Fenster würden nicht die einzigen Kostenfallen in der Zukunft sein. Der Denkmalschutz könnte ihn zum Sklaven dieses Hauses machen, befürchtete er. Andererseits ärgerte es ihn auch, dass er sich solche Gedanken machte. Elisabeth nahm das alles viel gelassener. Sie wirkte tiefenentspannt. »Vielleicht ist es auch die Schwangerschaft«, sinnierte Fabio in Gedanken an seine Frau. Ihr Sohn Laurin war jetzt vier Jahre alt, wurde bald fünf. Es wurde höchste Zeit für ein Geschwisterkind. »Hätte vielleicht auch schon früher geklappt, wenn wir uns nicht für den Kauf dieses Ansitzes entschieden hätten«, dachte er und ärgerte sich erneut darüber, dass seine Gedanken ihn immer und immer wieder auf dieses Haus und die damit existierenden Finanzierungsprobleme lenkten.

»Du musst versuchen, deine Gedanken frei von diesen Sorgen zu machen«, sagte er sich und atmete durch, als er durch die Straßen Bozens Richtung Waltherplatz ging. Auf der Hinfahrt hatte er mit Tommaso vereinbart, dass sie sich in der Bar Marylin treffen – es sei denn, es stünden Termine einem Treffen außerhalb der Büros entgegen. Als Tommaso kurz vor 9 Uhr anrief, um ihm zu sagen, dass er jetzt losgehe, freute sich Fabio. Tommaso arbeitete nicht weit von der Questura, quasi gegenüber im Landeskommando der Carabinieri. Die Bar war ihr Lieblingsort außerhalb des Büros. Dort konnten sie ungestört reden. Fabio wollte mit Tommaso die Sache mit der Cantallielo in Ruhe erörtern. Auf der Autofahrt von Prissian bis Bozen wäre es vielleicht auch gegangen, aber da war die Zeit begrenzt. Beide wollten pünktlich bei der Morgenbesprechung sein.

Elisabeth hatte ihm geraten, das Angebot des Vice anzunehmen. »Das ist doch ganz pfiffig«, hatte sie gemeint. »Der Vice kann vielleicht die Stelle blockieren. Wer weiß schon heute, was in zwei Jahren ist? Bis dahin haben sie die Cantallielo irgendwo anders untergebracht. Und dann bist du dran. Das reicht doch.«

Elisabeth fand die Alternative, es einfach laufen zu lassen, nicht gut. »Wenn die, wer auch immer die sind, die Cantallielo für diesen Posten ausgewählt haben, dann wird man es verstehen, deine Bewerbung als unterlegen zu bewerten. Du weißt doch selbst, dass das keine besondere Kunst ist. Sei froh, das der Vice so gute Kontakte hat, die ihm die Sache gesteckt haben. Sonst wärest du da übel reingefallen. Mit dem Vice kommst du doch auch die nächsten zwei Jahre gut aus … Ich finde sein Angebot richtig gut … und ich glaube, dass er es für dich tut.«

Fabio war, nachdem er eine Nacht darüber geschlafen hatte, ebenfalls davon überzeugt, dass es gut wäre, das Angebot anzunehmen. Aber er wollte auch Tommasos Meinung dazu hören. Sein älterer Freund hatte viel Lebenserfahrung, er hatte die Cantallielo kennengelernt und konnte auch den Vice einschätzen.

Die Bar Marylin hatte zu dieser frühen Stunde alles im Angebot, was der Mensch mit Frühstückshunger – vom kleinen Italienischen bis hin zum großen Nordischen – braucht. Fabio bestellte einen Espresso und ein Cornetto. Tommaso bestellte das Gleiche.

Sie tranken ihren Kaffee und Tommaso wartete, denn er wusste, was Fabio auf der Seele lag. Ihm war bewusst, dass Fabio mit der Cantallielo niemals klarkommen würde. Das war schon damals ein Drama. Diese Frau war einfach schrecklich gewesen und war es wahrscheinlich immer noch. Aus seinen vielen Dienstjahren, die er hinter sich hatte, hatte er die Erfahrung, dass das Gefüge in einer Hierarchie stimmen musste, sonst funktionierte sie nicht – oder zumindest nur schlecht.

Sein Rat als Freund kam schnell, nachdem ihm Fabio die Lage geschildert hatte.»Ich finde den Vorschlag des Vice richtig gut. Wenn es klappt, dann hast du zwei Jahre Ruhe vor der Cantallielo. Auch stimme ich Elisabeth zu. Kann sehr gut sein, dass die Cantallielo bis dahin nicht mehr im Rennen ist. Manchmal ändern sich auch die politischen Machtverhältnisse in Rom und dann hat sie vielleicht auch niemanden mehr, der sie auf solche Posten heben kann ... Gut, dann können natürlich auch wieder andere kommen ... Aber das ist dann halt so ... Ich würde dir raten wollen, auf Zeit zu setzen.«

Fabio war jetzt entschlossen, dem Vicequestore zu sagen, dass er sein Angebot annehmen würde. »Sollen die Dinge doch ihren Lauf nehmen«, dachte er. Der Questore, der ihm vor sieben Jahren in Rom versichert hatte, dass es sein Schaden nicht sein werde, wenn er sich in die Provinz abordnen lasse, dass er schon binnen zwei Jahren dort Vicequestore werden könne, und so weiter ... diesen Questore gab es schon lange nicht mehr. Er war inzwischen Gott weiß wo hin befördert worden. Niemand aus seiner alten »Truppe« erinnerte sich mittlerweile an ihn. »Versprechungen zählen nichts«, das waren seine Erfahrungen. Aber nach sieben Jahren hatte das alles keinen bitteren Beigeschmack mehr.

*

Eduard notierte eifrig. »Endlich mal etwas Handfestes«, dachte er.

Luisa, die Kanzleileiterin des Friedensgerichts in Kaltern, erzählte von einem Fall, der sich in Tramin zugetragen hatte. »Es gibt hier immer mal wieder Streitigkeiten wegen der Grenzziehung zwischen Grundstücken ... und auch wegen der Pflanzabstände. Da streiten sich die Bauern gerne. Im Rahmen der Verhandlung werden dann auch Konflikte bekannt, die mit der eigentlichen Streitigkeit nichts zu tun haben, oftmals aber die Ursache für den Streit sind.« Sie stockte.

»Anscheinend überlegt sie, was genau sie mir sagt, ohne ihre Verschwiegenheitspflicht zu verletzen«, dachte Eduard.

Dann ging es weiter: »Ich mache dir jetzt mal ein Beispiel«, sagte sie. »Da streiten sich zwei um einen Grenzstein. Die beiden haben aber nicht wirklich etwas davon, wenn der Grenzstein jetzt einen Meter weiter rechts oder links zu liegen kommt. Das ist aber der Sachverhalt, den sie uns beim Gericht vortragen. In Wirklichkeit geht es aber um etwas ganz anderes: Der eine hat sich darüber geärgert, dass ihn der andere vor Kameraden aus der Schützenkompanie lächerlich gemacht hat. Das kann schon eine Weile her sein. Derjenige, der den anderen beleidigt hat, kann sich daran gar nicht mehr erinnern ... die Sache war damals vielleicht im Suff passiert. Aber bei dem Beleidigten wächst der Groll und er sucht nach einer Gelegenheit, es dem anderen heimzuzahlen. Auf die Idee, einfach mal miteinander zu reden und damit die Sache aus der Welt zu schaffen, kommt er nicht. Dafür ist er zu stolz oder zu eingebildet, oder kann sich gar nicht vorstellen, dass man Konflikte auch durch Reden bereinigen kann. Der sucht einen Grund, den anderen vor Gericht zu zerren.«

Luisa machte eine Pause, so als suche sie eine Überleitung zu Eduards Bienenfall.

»Einmal waren da zwei Nachbarn, von denen der eine den anderen übel beschimpft hat. Es ging um beschädigte Apfelbäume. In der Sache ist dabei nichts herausgekommen, weil der Kläger nicht beweisen konnte, dass der Beklagte ihm die jungen Bäume abgeschnitten hatte.«

»Abgeschnitten? Wie muss ich das verstehen?«

»Davon hast du vielleicht in der Zeitung gelesen. Dort hat man den Täter den ›Pink-Lady-Killer‹ genannt, weil er junge Bäume der Sorte ›Pink Lady‹ einfach in etwa 50 Zentimeter Höhe wahrscheinlich mit einer Astschere umgeschnitten hat. Die Apfelanlage war zerstört. Der Kläger hatte seinen Nachbarn im Verdacht, weil der keine ›Pink Lady‹ anbauen durfte. Weißt du, das ist hier schon eine Frage, wem es gestattet wird, diese neuen Clubsorten anzubauen.«

»Kann nicht jeder Bauer anbauen, was er will?«

»Schon, aber bei den Clubsorten ist das eben etwas anderes. Es geht hier eher um Marken und Markenstrategien. Wenn du als Bauer Clubsorten anbauen willst, musst du Mitglied im Club werden. Der Club entscheidet, wer wo wie viele Äpfel der jeweiligen Clubsorte anbauen kann, und kontrolliert auch den Verkauf. Die Genossenschaften und die Baumschulen mischen da auch noch mit. Und so kam es, dass nicht jeder, der Pink Lady anbauen wollte, dies auch konnte. Die Clubsorten werfen mehr Gewinn ab, deshalb will sie jetzt fast jeder anbauen, aber die vertreibende Firma, also der Club, bestimmt, wem und wie viele Pflanzen für das jeweilige Gebiet verkauft werden. Wenn du als Bauer anfänglich keine Pflanzen kaufen konntest, wirst du es in Zukunft vielleicht auch nicht mehr können, außer die vertreibende Firma lässt dies eventuell zu. Da spielen die Beziehungen zu der Firma schon eine Rolle. Hier kannst du als Bauer insoweit nicht mehr machen, was du willst. Und der Geschädigte meinte, dass der Neid des Nachbarn ihn zu dieser Tat getrieben hat. Aber – wie gesagt, es war nicht zu beweisen.«

»Interessant. Aber was hat das mit den Bienen zu tun?«

»Eigentlich nichts. Aber der wütende Bauer, dessen Bäume abgeschnitten worden sind, der hat in der Verhandlung recht getobt und hat seinen Nachbarn auch beschuldigt, Bienenbeuten gestohlen zu haben. Und ja, genau, das auch noch, schwarz geschlachtet soll er auch haben. Also, das war dann schon echt heftig, was der alles gegen seinen Nachbarn losgelassen hat.«

»War das der einzige Fall mit Bienen?«

»Soweit ich mich erinnern kann, haben wir hier keine Verfahren wegen Beschädigung oder Diebstahl von Bienenvölkern gehabt. Aber ich bin sicher, dass man hier im Dorf sehr gut weiß, wer für so was in Frage kommt.«

»Kennst du da wen?«

»Das weiß ich jetzt nicht so konkret. Aber du kannst ja mal wieder vorbeikommen. Ich wüsste schon den ein oder anderen Keller oder die ein oder andere Bar, wo Leute sitzen, die was wissen könnten.«

Eduard war zufrieden. Wenigstens ein Telefonat, das irgendeine klitzekleine Information enthalten hatte. Sie verabredeten einen Termin für den nächsten Vormittag.

»Auch wenn das ein Schuss in den Ofen wird«, dachte er, »der Stillstand in der Sache ist beendet.« Eduard war der Typ Polizist, der immer mal wieder mit unkonventionellen Ideen vorging, um in einem Fall weiterzukommen. Er selbst hätte über sich gesagt: »Nichts tun ist nicht der Weg. Nur Bewegung bringt die Lösung.« Vielleicht noch: »Manchmal muss man die Lösung neben der Spur suchen.« Die Geschichte mit dem Grenzstein und den Streithähnen einer Schützenkompanie gefiel ihm daher gut. Genau so, wie die Leute beim Friedensgericht Fälle wie diesen betrachteten, genau so betrachtete er die Fälle, die er auf den Schreibtisch bekam und die nicht einfach waren. Er versuchte »dahinter« zu schauen. »Was für ein Motiv steckt hinter dem Bienenvölker-Diebstahl«, das war die Frage. »Ging es um Bienen? Ging es ›nur‹ darum, ein verlorenes Volk gegen ein gesundes auszutauschen? Oder steckte dahinter etwas ganz anderes?« Das waren Fragen, die Eduard liebte und warum er seinen Beruf so liebte. Er freute sich daher auf das Gespräch mit Luisa in Kaltern. »Luisa stellte sich anscheinend ähnliche Fragen wie ich«, dachte er.

*

Nach dem Gespräch mit Tommaso musste Fabio noch ein wenig alleine durch Bozen bummeln. Er wollte jetzt erst einmal nur mit sich sein und alles, was er selbst überlegt hatte und was Elisabeth und Tommaso dazu gesagt hatten, nochmals überdenken, um dann eine Entscheidung zu treffen, für die er sich wahrscheinlich schon gestern entschieden hatte. »Alles andere wäre Quatsch«, sagte er sich, während er die Postgasse – in seinen Gedanken versunken – längs durchschritt.

Tommaso war schon mit schnellen Schritten vorausgeeilt. Fabio hätte am Museion nach links abbiegen können, um zur Questura zu gelangen, aber er bummelte daran vorbei und betrat die interessant gestaltete Brücke über die Talfer, die mit ihren zwei sanft geschwungenen Verläufen Fußgängern und Radfahrern je eigene Verkehrsflächen bot. Er blieb in der Mitte der Brücke stehen und betrachtete den Fluss, der sich ohne Unterlass in Richtung Eisack bewegte. »Ohne Unterlass fließt sie«, dachte er. »Nichts hält das Wasser auf. Egal, was hier oben auf der Brücke passiert.« Dabei blickte er auf die Menschen, die an ihm vorbeigingen, vorbeihasteten, sah ihre Gesichter, die selten entspannt, meist angestrengt wirkten. »Hinter ihren Stirnen denkt es. Alles Mögliche wird gedacht. Vielleicht denkt einer gerade, was wohl passiert, wenn ich demnächst einen neuen Chef bekomme. So wie ich es auch denke. Und die Talfer fließt in die Eisack, egal, was gedacht wird ... Wasser fließt, das Leben fließt.« Mit einem Ruck, den er fast körperlich spürte, dachte er: »Warum sollte ich mich dagegenstemmen. Warum?«, und dann, fast schon heiter, »lassen wir den Dingen doch ihren Lauf.« Mit diesem Gedanken vollendete Fabio seinen kleinen Spaziergang am Ufer der Talfer Richtung Drususbrücke.

Wenige Minuten später betrat er das Büro des Vicequestore.

Silvano Pallua war nicht erstaunt, Fabio zu sehen. Er musterte dessen Gesicht und ihm gefiel, was er sah. »Sie haben sich also entschieden?«, begann der Vice, ohne weitere Einleitung, als Fabio sein Büro betrat.

»Ja, das habe ich. Ich finde, dass Ihr Vorschlag die richtige Strategie ist ... Zugegebenermaßen hätte ich mich gefreut, wenn ich Ihre Stelle ab dem nächsten Jahr hätte einnehmen können. Aber unter den gegebenen Umständen wäre es für mich besser, Sie würden zwei Jahre verlängern. Ich kann dann hoffen, dass man die Dame bis dahin anderweitig untergebracht hat ... Der Versuch ist es jedenfalls wert.«

Der Vice nickte kaum sichtbar, blieb aber an seinem Schreibtisch sitzen. »Dann will ich mein Bestes geben, damit das auch funktioniert.« Nachdenklich fügte er hinzu: »Meine Kontakte und meine Beziehungen sind derzeit noch gut, sodass ich davon ausgehen kann, dass man mir die Verlängerung gewähren wird. Aber ich kann die Kräfte nicht einschätzen, die diese Dame unterstützen. Das macht mir ein wenig Sorge. Das sollten Sie noch wissen.«

Fabio besprach mit dem Vice, ob er seine beiden Assistenten unterrichten dürfe. Er hatte nichts dagegen, machte aber deutlich, dass er keine Gerüchte in der Questura haben wolle.

»Und Carlotta?«, fragte Fabio.

Der Vice lächelte ihn an und deutete mit einer kleinen Kopfbewegung auf die Tür zu seinem Vorzimmer.

Als Fabio das Vorzimmer betrat, in dem Carlotta das Sagen hatte, nickte sie ihm aufmunternd zu und fragte: »Na, Fabio, zwei Jahre Verlängerung?« Sie zwinkerte ihm zu.

»Was weiß diese Frau eigentlich nicht?«

*

Über seine Entscheidung informierte während der gemeinsamen Rückfahrt nach Prissian Fabio seinen Freund Tommaso, der ihn dafür entschieden lobte. Sein Bass rollte durch die Fahrerkabine: »Alles richtig gemacht – und mehr gibt es jetzt auch nicht zu tun.« Das waren seine Worte.

Auf dem Weg raus aus der Stadt fielen ihnen neu aufgestellte riesige Plakate auf. Sie zeigten ein Teilporträt eines männlichen Gesichts in Schwarz-Weiß, das grafisch derart verfremdet war, dass es aus schwarzen Klecksen auf weißem Grund zu bestehen schien. Das Porträt zeigte den oberen Teil des Gesichtes von den Augenbrauen abwärts. Die untere Bildgrenze erfasste gerade noch den Nasenansatz. Im Bild waren daher die Augen dominant. Da hatte der Fotograf eine großartige Arbeit geleistet. Dieser Ausdruck, der war irgendwie grandios, zog die Blicke der Betrachter wie magisch an. Der Blick wirkte irgendwie unheimlich und geheimnisvoll.

Auf der unteren Hälfte des Plakates stand in zwei Zeilen, mit großen Lettern:

TEE MIT ZIMT
oder Wie töte ich meinen Regisseur

Das war alles. Keine weitere Information. Tommaso äußerte sich als Erster: »Was soll das denn ... Hast du diese Augen gesehen?«

»Ich habe auch keine Ahnung, was das soll. Aber es sieht interessant aus. Ja, die Augen, die sind der Hammer. Wer kann bloß so gucken? ... Ich denke, das ist irgendeine Kunstaktion. Ich bin heute am Museion vorbeigegangen. Könnte auch dort hängen, das Bild.«

»Und was soll mir dann der Text sagen?«

Fabio, froh über den Themenwechsel, ließ seiner Fantasie freien Lauf: »Die Worte ›Tee mit Zimt‹ sind bestimmt eine Metapher. Tee ist ein Produkt mit einer jahrtausendealten Kultur. Denk nur mal an die Teezeremonie der Japaner. Da steht der spirituelle Aspekt im Vordergrund. Tee wird mit äußerster Achtsamkeit zubereitet und getrunken. Ziel ist, zu erkennen, dass Nichts wirklich ist. Auch nicht der Inhalt unserer Gedanken.« Fabio wagte einen Seitenblick. Tommaso lauschte ihm, sichtlich amüsiert. »Ich will jetzt nicht weiter ausführen, welche Bedeutung Tee in der chinesischen Kultur hat oder was er den Russen bedeutet. Auch will ich mich nicht über seine Rolle innerhalb des britischen Alltags auslassen.«

Tommaso nickte sehr amüsiert.

»Lass uns zunächst über das erwähnte Gewürz sprechen: Zimt. Zimt, das ist ein Gewürz, das wie viele Gewürze lange Zeit nur für wenige verfügbar war und deshalb als wertvoll galt. Letztlich ist es Baumrinde. Ganz profane Baumrinde, vermahlen zu Pulver. Zimtbäume wachsen in Sri Lanka, China, Vietnam, Indonesien und Sumatra. Aber Zimt hat es in sich. Zimt wird eine liebesfördernde Eigenschaft nachgesagt. Auch wirkt es stimmungsaufhellend.«

Fabio machte eine Pause und beobachtete, wie sein Wissen auf Tommaso wirkte.

»... und jetzt diese Kombination: ›Tee mit Zimt‹. Diese gewaltige Metapher. Uralte Kultur trifft auf aphrodisierend wirkendes Gewürz. Was will uns der Verfasser dieser Zeile damit sagen? Das erzeugt in mir eine Spannung, das führt mich in die Richtung des Themas, das gibt mir Hinweise, in welche Richtung der Künstler unseren Blick, unser Denken leiten möchte.«

Tommaso hatte dem Redeschwall Fabios amüsiert gelauscht. Er wusste, dass sein Freund jederzeit in der Lage war, solche monströsen Erklärungsmuster aus sich heraussprudeln zu lassen. Er wusste, dass er das nicht ernst meinte, deshalb ging er gerne auf das Spiel ein:»Du meinst also, dass wir als Betrachter dieser ersten Zeile den Konflikt zwischen der Tradition und dem Neuen in den Blick nehmen sollten. Wenn wir das auf die Jetztzeit übertragen, dann müssen wir suchen. Das ›Suchen‹ wird ja auch sehr deutlich über die Augen ausgedrückt, findest du nicht? Also ich meine, die Augen dieses Typen suchen etwas. Sie suchen den Horizont ab. So, wie es ein erfahrener Kapitän tun würde. Vielleicht ist es das, was der Künstler uns sagen will? Wir sind alle auf der Suche und dabei sollten wir den Blick auf die Tradition und gleichzeitig auf das Neue richten.«

Tommaso nickte selbstzufrieden. Er konnte das auch. Quatscherklärungen abgeben.

Fabio schaute seinen Freund von der Seite interessiert an. Da er sein Spiel aufgenommen hatte, reizte es ihn, es weiter voranzutreiben. »Aber was, lieber Tommaso, soll uns der zweite Satz sagen: ›oder Wie töte ich meinen Regisseur?‹. Der gesamte Satz ist in Groß- und Kleinschreibung gestaltet, wobei der erste Satz, der zudem auch noch in der ersten Zeile steht, ausschließlich mit Großbuchstaben geschrieben ist und dann noch ohne jedes Prädikat. Was hat das zu bedeuten? Was meinst du?«

»Nun, der zweite Satz, mein lieber Fabio, der ist ganz entscheidend. Wir fragen uns, worum geht es in diesem Satz? Es geht um eine Mordtechnik. Ganz klar. Dieser Satz ist eine Botschaft an uns. Die Polizei, die Ordnungsmacht ganz allgemein. Du und ich, wir zwei sind gemeint ... Von mir aus auch Francesca, Eduard, der Vice, meine Kolleginnen und Kollegen, aber eben auch genau wir. Ich frage mich daher, was macht der Satz mit mir? Was löst er in mir aus?«

Fabio musste breit grinsen. »Na, und was macht er so mit dir? Der Satz?«

»Ja – was macht der Satz mit mir?« Tommaso musste überlegen, denn in der Tat machte der Satz gar nichts mit ihm. »Nun, mein lieber Fabio, dieser Satz lässt mich darüber nachdenken, dass es vielerlei Tötungsarten gibt. Denn dem Satz steht ein ›oder‹ und ein ›wie‹ voran. Das ›oder wie‹ besagt doch sehr deutlich, nein, es schreit geradezu hinaus, dass der potenzielle Täter über die Vielfalt der Tötungsarten nachdenkt. Und damit, mein lieber Fabio, sind wir fast bei unserem derzeitigen Lieblingsthema.«

»Das wäre?«

»Deine Theorie – die ich im Übrigen teile –, dass viele Morde unentdeckt bleiben, weil es viele sehr subtile Tötungsarten gibt, die der Hausarzt nicht erkennen kann. Deine Forderung nach einer standardisierten und regelhaften Leichenschau durch dazu ausgebildete Ärzte wird durch den Aufschrei der ersten beiden Worte des zweiten Satzes, dieses ›oder wie‹, nicht nur unterstützt. Es fordert geradezu heraus, in genau diese Richtung zu denken. Was«, fuhr Tommaso fort, dessen Gedanken sich jetzt in einer Fantasiespirale immer schneller drehten, »was würde denn passieren, wenn der Täter, der die Tat plant, wüsste, dass seine Tat auf jeden Fall entdeckt werden würde. Was, wenn er wüsste, dass jeder Tote von einem kundigen Arzt daraufhin untersucht würde, wie er gestorben ist? Würde der potenzielle Täter dann diese Worte wählen? Dieses ›oder wie‹? ... Nein! Das würde er nicht. Er würde sagen können, nein, er würde sagen müssen: ›Ich töte meinen Regisseur‹. Denn egal, wie er es macht, die Tat als solche würde entdeckt werden. Aber unser Täter weiß, dass nicht jede Leiche untersucht wird. Wenn es unser Täter geschickt anstellt, dann bleibt die Tat als solche unentdeckt. Deshalb fragt er sich noch vor der Tat: ›oder wie‹.«

Tommaso hörte auf zu reden und blickte interessiert in Fabios Gesicht, dessen Reaktion abwartend.

Fabio hatte seine helle Freude an diesem Fabulierspiel und grinste breit ob Tommasos Fantasiereichtum. Von ihm aus könnte das bis Prissian so weitergehen. Drum hob er an: »Du hast natürlich völlig recht, lieber Freund. Der Anfang des zweiten Satzes ist ein Appell an die Politik, endlich dafür zu sorgen, dass die standardisierte und regelhafte Leichenschau eingeführt wird ... Allerdings empfinde ich den Appellcharakter dieses Satzes zu subtil, zu ungenau, zu unpräzise. Der Appell huscht ja nur durch das Bild, tritt nicht genügend deutlich hervor. Das, mein lieber Tommaso, bewirkt allein das Zielobjekt unseres imaginären Täters. Er will seinen Regisseur töten. Also, was tötet er im metaphorischen Sinne? Ist es die Kunst allgemein, ist es das Theater, und wenn ja, das Regietheater, das Volkstheater, das klassische Bühnentheater, das Theater des Lebens? Auch hier wird der Künstler, der uns diese Bild-Wort-Kombination anbietet, unpräzise, lässt entscheidende Fragen offen. Es kann auch sein, dass er diese Fragen bewusst offenlässt. Das gibt uns, den Betrachtern, einen weiten Spielraum, um vieles, ja vielleicht sogar alles in den Blick zu nehmen. Der

Künstler richtet uns damit auf das Universelle, das Gewaltige, das Allumfassende aus. Am Ende wird es so sein, dass er uns die Frage nach dem Sinn stellen will.«

Tommaso und Fabio mussten jetzt beide zugleich loslachen. Sie hatten beide viel Freude an diesem Spiel, wussten aber immer noch nicht, was die Plakatierung für einen Sinn hatte.

Fabio vermutete, dass sie für eine neue Ausstellung des Museion werben sollte. Allerdings hatte er darüber noch gar nichts im Tagblatt *24DerTag24* gelesen, in dem für gewöhnlich eine neue Ausstellung lange vorher angekündigt worden wäre.

Tommaso hatte den richtigen Riecher. Er vermutete als Grund für die Plakatierung die erste Ankündigung für den Theatersommer dieses Jahres. Er war nicht theaterbegeistert, aber er hatte über viele Jahre hinweg erlebt, wie sich die Theaterszene in Südtirol entwickelt hatte. Insbesondere die Entwicklung der unzähligen Volksbühnen hatte er erlebt und kannte daher auch die Entwicklung der Werbeplakate, Ankündigungsflyer verschiedener Volksbühnen, besonders aber der in Lana, weil sie für ihn quasi »um die Ecke« lag. Die Bühnen waren über die Jahre immer besser und anspruchsvoller geworden. Die Schauspielerinnen und Schauspieler, aber auch die Regisseure immer professioneller. Es gab zwar auch noch Volksbühnen, die typisches Volkstheater spielten, aber immer mehr Bühnen gingen über zum sogenannten Regietheater. Die Stückeauswahl wurde anspruchsvoller, die Aussagen, die Regisseur und Theatercrew damit machten, kratzen gerne an den drängenden Fragen aktueller Politik, schafften Problembewusstsein und sei es auch nur für die Nacht der Aufführung. Theater in Südtirol will bewegen, will etwas bewirken. Daher glaubte Tommaso, dass dieses Plakat, das außer dem Text und der Andeutung eines Porträts nichts zeigte, zunächst einmal nur die Neugier wecken sollte. Er vermutete, dass weitere Plakate folgen und die Theatermacher damit den Schleier immer weiter lüften würden. Tommaso sollte mit seiner Einschätzung recht behalten.

Sechs

Auf der Morgenbesprechung des folgenden Tages informierte Fabio Francesca und Eduard über sein Gespräch mit dem Vice.

Francesca hatte die Cantallielo noch erlebt. Sie hatte damals fast zeitgleich mit ihr in der Questura angefangen. Sie war, wie auch Fabio, der Meinung, dass die taktische Entscheidung, die Dame zumindest für die nächsten zwei Jahre zu verhindern, richtig war.

Eduard konnte sich hierzu keine eigene Meinung bilden, war aber ebenfalls zufrieden. Er hatte sich schon darüber Gedanken gemacht, was sich hier in diesem Kommissariat und speziell für ihn ändern würde, wenn Fabio Anfang nächsten Jahres zum Vicequestore aufrücken würde. »Dann ändert sich das ganze System«, überlegte er. »Das bisherige ist aber prima.«

So gingen sie mit einem insgesamt guten Gefühl in die Bar der Questura, um ihren Morgenkaffee zu trinken und die Lage des Tages zu besprechen.

Francesca schilderte ihre Eindrücke aus den Gesprächen mit den »Freunden« des toten Joggers. Sie wollte heute beim Institut von Dr. Phillipi nachfragen, ob man im Blut des Toten Spuren von den Betablockern seines Zimmernachbarn gefunden hatte. Außerdem konnte sie den jungen Männern Bescheid geben, dass sie mit der Polizei in Köln vereinbart hatte, dass sie mit dem Wagen des Verstorbenen bis Köln fahren konnten, aber am Tag nach ihrer Ankunft den Wagen nebst Schlüsseln und Papieren im Polizeipräsidium abgeben müssten. Die Kölner Polizei würde sich mit dem Nachlassgericht in Verbindung setzen, das sich um die Ermittlung der Erben kümmern würde.

Eduard berichtete von seinen Bemühungen im Fall des Bienenvölkerdiebstahls und von seinem Termin im Friedensgericht in Kaltern, zu dem er am frühen Vormittag aufbrechen würde.

*

»Das muss schneller kommen!« Zenz war ungehalten. Er hatte es seinen Schauspielern schon tausendmal gesagt. Aber sie machten es einfach nicht so, wie er es wollte und wie er es ihnen immer und immer wieder gesagt hatte. Mit Güte, mit Langmut, mit Verve, mit – ach, mit was auch immer. Und in wenigen Wochen war Premiere. Es war zum Verzweifeln. Wie sollte er diesen Laien in nur noch drei Wochen beibringen, wie Regietheater funktioniert? Wieso akzeptierten sie nicht einfach das, was er sagte? Wieso schafften sie es nicht, den einfachsten Anweisungen Folge zu leisten?

Gut, nicht alle waren so. Es gab auch Ausnahmen. Sara zum Bespiel. Sara war willig. Das war gut. Deshalb hatte Zenz ihr auch die sportliche Rolle zugewiesen. Es gab eine Szene, in der Sara als Ast an einem Baum in der Waagerechten hängen sollte – für mindestens eine Minute. Das war nicht einfach und Sara ging dafür durch die Hölle. Sagte sie jedenfalls. Unzählige blaue Flecken bewiesen es. Aber sie tat es. Zenz hatte sie in einem Kurs für Poledance angemeldet. Es war nicht einfach an einer Stange zu tanzen, denn diese sportliche Variante des Stangentanzes erforderte höchste Präzision und vor allem Kraft. Die Schauspielerin, die mit solch einer Rolle besetzt wird, sollte nicht viel wiegen, denn sie musste ihr eigenes Körpergewicht gegen die Schwerkraft verteidigen. Sara war dafür wie geschaffen. Klein, fast zierlich, aber zäh und ausdauernd. Er hatte sie in Deutschland kennengelernt. Eine der unzähligen gut ausgebildeten jungen Schauspielerinnen, die große Schwierigkeiten hatten, Engagements zu bekommen, von denen sie einigermaßen leben konnten. »Von denen kannst du alles verlangen«, wusste Zenz. Und Sara wollte etwas erreichen. Ehrgeiz hatte sie, Biss hatte sie. Das hatte Zenz gleich erkannt.

Anders Maja. Sie war für diese Rolle nicht geeignet. Hatte sich aber regelrecht angeboten. »Mit allem, was sie hatte«, erinnerte sich Zenz süffisant. Aber da war er hart geblieben. Maja taugte zwar im Bett, aber nicht für die Rolle. Basta. Das müssen junge Schauspieler lernen: Der Regisseur entscheidet. Da hat es keinen Widerspruch zu geben. Ihre Rolle ist ja auch nicht schlecht. Maja hatte die Rolle der »Linda Brewster« bekommen, einer schokoladensüchtigen Schauspielerin, die zwanzig Jahre an der Bühne von Shapelton Upon Sea spielt, bevor sie, kurz vor der Premiere von *Wenn der Apfel fällt* von Lewis Westcastle, dem Regisseur des Stücks, rausgeworfen wird.

Es war nicht so einfach gewesen, den drei Laienschauspielern, die Zenz übernehmen musste, zu erklären, was er von ihnen wollte. Mit den Profis, Maja und Sara, hatte er keine Probleme. Die kannten das. Aber diese Laien waren ein echtes Problem.

Norbert zum Beispiel. Er spielte den Mortimer Redferne. Die Rolle des Mortimer war anspruchsvoll. Norbert hatte in der Theatergruppe Kaltern schon viele Rollen gespielt. Deshalb kam Zenz nicht an ihm vorbei. Eine von Norberts herausragenden Rollen war die des Don Camillo gewesen, in dem Stück *Die wahrhaftige Geschichte von Don Camillo und Peppone*. Das war 2007.

So hatten sie es Zenz erzählt, als er schließlich den Auftrag bekam, in Kaltern die diesjährige Theateraufführung der Theatergruppe als Regisseur zu übernehmen. »War nicht einfach«, erinnerte er sich. Er hatte zunächst den allseits beliebten Regisseur Michael aus dem Rennen bringen müssen. Ihm hatte er das Amt des Dramaturgen angeboten, nachdem er, Zenz, sich als Bewerber durchgesetzt hatte. Aber Michael hatte nicht angenommen. Das war Zenz mehr als recht. Schwierig war es auch gewesen, Profischauspieler mit in die Truppe zu holen. Die Theatergruppe Kaltern bestand aus Laienschauspielern. Gut, in jeder Schar Laien gab es den ein oder anderen, der nahe an das Profiniveau heranreichte. Aber Laien haben eben alle auch einen Brotberuf. Die können nicht immer zu den Proben kommen. Weil die Ernte eingebracht werden muss, weil das Lokal, das sie führen, sonst unbesetzt ist und ... und ... und ... Diese Herrschaften konnte Zenz nicht so treten wie die Profis.

Theo zum Beispiel. Inhaber des Drescherkellers in Kaltern. Er hätte die Rolle des Gabriel im Stück übernehmen sollen. Es war eine gute Rolle. Gabriel war die gute Seele in der Garderobe des Theaters von Shapelton Upon Sea. Dort spielten die meisten Szenen. Es war eine zentrale Rolle. Gabriel war der, der alles sieht und alles weiß, und schließlich ist er der Deus ex Machina, der Helfer in der Not, der plötzlich aus der Kiste springt ... Ach was. Mit Theo hatte das einfach nicht funktioniert. Gegen den großen, kräftigen Mann mit dem sanften Wesen hatte sich Zenz nicht durchsetzen können. Zenz war sonst sehr durchsetzungsfreudig und hatte es drauf. Die Leute spurten, wenn er es wollte. Aber bei Theo lief er vor eine Wand aus Watte. »Morgen bist du aber pünktlich!«, hatte er ihm immer wieder gesagt. »Sonst muss ich mir überlegen, wie ich die Rolle besetzte ...«, hatte er gedroht. Allein, Theo kam nicht pünktlich. Mit seiner Gemütsruhe, seiner unbeschreiblichen Gelassenheit, schaute er auf Zenz herab, wenn er wieder einmal zu spät kam, und nahm es dann auch mit derselben Gemütsruhe und Gelassenheit hin, dass dieser ihn feuerte. Theo hatte seinen Drescherkeller, seine Gäste und seine Freunde. Zenz ahnte nicht, was alles hinter der Stirn dieses Mannes vorging.

Die Rolle des Gabriels hatte er dann fix mit Evi besetzt und den Namen der Rolle rasch in Gabriela umbenannt. Es hätte zwar etwas besser gepasst, diese Rolle mit einem Mann zu besetzten, weil Gabriel die beiden Frauenfiguren in dem Stück, die Schauspielerinnen Linda Brewster und Alice Barber, gut verstand – sozusagen als geschlechtsloser Diener seiner Herrinnen und Herren. Aber was sollte es. Theo wäre zwar allein schon wegen seiner enormen Größe und seiner Gelassenheit die perfekte Besetzung gewesen, aber die kleine Evi würde das mit Witz und Charme wahrscheinlich wettmachen.

Schwierig war es gewesen, Maja und Sara, die beiden professionellen Schauspielerinnen, durchzusetzen. Der Vorstand des Vereins hatte ganz schön gezuckt, als er damit ankam. »Profis wollen wir hier keine – wir sind eine Laientheatergruppe«, war es ihm entgegengeschallt. »Profis spielen nur bei den drei großen Freilichtbühnen mit.« Das stimmte zwar nicht mehr, aber im Grundsatz stimmte es doch. Zenz wusste das. Er kam ja aus der Gegend. Wenn er auch seine Erfahrungen im Ausland gemacht hatte, so kannte er die Theaterszene in Südtirol recht gut. Deshalb war er auch zurückgekommen, denn er wollte diese Szene aufmischen. Zu drei großen Freilichtbühnen hatte er keinen Zugang gefunden. »Noch nicht!«, hatte er sich gesagt. »Aber das kommt schon noch. Wenn ich erst einmal in Kaltern gezeigt habe, was ich drauf habe, dann kommen die nicht mehr an mir vorbei«, das waren seine Gedanken, als er vor ungefähr sechs Monaten begonnen hatte, seine Fühler auszustrecken.

Jedenfalls hatte er zunächst den Widerstand des Vorstandes gegen die beiden Profischauspielerinnen Maja und Sara brechen müssen. Werner, der Obmann der Theatergruppe Kaltern, war schwierig zu knacken gewesen. Ihm hatte er die Rolle des Inspektor John Armstrong angeboten. Eigentlich wurde diese Rolle doppelt besetzt. Der Schauspieler, der den Gabriel spielte, spielte auch die Rolle des Inspektors. Aber da Theo ausgeschieden war und Evi nicht auch noch die Rolle des Inspektors übernehmen konnte, weil der Inspektor ein glühender Fan von Alice Barber war und deshalb ein Mann sein musste, hatte er Werner eingebunden und ihn damit etwas sanfter gestimmt. Schließlich hatte er mit seinem Konzept, seinen Ideen, seiner Art überzeugt. Auch dass er nicht nur Regie führen wollte, sondern auch die Rolle des Regisseurs, Lewis Westcastle, selbst spielen wollte, hatte den Vorstand überzeugt und ihm diese Spielsaison eingebracht.

Maja und Sara hatte er im Griff. Aber diese Laien, nun ja. Und da war noch der Mann, der für das Bühnenbild zuständig war. Hermann. Hermann war Rentner. Zenz wusste nie, ob Hermann ihn verstand, ob er wirklich verstand, was er, der Regisseur, wollte. Aber die anderen – von der Theatergruppe – hielten große Stücke auf ihn. An Hermann war Zenz nicht vorbeigekommen. Dabei brauchte er ein erstklassiges Bühnenbild. Das Stück selbst hatte er »geklaut«. Es stammte aus der Feder von Lars Lienen, einem Theatermacher, Schauspieler und Regisseur aus Erkrath bei Düsseldorf. Zenz hatte es adaptiert, so könnte man es ausdrücken. »Alle schreiben sie doch voneinander ab«, hätte er gesagt, wenn es rausgekommen wäre. »Musiker klauen, Schriftsteller klauen, alle klauen sie sich die Ideen, die Texte, die Melodien. Der werfe den ersten Stein, der es nicht tut.« Doch um sich gegen die allfälligen Plagiatsvorwürfe zu wehren, hatte Zenz einen Kunstgriff anwenden wollen. Dafür brauchte er ein besonders gutes Bühnenbild – und das sollte ihm Hermann liefern. Aber Hermann lieferte nicht. Jedenfalls nicht so – und vor allem nicht so schnell –, wie Zenz das wollte.

Aber auch die Profis waren nicht durchgängig professionell. Die Rolle von Sara war im Vergleich zu Majas Rolle schon die bedeutendere. Maja war auch eingeschnappt, als sie, trotz ihres besonderen Einsatzes, diese Rolle nicht bekommen hatte. Eifersucht spielte hier eine Rolle, denn auch Sara hatte ihre Besetzung »durchgesetzt«. Jetzt hatte Zenz die Aufgabe, die beiden in Schach zu halten, dafür zu sorgen, dass sie auf der Bühne funktionierten.

»Ach, es ist die Hölle«, dachte Zenz manchmal, »Aber wenn ich diese Hölle durchlebt habe, dann geht es aufwärts.« Denn Zenz folgte einem Plan. Einem gewagten Plan, aber er hatte keinerlei Zweifel, dass sein Plan funktionieren würde. Sein Plan war genial.

Das Stück, mit dem Zenz auf einen Schlag bekannt werden wollte, spielte in der Garderobe eines englischen Provinztheaters in Shapelton Upon Sea. Die Schauspieler fiebern ihrem Premierenauftritt entgegen. Ihr Dialog über das Theater als solches, die Eitelkeiten von Schauspielern, Regisseuren und anderen Theaterleuten, ihre Arbeitsbedingungen und Marotten und schließlich ihr gemeinsamer Hass auf ihren Regisseur, den Zenz ja selber spielte, waren der vordergründige Inhalt des Stücks. Aber es wäre kein Stück von Zenz Nußbaumer, wenn es nicht einen tieferen Sinn hätte. Er war unheimlich gespannt darauf, ob die Theaterkritiker Südtirols diesen Sinn entdecken und in ihren Rezensionen beschreiben würden. Aber hier würde er Vorkehrungen treffen. Es waren ja noch drei Wochen bis zur Premiere von

TEE MIT ZIMT
oder Wie töte ich meinen Regisseur

Der Witz an diesem Stück aus der Feder eines Kollegen war, dass die Truppe, die auf der Bühne agierte, sich auf das Stück *Wenn der Apfel fällt* vorbereitet. *Wenn der Apfel fällt* – das war der Knaller. Wenn man mitten im Obstanbaugebiet mit diesem Stück die provokante These in den Raum stellt, dass »der Apfel fällt«, also das Symbol für Bodenständigkeit, aber auch Monokultur, Raubbau an der Natur, Profitstreben, dann wäre das eine Provokation und jede Provokation würde Kräfte mobilisieren, die seinen Namen weit über die Grenzen bekannt machen könnten. Das war sein Kalkül. Lars Lienen, der Autor von *Tee mit Zimt*, hatte das Stück *Wenn der Apfel fällt* im Hintergrund spielen lassen. Das wollte Zenz ändern. Er würde das Stück *Wenn der Apfel fällt* neben die Handlung von *Tee mit Zimt* stellen. Dazu brauchte er eine zweigeteilte Bühne. Für den Hauptteil sollte Hermann ihm eine Schauspielergarderobe bauen und für den zweiten Teil eine auf das Wesentliche reduzierte Bühne schaffen, wie man es im Regietheater hat. Der Baum war hier nur eine Stange, wie sie Pole-Tänzerinnen nutzen. Der Ast am Baum und auch der Apfel war Sara. Sie symbolisierte die Frucht, die sich nicht ewig würde halten können. Aber für mindestens eine Minute musste Sara waagerecht an der Stange hängen. Deshalb musste sie auch täglich dafür trainieren.

»Das ist die künstlerische Veränderung, die mein Stück von dem des Verfassers des Ursprungsstückes unterscheidet. Und damit ist es meins.« Das war Zenz' Auffassung. Jetzt war Hermann so unendlich langsam mit dem Bühnenbild, und es war nur noch wenig Zeit bis zur Premiere.

*

Der Anruf elektrisierte. »Ja – verstehe. Danke. Tommaso? Ja, den kann ich informieren.«

Wenn Dr. Phillipi es so eilig hatte, dann stimmte etwas nicht mit der Leiche des jungen Joggers. Fabio war nicht nur darauf neugierig. Er frage sich auch, warum er Tommaso mitbringen sollte. Phillipi wusste, dass sie beide eng befreundet waren und den Arbeitsalltag in Teilen gemeinsam verbrachten. Fahrgemeinschaft, gemeinsames Mittagessen in ihrer Lieblingsbar, wenn es zeitlich passte, und so weiter. Deshalb sparte sich Phillipi den Anruf bei Tommaso in der Carabinierikaserne und bat der Einfachheit halber Fabio darum, Tommaso mitzubringen. Was aber hatte Tommaso mit dem Jogger zu tun?

Tommaso konnte sich auch keinen Reim darauf machen, fuhr aber bereitwillig mit. »Sonst hat Phillipi nichts gesagt?«

»Nein. Er war kurz angebunden. Nur, dass wir beide bitte sofort kommen sollen. Er müsse uns etwas zeigen.«

»Vielleicht geht es ja nicht nur um den Jogger?«

»Sondern?«

»Die Frau. Schon vergessen? Die Frau, die zu Tode gestürzt ist. Die ich ihm untergejubelt habe. Vielleicht will er sich bedanken, weil ich seinen Studenten einen Gefallen getan habe … Aber das hätte doch auch Zeit gehabt. Komisch.«

Dr. Phillipi empfing die beiden am Eingang. Das war ungewöhnlich. Er schien erregt. »Kommen Sie, kommen Sie!« Er schritt eilig voran und führte sie in den Obduktionssaal.

Auf einem der Tische lag der Jogger. Das war gut zu erkennen, weil die Leiche nicht abgedeckt war. Auf einem anderen Tisch lag unter einem Tuch eine weitere Leiche.

Phillipi führte die beiden zuerst zum Jogger. »Schauen Sie bitte hier.« Er zeigte auf den geöffneten Hals.

Die Polizisten sahen, dass die Luftröhre weggeklappt war und den Blick auf die Halswirbelsäule freigab.

»Was sehen Sie?«

Tommaso und Fabio blickten angestrengt auf die klaffende Wunde. Sie waren ja keine Fachleute, mussten sich erst orientieren.

Fabio räusperte sich zunächst. »Ist der Halswirbel gebrochen?«

»Schon ganz gut, mein lieber Fameo. Aber es ist doch etwas anderes. So etwas habe ich noch nie zuvor gesehen. Und deshalb habe ich es auch so schnell gemacht … Also, ich will Sie nicht auf die Folter spannen. Diesem Mann wurde sozusagen der Kopf abgerissen. Ein Verletzungsmuster, wie Sie es in keinem Lehrbuch finden. Mit großer Kraft hat man diesem jungen Mann den Kopf aus den Angeln gerissen, wenn ich ein schiefes Bild gebrauchen darf. Die Halswirbel wurden auseinandergerissen. Auch das Rückenmark riss dann durch. Der Mann wird nicht lange gelitten haben. Aber, und das ist die Preisfrage:

Wie konnte es dazu kommen? So eine Verletzung entsteht nicht bei einem Sturz beim Joggen. Wer oder was hat ihm den Kopf abgerissen. Das ist die Frage, die sich uns stellt.«

»Und wer oder was so eine Kraft hat«, sagte Tommaso.

»Richtig!« Phillipi nickte aufgeregt. »Um dieses Ergebnis zu erzielen, benötigt man eine große Kraft, die ruckartig arbeitet. So als hätte man dem Mann eine Schlinge um den Hals gelegt und diese mit einem kräftigen Ruck nach oben gezogen. Aber die Schlinge müsste schon geschickt um den Hals gelegt worden sein, sonst klappt das nicht ... Zum Vergleich und zum besseren Verständnis, meine Herren, beim Hängen bricht der Nackenwirbel. Das Verletzungsmuster ist ähnlich, aber nicht so, wie wir es hier vorgefunden haben. Hier hat eine andere Kraft als beim Hängen gewirkt ... Und noch etwas ist erstaunlich: Ich habe keine Einwirkungen am Hals festgestellt. Keine Spuren – etwa von einem Seil.«

Fabio hatte aufmerksam zugehört. Er verstand und verstand doch nichts. »Sie meinen also, dass wir einen Unfall ausschließen können? Richtig? Bei einem Sturz hätte er sich diese Verletzungen nicht zuziehen können?«

»Richtig. Das war kein Unfall.«

»Aber wenn es kein Unfall war, wie können wir uns eine solche Verletzung erklären? Kann ein anderer Mensch so etwas machen?«

»Das, mein lieber Fameo, weiß ich nicht. Ich halte es aber für wenig wahrscheinlich.«

»Aber Sie haben eine Idee?«

Phillipi wandte sich etwas. »Keine gute, fürchte ich.«

»Raus damit!«

»Kennen Sie Edgar Allan Poe?«

Fabio und Tommaso schauten sich an. Fabio meinte: »Ist der nicht tot?«

»Schon lange. Ich glaube, er starb 1849 unter geheimnisvollen Umständen.«

Tommaso hatte ein großes Fragezeichen im Gesicht.

Phillipi erklärte kurz: »Edgar Allan Poe war ein amerikanischer Kriminalschriftsteller. Seine Geschichten sind genial geschrieben. An eine seiner Geschichten musste ich denken, als ich dieses Verletzungsmuster sah.«

»Jetzt machen Sie es aber spannend, lieber Doktor. Erzählen Sie!«

»In der Geschichte *Die Morde in der Rue Morgue* war ein Orang-Utan der Täter. Dieser Affe hätte die Kraft, die notwendig ist, um ein solches Verletzungsmuster zu erzielen.«

»Sie glauben allen Ernstes, ein Affe hätte den Mann überfallen?« Fabio war unglücklich mit der Erzählung des Doktors und seiner Einschätzung.

Phillipi ließ sich nicht beirren: »In der Geschichte wird unter anderem eine junge Frau von dem Affen ermordet, dann stopft er ihren Leib in den Kaminschlot. Die Leiche ist derart im Rauchfang verkeilt, dass niemand sich erklären kann, wer solch eine Kraft aufbringen konnte. Der Affe wird erst als Täter erkannt, als sein Besitzer, ein Matrose, erzählt, wie ihm der Affe ausgebüxt ist, er ihn verfolgt hat und mit ansehen musste, wie der Affe zwei Frauen umbrachte ... Was ich damit sagen will, ist: Diese Verletzung ist ähnlich schwer zu erklären wie die Tote im Rauchfang aus der Geschichte von Edgar Allan Poe. Alle Erklärungsversuche waren erfolglos, denn auf einen Affen als Täter ist niemand gekommen. So müssten wir es hier sehen. Eine gut verständliche Erklärung gibt es nicht. Es muss etwas gewesen sein, das ungewöhnlich ist, das wir uns nicht vorstellen können. So, als wäre in Südtirol ein Orang-Utan am Werk ... Damit Sie nicht denken, dass ich übergeschnappt bin: Ich glaube nicht an den Affen ... aber die Kraft eines solchen Affen, die ist schon notwendig.«

Nachdenklich sagte Phillipi: »Es kommt mir vor, als hätte dem jungen Mann jemand mit großer Wut den Kopf abgerissen.«

»Das ist jetzt eine schwere Aufgabe für uns, mein lieber Doktor«, sagte Fabio. Insgeheim dachte er: »Und eine spannende Aufgabe. Nach zwei Jahren Pause ... endlich wieder etwas Spannendes!«

Tommaso hatte nachdenklich zugehört. Er räusperte sich und hatte damit die Aufmerksamkeit von Phillipi und Fabio.

»Nun, es ist doch richtig, dass der Tote in Tirol gefunden wurde. Auf dem Falknerweg, richtig?«

Fabio bestätigte dies.

»Wie war denn das Wetter an diesem Tag?«

Fabio wunderte sich über die Frage. »Wieso? Es war warm, die Sonne schien, früher Morgen eben. Du erinnerst dich, als ich dich anrief? Also, das Wetter war in Tirol nicht viel anders als bei uns in Prissian.«

»Gab es Winde?«

»Winde?«

»Ja, Winde.« Tommaso räusperte sich erneut. »Ich habe da eine Idee. Aber lacht mich bitte nicht aus.« Er machte eine kleine Pause. Es schien, als müsse er überlegen. »Also, in Tirol und in der Umgebung von Tirol gibt es immer mal wieder ›Sprausswinde‹ ... Ich sehe schon an euren Augen, dass ihr das noch nie gehört habt ... Ich erkläre es euch. »Sprausswinde sind Wirbelwinde. So eine Art Windhose, mit viel Kraft. Kraft genug, um schwere Gegenstände in die Luft zu heben.«

»Du meinst, stark genug, um einem Mann den Kopf abzureißen?« Fabio wusste sofort, worauf Tommaso hinauswollte. »Wind statt Affe«, dachte er zunächst und weiter: »eine Idee verrückter als die andere.«

»Wie soll das funktionieren?«, fragte Dr. Phillipi. »Ich meine, wieso kommt es dort zu solchen Wirbelwinden?«

Tommaso erklärte: »Tirol liegt in einer Ecke, die vom relativ kalten und starken Vinschgerwind aus dem Vinschgau erreicht wird. Man nennt ihn in Tirol auch den Vorderwind. Dorf Tirol liegt auch im Bereich des sogenannten Hinterwindes, der aus dem Passeiertal kommt. Also ist Tirol von zwei Winden erreichbar. Manchmal kommen beide Winde zugleich. Dann kann der ›Sprausswind‹ entstehen. Er fegt wie eine Windhose durch die Landschaft. Nicht überall, sondern punktuell kann er entstehen und auch schon nach kurzer Zeit wieder in sich zusammenfallen. Die Alten aus dem Dorf können berichten, dass der ›Sprausswind‹ früher, als es dort noch viele Kornfelder gegeben hat, die aufgeschichteten Garben hoch in die Lüfte trug und in den Baumwipfeln der Bäume verteilte, die Hunderte von Metern höher am Hang standen. Es gibt auch Geschichten von einem Sägewerk, dass dort die schweren Bretter viele Meter hoch durch die Luft gewirbelt worden sind. Also, diese Winde haben eine gewaltige Kraft. Die Leute sagen, dass sie wie kleine Tornados sind. Man sehe sie durch die Luft tanzen, man sehe, wie sie weiterwanderten. Ich habe die Geschichte von einem Mann gehört, der das Wasserventil für seine Felder anstellen wollte. Das Ventil befand sich in einem kleinen Haus, das massiv gebaut war. Er war kaum drin, da hörte er ein Tosen um sich, das ganze Haus habe gebebt, er hatte geglaubt sein letztes Stündlein hätte geschlagen. Dann hätte das alles wie von Geisterhand mit einem Schlag aufgehört. Als er sich wieder nach draußen gewagt hatte, sah er das Drama: Seine ganze Obstwiese war ein einziger Trümmerhaufen. Auf einer breiten Schneise hätte kein Baum mehr Blätter gehabt. Einige seien entwurzelt worden und die Stämme hätten kreuz und quer in der Plantage gelegen. Weit von ihm weg hätte er die Windhose weiterziehen sehen. Deshalb meine Frage, ob möglicherweise solche Winde dort gewirkt haben, als der junge Mann joggen war.«

Fabio und Dr. Phillipi hatten Tommaso fast atemlos zugehört. Beide wussten bis heute nichts von solchen Winden.

»Woher weißt du das alles?« Fabio staunte nicht schlecht.

Tommaso meinte nur: »Ich arbeite hier schon sehr lange, bin viel unterwegs und rede mit den Menschen. Ich weiß viel.« Mehr sagte er nicht.

Als alle schwiegen, fragte er: »Dr. Phillipi, was meinen Sie? Kann es sein, dass der junge Mann in eine solche Windhose gekommen ist … und wären dann die Verletzungen zu erklären?«

Phillipi zuckte mit den Schultern. Nur ganz leicht. »Also, ich weiß nicht. Stellen wir uns vor, der junge Mann wäre in eine solche Windhose geraten. Wobei ich mich frage, was ich machen würde, wenn ich ein solches Naturereignis auf mich zurasen sehen würde. Bestimmt würde ich nicht weiterlaufen, schon gar nicht in die Richtung der Windhose. Und er ist doch in der Nähe eines Hotels gefunden worden, richtig? Dann wäre ich wahrscheinlich in den Schutz des Hauses gelaufen und nicht auf dem Weg geblieben. Aber sei es drum … Nehmen wir an, er hat die Windhose nicht kommen sehen, oder sie hat ihn tatsächlich überrascht, sagen wir, sie kam von hinten. Nun, der Mann wiegt ziemlich genau 70 Kilogramm. Das ist schon eine gewaltige Kraft, die notwendig ist, um 70 Kilogramm nach oben zu reißen. Wenn er aber nach oben gerissen worden wäre, hätte die Windhose ihn ja auch wieder freigegeben. Er wäre dann aus einer Höhe, die wir nicht einschätzen können, auf den Boden gefallen. Dann hätten wir aber auch Verletzungen finden müssen. Wunden, Brüche, verletzte Haut. Aber das alles haben wir nicht. Der Mann ist ansonsten völlig unversehrt. Es ist ihm der Kopf abgerissen worden. Durch eine gewaltige Kraft. Mehr kann ich noch nicht sagen. Dass Wind diese Kraft hat, ist eine interessante Theorie, die ich aber noch nie gehört habe, geschweige denn ist mir ein solcher Fall schon untergekommen. Aber wir könnten vielleicht überprüfen, ob jemand solche Winde dort beobachtet hat, oder was meinen Sie?« Er wandte sich Fabio zu.

Der nickte nur. »Das kann ich versuchen. Ja, das mache ich. Aber es ist schon eine gewagte These, oder? Ich meine, ein Wind, der so stark ist, dass er jemandem den Kopf abreißen kann? Aber ich kann die Zeugin noch mal befragen, die den Mann gefunden hat. Sie war ja zu dem Todeszeitpunkt unseres Opfers ebenfalls joggen. Sie müsste doch eine Windhose bemerkt haben. Wenn es so ist, wie du es eben geschildert hast, Tommaso, dann kann man beobachten, wie die Windhose wandert.«

Tommaso nickte. »Das haben mir die Menschen erzählt. Ja, man kann die Windhose sehen und auch, wohin sie sich bewegt.«

Die drei schwiegen. Durch ihre Gedanken tanzten Affen und Windhosen. Ein Affe rannte auf allen vieren durch Tirol, eine Windhose riss Menschen hoch.

Fabio meinte: »Dann hätte ich doch auch zerstörte Bäume oder so was Ähnliches sehen müssen. Aber die Landschaft war nicht angetastet. Nichts, was auf einen zerstörerischen Wind hingedeutet hätte. Alles war ganz, sah ganz normal aus. Dann hätte der Wind nur ganz kurz an genau der Stelle, an welcher der Mann stand, einsetzen und auch sofort wieder aufhören müssen … Komisch, oder?«

»Tja, das ist eine schwere Aufgabe für die Polizia di Stato. Aber was haben Sie für mich, lieber Doktor?« Das war Tommaso, der im Fall des jungen Joggers auch nicht weiter wusste.

Dr. Phillipi deutete auf die zweite Leiche, die noch unter einem Tuch verborgen war. »Das ist Ihre Leiche, mein Lieber. Die Frau, die Sie uns freundlicherweise zu Übungszwecken haben zukommen lassen.« Phillipi lachte über das ganze Gesicht. »Sie sind mir einer … Aber in dem Fall war es genau richtig … Ich will das aber nicht selbst vortragen, weil die Entdeckung, die wir Ihnen mitteilen wollten, eine junge Studentin gemacht hat. Ich rufe sie. Sie soll es selber erklären.«

Die junge Studentin, die kurz darauf den Raum betrat, war eine sehr beeindruckende Erscheinung. Sie war recht groß. Riesig schon fast. Tommaso, der von den drei Männern der Größte und Wuchtigste war, musste leicht zu ihr aufsehen. Sie hieß Paula und hatte einen Händedruck wie ein Mann. Sie wirkte recht attraktiv, aber alles an ihr war größer, stärker und kräftiger ausgebaut, besonders im Vergleich zu den hier im Land anzutreffenden Physiognomien.

Paula kannte die erstaunten Blicke von Männern, die sich einstellten, sobald sie einen Raum betrat. Sie hatte sich daran zwar nie gewöhnt, aber es blieb ihr nichts anderes übrig, als sie zu ertragen und die Situation »aufzulösen«, indem sie auf die Anwesenden zuging und ein Gespräch in Gang brachte. Denn insbesondere die Männer verstummten sonst für gewöhnlich bei ihrem Anblick.

»Ich heiße Paula und studiere noch an der Universität in München. Ich mache ein Praxissemester bei Dr. Phillipi. Ich habe diese Tote untersucht und dabei etwas festgestellt, das Sie vielleicht interessieren könnte«, begann Paula das Gespräch.

Tommaso hatte sich als Erster aus der Starre befreit. »Sie meinen die Tote Maria Steinegger?«

»Genau die«, antwortete Paula und hob das Laken hoch, so weit jedenfalls, dass die Leiche vom Kopf bis zum Brustansatz sichtbar wurde. »Der Rest der Leiche ist durch die vom Sturz hervorgerufenen Knochenbrüche sehr entstellt. Diesen Anblick erspare ich Ihnen, zumal das Interessante an der rechten Schulter zu entdecken ist.«

Sie beugte sich über die Leiche, zog dabei einen Kugelschreiber aus der Brusttasche ihres weißen Kittels und zeigte mit dessen Spitze auf eine Stelle an der rechten Schulter. Fast alle sichtbaren Körperstellen waren voller Blutergüsse und so war das, was Paula zeigen wollte, ohne ihre Erklärung auch nur schwer zu verstehen.

»Hier ist das Schlüsselbein«, sie zeigte auf den Verlauf dieses kleinen Knochens. »Das Schlüsselbein hat eine stützende Funktion und bricht sehr leicht. Deshalb hat es mich auch nicht verwundert, dass es bei dem Sturz gebrochen ist. Aber ich habe es untersucht und mir kam der Bruch merkwürdig vor. Nach einem Bruch kann man die beiden gebrochenen Teile aneinanderhalten und dann haben wir wieder das komplette Schlüsselbein. Bei diesem Schlüsselbein können wir das nicht. Es fehlt ein Stück. So, als wäre es herausgeschnitten. Nicht sehr groß … das fehlende Stück, aber es ist eben weg.« Paula blickte in die Augen der beiden Polizisten. Sie folgten ihr aufmerksam. »Auch am unteren Ende des Schulterblattes, eigentlich kaum noch sichtbar, fehlt ein Stück Knochen … Ich habe mich gefragt, wo diese fehlenden Stücke hin sind? Ich hatte eine Idee …«

Tommaso und Fabio sahen sie auffordernd an. Es wurde spannend.

»Wenn ich eine Verbindung zwischen der fehlenden Stelle des Schlüsselbeins und der fehlenden Ecke des Schulterblattknochens herstelle, bekomme ich eine Gerade, die von vorne schräg oben in den Körper hinein und nach hinten schräg hinaus geht. Grundsätzlich kann man das auch aus der anderen Richtung betrachten. Eingang hinten unten am Schulterblatt und dann schräg nach oben vorne raus.«

»Sie denken an einen Schusskanal?«, warf Fabio ein.

»Genau daran habe ich gedacht. Aber dann hatte ich ein Problem. Durch den tiefen Sturz der Frau ist fast alles gebrochen, was irgendwo auf Felsen aufgeschlagen ist. Auch im Inneren der Leiche sind die Weichteile arg in Mitleidenschaft gezogen worden. Ich konnte also keinen richtigen Schusskanal mehr ausmachen. Auch das Hautgewebe ist mannigfach zerstört. So etwas wie ein Einschussloch und ein Austrittsloch kann ich daher nicht feststellen. Wenn es einen Schuss gegeben hat, der auf die Frau abgegeben worden ist, dann haben wir nur die beschriebenen Knochenmuster als Hinweis. Keine Gewebespuren, die wir eindeutig einem Schuss und seinen Auswirkungen auf das Gewebe zuordnen können. Schwierig, meine Herren.«

Paula war offensichtlich fertig mit ihrem Vortrag.

Tommaso hatte nicht nur gespannt zugehört, sondern ihm waren die Bilder des Auffindeortes und des schmalen Weges, von dem Maria Steinegger abgestürzt war, sofort wieder erschienen. »Was ist Ihr Eindruck, Paula, ist der Schuss eher von oberhalb oder von unterhalb des Absturzortes der Toten abgegeben worden?«

»Ich tippe darauf, dass der Schuss, wenn es denn einer war, von einem höheren Standpunkt aus abgegeben worden ist. Der Schuss hätte dann das Schlüsselbein durchschlagen, wäre durch die Muskeln und das übrige Gewebe der rechten Schulter gedrungen und knapp am unteren Ende des Schulterblattes wieder ausgetreten.«

»Dann müsste es vielleicht an der Steinwand einen Einschlag geben«, überlegte Tommaso laut. Tommaso beschrieb die Bilder, die er im Kopf hatte.

Alle vier stellten sich Maria Steinegger vor, wie sie, in der einen Hand ein Fernglas, vorsichtig den engen Steig nach oben nahm, den tiefen Abgrund an der Seite. Sie sicherte sich mit der anderen Hand an dem dazu gespannten Stahlseil. Ein Schuss fällt, trifft sie, sie verliert Gleichgewicht und Fernglas. Das Glas bleibt auf dem schmalen Weg liegen und markiert damit zufällig den Absturzort, Maria fällt den steilen Hang hinunter, ihr Körper schlägt an Felsvorsprüngen auf, Knochen brechen, inneres Gewebe und Organe werden verletzt ... Maria verblutet binnen kurzer Zeit aufgrund der zahlreichen inneren Verletzungen, wie Paula bestätigen konnte.

»So könnte es gewesen sein«, sagte Paula. »Die Frage wäre dann, von welchem Standort aus eine Schussabgabe möglich gewesen wäre, die dieses Verletzungsmuster nach sich gezogen hat.«

Tommaso lächelte Paula an. Genau das war sein Gedanke. »Deshalb fahre ich heute noch dorthin, um mir den Ort des Unfalls – oder der Tat – noch einmal genau anzusehen.«

»Kann ich mitkommen?« Das war Paula. Sie war ein wenig rot im Gesicht geworden. »Ich will mich nicht aufdrängen, aber es wäre toll für mich, wenn ich auch das als Erfahrung mitnehmen könnte.«

Tommaso überlegte nur kurz. Paula war eine Externe. Sie gehörte nicht einmal zur Truppe von Dr. Phillipi. Aber sie war es, die die Spur gefunden hatte. »Ich nehme Sie mit. Aber nur unter der Bedingung, dass Sie sich an das halten, was ich sage … und am besten zu niemandem ein Wort darüber … Sonst komme ich in die Verlegenheit, das begründen zu müssen.«

Paula strahlte: »Klar. Versprochen.«

*

Francesca war auf der Fahrt nach Tirol, um den drei jungen Männern in der Pension Autopapiere und Fahrzeugschlüssel zu bringen. Sie hatten sich hörbar gefreut, als Francesca ihnen am Telefon mitgeteilt hat, dass sie den Wagen von Sebastian für die Heimfahrt nach Köln nutzen dürften. Ihr Telefon klingelte.

Fabios Anruf wirbelte ihre Gedanken ordentlich durcheinander: »Verstehe – der Kopf war abgerissen … Also die Halswirbel voneinander getrennt … Also war der Kopf nicht vom Körper getrennt.« Sie lauschte weiter. »Eine rohe Kraft – so als ob der Kopf nach oben gerissen worden wäre.« Sie hörte weiter zu und wiederholte: »Ein Affe? … Ist das sein Ernst? … Ach so, wie ein großer Menschenaffe – verstehe.« Sie hörte weiter zu. Dann sagte sie: »Ich bin gerade auf dem Weg. Ich schaue mir das alles noch einmal gründlich an. Auch den Wagen – alles … Ja, das mache ich schon.«

Sie überlegte: »Kein Unfall beim Joggen. Das steht fest. Jetzt ist es auch egal, ob er die Betablocker seines Zimmergenossen genommen hat. Betablocker führen nicht zur Trennung von Halswirbeln. Eine große Kraft, die den Kopf nach oben gerissen hat … Was könnte das sein?«

Der Wagen fuhr den Weg fast von alleine, denn Francescas Gedanken gingen Schritt für Schritt alles durch, was sie beobachtet hatte, als sie die drei jungen Männer befragt hatte. »Da lag ein Fernglas auf dem Tisch des kleinen Balkons. Sebastian hatte von dort aus die Stelle sehen können, an der er zu Tode kam. Hatte er etwas beobachtet? Wenn ja, was war es gewesen? … Und wer oder was konnte einen Menschenkopf so schnell und so stark nach oben reißen, dass sich Halswirbel trennten?«

Die drei jungen Männer standen neben ihren gepackten Koffern im Eingang der Pension, als Francesca eintrat. Sie freuten sich offensichtlich und es war klar, dass sie nur noch ihre Koffer in den Wagen werfen wollten.

»Sie müssen sich noch etwas gedulden.« Die drei schauten Francesca verdutzt an. »Kommen Sie, wir müssen reden. Aber alleine. Lassen Sie uns noch etwas spazieren gehen.«

Christian war der erste, der seine Sprache fand: »Aber Sie wissen schon, dass wir nach Hause wollen?«

Das kam nicht frech, sondern eher unsicher rüber, fand Francesca.

»Ich weiß. Sie können sicher auch bald fahren. Aber ich muss Sie nochmals befragen … und Sie werden gleich verstehen warum … Es ist so, dass Sebastian keinen Unfall hatte. Keinen Kollaps oder so etwas …« Sie holte tief Luft: »Es war kein natürlicher Tod.«

»Sie meinen, Sebastian ist ermordet worden?« Das Entsetzen auf den Gesichtern der drei Männer schien Francesca echt und nicht vorgetäuscht. Christian hielt sich spontan eine Hand vor den Mund.

»So weit will ich noch nicht gehen. Wir wissen noch zu wenig. Aber ich brauche Sie jetzt.«

Alle drei schauten Francesca gebannt an.

»Bitte versuchen Sie sich an alles zu erinnern, was mit Sebastian und dem Ort, an dem er zu Tode gekommen ist, zu tun hat.«

Christian meldete sich sofort: »Aber den kennen wir gar nicht. Wir wissen nur, was uns Frau Marini gesagt hat. Sie erzählte, dass Sebastian beim Joggen zusammengebrochen ist. Und Sie haben uns ja auch nicht viel gesagt.«

Da hatte Christian recht. »Dann lassen Sie uns kurz zu dem Platz gehen«, schlug Francesca vor. Wo genau der war, wusste sie zwar auch nicht. Aber Fabio hatte ihr erzählt, dass der Auffindeort der Falknerweg kurz nach dem MARINIs giardino Hotel in Richtung Burg Tirol gewesen war. Bis dahin war es nicht weit.

Das Hotel war leicht zu finden. Einige Meter dahinter hielt Francesca die kleine Gruppe an. »Hier ungefähr ist Sebastian gefunden worden … Können Sie sich vorstellen, was Sebastian hier gewollt hat. Ist er öfter hier gejoggt?«

Die drei schienen ratlos. Christian war der Einzige, der sich äußerte: »Also, wir können von hier aus den Balkon des Zimmers sehen, in dem wir geschlafen haben. Ich bin einmal, das war wohl vor drei Tagen, frühmorgens wach geworden, weil ich auf die Toilette musste. Da habe ich Sebastian draußen auf dem Balkon stehen sehen, wie er mit dem Fernglas ungefähr in diese Richtung geschaut hat. Aber ich habe mir nichts dabei gedacht und bin dann wieder ins Bett gegangen. Sie wissen schon … die Nächte sind hier lang.«

Die beiden anderen grinsten.

»Danke. Das war doch schon etwas … und sonst? Nichts Auffälliges? Hat sich Sebastian irgendwie komisch verhalten? Hat er Andeutungen gemacht? Irgendeine Äußerung, auf die Sie sich keinen Reim machen konnten?«

Christian meinte: »Komisch war er. Aber nur so, wie wir es schon erzählt haben. Sebastian hat nie eine Frau abbekommen und war deshalb wütend auf uns. Aber ansonsten war nichts auffällig … Andeutungen und so hat er nicht gemacht.«

Die beiden anderen nickten. »Nein, da war sonst nichts.«

Francesca durchsuchte dann noch das Auto, fand aber nichts, was interessant war. Sie fragte Christian, ob Sebastians Sachen noch im Zimmer seien.

»Siegelbruch bringe Ärger, haben Sie mir gesagt – und Ärger will hier niemand.«

Die drei fuhren nach Köln, Francesca holte einen Plastiksack aus ihrem Wagen und leerte den Kleiderschrank von Sebastian. Das Siegel war unversehrt gewesen.

Als der Sack gefüllt war, trat sie noch einmal auf den Balkon und suchte das Hotel Marini. Ihr Blick glitt den Falknerweg entlang, Meter für Meter. »Was hat Sebastian dort nur gesehen?«

*

Tommaso und Paula kletterten vorsichtig den Jägersteig hinauf. Paula war erstaunlich gut zu Fuß. Sie wirkte trittsicher, was Tommaso gefiel.

»Wenn es ihnen zu schwer wird, bleiben Sie zurück«, hatte er ihr zugerufen.

Aber sie hatte ihn nur angelacht.

Die Stelle, an der das Fernglas gelegen hatte, hatte Tommaso schnell wiedererkannt. Es war die Stelle des Jägersteigs, die extrem schmal war. Der Weg war in den Fels gehauen, die Schuhe konnte man kaum nebeneinanderstellen. Das Drahtseil, an dem man sich festhalten konnte, war an dieser Stelle unbedingt erforderlich.

Die Aussicht war grandios. Atemberaubend würde auch passen. Wild und schroff ging es vom Weg aus steil bergab. Der Blick schraubte sich gleich dem Verlauf des Weges am Porphyrfelsen entlang und wurde mit der Aussicht auf eine Landschaft belohnt, die die besten Maler der Romantik nicht besser hätten komponieren können. Wälder, Felsen, steile Wiesenhänge lösten sich ab und umrahmten den Blick in die Ferne.

Tommaso blieb stehen: »Hier, an dieser Stelle ungefähr, schätze ich, ist Maria Steinegger abgestürzt. Hier …«, er deutete mit dem Zeigefinger seiner linken Hand auf einen Fleck vor ihm, »hat das Fernglas gelegen.« Tommaso hielt sich mit seiner rechten Hand am Drahtseil fest. »Wenn ich jetzt Maria Steinegger bin, das Fernglas vielleicht in der linken Hand halte, mich mit der rechten Hand am Drahtseil festhalte, von wo könnte dann ein Schuss auf mich abgeben worden sein, der mir das rechte Schlüsselbein zertrennt und am unteren Ende meines Schulterblattes austritt?«

Tommaso und Paula ließen ihre Blicke schweifen. Ihre Blicke fanden genau den Ort, von wo aus dies möglich gewesen wäre.

»Da oben«, sagte Paula und deutete mit ihrem Arm in die Richtung, in die auch Tommaso schaute.

»Wenn es so war, dann müssten wir an dieser Wand den Einschlag der Kugel finden, richtig?«

Sie begannen damit, den Stein zu betrachten. Das war nicht einfach, weil kaum Platz war, etwas Abstand zur Wand zu halten.

Paula war es, die die Stelle fand. »Das hier ... schauen Sie mal ... Das könnte es sein.«

An der Stelle, auf die sie wies, war deutlich eine Absplitterung zu erkennen.

»Na, dann haben wir aber mal einen richtig kniffeligen Platz für die Spurensicherung gefunden.«

*

»Du machst Fortschritte«, lobte Zenz, »das war schon richtig gut.«

Sara hing an seinen Lippen. Ihre Rolle war nicht so einfach zu spielen. Besonders, weil ihr der Regisseur, Zenz, der Mann, den sie bewunderte, viel abverlangte. Nicht nur schauspielerisch, sondern auch körperlich. Die Nummer mit dem Ast am Baum, das war so eine Idee von ihm. Regietheater eben. Modern. Der Mensch als Darsteller ist Teil der Natur. Der Baum auf der Bühne war auch kein Baum, sondern eine Stange. Genauso eine Stange, an der sie dreimal die Woche trainierte. Die blauen Flecken, die sie sich dabei holte, zählte sie schon lange nicht mehr. Das Lob tat jetzt so gut ...

Maja beobachtete die Szene mit lauter unguten Gefühlen: Neid, Missgunst, Eifersucht durchliefen jede Faser ihres Körpers. Sie meinte, sich übergeben zu müssen, ihr Magen krampfte schon. Was hatte sie nicht alles angestellt, um diese Rolle zu bekommen. Ihre Rolle, die der Linda Brewster, war kleiner als die Rolle von Sara. Aber sie war die bessere Schauspielerin.

Norbert hatte die Szene ebenfalls im Blick. Er verstand nicht, was die beiden an Zenz fanden. Der Typ war ein eingebildeter Lackaffe. Gut, er war viel rumgekommen. Hatte er jedenfalls erzählt. Aber ob das alles stimmte? In der Branche wurde gelogen, was das Zeug hielt. Jeder erzählte jedem, welche tollen Rollen er gespielt hatte ...und wie viele tolle Rollen ihm angeboten worden waren. Selten stimmte das. Schauspieler sind auch im richtigen Leben Schauspieler. So war das eben.

Und dass Zenz, der Regisseur des Stückes, auch die Rolle des Regisseurs selbst spielte, das war dann schon fast komisch. In dem Stück ging es darum, dass die drei Schauspieler Alice, Mortimer und Linda ihren Regisseur hassen und jeder von ihnen eine eigene Mordidee hat. Am Schluss des Stückes ist nicht der Regisseur tot – sondern jemand anderes. Aber das Attentat hatte dem Regisseur, Lewis Westcastle, gegolten.

Wenn Norbert auf die letzten Proben schaute, dann kam es ihm vor, als seien sie im richtigen Leben. Bis auf Sara wollten alle ihren Regisseur, Zenz Nußbaumer, am liebsten umbringen. Maja, weil Zenz sie verraten und verkauft hatte. Norbert, weil Zenz ein Schinder war, der keine Gnade kannte. Die anderen, Werner und Evi, weil sie noch nie unter einem solch arroganten und von sich eingenommenen Regisseur gearbeitet hatten.

Alle Schauspieler, bis auf Maja und Sara, waren Laienschauspieler. Jeder von ihnen hatte Kurse besucht, hatte auf Volksbühnen gespielt, lebte diese Leidenschaft. Einmal im Jahr standen sie für fünf Aufführungen auf der Bühne in Kaltern. Dafür probten sie ein ganzes Jahr. Viele Jahre hatten sie viel Spaß dabei. Das lag vor allem an dem alten Regisseur, Michael.

Aber der war jetzt weg. Er hatte ihnen nicht sagen wollen, warum er das Zepter an Zenz abgeben hatte. Zenz war plötzlich da gewesen. Hatte viel erzählt. Davon, was er alles schon gemacht habe, dass er in Deutschland sehr bekannt sei. Er kam mit einem Porsche vorgefahren. Düsseldorfer Kennzeichen. Das wirkte schon – irgendwie. Einer, der es weit gebracht hatte. Er redete von Regietheater, davon, dass man etwas Neues wagen müsse. Das klang auch ganz gut. Reden konnte Zenz wirklich. Das musste man ihm lassen. So waren sie zuerst auch neugierig, hatten Michael zunächst nicht vermisst. Aber jetzt, drei Wochen vor der Premiere, wünschten sie Zenz zum Teufel.

*

Tommaso hatte die Spurensicherung informiert – auch darüber, dass der Fundort schwer zu erreichen sei. Aber die Jungs waren entspannt. Sie hatten gemeint, dass es keinen Ort gäbe, an den sie nicht herankämen.

Paula und er hatten überlegt, wie man auf den Platz kommen könnte, von dem aus eine Schussabgabe möglich war. Mit der Karte in der Hand fanden sie eine Möglichkeit, dorthin zu gelangen. Auch diese Position zeigten sie den Spezialisten der Spurensicherung.

»Und wir überlegen jetzt, was wir hier noch herausfinden können.« Tommaso schaut Paula an. Die Fragen, die sich ihm stellten, waren »Was wollte die Frau hier an dieser Stelle? Wo wollte die Frau hin? Wer könnte einen Grund gehabt haben, auf die Frau zu schießen?«

Paula sagte: »Es gibt drei wichtige Fragen: Erstens: Von woher kam die Frau, wo wollte sie hin. Zweitens: Wenn die Vermutung stimmt, dass auf sie geschossen wurde, war es dann ein Zufall oder war es eine geplante Tat? Drittens: Wer war der Schütze?«

Tommaso dachte: »Genau das sind die Fragen!« und »Schlaues Kind.«

»Mir fällt spontan dazu ein, dass in diesem Wald Jäger unterwegs sind. Maria Steinegger war ja auch auf einem Jägersteig unterwegs. Es könnte sich um eine verirrte Kugel gehandelt haben. Ich würde jetzt erst einmal feststellen, wer hier jagen darf, und dann, wer zum Zeitpunkt von Maria Steineggers Tod hier in der Gegend unterwegs war?«

Paula hatte interessiert zugehört: »Und wo finden wir das heraus?«

»Im Wirtshaus, meine Liebe, im Wirtshaus!«

*

Und dann diese Plakate! Seine Augen überall. Wie er das bloß durchgesetzt hat? Vielleicht wollte er deshalb die Rolle des Regisseurs selbst spielen? Ja klar! So wird es gewesen sein. Die Theatergruppe Kaltern hat noch nie einen Regisseur auf den Werbeplakaten abgebildet. Immer nur Schauspieler – mal nur einen, mal alle. Aber jetzt blicken Zenz Nußbaumers Augen geheimnisvoll von den Plakatwänden. Dann die Idee, die Plakatwände alle paar Tage zu erneuern. Zuerst nur die Augen und der Titel des Stücks. Einen Tag danach dann die Info, dass die Theatergruppe Kaltern das Stück aufführt. Später dann die Termine der Aufführung. Immer nur Infohäppchen – das war Zenz' Konzept. »Die Neugier hochhalten …«, so hatte er gegenüber den Verantwortlichen der Theatergruppe Kaltern argumentiert. Und er hatte es durchgesetzt. Das kostete das Dreifache – mindestens. Irgendwann war er dann im Vollporträt zu sehen: Zenz Nußbaumer – überlebensgroß –, was für ein Kotzbrocken!

Norbert hätte am liebsten hingeschmissen, als er davon erfuhr. Spätestens da tat ihm ihr alter Regisseur Michael wirklich leid. Er hatte die Truppe aufgebaut und mit ihr viel Erfolg gehabt. Gut, nach den vielen Jahren hatten sie alle etwas Staub angesetzt. Aber er war verlässlich, ein guter Arbeiter, er hatte den richtigen Blick für die Stücke, für die Rollen und für ihre Besetzung. Bei Zenz glaubten alle sofort, dass er das besser machen würde. Es war sein Auftreten, dieses unbescheidene, fordernde, freche. Gut, er hatte ein Charisma, das Michael nicht hatte. Zenz betrat den Raum und alle drehten sich nach ihm um. Das war so. Und wenn einer mal nicht aufpasste und nicht bewundernd auf Zenz blickte, dann nahm er ihn sofort aufs Korn. Das konnte er.

Drei Wochen vor der Premiere wollte niemand mehr ein Fass aufmachen. Augen zu und durch, dachte hier jeder. Aber nach der Saison … ja, nach der Saison. Was wird dann? Was, wenn Zenz nicht freiwillig geht, wenn er bleibt? Wenn die Verantwortlichen der Theatergruppe ihn weiter verpflichteten? Norbert fragte sich, ob er dann weitermachen würde. Fragten sich das auch die anderen? Komisch, dass sie untereinander darüber nicht redeten. Nein. Das war gar nicht komisch. Jeder ist sich selbst der Nächste – besonders in diesem Biotop.

*

Eduard fand das Friedensgericht in Kaltern auf Anhieb. Vom Parkplatz aus konnte er es schon sehen. Der mit schweren Steinen umrahmte Eingang lag auf der hinteren Seite des Hauses, wenn man vom Parkplatz aus auf das Gericht zuging. Links daneben ein vergittertes Fenster. »Tja, wahrscheinlich eine Arrestzelle«, dachte Eduard. »Aber die muss ihre Funktion zu einer früheren Zeit erfüllt haben. Ein Friedensgericht braucht keine Arrestzellen.«

Eduard wusste, dass öffentliche Gebäude im Laufe ihres Lebens oft umgewidmet wurden. Was früher ein Gericht mit einer Arrestzelle war, wurde später möglicherweise eine öffentliche Bibliothek, eine Carabinieri-Station oder eben ein Friedensgericht. »Wenn diese Gebäude ihre Geschichte erzählen könnten und die Geschichten, die sich innerhalb ihrer Mauern abgespielt haben, dann wären sie ein Quell für zeithistorische Forschung«, sinnierte er.

Ein kaum zu beschreibender Duft zog in Eduards Nase, als er das Gebäude betrat. Der Flur war dunkel, eine steile steinerne Treppe führte in den ersten Stock, dorthin, wo sich das Friedensgericht befand. So jedenfalls war es ausgeschildert. Gleich geradeaus sah er ein Kreuzgewölbe, das auf das ehrwürdige Alter des Gebäudes hinwies. Wohin der Gang führte, war nicht auszumachen, denn dieser Teil des Eingangsbereichs empfing kein Licht. Eduard schritt die steile Treppe hinauf und gelangte in einen länglichen Flur, an dessen Ende ihm ein schwarzer Kasten auffiel. Der Kasten war mannshoch und es schien, als schwebe er über dem Boden. Das lag daran, dass er auf zwei Trägern auflag, die eine Handbreit über dem Boden aus der Wand ragten. Der schwarze Kasten war im Schein des spärlichen Lichteinfalls aus dem Flurfenster gar nicht mehr reinschwarz, sondern schimmerte braunschwarz, und er war aus Metall. Wunderschöne erhabene Verzierungen an seiner

Front zeigten einen doppelköpfigen Adler, dessen Klauen ein Wappenschild hielten, in dem der Stadtname »Wien« zu lesen war. Links und rechts der Adlerköpfe fanden sich in goldenen Lettern die Worte »Becher & Hildesheim«.

Als Eduard noch bewundernd vor diesem alten Tresor stand, öffnete sich eine der Türen und Luisa trat mit einem dicken Register unter dem Arm auf den Flur, sah Eduard und begrüßte ihn: »Hoi, Eduard. Ja, unser Relikt aus der K. u. k.-Zeit fasziniert alle, die daran vorbeikommen. Der Tresor ist aber nicht mehr in Betrieb. Aber daran kannst du sehen, dass dieses Gebäude schon zu Zeiten, als Südtirol noch zum Kaiserreich Österreich-Ungarn gehört hat, eine wichtige Funktion innehatte. Es war auch damals schon ein Gerichtsgebäude ... Schön, dass du da bist. Geh schon mal rein, ich muss nur noch dieses Register wegbringen.«

Eduard betrat den Raum, aus dem Luisa gekommen war. Was ihm sofort auffiel, war die enorme Raumhöhe und der große, sehr alte Kachelofen. Davon verstand er etwas, denn auf dem Hof seiner Eltern gab es auch so ein Ungetüm, das in der kalten Jahreszeit eine gemütliche Wärme abgab. Er betrachtete die grünen Kacheln, von denen jede ornamentale Muster hatte und deren leichte Unterschiede bewiesen, dass sie von Hand gemacht worden waren. »Die sind sehr alt«, dachte Eduard. Der obere Sims wies einige Sprünge in den kunstvoll gefertigten Abschlusskacheln auf, was ebenfalls auf ein hohes Alter hinwies. Eduards Blick lief durch die Türdurchbrüche von Zimmer zu Zimmer über das helle Parkett, das hier verlegt worden war. Andere Personen konnte er in den vier Zimmern, die er überblicken konnte, nicht ausmachen. Eingerichtet waren die hohen Räume mit zweckmäßigem Mobiliar, das aber in keiner Weise zum Stil des alten Hauses passte. Weder von ihrer Anmutung noch von ihren Maßen waren sie für ein historisches Haus passend. Da fanden sich Metallschränke, in denen Massen von Akten lagerten, verschiedene Arten von Schreibtischen konnte Eduard ausmachen, die Stühle waren eine Art Sammlung aus den vergangenen 60 Jahren: Holz, Metall, Plastik, braun, rot, blau. Ein Zimmer hatte eine Art Theke, die zur Tür hin ausgerichtet war.

»Wahrscheinlich der Bereich, in dem die Besucher des Friedensgerichts empfangen werden.« Aber auch diese Theke war nicht passend zum Gesamtcharakter der Räume gefertigt, sondern wirkte wie ein Fremdkörper.

Eduard, in seine Gedanken versunken, hatte nicht wahrgenommen, dass Luisa zu ihm gestoßen war. Sie war aus einem der hinteren Zimmer gekommen. »Tja, das ist hier alles ein bisschen improvisiert. Aber das macht nichts. Entscheidend ist, was schlussendlich dabei herauskommt«, meinte sie und zeigte damit, dass sie Eduards Gedanken lesen konnte.

»Waren die Kachelöfen auch schon zu Kaisers Zeiten in den Räumen?«, fragte er.

»Die Kachelöfen dürften genauso alt sein wie das Gebäude, das um 1830 erbaut wurde. Wir nutzen sie aber nicht mehr.« Sie deutete auf die moderneren Heizkörper.

»Wir haben bei uns zu Hause auf dem Hof noch so einen Ofen. Wir nutzen ihn noch. Er gibt eine feine Wärme.«

»Von wo kommst du?«

»Meine Eltern haben einen Hof oberhalb von Sarnthein in der Fraktion Auen ... Und du, von wo bist du?«

»Ich komme aus Deutschnofen.«

»Ja, da ist es auch ruhig, wie bei uns im Sarntal.«

»Das stimmt. Immer wenn es mir hier zu viel wird, fahre ich hoch. Oder, wenn es hier zu heiß wird. In Deutschnofen kannst du es dann gut aushalten.«

»Bist du schon lange von der Staatsanwaltschaft weg?«

»Seit einem knappen Jahr. Manchmal muss man eben wechseln, und das Friedensgericht hat mich schon interessiert. Und du? Immer noch im selben Kommissariat?«

Eduard nickte. »Ja, dasselbe Kommissariat, dieselben Chefs, dieselben Kollegen.«

»Und jetzt jagst du Bienendiebe.«

Eduard musste grinsen. »Ja, jetzt jage ich die Bienendiebe.«

Luisa legte ihren Kopf in den Nacken: »Das wird kniffelig.«

»Warum?«

»Weil im Dorf bestimmt jeder weiß, wer es war ... aber niemand wird es dir sagen wollen.«

Eduards Miene zeigte ein Fragezeichen und Luisa fuhr fort: »Viele im Dorf sind Vereinsmeier: Bauernverein, Feuerwehr, Fischer, Jäger, Musikkapelle, Imker, Schütze, Partei und so weiter. Jeder hat in den Vereinen Funktionen. Ich kannte mal einen, der war in 25 Vereinen oder Interessenvertretungen. Ein guter Redner und ein begnadeter Strippenzieher. Er war überall an der Spitze unterwegs, hatte täglich mindestens eine Sitzung. Seine Frau hat sich nicht von ihm getrennt, aber jeder von ihnen führte ein eigenes Leben. Ein ›Wir‹ gab es nicht. Sie hatte die Pension, er den Hof und die Vereine. Jeder im Dorf grüßte ihn, schätzte ihn, wollte etwas von ihm. Er liebte diese Kontakte und er genoss es, wichtig zu sein ... Stelle dir vor, du wärest dieser Mann. Dann wüsstest du mit Sicherheit, wer hier die Bienenvölker stiehlt. Du würdest aber nur dann einschreiten, wenn dein Einschreiten keine Verwerfungen mit sich bringt. Aber bei deinen vielen Kontakten und dem Beziehungsgeflecht, dass du steuerst, bringt es garantiert Verwerfungen, wenn du den Namen preisgibst. Vielleicht kannst du dein Wissen auch irgendwann nützlich anwenden. Dann zum Beispiel, wenn du etwas von dem Bienendieb willst. Eine kleine Andeutung hier, eine kleine Anspielung da, und der Mann ist gefügig. Da geht es dann vielleicht um eine Baugenehmigung oder um Wasserrecht oder um einen Grenzstein.«

»Das klingt ja wie bei der Mafia?«

»Nein, nein. Diese Typen sind eher so wie die Figur des Dorfrichters Adam aus Kleists Stück *Der zerbrochene Krug.* Oft weise Leute, meist Männer, die viel wissen, was sich so tut, und hier und da regelnd eingreifen, ohne dass es viele mitbekommen. Aber natürlich verstricken sie sich auch schon mal und dann kann es auch peinlich werden.

»Und deshalb bekomme ich als Polizist keine Auskünfte?« Eduard kannte sich natürlich mit den Strukturen eines Dorfes aus. So viel anders, als Luisa das beschrieb, war es im Sarntal auch nicht. Sein Vater hielt sich aus vielem raus, auch weil er einen Hof in steiler Lage hatte. Da gab es wenig Zeit für die Vereine. Aber natürlich kannte Eduard diesen Typ, wie ihn Luisa beschrieben hatte. Auch wusste er, dass sie ihm helfen wollte. Er ahnte, worauf sie hinauswollte.

»Und drum gehen wir jetzt essen. Mit ein bisschen Glück treffen wir einige, die vielleicht jemanden kennen, der etwas weiß.« Sie lächelte Eduard an.

*

Theo Drescher lächelte Luisa an, als sie in Begleitung von Eduard durch den großen steinernen Torbogen trat. Eduard war stehen geblieben, fasziniert vom Anblick des Gebäudes, das sich durch das große grüne Holztor des Steinbogens vor den Blicken der Passanten verbarg. Nur ein großes Holzschild, das mit erhaben geschnitzten Großbuchstaben den Namen Drescherkeller preisgab, wies auf diesen besonderen Ort hin. Eine Art Drache hielt einen Dreschflegel in der Hand und unter dem Namensschild aus Holz befand sich ein weiteres etwas kleineres Schild, das darauf hinwies, dass es sich um eine Jausenstation und einen Weinverkauf handelte.

»Hoi Luisa! Heute mit Begleitung?«, fragte der große Mann, der Luisa um mindestens drei Haupteslängen überragte. Auch auf Eduard schaute er von großer Höhe mit einem sanften Blick herab. Seine tiefe Stimme passte gut zu seiner gewaltigen Größe. Als Eduard ihm die entgegengestreckte Hand drückte, verschwand die seine in einer Fläche so groß wie eine Bratpfanne. Der Druck seiner Hand war aber Gott sei Dank angemessen.

»Wollt ihr etwas essen?«, fragte der freundliche Wirt, der Theo hieß. Er freute sich offensichtlich, die kleine Luisa zu sehen. »Habt ihr großen Hunger? Soll ich etwas richten?«

Luisa nickte ihm auffordernd zu.

»Und einen Eigenbauwein?«, fragte er und bot mit einer Geste seines langen Armes einen besonders schönen Tisch in seinem Innenhof an.

Eduards Blick streifte das imposante Bauwerk. Ein zentral angelegter Turm vor der eigentlichen Hausfront teilte das große Haus in zwei symmetrische Hälften. Etwa auf der halben Höhe des Turms waren zwei große Rundbögen zu sehen, die eine Loggia bildeten, durch die man das Haus betreten konnte. Dorthin gelangte man über eine steinerne Freitreppe, die aber nur auf der rechten Seite der Hausfront verlief. Insoweit wurde die Symmetrie aufgehoben. Im unteren Bereich des Turms befand sich der Eingang in den eigentlichen Keller. Ein schönes altes Tor mit schweren Holztüren wies die Richtung, in die Theo verschwunden war, um seinen Gästen das Bestellte zu bringen.

»Was für ein schöner Ort«, sagte Eduard.

Luisa nickte. »Ja, das stimmt. Ich bin gerne hier. Es ist, als betrete man eine eigene Welt. Das Haus hat auch viel zu erzählen. Vielleicht noch mehr als unser altes Friedensgericht. Jedenfalls findest du auf der Südseite des Hauses eine Jahreszahl: 1594 steht da in roter Farbe. Die Familie Drescher hat das Haus seit dem 17. Jahrhundert in ihrem Besitz. Zum Ansitz gehören auch Weinberge. Sie keltern ihren Wein selbst. Du wirst ihn gleich verkosten können. Dass die Dreschers ihren Keller für die Öffentlichkeit geöffnet haben, ist schon lange her. Das war 1964. Damals war das der erste »Keller« seiner Art in Südtirol. Wenn wir gleich noch Zeit haben, zeige ich dir auch den eigentlichen Keller. Das sind riesige Tonnengewölbe. Früher wurde in ihnen der Wein gekeltert. Heute ist es eine unglaublich gemütliche Gaststube.«

Da trug Theo auch schon auf. Als Eduard die Platten sah, mit allem was es gab, Speck, Salami, Kaminwurzen, Bergkäse, Rettich, Tomaten, Essiggurken, wusste er, dass hier niemand hungrig aufstehen würde. Der Wein war auch prima.

Theo setzte sich wie selbstverständlich dazu und plauderte ein wenig mit Luisa. »Schön, dass du mal wieder vorbeischaust. Du kommst viel zu selten.«

»Ja, weißt du, ich habe halt viel zu tun. Jetzt bin ich auch noch im Kinoverein. Das macht Spaß, aber es kostet auch Zeit.«

»Ja, ja, das habe ich schon gehört. Das neue Kino im alten Bahnhof, und da machst du jetzt mit. Das ist doch gut.« Er lehnte sich zurück. »Da könnte ich gleich noch mal ins Kino gehen.« Er lächelte.

Luisa schaute ihn spitzbübisch an: »Gerne. Es laufen *Die Schlümpfe*. Ist sicher lustig. Ich werde jedenfalls aufschließen und auch wieder abschließen.«

Theo schüttelte den Kopf. »Nein, nein, die *Schlümpfe* schaue ich mir nicht an. Es gibt hier so viele Schlümpfe. Die sind nicht alle blau …«, er lachte, »… aber manchmal schon!« Er wandte sich Eduard zu: »Und du? Wer bist denn du? … Dich habe ich hier noch nicht gesehen.«

Eduard erzählte ihm, was er von Beruf war und warum er hier mit Luisa zusammengekommen war.

»Ah, Bienendiebe suchst du? Ja, ja, das ist heikel. Da wird es schon welche geben … Ich habe ja kein Obst, nur Wein. Aber ich rede halt auch mit den Obstbauern. Das ist schon ein Problem in diesem Jahr. Diese verflixte Milbe hat über den Winter vielen Völkern arg zugesetzt. Und da haben vielleicht einige ihren Schaden so wiedergutgemacht, dass sie Bienenvölker geklaut haben. Das ist nicht schön.« Er schwieg.

»Ist nur schwer dahinterzukommen, wer es war«, sagte Eduard.

Theo nickte. »Ja, es werden wohl einige sein, nicht nur einer«, meinte er.

»Und was erzählt man sich so?«, fragte Eduard.

Theo schaute ihn leicht schmunzelnd an. »Nichts Konkretes erzählt man sich.« Er blickte in die Luft, so als ob da etwas wäre, was des Beobachtens wert wäre. Dann erhob er sich. »Lasst es euch schmecken.« Dann verschwand er wieder in seinem Keller.

Luisa grinste.

»Und jetzt?« Eduard konnte sich das Grinsen nicht erklären.

»Abwarten.« Luisa schaute in den blauen Himmel.

Nach einer Kaminwurze und einigen Stücken Speck, die allesamt sehr gut schmeckten, näherte sich ein Mann dem Tisch, an dem Luisa und Eduard saßen. Sie hatten ihn nicht bemerkt, es schien aber, als wäre er aus der Richtung des Kellers gekommen.

»Darf ich?«, mit diesen Worten ließ er sich am Tisch nieder. Eduard und Luisa blickten ihn neugierig an. Der Mann mochte

Mitte Fünfzig sein. Ein Bauer konnte er sein, denn er trug praktische Kleidung, wie man sie trägt, wenn man im Feld arbeitet. »Theo sagte, Sie suchen die Diebe der Bienenvölker?«

Eduard nickte. »Wissen Sie etwas?«

Der Mann winkte ab. »Nein. Ich weiß nichts. Aber man hört so das eine oder andere.«

Eduard wartete ab.

»Ich bin Obstbauer ...«, begann der Mann, »... in Tramin. Da gab es das Problem, dass einige von uns die neuen Clubsorten anbauen durften und andere eben nicht ... Es geht speziell um die Sorte ›Pink Lady‹. Da hat es darüber Streit gegeben, wer die anbauen durfte ... und es hat dann auch fiese Sachen gegeben. Sie haben vielleicht davon gehört. Nachts sind die jungen Baumstämme abgeschnitten worden, andere Felder sind mit einer Chemikalie gespritzt worden, sodass die Bäume schadhaft geworden sind. Man hat denjenigen nie bekommen, der das gemacht hat. Aber wir alle glauben, dass man ihn unter den Obstbauern finden wird, der keine ›Pink Lady‹ anbauen durfte. Und wenn wir uns die alle anschauen und deren Charaktere, dann meint man schon zu wissen, wer das getan haben könnte. Aber beweisen kann es halt niemand. Dazu müsste man die Täter auf frischer Tat ertappen.«

»Und Sie wissen, wer dafür in Frage kommt?«

»Ja, ich habe eine Ahnung, aber ich kann es nicht beweisen. Aber mir ist etwas aufgefallen, was Ihnen vielleicht in der Bienensache weiterhilft.« Er machte eine Pause. Wohl um sich zu sammeln und nochmals zu überdenken, ob es richtig war, was er jetzt vorhatte, nämlich jemanden zu verraten.

»Ein Bauer aus Tramin hat mir im Winter erzählt, dass ihm alle Bienenvölker gestorben sind. Wahrscheinlich wegen der Milbe. Aber jetzt, in der Baumblüte, da sind bei ihm alle Stöcke beflogen. Er kann sich natürlich die Völker bei einem Imker ausgeliehen haben. Aber dafür ist er immer zu geizig gewesen. Als ich ihn darauf angesprochen habe, wurde er ungehalten. ›Ich solle mich da raushalten.‹ ... Das war derselbe, der keine ›Pink Lady‹ anbauen durfte und dessen Nachbar den Schaden mit dieser Sorte hatte. Also, dem die jungen Bäume zerschnitten worden sind. Wir alle glauben, dass es der Geizkragen war. Aber keiner kann es beweisen. Der Mann ist nicht nur ein Geizkragen, er ist auch jähzornig, aufbrausend, ein richtiger Wüterich. Aber man muss sich mit ihm gut halten, denn er ist in vielen Ausschüssen. Schwierig also.«

Eduard hatte aufmerksam zugehört. Er wartete noch ein Weilchen, aber der Mann, der sich ihm gar nicht vorgestellt hatte, schwieg.

»Wollen Sie mir den Namen des Geizkragens verraten?«

Der Mann stand auf, sah auf Luisa und Eduard herab, drehte sich weg und sagte im Wegdrehen: »Naz Nußbaumer«. Dann verschwand er durch das große steinerne Tor und entzog sich den Blicken.

Kurz darauf kam Theo aus seinem Keller: »Hat es euch geschmeckt?«, fragte er freundlich.

Luisa schaute zu ihm auf. »Ja, ganz toll. Aber wenn du glaubst, dass ich eine Portion schaffe, die eine ganze Familie satt macht, dann muss ich dich enttäuschen. Ich bin eine kleine Frau mit einem kleinen Magen, mein lieber Theo ... Hast du uns den Mann eben geschickt?«

»Welchen Mann?« Theo sah sehr unschuldig aus. Er räumte ab und verschwand wieder in seinem Keller.

»Ist Theo ein guter Schauspieler? Dann beherrscht er die Rolle *Die Unschuld vom Lande* perfekt«, meinte Eduard.

»Du wirst lachen. Theo ist wirklich Schauspieler. Er spielt seit vielen Jahren in der Theatergruppe Kaltern.«

Kaum auf der Straße, ging Eduards Telefon. Fabio informierte ihn über die Erkenntnisse von Dr. Phillipi im Fall des toten Joggers. Eduard hörte aufmerksam zu. Luisa konnte an seiner Mimik ablesen, dass die Informationen, die er erhalten hatte, ihr nettes Gespräch beenden würden.

»Der Bienenfall muss jetzt warten«, sagte Eduard dann auch folgerichtig. »Das war mein Chef. Wir haben da noch einen anderen Fall. Viel wichtiger. Ich muss jetzt ins Büro – leider. Aber wir finden schon noch eine Gelegenheit, unser Gespräch weiterzuführen. Ich würde auch gerne mehr über das Kino im alten Bahnhof von Kaltern erfahren.«

»Gerne – wann immer es dir passt. Das Kino läuft nicht weg.« Luisa machte ein vergnügtes Gesicht.

Eduard blickte Luisa kurz an: »Du hast nicht zufällig etwas von einem Wanderzirkus gehört?«

Luisa wunderte sich nicht über diese komische Frage. Eduard war Polizist und hatte einen wichtigen Fall, wie er gesagt hatte. Damit hing möglicherweise diese Frage zusammen. Sie überlegte. »Nein – Wanderzirkus ... nein, wirklich nicht. Aber wenn mir etwas einfällt, melde ich mich.«

Damit verabschiedeten sie sich voneinander. Luisa musste noch einiges im Kino erledigen, bevor die Nachmittagsvorstellung für die Kinder begann.

Eduard hatte noch die Worte von Fabio im Ohr: »Die Idee von Phillipi, dass es die Kraft eines Affen wie die eines Orang-Utans braucht, um ein solches Verletzungsmuster zu erzielen, ist ein Hinweis, dem wir nachgehen sollten. Auch wenn es blöd ist, wir sollten herausfinden, ob es hier irgendeinen Zoo oder einen herumziehenden Zirkus gibt oder gegeben hat, der einen solchen Affen hält. Machst du bitte diese Recherche?«

Eduard überlegte, wer oder was die Kraft eines Menschenaffen haben könnte. Dass ein Affe hier in Südtirol sein Unwesen trieb, um Menschen den Kopf abzureißen, glaubte er nicht eine Sekunde. Während er zu Fuß durch die Gassen von Kaltern ging, um seinen Wagen auf dem zentralen Parkplatz direkt am Friedensgericht zu erreichen, kreisten seine Gedanken um die Geschichte und die Details, die ihm Fabio erzählt hatte.

»Zentrale Kraft – Ruck nach oben – gleichmäßig und gleichförmig – nicht wie eine Schlinge«, Eduards Gedanken kreisten. »Wenn ich mir vorstelle, ich laufe als Jogger in eine Art Astgabel – nur hypothetisch – und die würde, wenn mein Hals in der Gabel steckt, abrupt hochgerissen, würde das den Effekt bewirken? Da ja niemand sehenden Auges in eine Astgabel rennt, was wäre das für ein Gegenstand, der einer Astgabel ähnelt? Das wäre möglicherweise eine zweizinkige Heugabel. Aber würde ein Mensch die Kraft haben, einem Jogger mit einer zweizinkigen Heugabel den Kopf abzutrennen? Welche Kräfte müsste ein solcher Mensch haben?«

Eduard hatte jetzt viele Fragen. Er wollte die physikalischen Fragen mit Dr. Phillipi oder einem seiner Assistenten besprechen. »Oder mit einem Physiker«, dachte er. »Dann müsste ich wissen, wer in Tirol mit einer zweizinkigen Heugabel rumläuft. Die gibt es so nicht, da müsste sich einer eine gebaut haben … und das wissen vielleicht die Leute.«

Damit war Eduards Nachmittag verplant.

*

Tommaso und Paula hatten im Kürbishof in Altrei Platz genommen. Tommaso war dabei seinem Instinkt und seinem Bauch gefolgt. Instinkt deshalb, weil der Kürbishof der entlegenste Gasthof in dieser ohnehin sehr entlegenen Gegend war. Er lag etwas abseits vom eigentlichen Dorf. Sein Bauch sagte ihm, dass man hier gut essen konnte. »Wenn ich hier nicht fündig werde, dann werde ich hier zumindest gut essen«, überlegte er, als er sich am Ortseingang entscheiden musste, welchem der drei Hinweisschilder auf Restaurants er folgen sollte. »Abseits ist immer gut – die halten sich nur, wenn sie sich Mühe geben«, war seine Überlegung. Und es war auch Neugier, die ihn antrieb. Herauszufinden, wie es sich hier in dieser einsamen Idylle leben und arbeiten ließ.

Der Kürbishof war ein alter Bauernhof, der zu einem Teil als Restaurant genutzt wurde. »Schau«,. sagte Tommaso, als sie die holzgetäfelte Gaststube betreten hatten, »der heilige Geist schwebt über den Bränden.« In der Mitte des Raumes war an der ebenfalls mit altem Holz belegten Decke eine Oblate angebracht, aus deren Mitte eine weiße Taube erhaben hervortrat, das Symbol für den heiligen Geist. Ganz typisch für Stuben dieser Art. Genau unter dem Heiligen-Geist-Symbol hatte der Wirt einen sehr schön hergerichteten Tisch gestellt, auf dem unter anderem die verschiedenen Digestifs in hübschen Flaschen aufgereiht standen. Neben einer Sammlung unterschiedlicher fein verzierter Espressotässchen.

Sie nahmen an dem kleinen Tisch mit hellem Fensterlicht und mit einem Blick auf den schönen, alten Kachelofen Platz, der für zwei Personen eingedeckt war. Die Holzvertäfelung an Wänden und Decke schien sehr alt zu sein. Auf einem kleinen Regal standen alte Bücher, die teils in Leder gebunden waren. Es fand sich die Heimatgeschichte von Altrei neben einer sehr alten Bibel, deren Gebrauchsspuren zeigten, dass sie durch viele Hände gegangen war.

»Alles sehr alt«, meinte Tommaso in Richtung des Wirtes, der sie, seit sie den Gastraum betreten hatten, aufmerksam, aber unauffällig in Augenschein genommen hatte. Uniformierte Carabinieri sind hier oben seltene Gäste.

»Ja, schon. Das Holz stammt aus alten Stuben: 18. Jahrhundert möglicherweise. Das Gebäude ist 1792 errichtet worden. Aber das hier«, er machte eine Bewegung, die den Raum, das Haus als solches und vielleicht auch das Draußen mit einschloss, »das hier war früher ein Stall. Den haben wir umgebaut, so, wie ihr es jetzt seht. Seit 2006 führen wir hier das Gasthaus. Wir vermieten auch zwei Zimmer«, fügte er hinzu.

»Und was kocht ihr hier? Was ist eure Spezialität?«, fragte Tommaso.

Die Augen des Wirts blitzten auf. Sie waren ohnehin munter unterwegs gewesen, hatten Tommaso und seine Begleitung immer wieder einmal fixiert und wer das beobachtet hatte, konnte sehen, wie es hinter der Stirn arbeitete. Hermann Varesco war gewitzt und es gewohnt, Menschen schnell einzuschätzen. Die jahrelange Arbeit in der Gastronomie hatten ihn zu einem Fachmann für das Zwischenmenschliche gemacht. Er hatte sofort erkannt, dass die beiden keine innige Beziehung verband. Er hatte bemerkt, wie diese Gäste den Raum wahrnahmen, wie sie die Dinge betrachtet hatten, die er und seine Frau im Raum arrangiert hatten, um diese unvergleichliche Atmosphäre zu schaffen, die den Gästen das Gefühl gab, hierbleiben zu wollen. Die exzellente Küche seiner Frau sorgte ohnehin dafür, dass immer wieder auch Feinschmecker den langen

Weg nach Altrei nicht scheuten. Seine Gäste waren daher sehr unterschiedlich und Hermann Varesco konnte seinem ohnehin weiten Erfahrungsspektrum im Zwischenmenschlichen fast jede Woche weitere kleine, neue Erfahrungen hinzufügen. Jetzt hatte er einen waschechten Carabiniere hier. In Begleitung einer Riesin, die sich in seiner Stube schon gewaltig ausnahm. Aber auch der Carabiniere war ein gewaltiger Kerl, dessen breite Schultern fast die Breite des Tisches hatten. Sein großer Kopf war fast kahl rasiert und eine dicke Narbe zierte seine linke Wange. Er wirkte aber nicht so, als wäre er wegen einer dienstlichen Sache hier. »Das wäre schon mal gut«, dachte Hermann. Denn Ärger mit den Carabinieri wollte er nicht haben.

»Bei uns findet ihr Gerichte, die wir mit Gemüse und Kräutern aus unserem Bioanbau herstellen. Gutes Fleisch gibt es natürlich auch. Auch einige Spezialitäten mit unserem Altreier Lupinenkaffee.«

»Ihr macht hier Kaffee?« fragte Paula, da sie sich nicht vorstellen konnte, dass hier Kaffeebohnen wuchsen. »Wir sind doch hier auf über 1.200 Meter Höhe. Wie geht das mit dem Kaffee?«, wollte sie wissen.

Hermann holte jetzt aus, um die ganz besondere Spezialität Altreis zu erläutern: »Hier haben wir fünf Bauern, die es verstanden haben, eine ganz alte Kulturpflanze wieder anzubauen, sodass sie einen Ertrag bringt, der mittlerweile als Spezialität in Südtirol und sogar bis nach Deutschland verkauft wird. Bei dem ›Altreier Lupinenkaffee‹ handelt es sich nicht um Kaffee, der aus Kaffeebohnen hergestellt wird. Er wird aus den Samen der Bitterlupine gewonnen, die wir hier oben anbauen. Das ist nicht so einfach, denn die Bitterlupine gedeiht nur gut auf sandiger Erde und Porphyrböden. Die Bohnen, die wir ernten, werden getrocknet und dann vermahlen. Dem Mehl geben wir auch gerne noch Malz hinzu. Das Mehl wird dann mit heißem Wasser aufgebrüht. Am besten geht das mit einer Stabfilterkanne. Es schmeckt nicht wie Bohnenkaffee, sondern der Geschmack geht eher in Richtung Malzkaffee, hat aber eine ganz eigene Note. Dass uns das Wissen um die Pflanze und den Anbau erhalten blieb, ist zum einen einer alten Bäuerin hier vom Ort zu verdanken und zum anderen einigen jungen Bauern, die versucht haben, den Anbau und auch die Vermarktung voranzutreiben.«

Hermann musterte seine Gäste. »Wenn ich euch etwas empfehlen darf, dann würde ich ›Altreier Kaffeeteigtaschen gefüllt mit Graukäse und Kartoffeln‹ empfehlen. Dann bekommt ihr etwas Typisches, was meine Frau ganz raffiniert zubereitet. Danach empfehle ich euch vielleicht einen Kalbsrücken mit Kräuterkruste. Dazu gibt es bei uns ein Selleriepüree und Gemüsegröstl. Wer Salat mag, für den habe ich frischen Gartensalat. War heute früh noch in der Erde und liegt jetzt frisch gewaschen in der Küche.«

Hermann wusste, dass diese Gäste seinen Empfehlungen folgen würden – womit er recht behalten sollte. »Und dazu einen Wein aus meinem Keller? – Soll ich etwas Passendes für euch finden?«

Das Essen war köstlich und Paula genoss es sehr, zusammen mit Tommaso »in die Ermittlungen einzusteigen«, wie sie es ausdrücken würde, hätte sie jemand gefragt, was sie hier treibe.

Tommaso genoss jeden Bissen und nahm sich auch gerne noch die Zeit für ein Dessert. Er wusste, dass er zunächst die Ergebnisse der Spurensicherung abwarten musste, bevor er die Ermittlungen offiziell einleiten konnte. Bisher hatten sie nicht viel, aber das, was sie hatten, legte die Vermutung nahe, dass Maria Steinegger zumindest das Opfer einer verirrten Kugel war. »Aber das wäre so wahrscheinlich wie ein Sechser im Lotto« sinnierte Tommaso. »Wahrscheinlicher war es, dass ein gezielter Schuss auf die Frau abgegeben worden war. Die Frage war, warum? Und vor allem, wer?«

Hermann Varesco nahm zufrieden wahr, dass es seinen Gästen schmeckte. Mittags war nicht so viel los wie im abends immer ausgebuchten Restaurant, das mit seinen 30 Plätzen auch nicht sehr groß war. Er hatte inzwischen auch die Distanz abgelegt, die ihm gegenüber einem Uniform tragenden Menschen als die natürliche Umgangsform erschien. Nachdem der Uniformträger gegessen hatte und Hermann ihm ansehen konnte, wie gut es ihm geschmeckt hatte und dass er nett und unkompliziert mit seiner Begleitung redete, war Tommaso für ihn nur noch ein Mensch, ein Gast, ein Liebhaber des guten Essens. Mit solchen Gästen kam Hermann gut klar.

So hatte er auch keine Hemmungen, Tommaso Auskunft zu geben, als dieser ihn fragte: »Wer jagt eigentlich hier in den umliegenden Wäldern?«

Hermann dachte, dass sich Tommaso vielleicht nach dem Lieferanten für das Wildbret erkundigen wollte, das seine Frau in der Küche verwendete. Also antwortete er: »Wir bekommen unser Wildbret von verschiedenen Jägern. Aber alles aus der Region. Es gibt hier vielleicht fünf, sechs, es können aber auch sieben Jäger sein. Aber sie kommen alle hier vorbei. Manche haben auch Gäste dabei, die sie hier jagen lassen. Es sind schon einige, die das hier dürfen.«

»Wer jagt denn in dem Gebiet nicht weit von hier?« Tommaso beschrieb die Absturzstelle von Maria Steinegger.

Hermann überlegte. »Das kann eigentlich nur der Naz sein. Ich meine, ihm gehört der Wald. Ziemlich großer Wald und da hat er auch eine Eigenjagd. Dort, so würde ich vermuten, wird nur der Naz jagen. Ich glaube nicht, dass er andere da reinlässt. Er hat dort oben auch eine Jagdhütte. Ist häufig hier.«

Tommaso atmete tief ein. »Sie meinen Naz Nußbaumer?«

Hermann wunderte sich, dass der Carabiniere den vollen Namen von Naz kannte. Neugierig geworden fragte er: »Was wollen Sie denn von ihm?«

»Sie wissen nicht zufällig, wann er das letzte Mal hier in der Nähe war?«, fragte Tommaso, ohne auf die Frage des Wirtes einzugehen.

»Nein, das weiß ich nicht. Er kommt und geht. Manchmal kommt es vor, dass er hier einkehrt.« Der Wirt bekam dabei das Grinsen kaum aus dem Gesicht.

»Und, was ist daran so komisch?«, fragte Tommaso, dem das Grinsen nicht entgangen war.

»Der Naz, nun ja ... der ist selten allein, wenn er hier ist. Nur die Damen, die wechseln halt dauernd.« Das Grinsen hatte sich verbreitert.

Tommaso nickte ihm kurz zu: »Eine letzte Frage. Kam seine Frau auch schon mal mit, oder war die auch schon mal hier im Gasthaus?«

»Die war noch nie hier. Ich glaube, die kennt das Jagdhaus gar nicht ... Aber das weiß ich natürlich nicht genau.«

»Dann habe ich jetzt doch noch eine Frage, das ist aber auch die letzte. Wo genau liegt denn das Jagdhaus?« Er holte eine Karte aus der Tasche und hielt sie dem Gastgeber hin.

Der Wirt zeigte mit dem Finger drauf: »Hier ist es.«

Der Finger zeigte auf einen Ort, zu dem der Jägersteig führte, von dem Maria Steinegger abgestürzt war.

Tommaso wurde unruhig. »Wissen Sie, wer derzeit die Gunst von Naz Nußbaumer genießt?«

*

»15 Minuten!« Zenz verschwand, nachdem er seinen Schauspielern eine Pause gegönnt hatte.

»Wahrscheinlich muss der Herr aufs Klo«, stänkerte Norbert.

Sara sah ihn giftig an. Maja blickte verstört von einem zum anderen. Sie litt. Werner und Evi hatten aus ihren Taschen Getränkeflaschen geangelt und tranken in langsamen Schlucken.

»Mir kommt er manchmal vor wie ein Scheinriese.«

Werner schaute Evi ungläubig an. »Wie ein Scheinriese? Wie meinst du das?«

Evi grinste: »Als Kind haben mir meine Eltern immer und immer wieder Geschichten von Michael Ende vorgelesen. Das war für mich der wichtigste Autor in meiner Kindheit. Dessen Geschichten und vor allem die Figuren, die er erfunden hat, begleiten mich seither. Und dieser Zenz, na, der erinnert mich an die Figur des Scheinriesen Tur Tur in Michael Endes Geschichte *Jim Knopf und Lukas der Lokomotivführer.* Herr Tur Tur war ein Riese, aber nur dann, wenn man ihn von Weitem sah. Kam man ihm näher, wurde der Riese immer kleiner, und wenn man vor ihm stand, war er nur genauso groß wie man selbst ... Und Zenz ist auch so ein Scheinriese. Wenn man vor ihm steht, ist er nur eine kleine Knackwurst. Aber von Weitem betrachtet wirkt er wie ein Riese – verstanden?«

Werner nickte: »Schönes Bild. Da ist was dran.« Nachdenklich fügte er hinzu: »Hast du schon die Plakate gesehen?«

Evi grinste: »Ja klar. Zenz' kalte Augen kannst du nicht übersehen. Der Scheinriese, wie er leibt und lebt. Riesig halt. Aber nur, wenn du weit weg bist, wenn du nah dran bist, ist er nur eine Knackwurst.«

»Und wir sind nah dran.«

»Ja. Das sind wir. Aber es sind auch nur wir. Alle anderen sehen nur den Riesen.«

»Was, wenn er Erfolg hat?«

»Dann wird der Riese noch größer. Ganz sicher. Dann wächst er.«

»Und wir, die wir ihn als Knackwurst kennen?«

»Uns braucht er dann nicht mehr. Ganz sicher.«

Sie schwiegen, schauten sich die anderen drei Kollegen an, die sich in die andere Ecke der Bühne des Theatersaals zurückgezogen hatten, Sara, Maja und Norbert.

»Sara vielleicht, die nimmt er eventuell mit. Aber nur, wenn er nichts Besseres findet.«

»Mmh. Kann sein. Aber so, wie ich Zenz einschätze, tanzt der von Blüte zu Blüte, wie eine Biene.«

»Eine Biene?«

»Oder eben wie ein Schmetterling. Aber Zenz ist nicht so filigran. Der hat einen Stachel.«

»Haha. Soll das jetzt lustig sein?«

»Wenn du es lustig findest, dann ist es lustig. Sonst eben nicht … Ist vielleicht auch einfach nur ein blödes Bild, das mit der Blüte und der Biene.«

»Aber es passt. Da sitzt die eine Blüte und schmollt. Und die andere Blüte wird gezwungen, sich um diese blöde Stange zu wickeln. So ein Schwachsinn. Das findet unser Publikum doch megablöd.«

»Das kann man nicht wissen. Vielleicht ist das auch der Knaller … Außerdem, du weißt doch: Erst nach der Premiere wissen wir, wie es beim Publikum ankommt …«

»... und bei den Kritikern, vergiss die nicht.«

»Die hat Zenz bestimmt im Griff.«

»Wie meinst du das?«

»Ich habe gehört, dass er mit denen schon längst gesprochen hat.«

»Er hat was?«

»Ich weiß das auch nicht sicher. Aber es gibt das Gerücht, dass Zenz alle wichtigen Leute schon vorher im Sack hatte. Er hat sich als ›der Theatermacher‹ in Szene gesetzt, alle beeinflusst, wie auch immer, und will mit dem Stück groß rauskommen. Damit das auch funktioniert, soll er alle irgendwie bestochen haben.«

»Bestochen? Was weißt du, komm, rede!«

»Bestochen, was weiß ich, oder erpresst, oder die bestochen, die die Kritiker bezahlen ... Ich weiß nicht, wie, wer, wann und was. Es ist ein Gerücht. Du weißt, dass Gerüchte nichts taugen.«

»An jedem Gerücht ist ein Körnchen Wahrheit ... Also, was weißt du?«

Evi druckste herum: »Ach, lass mich. Ich hätte besser gar nichts gesagt. Es ist ein Gerücht, das mir zu Ohren gekommen ist. Aber der, der es mir ins Ohr geflüstert hat, ist ein Hallodri, und außerdem war er betrunken, als er es mir ›gesteckt‹ hat. Ich würde sagen, es ist dünnes Eis ... Aber es würde zu unserem Tur Tur passen.«

Werner nickte Richtung Bühneneingang: »Da kommt er wieder, unser Scheinriese.«

*

Jetzt druckste Hermann herum, wollte nichts sagen. Tommaso ließ aber nicht locker: »Es ist mehr als Neugier, die mich diese Frage stellen lässt. Also bitte!«

Ob es die Art war, mit der Tommaso auf eine Antwort bestand, oder seine Uniform, der Wirt rückte jedenfalls mit der Sprache heraus. Etwas gequetscht sagte er: »Also – ich weiß das natürlich nicht wirklich genau. Aber die Leute reden halt. Ich meine, der Naz, der ist hier schon bekannt und auch, dass er immer mal wieder Frauen dabei hat. Und die Leute, Sie wissen schon, also die meinen halt, dass er jetzt die fesche Ronda hat. Die führt die Sportbar in Montan. Also, so sagt man halt ... Aber das haben Sie nicht von mir.«

»Nein. Das haben wir nicht von Ihnen. Alles klar. Danke ... Aber es ist schon so, dass das sicher ist? Nicht, dass mich die Ronda jetzt blöd anschaut, wenn ich sie frage, wann sie Naz das letzte Mal gesehen hat.«

Der Wirt schluckte: »Ja, ja, das ist schon sicher. Aber wieso? Ich meine, wieso wollen Sie denn die Ronda überhaupt so etwas fragen? Ist denn was mit dem Naz?«

Tommaso beschwichtigte: »Nein, nein ... Es ist alles nur Routine. Es ist nichts mit dem Naz.«

Der Wirt nickte und es war ihm anzusehen, dass er kein Wort geglaubt hatte.

Im Wegdrehen hörten Tommaso und Paula ein Gemurmel, das wie »Carabiniere ... nur Routine ...als ob ... Carabiniere ...!« klang.

Als der Wirt außer Hörweite war, sagte Paula: »Jetzt müssen wir nur noch wissen, ob Naz Nußbaumer an dem Tag, an dem seine Frau zu Tode stürzte, in seiner Jagdhütte war?«

Tommaso schmunzelte: »Genau, Frau Commissaria, das ist eine wichtige Frage.«

Paula wusste nicht, ob sie jetzt vielleicht zu weit gegangen war: »Ich wollte mich nicht aufspielen. Ich bin keine Polizistin, ich will Ärztin werden.«

»Aber Sie hätten das Zeug zu einer Polizistin.« Tommaso lächelte Paula an, tätschelte leicht ihren Arm und stand auf: »Kommen Sie, wir haben noch viel zu tun.«

*

»Was wollen Sie denn von meinem Vater?« Bartl Nußbaumer war nicht nur darüber erstaunt, dass ein Carabiniere und eine Frau ohne Uniform nach seinem Vater fragten. Er war auch ungehalten, denn er hatte viel Arbeit auf dem Hof, musste noch viel erledigen und konnte eine Störung jetzt gar nicht gebrauchen.

»Das würden wir schon gerne mit Ihrem Vater alleine besprechen. Nur Routine, aber eben dringend ...«, gab Tommaso zur Antwort – in einem bewusst freundlichen Ton.

»Worum geht es denn überhaupt?«, wollte Bartl wissen, dessen Oberkörper fast vollständig in den Motorraum eines der beiden Traktoren versenkt war, die in der Halle standen, in der die Nußbaumers ihre Maschinen parkten.

»Im weitesten Sinne geht es um den Unfall, den Ihre Mutter hatte«, gab Tommaso zur Antwort und er fügte hinzu: »Reine Routine. Es dauert auch nicht lange. Wir sind gleich wieder weg.«

Bartl tauchte aus dem Motorraum auf, blickte Tommaso und die Frau, die ihn begleitete, misstrauisch an. »Was ist denn mit meiner Mutter? Ich dachte, sie sei abgestürzt? Es war doch ein Unfall, oder?«

Tommaso nickte Bartl freundlich zu: »Davon gehen wir aus. Ja, das wird ein Unfall gewesen sein.« Tommaso bemerkte in Bartls Gesicht eine Art Flackern und es kam ihm die Frage wie selbstverständlich von den Lippen: »Uns wundert, was Ihre Mutter an dieser Stelle gesucht hat, von der aus sie abgestürzt ist. Können Sie sich vorstellen, was sie da gewollt hat?«

Bartl wischte sich die mit Öl verschmierten Hände an einem alten durchtränkten Lappen ab. Er ging langsam auf Tommaso zu: »Nein. Das kann ich mir auch nicht erklären.« Seine Stimme klang leise, unsicher. »Ich habe keine Ahnung, was sie dort oben in den Bergen wollte ... Sie hat mir auch nichts davon gesagt, dass sie vorhatte, dorthin zu gehen.«

Tommaso und Paula sahen, wie schwer es Bartl fiel, darüber zu reden.

»Es ist wie in einem Albtraum. Plötzlich ist sie nicht mehr da. Einfach weg ... und dann noch auf so eine Art umzukommen. Ich verstehe das nicht.«

»Wir haben gehört, dass Ihr Vater dort oben eine Jagdhütte hat. Stimmt das?«

Bartl nickte. »Ja, das stimmt. Aber das war ganz allein sein Ding. Die Jagd, meine ich. Ich habe daran keine Freude und

Mama hatte daran auch keine Freude. Sie war, glaube ich, noch nie dort oben.«

»War Ihr Vater denn vor drei Tagen dort oben, an dem Tag, an dem Ihre Mutter in der Nähe abgestürzt ist?«

»Das war in der Nähe? Das wusste ich noch gar nicht.« Bartl knetete seine Hände. »Ja, ich glaube, Vater war dort. Ich weiß das nicht mehr so genau, aber ich glaube schon. Das fragen Sie ihn am besten selbst ...« Nach einer Pause: »... Wissen Sie, wir leben zwar hier auf dem Hof zusammen, Mutter hat sich um die Fremdenzimmer gekümmert. Sie war hier die Chefin. Vom Hof und von der Pension. Ihr gehört das alles hier – auch die Weinberge und die Obstwiesen.« Nachdenklich ergänzte er: »Es gehörte ihr.« Er blickte Tommaso an: »Ich und mein Vater machen den Weinbau und den Obstbau. Meine Mutter hat sich hier um den Betrieb der Pension gekümmert. Aber ansonsten geht mein Vater seine eigenen Wege. Das war schon immer so. Wenn er zum Jagen geht, sagt er manchmal Bescheid und manchmal auch nicht.«

Bartl schaute zu Tommaso auf: »Es ist so, dass ich hier die meiste Zeit beschäftigt bin. Von morgens bis abends. Wenn Vater fehlt, merke ich das erst, wenn ich abends alleine esse. Selbst dann könnte es sein, dass er im Gasthaus ist. Ich weiß also nie genau, ob er da ist oder nicht ... Wenn Ihnen das genügt ... Ich würde jetzt gerne weitermachen.«

»Wo finden wir Ihren Vater?«

»Er müsste im Weinberg sein.« Bartl gab noch eine Wegbeschreibung.

Paula und Tommaso mussten nicht lange fahren.

Sie fanden ihn bei genau den Arbeiten, die sein Sohn Bartl ihnen beschrieben hatte. Naz Nußbaumer war ein vierschrötiger Mann. Groß, imposantes Kinn, irgendwie kantig, eckig, leicht brutal. Breite Schultern, die Hände ebenfalls groß, von der vielen Arbeit grob und schwielig. Dicke Armmuskeln spannten das grobe Hemd.

Paula dachte: »In etwa Tommasos Format.«

Dann standen sich die beiden »Bären« – so hatte Paula die beiden ins Tierreich einsortiert – gegenüber: Der eine in der

Uniform der Carabinieri, der andere in praktischen Hosen und einem einfachen Hemd, das für die Arbeit im Weinberg passend war.

»Sie messen sich mit Blicken«, dachte Paula. Naz sagte kein Wort, zeigte aber mit einem leichten Vorrecken seines kantigen Kinns in Richtung Tommaso, was so viel heißen konnte wie »Was willst du? Sprich!« oder »Du fängst an.«

Tommaso fing an und stellte sich und Paula kurz vor. Dann: »Wir sind hier, um mit Ihnen über den tödlichen Unfall Ihrer Frau zu sprechen. Mein Beileid. Das muss schrecklich für Sie sein.«

Naz nickte nur, sagte aber nichts. Es schien Paula so, als ob er sie beide misstrauisch beäugte. Paula, die nicht aus Südtirol stammte und sich erst seit Kurzem bei Dr. Phillipi aufhielt, empfand diese Art miteinander umzugehen, diese wenig kommunikative Art, befremdlich. »Vielleicht ist es die Uniform?«, mutmaßte sie. »Oder die beiden Alpha-Bären stecken ihren Rang ab – so ein Männerding vielleicht?« Sie konnte es jedenfalls nicht einsortieren und beobachtete weiter gespannt, was geschah.

»Und …?« Das war jetzt Naz.

»Wo waren Sie eigentlich an dem Tag, an dem Ihre Frau den Unfall hatte?«, fragte Tommaso geradeaus. Er hatte sich überlegt, dass es besser war, nicht um den heißen Brei herumzureden. Wenn Naz Nußbaumer am Tag des ›Unfalls‹ in der Nähe war, dann wäre auch er ein Verdächtiger, wenn sich herausstellen sollte, dass auf Maria Steinegger geschossen worden war.

Naz reagierte sehr langsam. Zuerst schaute er Tommaso lange an, ohne irgendetwas zu sagen. Dann konnte Paula beobachten, wie es hinter seiner Stirn hin und her ging. Es kam ihr vor, als schöbe Naz Gedanken von links nach rechts. Seine Augen blickten kurz nach unten, dann wieder nach oben, dann fixierten sie wieder Tommaso. »Warum wollen Sie das wissen?«, kam schließlich aus ihm heraus.

»Manchmal wollen Polizisten so was wissen – sagen Sie es mir einfach.«

Naz wurde ärgerlich, so schien es Paula. Aber er senkte den Blick. Ein Zeichen, dass er keine Konfrontation wollte? »Ich war in meinem Jagdhaus.«

»Und wo ist das genau?«

Naz, etwas zögerlich: »Das ist nahe Altrei« Und nach einer kleine Pause: »Da gehört mir der Wald. Da habe ich das Jagdrecht.«

»Dann waren Sie also nicht weit von dem Ort entfernt, an dem Ihre Frau verunglückt ist, richtig?«

»Was wollen Sie damit sagen? Dass ich etwas damit zu tun habe?« Naz klang jetzt ärgerlich, seine Stimme wurde lauter.

»Nein, natürlich nicht … Ich stelle nur Fragen … Was wollte Ihre Frau dort?«

»Das weiß ich nicht«, kam es knapp mit gepresstem Ton zurück.

»Ich frage mich, warum Ihre Frau diesen steilen Weg zu Ihrem Jagdhaus nimmt, nur mit einem Fernglas ›bewaffnet‹. Es hätte doch auch sicher einen bequemeren Weg gegeben. Ich meine, Ihre Frau war doch bestimmt öfter in Altrei?«

Naz wurde es sichtlich unbehaglich. Das konnte jeder sehen. Er blickte sich um, ob noch irgendjemand in der Nähe war. Das war natürlich Quatsch, denn der Weinberg war groß, er war alleine dort. Warum also sollte jemand anderes in der Nähe sein? Naz wirkte jetzt gehetzt, erregt und nicht mehr souverän.

»Hören Sie …«, kam es gepresst aus ihm heraus, »es ist so …« Dann verstummte er wieder. Holte Anlauf. »… also, meine Frau und ich … das hat eine eigene Geschichte.« Dann verstummte er wieder, musste erneut Anlauf nehmen. »… wir hatten keine gute Ehe. Und mein Jagdhaus, nun, da war ich nie mit meiner Frau.« Erneut Stummschaltung. Es dauerte etwas. »Ich habe schon mal Freundinnen dort … Sie verstehen. Und meine Frau, die wusste das nicht. Glaube ich jedenfalls. Sie war nie mit dort, wollte das auch nicht. Und vielleicht war es so …« Stummschaltung. Es dauerte, Naz rang mit sich – sichtlich nervös. »… vielleicht war es so, dass sie mir nachspioniert hat … Ich weiß das nicht. Aber ich kann mir nicht erklären, warum sie diesen steilen Weg genommen hat. Sie ist nicht so sportlich.« Stummschaltung. »War, wollte ich sagen. Sie war nicht so sportlich … Vielleicht hat sie den bequemen Weg auch nicht gekannt? Ich weiß es nicht. Man kann mit dem Auto bis vor die Tür fahren. Dafür muss man aber hinter dem Berg die Straße nehmen und hinauffahren. Zu Fuß führt nur der steile Jägerpfad zu meinem Haus.«

Naz verstummte, und da nichts mehr kam, fragte Tommaso: »Sie vermuten also, dass Ihre Frau Sie in Ihrem Jagdhaus besuchen wollte?«

Naz hob die Schultern. »Besuchen ist vielleicht das falsche Wort. Ausspionieren hätte sie mich vielleicht gewollt, feststellen, mit wem ich dort zugange war – vielleicht.«

»Und mit wem waren Sie dort zugange?«

»Das geht doch Sie nichts an, oder? Reicht es nicht, wenn ich mich Ihnen gegenüber so weit ausziehe, dass Sie mein Elend kennenlernen? Müssen Sie da auch noch andere mit reinziehen?« Naz war schon wieder wütend. Sein Gesicht war rot angelaufen, seine Schläfenadern pulsierten.

»Da haben wir aber einen wunden Punkt getroffen«, dachte Paula.

Tommaso wartete etwas ab, bevor er antwortete: »Ich muss Sie das leider fragen. Es ist für mein Protokoll. Wenn ich das nicht frage, dann wird man mich fragen, warum ich das nicht gefragt habe, und ich müsste noch einmal raus, um Ihnen genau diese Frage zu stellen.« Dann in beschwichtigendem Tonfall: »Es ist reine Routine. Ihr Privatleben interessiert mich nicht.«

Paula dachte: »Jetzt lügt er aber – ohne rot zu werden.«

Tommaso lächelte leicht: »Ich brauche aber den Namen der Dame.«

Naz brummte und er schien zu überlegen. »Dann müssen Sie eben nochmals kommen. Aber auch dann werde ich Ihnen den Namen der Dame nicht nennen. Das sehe ich nicht ein. Das ist mein Privatleben. Sie wissen jetzt, warum ich glaube, dass meine Frau diesen Weg genommen hat. Wir beide wissen, dass sie auf diesem steilen Weg abgestürzt ist. Es war ein Unfall, ein tragischer Unfall. Auch wenn ich meine Frau nicht mehr geliebt habe, so war sie doch meine Frau. Ich halte ihr Andenken hoch.

Immerhin hat sie mir zwei Söhne geboren ... und alles andere geht Sie wirklich nichts an.« Damit schien Naz fertig zu sein. Er wandte sich demonstrativ wieder seinen Reben zu und wandte Tommaso damit den Rücken zu.

Tommaso blieb aber ungerührt stehen. Paula wäre jetzt gegangen.»Haben Sie an dem Nachmittag des Unfalltages einen Schuss gehört?«

Die Frage zerschnitt die Stille des Weinbergs. Sie traf Naz in den Rücken. Er stockte. »Was soll das heißen?«, fragte er mit leisem Ton zurück, ohne sich umzudrehen.

»Ich frage nur, ob Sie einen Schuss gehört haben? ... Sonst nichts ... Ich kann mir vorstellen, dass Sie als Jäger sensibel darauf reagieren, wenn in Ihrem Revier geschossen wird. Deshalb frage ich, ob Sie einen Schuss gehört haben ... Oder gar selber einen Schuss abgegeben haben, um auch diese Möglichkeit nicht auszuschließen.«

Naz drehte sich jetzt langsam um und nahm Tommaso in den Blick. Aber auf eine Art, wie er es zuvor nicht getan hatte: lauernder, vorsichtiger, fragender.

»Ein Schuss, sagen Sie ... ein Schuss, nein, ich kann mich nicht erinnern. Und das würde ich bestimmt, denn das ist mein Revier. Außer«, Naz zögerte, schien zu überlegen, »außer ich wäre sehr beschäftigt gewesen. Dann vielleicht nicht.«

Tommaso schien das zu reichen. Er nickte Naz zu. Bedankte sich und bedeutete Paula ihm zu folgen. Unten am Wagen sagte er: »Dem müssen wir noch mal auf den Zahn fühlen. Das ist nicht alles, was er uns erzählt hat.« Als sie beide im Wagen saßen, führte er aus: »Was ich jetzt mache, ist etwas heikel. Wir fahren jetzt zur Sportbar, in der diese Ronda arbeitet, und fragen sie einfach, ob sie mit Naz zusammen war. Ich nehme an, dass er sie dann schon angerufen haben wird. Wenn es Naz war, der geschossen hat, dann braucht er ein Alibi, das ihm Ronda liefern kann. Aber wir wissen noch gar nicht, ob überhaupt auf Maria Steinegger geschossen wurde.«

Paula blickte erstaunt, denn sie ging davon aus, dass es so war. Sie hatte die Schussverletzung thematisiert und sie beide hatten eine Art Einschuss in das Gestein der Wand gefunden.

»Wir müssten eigentlich abwarten, was die Spurensicherung herausfindet. Aber ich will das Gesicht von dieser Ronda sehen, wenn wir sie fragen. Ich brauche den Eindruck, den sie auf mich macht, wenn ich ihr die Frage stelle, ob Naz und sie zum kritischen Zeitpunkt zusammen waren. Ich stelle mir vor, dass ich erkenne, ob sie lügt. Das wird schwieriger, wenn wir damit lange warten. Dann kann sich diese Ronda ihre Lüge zugunsten von Naz Nußbaumer besser zurechtlegen.«

Paula staunte über diese Überlegung, freute sich aber, dass es schon jetzt gleich weiterging.

*

Der Wirt des Kürbishofs hatte die Betreiberin der Sportbar die »fesche Ronda« genannt. »Recht hat er«, dachte Tommaso, als er und Paula die Bar betraten. Die Frau hinter der Theke war fesch – sehr fesch sogar. »Geschmack hat er, der Naz Nußbaumer«, flüsterte eine innere Stimme in Tommaso.

Paula dachte: »Männermordende Bestie.«

Beide hatten sie recht. Als Ronda die beiden bemerkte, war sie sofort sehr präsent und wandte ihnen ihre volle Aufmerksamkeit zu. Und das, obwohl sie noch drei Kunden an der Theke hatte, die kurz zuvor hereingekommen waren und noch nicht das Bestellte vor sich stehen hatten. Sie lächelte etwas übertrieben, wie Paula meinte, und rief: »Komme gleich!« Dann wandte sie sich ihrer bereits zuvor aufgenommenen Tätigkeit zu, die sie für einen kurzen Moment – aber eben einen Moment zu lang – unterbrochen hatte. Sie machte den drei Wartenden schnell ihren Kaffee und kam dann eilig hinter ihrer Theke hervor.

Das fiel Tommaso auf, denn um eine Bestellung entgegenzunehmen, wäre das nicht notwendig gewesen. Es war ihm, als hätte Ronda sie erwartet. »Wie ich es mir gedacht habe. Naz hat Ronda schon angerufen und instruiert … Na, dann wollen wir mal hören, was die beiden abgesprochen haben.«

Er wandte sich mit freundlicher Miene Ronda zu: »Wir nehmen bitte einen Kaffee und würden dann gerne kurz mit Ihnen sprechen, wenn Sie Ronda sind.«

Ronda lächelte zurück: »Gerne, nehmen Sie doch Platz. Ich mache schnell den Kaffee.« Mit einem Blick über ihre Schultern, schon auf dem Weg zur Kaffeemaschine, rief sie: »Ich bin Ronda.«

Sie brachte die zwei Kaffee und nahm gegenüber von Tommaso und Paula Platz. Sie wirkte entspannt, irgendwie auch gut gelaunt. »Was gibt es? Ich habe selten Besuch von den Carabinieri.« Sie lachte kurz auf: »Zum Glück!«

Tommaso blickte in zwei strahlend wasserblaue Augen. Der Teint war leicht gebräunt und zusammen mit den strohblonden Haaren war Ronda der Sommer, wenn man ihr eine Jahreszeit zuordnen wollte. Tommaso beugte sich etwas über den Tisch, was den Eindruck vertiefen sollte, dass es jetzt um etwas ging, das nicht jeder mitbekommen sollte. Ronda verstand und kam ihm kaum merklich entgegen. Gerade so viel, dass die beiden einander zeigten, dass sie verstanden hatten.

Tommaso sprach dann auch mit angemessen leiser Stimme – fast tonlos: »Wir müssten wissen, ob Sie Naz Nußbaumer kennen, wie eng Sie mit ihm verbunden sind und wo Sie vor genau drei Tagen waren.« Tommaso erwartete, dass Ronda ähnlich reagieren würde wie Naz. Also, dass sie jetzt erst mal alles hinterfragen, zicken, eine Antwort herauszögern würde.

Nichts dergleichen geschah. Ronda blickte Tommaso mit ihren wasserblauen Augen an und es kam ihm vor, dass sie dabei großen Spaß hatte. »Was die Polizei nicht alles interessiert ...«, begann sie, » ... Sie werden schon ihre Gründe haben ... Also, ich habe nichts zu verbergen.« Sie überlegte kurz, aber nur sehr kurz: »Naz und ich sind ein Paar. Schon lange. Vor drei Tagen waren wir auf seiner Hütte. Das ist der Tag, an dem die Sportbar ihren Ruhetag hat ... Wir sind dann immer auf seiner Hütte«, fügte sie hinzu. Ihre Gesichtsmimik ließ keinen Zweifel daran, was sie und Naz auf der Hütte – als Paar – so machten ...

»Haben Sie vor drei Tagen, als Sie mit ihm auf seiner Hütte waren, einen Schuss gehört, oder haben Sie mitbekommen, ob Naz Nußbaumer einen Schuss gehört hat und wie er darauf regiert hat?«

Ronda schaute jetzt verwundert. Ja, genau so. Sie schaute verwundert. Sie schaute, als wundere sie sich. »Wie gespielt«, dachte Tommaso.

»Nein!«

Das war fast schon etwas zu heftig, fand Tommaso. Dieses »Nein«.

»Nein. Da war nichts.« Jetzt gluckste Ronda etwas. »Also, wenn da ein Schuss gewesen wäre ... Nun, es könnte sein, dass wir ihn nicht gehört haben.«

»Schon klar, wie sie das gemeint hatte. Deutlicher kann man das kaum verpacken«, dachte Tommaso.

Er lächelte Ronda an: »Haben Sie vielen Dank. Sie können gar nicht wissen, wie sehr Sie uns geholfen haben ... Und der Kaffee ist wirklich gut.«

Im Auto blickte Tommaso Paula an. »Was meinen Sie?«

»Ronda war präpariert. Sie hat Naz Nußbaumer ein wasserdichtes Alibi gegeben.«

»Hat sie gelogen? Die Geschichte erfunden?«

Paula machte einen Schmollmund und bewegte leicht ihren Kopf: »Ich glaube, dass sie an dem Tag mit Naz zusammen war. Auch das mit dem Ruhetag stimmt. Das habe ich eben noch auf dem Schild mit den Öffnungszeiten gelesen. Aber ob es stimmt, dass sie vor drei Tagen keinen Schuss gehört haben, da weiß ich nicht, ob das nicht eine alternative Wahrheit war.«

»Eine alternative Wahrheit? So wie es jetzt haufenweise ›alternative Fakten‹ gibt? Lustig! Aber im Ernst, hat sie gelogen?«

»Was mich gewundert hat, war, dass sie überhaupt nicht überrascht war, als wir sie so direkt nach ihrem Verhältnis mit Naz Nußbaumer gefragt haben. Entweder ist dieses Verhältnis zwischen Naz und Ronda überall bekannt, sodass man es nicht als Geheimnis bewahren müsste. Für diese Annahme spricht, dass der Wirt im Kürbishof uns offen darüber berichtet hat. Also es scheint sich in der Gegend rumgesprochen zu haben. Dann wird man es auch in Tramin kennen. Südtirol ist eine Quatschbörse, nehme ich jedenfalls an. Sind ja überall nur Dörfer und die Leute kennen sich halt ... Andererseits würde ich an Rondas

Stelle nicht sofort und so schnell einem Carabiniere, der mir nicht sagt, warum er das wissen will, so offen Auskunft geben. Also, ich würde das nicht tun. Ich an Rondas Stelle hätte Sie zappeln lassen.« Paula machte eine Pause.

Tommaso sah, dass sie nachdachte.

»Ich halte Ronda nicht für die hellste Kerze auf der Torte«.

Tommaso musste ob des Vergleichs schmunzeln.

»Sie hat sicher kurz zuvor einen Anruf von Naz erhalten: ›Hör mal Schatz, da kommen möglicherweise zwei Polizisten, so ein großer Bär und so eine Lange. Die wollen wissen, ob ich mit dir vor drei Tagen auf der Hütte war. Pass auf Schatz, es ist jetzt ganz wichtig, dass du denen erzählst, dass wir gar nicht aus den Federn raus sind. Die fragen sonst noch andere komische Sachen. Ich war die ganze Zeit bei dir, hast du das verstanden?‹ So oder so ähnlich wird das gewesen sein, schätze ich.«

»Was hat sich Ronda dann gedacht – vor dem Hintergrund, dass sie nicht die hellste Kerze auf der Torte ist?«

»Wenn ich Ronda richtig einschätze, dann wird sie sofort erkannt haben, dass Naz in Schwierigkeiten ist und es an ihr liegt, ihn rauszuhauen. Sie wird blitzschnell erkannt haben, dass es ihr nicht schaden wird, wenn sie mitmacht. Deshalb war sie auch so gut gelaunt. Dass seine Frau verunglückt ist, wird sie wissen. Jetzt ist Naz Witwer und sie seine Favoritin. Was geht im Kopf einer Frau vor, die diese Tatsachen mixt, durchschüttelt und die Würfel dann auf den Tisch knallt? Es könnte ihr ein Lächeln ins Gesicht zaubern. Wenn dann tatsächlich die zwei Angekündigten auftauchen, dann könnte ich es, an Rondas Stelle, kaum erwarten, mein segensreiches Wirken zu entfalten. Dann würde ich auch sofort antworten und die Dinge für Naz geraderücken. Ist doch auch ganz einfach … anschließend würde ich jetzt am Telefon hängen und Naz alles brühwarm erzählen …«

Tommaso und Paula blickten sich an. Sie öffneten beide gleichzeitig die Autotüren und eilten zurück in die Sportbar. Tatsächlich sahen sie Ronda mit dem Handy am Ohr in ihrer kleinen Imbissküche stehen – abgeschirmt durch eine halb geöffnete Tür. Daher bemerkte sie die beiden Personen nicht, die an die Theke getreten waren. Die anderen drei Kaffeetrinker hatten die Bar zuvor verlassen, sodass Tommaso und Paula jetzt alleine waren. Sie konnten leider nicht alles verstehen, was Ronda in ihr Telefon sprach. Es hörte sich an wie: »Alles gut ... Sie sind weg ... bis heute Abend ... tausend Küsse ...«

Tommaso und Paula nickten sich zu.

Als Ronda hinter der Tür zur Miniküche auftauchte, da erschrak sie sichtlich, als sie Tommaso und Paula sah. Da war jetzt nicht mehr die eben noch ausgestrahlte Fröhlichkeit zu sehen, sondern eher etwas wie Angst. Ronda stammelte: »Stehen Sie schon lange hier ...?«

Tommaso schüttelte deutlich seinen Kopf: »Nein, nein, wir wollten Ihnen nur noch meine Karte geben. Nur für den Fall, dass Ihnen noch etwas einfällt. Das hatte ich eben vergessen.« Sein Bass wirkte beruhigend, denn Ronda nahm ihre alte Haltung wieder ein.

Sie strahlte Tommaso an: »Danke. Die nehme ich gerne. Aber ich glaube nicht, dass mir noch etwas einfällt, was Sie interessieren könnte.« Dabei lächelte sie kokett.

Draußen, auf dem Weg zum Auto: »Sie hatten recht, meine liebe Paula. Aber ich auch.«

Paula schaute Tommaso verwundert an: »Inwieweit?«

»Sie hätten einen guten Polizisten abgegeben.«

Paula schmunzelte: »Wenn schon, dann eine gute Polizistin, bitte schön.«

*

Nach der Probe zerstreute sich die Truppe. Sara musste ins Sportstudio. Sie hatte noch eine Stunde Training an der Stange vor sich. Maja war wortlos verschwunden. Keinem hatte sie gesagt, was sie noch vorhatte. Norbert hatte noch einen Termin mit seinen Kameraden von der Feuerwehr. Werner und Evi wollten noch auf einen »Roten« in ihr Stammlokal gehen. Sie trafen sich schon seit Jahren nach jeder Probe bei Theo, dem Inhaber vom Drescherkeller.

»Hast du gehört, wo unser Scheinriese heute noch hingeht?« Werner nahm seinen ersten Schluck von Theos Eigenbau-Wein.

»Nö«, antwortete Evi. »Habe ich nicht. Und ganz ehrlich: Interessiert mich auch nicht die Bohne.« Sie griff nach der Tagesausgabe von *24DerTag24* und fing an, darin zu blättern.

Werner redete einfach weiter. Da Evis Kopf hinter der Zeitung verschwunden war, klang es, als spreche er mit sich selbst: »Ich habe noch kurz in der Kulisse auf dich gewartet, als Zenz hinter der Wand mit Sara sprach. Er wollte sie heute beim Training besuchen. Sara schien das nicht recht zu sein, aber sie hat dann doch nichts dagegen gesagt. Dann war da noch etwas, was ich nicht richtig verstanden habe. So etwas wie ›Lass die Finger von ihr …‹ oder so … Komisch.«

Evi machte hinter ihrer Zeitung Geräusche, die signalisieren sollten, dass sie zuhörte. Tatsächlich tat sie es aber nicht. Ihre Aufmerksamkeit wurde von einem Artikel im Tagblatt in Anspruch genommen:

Die kalten Augen von Kaltern

Eine Plakataktion der Theatergruppe Kaltern sorgt für viel Aufsehen. Geheimnisvoll blicken kalte Augen auf den Betrachter. Der Text weist auf eine zu erwartende Bluttat hin. Der berühmte Südtiroler Regisseur Zenz Nußbaumer hatte die Idee zu dieser Plakatserie, die in den kommenden Wochen bis zur Premiere des Stückes

TEE MIT ZIMT
oder Wie ermorde ich meinen Regisseur

am 3. Juli im Kultursaal des katholischen Vereinshauses in Kaltern mit immer neuen Informationen auf den anstehenden Theatersommer in Kaltern hinweisen wird. »Wir müssen in Südtirol die Theaterbegeisterung neu entfachen«, sagte Nußbaumer. »Südtirol darf sich auf einen Theatersommer freuen, der mit modernem Regietheater an die Arbeiten der großen Bühnen der Welt anschließt.«

Nach eigenen Angaben war Nußbaumer seit zwei Jahrzehnten auf vielen Bühnen als Dramaturg und Regisseur tätig, zuletzt im Schauspielhaus Düsseldorf, dem er zwei Jahre als Chefdramaturg angehört hat. Nußbaumer hat auch einige von ihm selbst geschriebene Stücke auf die Bühne gebracht. Mit »Tee mit Zimt oder Wie töte ich meinen

Regisseur« beleuchtet er die Welt von Schauspielern und ihr Verhältnis untereinander und zu ihrem Regisseur. Nussbaumer dazu: »Die Welt, in der ich zu Hause bin und die für das Publikum lebt, ist eine ganz eigene Welt mit eigenen Regeln und vor allem mit sehr vielen Gefühlen. Das versuche ich mit meinem Stück den Zuschauerinnen und Zuschauern näherzubringen.« Nußbaumer weiter: »Theater und das wirkliche Leben sind in ihrer Dualität, in ihrer aufeinander bezogenen Wechselwirkung wie ein Spiegelbild im Wasser, das nur so lange mit der Wirklichkeit übereinstimmt, wie die Oberfläche in Schwingung versetzt wird. Dann verzerrt sich das Spiegelbild und zeigt der Wirklichkeit ihr anderes Gesicht. Ich frage mich, was ist die Wirklichkeit, was das Spiegelbild? Nur wenn wir die Oberfläche bewegen, stellt sich diese Frage. Mein Theater will den Stein ins Wasser werfen, damit sich die Oberfläche bewegt. Wir werden uns fragen, was ist wahr, was ist Abbild? Theater soll verunsichern, soll Fragen aufwerfen.« Nußbaumers Projekt soll, so der Theatermann, »die Gemütlichkeit des Theaterkonsums beenden. Die Leute sollen nicht das sehen, was sie zu sehen beabsichtigen. Sie sollen in ihr Zerrbild schauen und sich fragen, ob ihre Realität nicht vielleicht eher dem Zerrbild entspricht als dem Bild auf der glatten Oberfläche.«

Das Besondere ist auch, dass Zenz Nußbaumer in seinem Stück nicht nur Regie führt, sondern auch selbst in die Rolle des Regisseurs schlüpft, von dem wir aufgrund des Titels des Stückes annehmen dürfen, dass ihm einige Mitspieler nach dem Leben trachten. Lassen wir uns also von dem Bild und auch von dem Zerrbild überraschen. Karten gibt es ab sofort bei den bekannten Vorverkaufsstellen. Im Vorverkauf kosten die Karten 12 Euro, an der Abendkasse 18 Euro. Die Plätze sind nummeriert.

Evi legte die Zeitung langsam auf die Theke. Sie blickte Werner an: »Hast du das gewusst? Das Stück ist von Zenz selbst.«

»Wie? Steht das in der Zeitung? Lass mal sehen.« Werner ergriff die Zeitung, Evi wies auf den Artikel, Werner las, sein Gesicht verdüsterte sich. »Wie hat er das bloß hinbekommen? Noch drei Wochen bis zur Premiere und schon wird er gefeiert, als sei er der neue Messias der Theaterszene. Kennt er die Redakteurin?«

Evi zuckte mit den Schultern: »Weiß ich auch nicht, aber hast du gewusst, dass Zenz das Stück geschrieben hat? So verstehe ich die Formulierung – hier, da steht ›so versuche ich mit meinem Stück …‹ und hier ,… dass Zenz Nußbaumer in seinem Stück …‹ Das liest sich so, als hätte er es selbst geschrieben. Hast du das gewusst?«

Werner schüttelte den Kopf: »Er hat auch nie davon gesprochen. Zudem soll er Chefdramaturg am Düsseldorfer Schauspielhaus gewesen sein. Das hat er auch nicht erzählt.« Nachdenklich: »Mein Vater hat erzählt, dass Zenz früh von zu Hause weggegangen sei, nach Innsbruck an eine Theaterschule. Und der Alte, der Naz, hat hier und da geäußert, dass aus dem Bub nichts Gescheites geworden sei. Er hält nicht viel vom Zenz. Ich meine, wäre sein Bub was Berühmtes geworden, dann hätte er doch vielleicht damit ein wenig angegeben, oder? … Ich weiß nicht …« Werner verstummte, nahm einen Schluck. »Der Zenz, unser Scheinriese, tritt hier auf wie keiner vor ihm, fährt Porsche, macht hier den Mordsmolli, gibt an, schleppt die Weiber ab. Und dass er jetzt so einen Artikel lanciert hat, das heißt doch, dass er die Dame, die das geschrieben hat, irgendwie beeindruckt hat, oder?« Dann, nachdenklich: »Oder prüfen die das gar nicht nach? Ich meine, es sind doch nur Zitate. Vielleicht hat unser Zenz nur ein bisschen dick aufgetragen? Was meinst du, sollen wir das mal hinterfragen?«

Evi winkte ab: »Lass das mal. Wir haben in drei Wochen Premiere. Ich habe noch genug anderes zu tun. Für solche Späße habe ich jetzt echt keine Zeit … Ich bin ohnehin gespannt, wie das Publikum das Stück findet … Es ist ja teilweise auch lustig. Aber einige Szenen, die verstehe ich einfach nicht. Was soll das? Da muss Sara für eine Minute wie ein Ast am Baum an einer Stange hängen. Und der Text dazu ist einfach nur blöd. Das versteht doch keiner.«

Werner gluckste: »Aber das soll wahrscheinlich die Wasseroberfläche in Schwingung bringen.«

Evi ergänzte: »Und dann werden sich die Leute fragen, ›Was ist Wirklichkeit, was Trugbild?‹«

»Und wenn wir Pech haben, werden die Leute das nicht verstehen und das Stück doof finden.«

»Und wenn wir Glück haben, dann haben sie alle diesen Artikel gelesen und wissen daher schon heute, wie sie es verstehen könnten und es wird sich bestimmt noch der ein oder andere finden, der es nochmals in der Zeitung erklärt. Dann finden es alle bestimmt ganz toll, weil wir endlich, endlich einmal in unser Zerrbild schauen. Dem guten Zenz werden sie dankbar sein und ihm ein Denkmal bauen, weil er den Wasserspiegel zerrissen hat und wir in unser wirkliches Abbild schauen dürfen. Vivat!«

»Genau!«, jubelte Werner. »Und das alles nur, weil Sara an der Stange hängt und wir unsinnige Texte vortragen. Wie toll ist das denn?«

Die beiden tranken ihren Roten aus, grinsten sich an und gingen ihrer Wege.

*

Als Fabio und Tommaso an diesem Abend gemeinsam nach Hause fuhren, hatten sie beide den Kopf voll mit Ideen, wie es mit ihren beiden Fällen weitergehen könnte oder müsste.

»Stell dir das vor, ein Menschenaffe, der einem Jogger den Kopf abreißt.« Fabio schüttelte den Kopf. »Ich habe tatsächlich Eduard beauftragt zu überprüfen, ob es hier in der Nähe einen Wanderzirkus gibt, der Menschenaffen mit sich führt ... Ich kann mir gar nicht vorstellen, dass das überhaupt erlaubt ist.«

Tommaso schaute auch skeptisch. »Das war kein Affe. Aber wer hat eine solche Kraft – und vor allem, von wo kam der Angriff und wohin ist der Angreifer verschwunden – ohne eine Spur zu hinterlassen ...? Hoffentlich bleibt das ein Einzelfall.«

Fabio nickte: »Darüber habe ich auch schon nachgedacht. Der junge Mann scheint ein Zufallsopfer zu sein. Wir haben nichts, was auf ein Motiv schließen lässt. Die drei jungen Männer, mit denen er hier zusammen Urlaub gemacht hat, sind abgereist. Francesca meinte, die hätten damit nichts zu tun. Sie hat aber eine interessante Beobachtung gemacht. Es könnte sein, dass das Opfer von dem Balkon seiner Unterkunft mit dem Fernglas genau die Stelle beobachtet hat, an der ihn der Tod ereilt hat. Es könnte also sein, dass diese Stelle, oder zumindest das Umfeld, irgendetwas aufweist, was uns weiterhilft. Da will Francesca noch einmal genauer untersuchen, ob es dort Besonderes gibt ... Aber mehr haben wir nicht. Ziemlich wenig.«

»Da wird es bei mir schon konkreter«, sagte Tommaso und berichtete über sein Gespräch mit dem Wirt vom Kürbishof in Altrei, Naz Nußbaumer und Ronda. »Der Mann hat uns den Namen seiner Geliebten nicht gesagt. Aber als wir bei ihr auftauchten, schien es uns, als wäre sie bestens präpariert. Jetzt weiß er auch, dass wir den Namen seiner Geliebten längst kannten. Das wird ihn hoffentlich etwas verunsichern ... Diese Paula, die ist echt gut. Kombiniert und überlegt, wie wir. Sie hätte auch Polizistin werden können. Netter Typ, irgendwie.«

Fabio drehte sich verwundert um: »Und das aus deinem Mund. Du bist jetzt nicht bekannt für dicke Komplimente.«

»Ja, aber hier mache ich gerne eine Ausnahme. Es ist uns beiden ja wohl klar: Ohne Paulas Arbeit hätten wir keinen Anfangsverdacht. Der Staatsanwalt hätte in der kommenden Woche die Leiche freigegeben, sie wäre verbrannt worden und damit hätten wir nichts mehr in der Hand.«

»Wann bekommst du denn die Untersuchung der Kollegen von der Spurensicherung?«

Tommaso brummte: »Das weiß man nie. Aber ich hoffe, dass sie schnell sind ... Ich bin gespannt, ob sie etwas an dem Ort gefunden haben, von dem aus der Schuss hätte abgegeben werden können. Am liebsten wäre mir eine Patronenhülse. Dann hätten wir das Kaliber und ich könnte alle Waffen von Naz Nußbaumer beschlagnahmen lassen.«

»Also meinst du, dass Nußbaumer auf seine Frau geschossen hat?«

Tommaso schüttelte leicht den Kopf: »Ich habe nichts, was dafür spricht. Manchmal hat man ja so ein Gefühl. Aber diesmal habe ich nichts, nicht mal ein Gefühl.« Er seufzte. »Aber wenn jemand auf Maria Steinegger geschossen hat und sie daraufhin tödlich abgestürzt ist, dann käme Naz allein deshalb in Betracht, weil er zum fraglichen Zeitpunkt in der Nähe war und er befürchtete, dass ihm seine Frau hinterhergestiefelt war, er also Angst davor hätte haben können, dass sie ihn entdeckt.«

»Ziemlich viele Konjunktive«, bemerkte Fabio, der spürte, dass seinem Freund Tommaso diese Geschichte nicht gefiel.

»Ja, ziemlich viele Konjunktive«, wiederholte Tommaso leise. »Ich finde das Motiv nicht. Warum sollte Naz seine Frau umbringen wollen? Dafür brauche ich ein Motiv. Vielleicht finde ich es noch. Aber das Naz verhindern wollte, dass seine Frau ihn und Ronda in seiner Hütte findet, das glaube ich nicht. Das hätte er doch eleganter lösen können. Er sieht, durch Zufall, wie seine Frau den steilen Weg nimmt. Es wäre ihm ein Leichtes gewesen zu seiner Hütte zurückzukehren, Ronda in den Wagen zu scheuchen und ab damit ... Der erschießt deswegen doch nicht seine Frau. Das passt irgendwie nicht.«

Fabio ließ Tommaso kurz hinter der Brücke in Prissian aus dem Auto, so wie sie es seit vielen Monaten machten, seit er im Ansitz Esser wohnte. Tommaso drehte sich geschickt aus dem kleinen Auto, setzte seine Mütze auf, grüßte locker ins Innere des Autos: »Und, was machst du heute noch so?«

»Ich habe heute lange mit dem Schreiner telefoniert. Jetzt muss ich wieder neu rechnen. Vielleicht wechsele ich die Fenster nach und nach – wenn die vom Denkmalschutz mitmachen. Dann könnte ich das vielleicht mit den Kosten stemmen ... Also, ich sitze wahrscheinlich heute noch eine Stunde am Computer und kalkuliere. Und du?«

»Anna hat heute eines meiner Lieblingsgerichte gekocht. Dazu habe ich noch einen herrlichen Sauvignon Blanc im Keller. Also, mein Abend wird eher lecker bis gemütlich.«

Als Fabio nach Hause kam, fiel ihm Laurin um den Hals. »Paaapppaaaa!! Komm, spiel mit mit mir.« Er zerrte an Fabios Hand, wollte ihn direkt in sein Zimmer lenken. Die Holzeisenbahn wartete schon, mit der Lokomotive »Emma«. Laurin gab allen Spielzeugen eigene Namen. »Emma« hieß die Lokomotive, weil Elisabeth und Fabio immer und immer wieder aus Michael Endes *Jim Knopf und Lukas der Lokomotivführer* vorlasen. Ein herrliches Kinderbuch, das voller Fantasiefiguren und toller Namen für diese Figuren daherkam. Die Lokomotive von Laurins kleiner Holzeisenbahn hieß daher wie die im Kinderbuch, nämlich »Emma«. Die Hauptfiguren, Jim Knopf und Lukas der Lokomotivführer, waren in Laurins Welt Plastikfiguren aus einer anderen Spielwarenwelt. Aber für Laurin war das alles eins. Am besten gefiel ihm derzeit die Figur von Herrn Tur Tur, dem Scheinriesen. Dafür hatte er eine Matroschka, eine Holzpuppe, in deren hohlen Körper dieselbe Puppe steckte und in deren ebenfalls hohlen Körper wieder ein kleineres Abbild derselben Puppe. Insgesamt enthielt die große Matroschka auf diese Art vier Puppen. Laurin stellte sie so auf, dass die Größte am weitesten vom Betrachter weg stand und die kleinste dicht vor seiner Nase.

»Komm, komm schnell: Jim Knopf will Herrn Tur Tur besuchen!«

In Laurins Fantasie spielten sich die unglaublichsten Geschichten ab. Alle Dinge hatten eine Seele, alle Dinge konnten miteinander sprechen und er war felsenfest davon überzeugt, dass seine Spielzeuge – während er schlief – wach waren und tolle Abenteuer erlebten. Einmal hatte er gesagt: »Die machen, was ich träume.«

Fabio hatte keine Chance. Er rief in die Küche, in der er Elisabeth vermutete: »Bin da, Schatz!« – und wurde mit Gewalt zu Herrn Tur Tur gezerrt, den er jetzt zu spielen hatte. Denn Jim Knopf kam mit einem lauten »Tuff, Tuff, Tuff« auf Emma sitzend auf Herrn Tur Tur zugefahren: »Warum wirst du immer kleiner, wenn ich auf dich zufahre«, fragte Jim Knopf.

»Ich bin nur ein Scheinriese«, antwortete Herr Tur Tur. »Das macht mich auch einsam, denn alle fürchten sich vor mir, weil ich aus der Ferne so groß aussehe. Aber das ist nur eine Täuschung.«

»Aber warum täuschst du die Menschen?«, krähte Jim Knopf.

»Was soll ich dazu sagen«, dachte Fabio.

Herr Tur Tur sagte: »Das liegt daran, dass ich mich früher so habe aufblasen müssen, damit ich überhaupt wahrgenommen worden bin. Niemand hat mich beachtet und da musste ich mich gaaaaanz groß machen. Das Blöde ist, dass ich doch nur ganz klein bin, so wie alle. Aber ich kann jetzt nicht mehr zurück. Ich bin gefangen in diesem blöden Zauber, den ich selbst erfunden habe.«

»Das ist ja ziemlich blöd«, sagte Jim Knopf. »Kannst du das denn nicht mehr ändern?«

»Ich weiß nicht, wie das geht. Ich brauche Menschen so wie dich, die den Mut haben, näher zu kommen, dann werde ich wieder kleiner.«

»Dann komme ich jetzt noch näher, dann schrumpfst du.« Jim Knopf legte Kohlen auf das Feuer im Kessel von Emma und schob mit einem kräftigen »Tuff, Tuff, Tuff« wieder an.

»Wollen meine Lokomotivführer und Scheinriesen heute Abend etwas essen? Dann würde ich jetzt eine Pause vorschlagen. Das Essen steht auf dem Tisch.« Das war Elisabeth.

»Ooooch, Maaaammmmmaaaa!« Laurin wollte nicht essen, er wollte spielen. Er wollte mindestens Herrn Tur Tur retten und dann vielleicht noch Papa dazu überreden, ihm noch mal die Geschichte mit dem Gelben Kaiser vorzulesen. Die fand er besonders lustig. Auch weil Papa immer sagte, dass es im Palast des Gelben Kaisers so zugehe wie im richtigen Leben. Das allerdings verstand Laurin nicht.

»Noch nicht«, dachte Fabio immer. »Zum Glück.«

Elisabeth hatte heute Brennnesselknödel mit abgeschmolzener Butter bereitet und dazu gab es eine Scheibe Gorgonzola. Den mochte Laurin nicht. »Ich will Parmesan«, krähte er, bevor er sah, dass extra für ihn ein Schüsselchen mit geriebenem Parmesan neben seinem Teller stand. »Och«, meinte er. »Da ist er ja schon.«

»Mmh, lecker, Mama«, krähte der Erstgeborene und Fabio machte es ihm nach: »Mmh ... lecker, liebe Frau!«

Elisabeth musste lachen, wenn sie ihren Männern dabei zusah, wie es ihnen schmeckte. Sie selbst schien keinen rechten Appetit zu haben, denn sie stocherte in ihrem Essen herum, wirkte unkonzentriert.

»Alles in Ordnung, Schatz?«, fragte Fabio. Er ging davon aus, dass Elisabeth möglicherweise wegen ihrer Schwangerschaft nicht auf alles Appetit hatte. Denn in der Apotheke lief alles rund, soweit er wusste. Familiäre Probleme mit ihren Eltern gab es auch nicht. Also blieb die Schwangerschaft. Das konnte, Fabio erinnerte sich, schon einmal Appetitlosigkeit oder auch Heißhunger auslösen.

Elisabeth schaute Fabio irgendwie merkwürdig an, fand er. Ihr Blick hatte nicht die gewohnte Strahlkraft. Es schien, als bedrücke sie etwas.

»Raus mit der Sprache. Was ist los?«

Laurin krähte dazwischen: »Raus mit der Sprache. Raus, raus, raus!«, und stocherte wie wild in seinem Essen. Es war klar, dass er sich nur am Klang seiner Stimme freute. Aber ansonsten war er ganz mit seiner Mahlzeit beschäftigt. Er aß gerne.

Elisabeth machte eine wegwischende Handbewegung: »Ach, es ist nichts. Die anderen Mütter nerven mich halt. Diese Helikoptermütter eben.«

Fabio wusste, was Elisabeth meinte. Laurin war jetzt im Kindergarten und die Mütter anderer Kinder hatten es irgendwie auf Elisabeth abgesehen. Das jedenfalls war Elisabeths Meinung. Fabio konnte das nicht beurteilen. Elisabeth meinte zu spüren, dass die anderen Mütter sie mieden, sie nicht zu gemeinsamen Aktivitäten einluden. Fabio wusste, was Elisabeth meinte. Das war ein Problem aus der Welt der Gefühle, die tief in unseren ältesten Bestandteilen des Gehirns beheimatet sind. Aus der Gruppe ausgestoßen zu sein, bedeutete früher, also ganz, ganz früher, mindestens Steinzeit, dass der Ausgestoßene dem Tode geweiht war. Nur in der Gruppe konnte der Mensch damals überleben. Und dasselbe Gefühl, das der aus der Gruppe ausgestoßene Steinzeitmensch gehabt haben wird, das hat heutzutage jeder, der sich nicht integriert fühlt. Bin ich also eine frisch gebackene »Kindergartenmutter« und werde von der Gruppe der alterfahrenen Kindergartenmütter nicht in die Gruppe aufgenommen, dann kann es passieren, dass ich genau diese Gefühle habe. Das tut weh und schmerzt irgendwo in den tiefen Bereichen unserer komplizierten Gefühlsarchitektur. Das alles konnte Fabio gut verstehen. Aber er wusste auch, dass Elisabeth, gerade weil sie ihren Beruf sehr ernst nahm, überhaupt keine Zeit für die gemeinsamen Aktivitäten der anderen – nicht berufstätigen – Kindergartenmütter haben würde. Also konnte er sich sehr gut vorstellen, dass Elisabeth, als allseits bekannte Apothekerin, vielleicht aus genau dem Grund überhaupt nicht angesprochen wurde. Auch könnte es sein, so jedenfalls schätzte er seine Frau ein, dass Elisabeth durch kleine, nicht ausgesprochene Botschaften, signalisiert hatte, dass sie für »so etwas« gar keine Zeit hatte. Er wusste, dass sie »Helikoptermütter« nicht mochte, die rund um die Uhr für ihre Kleinen da waren und alle Förderangebote ausnutzten, vom Kindertanz über frühkindliche Musikerziehung und frühkindliche Sportausbildung und so weiter. Elisabeths Meinung nach sollten Kleinkinder in erster Linie einfach nur spielen, statt von Termin zu Termin gekarrt zu werden. Da lag Elisabeth eben nicht auf der Linie der anderen Muttis, war sich aber mit Fabio darin ganz einig.

»War etwas Konkretes?«, fragte Fabio.

Elisabeth schüttelte unwirsch den Kopf. Ein klares Zeichen, dass sehr wohl ›etwas‹ war, und auch dafür, dass sie jetzt nicht darüber reden würde.

Laurin war fertig mit dem Essen und rief: »Paaapaa, komm! Vorlesen!«

Nach Laurins Vorstellungen lief jeder Abend so ab, dass nach dem Essen noch vorgelesen wurde, dann ging es ab ins Bett. Seine Vorleser suchte er sich aus. Der Übriggebliebene machte den Abwasch. Also heute: Fabio – vorlesen, Elisabeth – Abwasch. Laurin ging schon mal vor ins Wohnzimmer, das er »Vorlesezimmer« nannte. Er hatte auch schon sein momentanes Lieblingsbuch auf dem Schoß und blätterte die Zeichnungen durch, die die Handlung illustrierten. Er fand das Bild mit dem Palast des Gelben Kaisers und schlug die Seite auf, von der er annahm, dass da die Geschichte begann: »Hier lesen, Papa!« Laurin kuschelte sich in der Ecke mit den Kissen zurecht und blickte Fabio erwartungsfroh an.

Als Laurin im Bett, der Abwasch vergessen, das Glas Wein auf dem Tisch und Elisabeths Kopf auf Fabios Bauch war, griff Fabio nach der Tageszeitung und blätterte entspannt durch die Seiten. Plötzlich lachte er auf: »Das ist ja ein Ding. Da hat Tommaso ja recht gehabt.«

Elisabeth, die nicht sehen konnte, was Fabio so erheiterte, fragte: »Was denn?«

Fabio erzählte von den großen Plakaten mit den übergroßen Augen und von dem Gespräch, das sie im Auto darüber hatten, und auf welche Ideen sie gekommen waren.

»Und jetzt steht hier, dass es sich um ein Theaterstück handelt. *Tee mit Zimt oder Wie töte ich meinen Regisseur.* Also, da muss ich schon hin, allein berufsmäßig. Da kann ich vielleicht noch was lernen. Was meinst du?« Und Fabio las noch vor, was Zenz Nußbaumer alles so erzählt hatte und was heute in der Zeitung stand. »Sollen wir da hin, Schatz?«

Elisabeth hatte ihre Augen geschlossen und murmelte nur: »Weiß jetzt nicht. Ich bin müde.« Sie drehte dabei ihren Kopf in Richtung Rückenlehne. Fabio dachte: »Ungewöhnlich. Sie lässt doch sonst nichts aus. Aber sie ist heute halt nicht gut drauf. Schwanger halt, doofe Gefühle dazu.« Er schaute auf die Terminankündigung. »Sind ja noch drei Wochen bis dahin … Schauen wir mal.«

Sieben

»Los, lass die Wut raus. Ich will sehen, wie es in dir arbeitet. Du hasst deinen Regisseur«, rief Zenz Sara zu. »Der quält dich und du entwickelst eine Wut auf ihn. Das muss der Zuschauer in der letzten Reihe sehen, schmecken, riechen, hören. Das muss viel deutlicher, viel intensiver kommen. Sara, du kannst das doch. Los! Noch mal!«

Die Probe war heute sehr früh angesetzt worden. Alle hatten sich dafür freinehmen müssen. Jetzt hatte sich Zenz festgebissen. Er wurde kurz vor der Premiere immer nervöser. Ihn nervte alles. Wutausbrüche waren an der Tagesordnung.

Sara hatte zwar eine Stinkwut auf Zenz, also auf den echten Regisseur. Und so konnte sie sich gut in ihre Rolle hineinversetzen, in der sie Wut auf Lewis Westcastle spielen sollte. Aber es war ihr, als würden ihr die Beine unter dem Köper wegbrechen, als flösse jegliche Kraft aus ihr heraus, als wäre sie nur noch eine Hülle, ohne eigenen Willen. Sie wusste selbst nicht so genau, warum sie sich nicht in diese Rolle einfinden konnte. Wahrscheinlich war es, weil ihr reales Leben und das Leben der fiktiven Figur, die sie spielen sollte, zu starke Parallelen aufwiesen. Beide liebten sie den Regisseur, aber der war ein Hallodri. Zudem spielte Zenz auch noch den Lewis Westcastle.

Zenz war inzwischen über Maja hergefallen, die die Schauspielerin Linda Brewster spielte. »Du bist nicht nur schlecht, Maja, nein, du bist sehr schlecht. Wenn du dich jetzt nicht endlich zusammenreißt und deine Scheißtexte endlich fehlerfrei dahersagst, dann schmeiß ich dich raus. Jawohl ... dann schmeiß ich dich raus. Und nächstes Jahr kannst du schauen, wo du unterkommst. Bei mir jedenfalls nicht. Also streng dein dumpfes Gehirn an. Mach!«

Maja hörte seine Stimme kaum noch. Sie blickte Zenz mit einem leicht infantilen Ausdruck im Gesicht an, was diesen nur noch mehr in Rage brachte. Als er schließlich in deutlich aggressivem Gestus auf Maja zuging, sackte sie vom Stuhl und blieb bewegungslos neben dem Stuhl liegen.

»Maja!« Das war Evi, die sich sofort um Maja kümmerte und ihr leicht ins Gesicht schlug. »Maja, was ist mit dir?«

Maja öffnete leicht die Augen. In ihrem Kopf hämmerte es. »Cola«, flüsterte sie.

Evi wusste, was Maja meinte: »Maja ist unterzuckert. Hol Cola, schnell«, rief sie und Sara lief und holte eine Flasche mit der braunen Brause.

Vorsichtig flößte Evi Maja einige Schlucke ein. Norbert, Werner und Sara standen stumm dabei, Zenz hatte sich in den Hintergrund zurückgezogen und sich breitbeinig auf einen Stuhl gesetzt.

Maja trank jetzt schon selbstständig, wurde aber von Evi noch gestützt. Evi erklärte: »Maja ist Diabetikerin. Wenn der Zucker im Blut aufgebraucht ist, kann es zu Unterzuckerung kommen. Dann kann man ohnmächtig werden. Cola hilft da am schnellsten.«

Aus dem Hintergrund tönte Zenz: »Kann es jetzt endlich weitergehen, oder braucht unsere Diabetikerin noch ein wenig Betüttelung?«

Evi schaute Maja an: »Arsch.«

Norbert und Werner drehten sich zu Zenz um. Norbert sagte: »Für heute ist Schluss.«

»Wann hier Schluss ist, bestimme immer noch ich!«, schrie Zenz.

Norbert und Werner stützen Maja, verschwendeten keinen Blick mehr in Richtung Zenz und gingen. Evi folgte ihnen. Nur Sara blieb zurück.

»Das macht ihr nicht mit mir. Nicht mit mir ... Das werdet ihr bereuen!«, brüllte Zenz.

Norbert überlegte kurz, ob er Zenz eine kleben sollte. Aber er entschied: »Das nützt auch nichts.«

*

Morgenbesprechung im Kommissariat. Eduard berichtete, dass er gestern viel telefoniert hätte. Es stehe fest, dass es derzeit keinen Wanderzirkus in Südtirol gebe und schon gar keinen, der einen Menschenaffen mit sich führe. Er hatte auch alle Zoos angerufen, die er erreichen konnte. In Österreich, in Italien und in der Schweiz. Kein Zoo vermisste einen Menschenaffen.

Francesca und Fabio rührten in ihren Espressotassen und erlebten wieder einmal, wie Eduard eine Fleißarbeit erledigt hatte, ohne mit der Wimper zu zucken. Dann berichtete er über seine Idee, dass der Kopf des Opfers irgendwie zwischen die Zinken einer Mistgabel geraten sein könnte, und über das Gespräch, dass er mit Dr. Phillipi deshalb geführt hatte. »Dr. Phillipi hält meine Idee zwar nicht für abwegig. Aber er glaubt nicht daran, weil er am Hals keinerlei Verletzungen gefunden habe, die auf einen Angriff mit einer zweizinkigen Heugabel oder einer Astgabel hindeuteten. Er war der Meinung, dass der Gegenstand, der den Kopf unterhalb des Kinns gleichmäßig umschlugen haben muss und dann den Kopf extrem schnell nach oben gerissen hat, eher weich gewesen sein muss. So als wäre er gepolstert gewesen. Er kann sich das Verletzungsmuster nicht anders erklären. Nur hat auch er keine Idee, um welchen Gegenstand es sich gehandelt hat. Ein Gegenstand, der keine Spuren am Hals hinterlässt. Er meinte, dass das Umschließen um den Hals und der anschließende Ruck sehr schnell gewesen sein müssen. Wir suchen also nach einem Gegenstand, der weich gepolstert ist, einen Hals umschlingen und dann sehr schnell nach oben gerissen werden kann – und, das hätte ich fast vergessen, mit einer großen Kraft wirkt, denn Wirbel lassen sich nicht leicht auseinanderreißen. Das hat Phillipi besonders betont.«

»Dann sind wir in diesem Fall ja einen großen Schritt weiter«, meinte Francesca, erkennbar ironisch.

Fabio meinte: »Wenn wir den Fall lösen, dann geht er in die Geschichte der kuriosen Mordfälle ein.«

»Wenn es denn überhaupt ein Mord war«, schob sich Eduard dazwischen. »Das steht doch überhaupt noch nicht fest. Wir haben keinen Verdächtigen, wir haben kein Motiv. Wir haben nur eine kuriose Todesursache.«

Alle drei nickten und rührten den Zuckerrest in ihren Tassen.

»Aber ich habe etwas in Sachen Bienendiebstahl herausgefunden.« Eduard hatte die Blicke der beiden anderen auf sich gezogen. Fabio musste innerlich schmunzeln. »Die Bienendiebstähle, ja, ja … mit was man sich hier alles beschäftigen muss.« Er forderte Eduard mit einem aufmunternden Blick auf, zu erzählen.

Eduard berichtete von seinem Gespräch mit Luisa Simoni vom Friedensgericht und ihrer Begegnung im Drescherkeller in Kaltern. Als er den Namen von Naz Nußbaumer fallen ließ, wurde Fabio hellhörig.

»Sagtest du ›Naz Nußbaumer‹?«

»Ja, richtig: Der Name ist ›Naz Nußbaumer‹. Kennst du ihn?«

»Nicht direkt.« Fabio überlegte. Doch er war sich sicher, dass Tommaso diesen Namen genannt hatte … »Tommaso arbeitet an einem Fall, von dem er noch nicht weiß, ob es überhaupt ein Fall ist. Es könnte auch ein Unglücksfall sein. Ein Unfall in den Bergen. Da ist eine Frau tödlich verunglückt. Abgestürzt. Sie heißt Maria Steinegger und ihr Mann heißt Naz Nußbaumer. Beide wohnen in Tramin.«

»Ja! Genau! Tramin. Das ist der Ort, in dem ›mein‹ Naz Nußbaumer lebt. Was für ein Zufall!«

Fabio wurde nachdenklich. »Ein Zufall. Gewiss. Aber schon interessant … Tommaso hat herausgefunden, dass dieser Naz ein rechter Hallodri ist. Mit der ehelichen Treue hat er es nicht so. Er hat eine Eigenjagd in dem Gebiet, in dem seine Frau zu Tode gestürzt ist. Das alles muss nichts heißen, aber es wirft ein Licht auf seinen Charakter … Mmh … Tommaso geht einem Verdacht nach, der sich bis jetzt nicht verfestigt hat. Es könnte sein, dass auf Maria Steinegger geschossen worden ist. Das ist aber noch nicht sicher. Die Leiche ist derart verunstaltet, dass man in der Pathologie keinen Schusskanal finden konnte. Tommaso hat jetzt vorsichtig das konkrete Umfeld der Absturzstelle von der Spurensicherung untersuchen lassen. Vielleicht finden die etwas, das auf eine Schussabgabe hindeuten könnte … Wir können nicht in Tommasos Fall eingreifen. Der gehört den Carabinieri. Aber du«, er schaute Eduard an, »vielleicht solltest du dich im Umfeld umtun, in

Tramin ein wenig rumhören, was man so sagt, über den Naz. Du hast ja einen Auftrag, die Bienen. Wenn es passt, lass dir ruhig mal die Bienenkörbe zeigen. Dann machst du dir einen Eindruck von diesem Naz.«

»Beuten, die Bienenkörbe heißen Beuten ... das habe ich von den Imkern gelernt.«

»Von mir aus Beuten, du kleiner Klugscheißer«, lachte Fabio in Richtung Eduard.

Der verstand das als Kompliment.

»Kein Wort von dem Verdacht. Du weißt gar nicht, dass Maria Steinegger tot ist. Und wenn du davon hörst, dann ist das bis jetzt noch ein Bergunfall. Ende. Wegen der Bienen kannst du ja ein wenig fragen. Wenn du etwas herausfindest, was Tommaso hilft, dann ist es gut. Aber keine Einmischung in seinen Fall.«

»Verstanden. Ich bin schon weg.«

Als Eduard die Kantine verlassen hatte, fragte Francesca, ob es etwas Neues in der Sache mit der Cantallielo gäbe.

»Nein, nichts. Der Vice will sich kümmern und mir Bescheid geben.«

»Wäre ganz schön blöd, wenn die wiederkäme.«

Fabio nickte. »Ja, ganz schön blöd.«

»Was machen wir denn dann?«

Fabio zuckte mit den Schultern. »Ich weiß noch nicht, was ich dann mache. Ich kann hier jetzt nicht mehr so einfach weg. Die Familie, das Haus, die Schulden. Ich fürchte, dass ich mich mit der Dame arrangieren müsste.« Er blickt nachdenklich in die Zucker-Kaffee-Reste in seiner Tasse. »Wenn du ein Problem hast, das dir unangenehm ist, dann hast du grundsätzlich drei Möglichkeiten, damit umzugehen. Du kannst ausloten, welche Optionen du hast, die unangenehme Situation zu ändern. Das tun wir gerade. Der Vice versucht durch sein Gesuch auf Verlängerung seiner Dienstzeit, die Dame zu verhindern. Wenn alle Optionen nicht helfen, dann kann ich mich von der Situation abwenden. Ich müsste meine Versetzung beantragen oder im Extremfall sogar kündigen. Alles schwierig ... Die dritte Option ist, die neue Lage zu akzeptieren, auch wenn sie mir nicht gefällt. Die Dinge ändern sich, nichts ist endgültig und auch die Cantallielo ist irgendwann wieder weg.«

Francesca blickte Fabio erstaunt an. »Das sind coole Gedanken. Du hast das ja alles schon durchdacht.«

»Ja, habe ich, aber wenn die Dame tatsächlich kommt, wird es deshalb nicht einfach. Du erinnerst dich doch noch, wie es damals war.«

»Nur zu gut. Die Dame ist die Pest.«

Fabio nickte.

*

Norbert hatte für Maja den Stuhl zurechtgerückt. Sie schaute ihn dankbar an. Es ging ihr schon wieder besser. Aber das flaue Gefühl im Magen wollte nicht weichen. Sie kannte sich mit Unterzuckerung aus. Es passierte ihr zwar nicht oft, aber wenn es passierte, war sie auf Hilfe angewiesen. Denn ihr Zuckerspiegel im Blut hatte die Angewohnheit, ohne Vorwarnung stark zu sinken. Andere Diabetiker, die sie kannte, bemerkten die Warnzeichen viel früher. Sie hatten zum Beispiel Schweißausbrüche und fingen an zu zittern. Aber die Schauspielerin hatte das Pech, dass sie schnell ohnmächtig wurde. Wenn sie dann niemand fand, wäre es für sie auch lebensgefährlich.

Sie waren in den Drescherkeller »geflüchtet«. So kam es ihnen vor. Wie eine Flucht. Eine Flucht aus dem Joch des despotischen Zenz. Was sie heute Morgen erlebt hatten, ging über ihre Vorstellungskraft. Das waren sie nicht gewohnt. Sie hatten sich für diese Probe fast alle freinehmen müssen, denn schließlich standen die meisten im Beruf und ihre Leidenschaft für das Theaterspielen bezahlten sie teuer mit vielen Tagen Urlaub, die sie vom jeweiligen Arbeitgeber bewilligt bekommen mussten. Das war nicht selbstverständlich. Aber da die Arbeitgeber alle aus dem Dorf waren und die Dorfgemeinschaft das alljährliche Theatertreiben sehr schätzte, unterstützten diese die Leidenschaft ihrer Mitarbeiter gerne.

Bis auf Maja waren sie alle Laienschauspieler. Alle hatten sie Talent. Norbert zum Beispiel und Werner hatten vor einigen

Jahren einen tollen Auftritt als *Don Camillo und Peppone* mitten auf dem Marktplatz in Kaltern. Unter freiem Himmel. Als Kulisse das Rathaus und die Kirche. Besser ging es gar nicht. Allein die Proben waren eine Riesengaudi. Norbert rannte mit seiner Soutane aufgeregt aus der Kirche und Werner als Bürgermeister Peppone lief aus dem Rathaus und mitten auf dem Platz stritten sie heftig. Die Touristen, die Zeuge dieses gespielten Disputes waren, blieben alle stehen und merkten erst später, dass es sich um eine Inszenierung handelte. Dann nämlich, wenn der Regisseur die Szene unterbrach und die Schauspieler wieder in ihre Ausgangspositionen gingen und die Szene erneut probten. Norbert erzählte heute noch mit Freude in den Augen davon. Dann die Aufführungen erst ... vor 600 Zuschauern auf dem Marktplatz. Was für ein Bild.

Gut, die anderen Aufführungen im Kultursaal des katholischen Vereinshauses waren auch alle gut besucht. Bis zu 400 Zuschauer kamen dort zusammen. Aber die Atmosphäre unter freiem Himmel war eben doch einzigartig.

Jetzt also hatten sie die Probe im Kultursaal eigenständig abgebrochen. Zenz hatte ihnen gedroht. Was sollten sie jetzt machen?

»Erst mal frühstücken«, entschied Werner und ging in den Keller, um Theo Bescheid zu geben, dass vor seiner Tür hungrige Schauspieler saßen. Sie hatten den Tisch gleich neben dem Eingang in den Keller genommen. Direkt unter dem großen Olivenbaum und nicht weit von der herrlichen Palme, die links vom Eingang fast bis auf die Höhe des alten Ansitzes reichte.

Maja fühlte sich unter den Schauspielkollegen wohl, auch wenn sie alle Laien waren und sie selbst Profi. Aber sie hatte auch Angst. Denn mit Zenz war nicht zu spaßen. Was, wenn er sie wirklich rauswerfen würde? Die Gage war ohnehin nicht groß, aber ganz ohne Gage wüsste sie nicht, wie sie den nächsten Monat überleben könnte – finanziell. Sie lebte seit Jahren von Engagement zu Engagement, von der Hand in den Mund. Die Gagen waren niedrig, der Einsatz immer hoch. Verlangt wurde viel. Das konnte man auch an Saras Rolle sehen. Die Idee, sie waagerecht an einer Stange hängen zu lassen, um den Ast zu symbolisieren, von dem dann der »Apfel fällt«, war zwar irgendwie dem Regietheater und seinen Ansprüchen geschuldet, aber für die Schauspielerin eine echte Zumutung. Was musste sich Sara schinden, um diese akrobatische Leistung zu bringen. Aber Sara war zäh – und ehrgeizig. Zenz hatte sie unter Kontrolle. Grimmig dachte Maja daran, wie sie sich über seine »Besetzungscouch« gequält hatte. Wie erniedrigend war das gewesen. Nur um diese Rolle zu bekommen. Nicht alle Regisseure waren so, aber einige eben schon. Und sie war sicher, dass auch Sara diesen Weg genommen hatte. Die anderen, die Laien, hat Zenz nehmen müssen. Sonst hätte er den Vertrag für diese Saison nicht bekommen. Die mussten sich nicht erniedrigen, um eine Rolle zu bekommen. Sie konnten jetzt auch einfach hinwerfen. Dann stand Zenz blöd da – aber sie auch. Wenn das Stück nicht aufgeführt würde, hätte das auch Auswirkung auf ihren Ruf. So was spricht sich rum. Wie es wirklich war, interessiert später ohnehin niemanden. Es würde nur heißen, die da, die Maja, die hat schlappgemacht, die kannst du nicht mehr einsetzen.

Mit diesen Gedanken im Kopf verdüsterte sich ihr Gesicht, sodass Evi sie ansprach: »Was ist mit dir? Geht es nicht besser? Sollen wir vielleicht einen Arzt rufen oder dich ins Krankenhaus bringen?«

Maja versuchte zu lächeln, vertrieb ihre düsteren Gedanken und ihre Miene hellte sich auf. »Danke, Evi. Danke, euch allen ... Es geht schon wieder ... Ich habe mir nur gerade Sorgen gemacht, darüber, was jetzt aus dem Stück wird, aus euch und auch aus mir.« Sie senkte den Kopf.

Evi nahm sie in den Arm und drückte sie. »Was soll schon werden? Dieser blöde Wichtigtuer wird sich schon wieder einkriegen. Ohne uns läuft doch nichts. Oder meinst du, der steht dann alleine auf der Bühne und monologisiert sich durch das Stück? Ha!« Evi lachte auf.

Werner kam mit einer Platte Speck und Käse in der einen Hand und einem Brotkorb in der anderen Hand aus den Tiefen des Kellers. Er hatte Evis Worte mitgehört. »Genau. Evi hat recht. Und das eine kann ich euch jetzt schon sagen: Wenn der so weitermacht, war das sein letztes Engagement. Das kann ich euch versichern. Solange ich Obmann der Theatergruppe Kaltern bin, habe ich ein Wörtchen mitzureden. Wenn sich der Zenz nicht besser in den Griff bekommt, wird das ein Nachspiel haben … Jetzt, so kurz vor der Premiere, will ich da keinen Aufstand machen. Wir alle haben schon viel Zeit in das Stück investiert. Und wir wollen es doch alle zur Aufführung bringen – oder?«

Alle nickten.

Norbert meinte: »Aber unser alter Regisseur, dem wäre so eine Entgleisung niemals passiert. Der hatte Format. Bei Zenz bin ich mir da nicht so sicher. Und wie er mit Maja umgegangen ist, das war eine Unverschämtheit. Ich finde, er sollte sich entschuldigen. Das wäre das Mindeste.«

Alle nickten.

Als sie so nickend beieinandersaßen, die ersten zaghaft, dann aber beherzt zugriffen, gesellte sich Hermann, der Bühnenbildner, zu ihnen. Er war die ganze Zeit bei den Proben anwesend gewesen und hatte im Hintergrund die Bühnenfläche des Kultursaals ausgemessen, wie und wo er die Bühnenbilder platzieren wollte. Zenz hatte es ihm nicht leicht gemacht, ständig reingeredet und viele seiner Entwürfe verworfen. Hermann setzte sich unaufgefordert zu den anderen und griff zu.

Theo kam und brachte Kaffee. »Werner hat Kaffee bestellt. Aber ich meine, ihr solltet auch ein Glas Wein trinken. Ist zwar noch früh, aber Kaffee zu Speck, das passt doch nicht.«

»Passt schon«, wurde ihm entgegengerufen. »Den Wein vielleicht später.« »Wir bleiben schon noch.« »Setz dich dazu, wenn du Zeit hast«, schallte es Theo entgegen. Er nahm ebenfalls Platz. Er hatte Zeit.

Majas Gesichtsfarbe wurde wieder rosig. Mit jedem Bissen ging es ihr besser. Evi knuffte sie in die Seite. »Wird wieder!«

Hermann, der Älteste in der Truppe, Rentner und Imker und seit vielen Jahren für das Bühnenbild der Truppe verantwortlich, räusperte sich. »So einen Typen habe ich noch nie erlebt. Wir sollten Michael oder Claus wieder nehmen, das nächste Jahr.« Damit meinte er die alten Regisseure, die in den zurückliegenden Jahren die Produktionen betreut hatten. »Wie hat es dieser Zenz eigentlich geschafft, die anderen auszubooten?«, fragte er in die Runde.

Werner fühlte sich angesprochen. Er war der Obmann der Truppe. »Ich bin selbst etwas überrascht worden. Es war so, dass der Vereinsvorstand mit diesem Vorschlag kam, mal etwas Neues auszuprobieren. Was Neues ist ja zunächst nichts Schlechtes. Außerdem habe ich mitbekommen, dass Zenz unserem Michael die Stelle als Dramaturg angeboten hat. Das haben wir doch früher nicht gebraucht – einen Dramaturgen. Aber Michael hat das wohl abgelehnt, wie ich gehört habe. Ich habe gar nicht mit ihm gesprochen. Der war zunächst von der Bildfläche verschwunden. Blöderweise habe ich mich damals nicht richtig kümmern können. Ihr wisst ja: die Umstrukturierung in der Firma. Ich hatte den Kopf ganz woanders.« Er holte tief Luft. »Mir kommt es vor, als hätte Zenz schon vor langer Zeit Kontakte geknüpft und einflussreiche Kreise hinter sich versammelt.« Werner blickte hoch in den Olivenbaum, so als suche er hier die passenden Worte. »Schaut euch doch nur die Werbung an. Die Augen des Zenz Nußbaumer … Dann die Folgeplakate in kurzem Abstand. Wer bezahlt das denn? Also unser Verein jedenfalls nicht, das habe ich herausgefunden. Das könnten wir auch gar nicht bezahlen. Das ist nämlich richtig teuer. Aber die Plakate hängen überall. Auch in den Revieren der anderen Bühnen. Das muss man sich mal vorstellen: Der gräbt denen die Zuschauer ab. Was soll das denn? Und wer steht dahinter?« Werner schwieg.

Die anderen schauten ihn an. Das hatten sie so noch gar nicht wahrgenommen. Aber ja, es stimmte. Die Plakate sahen sie überall.

»Und dann noch diese Berichterstattung im Tagblatt«, flocht Evi ein.

»Genau«, sagte Werner. Ich habe gestern noch ein wenig gegoogelt. Im Tagblatt stand doch, dass das Stück, das wir spielen, von Zenz wäre. Aber ich habe herausgefunden, dass *Tee mit Zimt* von einem Mann aus Erkrath stammt. Erkrath ist eine kleine Stadt in der Nähe von Düsseldorf. Lars Lienen heißt der Autor.

Er spielt es in seinem eigenen Theater in Erkrath, dem Theater Nero. Was sagt ihr jetzt?«

Norbert lehnte sich entspannt zurück. »Das passt doch. Der schmückt sich mit fremden Federn. Ist ein aufgeblasener Wicht, dieser Zenz. *Die kalten Augen von Kaltern* – habe ich auch gelesen, den Artikel … Da steckt noch mehr dahinter. Der will nicht bloß eine Saison hier spielen. Der will mehr. Ich bin sicher, unser Zenz hat einen Plan. Wir, ja wir sind nur der erste Baustein. Hört meine Worte. Ihr werdet sehen, dass ich recht habe.«

»Und was will er?«, fragte Evi.

Norbert zuckte mit den Schultern, legte sein Gesicht in Falten.

Alle schwiegen.

»Also, über die Nußbaumers hört man hier dies und das«, flocht sich Theo ein. Alle Augen richteten sich auf ihn. »Da war einer hier, der hat sich mächtig über den Naz Nußbaumer aufgeregt und über seinen Sohn, den Bartl. Und der Zenz, der ist doch auch ein Sohn von dem Naz Nußbaumer, möchte ich meinen. Das scheint mir eine feine Familie zu sein.«

»Was hört man denn?«, fragten alle durcheinander.

»Der Naz und der Bartl sollen mit ihren Nachbarn ewig Streit haben. Grenzsteine, Pflanzabstände, Wegerecht und all so ein Zeug. Einem seiner Nachbarn sind alle ›Pink Lady‹ abgezwackt worden. Der Naz durfte keine anbauen und der Nachbar durfte … Jetzt hegen sie den Verdacht, dass Naz oder Bartl die Bäume abgezwickt haben. Aber beweisen können sie es nicht. Gestern war einer zusammen mit der Luisa hier, ihr wisst schon, die Luisa vom Kino, und das war einer von der Polizia, so ein junger, der hat wegen der Bienendiebstähle herumgefragt … da seien die Nußbaumers auch im Verdacht bei den Traminern … habe ich gehört, aber Genaues weiß man nicht. Aber wo ein Gerücht ist, ist auch meist was dran. Also die Familie scheint schwierig zu sein.«

Hermann meinte: »Das müssen wir aber fein auseinanderhalten. Das eine hat mit dem andern nichts zu tun. Aber Zenz ist schon ein merkwürdiger Kerl … Als ihr alle davon seid, da hat er noch mit der Sara einen Streit angefangen, sodass sie schließlich weinend davongerannt ist.«

»Warum denn?«, wollte Maja wissen. Sie war wie elektrisiert. Wenn Sara bei Zenz in Ungnade gefallen war, dann ...

»Ich habe nicht alles verstanden. Aber es ging wohl um die Trainerin von Sara. Die hat es dem Zenz wohl angetan ... und Sara war, glaube ich, eifersüchtig. Sie hat ihn angeschrien, er solle die Finger von ihr lassen. Aber er hat nur gelacht. Dann hat Sara noch ein paar unhübsche Bemerkungen fallen lassen und Zenz ist ausfallend geworden. Ich mag das nicht mit ansehen, habe ich mir gedacht und bin dann durch den hinteren Bühnenausgang raus. Draußen habe ich dann Sara weinend davonlaufen sehen.«

Werner blickte in die Runde. »Das ist doch alles sehr komisch. Das Stück, das wir spielen, handelt von einem Regisseur, der seine drei Schauspieler schlecht behandelt, sie hintergeht und ausnutzt, sodass alle drei Mordgelüste entwickeln. Unser Zenz, der zu allem Überfluss diesen Regisseur spielt, entpuppt sich als genau der Typ, den er darstellt.«

»Genau«, warf Norbert ein. »Und der Regisseur des Stücks, Lewis Westcastle, schläft mit der Freundin von meiner Figur, Mortimer Redferne. Na, wenn Zenz das bei mir versuchen sollte, dann bring ich ihn auch in der Realität um. Das verspreche ich euch.«

»Aber so wie es aussieht, ist Zenz eher der Trainerin von Sara auf den Fersen«, warf Maja ein.

»Wem auch immer – das tut hier nichts zur Sache«, meinte Werner. »Lasst uns jetzt entscheiden, wie wir weitermachen. Wir könnten die Aufführungen absagen oder mit Zenz reden. Er soll sich bei Maja entschuldigen und wir machen weiter. Das würde ich vorschlagen. Sein Privatleben und seine amourösen Abenteuer interessieren mich nicht ... Also, wer ist dafür, dass wir weitermachen?«

Langsam hoben alle die Hände.

*

Eduard kannte sich in Tramin aus. »Ist zwar nicht meine Heimat, aber es hätte meine Heimat werden können«, erinnerte er sich.

Bevor er Lorena, seine Frau, kennengelernt hatte, war er mit einer Traminerin befreundet gewesen. Das war schon einige Jahre her und Eduard wusste nicht, wie es ihm bekommen würde, sollte er die junge Dame dort zufällig treffen. »Diese Weinfeste«, sinnierte er und erinnerte sich an die erste Begegnung mit Margit, so hieß seine damalige Favoritin. »Dann wäre ich jetzt vielleicht Weinbauer«, überlegte er, als er an den endlos scheinenden Weinfeldern vorbei Richtung Tramin fuhr. Die Weinstraße war eine schöne Gegend. Sonnenbeschienene weite Felder, meist mit Reben bepflanzt. Hier und da auch Obstbäume, aber zumeist eben doch Reben. Vor Eduards geistigem Auge tauchten sie auf, die Rebsorten, die hier gediehen. Gewürztraminer vor allem, die Traube der ersten Wahl in Tramin. Dort waren sie besonders stolz auf ihren Gewürztraminer. Schon Oswald von Wolkenstein hatte diese Traube besungen. Die Traminer hatten eine Straße nach ihm benannt: die Oswald-von-Wolkenstein-Straße. Nicht weit davon hatte auch Margit gewohnt. Sie war die einzige Tochter eines der größeren Winzer im Ort. Die Familie hatte einen schönen alten Hof mit einem tiefen Gewölbekeller. Sie kelterten einen Teil ihres Weins selbst, der Rest ging an die Genossenschaft. Eduard hatte die Atmosphäre dieses Weinguts gemocht. Die Außenwände der Höfe berührten einander. Sie lagen dicht an dicht. Sie gingen in die Tiefe, hatten diese prächtigen Keller und entfalteten ihre Größe in den Berg hinein, also nach hinten sozusagen, von der schmalen Straße aus gesehen. Hinter den Höfen begannen bereits die Weinberge. Die Höfe lagen entlang der Hans-Feuer-Straße. Das Weingut von Margits Vater lag mittendrin. »Ob sie inzwischen ebenfalls verheiratet ist«, fragte er sich. »Bestimmt, so hübsch und nett, wie sie war«, schloss er seine Gedanken ab und bog auf den einzigen gut erreichbaren öffentlichen Parkplatz von Tramin, unterhalb vom zentralen Rathausplatz.

»So, hier bin ich mal wieder«, dachte er und sog die würzige Luft in die Nase, als er neben seinem Auto stand. Er wusste nicht, wo genau er anfangen würde, aber er wusste auch, dass sich das finden würde. »Hier auf dem Dorf findet sich alles ganz von allein.« Sein Auftrag war es, etwas über die Familie Nußbaumer zusammenzutragen. »Na dann …« Eduard erreichte den Rathausplatz, kannte sich sofort wieder aus. Nach rechts ging es in Richtung der Straße, wo Margit wohnte, oder damals gewohnt hatte. Hier auf dem Platz hatten sie sich bei einem der gemütlichen Weinfeste kennengelernt. Es war eine tolle Stimmung damals, er war gar nicht darauf aus, jemanden kennenzulernen, und dann hatte es gefunkt zwischen ihnen. Er seufzte. »Aber der Funke hielt nicht lange – jedenfalls bei mir.«

Margit war vielleicht etwas zu fordernd gewesen, wollte schnell weiterkommen. Schon nach kurzer Zeit hatte sie das Wort ›Heirat‹ in den Mund genommen und hatte sozusagen mit dem Weingut des Vaters gewedelt. So war es Eduard vorgekommen. Das war für ihn damals ein Tempo, das ihm zu schnell vorkam. Es passte damals nicht in seine Gefühlswelt, und er hatte sich dann auch zurückgezogen. Margit hatte ziemlich heftig geschmollt. »Wollen wir hoffen, dass sie sich davon erholt hat«, dachte er, als er das rauschende Weinfest von damals auf genau dem Rathausplatz, auf dem er jetzt stand, vor seinen Augen ablaufen ließ. Da war die Kirche mit dem separaten Turm. Da war das Rathaus, das dem Platz seinen Namen gab. Vor ihm die Reihe der Cafés und Restaurants, die alle eine Premiumlage hatten. Tramin bestach unter anderem mit seinen in verschiedenen Pastelltönen gestrichenen Häusern, die für ein Dorf schon recht imposant waren. Dreistöckig zumeist und von großzügiger Architektur. »Hier kann man schon sehen, dass Weinbau lohnt«, dachte er bei sich und verglich seine Eindrücke mit dem, was er von seinem elterlichen Hof her kannte. Dort gab es vor allem Vieh- und Milchwirtschaft. Ein ganz anderes Arbeiten war das. Auch der Ertrag war ein anderer, denn die Milchpreise wurden von der EU künstlich beeinflusst. Mal zum Wohl, mal zum Schaden der Bauern. »Wein trinken die Leute immer«, überlegte er und Eduard hatte die Qualitätsoffensive der Winzer und der Genossenschaften über die letzten Jahrzehnte verfolgen können. »Wein aus Südtirol hat längst einen so guten Ruf erreicht, dass sich jetzt auch ordentliche Preise erzielen lassen – das gilt leider nicht für die

Milch. Nur die Käserei konnte noch gute Preise erzielen. Aber diese Mühe musste man als Milchbauer dann noch auf die Arbeit mit dem Milchvieh draufsatteln. Dann kamen diese vielen Hygienevorschriften der EU hinzu, die es zu beachten galt, sonst machten sie einem die Käserei schneller wieder zu, als sie eröffnet hatte.

»Komisch, was mir alles so durch den Kopf geht, wenn ich hier auf dem Platz stehe«, dachte er und ging, einem Impuls folgend, in das erste Café in der Reihe. Zum einen war es jetzt Zeit für einen Espresso: »Und vielleicht haben sie auch ein Hörnchen«, zum anderen waren Cafés und Bars die besten Orte, um mit den Leuten vom Dorf ins Gespräch zu kommen.

Eduard stellte sich an die Bar und bekam seinen Espresso. Um diese Zeit kamen und gingen die Leute. Meist blieben sie auf einen Kaffee, schwätzten ein wenig und gingen dann ihren Verrichtungen und Geschäften nach. Es kamen die Bauern, es kamen die Hausfrauen, es kamen die Leute aus der Raiffeisenbank. Die erkannte man daran, dass sie Anzüge trugen. Die hatten es auch eher eilig. Hier und da kamen Leute, die auch Zeit im Gepäck hatten und sich hinter das Tagblatt setzten, um die Texte ausgiebig zu studieren. Zumindest so lange, bis andere Leute hereinkamen, auf die sie möglicherweise gewartet hatten, denn dann wurde über die Zeitung hinweg geredet.

Bei einem der Gespräche spitzte Eduard seine Ohren.

»Du, die Maria wird immer noch nicht beerdigt.«

»Ja, was ist denn das? Warum denn nicht?«

»Wenn ich es wüsste … Die Leute sagen, die Staatsanwaltschaft lässt die Leiche untersuchen.«

»Aber das war doch ein Unfall. Das ist doch sonnenklar. Kennst du das Gebiet, wo sie abgestürzt ist?«

»Nein.«

»Das ist dort steil und auch schwieriges Gelände. Wenn du da runterfällst, dann bleibt nicht viel übrig von dir.«

Die beiden schwiegen.

Dann begann der mit der Zeitung erneut: »Aber warum untersucht denn die Staatsanwaltschaft die Leiche von der Maria?«

Der andere zuckte mit den Schultern. »Was weiß ich. Aber das machen die manchmal ... Weißt du, da war doch im letzten Jahr der Sepp, der mitten in seinem Weinberg zusammengebrochen ist. Erst am Abend haben sie ihn gefunden. Die Familie hat gleich gemeint, dass er einen Herzinfarkt oder einen Schlaganfall gehabt hat. Aber die Carabinieri haben die Leiche mitgenommen und die Staatsanwaltschaft hat sie drei Tage nicht freigegeben. Die wollten ausschließen, dass da jemand nachgeholfen hat, beim Sterben. Verstehst du?«

Der mit der Zeitung nickte leicht. »Ja, das verstehe ich schon. Das mit dem Sepp. Da war ja auch immer Streit in der Familie.« Er verstummte, dachte nach.

»Na und bei der Maria hat es ja auch Streit gegeben.«

Der andere machte eine Geste, als wollte er sagen: »Kommt vor.«

»Ich glaube, das ist Routine«, meinte der ohne Zeitung. Das machen die immer so. Aber es dauert schon lange, oder? Wie lange ist es her, dass die Maria abgestürzt ist. Doch schon länger als eine Woche, oder?«

Der mit der Zeitung nickte langsam.

»Und was hört man vom Naz?«, fragte der ohne Zeitung.

Der mit der Zeitung wiegte seinen Kopf hin und her. »Nicht viel. Er ist halt so, wie er immer war ... Der Bartl, der trauert, glaube ich.«

»Mmh. Das denke ich mir. Der Junge hat sehr an seiner Mutter gehangen. Und der andere, der Zenz, ist ja auch wieder da ... Kannst du gar nicht übersehen. Der schaut dich ja von jedem Plakat aus an.«

Der ohne Zeitung lachte rau.

Beide schwiegen, hingen ihren Gedanken nach.

»Und was wird jetzt aus der Pension? Ich meine, wenn die Maria nicht mehr da ist? Wer macht dann die Arbeit? Bartl ist den ganzen Tag im Weinberg oder im Obst. Und der Naz ja wohl auch.« Der letzte Satz kam etwas gepresst aus dem Mann mit der Zeitung.

Der ohne Zeitung widmete sich seinem Espresso, indem er darin mit dem kleinen Löffel rührte. Er sagte nichts. Vielleicht wusste er nichts dazu zu sagen. Er nickte in Richtung des Zeitungslesers und sagte: »Ich gehe dann mal wieder. Guten Tag dir und lass den anderen noch was zum Lesen in der Zeitung.«

Der mit der Zeitung nickte dem anderen zu. Man trennte sich. Die Zeitung wurde angehoben, das Gesicht des Zeitungslesers verschwand hinter dem Tagblatt.

Eduard wartete noch einige Minuten, aber als nichts weiter passierte, zahlte er und ging. Draußen hatte die Sonne die Luft angenehm gewärmt, auf dem Rathausplatz fuhren Autos, Menschen schritten über den Platz. Das Dorf lebte seinen morgendlichen Alltag.

»Da habe ich ja schon etwas«, murmelte Eduard und beobachtete weiter die Szenerie, wie sie sich ihm bot.

Er überlegte nicht lange, sondern steuerte das Fremdenverkehrsbüro an und fragte nach einem Unterkunftsverzeichnis. Wieder draußen, setzte er sich auf eine der Bänke unter den alten Bäumen. Er suchte eine Pension, die von den Nußbaumers oder von Maria Steinegger geführt wurde. Er wurde schnell fündig. Maria Steinegger vermietete drei Ferienwohnungen und warb damit, dass man »auf dem idyllischen Weinhof Nußbaumer die hauseigenen Weine verkosten könne.« Auch sei es möglich, für Gruppen eine Weinprobe im Winzerkeller zu organisieren, und Winzersteaks gebe es auch. Der Hof lag auf der Oswald-von-Wolkenstein-Straße. Wie Eduard wusste, war das nicht weit von seiner Bank, auf der er saß und von der aus er das Treiben auf dem Platz beobachtete.

»Na, dann frage ich dort mal nach einer Ferienwohnung oder nach der Möglichkeit, mit meinen Freuden in dem dortigen Weinkeller eine Sause zu machen«, überlegte Eduard.

Der Winzerhof war alt, wie die meisten Höfe hier. Idyllisch war er auch. Eine Rebe war vor seinem großen Tor gepflanzt und über das Rundbogentor geführt worden, sodass das Blattwerk einen schönen grünen Rahmen abgab. Die Trauben reiften an der alten Rebe heran und ließen erahnen, um was es hinter den alten Mauern ging – um Wein. Im Hof parkten zwei Mittelklassewagen mit deutschen Kennzeichen.

»Möglicherweise die Gäste der Ferienwohnungen«, mutmaßte Eduard. Als sich niemand zeigte, läutete er an der Klingel, die er neben einer Tür fand, die von ihrer Art her die Haupteingangstür ins Gebäude sein konnte. Es befanden sich aber noch weitere Türen in den verschiedenen Hofgebäuden und es war nicht einfach auszumachen, was Wirtschaftsgebäude, was Wohngebäude war. Auf sein Läuten reagierte niemand. Eduard wartet.

Ein Mann mit einer Brötchentüte in der Hand betrat den Hof. Ungefähr 60 Jahre alt, kurze Hosen, Socken in den Sandalen, weiße Beine, locker das Hemd über der Hose, leicht neugieriger Blick, aber freundlich. Er grüßte Eduard und vom Idiom her war sofort klar, dass er nicht von hier war. »Also einer der Ferienwohnungsgäste«, kombinierte Eduard.

Er sprach den Mann an. »Guten Morgen. Wie ich sehe, wohnen Sie hier.« Er wedelte leicht mit dem Prospekt aus dem Fremdenverkehrsbüro. »Ich wollte gerne die Inhaberin sprechen. Ich interessiere mich für eine der Wohnungen oder für eine Feier im Winzerkeller.«

Der Mann machte jetzt ein betrübtes Gesicht. »Die Wirtin ist leider vor Kurzem verstorben«, gab er bereitwillig Auskunft. »Schrecklich, ganz schrecklich. Sie ist bei einer Wanderung in den Bergen tödlich verunglückt ...So eine nette Frau ... wissen Sie.« Der Mann war wirklich mitgenommen, das konnte Eduard sehen. »Wissen Sie, wir kommen seit 20 Jahren hierher. Immer dieselbe Wohnung ... Nur Bekanntes schafft Erholung, sage ich immer. Und meine Frau meint das auch ... Ach es ist so schön hier. Wissen Sie, dieses Tramin, das ist schon ein ganz besonderer Ort.«

Eduard ahnte, dass der Mann in seiner Begeisterung ihm jetzt die besten Ferienerlebnisse der vergangenen 20 Jahre erzählt hätte, aber das wollte er um jeden Preis vermeiden. Deshalb unterbrach er seinen Redefluss freundlich. »Da haben Sie sicher recht. Es ist wirklich schön hier ... Aber wie sieht das denn jetzt mit den Ferienwohnungen aus? Wenn die Vermieterin tödlich verunfallt ist, wie geht es dann jetzt weiter? Wen kann ich denn jetzt fragen?«

Der Mann wirkte traurig. »Das weiß ich auch nicht. Auf dem Hof leben ja noch der Sohn, Bartl, und der Vater. Aber die beiden haben mit den Ferienwohnungen und dem Winzerkeller nichts zu tun. Das war Marias Reich. Die Männer sind immer auf den Feldern, die haben keine Zeit für den Pensionsbetrieb. Und der Bartl hat auch keine Frau, die das übernehmen könnte. Ich fürchte fast, dass wir dieses Jahr das letzte Mal hier sein können. Wir bleiben auch nur noch drei Tage, dann ist unser Urlaub zu Ende«, fügte er hinzu.

Eduard bedankte sich für die Auskunft und wollte gehen, als der Mann plötzlich etwas aufgeregt in Richtung der Wirtschaftsgebäude zeigte. »Da kommt der Bartl, den können wir fragen.« Ohne Eduard weiter zu beachten, bewegte sich der Mann in die Richtung, in die er gezeigt hatte. Dann drehte er sich zu Eduard und rief: »Kommen Sie, kommen Sie.«

Der Pensionsgast hatte Bartl gestoppt, der offensichtlich einen der Trecker aus dem Schuppen holen wollte. Bartl nickte ihm freundlich zu. Man kannte sich. Eduard dachte: »Wenn der Gast seit 20 Jahren hierherkommt, dann kennt er diesen Bartl auch schon seit zwanzig Jahren. Er kennt die Familiengeschichte, er hat vieles erzählt bekommen, er hat vieles beobachtet. Eigentlich ist er eine gute Quelle.«

»Bartl, hier ist ein Mann, der sich für die Ferienwohnung interessiert.« Er wedelte Eduard heran, der mit seinem Prospekt zurückwedelte, froh darüber, sich über das Papier als Tourist zu erkennen zu geben. Aber sein Idiom würde ihn als Einheimischen verraten. Deshalb sagte er: »Ja, ich suche für mich und meine Belegschaft einen Ort, an dem wir feiern können und dann vielleicht auch übernachten. Da ist mir Ihr Haus empfohlen worden.«

Bartl nickte ihm nicht unfreundlich zu, aber es war auch zu erkennen, dass er Eduard nicht helfen konnte oder wollte.

»Wir hatten einen Todesfall in der Familie und derzeit geht da leider nichts. Ob wir mit dem Keller weitermachen, kann ich noch gar nicht sagen. Fragen Sie einfach noch mal in einem Jahr nach. Vorher, glaube ich, machen wir hier nichts mehr.« Damit wollte er es bewenden lassen, denn er drehte sich in Richtung seines Treckers.

»Und was wird aus uns, deinen Stammgästen?«, fragte der Mann mit der Brötchentüte.

Bartl drehte sich langsam um, blickte den Brötchentütenmann an – nicht unfreundlich, aber auch nicht herzlich. »Ihr bleibt natürlich noch bis zur Abreise. Aber was wir dann mit den Ferienwohnungen machen, das weiß ich nicht. Darüber haben der Vater und ich noch gar nicht gesprochen. Wir haben jetzt echt andere Sorgen.« Damit wandte er sich endgültig von den beiden Männern ab, entschwand in den Schuppen, startete den Trecker und fuhr ohne Gruß und ohne Blickkontakt an den beiden vorbei über den Hof und durch das von Rebenlaub umrankte Tor hinaus.

»Das war aber eine knappe Ansage«, meinte Eduard in Richtung des Brötchentütenmannes, der etwas verdattert dastand.

»Der ist halt noch in Trauer«, murmelte dieser. »Kann ich auch verstehen. Er jedenfalls hat sehr an seiner Mutter gehangen.«

Hier merkte Eduard auf. »Der Sohn trauert, aber der Ehemann nicht?« Die Frage war ein Schuss ins Ungewisse. Eduard hoffte, den Pensionsgast zum Reden zu bekommen.

»Die Maria und der Naz, ach, das war nicht so was Herzliches. Das hat sie uns oft unten im Keller erzählt. Das war kein Geheimnis. Naz machte den Hof und den Wein, sie die Pension. Das war ihre Abmachung. Ich glaube, dass beide ihre eigenen Wege gingen. Ihr hat das hier alles gehört: der Hof, die Weinberge, die Obstplantagen. Ihr Mann hat viel Wald, drüben auf der anderen Seite, Montan und so, glaube ich. Oder noch weiter dahinter. Aber das Geld haben sie mit dem Wein gemacht. Das hat Maria immer gesagt. Und dass der Bartl das alles irgendwann bekommen soll. Für den anderen Sohn, den Zenz, sei auch noch genügend da.« Der Mann seufzte. »Wenn man Stammgast ist, bekommt man das alles erzählt, weil wir uns auch immer kümmern, wissen Sie. Wir verpassen nie einen Geburtstag, schreiben immer zu Weihnachten eine Karte. Das verbindet.«

»Der Mann glaubt das wirklich«, dachte Eduard. Bloß weil er seit 20 Jahren pünktlich hier aufschlägt und immer seine

Miete zahlt, glaubt er, er sei quasi in die Familie aufgenommen. Eduard nickte und pflichtete dem Mann bei. »Ja, es hat schon etwas Familiäres, wenn man so lange hierherkommt. Dann ist man eingeweiht. Dann erfährt man vieles.«

Der Mann nickte heftig. »Ja, wenn man Anteil nimmt, dann ist das so ... Die Maria, die ist ja so alt wie meine Frau. Die beiden haben sich gut verstanden. Sie waren wie Schwestern, habe ich immer gesagt ... und jetzt werden wir wahrscheinlich gar nicht zur Beerdigung hier sein. Wir wissen immer noch nicht, wann die sein wird, und in drei Tagen fahren wir doch schon wieder nach Hause.« Er schaute betrübt zu Boden. »Die Staatsanwaltschaft gibt die Leiche nicht frei, hat es geheißen. Sie untersuchen noch die Unglücksursache, hat mir Bartl erzählt. Auch hat er mir erzählt, dass sein Vater die Leiche einäschern lassen will. Das finde ich nicht gut.« Er seufzte. »Das gibt es bei uns zu Hause jetzt ganz oft. Ist halt billiger, so ein Urnengrab. Aber hier, in Südtirol, wo die Welt noch in Ordnung ist, da passt das doch gar nicht, oder was meinen Sie?«

Eduard nickte zustimmend. Er wollte den Redefluss des Mannes nicht unterbrechen.

»Dann dauert das auch mit dem Einäschern. Das dauert einfach zu lange. Da sind wir längst zu Hause.«

Da der Mann jetzt eine Pause machte, fragte ihn Eduard, woher er käme.

»Wir sind aus Hannover. Niedersachsen, wissen Sie?«

Eduard nickte. »Wenn die Beerdigung irgendwann demnächst stattfindet, könnten Sie vielleicht erneut anreisen, um ihrer lieben Freundin die letzte Ehre zu erweisen.«

Der Mann blickte Eduard leicht entrüstet an. »Das geht nicht. Diese weite Anreise ... extra wegen einer Beerdigung. Da sind wir ja einen ganzen Tag unterwegs und dann wieder der Rückweg. Wieder ein ganzer Tag. Und alles nur für eine Beerdigung, das ist doch wohl ein bisschen zu viel verlangt.«

Eduard machte eine beschwichtigende Geste. »Ich dachte ja nur, weil Sie so freundschaftlich mit Maria verbunden waren ... Aber Sie haben natürlich recht, es ist schon eine weite Fahrt.«

»Ja, und Urlaub müsste ich dann auch noch einreichen. Aber ich habe die Urlaubstage schon alle verplant, da kann ich leider nichts mehr dran ändern ... Aber ansonsten, nun, ansonsten natürlich, da wären wir schon gefahren.« Er schwieg. Dann raffte er sich noch einmal auf. »Aber im nächsten Jahr ... dann besuchen wir das Grab, das ist doch Ehrensache. Und das wird Sie auch zu schätzen wissen.«

»Gewiss, gewiss«, sagte Eduard.

*

Tommaso wühlte im Leben von Ronda. Jedenfalls hätte er das gerne getan. Was er bisher herausgefunden hatte, war aber eher kläglich. Ronda hatte die Sportbar erst vor einem Jahr übernommen. Wie lange sie mit Naz Nußbaumer zusammen war, hatte Tommaso nicht herausgefunden. »Noch nicht«, knurrte er in sich hinein. In den einschlägigen Polizeiregistern hatte es keinen Eintrag gegeben. »Ein unbeschriebenes Blatt«, murmelte Tommaso, als er den Blick vom Bildschirm abwandte.

Die Information, dass Ronda die Sportbar erst vor einem Jahr übernommen hatte, hatte ihm eine Internetsuchmaschine verraten, die einen Artikel aus dem *Tagblatt der Südtiroler* ausgespuckt hatte. Tommaso überlegte. Wer könnte ihm vielleicht Auskunft geben? Den Autor des Artikels erkannte er an seinem Kürzel. Tommaso hatte ihn früher schon einmal kurz kennengelernt. Ein junger Bursche, der im Nebenjob für die Zeitung schrieb. Reportagen, Interviews und so etwas. Nichts Tagesaktuelles, sondern Sachen, die er vorbereiten konnte, die das Blatt dann abdruckte, wenn Platz für den Artikel war. Ob er ihn anrufen sollte? Journalisten geben ihre Quellen nicht preis – mit Recht. Aber vielleicht wusste der Mann noch mehr über diese Ronda.

*

Eduard bummelte die Oswald-von-Wolkenstein-Straße wieder Richtung Rathausplatz. »Da habe ich doch schon vieles zusammengetragen und habe einen persönlichen Eindruck von Bartl Nußbaumer erhalten. Ein Bauer in seinen besten Jahren. Vierschrötig, kernig, kräftig. Ob der auch Bienenkörbe klaut? Dies ging ihm durch den Kopf, als er von hinten angesprochen wurde.

»Eduard?«

Die Stimme kannte er. Margit. Er drehte sich um und blickte in das nach wie vor schöne, gleichmäßige und freundliche Gesicht der Frau, für die er einst entflammt war.

»Margit. Das ist ja eine Überraschung«, sagte er, wusste aber auch, dass diese Feststellung ziemlich blöd war. Denn sich zu kennen und sich in Tramin nicht zu treffen, ist eher die Ausnahme. Die Regel ist, dass man sich trifft. Also konnte von einer Überraschung keine Rede sein.

Margit hatte ihren Kopf leicht schief gelegt, was Eduard diese Einschätzung bestätigte. Nein, es war keine Überraschung.

Margit ging nicht weiter darauf ein. Sie fragte: »Was machst du hier?«, und kam einen Schritt näher an Eduard heran. Auf Armeslänge könnte man sagen. Also genau die Distanz, die Menschen untereinander gut aushalten, wenn sie einander fremd sind.

Eduard überlegte, ob er Margit seine wahren Gründe schildern sollte. Aber ihm schoss eine bessere Idee durch den Kopf. Er hielt ja noch den Prospekt von den Unterkünften des Dorfes in der Hand.

»Ich suche für ein Fest unter Kollegen einen Keller, in dem wir feiern und anschließend auch übernachten können. Deshalb war ich gerade beim Weinhof von den Nußbaumers, aber die vermieten jetzt erst mal nicht wegen eines Todesfalles in der Familie.«

Margits Miene wurde einen Tick düsterer. »Ja, ich weiß«, sagte sie. »Die Maria ist tödlich verunglückt, heißt es jedenfalls.«

»Das war wohl die Mutter von dem Mann, mit dem ich gesprochen habe.«

Margit blickte Eduard jetzt intensiv an. Was hatte sie bemerkt? Spürte sie, dass er sie anlog?

»Der Bartl«, sagte sie aber nur. »Der Bartl, das war ihr Sohn. Ja, den wirst du gesprochen haben. Dann schwieg sie.

»Und du so?«, fragte Eduard. Aber nur, um etwas zu sagen.

Margit schaute ihn jetzt durchdringend an. »Ich? Na ja. Seit du dich verabschiedet hast, hat sich freilich einiges ereignet. Aber das willst du doch jetzt nicht alles von mir wissen?«

»Oh, oh«, dachte Eduard. »Besser ich gewinne Land.«

Aber Margits Miene hellte sich jetzt wieder auf. »Du bist verheiratet, habe ich gehört.«

»Ja, das stimmt. Es spricht sich halt alles rum.«

»Und bist du glücklich?«

»Ja, das bin ich.«

»Eine Frau aus Verona, habe ich gehört.«

»Du bist gut informiert. Stimmt. Lorena stammt aus Verona.«

»Lorena aus Verona«, sprach Margit langsam nach. »Das klingt irgendwie harmonisch.« Sie blickte ihn mit Augen an, die ihm sagten, dass sie ihm nicht gram war. Sie hätte böse sein können, denn sein Abgang war nicht sehr ... Nun, wie sollte Eduard es nennen, der Abgang war ziemlich holprig und ehrlicherweise musste er sich eingestehen, eher abrupt und nicht sehr charmant. Er hatte es damals mit der Angst zu tun bekommen. Margit war die einzige Tochter der Familie und es war deutlich zu spüren, dass die Familie einen Mann für den Hof haben wollte. Den sollte die Tochter beschaffen – auf die übliche Weise, nämlich durch Hochzeit. Er kam von einem Hof, hatte Erfahrung in vielen Arbeiten, die auf einem Hof anfallen. Nicht speziell im Weinbau, aber das konnte man lernen, hatte Margits Vater wohl gedacht. Eduard war jedenfalls sehr schnell in die Familie aufgenommen worden. Ihm war das damals viel zu schnell gegangen. Er wollte sich noch nicht binden und dann gleich so ein Gesamtpaket – fürs ganze Leben. Nein, das ging damals noch nicht. Dafür fühlte er sich noch zu jung, zu unerfahren und überhaupt ... zwei Jahre später hatte er Lorena kennengelernt. Das war halt anders.

Margit hatte ihn die ganze Zeit betrachtet, als Eduard seine Gedanken sortierte und nichts gesagt hatte. Dann machte sie etwas, was Eduard erstaunte. Sie hakte sich bei ihm unter und schob ihn aber nicht Richtung Rathausplatz, sondern die Straße hinauf, aus der sie gerade gekommen war. »Lass uns einen

Kaffee trinken. Danach gehen wir wieder unsere Wege.« Sie lachte ihn an.

Margit steuerte die kleine Eisdiele an, die nicht allzu weit von ihrem elterlichen Hof lag. »Hier sind wir um diese Zeit unter uns«, raunte sie ihm ins Ohr, ohne ihn aus der Unterhakung freizugeben.

»Wir gehen hier wie ein Paar«, dachte Eduard, beließ es aber dabei. Es war ihm auch nicht unangenehm. Margit war ihm nicht unangenehm. Die Situation war ihm nicht unangenehm.

Margit hatte recht. Um diese Zeit saß noch niemand in der Eisdiele. Die meisten nahmen ihren Morgenkaffee in einem der Cafés am Rathausplatz. Die Inhaberin wuselte in ihren Wirtschaftsräumen, machte den beiden schnell deren Kaffee und verschwand dann wieder außer Hör- und Sichtweite.

Margit versicherte sich mit einem Blick, den sie der Inhaberin hinterherwarf, dass sie jetzt ungestört in der kleinen, gemütlich eingerichteten Eisdiele waren. Sie nahm einen ersten Schluck von dem schwarzen Muntermacher. Über den Rand der Tasse sah sie Eduard an. Er hatte den Eindruck, dass sich Margit amüsierte. Sie musste diese Situation doch eher als unangenehm empfinden, dachte er. Aber sie zeigte keinerlei Reaktionen in diese Richtung. Eher war es ganz anders. So, als freue sie sich ein wenig. Aber nicht, weil ihr Verflossener sich die Ehre gab, sondern eher, weil sie sich offensichtlich freute, einen verloren gegangenen Freund wieder zu treffen. Es war nichts mehr davon in der Luft, was früher zwischen ihnen war. Es knisterte nicht mehr. Es flogen keine Funken. Da waren Sympathie und Vertrautheit, aber keine Liebe, nicht einmal ein Flirt, keine Avancen.

»Du kannst mit deinen Freunden in unseren Keller kommen und dort feiern«, eröffnete Margit das Gespräch. »Bei uns ist es eh gemütlicher. Du kennst den Keller ja.«

»Das würde dir nichts ausmachen? … Ich meine, ich war damals nicht sehr geschickt. Es tut mir auch leid, aber jetzt kann ich das eh nicht mehr ändern.«

Margit lächelte. »Nein, geschickt warst du damals nicht. Es tat auch weh, aber …«, sie legte ihren Zeigefinger auf ihre Lippen,

» … darüber schweigen wir. Das ist vorbei. Und es ist auch gut so.« Sie lächelte offen und keineswegs machte sie den Eindruck, als sei sie mit ihm böse. Eduard wunderte sich.

»Ich an ihrer Stelle wäre nicht so großzügig«, dachte er.

»Wenn ihr hier im Ort übernachten wollt, da finde ich schon etwas für euch. Kein Problem. Wie viele seid ihr denn und wann wollt ihr kommen?«

Das war dann doch etwas zu blöd, denn es gab ja keinen Plan für eine Feier. Eduard musste jetzt die Karten auf den Tisch legen oder weiter lügen, die Sache aber offenhalten.

»Ja, wir wären dann so etwa fünf oder sechs Leute. Aber wir wissen noch nicht so richtig, wann. Zur Weinlesezeit halt. Also ist es ja noch was hin.«

»Aha.« Margit schnallte schnell, dass Eduard keine konkreten Pläne hatte. »Dann kannst du mich ja anrufen, wenn es konkreter wird. Aber das Angebot steht. Mache ich gerne für dich.«

Eduard fragte sich, warum Margit so freundlich zu ihm war. Immerhin hatte er sie sitzen lassen und eine andere geheiratet. Das konnte doch einer jungen Frau nicht recht sein.

»Sag mal, Margit, ich finde es toll, dass du mir so freundlich begegnest. Ich finde das sogar außergewöhnlich. Ich wüsste nicht, ob ich an deiner Stelle so sein könnte.« Eduard schaute Margit eindringlich an. Er wollte herausfinden, ob sie einen Grund für diese Freundlichkeit ihm gegenüber hatte.

Sie lächelte. Blickte kurz noch einmal in die Richtung der Wirtschaftsräume, in denen die Inhaberin verschwunden war. »Weißt du, Eduard. Du bist ein feiner Kerl, und ich bin mir auch sicher, dass du einen guten Ehemann abgibst. Und die Zeit mit dir war auch schön … Ja, das war sie, aber – es hat sich für mich nicht richtig angefühlt. Ich wusste damals noch nicht, was es war. Ich suchte einen Mann für den Hof. Also eigentlich für meine Eltern. Ich war halt eine brave Tochter.« Sie wirkte jetzt nachdenklich und sprach auch mit leiser Stimme. »Die Burschen im Dorf kannte ich alle und ich wusste, dass ich keinen von ihnen hätte haben wollen. Da war eben keiner, den ich nett fand. Meine Eltern hatten schon den ein oder anderen im Auge. So nach dem Motto, welcher Hoferbe passt denn zu meinen Weinbergen. Welche Weinberge lassen sich gut vereinen. Das denken so Eltern, wenn sie einen Hof haben.« Sie seufzte. »Und so musste ich schon früh den einen oder den anderen kennenlernen. Das ist auf dem Dorf nicht schwer. Die Vereine, du kennst das. Und dann die Feste. Aber ...«, sie wurde jetzt energisch, » ... aber es war halt niemand dabei, bei dem mein Herz schneller geschlagen hat. Und dann kamst du. Einer, der nicht aus dem Dorf war, der aber nett war, sich mit der Landwirtschaft auskannte. Das hätte meinen Eltern vielleicht gefallen – auch wenn du keine Weinberge mitgebracht hast. Mit dir wollte ich es ausprobieren.«

Eduard wusste, was sie mit ihm ausprobieren wollte. Sie hatte es ausprobiert. Er hatte gute Erinnerungen daran.

»Aber – Eduard, ich wusste dann aber auch, dass es nicht das ist, was ich suchte.«

Eduard merkte auf. Das waren neue Töne. So hatte er es nicht in Erinnerung. Er erinnerte nur eine tiefe Vereinigung, tiefe Gefühle und auch viel Spaß. Er hatte damals nicht den Eindruck, dass sie ›das‹ nicht gesucht hatte. Er wartete.

»Es war für mich zwar schwer zu ertragen, dass du so mir nichts, dir nichts verschwunden bist, aber dies nur wegen der verletzten Eitelkeit.« Sie lachte. »So ein Prachtmädel wie mich lässt man nicht einfach so zurück.«

Eduard musste schlucken. Da hatte sie recht, aber er hatte es damals mit der Angst zu tun bekommen. Die Eltern von Margit hatten auf das Tempo gedrückt.

»Ich habe schon verstanden, dass du Schiss bekommen hast. Aber das hättest du mir ruhig sagen können.« Sie machte eine längere Pause und beobachtete jede von Eduards Reaktionen. Aber ihre Augenwinkel lächelten dabei pausenlos. »Dann hätte ich dir nämlich erklären können, dass ich damals schon beschlossen hatte, dich niemals zu heiraten.«

Das saß. Damit hatte Eduard nicht gerechnet. Was? Sie hätte nicht gewollt. Das, also das hätte er doch merken müssen ... Eduard schwieg und wartete, was Margit jetzt noch sagen wollte.

»Es lag aber nicht an dir. Du bist nett, siehst gut aus und bist lieb. Ich mochte dich. Ich mag dich immer noch.«

»Nicht an mir?«

»Nein. Du bist schon perfekt.«

»Aber?«

»Du bist ein Mann.«

Eduard stutzte. »Klar war er ein Mann ... Ach! ... Ein Mann ...« Eduard riss die Augen auf.

»Du hast verstanden. Bravo. Das kapieren viele nicht so schnell.«

»Das, das habe ich damals aber nicht mitbekommen ... Also, ich dachte ...«

»Ja, was hättest du auch anderes denken sollen. Alles gut, mein Lieber. Ich wusste es ja auch nicht so wirklich. Ich hatte so eine Ahnung ... Also, ich habe mir das schon gedacht, aber, da ich eine brave Tochter sein wollte und ich mir auch nicht sicher war und vor allem nichts mit einem hier aus dem Dorf anfangen wollte, kamst du mir gerade recht. Ich wollte ausprobieren, wie das mit einem Mann wäre. Ob es ginge, ob ich vielleicht nur im Kopf so bin. Ob ein lieber Mann vielleicht etwas ändert.«

Eduard schaute ziemlich verdutzt drein. Er hatte mit allem, aber nicht mit dieser Wendung gerechnet. Aber – er war nicht nur erstaunt, sondern auch voller Hochachtung, dass Margit zu ihm so offen war.

»Du warst aber kein Versuchskaninchen, mein lieber Eduard. Das darfst du jetzt nicht glauben. Wenn ich dich nicht wirklich gemocht hätte, wären wir nicht zusammengekommen. Aber ich konnte dir das doch auch nicht sagen. Genauso wie ich es damals meinen Eltern nicht hätte sagen können.«

Eduard nahm ihre Hand, drückte sie. »Das ist ganz wunderbar, dass du mir das so sagen kannst. Ich möchte mich bei dir bedanken. Ich hatte nämlich – ganz ehrlich – all die Jahre ein schlechtes Gewissen, wegen dieses Abgangs. Aber jetzt fühle ich mich, wie soll ich sagen, ich fühle mich besser.« Er blickte Margit an, sah, dass sie sich freute. »Deine Eltern ...?«

»Sie wissen es inzwischen. Nach deinem Abgang habe ich es ihnen gesagt. Sie haben sich zunächst damit schwergetan – klar. Die einzige Tochter. Nie wird sie heiraten. Es wird keinen

Mann auf dem Hof geben … Nicht so einfach. Und dann noch das Dorf. ›Wenn das die Leute wissen‹, kam dann auch gleich von ihnen. Eine Tochter, die nicht richtig ist. Schwer für sie.«

»Aber du lebst noch hier.«

»Ja, warum auch nicht. Dass ich Frauen mag, ist doch nichts, was schlimm ist. Ich habe nur noch keine feste Partnerin gefunden. Das wiederum ist schlimm. Denn es ist nicht so leicht, jemanden zu finden. Idealerweise wäre es eine Winzerin. Aber da kann ich gleich die Stecknadel im Heuhaufen suchen. Da hätte ich mehr Glück.«

»Und woanders leben?«

»Eher nicht. Ich bin hier geboren, bin hier aufgewachsen. Ich gehöre ins Dorf, das Dorf gehört zu meinem Leben. Woanders wäre ich nicht unbedingt glücklicher.«

Eduard schwieg. Dachte nach. Wie war das mit Francesca? Sie hatte sich in einer Männerwelt behaupten müssen. Und lebte ihr Leben. Ihr Leben, nach ihren Regeln. Sie machte, was sie für richtig hielt.

»Und das Dorf?«

»Ja, das ist nicht so schlimm, wie man glauben sollte. Klar gibt es Leute, die hinter meinem Rücken tuscheln. Ich werde auch anders beobachtet, als es auf dem Dorf normal ist. Aber die meisten sind schon offen und akzeptieren mich, so wie ich bin. Bei den Weinfesten gibt es zwar immer noch einige Kerle, die mich ›bekehren‹ wollen. Aber die halte ich mir schon vom Leib … Also, bis auf die Tatsache, dass ich keine Partnerin gefunden habe, die zu mir passt, lebe ich hier ganz zufrieden.« Sie lachte. »Du kannst also gerne mit deinen Kumpels kommen. Auch deine Frau kannst du gerne mitbringen. Von mir geht keine Gefahr aus. Jedenfalls nicht für dich.« Sie knuffte Eduard in die Seite.

»Aber zu den Nußbaumers geht ihr mir besser nicht«, kam es noch hinterher.

»Warum? Wegen des Trauerfalls?«

Margit schnaubte leicht. »Ach … Also … Ich weiß nicht. Du bist doch bei der Polizei?«

»Ja, das bin ich.« Eduard wurde neugierig.

»Es ist so, dass man hier im Dorf meint, der Naz und der Bartl könnten die Pink-Lady-Killer sein.«

Eduard merkte auf und erinnerte sich sofort an das Gespräch im Drescherkeller in Kaltern. Der Bauer, der aus dem Nichts auftauchte und dann wieder verschwand. Er hatte von Naz Nußbaumer gesprochen. »Aha, Pink-Lady-Killer. Das sind die, die die Plantagen schädigen?«

»Schädigen ist gar kein Ausdruck.« Sie rückte näher an Eduard heran. »Also, niemand weiß, wer die sind, die das machen. Aber es sind vor allem Felder betroffen, die an Felder der Nußbaumers grenzen. Und dann ist es halt so, dass Naz auch gerne die Clubsorten anbauen will, er aber damals keine kaufen konnte – wegen der Kontingentierung der Pflanzen.« Margit warf den Kopf nach hinten. »Das hat hier alle gewundert, denn Naz ist in fast allen Gremien mit dabei. Dass er nicht berücksichtig worden ist, ist einfach kaum zu glauben. Nicht, dass es hier nicht einige gibt, die sich darüber mächtig gefreut haben. Da sind viele neidisch auf den großen Hof und Naz ist nicht gerade ein Sympathieträger ... Auch ist er ein Hitzkopf, einer, der sich immer durchgesetzt hat.« Margit wiegte den Kopf hin und her. Drehte ihn Richtung Eduards Ohr, um nicht so laut sprechen zu müssen. »Und jetzt hat er halt mal hinten anstehen müssen. Deshalb glauben hier viele, dass er die Pink-Lady-Bäume abgeschnitten hat. Aus Rache, aus Missgunst, aus was weiß ich für Motiven.«

»Und du? Glaubst du das auch?«

»Ich traue es ihm zu. Aber ich würde es nicht behaupten. Denn es gibt niemanden, der den oder die Täter gesehen hätte. Es passiert immer in der Nacht. Es liegen hier schon einige auf der Lauer, um die Typen zu erwischen ... Wenn hier im Dorf einer nachts seinen Traktor startet, um in die Felder zu fahren, das bekommt man schon mit. Aber die Nußbaumers sind zu schlau, um solche Fehler zu machen.«

»Wie würden sie es denn anstellen?«

»Das machen die gar nicht selbst. Die beauftragen damit einen von den Erntehelfern aus Tschechien. Oder auch zwei, was weiß ich. Die schlafen teilweise draußen in den Feldern in ihren Wagen oder Wohnwagen. Arme Schlucker zumeist. Und für Geld machen die viel – schätze ich. Nicht, dass ich glaube, alle Tschechen wären so. Aber wenn du für Naz arbeitest, dann machst du, was er verlangt, oder du fliegst ganz schnell raus. So einfach findest du keine andere Arbeit. Denn die meisten Saisonstellen sind vergeben ... Wenn der Naz so einem sagt, ›diese Nacht schneidest du die Bäume in Feld xy kaputt‹, dann macht der das. Das bekommt niemand mit, der nicht zufällig zur selben Zeit unterwegs ist. Und bei den riesigen Feldern hier kannst du nicht alles im Auge behalten.«

»Habt ihr das schon angezeigt?«

»Wir sind gottlob noch nicht betroffen gewesen. Aber unser Nachbar. Der hat es den Carabinieri gemeldet. Aber noch ist nichts herausgekommen.«

»Mmh. Was glaubst du? Dieser Naz und sein Sohn, der Bartl, würden die auch Bienenvölker stehlen?«

Margit schaute Eduard etwas verwundert an. »Weiß ich nicht. Aber wer Apfelbäume zerschneidet, der klaut auch Bienenvölker, wenn ihm seine eigenen gestorben sind ... Also, ja, das kann ich mir bei den beiden vorstellen. Grundsätzlich jedenfalls. Aber ich habe keine Ahnung, ob sie es schon einmal getan haben.«

»Wie hoch ist denn der Schaden, wenn die Bäume zerschnitten werden?«

»Der kann ziemlich hoch sein. Wenn nur einige Bäume zerschnitten werden, dann kommst du drüber weg. Aber es ist auch schon ein recht großes Feld von zweijährigen Bäumen zerschnitten worden. Das sind die Kosten für die Bäume, die Arbeit von zwei Jahren und der Ernteausfall im dritten Jahr. Da tragen die Bäume das erste Mal, dass es sich lohnt. Da kommt der Schaden leicht auf 50.000 Euro. Das ist keine Kleinigkeit. Das ist ein Verbrechen.«

»Wenn ihr die Typen erwischen würdet ...«

»Das würden die kaum überleben, denke ich. Die Bauern hier sind alle stinkwütend. Das kannst du mir glauben. Wenn mein Vater jemanden erwischt, der seine Arbeit zerstört, dann gäbe es kein Halten. Und die anderen Bauern sind nicht anders. Den würden sie zusammenhauen, dass nicht mehr viel übrig bleibt.«

Eduard lehnte sich zurück. Das waren ziemlich viele Informationen über die Familie. Völlig unverhofft und sehr ergiebig. Im Geiste formulierte er schon seinen Bericht. Vielleicht hatte er hier auch einen oder sogar alle Diebe seines Bienenfalls. »Nur wie komme ich dahinter – beweisfest?«, überlegte er.

»Das mit der Maria ist auch rätselhaft.«

Eduard brachte das jetzt nicht überein. Was hatte Margit da gesagt? Er schaute sie fragend an.

Sie merkte, dass er ihr nicht gefolgt war. »Das mit der Maria ist auch rätselhaft, habe ich gesagt.«

»Ja? Inwiefern?«

»Was wollte Maria dort in den Bergen. Sie ist da zuvor nie hingegangen. Warum klettert sie da jetzt rum? Das fragen sich hier alle im Dorf.«

»Und du, weißt du denn, warum sie dorthin ist?«

»Meine Mutter ist ihre Freundin und Vertraute. Bei ihr hat sie sich immer ausgeweint, wie man so sagt ... Nun, die Ehe war nicht glücklich. Das war so eine Ehe, wie es meine Eltern auch gerne gesehen hätten. So wie bei dir und mir. Einer aus einer Bauernfamilie, der die einzige Tochter eines eingesessenen Bauern heiratet. Die Frau weiß, wie sie was zu tun hat, und der Mann kennt die Landwirtschaft und arbeitet, bis der Buckel krumm ist. Der Klassiker eben.«

Eduard schauderte bei der Vorstellung, dass er ... Er verscheuchte den Gedanken.

Margit fuhr fort.»Also bei Maria und Naz war das auch so. Sie war die einzige Hoferbin und es wurde ein Bauer gesucht, der möglichst auch etwas mitbringt an Grund und Boden. Aus dem Dorf hat sich niemand gefunden. Der Naz kam aus Montan und hatte dort Grund und viel Wald tiefer in den Bergen, in der Nähe von Altrei. Er kannte sich aus, war nicht arm und die Eltern waren froh, einen passenden Mann für ihre Maria gefunden zu haben. Sie bekamen zwei Söhne, die Eltern starben. Nun ist der Naz aber ein Hallodri. Er hat immer schon gerne im fremden Feld geräubert. Das hat Maria in den ersten Jahren nicht so mitbekommen. Zuerst waren da die Buben, dann hat sie sich auf den Pensionsbetrieb konzentriert, Naz hat die Landwirtschaft gemacht. Aber irgendwann ist sie dahintergekommen. Es gab Streit. Naz hat sie beruhigt. Dann war mal eine Zeit Ruhe, aber dann konnte die Katz das Mausen doch nicht lassen. Es gab wieder Streit ... dann haben sie sich wieder vertragen. Und so ging es lange Jahre hin und her. Jetzt war Maria es leid geworden und sie hat ihm ein Ultimatum gestellt. Sie wollte auch zum Notar gehen, hat sie meiner Mutter gesagt.«

»Was wollte sie denn beim Notar?«

»Das weiß auch meine Mutter nicht. Aber sie vermutet, dass sie ein Testament machen wollte, dass ihren Mann als Erben ausschließt. Aber das ist nur eine Vermutung. Das wäre das einzige Druckmittel, hat meine Mutter gemeint, das Maria gehabt hätte. Denn ihr gehören nach wie vor die ganzen Ländereien der Steinegger-Familie in Tramin. Und die sind was wert, das kann ich dir sagen.«

»Und die Söhne?«

»Wahrscheinlich wollte sie die Söhne als Erben einsetzen. Vermutet jedenfalls meine Mutter.«

»Wusste Naz davon?«

»Das weiß ich nicht. Aber ich glaube, dass Maria den Naz kontrollieren wollte. Ob er wieder mit einer Frau angebandelt hat. Im Laufe ihres jahrelangen Krachs hat er nämlich seine Freundinnen nicht mehr hier in der Nähe gesucht, sondern weiter weg. Wir vermuten in Montan und der Gegend halt, aus der er gekommen ist. Er hat da ja auch eine Eigenjagd irgendwo und ist dann auch schon mal eine Nacht oder auch zwei weg. Jagen – sagt er. Fragt sich, wie viele Beine das Wild hat, das er dort jagt.«

»Du meinst, Maria war ihrem Mann auf der Spur und ist dabei abgestürzt?«

»Das glaube ich, ja. Aber warum ist sie abgestürzt? Sie war kein sportlicher Typ und ein Risiko wäre sie auch nicht eingegangen. Sie wäre nicht freiwillig in Gegenden geklettert, wo Absturzgefahr besteht. Das kann ich mir nicht vorstellen. Und dann will Naz seine Frau einäschern lassen. Das ist hier gar nicht gut angekommen. Alle warten auf die Beerdigung und Naz hat nur gesagt, dass sie woanders verbrannt wird, dann in einer Urne zurückkommt. Und das dauert, hat er gesagt. Im Dorf finden das alle nicht richtig, dass Maria als Asche beigesetzt wird. Nicht mal der toten Maria wird er gerecht.«

Margit war etwas aufgebracht, fand Eduard. Sie hatte sich in Rage geredet und alles Mögliche schnell hintereinander erzählt. So, als wollte es aus ihr raus.

Eduard wollte das jetzt noch einmal mit Margit zusammen sortieren.

»Weißt du … oder deine Mutter, wann Maria zum Notar gegangen ist? War das vor ihrem Unfall, oder hat sie das vor ihrem Unfall angekündigt und war vielleicht noch gar nicht dort?«

Margit stutzte. »Das weiß ich nicht so genau.« Sie überlegte. »Also, meine Mutter hat mir das vor ungefähr einer Woche erzählt. Da hat Maria noch gelebt … Sie hat meiner Mutter erzählt, dass sie vorhätte, zum Notar zu gehen. Ich weiß nicht, ob sie es getan hat. Und wenn wir es genau betrachten: Wir wissen auch nicht, was sie beim Notar wollte. Wir nehmen nur an, es wäre wegen eines Testaments gewesen. Gesagt hat sie es nicht … Aber was willst du sonst bei einem Notar?«

Eduard rechnete die Tage nach. Er kannte den Fall der Maria Steinegger nur aus den Erzählungen von Fabio. Was aber, wenn sie Naz damit gedroht hatte? Was, wenn Naz seine Interessen in Gefahr gesehen hätte? Was, wenn Naz einen Vorteil aus dem Tod seiner Frau hätte ziehen können? Eduards Gedanken machten Purzelbäume, und er wusste, dass er heute noch sehr lange an seinem Aktenvermerk würde schreiben müssen.

*

Fabio hatte heute früher Schluss gemacht, weil der Schreiner kommen wollte, um das Aufmaß für die Fenster zu nehmen. Elisabeth war in ihrer Apotheke, Laurin im Kindergarten. Der Schreiner war weg, Fabio hatte viele Details besprochen. Ihm schwirrte der Kopf, als Elisabeth heimkam, Laurin an der Hand. Sie ließ sich kurz berichten, dann sagte sie: »Kommt, Männer. Lasst uns nach Lana fahren. Heute ist ›Langer Donnerstag‹. Ich glaube, Edith ist heute da und wir können dort auch essen.«

Laurin krähte: »Au ja! Ich will in den Buchladen.« Auch Fabio freute sich über die Idee. Das war die Ablenkung, nach der er gesucht hatte.

Laurin lief direkt in die Ecke mit den Kinderbüchern. Die kannte er schon ganz gut. Und man kannte Laurin im Buchladen Lana. Er war so etwas wie ein Stammkunde. Meist kümmerte sich die junge Frau Valtiner, Susanna, oder eine der angestellten Buchhändlerinnen um ihn. Dort hatte er auch das Buch *Jim Knopf und Lukas der Lokomotivführer* entdeckt. »Das Buch mit dem schwarzen Jungen und der Lokomotive will ich haben«, hatte er damals gekräht, als er es entdeckte hatte. Laurin konnte noch nicht lesen und traf seine Bücherwünsche nach dem Cover. In dem Buch gab es viele Abbildungen, zum Beispiel von dem Scheinriesen Tur Tur, der ihn so sehr faszinierte. Und eben von dem kleinen dunkelhäutigen Jim Knopf, der zusammen mit Lukas, dem Lokomotivführer viele Abenteuer zu bestehen hatte. Laurin kannte das Buch inzwischen auswendig. Und wenn beim Vorlesen der Vorleser einen Fehler machte, wusste Laurin ihn sofort zu korrigieren. »Es ist einfach erstaunlich, was und wie viel sich Kinder merken«, stellte Fabio immer wieder verblüfft fest.

Heute Abend war »Langer Donnerstag in Lana«, Elisabeth wollte Ziegenkäse kaufen. Edith, die Nachbarin ihrer Mutter, züchtete Ziegen und stellte aus deren Milch hervorragenden Käse her. An einigen der »Langen Donnerstage« in Lana hatte Edith ihren Verkaufsstand aufgebaut. Einen solchen Tag galt es zu nutzen, um die Vorräte zu ergänzen. Fabio wollte mit dem Buchhändler, Paul Valtiner, über Bücher sprechen, die ihm helfen sollten, den denkmalgerechten Umbau des Ansitzes Esser hinzubekommen. Fabio wusste, dass Paul Valtiner nicht nur einen guten Überblick über Bücher hatte, die ihn interessieren könnten, sondern dass er auch viele Menschen kannte, die sich wiederum mit Problemen auskannten, die so ähnlich waren wie die seinen.

Also trennte sich die kleine Familie zu Beginn ihres Ausflugs. Die »Männer« gingen in die Buchhandlung, jeder der beiden folgte dabei seinen Interessen. Der kleine Mann lief in die Kinderbuchecke, der große Mann sprach mit Paul Valtiner. Elisabeth trat an Ediths Käsestand, der zufällig genau gegenüber dem Eingang des Ladens aufgebaut war. Sie konnte also ihre Männer sehen, wie sie in ihre jeweiligen Interessenecken verschwanden.

»Du, Susanna«, krähte Laurin ganz aufgeregt, »da ist ja noch ein Buch mit dem Jim Knopf!« Er hatte es schon aus dem Regal gezogen und hielt es Susanna direkt vor die Nase, denn sie hatte sich zu ihrem jüngsten Stammkunden heruntergebeugt.

»Das ist *Jim Knopf und die Wilde 13*«, sagte sie und musste über Laurins ungestüme Art schmunzeln. Aber es freute sie, dass ein so junger Bursche schon Spaß an Büchern hatte, auch wenn er selbst noch gar nicht lesen konnte.

»Was steht da drin«, murmelte Laurin, der längst angefangen hatte, im Buch zu blättern, um die vielen Zeichnungen »zu lesen«, wie er es ausgedrückt hätte. Plötzlich rief er: »Da ist ja Tur Tur, hier!« Er zeigte Susanna ein Bild, auf dem er den Scheinriesen entdeckt hatte, und war ganz aus dem Häuschen – die Geschichte ging also weiter. Sein Freund Tur Tur spielte weiterhin eine Rolle und Jim, sein Held der Geschichte, erlebte wahrscheinlich noch mehr Abenteuer. Das Buch musste er unbedingt haben. Laurin hatte keine Augen mehr für die Auswahl an Kinderbüchern. Seine Entscheidung war getroffen.

Anders bei Fabio. Paul Valtiner hatte ihm geduldig zugehört. Er wusste um Fabios Problem mit dem Ansitz Esser. Er hatte ihnen auch schon den Kontakt zu Christoph Gufler vermittelt, der sich seit vielen Jahren unter anderem mit den Baudenkmälern beschäftigte, die in Lana und den umliegenden Dörfern zu bestaunen waren. Zu diesen Baudenkmälern gehörte auch der Ansitz Esser. Elisabeth hatte sich daraufhin schon oft mit Christoph getroffen, um die Geschichte des Ansitzes zu ergründen. Paul Valtiner war Fabio und Elisabeth also in vielerlei Hinsicht immer wieder behilflich und ein guter Ratgeber, nicht nur, wenn es um Bücher ging. Aber heute ging es um Bücher.

»Also, ich suche dann für dich nach Büchern, die Erfahrungsberichte über eine denkmalgerechte Sanierung von alten

Ansitzen und Höfen enthalten, richtig?« Fabio nickte und Paul tippte etwas in seinen Computer. »Das sind schon einige«, er blickte konzentriert auf den Bildschirm.

Fabio schaute ihm über die Schulter: »Und welches passt für mich?«

Paul wählte eines der Bücher an, und es erschien als größeres Bild auf dem Bildschirm und ein Begleittext informierte über dessen Inhalt. »Das könnte was sein«, murmelte er. Er las den Text.

Fabio tat es ihm nach.

Da kam Laurin im Laufschritt um die Ecke, das neue Buch in der Hand. »Paaapppaaa, noch mehr Geschichten vom Jim Knopf, und Herr Tur Tur spielt auch wieder mit!« Laurin konnte sich kaum stoppen, beinahe wäre er gestolpert, konnte sich aber noch fangen. Seine Augen waren vor Glück ganz groß. Sein Fund hatte ihm unendliche Kräfte verliehen. Susanna kam nicht hinterher, so schnell war ihr junger Stammkunde aufgesprungen und weggelaufen.

Der ganze Auflauf führte dazu, dass Fabio von der Betrachtung der Bildschirmseite abgelenkt wurde und sein Blick durch die Fenster des Ladens auf die Situation auf der gegenüberliegenden Straßenseite fiel. Dort stand Elisabeth vor dem Käsestand von Edith und war offensichtlich in ein Gespräch mit einem Mann vertieft, den Fabio nicht kannte. Irgendetwas an der Konstellation befremdete ihn. Er wusste nicht, ob es die Art war, wie sie zueinanderstanden, die Art wie sie einander ansahen, die Art wie nah sie sich offenbar waren. Es waren blitzschnelle Eindrücke, aber Fabio wusste, dass er sich auf diese Eindrücke verlassen konnte. Es waren keine objektiven Eindrücke, sondern Bauchgefühle, was auch immer. Aber er wusste sofort, dass er jetzt nicht mehr nach Büchern schauen wollte.

Er blickte kurz zu Paul, dann auf Laurin.

*

Elisabeth war in das Gespräch mit Edith vertieft gewesen. Diese hatte sie von ihrem mit Kräutern eingelegten Käse probieren lassen und erzählte, welches Olivenöl sie hinzufügte, als Elisabeth von hinten angesprochen wurde. Die Stimme kannte sie. Nur zu gut.

»Dass ich dich einmal wiedersehen würde, das hätte ich mir nicht träumen lassen.«

Die Stimme klang noch immer so wie früher. Edith schaute den Mann mit Interesse an. Elisabeth wusste nur zu gut, wie er aussah.

Edith sah einen sehr schlanken Mann, dessen wildes dunkles, glänzendes Haar zwar wirr und drahtig-sperrig vom Kopf abstand, aber dem man ansah, dass es mithilfe eines Kammes nach hinten gestriegelt worden war. Seine Stirn zierten drei tiefe Falten, die den Denker verrieten. Ausgeprägte Augenbrauen über dem deutlich hervorstehenden Stirnbein, das die Augenhöhlen betonte und den stahlblauen Augen daher eine Tiefe gab, die eine Frau schon in ihren Bann ziehen konnten. Dazu eine stark konturierte Nase, die schmal, aber auch leicht unregelmäßig war. Zwei tief eingegrabene Falten zogen sich von oberhalb der Nasenflügel bis hinunter auf die Höhe der Lippen, was dem gesamten Gesicht einen düsteren, aber interessanten Ausdruck verlieh. Bartwuchs von einigen Tagen, aber ohne Konturen gaben dem schlanken Gesicht einen fast verwegenen Ausdruck. Der Mann trug ein weißes Hemd, dessen obere drei Knöpfe geöffnet waren und daher den Blick auf die dunklen Brusthaare lenkten, die sich in dem Dreieck des geöffneten Hemdkragens präsentierten. Der Blick war durchdringend, fand Edith. Aber sie fand auch, dass dieser Mann nicht sie, sondern Elisabeth anschaute.

Elisabeth spürte diesen Blick in ihrem Nacken, und sie kannte alles, was Edith soeben gesehen hatte – und noch viel mehr. Sie drehte sich langsam um – er war es. Kein Zweifel.

Sie blickten sich an. Er hatte immer noch dieses kleine charmante Lächeln drauf, mit dem er so gewinnend wirkte. Sein Geruch war auch noch immer derselbe. Da war eine leichte Note Sandelholz. Weiß der Teufel, wie er das machte. Elisabeths Erinnerungen waren wie auf Knopfdruck alle wieder da – alle. Das war einfach zu viel. Ihre Knie wurden weich, ihr Atem ging schneller – aber, sie wollte das alles nicht. Nicht mehr.

Nie wieder. Innerlich schrie sie laut »Stooopppp!«, aber das wirkte nicht.

Von alldem spürte Edith nichts. Sie beobachtet nur, wie sich hier etwas vor ihr abspielte, was sie noch nicht richtig einordnen konnte. Sie kannte Elisabeth schon seit Kinderzeiten. Sie waren zusammen aufgewachsen, hatten zusammen gespielt. Später dann, als Elisabeth nach Innsbruck zum Studieren ging, waren sie sich nur noch selten begegnet. Aber sie waren einander noch immer zugetan. Den Mann hatte Edith noch nie zuvor gesehen. Er gefiel ihr auf Anhieb. Ein echter Hingucker, fand sie. »Und die Elisabeth kennt den natürlich«, hatte Edith gedacht. Aber warum wirkte sie bloß so steif? Keine Umarmung, kein Küsschen rechts, Küsschen links ... so wie es der Brauch will. Dann irgendetwas Belangloses, wie »Hoi, auch hier? Wie geht's?« oder so etwas.

Nein. Nichts dergleichen. Elisabeth stand da – wie ein Stock. Erst jetzt – nach lang wirkenden Sekunden – rührte sie sich. »Ja, das ist jetzt wirklich eine Überraschung«, kam es aus ihr fast kleckerweise heraus. Ihr inneres Chaos hatte sich etwas beruhigt, aber normal denken konnte sie noch nicht, nur: »Wie lange war das jetzt her?« »Bist du jetzt wieder hier?«, fragte sie. Gleichzeitig wusste sie, dass die Frage saublöd war, denn er stand ja vor ihr. Außerdem hatte sie es schon in der Zeitung gelesen: »Zenz Nußbaumer, der große Regisseur ... Zenz Nußbaumer, der Regisseur, der selbst in seinem Stück mitspielt ... Zenz Nußbaumer, der Großes vorhat ... usw. Sie hatte gehofft, ihn nicht zu treffen, aber jetzt stand er vor ihr.

Zenz lachte: »Ja, ich bin wieder hier. Toll, nicht wahr? Ich war lange unterwegs, habe viel erlebt, viele Erfahrungen gemacht. Und jetzt mache ich hier Theater. Großes Theater – du hast doch schon davon gehört, oder?« Er grinste jetzt – auf diese unverschämt gewinnende Art.

Elisabeth kannte das nur zu gut. »Und es wirkt immer noch«, dachte sie, als Fabio an ihre Seite trat, und zwar so, dass er zwischen ihr und Zenz Nußbaumer zu stehen kam.

»So, dass dieser Fremde Elisabeth nicht zu nahe kommen kann«, dachte Fabio, der seinen Sohn an die Hand genommen hatte, über die Schultern den Buchhändlern zugerufen hatte: »Komme gleich wieder«, und dann mitsamt seinem Sohn den Laden fast im Sturmschritt verlassen hatte. Sein Bauchgefühl sagte ihm, dass er sich zwischen seine Frau und diesen Fremden stellen musste, dass hier etwas ablief, was nicht gut war. Aber rational erklären konnte er sich sein Verhalten auch nicht.

Laurin konnte es sich auch nicht erklären, wagte aber keinen Protest, zumal er das Buch seiner Wünsche immer noch in der Hand hielt. Das war also schon mal gesichert. Warum Papa es plötzlich so eilig hatte, würde sich sicher bald herausstellen.

Elisabeth entspannte sich etwas, als sie Fabio an ihrer Seite spürte. Fabio und der Fremde maßen sich mit Blicken.

Zenz Nußbaumer war nicht blöd. Er blickte auf Fabio, sah Laurin an seiner Hand, interpretierte den Blick Fabios richtig. »Dein Mann? Dein Sohn?« Er lächelte und blickte Fabio und Laurin der Reihe nach an.

Elisabeth sagte: »Darf ich vorstellen: mein Mann und mein Sohn. Und das ist Zenz ... Zenz Nußbaumer. Vielleicht erinnerst du dich«, sie wandte sich Fabio zu. »Der Regisseur, der in Kaltern dieses Stück aufführt, von dem du mir aus der Zeitung vorgelesen hast. Irgendetwas mit einem ermordeten Regisseur oder so ähnlich.«

Fabio hörte in Elisabeths Stimme einen Klang, den er noch nie bei ihr gehört hatte. Da war eine Nuance Unsicherheit, eine kleine Prise Verlegenheit.

»Wir kennen uns aus Innsbruck. Zenz hat damals Schauspiel studiert und ich Pharmazie. Wir kennen uns von den Studentenpartys.« Elisabeth senkte den Blick.

Fabio registrierte auch das und wunderte sich etwas. Elisabeth war sonst anders. Aber diesem Zenz gegenüber verhielt sie sich sonderbar, nicht so gewandt wie sonst.

»Ja, genau.« Das kam von Zenz – etwas gedehnt. »Genau, die Partys ... in Innsbruck. Das waren noch Zeiten. Und was machst du jetzt?«

Elisabeth räusperte sich und ihre Stimme klang etwas belegt. »Ich habe eine Apotheke.«

Fabio beobachtete die Situation. »Knapper könnte die Antwort nicht ausfallen«, dachte er.

Zenz griff in seine Tasche und holte zwei Stück Papier hervor: »Hier, zwei Premierenkarten für mein Stück.« Er reichte sie Elisabeth. »Ich würde mich freuen, wenn ihr kommt.« Er grinste in Elisabeths Gesicht, dann in Fabios Gesicht, schließlich beugte er sich zu Laurin. »Du bist noch zu klein für Theater, wie ich es mache.«

Laurin blickte Zenz streng an: »Das sagst du!«, rief er – und dachte: »Woher kann der das denn wissen?«

Zenz lachte, winkte kurz, drehte ab und ging davon.

Fabio sah Elisabeth fragend an. Diese wandte sich zunächst Edith zu und kaufte von dem eingelegten Käse, den sie soeben noch verkostet hatte. Dann holte sie tief Luft und versuchte ein fröhliches Gesicht zu machen. »Na, Männer, habt ihr alle eure Bücher bekommen?«, fragte sie.

Laurin strahlte sie an und hielt seine »Neuerwerbung« hoch. »Hier! Noch mehr Jim Knopf und Tur Tur!«

»Ach je«, sagte Fabio. »Das Buch habe ich ja noch gar nicht bezahlt.«

Daraufhin gingen alle drei in den Buchladen, stöberten noch ein wenig im Sortiment, bezahlten Laurins neues Buch. Elisabeth sprach noch mit Paul und Susanna über ihre Unterhaltungen mit Christoph Gufler, der ihr schon einiges über den Ansitz Esser erzählt hatte. Fabio flocht sich ein mit der Erzählung der jungen Hotelière aus Tirol, die ihm etwas über Oswald von Wolkenstein erzählt hatte, der möglicherweise in den Kellern des Ansitzes gefangen gehalten worden sein könnte. Paul merkte auf und meinte, dass dies aber doch eine gewagte These sei, weil viel dafür sprechen würde, dass Oswald in der benachbarten Fahlburg gefangen gehalten worden war. Man solle Christoph Gufler nochmals bemühen. Er würde das möglicherweise wissen oder zumindest den Stand der Forschung kennen.

Als sie den Buchladen Lana verließen, waren alle drei gut gelaunt. Elisabeth hatte neue Ideen in Bezug auf ihre persönliche Erforschung der Geschichte des Ansitzes Esser. Sie war auch wieder guter Stimmung, fand Fabio. Laurin hatte ohnehin Spaß, drängte aber zum Aufbruch, weil er jetzt aus dem neuen Buch vorgelesen haben wollte.

»Mein Sohn«, sagte Fabio. »Das mache ich. Das mache ich sogar gerne, aber jetzt will ich erst noch etwas trinken und essen, und dann möchte ich vielleicht noch ein wenig herumgehen und sehen, was Lana an diesem lauen Abend zu bieten hat. Heute soll ja der Sport im Vordergrund stehen.«

An jedem der »Langen Donnerstage« stand ein anderes Motto im Vordergrund. Zudem gab es Musik, viele Essstände mit leckeren Kleinigkeiten, Wein- und Bierausschänke und Darbietungen auf den Aktionsflächen. Laurin war damit einverstanden. Essen und Trinken fand er auch spannend. Für ihn gab es eine Bratwurst, für Fabio und Elisabeth einen frisch gebratenen Burger.

»Wie esse ich den denn, ohne mich zu bekleckern?«, fragte Fabio und biss beherzt in seinen Burger.

Die Antwort auf seine selbst gestellte Frage konnten Elisabeth und Laurin live und in Farbe sehen.

»Gar nicht!«, krähte Laurin. »Den kannst du nicht essen, ohne dich zu bekleckern – kleckern, kleckern, kleckern.« Laurin war gut drauf. Fabio wischte die rote Soße noch tiefer in sein Hemd, was die Sache nicht verbesserte. Elisabeth war geschickter, warum auch immer. Jedenfalls hatte sie nach dem Genuss des Burgers nur klebrige Finger, aber keinen Flecken auf ihrer Bluse.

»Lass uns mal sehen, was auf der Aktionsbühne los ist«. Fabio marschierte voran. Laurin hatte die Hand seiner Mutter ergriffen und hielt in der anderen sein neues Buch fest. Die Aktionsbühne war vor der Bibliothek aufgebaut und das Geviert der modernen Häuser, die den Platz umgaben, bildete eine Art Wall und gab dem Platz damit eine angenehme Begrenzung. »Wie im Circus Maximus«, dachte Fabio noch, als sein Blick auf die zwei Stangen fiel, die in der Mitte der Aktionsbühne in rotes, blaues und gelbes Licht getaucht waren. Eine junge Frau, die sich luftig bekleidet und leichtfüßig durch die Menge bewegte, drückte ihm einen bunten Flyer eines bekannten Bozner

Fitnessstudios in die Hand. Fabio betrachtete das Foto. Es zeigte eine wunderschöne Frau, bekleidet nur mit einem knappen Bikini, die kopfüber an einer Stange hing und sich lediglich mit der Kraft ihrer Oberschenkel an der Stange hielt, wobei die Stange zwischen Ober- und Unterschenkel eingeklemmt war. »Das sieht sehr akrobatisch aus«, überlegte er und las den Text, der auf das Angebot des Fitnessclubs im Poledance hinwies. Trainingsstunden und Teilnahmegebühren waren aufgedruckt.

Fabio reichte den Flyer an Elisabeth weiter, als in diesem Moment Musik einsetze, die irgendwoher vom Band kommen musste, denn Musiker waren keine zu sehen. Eine schlanke Frau, drahtig, muskulös, nur bekleidet mit einem dieser knappen Bikinis, wie Fabio ihn soeben auf dem Flyer gesehen hatte, betrat mit tänzerischen Schritten die Bühne. Sie griff an eine der Stangen und es schien, als zöge sie sich spielerisch an der Stange hoch. Mit einer Grazie, so als ob es sie keine Kraft kosten würde, schwang sie das eine Bein nach oben, das andere folgte und sie hing jetzt kopfüber an der Stange. Danach vollführte sie eine Übung nach der anderen, die Bewegungen auf die Musik abgestimmt.

Laurin schaute gebannt hin, und weil er besser sehen wollte, zog er seine Mutter mit nach vorne, Fabio folgte den beiden. Auch er konnte seine Augen nicht von der Frau lassen, die leicht wie eine Feder die schwierigsten Bewegungsfolgen an der Stange zeigte. Fabio staunte über die Präzision, die ästhetischen Figuren und auch über die Frau selbst, die trotz der Anstrengungen immer nur lächelte und dadurch so wirkte, als mache ihr das alles gar nichts, als sei es das Leichteste von der Welt, waagerecht an einer Stange zu hängen. Eine wohltemperierte Stimme aus dem Hintergrund erläuterte, dass diese Figur »the flag«, zu deutsch »die Flagge«, heiße und es einige Jahre Training brauche, um Figuren wie diese zu beherrschen.

Fabio konnte sich von dem Anblick dieser Frau nicht losreißen, deren athletischer Körper in ein Meer aus Farben getaucht war. Aber je intensiver er die Frau betrachtete, umso bekannter kam sie ihm vor. Jedoch wusste er nicht, wo er sie schon einmal gesehen haben könnte. Die ganze Aufführung dauerte vielleicht knappe fünf Minuten und wurde von den Zuschauern nach ihrem Ende heftig und lang anhaltend beklatscht. Ein Mann fiel dabei besonders auf, weil er oft »Bravo« rief, und zwar so laut, dass es alle Zuschauer hören konnten. »Das ist doch dieser Zenz Nußbaumer«, dachte Fabio und schaute Elisabeth an, die den »Bravo-Rufer« ebenfalls identifiziert hatte.

Sie drehte sich zu Fabio und sagte: »Komm, lass uns gehen, es ist spät, Laurin muss jetzt auch ins Bett.«

Das wiederum fand Laurin nicht und protestierte – schon aus Prinzip.

Fabio wunderte sich auch, denn es war zwar schon dunkel, aber jetzt fing der Abend doch erst an. Er wollte etwas sagen, da hörte er die wohltemperierte Lautsprecherstimme verkünden, dass man soeben die Choreografie von Margarete Mannhall gesehen habe, die sich in der Poledance-Community einen großen Namen erworben hätte, und dass sich das Fitnessstudio aus Bozen glücklich schätze, so eine berühmte Trainerin habe verpflichten zu können.

»Ja klar, jetzt weiß ich es wieder«, dachte Fabio. Das war die Zeugin, die den toten jungen Mann gefunden hatte – in Tirol. »So in Joggingklamotten hat die aber nicht so sexy ausgesehen«, dachte er noch und dass eine andere Umgebung – insbesondere mit dieser speziellen Beleuchtung – einen Menschen stark verändern kann. »Die menschliche Wahrnehmung ist eben begrenzt«, überlegte er abschließend. Obwohl er noch Lust gehabt hätte, noch etwas hierzubleiben und möglicherweise noch andere gut gebaute Frauen beim Poledance zu betrachten, folgte er, ohne zu murren, seiner Frau, die es jetzt eilig hatte, wieder nach Hause zu kommen.

*

»Was ist das denn für ein Typ, dieser Regisseur?«, fragte Fabio, nachdem er Laurin ins Bett gebracht und die erste Geschichte aus dem neuen Buch vorgelesen hatte.

Elisabeth lag schon im Bett, ein Buch in der Hand. Sie legte es jetzt weg und murmelte: »Ein windiger Typ, aber mit Charme halt. Der war der Star auf den Studentenpartys. Damals.« Sie gähnte. »Komm, lass uns jetzt schlafen.«

Fabio sah seine Frau nachdenklich an. Es kam ihm so vor, als wolle sie nicht mit der Sprache herausrücken. Aber was sollte er machen? Er konnte sie ja nicht ins Verhör nehmen.

*

»Komm schon, du bist die Beste. Dann kann gelingen, was Sara doch nicht rechtzeitig bis zur Premiere hinbekommt. Und – es soll dein Schaden nicht sein.« Zenz hatte sich mächtig ins Zeug gelegt, um Margarete zu überreden, einen kleinen, aber wichtigen Teil in seinem Stück zu übernehmen. Sara trainierte zwar schon Monate bei Margarete, aber die Figur »the flag«, also das waagerechte »Hängen« an der Stange, wollte ihr nicht richtig gut gelingen. Sara hatte zwar Fortschritte gemacht, aber sie musste immer noch das untere Bein anwinkeln, um das obere Bein damit abzustützen.

»Ich habe euch aber von Anfang an gesagt, dass diese Figur ein jahrelanges Training braucht, weil hier die Körperspannung in Perfektion aufgebaut sein muss. Dein ganzes Gewicht arbeitet dagegen. Und jetzt, kurz vor der Premiere willst du Sara einfach so ersetzen? Nicht durch mich, mein Lieber. Sara hat sich gequält, das kannst du mir glauben. Sie hat unglaublich viel auf sich genommen, damit du deinen Willen bekommst. Ich werde jedenfalls nicht daran mitwirken, dass Sara so kurz vor ihrem Auftritt ihre Rolle verliert.«

»Sie verliert doch ihre Rolle gar nicht. Sie lässt sich halt in dieser Szene von dir doubeln. Ja, so könnten wir es machen. Ich schreibe dann noch ein wenig den Text um. Sara vor dem Baum, an dem der Ast hängt, von dem der Apfel fällt. Du bist der Ast. Dann schreibe ich ihr einen Text, der die Dramatik des Stücks ins rechte Licht rückt. Du kannst das ja auch länger als Sara aushalten, dann kann ich Sara sogar eine große Textpassage schreiben. Was meinst du? Das ist doch eine prima Lösung.«

»Nein, nein und nochmals nein. Ich mache das nicht. Lass mich damit in Ruhe. Sara hängt an der Stange, das bekommt sie hin. Es ist doch völlig egal, ob »the flag« richtig ausgeführt wird. Es ist Theater und kein Poledance-Wettbewerb.« Margarete gefiel nicht, was Zenz von ihr verlangte. Zenz selbst gefiel ihr schon – irgendwie. Aber in ihr war auch eine Stimme, die sie warnte. Er war nicht echt. Zenz war einer, der sich nahm, was er wollte – und er nahm sich auch, wen er wollte. Aber Margarete wollte eines nicht: sich von einem Mann bestimmen lassen. Sie wollte selbst bestimmen. Auch deshalb kam Zenz bei ihr mit seinem Vorschlag nicht durch. Gut, er hatte sie exklusiv für das Training mit Sara verpflichtet. Das brachte ihr beim Fitnessclubbetreiber viel Achtung ein. Seit sie Poledance unterrichtete, hatten sich die Anmeldungszahlen erhöht. Ihr Auftritt heute Abend hatte ihr ebenfalls viel Applaus und dem Betreiber wahrscheinlich weitere Mitglieder eingebracht. Margarete genoss das alles. Aber sie wollte eben nicht nach Zenz' Pfeife tanzen. Niemals.

Es war spät geworden. Sie waren die letzten Gäste in der kleinen Bar am Gries. Lanas »Langer Donnerstag« war schon lange vorbei.

»Kommst du noch mit zu mir?«

Margarete stand abrupt auf, blickte kurz auf Zenz herab und ging grußlos.

Acht

Als Tommaso das Gutachten der Spurensicherung aus den Händen legte, wusste er, dass Paula recht gehabt hatte. Die Spurensicherung hatte tatsächlich im Gestein und im Gesteinsstaub Spuren von Munition gefunden, sodass es jetzt sehr wahrscheinlich war, dass auf Maria Steinegger geschossen worden war. »Bravo, Paula«, dachte Tommaso, »Ohne dich wäre die Sache niemals entdeckt worden. Aber wer hat den Schuss abgegeben?« Das war die Frage der Fragen.

»Naz Nußbaumer war zur fraglichen Zeit in der Nähe und war Jäger. Aber er hatte ein Alibi. Ronda. Diese Ronda, die bestens präpariert war, als er und Paula sie aufgesucht hatten. Wenn Ronda ihrem Naz ein Gefälligkeitsalibi verschafft hat, dann wird sie sich davon etwas versprechen. Wenn Naz dieses Versprechen nicht einlöst, wer weiß? Aber derzeit kann man ihm nicht nachweisen, dass er es war, der geschossen hat. Warum auch? Gibt es ein Motiv? Noch nicht. Vielleicht hat auch jemand anderes geschossen. Vielleicht war es ein verirrter und kein gezielter Schuss? Unwahrscheinlich, aber nicht unmöglich.«

Tommasos Gedanken bildeten immer neue Fäden und Stränge. »Warum klettert Maria Steinegger überhaupt in dieser felsigen Gegend herum? Warum war sie dort? Dafür gibt es noch keine vernünftige Erklärung.«

Er nahm nochmals den Bericht und las die Stelle über die verwendete Munition. Demnach war es ein Teilmantelgeschoss. Mit dieser Art von Munition schießen Jäger. Das Geschoss zerlegt sich im Körper und löst damit eine Schockwelle aus. Teile des aufplatzenden Kerns verletzen Organe und sorgen für tödliche innere Verletzungen, wenn der Schuss gut sitzt. Der Kern schlägt durch und sorgt für ein Ausschussloch. Im Fall, dass das Wild nur verletzt und nicht tödlich verwundet ist, sorgt das Ausschussloch dafür, dass eine Blutspur den Weg zum geflohenen Tier weist. Die Jagdhunde finden es dann mit ihrer Nase. Dieser Teil des Projektils war auf die Steinwand getroffen, vor der Maria Steinegger gestanden hatte, als sie die Kugel traf und ihren Körper durchschlug. Und dort, wo das Projektil von der Steinwand abgeprallt war, hatte die Spurensicherung ein wenig von den Bleirückständen gefunden. Das Loch in der Steinwand war dagegen nicht sehr groß. Es gab noch einige Notizen über die Härte des Gesteins, Porphyr, laut den Experten der Spurensicherung sei er eben sehr hart. Insgesamt hatten sich die Kollegen viel Mühe gemacht und es trotz der widrigen Verhältnisse an der Fundstelle recht schnell geschafft, ein verwertbares Ergebnis vorzutragen.

Tommaso griff zum Telefonhörer und wählte die Nummer des Kollegen, der den Bericht verfasst hatte. Er fragte, ob man mit den Partikeln im Gesteinsstaub die Munition genau bestimmen könne und ob man, im Fall, dass man eine Waffe vorbeibringe, feststellen könne, ob die gefundene Munition mit dieser Waffe abgefeuert worden sei.

Die Antwort war ernüchternd. »Nein«, das sei wahrscheinlich nicht möglich, hatte es geheißen.

»Also keine Chance, den Naz über seine Waffe zu überführen«, brummte Tommaso in sich hinein. »... oder wen auch immer, denn Naz hat ja ein Ronda-Alibi«, murmelte er halblaut vor sich hin und trommelte gedankenverloren mit seinen Fingern auf dem Schreibtisch.

*

»Jetzt komm schon«, Zenz hob seine Hände beschwörend leicht nach oben. »Das wird ein ganz großes Ding ... und du hast damit ja auch gar nichts zu tun. Du musst nur einwilligen.«

Bartl blickte seinen Bruder mit einer Mischung aus Neugier, Widerwillen und Verachtung an. »Das kannst du vergessen«, zischte er ihm entgegen.

Es war unglaublich. Ihre Mutter war noch nicht beigesetzt und alles, was Zenz interessierte, war, dass ihn sein Bruder dabei unterstützte, eine von Vaters Wiesenflächen in Montan für eine Veranstaltung freizugeben, die Zenz für das nächste Jahr plante.

»Was glaubst du denn? Kommst nach zwanzig Jahren wieder und meinst, du könntest jetzt alles an dich nehmen?«

»Das hat doch niemand gesagt! Ich will nichts an mich nehmen. Ich bitte dich nur, mein Anliegen bei Vater zu unterstützen, damit er mir seine großen Wiesen für den Sommer im nächsten Jahr zur Verfügung stellt. Das ist alles.«

»Was willst du denn überhaupt mit den Wiesen. Die hat er doch als Weide verpachtet. Warum soll er sie dir geben?«

Zenz schüttelte leicht den Kopf. »Das habe ich dir aber schon erklärt, oder? Ich meine, was ist daran so schwer zu verstehen. Ich brauche die Wiesen für ein großes Zeltlager, für ein mittelalterliches Dorf, für eine Endzeitwelt, für Rollenspiele. Theater halt, von einer ganz anderen Art, wie es eines in Südtirol eben noch nicht gegeben hat. Mir schwebt da eine große und grandiose Show vor. Mit vielen zahlenden Gästen und vielen Enthusiasten. Ich bin sicher, dass meine Einnahmen so hoch sein werden, dass ich die Wiesen im kommenden Jahr locker selbst pachten könnte. Aber jetzt brauche ich erst einmal dein und Vaters Entgegenkommen.«

Bartl hatte das schon verstanden, denn Zenz redete seit einer halben Stunde auf ihn ein. Aber er wollte seinen Bruder auf keine Art unterstützen. Bartl empfand, dass sein Bruder alle Rechte verwirkt hatte. Zwanzig Jahre weg, zwanzig Jahre keinen Kontakt, zwanzig Jahre nicht mitgeholfen auf dem Hof – und jetzt kommt er daher und verspricht mit seinem Theaterklamauk goldene Berge. Aber ohne Vater würde da sowieso nichts daraus.

Bartls Blick blieb grimmig und Zenz konnte die Gedanken seines Bruders lesen. Aber er hatte noch einen Trumpf. Er machte eine lange Pause, in der er versuchte, seinem Bruder in die Augen zu blicken. Dieser senkte aber den Blick. Dann holte er seinen Trumpf hervor. »Du weißt, dass Mutter ein Testament gemacht hat?«

Bartl hob blitzschnell seinen Kopf und funkelte Zenz an. Das hatte er nicht gewusst. Und wenn Zenz es wusste, dann hatte ihre Mutter ihn ins Vertrauen gezogen und nicht Bartl, den Sohn, der hier jahrzehntelang für den Fortbestand des Hofes gesorgt hatte. Eifersucht kam in Bartl hoch, schnell, heftig, verletzend.

Zenz erkannte, was seine Worte angerichtet hatten. Er hatte mit genau dieser Wirkung gerechnet, deshalb machte er weiter. »Ich weiß ja nicht, zu welchen Teilen sie dich bedacht hat ...«, fügte er an.

Damit löste er bei Bartl eine ganze Kette von Emotionen aus. Da war diese Wut darüber, dass er sich jahrelang wie ein Hausknecht gefühlt hatte, die Wut darüber, dass er keine Familie gegründet hatte, die Wut darüber, dass er es nicht geschafft hatte, seinem Vater Kontra zu geben. Und jetzt erfuhr er von seinem jüngeren Bruder, der sich von hier weggestohlen hatte, dass ihre Mutter ihn in ihrem Testament bedacht hatte. Zudem wusste Zenz, was er bekommen sollte, und er, Bartl, der treue Bartl, nicht einmal für würdig erachtet worden war, dass sie es ihm erzählte. Er sprang auf, griff Zenz ins Hemd, rütteltet ihn durch, drückte ihn schließlich gegen die Wand. Spucke flog aus seinem Mund: »Du, du ... mach, dass du fortkommst, du, duu ...!«

Zenz hatte den Angriff seines Bruders erwartet. »Ist eben ein schlichtes Gemüt«, hatte er gedacht und es geschehen lassen. »Ich was?«, fragte er zurück, immer noch im Griff seines Bruders. Der Griff löste sich schon wieder. »Ich was?«, wiederholte er. Der Griff löste sich jetzt ganz.

Bartl stand wütend, aber in sich gekehrt vor ihm.

»Ich bin dein Bruder, sonst nichts. Ich will doch nur eine Wiese für mein Theater und das auch erst im kommenden Jahr und bitte dich doch nur, mich beim Vater damit zu unterstützen.«

Bartls Gedanken waren verheddert. Zu viel Neid, Wut und Enttäuschung machten sich in seiner Brust breit und verstellten ihm auch den Blick auf das Wesentliche. Hätte er klarer geblickt, hätte er vielleicht bemerkt, dass Zenz lediglich geblufft hatte, denn er hatte keine Ahnung, ob seine Mutter ein Testament gemacht hatte.

*

Tommaso überlegte, ob er dem Redakteur von *24DerTag24*, der über die Eröffnung der Sportbar von Ronda berichtet hatte, zufällig begegnen sollte, um ihn ein wenig auszufragen. »Wo könnte ich ihn treffen?«, überlegte er. »Und wie stelle ich es an, dass er nicht merkt, dass ich etwas von ihm will?«

*

»Aber das ist doch das Falsche!«, empörte sich Elisabeths Stammkundin. »Was ist denn los mit Ihnen?«

Elisabeth nahm das Tablettenpäckchen wieder zurück, das ihr entgegengehalten wurde. »Die Kundin hat recht«, fuhr es ihr durch den Kopf. Das Mittel stimmte zwar, aber die Höhe des enthaltenen Wirkstoffes war viel zu niedrig. Sie hatte sich vergriffen. Das war ihr noch nie passiert.

»Entschuldigen Sie. Ja, Sie haben ganz recht. Das ist ja viel zu schwach. Wie dumm. Ich hole gleich das Richtige.«

Elisabeth verschwand hinter den Apothekerschränken und musste erst einmal tief Luft holen. »Das falsche Medikament rausgegeben ... Ich habe das falsche Medikament rausgegeben!« Diese Gedanken hämmerten in ihrem Kopf. »Gut, es wäre nichts passiert, außer, dass es nicht gut gewirkt hätte. Aber das will ja auch niemand.« Elisabeth riss sich zusammen und suchte das Medikament in der richtigen Dosierung aus dem Schrank.

*

Tommaso wusste, dass der Redakteur, der vom Blatt *24DerTag24* für Themen von allgemeinem Interesse eingesetzt wurde, noch nie etwas über die Carabinieri geschrieben hatte. Er besprach sich mit dem Pressesprecher ihrer Einheit, ob er ihn nicht einladen könne. Er, Tommaso, würde gerne die Führung übernehmen.

»Du hast aber keinen Hintergedanken, mein lieber Tommaso? Woher der Eifer?«

Tommaso deutete seinem Kollegen an, dass er zwar immer schon ein Freund guter Öffentlichkeitsarbeit gewesen sei, aber dass er in der Tat auch noch eine andere Fliege mit derselben Klatsche erwischen wollte.

Sein Kollege musste schmunzeln. »Aber pass auf, dass er das nicht spitzbekommt. Denn sonst war es das mit der guten offensiven Öffentlichkeitsarbeit, mein Lieber. Niemand lässt sich gerne vorführen oder ausnutzen. Aber, ich mach das für dich. Ich frage ihn, ob er Interesse hat. Ich melde mich dann.«

Tommaso war zufrieden. »Aber das wird jetzt dauern, bis ich mit dem Reporter sprechen kann. Was mache ich jetzt?«, fragte er sich und blätterte mit diesen Gedanken nochmals durch den Bericht. Eine Stelle zog ihn besonders an. »Das Geschoss zerlegt sich im Körper und löst damit eine Schockwelle aus. Es staucht sich pilzartig auf beziehungsweise splittert und verletzt damit lebenswichtige Organe. Der Ausschuss sorgt für das Austreten von Blut.« Etwas weiter unten hieß es: »Blutanhaftungen an der Felswand konnten keine festgestellt werden. Es war eine Stelle im Gestein festzustellen, auf die das ausgetretene Projektil aufgeschlagen sein muss. Es ist dabei davon auszugehen, dass es von der Felswand abgeprallt und als Querschläger einen nicht zu berechnenden Weg genommen hat. Am Ort des Aufpralls waren im Gesteinsstaub Reste von Blei und kleinste Reste von Kupfer nachzuweisen. Das lässt darauf schließen, dass es sich bei dem Geschoss vermutlich um ein sogenanntes Teilmantelgeschoss handelt, dessen Bleikern mit einer feinen Kupferschicht bedeckt war. Solche Munition wird häufig in der Jagd verwendet.«

Tommaso überlegte kurz, griff dann zum Telefonhörer. »Ist Paula zu sprechen?« Er wurde verbunden. »Paula, du hattest recht mit deiner Annahme. Auf Maria Steinegger ist geschossen worden. Ich habe gerade das Gutachten der Spurensicherung gelesen. Die gehen davon aus, dass Jagdmunition verwendet worden ist. Diese Munition zerlegt sich im Körper. Wenn wir Glück haben, findest du winzige Teile von Bleisplittern. Dann hätten wir einen sicheren Beweis – was meinst du?«

Paula schwieg zunächst. Sie überlegte, ob und wie sie in dem völlig zerstörten Körper von Maria winzige Bleisplitter finden könnte. »Das wird schwierig. Es ist ja kaum noch etwas zu erkennen. Aber …«, sie dachte nach, während sie sprach, » … wenn ich mir vorstelle, von wo der Schuss in den Körper eingetreten ist und wo er ausgetreten sein könnte, dann habe ich eine Achse. Wenn ich dich richtig verstanden habe, zersplittert das Geschoss nach dem Auftreffen. Dann müsste ich also unterhalb des durchschossenen Schlüsselbeins entlang der berechneten Achse suchen. Auch wenn durch den Sturz das Gewebe stark zerstört worden ist, müssten sich diese kleinen Bleireste ja irgendwo in diesem Umfeld finden lassen ... Also gut, ich spreche das mit Dr. Phillipi durch, aber ich denke, wir machen das. Du hörst von uns.«

Damit war das Gespräch beendet.

»Wenn Paula etwas findet, dann haben wir zwei Beweise dafür, dass auf Maria ein Schuss abgegeben worden ist«, dachte Tommaso und griff erneut zum Telefonhörer. »Wenn wir euch Teile der Bleisplitter liefern, könntet ihr uns dann sagen, mit welchem Geschoss auf Maria Steinegger geschossen worden ist?« Der Mann von der Spurensicherung stöhnte leicht auf. »Tommaso! Vielleicht! Ich weiß es nicht. Aber wenn wir Splitter haben, können wir dir vielleicht sagen, von welcher Art das Geschoss war.«

»Das ist ja interessant. Was gibt es denn für Geschossarten?«

»Och ne, Tommaso, brauchst du das jetzt wirklich? Das wäre ein abendfüllender Vortrag. Es gibt unendlich viele Geschossarten.«

»Geht es im Groben – für einen Dummen, wie mich?

»Also gut. Im Groben. Wir, also die Polizei, schießen mit Vollmantelgeschossen. Die durchschlagen den Körper, stoppen den Mann. Du weißt das.«

Tommaso nickte ins Telefon. Das wusste er. Er hatte diese Geschosse ja immer bei sich.

»Jäger schießen mit Teilmantelgeschossen. Die platzen im Körper auf und verursachen vielfältige Verletzungen. Das Geschoss soll ja schnell töten, damit das Wild nicht leiden muss. Verstanden?«

»Ja, ja. Weiter.«

»Es gibt verschiedene Arten von Teilmantelgeschossen. Die unterscheiden sich durch ihre Konstruktion und ihren Aufbau. Wenn wir, wie im Fall der Maria Steinegger, Kupferspuren finden, dann ist es wahrscheinlich, dass der Bleikern mit Kupfer ummantelt war. Das wird gemacht, damit das Geschoss im Lauf keine Rückstände hinterlässt. Der Bleikern wiederum ist unterschiedlich konstruiert. Es gibt Bleikerne mit kleinerer und größerer Splitterwirkung. Jäger wissen darum und verwenden je nach Wild und Revier andere Teilmantelgeschosse. Alles verstanden? Das war es im Groben.«

»Mmh. Wenn ich jetzt das Revier betrachte, in dem der Schuss auf Maria abgegeben worden ist, also steiles, gebirgiges, schwer zugängliches Gelände, was für Munition würde ich als Jäger nehmen?«

»Ich bin kein Jäger. Aber ich könnte mir vorstellen, dass ich eine Munition auswählen würde, bei deren Einsatz das Wild im Knall des Schusses fällt. Also eher eine Munition, die recht viel Verwüstung im Körper anrichtet, damit das Wild nicht mit letzter Kraft davonläuft und ich es im schwierigen Gelände suchen müsste.«

»Das klingt logisch. Und wie heißt so eine Munition?«

»Gott, Tommaso, ich habe gleich ein Loch im Bauch, wenn du weiterfragst. Aber gut. Kegelspitzgeschosse heißen die. Es gibt sie in verschiedenen Kalibern, und sie liefern die bereits beschriebenen Wirkungen im Wildkörper. Früher nahm man auch sogenannte D-Mantel-Geschosse. Die hatten eine relativ hohe Splitterwirkung, haben aber auch relativ viel Wildbret zerstört.«

»Also könntet ihr, wenn wir alle Bleipartikel im Körper von Maria Steinegger finden würden, ziemlich genau sagen, um welches Geschoss es sich gehandelt hat?«

»Tommaso! Ja. Vielleicht. Wir tun unser Bestes. Auch ein 3-D-Puzzle mit kleinsten Bleisplittern bekommen wir hin. Bring uns das Material und wir scannen es ein und lassen die Splitter von einem Computer zusammensetzen. Dann haben wir vielleicht das Geschoss. Vielleicht … denn es gibt unheimlich viele Sorten.«

»Das hört sich doch schon ganz gut an, mein Lieber. Dann kommen wir demnächst mit den Splittern vorbei. Danke für den lehrreichen Vortrag. Man glaubt ja gar nicht, wie kompliziert das alles ist.«

Tommasos Gesprächspartner legte einfach auf.

»Die Jungs von der Spusi sind eben immer gestresst«, grinste Tommaso.

*

Vincenzo erwartete auch heute Abend viele Gäste. Die Temperaturen waren angenehm. Alle würden sie in dieser sommerlichen Atmosphäre draußen sitzen wollen. In den Laubengängen, unter den kleinen hellen Leuchtern, die er mitten in die Lauben gehängt hatte. Kerzen würde er aufstellen und seine Enoteca Johnson & Dipoli[3] unter den Lauben in Neumarkt in einen Ort verwandeln, den die ansteuerten, die das Sagen hatten, die, die etwas darstellten, auch die, die einfach nur gut essen wollten und die, die Wein zu schätzen wussten. Denn Wein hatte Vincenzo – nur guten und vor allem eine große Auswahl. Er hatte noch nie erlebt, dass es einer seiner Stammgäste geschafft hätte, alles zu probieren, was in seinem Keller lagerte. Und er hatte fast nur Stammgäste.

Vincenzo deckte die Tische immer mit weißen Tischtüchern ein. Ihr Stoff war schwer und sie verzauberten alleine mit ihrer Farbe und ihrer Anmutung die Szenerie vor dem kleinen Eingang zur Önothek, der für sich allein genommen schon pittoresk wirkte. Die äußeren Türen waren schwere Türen aus Vollholz, die sich nach außen öffnen ließen und ursprünglich dem Zweck dienten, das dahinter liegende Geschäft vor allerlei Unzuträglichkeiten zu schützen. Vielleicht nur vor der Kälte des Winters … oder doch vor dem Einwirken von bösen Gesellen? Wer weiß das heute noch? Dahinter die eigentliche Tür, die sich nach innen öffnen ließ, aber nur ein Drittel des Eingangs ausmachte. Die restlichen zwei Drittel waren ein Schrank, der in den Türrahmen eingebaut war und sich nach innen öffnete. Vincenzo hatte in die Regale zwischen die Außen- und Innenfenster eine Sammlung leerer Weinflaschen

---

3 Enoteca (dt. Önothek oder Enothek): gehobener Weinhandel mit »kleiner Karte«

und Kelche gestellt, die für sich genommen als Botschafter der speziellen Atmosphäre einer gemütlichen Weinstube wirkten. Allein die Etiketten der leer getrunkenen Flaschen zeigten dem Kundigen, dass es an dieser Stelle die eine oder andere Preziose zu entdecken gab. Die alte grüne Farbe passte ganz wunderbar und wirkte so, als ob nur sie an diesen Platz gehören würde. Keine andere. Früher, also ganz früher, wann, wusste keiner mehr so genau, beherbergten die Räume, in der jetzt die Enoteca ihren Zauber verbreitete, eine Sattlerei. Handwerker arbeiteten hier und zu den Lauben hinaus wurden die Waren verkauft oder es wurde gehandelt. Die Tür stammte noch aus dieser Zeit.

Vincenzo legte die schweren silbernen Messer und Gabeln mit Bedacht vor die noch imaginären Gäste. Dann nahm er von dem Stapel Stoffservietten je eine und schlug sie mit einer lässig wirkenden Bewegung in die Form, die der Gast vorfinden würde. Sie lag so, als hätte sie jemand nur mal kurz abgelegt, um sie sogleich wieder zu benutzen. Auch hier nur schwere Stoffe, aber etwas dunkler als die weißen Tischtücher. Sie bildeten einen angenehmen Kontrast und erhoben sich zwischen den silbernen Messern und Gabeln zu einer kleinen vergänglichen Skulptur. Dann kamen die Gläser. Vincenzo polierte jeden Pokal mit der Hand, blitzschnell ging das, er hielt das Glas gegen das Licht und platzierte es genau an dem Platz, an den es gehörte. Nichts war dem Zufall überlassen, alles war gekonnt und in den vielen Jahren seit Bestehen der Önothek eingeübt.

Vincenzo trug wie immer eine anthrazitfarbene Hose zu einem blütenweißen Hemd. Darüber die passende Weste und diese meist geöffnet, was dem ansonsten eher strengen Outfit etwas Lockeres gab. Und er trug, auch wie immer, über dem linken Arm eine weiße Serviette. Sie diente vielfältigen Zwecken. Heiße Teller konnten mit ihr getragen werden, überschäumender Sekt wurde eingefangen, Kleckse aufgewischt. Vor allem aber balancierte Vincenzo damit die Weingläser an die Tische der Gäste, indem er die Gläser mit der Serviette am Standfuß fasste. Das machte kaum Sinn, sah aber elegant aus. Das alles, die Garderobe, der Habitus, sein Gestus, sah einfach gut aus und gehörte zu dem eher kleinen Mann, dessen wache Augen alles wahrnahmen, was um ihn herum geschah.

Die Tische füllten sich. Die meisten waren reserviert. Jeder der Gäste wusste, welcher der sieben Tische für ihn reserviert war. Man kannte sich und Vincenzo kannte alle und alle kannte Vincenzo. Der Tanz des Abends konnte beginnen. Es war wie ein Schauspiel. Mit Distanz betrachtet waren die Gäste Darsteller und Zuschauer zugleich. Vincenzo hatte in dem Stück eine tragende Rolle. Jeder Abend war Premiere, auch wenn er das Stück schon Jahrzehnte spielte. Alle Zuschauer und Akteure waren sich darin einig, dass die Inszenierung des heutigen Abends vergänglich war und deshalb genossen werden sollte. Genuss war der Inhalt des Stücks und das Genießen die Aufgabe der Zuschauer.

Darsteller und Selbstdarsteller waren Vincenzo zur Genüge bekannt. Er kannte alle Rollen, spielte gerne mit. Seine Rolle war die des Harlekins, des Arlecchino, der, der es sich erlauben konnte, jedem die Wahrheit ins Gesicht zu sagen, jedem König, jedem Hofmarschall, selbst dem Kaiser. Den Harlekin würde man nicht hängen, denn er macht ja nur Spaß. Er war dafür da, um Spaß zu machen. Deshalb durfte er sagen, was anderen den Kopf kosten würde. Vincenzo durfte das. Ein Arlecchino ist ein Spaßmacher, er entlarvt Lügner, lenkt Schicksale und ist ein Publikumsliebling. Vincenzo beherrschte diese Rolle. Ein Harlekin musste alles sehen, auch das, was man nicht sehen durfte. Er musste kombinieren und sich alles merken. Ein Harlekin musste der am besten informierte Mensch sein, gleich hinter dem Barbier und dem Leibarzt. Er schöpfte aus tausend Quellen, hörte zu, beobachtete, zog Schlüsse. Er durfte nur eines nicht. Er durfte nicht den Eindruck erwecken, dass er mitspielen wolle. Mitspielen und den Mächtigen ebenbürtig tun durfte er nicht, denn er war nur der Harlekin. Sie duldeten sein Possenspiel und genossen es auch. Sie genossen es, wenn er sie enttarnte, auf seine liebenswürdige Art. Liebenswürdig – aber auch untertan, das durfte er sein, dann ertrugen die Großen auch die Wahrheit aus seinem Mund, wenn er ihnen den Spiegel vorhielt und sie ihr wahres Gesicht, die Fratze, sahen und sich davor gruselten. Das genossen sie. Dieses Spiel gefiel ihnen. Aber es musste ein Spiel bleiben. Dann ging es dem Harlekin gut.

Die Tische unter dem Laubengang waren besetzt, das Schauspiel nahm seinen Lauf. Vincenzo hatte sein ohnehin hohes Tempo erhöht, trug vier Weingläser auf einmal hinaus, wobei der Gast, der ihn hinter dem Tresen bei der Arbeit beobachtete, jedes Mal darüber staunen konnte, wie er die Gläser mit einem gekonnten Schwung aus den diversen Flaschen füllte, ohne dass er Maß nahm – an einem Eichstrich etwa. Die Gläser waren einfach perfekt gefüllt. Dann schwenkte er das Glas, nahm eine Nase.

Es galt, sieben Tische mit zwei bis vier Personen zu bewirten. Die Gäste lasen die handgeschriebenen Speisekarten, bestellten etwa Spaghettini al nero di seppia, fatti in casa, con code di gamberi, cozze e vongole[4] und danach vielleicht pesce spada con composta di pomodoro in crema di lenticchie[5]. Dazu den einen oder anderen Wein. Vincenzo notierte alle Wünsche und reichte die Zettel mit den Speisewünschen in die Küche, kümmerte sich selber um die Getränke. Wasser gab es in schönen Karaffen und die Wassergläser waren schwer und dick. Der Wein kam sofort, die Gäste probierten, lobten, schmeckten, kommentierten. Vincenzo lieh jedem sein Ohr und hatte alle im Blick.

So entging ihm auch nicht, dass Squelo sich der Önothek näherte. Squelo, ein lieber Stammgast und in Neumarkt bekannt wie kaum jemand sonst. Er war der künstlerische Leiter der Freilichtspiele Südtiroler Unterland und des Theaters an der Etsch. Beide Bühnen befanden sich in Neumarkt und fast jeder, der hier lebte, kannte die Theater und den Mann, der seit vielen Jahren die Verantwortung hatte. So wurde er von jedem der Tische aus gegrüßt, teils mit Respekt, teils mit Neugier, teils mit Interesse. Er wechselte hier und da einige Worte, ging dann aber zielstrebig in die Önothek und setzte sich direkt links vom

---

4 Hausgemachte Schwarze Pasta mit Tintenfischtinte, Garnelen und Muscheln

5 Schwertfisch mit Tomatenragout und Linsencreme

Eingang auf die mit Leder gepolsterte Bank, deren Rückenlehnen die Wand bis Kopfhöhe auskleideten. Eine gemütliche Ecke, von der aus Squelo alles in den Blick nehmen konnte, was in dem Raum passierte.

Vincenzo war mit den Gästen sehr beschäftigt, trotzdem, ohne dass Squelo ein Wort gesagt hätte, versorgte er ihn mit einem Glas Wein, das er zusammen mit einer Weinbestellung fertig gemacht hatte. Er rief ihm kurz »ein Chardonnay« zu und war auch schon mit seinen Pokalen zur Tür hinausgeeilt. Vincenzo wunderte sich ein wenig und auch wieder nicht. Squelo kam öfter, meist mehrmals am Tag, trank einen Kaffee, spielte in einem der hinteren Räume Karten mit Freunden aus Neumarkt. Zum Essen kam er hin und wieder, dann aber meist zusammen mit seiner Frau Nora. Es sah auch nicht so aus, als wollte Squelo etwas essen. Seine Augen hatten alle anwesenden Gäste registriert und sein Blick schweifte durch den Raum, so als erwarte er, hier jemanden zu treffen.

Immer wenn Vincenzo wieder zur Tür hereinkam, um leer getrunkene Gläser gegen gefüllte auszutauschen, Flaschen zu holen, die er vor der Tür gekonnt öffnete und schließlich in die silbernen Flaschenkühler versenkte, sprach er kurz mit Squelo: »Heute allein?« oder »Wartest du auf jemanden?« Diese wenigen Fragen und Squelos knappe Antworten reichten ihm zur Orientierung. Er wusste, Squelo wartete auf jemanden, der nicht von hier war. Also hielt Vincenzo, wenn er draußen bei den Gästen war, Ausschau nach einem Fremden, der ebenfalls suchend die Umgebung mit seinen Augen abtastete.

Er wurde schnell fündig. Der Mann schlenderte die Lauben entlang, sein Blick wechselte ständig die Richtung, und als er die Menschen gesehen hatte, die unter den Laubengängen tafelten, richtete er seinen Blick nur noch in diese Richtung. Der Mann trug keine Schnürsenkel, das fiel Vincenzo als Erstes auf. Seine blanken Füße steckten in Wildlederschuhen, Boots hießen sie wohl, aus denen die Schnürsenkel entfernt worden waren. Das ließ ihn noch lässiger wirken, als er ohnehin schon aussah. Schlanke Beine in leicht zerrissenen Jeans, ein dunkles Hemd locker über der Hose, drei Knöpfe offen, auf eine coole

Art unrasiert, wildes dunkles Haar auf einem markanten Kopf, bei dem vor allem die Augen auffielen, die mit einem auffällig hellen Blau aus den eher düsteren Augenhöhlen leuchteten.

»Ich glaube, deine Verabredung ist in Anmarsch«, sagte er in Richtung von Squelo, als er wieder einmal durch die Tür trat, um schnell hinter der Theke die Bestellungen abzuarbeiten, die er soeben eingeholt hatte.

Squelo überlegte, wie er reagieren sollte. Heute Morgen hat ihn dieser Zenz Nußbaumer angerufen und gefragt, ob er sich mit ihm treffen könne. Squelo hatte schon wahrgenommen, dass Nußbaumer auf eine Art Werbung für sein Stück *Tee mit Zimt* machte, die aus dem Rahmen fiel. Die auffallenden Plakate hingen fast überall im Land. Auch in Neumarkt war eines aufgestellt worden. Man musste schon sagen, dass die Plakate gut gemacht waren. Auch die Enthüllung, wessen Augen da auf die Betrachter blickten und dass es ein Theaterstück war, das in Kaltern aufgeführt werden würde, machten in gewisser Weise Spaß. Aber was das für Kosten verursacht hatte. Dass sich das jemand leisten konnte, der einer kleinen Laienschauspielbühne als Regisseur vorstand, das machte nicht nur neugierig, das machte auch ein wenig neidisch.

In Südtirol gab es drei Freilichttheater, die einen professionellen Anspruch hatten und ihn auch hochhielten. Seit den Fünfzigerjahren gab es die Freilichtspiele Südtiroler Unterland. Dann gab es noch die Freilichtspiele Ritten und Lana. Zusätzlich gab es eine kaum zu überschauende Anzahl von Laienbühnen. Fast jedes Dorf hatte eine Laienbühne. Dieser Zenz Nußbaumer hatte die Laienbühne Theatergruppe Kaltern geentert. Squelo hatte davon natürlich schon gehört, ebenso, dass dieser Zenz zwei Profis in die Laienbühne eingebaut hatte. Es war durchgesickert, dass sein Stück *Tee mit Zimt* einen tieferen Sinn hatte, der sich auf ein ganz bestimmtes Problem Südtirols beziehe. Welches Problem das sein sollte, war aber nicht durchgesickert.

»Kein schlechtes Marketing«, musste Squelo diesem Nußbaumer zugestehen. Damit kannte er sich aus. Er hatte am Max-Reinhard-Seminar in Wien Schauspiel studiert, war danach viel herumgekommen, hatte an vielen Fernsehproduktionen mitgewirkt, auf Bühnen in Österreich, Südtirol und der Schweiz gestanden und war schließlich in seine Heimat zurückgekehrt, um die künstlerische Leitung der Freilichtspiele Südtiroler Unterland zu übernehmen. Seit Jahren führte er dort Regie und entwickelte die Stücke zusammen mit seiner Frau, die für Bühnenbild und Kostüme die Verantwortung hatte. Jedes Jahr im Sommer, meist von August bis Mitte September, wurde ein Stück zur Aufführung gebracht. Und so war es schon interessant, dass Zenz Nußbaumers Stück bereits Anfang Juli Premiere in Kaltern hatte und überall plakatiert war. Es konnte einem so vorkommen, als wolle er die Theaterlandschaft dominieren. Seine Theatergruppe hatte noch im vergangenen Jahr nur Werbung in Kaltern gemacht und nicht über die Dorfgrenze hinaus.

Squelo wusste seine Gefühle noch nicht so richtig einzuordnen, aber irgendwie fühlte er sich durch diesen Zenz Nußbaumer bedrängt. Heute hatte ihn dieser Mann um ein Gespräch gebeten. Squelo hatte ihm vorgeschlagen, sich in der Önothek zu treffen – in seinem Revier.

Dann trat er ein, ließ den Blick suchend durch den Raum schweifen. Seine Augen blieben schließlich an Squelo hängen, der ihn von seiner Position aus längst bemerkt hatte.

»Diese Augen waren die Augen vom Plakat. Kein Zweifel. Jetzt also in echt, nicht stilisiert. Aber auch in Natur sahen sie interessant aus, kein Zweifel.«, hatte Squelo gedacht.

Zenz hatte die Menschen vor der Önothek schnell gemustert. Squelo kannte er zwar nicht persönlich – noch nicht –, aber er hatte viele Fotos von ihm studiert und war sich daher sicher, dass er ihn erkennen würde. Er hatte auch seine Vita studiert und wusste, dass dieser Mann in Südtirols Theaterlandschaft ein Schwergewicht war. Und Zenz wusste, dass er nur mit ihm zusammen seine Pläne verwirklichen konnte, denn seine Pläne hatten nun einmal auch mit der Geografie Südtirols zu tun. Kaltern war für Zenz quasi das Tor zum Unterland. Und das Unterland, das war Squelo – theatertechnisch betrachtet. »Wenn ich das Unterland erobern will, brauche ich Squelo an meiner

Seite«, hatte er überlegt und wollte heute mit ihm in Kontakt kommen und ihn von seinen Plänen überzeugen.

»Er sitzt nicht bei den Zechern und Feinschmeckern, dann ist er vielleicht drinnen?«, hatte Zenz gedacht und die Önothek betreten. Er blickte auf eine Theke, die mit einem sanften Halbkreis in den hinteren Bereich des Raumes verlief. Der Raum war zunächst begrenzt durch ein deckenhohes Weinregal, dessen Flaschen ihre Etiketten in den Raum schoben. Der Raum der Önothek war ein Gewölbe und nichts war darin gerade, alles war gebogen, die Decke wölbte sich, dreieckige Ausschnitte griffen in das Gemäuer, Deckenfluter leuchteten diese Ausschnitte aus und gaben dem Raum ein warmes Licht, viele Strukturen liefen rund, harmonisch. Ein heller Kalkanstrich betonte durch seine Licht- und Schatteneffekte das Amorphe des Raumes und ein Marmorboden in einem rötlichen Terrakottaton setzte den richtigen Kontrast zur dominierenden hellen Kalkfarbe und passte wie dafür gemacht zu den Holzstäben, mit denen die Theke eingekleidet war. An den Wänden hingen Bilder. Bilder, überall Bilder – keine Zeit, sie intensiv zu betrachten, weil die Blicke einen Mann suchten. Squelo, der Mann der ihn hierherbestellt hatte. Dort saß er, links vom Eingang – auf einer ganz besonderen Bank. Gab es ansonsten nur kleine runde Bistrotische, die mit Bugholzstühlen umlagert waren, saß Squelo auf einer mit Leder bezogenen Bank, die auch in einen englischen Club gepasst hätte. Ein Stilbruch, wie er, eben genau wegen des Bruchs, sehr gut in den ohnehin sehr beladenen Raum passte.

»Du musst Squelo sein?« Zenz ging auf den Mann zu und reichte ihm die Hand zum Gruß. Squelo erhob sich, griff zu und nickte Zenz zu. Unter Künstlern gab es kein »Sie«.

»Setz dich. Hast du es also gefunden?«

Zenz grinste. »War nicht so schwierig. Die Lauben in Neumarkt sind leicht zu finden und es gibt nur diese eine Önothek – nehme ich an?«

»Das ist richtig.« Squelo betrachtete den jüngeren Mann, dessen Augen ihn irritiert hatten, seitdem er das Plakat gesehen hatte. »Er macht schon was her, dieser Zenz Nußbaumer.« Vor seinem inneren Auge liefen die Rollen ab, die solch ein Mann spielen könnte. Jetzt ärgerte es ihn etwas, dass er nicht zuvor über ihn recherchiert hatte. Gehört hatte Squelo jedenfalls noch nicht von ihm. Das musste nichts heißen, aber wenn Zenz Nußbaumer ein großer Name war, dann wäre dies Squelo nicht verborgen geblieben. In der Welt der Regisseure, Theaterschauspieler und -darsteller kannte er sich aus.

»Das war eine Überraschung, dein Anruf. Was will denn der Kollege von dir, habe ich mich gefragt ... Aber jetzt sitzt du ja hier und wirst es schon verraten, nehme ich an«, leitete Squelo das Gespräch ein.

Inzwischen war Vincenzo bereits einmal rein- und wieder rausgegangen, hatte die Szenerie beobachtet, eingeschätzt, wie die beiden zueinanderstanden, und stellte jetzt, beim erneuten Rausgehen, auch dem neuen Gast ein Glas, gefüllt mit Wein, auf den Tisch. »Gewürztraminer«, raunte er kurz und verschwand wieder durch die Tür, in der anderen Hand drei Gläser mit herrlich duftendem Wein – ebenfalls Gewürztraminer.

Zenz schaute etwas irritiert. Squelo hob sein Glas und veranlasste ihn damit, es ihm gleichzutun. »Das geht ja hier«, brummelte Zenz. Aber der Wein schmeckte gut.

Squelo lächelte. Er kannte das Spiel.

Zenz rückte jetzt ein wenig näher.

»Aha«, dachte Squelo. »Es geht los.«

»Du weißt sicher, dass ich in Kaltern Anfang Juli ein Stück zur Premiere bringe?«, fing Zenz an und Squelo nickte zustimmend. »Ich würde mich freuen, wenn du und deine Frau zur Premiere kommen würdet.« Zenz griff in die Brusttasche seines Hemdes und holte zwei Karten hervor, die gute Plätze in der ersten Reihe auswiesen.

»Danke, das ist sehr freundlich«, sagte Squelo, überlegte aber zugleich, ob das terminlich überhaupt passen konnte. Schließlich war er mitten in den Vorbereitungen für sein Stück, das Anfang August an den Start ging, und die Tage waren angefüllt mit Proben und organisatorischen Vorbereitungen. Es gab keine freien Tage mehr vor der Premiere.

»Ich kann mir vorstellen, dass du jetzt im Megastress bist«, ergänzte Zenz, »– so wie ich«, lachte er. »Aber vielleicht schafft ihr es irgendwie. Es wäre mir jedenfalls eine Ehre.«

Squelo nickte freundlich gestimmt. »Ich kann das jetzt wirklich nicht zusagen, aber wenn es irgendwie passt, kommen wir gerne. Nun, ich muss schon sagen, dass ich auch gespannt bin auf das Stück. Du hast das ja auch sehr aufwendig beworben, so ganz anders, als das die Theatergruppe sonst macht.« Die Betonung ließ erkennen, dass er die Werbung nicht nur als ungewöhnlich, sondern vielleicht auch als ungebührlich empfunden hatte.

Zenz lächelte ihn an. Ihm war sofort bewusst, was Squelo meinte. »Ja, da hast du recht. Da haben wir ziemlich dick aufgetragen – nun, es war ein Versuch. Ich überlege, wie man mit neuen Mitteln die Leute wieder für das Theater begeistern kann oder, besser ausgedrückt, wie ich mehr Leute für Theater in all seinen Formen begeistern kann.«

Squelo lächelte leicht. »Das könnte ja spannend werden«, dachte er. Südtirols Theaterlandschaft war vielfältig. Es gab viele Aufführungsstätten. Fast in jedem Dorf. Es gab kleine Bühnen, große Bühnen. Die Besucher waren die, die immer kamen, die Stammbesucher, die kulturell interessierten Dorfbewohner. Auch kamen viele Touristen, aber nur in die Stücke, die sie auch verstanden. Die Mundartstücke, das Bauerntheater, das hatte mehr einheimisches Publikum. Es kamen einige. Insgesamt etwa 300.000 Besucher im Jahr, verteilt auf alle Bühnen. Bei 500.000 Südtirolern war das schon eine sehr gute Quote. »Aber wie man da noch mehr Leute für ›Theater in all seinen Formen‹ begeistern will, das würde mich schon interessieren«, dachte Squelo. Er wartete ab, nahm einen Schluck und schaute Zenz aufmunternd an.

In Zenz brodelte es. Die Ideen mussten raus. Squelo aber, der Mann, den er unbedingt brauchte, um seine Ideen umzusetzen, zeigte nicht wirklich Neugierde. Und das sollte er schon sein, neugierig, damit er jedes von Zenz' Worten aufsog. Inzwischen hatte die Küche die ersten der bestellten Gerichte fertig und es folgte eine Reihe von duftenden Tellergerichten, die vor ihren Augen und Nasen von den Köchen flink nach draußen getragen wurden. Auch Vincenzo reihte sich in den Reigen ein, um anschließend gleich wieder hinter der Theke für flüssigen Nachschub zu sorgen. Düfte durchzogen den Raum und Zenz' Magen fing an, leicht zu knurren.

»Weißt du«, begann Zenz, »ich kann mir vorstellen, die Zahl der Besucher binnen drei Jahren zu verdoppeln.«

Squelo merkte auf. »Ja ... das ist aber eine, wie soll ich sagen, eine hohe Vorgabe, die du dir da setzt. Ich meine, wir haben in Südtirol schon eine relativ hohe Besucherquote. Wie meinst du, könntest du erreichen, dass unsere Theaterbesucher öfter ins Theater gehen?«

»Die Frage ist schon falsch gestellt«, warf Zenz ein. »Ich denke weniger daran, die Zahl unserer Stammbesucher zu erhöhen oder sie zu mehrfachen Besuchen zu ermuntern. Ich denke daran, ganz neue Besucher nach Südtirol zu holen, Besucher, die hier auch Geld lassen und damit die ganze Szene beleben.«

Squelo hob skeptisch eine Augenbraue.

Zenz übersah es und redete weiter. »Ich kann mir vorstellen, Südtirol zu einem Hotspot zu machen, zu einer einzigen kulissenprächtigen Theaterlandschaft, ganz großes Kino, wenn du verstehst. Dazu braucht es aber Veränderungen. Und es braucht Mut. Aber wenn das erst mal richtig läuft, dann, das sage ich dir voraus, dann laufen uns alle hinterher.« Zenz nickte ununterbrochen, als er Squelo seinen Monolog vortrug. So, als wolle er sich selbst immerzu bestätigen.

»Weißt du, ich denke ganz groß. Nicht klein-klein. Nicht in den Kategorien einer Volkstheater-Komödie. Mein Stück, das ich aktuell inszeniere, soll ein Aufruf sein. Vordergründig ist es eine Komödie, aber ich lasse sie nicht in Südtirol spielen, sondern in einem Provinztheater an der englischen Küste. Verstehst du, Provinztheater! Also ich übertrage das, was hier fast alle machen, in einen europäischen Staat, der sich soeben von Europa ablöst. Ha! Und ich lasse diese Komödie in einem Theater spielen. Ja, genau. In einem Theater, wie es hier Hunderte gibt. So wie die Theatergruppe Kaltern eben. Die spielen sich quasi selbst. Aber ich habe da noch etwas im Ärmel: einen Trumpf, von dem noch niemand etwas ahnt. Meine Schauspieler spielen Schauspieler, die ein Stück spielen. Und dieses Stück ist ein Stück aus dem Bereich Regietheater. Alles abstrakt, die Inszenierung selbst ist die Kunst, die Darstellung steht hinter der Inszenierung zurück. Das Stück heißt, halt dich fest, das Stück heißt *Wenn der Apfel fällt*! Und das in Südtirol mitten in einem Obstanbaugebiet. *Wenn der Apfel fällt*, das ist der Wahnsinn. Der Apfel fällt, das Symbol des bäuerlichen Wohlstandes schlechthin. Das Symbol fällt, nichts hat Bestand, alles wandelt sich.«

Zenz lehnte sich zufrieden zurück, ein Strahlen lag auf seinem Gesicht. Er rückte wieder vor, kam Squelo nahe, »Alles, alles wandelt sich in Südtirol, verstehst du? Die Zuschauer werden es vielleicht nicht verstehen, weil sie sich das nicht vorstellen können. Aber ich sehe das deutlich vor mir. Alles wird sich wandeln – und mein Stück ist der Anfang. Der Apfel fällt und danach geht es wie mit den Dominosteinen, alles und alle werden erschüttert, kein Stein bleibt stehen, alle werden sie fallen.« Zenz blickte Squelo jetzt tief in die Augen. »Und wir zwei, wir bauen die Steine wieder auf. Aber ganz neu und völlig anders.« Er lehnte sich zurück, sein Gesicht war angespannt, ernst, Blitze zuckten aus seinen Augen, konnte man meinen. »Wir zwei. Du und ich, wir sind der Anfang. Ich sehe es.«

Squelo überlegte, wie er auf diese Ankündigung reagieren sollte. Noch hatte Zenz ja überhaupt nicht konkret gesagt, was er sich vorstellte. Er hatte nur voller Enthusiasmus von seiner Vision gesprochen und damit seine Neugier geweckt, was Sinn und Zweck der gewählten Form der Ansprache war. Aber Squelo war selbst Schauspieler und fand, dass Zenz seine gewählte Rolle zwar nicht meisterlich, aber ganz ordentlich angelegt hatte.

Als er ansetzen wollte, kam mit lautem Getöse eine Gruppe jüngerer Männer in die Önothek, die sogleich alle Bistrotische zusammenstellten und sich darum gruppierten. Sie waren gut aufgelegt, hatten offensichtlich auch schon etwas getrunken und riefen jetzt nach mehr, bestellten auch gleich einige Flaschen. Vincenzo hatte jetzt viel hinter der Theke zu tun und, da sich anscheinend alle untereinander, aber auch alle Vincenzo und Vincenzo jeden der jungen Männer kannte, zogen sich die

Kommunikationsstränge laut und lebhaft quer durch den Raum. Der Geräuschpegel war plötzlich sehr hoch.

Zenz hatte das Eintreffen der vielen mit leicht nach unten gezogenen Mundwinkeln quittiert. Das war Squelo nicht entgangen. »Der Mann steht jetzt nicht mehr im Mittelpunkt«, dachte Squelo. »Er wünscht meine ungeteilte Aufmerksamkeit«, sagte er sich.

Er beobachtete Zenz, wie er etwas unwirsch die Interaktion der jungen Männer mit Vincenzo hinter der Theke betrachtete. Dann rief dieser plötzlich: »Hey, Kellner, mir auch noch ein Glas!«

Squelo blickte Zenz verwundert an. Vincenzo quittierte den Zuruf mit einem leichten Kopfnicken, sein Blick glitt dann aber zu Squelo und der Blick sprach Bände. Squelo konnte den Blick lesen. Vincenzo und Squelo kannten sich seit vielen Jahren. »Dieser Knilch«, hieß der Blick und gemeint war Zenz. Die Gäste der drei Bistrotische waren schnell versorgt, und auch Zenz bekam ein Glas mit frischem Wein.

»Was gibt es denn zu essen?«, fragte Zenz und es war deutlich, dass er Vincenzo für einen Kellner hielt. Dieser griff kurz hinter sich auf die Theke, wo in einem silbernen Ständer einige der kleinen, liebevoll mit der Hand geschriebenen Speisenkarten steckten, und legte sie wortlos neben das Glas. Zenz nahm sie auf, blickte aber zu Squelo statt in die Karte. »Hier ist es jetzt sehr laut ... Gibt es hier vielleicht noch einen Raum, wo wir ungestört weitersprechen können? Das, was ich dir erzählen möchte, muss nicht jeder mithören. Wenn du verstehst. Ich möchte mit dir das Ding hier rocken und nicht, dass mir andere die Ideen klauen.«

Squelo reckte sein Kinn kurz in Richtung eines kleinen Türdurchbruchs, der sich rechts vom Eingang befand. »Dort sind wir unter uns. Kann sich aber jederzeit ändern. Man weiß nie, wer noch alles kommt.«

Zenz drehte sich um, war in der Bewegung gleich aufgestanden und ging voraus. Squelo folgte ihm. Sie betraten ein echtes »Esszimmer«. Ein kleiner Nebenraum, der als Esszimmer perfekt eingerichtet war – für die kleine intime Begegnung. Der

Marmorboden wechselte hier in einen alten Parkettboden. Die Wände waren von einem Schreiner mit grün gestrichenen Holzschränken ausgestattet, hinter deren Türen sich silbernes Besteck in Schubladen befand. Vieles andere vermutlich auch, aber es war nur eine der Türen geöffnet, und eine der Schubladen zeigte ihren Inhalt, das Silberbesteck. Es gab zwei Tische mit je sechs Stühlen, beide mit denselben dicken weißen Tischtüchern belegt, wie die Tische draußen im Laubengang. Es gab nur ein kleines Fenster in Augenhöhe, das Licht von den Lauben herkommend in den kleinen Raum ließ, der ansonsten vom milden Licht der zwei kleinen weißen Schirmlampen, die über den eingedeckten Tischen hingen, sowie einer Wandlampe erleuchtet war.

Zenz besetzte schnell den Tisch rechts von der Tür und setzte sich mit dem Rücken zur Wand, das kleine Fenster über sich.

Squelo setzte sich ihm gegenüber. »Dann kann ich ihn von vorne sehen und spüre besser, was er im Schilde führt«, dachte er.

Zenz' Blick durchschweifte den Raum und blieb an einem Foto hängen, das den prominenten Mittelplatz unter dem Deckengewölbe einnahm. »Ist das der Kellner?« Das Bild zeigte Vincenzo neben seiner Frau vor vielleicht zwanzig Jahren.

Squelo nickte nur kurz.

»Dann ist das gar nicht der Kellner? ... Der Laden gehört ihm?«

Squelo nickte wieder kaum merklich.

»Ach ja. Nun gut ... Hier ist es jedenfalls besser ... Was meinst du, was kann ich hier essen?« Zenz hatte die kleine Speisekarte sowie sein Weinglas mitgenommen. Er überflog das Angebot.

»Hier ist alles gut«, kam es knapp von Squelo. »Wenn der jetzt noch essen will, wird es mir aber eng«, sagte er sich und beschloss binnen Sekunden das Gespräch zu beenden, wenn Zenz jetzt nicht mit der Sprache herausrückte. Er hatte Besseres zu tun, als einem Kollegen, den er überhaupt nicht kannte, beim Essen zuzusehen.

»Was nimmst du denn?«, fragte Zenz.

»Ich habe schon gegessen ... Aber, du kannst ja gerne hier essen, nur ... ich habe heute nicht unendlich Zeit. Das wirst du verstehen. Wir haben Anfang August Premiere – und es gibt noch viel zu tun.« Squelo lächelte, freundlich, wie er wusste. Schließlich ist die Mimik ein wichtiges Instrument im Schauspiel.

Zenz legte die Karte weg. »Ja, ja, du hast ja recht. Entschuldige. Ich will dich auch nicht strapazieren.« Er beugte sich jetzt über den Tisch. »Also, ich möchte hier eine ganz neue Szene etablieren. Ich war lange in Deutschland und habe an verschiedenen neuen Events mitgearbeitet. Die würde ich gerne nach Südtirol bringen, aber nicht eins zu eins, sondern in einem besonderen Mix.« Zenz schaute Squelo durchdringend an.

»Der macht es spannend«, dachte Squelo.

»Also ... ich war zum Beispiel in Solingen bei der Medieval Fantasy Convention in Schloss Burg in der Organisation. Weißt du, was das ist?«

Squelo schüttelte leicht den Kopf, auch wenn er sich darunter vage etwas vorstellen konnte.

»Das musst du dir so vorstellen, dass sich bei einer solchen Convention eine Menge verkleideter Darsteller treffen, die dort auf die Schauspieler treffen, die ihre Lieblingsserien bevölkern. Das sind Kinofilme, Filme von Streamingdiensten, die alle eine bizarre Welt darstellen, die mal ein bisschen Mittelalter- und mal ein bisschen Fantasyhintergrund haben. Es gibt Helden, Böse und Gute, aber vor allem haben die Charaktere echt abgefahrene Kostüme. Und die Fans bauen sich diese Kostüme entweder selber oder kaufen Bestandteile in Fanshops. Das Ganze vor Burgkulisse. Das ist eine Megashow, kann ich dir sagen. Allein in Schloss Burg kamen 3.000 Besucher. Hast du verstanden? 3.000 zahlende Besucher. Mit nur einem Event.« Zenz beobachtete, wie seine Worte auf Squelo wirkten.

Squelo hatte sich das in Ruhe angehört und hatte längst begriffen, worauf Zenz hinauswollte. Klamaukveranstaltungen für zahlende Gäste. Er nickte ihm aufmunternd zu.

»Aber das ist noch nicht alles. Ich war auch involviert in der Durchführung der Landshuter Hochzeit, kennst du das?«

Squelo hatte davon schon gehört. Eine Veranstaltung, die im bayerischen Landshut stattfand. Ein Mittelalterspektakel, das die historisch verbürgte Landshuter Hochzeit aus dem Jahr 1475 nachspielte. Damals heiratete Prinzessin Hedwig von Polen Herzog Georg von Bayern. Damals ein Megaevent. Und seitdem ein Verein von Landshuter Bürgern beschlossen hatte, diese Hochzeit nachzuspielen, ein Megaevent der Neuzeit.

»Da warst du also auch dabei? Als Mitspieler?«

»Nein, nein, das ging auch gar nicht. Da spielen nur echte Landshuter mit. Aber ich habe da Regie geführt. Aber das Tolle ist, dass ich viel mitgenommen habe, und ich sage dir, das ist einfach fantastisch! Stell dir vor, 2.500 Mitwirkende in Originalkostümen. Alle vier Jahre findet das statt, aber dann an vier Wochenenden, immer dasselbe Megaprogramm. Weißt du, welchen Umsatz die dort fahren? Das sind locker 20 bis 25 Millionen Euro! Da kommen jedes Mal 20.000, ach, was sage ich, auch 30.000 Gäste. Die wollen alle essen, trinken und übernachten. Das ist fantastisch, das ist großartig. So etwas stelle ich mir vor. Hier in Südtirol. Aber nicht einfach eine Kopie, sondern etwas Eigenes, etwas, was es nur hier gibt, verstehst du?«

Squelo war jetzt doch etwas erstaunt. Da saß jemand vor ihm, der in der Tat ganz groß dachte. Das waren Zahlen, die schon erstaunten. Aber als kühl rechnender Theaterboss zweier Bühnen wusste er auch um Aufwand und Kosten von Inszenierungen. Große Zahlen bedeuteten auch große Anstrengungen, großes Risiko, große Gefahr für das gesamte Unternehmen. »Das hört sich zunächst einmal imposant an«, erwiderte Squelo. »Große Zahlen, ja, das schon.«

»Ich weiß, was du sagen willst«, unterbrach Zenz. »Jetzt kommen die Bedenken, dass dies ja auch alles viel Geld kostet. All die Kostüme und so.« Zenz hatte etwas Triumphierendes in seinem Blick. »Aber was würdest du sagen, wenn die Darsteller ihre Kostüme selber mitbringen und – wenn sie diese nicht selber herstellen – bei uns alles kaufen würden, was sie brauchen? Was sagst du, wenn die Darsteller auch noch dafür zahlten, wenn sie hier ›Theater spielen‹ dürften? Was sagst du, wenn wir alles nutzten, was wir hier ohne Ende haben, und dafür auch noch Geld kassierten?«

Squelo blickte Zenz erstaunt an. Forderte ihn mit einem Blick auf, fortzufahren.

Zenz kam ganz nah über den Tisch, flüsterte fast. »Es gibt eine Szene, die sich in Deutschland weit verbreitet hat. Und wenn wir diese Szene nach Südtirol holen und alles, was ich während meiner Arbeit bei der Medieval Fantasy Convention und bei der Landshuter Hochzeit gesehen und gelernt habe, mit dieser Szene vereinen, dann haben wir alles, was ich eben nur so angedeutet habe. ›Schauspieler‹, die dafür zahlen, dass wir sie vor unseren Kulissen agieren lassen. Überwiegend junge Menschen, die begeisterungsfähig sind, die sich darstellen möchten, die nicht im Plüschsessel unsere Bauernkomödien anschauen wollen, um sich über die immer gleichen Figuren zu amüsieren, sondern die selber gestalten, die selber darstellen, die Lust daran haben, die das auch gut machen und sich selbst ständig anfeuern. Die zahlen dann nicht bloß 12 Euro Eintritt für eine Produktion, die wir Regisseure über Monate mit diesen Laien mühsam einstudiert haben, die zahlen für ihr Essen, für ihre Unterkunft, die zahlen Eintritt von 30 bis 50 Euro, um für ein, zwei Tage dabei zu sein, die kaufen Souvenirs, Fanartikel und alles Mögliche.« Zenz blickte Squelo tief in die Augen. Fast beschwörend. »Und wenn wir zwei das in die Hand nehmen, dann sitzen wir am Ende der Wertschöpfungskette.« Zenz lehnte sich zurück und beobachtete Squelos Reaktionen.

Der nahm erst einmal einen Schluck Wein, ließ ihn über die Zunge rollen, schmeckte ihm nach und blickte dann in Zenz' leicht fiebrige Augen. »Da haben wir es ja mit einem zu tun, der sehr von seinen Ideen überzeugt ist. Ein junger Mann, der noch viel vorhat«, überlegte Squelo. »Aber warum braucht er mich? Ich bin zwar bekannt, kann viel, aber vor allem kann ich viel auf künstlerischem Gebiet. Für Events, die für die Bespaßung von Massen taugen, habe ich keine Expertise. Warum also ich?«

»Was ist das denn für eine Szene, von der du sprichst. Und was hast du dir denn konkret vorgestellt?« Squelo wollte zunächst weitere Fakten sammeln.

Zenz kam wieder näher ran, die Tonlage war vertraulich. »Ich spreche von der LARP-Szene.«

Squelo machte einen fragenden Gesichtsausdruck.

»Ich erkläre es dir. LARP steht als Abkürzung für Live Action Role Playing. Da siehst du schon den Bezug zu unserer Welt, dem Schauspiel. Es hat alles irgendwie mit Schauspiel, mit Theater, mit Darstellung zu tun. Die Schauspieler sind keine gelernten Schauspieler, sondern Menschen, die Lust haben, sich in einer von ihnen gewählten Rolle in ein Szenario einzubetten, das ebenfalls frei gewählt wird. LARP vereint vieles und ist deshalb auch für so viele Menschen anziehend und attraktiv. Ich gebe dir mal ein Beispiel: Du bist vielleicht 20, 30 oder 40 Jahre alt, egal ob Frau oder Mann, und du hast Spaß an Geschichten, die im Mittelalter spielen, oder liebst Horrorgeschichten oder Endzeitgeschichten, Apokalypsen. Es gibt noch viel mehr Hintergründe. Wichtig ist, dass du eines dieser Genres magst. Du schaust vielleicht Filme im Fernsehen oder im Kino, liebst entsprechende Serien, liest auch Bücher, die dieses Genre bedienen. Du kannst dir vorstellen, so zu sein, wie einer dieser Helden in diesen Geschichten. Jetzt findest du Freunde, die in einem recht frei organisierten Bereich ebenfalls Spaß daran haben und ihr beschließt, gemeinsam solche Geschichten zu spielen, um die Figur, die ihr einnehmen wollt, weiterzuentwickeln. In echt – in einem echten Spiel. Nicht am Computer in einem dieser Rollenspiele, sondern mit echten Menschen in einer echten Umgebung mit selbst gebastelten Kostümen. Ihr mietet eine Wiese mit einer Scheune und bastelt euch mit Zelten ein kleines Lager und spielt eure Rollen. Das kann der Wirt einer Schenke sein, eine Hure, einer, der ein Hurenhaus betreibt, ein Ritter, ein Gelehrter und was weiß ich, welche Typen sich in eurem selbst gewählten Szenario tummeln. Mit der Zeit werden es immer mehr, denn du bringst Freunde mit, die es auch toll finden, in ein Kostüm zu schlüpfen. Einer von den Neuen ist vielleicht von Beruf Schmied und ihr habt dann in eurem Szenario einen echten Waffenschmied, oder einer ist von Beruf Rechtsanwalt, der dann vielleicht den Richter spielt ... und so werdet ihr immer mehr. Aber ihr seid nicht allein. Es gibt viele Gruppen wie die, die ihr selbst entwickelt habt. Über das Internet habt ihr Kenntnis voneinander. Dann verabredet ihr euch vielleicht, um gemeinsam ein Stück zu spielen, mischt vielleicht eure Welten, also zum Beispiel Mittelalterwelt mit einer apokalyptischen Welt, und inszeniert daraus eine neue Welt. Andere sehen das, wollen im nächsten Jahr auch mitmachen. So bildet sich eine Szene, die von Laien recht professionell betrieben wird. Es gibt kleine Gruppen, große Gruppen, aber allen ist gemein, dass sie einen unglaublichen Spielspaß haben.

Improtheater at its best, mein Lieber. Da lacht die Seele von uns Regisseuren. Du kannst Talente finden, wenn du wolltest. Aber, und das ist für uns die Krux, all diese junge Leute gehen nicht in unsere Theater, sondern machen selbst Theater. Nur für sich. Denn bei ihrem Treiben sind sie nicht darauf aus, Zuschauer zu haben. Anders als bei der Landshuter Hochzeit. Die wollen Zuschauer haben, weil der große Aufwand auch große Einkünfte braucht, die nur die zahlenden Zuschauer bringen. Bei der Medieval Fantasy Convention verschmelzen schon die Grenzen. Die Teilnehmer zahlen Eintritt, spielen sich aber selbst und haben dort vor allem die einmalige Chance, die Schauspieler zu treffen, die die Charaktere spiele, die sie nachahmen und vielleicht auch weiter entwickeln in ihren Role Plays. Und ich würde gerne alles miteinander verschmelzen, hier in Südtirol, hier im Unterland, vor dieser gewaltigen Kulisse, die uns die Natur und die alten Dorfstrukturen geben.«

Zenz' Augen glühten jetzt wirklich. Seine Gesichtsfarbe hatte gewechselt. Er war jetzt voller Energie. »Und du, Squelo, du kannst mich dabei nicht nur unterstützen, du kannst mein Partner im Geschäft sein. Ich bin zwar aus Südtirol, aber war lange weg und ich weiß, dass Ideen hier lange brauchen, bis sie Freunde finden. Du verstehst meine Sprache, du weißt, was ich meine, du bist zwar auch lange fort gewesen, aber jetzt doch schon viele Jahre wieder hier und hast dir hier einen Namen gemacht. Auf dich hören sie. Was ich einbringe, sind Ideen, Know-how, Durchsetzungsfreude, einige Beziehungen ... Ich würde gerne im Unterland beginnen und dann vielleicht nach und nach weitere Gegenden mit einbeziehen. Also schon eine ganz große Nummer am Schluss!«

Squelo war ein wenig fasziniert. »Wow«, dachte er, »was für ein gigantischer Plan.« Er dachte aber auch: »Schwierig.« »Wie hast du dir das denn konkret vorgestellt? Das alles hört sich ja interessant an, aber dir ist klar, dass du für ein solches Projekt viel Unterstützung brauchst. Die Fremdenverkehrsvereine müssen mitmachen, und, und, und ...«

Zenz nickte. »Weiß ich. Ich habe einen Dreijahresplan entwickelt. Den möchte ich aber noch nicht ganz preisgeben. Aber ich kann dir schon einmal sagen, wie ich im kommenden Jahr vorgehen möchte. Also, wir laden zum ersten Südtirol-LARP ein und bieten zunächst zwei der Welten an, in denen sich die LARP-Spieler tummeln. Ich würde die Mittelalterwelt und die Fantasywelt vorschlagen. Das passt auch am besten in unsere Kulisse.«

»Unsere Kulisse? Was meinst du konkret?«

»Na, schau dich um: hier! Neumarkt! Die Laubengänge. Mehr Mittelalter gibt's kaum. Wir machen das hier. Mitten drin. Wir bringen hier das Leben wieder rein. Das Klösterle, euer Spielort, wäre auch gut. Wir bringen die Leute in Montan unter – auf den Wiesen meines Vaters. Da bauen wir das Lager auf. Wir lassen sie hier spielen, vielleicht noch an anderen Spielstätten. Jeder zahlt Eintritt, es gibt Festivalarmbänder für jeden, der bezahlt hat.«

Squelo räusperte sich: »Das geht nicht so einfach. Hier leben und wohnen Menschen. Die werden das nicht wollen.«

Zenz machte eine wegwischende Handbewegung: »Die Spiele finden nur an zwei Tagen statt – fürs Erste jedenfalls. Auch werden es keine ausufernden Spiele werden. Aber ...«, sein Blick verlor sich ins Weite, » ... stell dir das doch mal vor. Ein Zug von kostümierten Menschen, die durch die Lauben ziehen. So wie früher. Hier sind doch viele Kaiser und Könige durchgezogen, hier durch diese Straße, an genau diesen Fassaden vorbei. Neumarkt lag doch im Mittelalter in einem Durchzugsgebiet. Hier waren die Menschen doch schon immer offener. In den Laubengängen blühte der Handel, damals im Mittelalter. Es gab doch schon im Mittelalter Mysterienspiele. Ich meine, der Egetmann-Umzug in Tramin, der hat doch sicher seinen Ursprung im Spätmittelalter. Und was sind denn die LARP-Spiele letztendlich. Nichts anderes. Die Leute haben Spaß an der Verkleidung, an der Rolle. Und was machen wir? Wir bieten diesem neuen Trend einen Ort, der dazu passt – und der Ort kennt das alles schon. Es war schon immer alles hier. Wir müssen die Bevölkerung dafür begeistern. Ich bin sicher, dass auch viele mitmachen werden, wenn sich die Szene hier erst einmal etabliert hat. Wirst schon sehen, das wird eine richtig große Nummer, eine richtig, richtig große Nummer.«

»Du meinst, du könntest hier in Neumarkt mit alldem beginnen?«

»Genau. Es muss Neumarkt sein. Ihr habt die beste Kulisse. Kaltern passt nicht, Tramin passt nicht. Jedenfalls nicht so gut. Salurn ginge, aber da kenne ich niemanden, der die Idee durchsetzen könnte. Außerdem ist mir Salurn schon zu weit weg. Neumarkt ist der beste Ort. Und du, du bist hier der Mensch, der für das Theater steht. Du kannst die Leute überzeugen, das Neue zu wagen.«

Squelo nickte. »Verstehe. Ich soll für dich die Menschen einfangen, sie gewogen machen.«

»Mehr, noch mehr. Du bist der Intendant für Neumarkt. Du kannst mit deiner Truppe von Profis die Bewegung anführen. Die LARP-Spieler wollen eigentlich unter sich bleiben, sie wollen keine Zuschauer, denn sie sind selbst die Zuschauer, die einander in ihren Rollen betrachten. Sie wollen keine passiven Zuschauer dabeihaben. Aber wir schaffen etwas Neues, wir lassen Profis mitspielen. Vielleicht etablieren wir eine mittelalterliche Theaterschule? Wir lassen die Charaktere zu uns kommen und bringen ihnen bei, was wir den Laienschauspielern in den Dorfbühnen beibringen: wie man atmet, wie man die Räume ausfüllt, wie man spricht, wie man wirkt usw. Das Spiel im Spiel. Und wir beleben die Laubengänge mit allem, was im Spätmittelalter hier an diesem Ort zu sehen gewesen ist. Eine Schenke zum Beispiel … Schau dich um! … Das hier ist eine Schenke. Wir lassen einen Schmied seinem Gewerk nachgehen, einen Schuhmacher, einen Böttcher und alle Gewerke eben, die es damals gab. Irgendwo ein Hurenhaus …« Zenz lachte laut,

» ... natürlich kein echtes. Da gibt es Tee und eine Massage – sonst nichts. Aber all so etwas. Die Leute haben Spaß und sie zahlen für all das. Das freut den Bürgermeister, den Fremdenverkehr sowieso und alle Gastronomiebetriebe, die mitmachen wollen. Lass doch den Wirt hier vor Ort in ein mittelalterliches Gewand schlüpfen und den Ochsen am Spieß braten! Wirst sehen, das klappt alles. Bezahlt wird mit Münzen, die man zuvor gegen Euro eingetauscht hat. Ein Mittelalterszenario, in dem auch die Fantasy-Charaktere ihren Platz haben. Und wenn das erst mal angelaufen ist, so im Jahr zwei und drei, dann kommen die Endzeitcharaktere, die Vampire, die Untoten, die Steampunks und was es sonst noch so in der Szene gibt dazu. Und es werden immer mehr. Stell dir ein solches Festival doch einmal vor. Wir haben hier haufenweise Kulissen. Laubengänge mit mittelalterlichen Dorfkernen. Burgen, Burgruinen, überall. Berge, Täler und Wälder, alles, was du für alle denkbaren Rollenspiele brauchen kannst. Und – unter den Playern gibt es viele echte Hingucker, die ihre Rollen wirklich gut ausfüllen. Das ist schon bewundernswert, mit welcher Selbstverständlichkeit sich die Player auch im realen Leben bewegen. Das macht Südtirol bunt, mein Lieber, richtig bunt – und wir wären die, die das Ding ins Rollen gebracht haben.«

Squelo nickte in Richtung Zenz, wusste aber nicht so recht, was er von dem Redeschwall halten sollte. »Er ist begeisternd, dieser Zenz Nußbaumer. Ich kann ihn mir gut als Motivator vor einer Truppe von Schauspielern vorstellen«, überlegte Squelo. »Aber ...«

Squelo war froh, dass in diesem Moment Vincenzo den Raum betrat und danach fragte, ob Zenz schon gewählt hätte. Zenz fühlte sich gestört, das war ihm anzumerken. Er hatte ja auch noch gar nicht die Karte studiert, wollte Vincenzo schnell wieder loswerden. »Ach, bring mir halt, was du meinst. Irgendwas mit Nudeln. Und – das mit dem Kellner vorhin, das tut mir leid. Ich hab jetzt kapiert, dass der Laden dir gehört. Und vielleicht noch einen Wein. Auch für Squelo. Das Glas ist ja schon leer.« An Squelo gerichtet: »Und du, isst du auch etwas?«

Squelo winkte ab. »Keine Zeit, um ehrlich zu sein.«

»Dann, lass das mal mit den Nudeln. Dann bring uns doch nur einen Wein.«

»Du kannst schon«, meinte Squelo. Zenz winkte ab.

Vincenzos Augen überflogen die Szene, er drehte ab und holte zwei frische Gläser Wein.

Zenz holte tief Luft. Er wirkte jetzt genervt. Squelo konnte sehen, dass er sich runterkühlte, so könnte man es ausdrücken. Seine Emotionen hatten ihn in einen hohen Erregungszustand gebracht: Er empfand sich gerade als großartig und deshalb störte es ihn auch so, aus der Rolle geholt zu werden, mit so profanen Fragen, was er denn essen wolle.

Squelo spürte, wie seine Wirkung auf ihn in dem Moment verpuffte, als Zenz Vincenzo zwar antwortete, auch diese kleine Entschuldigung einspeiste, aber ihm dabei anzumerken war, dass nichts echt war, nichts ehrlich gemeint war. Zenz war ausschließlich hier um ihn, Squelo, auf seine Seite zu ziehen, ihn zu beeinflussen, ihn gefügig zu machen, ihn zu locken, ihn letztlich zu dominieren. »Wenn ich hier mitmache und diesem Mann die Hand reiche, wird er ziemlich schnell versuchen, mich wieder loszuwerden, sobald ich ihm die Tore geöffnet habe, um schließlich die ganze Sache alleine zu beherrschen. Das ist niemand, der teilt«, überlegte Squelo. Sein Mienenspiel, auf das er sich verlassen konnte, drückte aber weiterhin Neugier und Zugewandtheit aus. Sein Entschluss, dieses Gespräch jetzt schnell zu beenden, war binnen Sekundenbruchteilen getroffen. Aber es gab ja noch das Glas Wein, das Vincenzo vor ihm abgestellt hatte. Wie also? »Entschuldige, ich muss mal kurz …«

Zenz nickte.

Squelo merkte Zenz aber an, dass er noch nicht fertig war.

Die Toilette befand sich hinter dem großen Weinregal. Squelo musste gar nicht. Als er am Tresen vorbeikam, traf sein Blick den von Vincenzo. Sie verstanden einander – ohne Worte.

Vincenzos Urteil stand fest, das sagte sein Blick. »Dieser Typ ist ein Aufschneider«.

Squelos Blick teilte diese Einschätzung. Auf der Toilette zog Squelo sein Handy und googelte Landshuter Hochzeit und Zenz

Nußbaumer. Es gab einen Treffer. Ein kleiner Zeitungsartikel berichtete darüber, dass der als Krankheitsvertretung kurzfristig eingesprungene Regieassistent Zenz Nußbaumer »das Festspiel«, das seit Jahrzehnten als traditionelles Spiel nach den Regeln des mittelalterlichen Bühnenspiels aufgeführt wurde, reformieren wollte. Er sei aber nicht nur mit seinen neuen Ideen gescheitert, sondern auch nach »Unstimmigkeiten mit der Festspielleitung« entlassen worden. Dann gab Squelo noch die Stichworte »Medieval Fantasy Convention und Zenz Nußbaumer« ein. Er blätterte ein wenig durch die Homepage, konnte aber keinen Eintrag für Zenz erkennen. Alle Verantwortlichen für diesen Event trugen andere Namen.

»Wer weiß, ob er dabei überhaupt eine verantwortliche Position innegehabt hatte«, überlegte Squelo.

Dann gab er »Zenz Nußbaumer und Theater« ein. Er fand einen Eintrag, wonach Zenz als Assistenz des Dramaturgen des Düsseldorfer Schauspielhauses gelistet war. »Sieh mal an, das ist noch gar nicht so lange her«, brummte Squelo. Und dann kam ihm noch eine Idee. Er gab »*Tee mit Zimt*« ein und gelangte auf die Homepage des Theater Nero in Erkrath. Er blätterte durch den Text und wusste jetzt, dass dieses Stück, mit dem Zenz im Kaltern groß rauskommen wollte, gar nicht von ihm war, sondern von einem Mann namens Lars Lienen stammte, der auch das Theater Nero leitete. »Also ein Plagiator auch noch ...«, überlegte Squelo, » – Vorsicht, mein Lieber, Vorsicht.« Und damit meinte er sowohl sich selbst als auch Zenz.

Als er auf dem Weg vom Klo zurück zu Zenz an der Theke vorbeikam, signalisierte sein Blick in Richtung Vincenzo: »Du hast recht – ein Aufschneider!«

Squelo setzte sich wieder Zenz gegenüber, lächelte, hob sein Glas und veranlasste ihn, es ihm gleichzutun. »Fünf Schlucke, das Glas ist dann leer – und ich bin weg«, kalkulierte er.

Es hatte den Anschein, als säße Zenz auf glühenden Kohlen. Statt abzuwarten, ob Squelo jetzt etwas sagen wollte, nahm er sofort den Gesprächsfaden wieder auf. »Also wir zwei, wir könnten das Projekt ins Rollen bringen. Wir wären diejenigen, die Südtirol voranbringen – machst du mit?«

Squelo überlegte noch, wie er auf diese Frage geschickt antworten sollte, ohne sich festzulegen, als Zenz auch schon weitersprach.

»Wir müssen hier weg von diesem Dorftheater. Was machen wir Regisseure eigentlich für eine Arbeit? Wir inszenieren Stücke, die nichts einbringen. Die Leute hier zahlen einfach nicht genug für Kultur. Wir kümmern uns um Dilettanten, die auf die Bühnen wollen, damit sie von Familie und Freunden bewundert werden ... Ja gut, es gibt auch hier und da richtige Talente unter den Dilettanten, aber die Vereine zahlen uns für unsere Arbeit einen Hungerlohn. Doch wir können viel mehr, wir machen die Kultur, wir sind doch die, die das können, aber angestellt wirst du hier nur für diese Bauernkomödien. Wenn du Glück hast und auch Beziehungen, dann darfst du vielleicht auch große Inszenierungen machen. So wie du. Aber wie viele Leute kommen dann überhaupt? Die Spielstätte hat nur eine begrenzte Anzahl von Plätzen, bei schlechtem Wetter gibt es Regenhauben für alle, und selbst wenn alle Plätze verkauft sind, braucht ihr Sponsorengelder, um über die Runden zu kommen. Alles das will ich nicht, ich will Geld verdienen mit dem, was ich kann – und ich habe die Ideen dazu.«

Squelo unterbrach ihn. »Schreibst du alle deine Stücke eigentlich selbst?«

Diese Frage kam unerwartet und knüpfte auch nicht an Zenz' Rede an. Er war etwas irritiert. »Nein! Das mache ich schon lange nicht mehr«, antwortete er sehr offen. »Das kostet viel zu viel Zeit. Ich nehme fertige Stücke und wandele sie ein bisschen ab.« Zenz schaute in ein erstauntes Gesicht.

Squelo war erstaunt darüber, dass er das so offen zugab, dass er plagiierte. Er war aber auch erstaunt darüber, dass sein soeben erworbenes Wissen aus der Google-Suche ihm jetzt nicht mehr als Waffe dienen konnte. Er fragte aber dennoch: »Und dein Stück ...«

»*Tee mit Zimt*, meinst du? Stammt nicht von mir. Ich habe es allerdings erweitert. Das in diesem Stück enthaltene Stück *Wenn der Apfel fällt* findet im Original nur Erwähnung, die Darsteller reden ständig darüber. Meine Darsteller spielen es auf einer zweiten Bühne, jedenfalls den Teil, um den es mir geht. Wenn du so willst, habe ich das getan, was ich wirklich will. Weg von der Bauernkomödie hin zu etwas Neuem. Das versinnbildliche ich mit dem Bühnenaufbau ... Also ja, ich nehme fremder Leute Stücke, aber das machen wir schließlich alle.« Und mit einem Lächeln fügte er hinzu: »Du wirst kein Zitat von mir finden, in dem ich behaupte, dass ich das Stück geschrieben habe. Wenn Zeitungsschreiber das aus den Interviews mit mir entnehmen, liegt das daran, dass sie nicht richtig nachgefragt haben. Nicht meine Schuld ... Am Ende ist es auch völlig egal, ob ich das Stück geschrieben habe. Es ist meine Inszenierung.«

Squelo nahm noch einen großen Schluck und verringerte die Zahl der noch übrig gebliebenen Schlucke damit auf zwei.

»Also machst du mit? Es geht ums Geldverdienen. Endlich einmal richtig Geld verdienen, mit dem, was wir Regisseure wirklich gut können. Inszenierungen, aber nicht auf diesen kleinen Bühnen, sondern auf den großen Bühnen, mit dem, was derzeit stark in Mode ist, mit dem, was die Leute mögen, was sie antreibt. Das ist Theater auf einem anderen Niveau und wir als Fachleute sollten uns da einbringen und das Geschäft nicht den Eventmanagern überlassen.«

Squelo nahm noch einen Schluck. Damit war es nur noch einer.

»Und die Theaterbesucher? Ich meine, die gibt es doch tatsächlich. Sie kommen gerne, haben Spaß. Klar, das alles ist hier stark gesponsert, aber Kultur wird immer und überall gesponsert, und die Bühnen bieten doch auch niveauvolles Theater. Wir, ich meine jetzt die Gilde der Regisseure, die in Südtirol Theater machen, wir entwickeln Theater doch seit Jahren fort. Die reine Bauernkomödie gibt es doch nur noch hier und da. Viel frischer Wind ist unterwegs, mein Lieber. Das hast du vielleicht in der Fremde nicht mitbekommen – und diese Events, von denen du gesprochen hast, nun, es gibt schon Ritterspiele im oberen Vinschgau: Da ist schon die Mittelalterszene etabliert.«

Zenz' Augen hatten sich verengt.

Squelo überlegte, mit welchen Worten er sich verabschieden sollte, bevor er seinen letzten Schluck nehme würde. »Aber deine Ideen sind schon interessant. Ja … doch, wirklich sehr interessant.« Er schaute demonstrativ auf seine Uhr. »Ich bin leider etwas in Eile, wie ich schon gesagt habe. Ich bin ja voll in den Vorbereitungen … Ich will schauen, ob ich es einrichten kann, zu deiner Premiere zu kommen. Das war ein sehr anregendes Gespräch«, Squelo lächelte und strahlte über seine Mimik Zuversicht und Sympathie in Richtung Zenz aus. »Ich kann das heute nicht abschließend bewerten. Dafür bitte ich um Verständnis. Ich schlage vor, dass wir uns wieder treffen, wenn ich Ende September wieder etwas mehr Zeit habe. Dann laufen zwar auch schon die Vorbereitungen für das Stück, das wir mit dem Theater an der Etsch aufführen, weißt schon … im Mesnerhaus … aber nach dem Stück des Freilichttheaters und vor dem Stück, das wir im Januar/Februar aufführen, bleibt immer etwas Zeit für Gespräche.« Squelo lächelte freundlich, nahm den letzten Schluck und reichte Zenz die Hand über den Tisch. Dabei war er schon aufgestanden.

Zenz war unzufrieden. Wie konnte dieser Mann seinen Vorschlag nicht direkt annehmen. Er war brillant, durchdacht, hatte Potenzial, wies in die Zukunft, brachte Neues, in Südtirol noch nie Dagewesenes. Und dann noch die Vertröstung auf Ende September. Wo lebte der Mann? Zeit ist Geld. Wenn er im Sommer nächsten Jahres hier in Neumarkt beginnen wollte, dann musste man jetzt loslegen, Gespräche führen, Leute überzeugen, mitreißen … einkaufen, wenn man so wollte. Zenz' Gedanken überschlugen sich, als er Squelos Hand ergriff. »Ja, ja … aber bis Ende September ist schon noch hin. Ich würde halt gerne jetzt schon erste Gespräche führen. Mit dir und mit denen, die hier die Verantwortung haben. Aber du bist mein erster Ansprechpartner.«

Das kam etwas hilflos aus Zenz heraus, fand Squelo. »Ich verstehe dich schon, aber verstehe auch mich. Ich habe hier eine Aufgabe und die nehme ich ernst. Ich habe erst Ende September ein wenig Zeit, mich mit anderen Fragen zu beschäftigen. Ich kann heute nicht mehr für dich tun, als dich anzuhören. Danke für die Karten. Ich muss jetzt los.«

Squelo drehte ab und ließ Zenz vor seinem Glas Wein sitzen. Er überlegte kurz, ob er die Zeche nur für sich übernehmen sollte, zahlte aber an der Theke alles. »Schon allein wegen der Karten ...«, dachte er. Vincenzo nickte ihm zu und sein fragender Blick nach dem verbleibenden Gast beantwortete Squelo mit einem Schulterzucken.

*

Zenz blieb zunächst vor seinem Glas mit Wein sitzen. Er schmeckte ihm jetzt nicht mehr. »Wieso ist dieser Squelo so stur? ... Oder verlange ich zu viel? ... Hat der Mann überhaupt verstanden, an welch grandiosem Projekt ich ihn beteiligen will?« Zenz' Gedanken lösten eine leichte Wut aus, die sich steigerte, desto länger er sitzen blieb. »Lässt mich hier einfach sitzen.« Sein Blick glitt durch den kleinen Raum. Er betrachtete die Bilder, die an den Wänden hingen. Er versuchte sich damit abzulenken, aber das gelang ihm nur halb. Seine Gedanken kreisten immer und immer wieder um das Gespräch mit Squelo. »Hat er mir jetzt einen Korb gegeben? ... Nein, das hat er nicht«, versuchte er sich in der Analyse. »Er hat auch viel zu tun, so wie ich. Klar, dann kam das Gespräch vielleicht nicht passend ... aber ich habe keine Zeit zu verlieren.«

Zenz wusste um seine prekäre finanzielle Situation nur zu gut. Eigentlich hatte er so gut wie nichts mehr. Schulden, ja, die hatte er – zur Genüge. Wenn es ihm nicht gelang, alle unter seinen Hut zu vereinen, dann sah es auch für die Zukunft düster aus. Seine Gedanken machten eine Drehung. »Was, wenn ich von der Mutter erbe? Ich meine, irgendetwas müsste mir doch zustehen – als Sohn – oder?« Zenz wusste nicht, ob seine Mutter ein Testament gemacht hatte. Er glaubte eher nicht, aber er nahm an, dass ihr Grundbesitz in Tramin weiter auf ihren Namen eingetragen war. »Dann müssten doch vielleicht neben dem Vater auch wir Söhne erben«, überlegte Zenz. Seine Laune wurde etwas besser. »Mutter war die Reiche, Vater war nicht so reich, als sie heirateten. So hatte es immer geheißen ... Der Hof, die Weinlagen und die Obstplantage waren schon stattlich ...

und dann noch der Pensionsbetrieb, den seine Mutter aufgebaut hatte. »Vielleicht gibt es ja auch Konten, die aufgeteilt werden? … Warum habe ich daran noch nicht gedacht? Damit wären meine Probleme vielleicht fürs Erste behoben.«

Zenz wurde sich erst jetzt deutlich bewusst, dass seine Mutter nicht mehr da war. Er hatte sie ja auch nicht wirklich vermisst, seinen Vater ohnehin nicht. Die Zeit der Jugend war nur schwer zu ertragen gewesen. »Aber ja, ich war so beschäftigt, dass ich den Unfall irgendwie verdrängt habe«, dachte er. Er nahm jetzt doch einen Schluck von dem Wein. Er schmeckte wieder.

Neun

Eduard berichtete von seinen Erlebnissen in Tramin, sparte allerdings die privaten Details aus, die Margit und ihn selbst betrafen. Er konnte aber viel über die Gerüchte rund um die Nußbaumer-Familie erzählen. Fabio und Francesca hörten interessiert zu, als sie zu dritt ihren Morgenkaffee im Bistro der Questura einnahmen.

»Dann fasse ich das mal so zusammen«, sagte Fabio. »Maria Steinegger war möglicherweise ihrem untreuen Gatten auf der Spur und es hätte sein können, dass sie ihm damit gedroht hat, ihn zu enterben, wenn er das Fremdgehen nicht sein lässt. Beim Nachspionieren ist sie abgestürzt. Den Nußbaumers trauen sie im Dorf so einiges zu, auch dass sie Bäume zerschneiden lassen und Bienenkörbe stehlen. Alles richtig?«

Eduard stimmte zu.

»Dann sollten wir diese Punkte Tommaso erzählen. Er untersucht ja den Tod von Maria, und da die Gerichtsmedizin nicht ausschließt, dass auf sie geschossen worden ist, könnte das alles sehr interessant sein. Gut gemacht, Eduard.« Fabio klopfte Eduard lobend auf die Schulter. »Und die Bienenkörbe? Da hast du noch nichts Konkretes?«

»Nein. Das ist auch schwierig. Ich habe diesen Bartl Nußbaumer kurz kennengelernt. Wenn ich alle seine Bienenvölker hätte ansehen wollen, wäre ich blöd aufgefallen. Es ist ohnehin schwer zu beweisen, dass sie einem anderen Imker entwendet worden sind. Ich habe es vorgezogen, als Interessent für seinen Weinkeller und die Ferienwohnung aufzutreten ... aber ich habe auch wirklich einen Weinkeller gefunden, in dem man feiern kann. Wenn ihr also mal Lust habt, in Tramin einen weinseligen Abend zu verbringen – ich habe beste Kontakte.«

Francesca und Fabio blickten sich an.

»Das wäre doch eine gute Idee. Ja, lass uns das mal überlegen. Vielleicht kommen ja unsere Frauen auch mit«, sagte Francesca.«

*

Paula berichtete Tommaso, was sie gefunden hatte. »Das war nicht einfach, weil das Gewebe stark zerstört ist. Aber wenn ich weiß, wonach und wo in etwa ich suchen muss, geht das dann doch ganz gut. Du hattest recht mit der Annahme, dass sich einige Bleipartikel im Gewebe finden würden. Ich habe zusammen mit Dr. Phillipi einige herauspräpariert und für die kriminaltechnische Untersuchung aufbereitet. Die Jungs von der KTU waren zwar nicht begeistert, weil sie in Arbeit ersticken, aber sie wollen versuchen, die kleinen Teile zu analysieren. Sie wollen dich direkt anrufen, sobald sie wissen, um welche Art von Munition es sich gehandelt haben könnte.«

Tommaso war sehr zufrieden. »Paula, das war sehr gut, was du da geleistet hast. Normalerweise hätte der Staatsanwalt die Leiche recht schnell freigegeben. Dann wäre sie jetzt schon Asche.«

Paula brummelte am anderen Ende der Leitung: »Du, Tommaso, wie willst du denn jetzt vorgehen?«

Tommaso verstand sofort. »Du willst mitmachen?«

»Ja klar! Das war total aufregend, als ich mit dir unterwegs war. So etwas erlebe ich nicht jeden Tag. Also, wenn du mich brauchen kannst, ich bin jederzeit bereit.«

Tommaso schmunzelte. Aber es gefiel ihm, wie Paula an die Sache ranging.

»Ich kann dir nichts versprechen. Ich weiß auch noch nicht, was ich jetzt als Nächstes mache. Wahrscheinlich warte ich das Ergebnis der KTU ab. Wenn ich es verantworten kann, nehme ich dich wieder mit. Aber versprechen kann ich nichts.«

Paula war ihm zwar sympathisch, aber sie war keine Polizistin. Er konnte sie nicht einfach so mitnehmen.

»Ich verstehe das schon«, sagte Paula. »Ich bin ja keine Polizistin. Aber vielleicht hast du ja für mich einen Spezialeinsatz?«, raunte sie ins Telefon und damit war deutlich, dass sie die Sache mit Humor nahm.

*

»Es gibt hier derzeit keine frei herumlaufenden Affen.« Fabio diskutierte mit Dr. Phillipi, wie der Tod des jungen Joggers zu erklären war.

»Eduard meinte, dass eine Art Heugabel mit zwei Zinken zum Einsatz gekommen sei. Was halten Sie davon?«

Phillipi räusperte sich. »Ich verstehe, was Sie meinen. So als würde man mit eng gestellten Gabelstaplerkufen links und rechts unterhalb des Kopfes ansetzen und den Delinquenten an seinem Kopf in die Höhe heben ... so lange, bis sich die Wirbel trennen. Verstehe. Aber das halte ich für fast unmöglich. Ich glaube, dass die Kraft sehr stark war, die den Kopf nach oben gerissen hat, und sie muss explosionsartig gewirkt haben. Also sehr schnell und extrem stark. Das kann ich mir mit einer zweizinkigen Gabel oder Gabelstaplerkufen nicht vorstellen. Da wirkt zwar unter Umständen eine starke Kraft, aber sie ist nicht schnell. Wenn ich den Kopf in eine solche Umgebung zwinge und ihn relativ langsam anhebe, dann hätte ich irgendwo auch Schürfungen entdeckt, aber das habe ich nicht.« Phillipi dachte nach. »Das Verletzungsmuster ist auch in der Literatur nicht zu finden. Ich stehe vor einem Rätsel. So etwas habe ich noch nie zuvor gesehen. Ein Faszinosum ... bin gespannt, ob Sie dahinterkommen, mein lieber Fameo. Dann schreiben wir Geschichte, das kann ich Ihnen versichern.«

»Auch habe ich gar kein Motiv«, dachte Fabio. »Warum sollte man diesen jungen Mann umbringen? Es gibt keine Gründe, die ich sehe. Ein Unfall ist bei der Verletzung auch ausgeschlossen ... Totschlag? Ja, kann sein. Aber wer um alles in der Welt ist in der Lage, ein solches Verletzungsmuster zu erzeugen und dabei keine Spuren zu hinterlassen? Was zum Teufel ist an dem frühen Morgen in Tirol bloß passiert?«

*

Zenz spürte heute eine unbändige Wut im Bauch, als er zur morgendlichen Probe in das katholische Vereinshaus kam. Er hatte sehr schlecht geschlafen. Bartl hatte wahrscheinlich dem Vater etwas von dem Testament erzählt, und als Zenz am Abend aus Neumarkt zurück war, hatte er die beiden dabei ertappt, wie sie die Schränke durchwühlten.

Sein Vater war ihn sofort angegangen. »Was weißt du von einem Testament? Raus damit! Was hat sie dir erzählt? Sprich!«

Zenz musste jetzt improvisieren. Das fiel ihm normalerweise nicht schwer, schließlich war er Schauspieler. Aber gerade jetzt funktionierte es nicht so gut, denn seine Gedanken kreisten immer noch um das Gespräch mit Squelo und darum, wie er es bewerten sollte. War Squelo jetzt auf seiner Seite oder hatte er es vermasselt. Und dann diese Ansprache. Sein Vater war schon immer aggressiv gewesen. Das war auch der Grund, warum er weggegangen war. Nichts konnte er seinem Vater recht machen, immer war er der Kleine, der Dumme, der Blödmann, der Schwächling. Es war kaum auszuhalten damals – von den Schlägen gar nicht zu reden.

Der Vater kam ihm diesmal bedrohlich nah: »Rede, Bursche. Was weißt du von einem Testament?«

Zenz schluckte, denn in ihm stieg ein sehr bekanntes Gefühl auf: Ohnmacht. Ohnmächtig war er damals gewesen ... als kleiner Junge gegenüber diesem Vater. Diese alten Gefühle waren alle noch da. Er spürte es in seinem Magen und in seinem Hals. Alles krampfte sich zusammen. Er stieß hervor: »Mutter hat mir erzählt, dass sie ein Testament gemacht hat und dass sie mich genauso wie meinen Bruder bedacht hat. Das hat sie mir erzählt. Mehr weiß ich auch nicht.«

Ob Naz merkte, dass Zenz gelogen hatte, konnte niemand feststellen. Aber Naz kam seinem jüngsten Sohn noch näher. Sie standen sich jetzt fast Nase an Nase gegenüber. »Bursche, lüg mich nicht an!«, brüllte Naz – Spucke flog ihm aus dem Mund.

Zenz machte einen Schritt zurück. »Brüll mich nicht so an«, schrie er zurück. »Mehr weiß ich nicht! Sie hat es mir nicht gezeigt.« Er sammelte seine Kräfte und seine Haltung straffte sich. »Aber wenn es euch doch so interessiert, ich meine, Mutter ist ja noch nicht mal beerdigt.« Zenz stockte, sah, dass Bartl dicht hinter dem Vater stand, beide starrten ihn an.

»Wenn du meinst, du würdest auch nur einen Cent bekommen, dann, mein Bruder, wirst du merken, dass du hier keine Ansprüche hast. Wer sich zwanzig Jahre um nichts kümmert, kann nichts erwarten ... Wir finden das Testament, wenn es hier irgendwo ist. Da kannst du sicher sein.« Bartl sprach langsam und es war klar, was die beiden im Sinn hatten.

Zenz fühlte sich nicht unwohl. Er wollte jetzt nicht anfangen, über Pflichtteile zu diskutieren, zumindest nicht in dieser aufgeladenen Atmosphäre. Kühl überlegte er, dass er sich anwaltlichen Rat holen würde: nach der Beerdigung, nach der Premiere. Dann würden die beiden schon sehen ... Er reckte seinen Kopf. »Ich kann euch bei eurer Suche nach dem Testament nicht helfen. Ich weiß nicht, ob sie es hier hat ... oder bei einem Notar. Das hat sie mir nicht erzählt.« Mit diesen Worten verließ Zenz das Zimmer. Sein Herz hämmerte. Schlafen konnte er nicht.

Deshalb war er an diesem Morgen nicht nur unausgeschlafen, unkonzentriert, sondern auch wütend. »Wenn das alles jetzt den Bach runtergeht, dann macht das doch alles keinen Sinn.« Mit diesen trüben Gedanken betrat er die Bühne des Theaters: Kein Geld zu erwarten, Vater würde ihm die Wiesen nicht geben, sein Bruder hasste ihn offensichtlich, Squelo spielte nicht so mit, wie er es sich vorgestellt hatte, und das geliehene Geld, das er für die Plakatwerbung ausgegeben hatte, musste er auch noch zurückzahlen.

Zenz atmete tief durch. Die Premiere würde alles rausreißen. Ja, das musste unbedingt gelingen. Die Medien würden über ihn berichten. Das hatte er doch gut eingefädelt. Das jedenfalls klappte auf jeden Fall. Und dann musste er die Story am Kochen halten. Er wusste, wie man das machte. Er kannte ja auch noch andere Leute als Squelo. Gut, das Unterland wäre ideal, Neumarkt wäre ideal, aber Burgen gab es doch viele hier und irgendein Burgherr würde schon mitmachen. Zenz machte sich Mut, wie er es immer gemacht hatte, wenn Pläne zerplatzt waren. Und das passierte dauernd. Aber Zenz wäre nicht Zenz gewesen, wenn er nicht immer wieder aufstehen würde. Darauf war er stolz: Hinfallen und wieder aufstehen.

*

Tommaso war sehr erfreut, dass sich der junge Reporter von *24DerTag24* sofort gemeldet hatte, nachdem er vom Pressesprecher der Carabinieri zu einem Rundgang und einem Informationsgespräch eingeladen worden war. Er hatte wohl gerade Zeit und ließ sich von Tommaso gerne herumführen und alles zeigen. Hier und da durfte er auch Fotos machen. Tommaso posierte vor dem dunkelblauen Alfa 159, den sie noch einsetzten. »Bärenstarker Motor, damit bekommen wir jeden Porsche«, würde die Bildunterschrift später lauten.

»Das war eine wirklich sehr interessante Führung«, lobte der junge Mann Tommaso. Sie waren nach dem Informationsgespräch und dem Rundgang in der Bar der Hauptwache angekommen. Sie rührten in ihren Espressi und Tommaso erkundigte sich nach den Themen, die der junge Mann für die Zeitung bearbeitete.

»Ach, ich mache Feld-, Wald- und Wiesenthemen. Ich bin auch nicht fest angestellt, sondern freier Mitarbeiter, zudem mache ich auch Firmenzeitungen und schreibe Fachartikel auf Anfrage.« Er lachte. »Als Journalist muss man heute schauen, wo man bleibt. Festgehälter wie bei der Polizei gibt es kaum noch in meiner Branche. Einige Kollegen haben noch Verträge, aber ich bekomme nur Geld, wenn es einen Abdruck gibt. Allerdings kann ich meine Geschichten auch mehrfach verkaufen. Aber bei der ›Zeitungsdichte‹ in Südtirol ist das dann auch nicht leicht.« Die Anführungszeichen bei dem Wort ›Zeitungsdichte‹ konnte Tommaso deutlich heraushören. In der Tat gab es neben dem dominierenden Tagblatt *24DerTag24* wenig andere Printmedien.

»Und wie kommen Sie so an die Feld-, Wald- und Wiesenthemen?«, fragte Tommaso, durchaus interessiert.

»Netzwerk, Beziehung, Zufall. Das, würde ich sagen, ist das Erfolgsrezept. Und natürlich gute Arbeit. Wenn ich gelesen werde und Leute wie zum Beispiel die Carabinieri finden meinen Stil gut, dann werde ich auch manchmal eingeladen.« Er zwinkerte Tommaso zu.

»Wie sind Sie denn auf die Idee gekommen, mich einzuladen?«

Tommaso schmunzelte: »Genau so, wie Sie es eben gerade erzählt haben. Ich fand Ihren Stil gut. Ich habe einige Ihrer Artikel gelesen und sie haben mir gefallen. Gut berichtet, interessant geschrieben. Ich habe Sie auch schon mal irgendwo kennengelernt ... Ich glaube, wir sind einander einmal vorgestellt worden. So, denke ich, kam mir der Gedanke, Sie einzuladen.«

Der junge Mann nickte leicht. »So geht es mir dauernd – und das macht auch den Reiz des Berufs aus. Ich komme mit ganz unterschiedlichen Menschen zusammen.«

»Ja, das stimmt. In dem letzten Artikel, den ich von Ihnen gelesen habe, ging es, glaube ich, um die neue Sportbar in Montan.« ... »Die Angel ist ausgelegt«, dachte Tommaso.

»Ja, die Sportbar, die Ronda, genau. So was mache ich auch: Eröffnungen von Bars. Ist jetzt nicht so der Brüller, aber schön, dass es Ihnen gefallen hat. Da sieht man mal wieder, dass die Leute das immer noch interessant finden.«

»Na klar. Eine neue Bar ist ja auch immer ein neuer Ort, um sich zu treffen. Die Barkultur in Südtirol ist ja auch besonders.«

»Aber dahinter steckt auch viel Arbeit und manch schweres Schicksal. Ronda zum Beispiel ist gelernte Beauty-Fachfrau, Kosmetik- und Nagelstudio – und damit ist sie pleitegegangen. Die Bar war ihre Rettung, denn sie lief von Anfang an gut. Aber es ist auch ein hartes Los. Alles alleine machen, von frühmorgens bis spätabends. Nur einen Tag frei. Und an dem machst du dann Buchführung und die Einkäufe, möchte ich annehmen. Aber, eine Bar kann einen auch ernähren. Sieht man ja.«

»Und man muss zu jedem Kunden nett sein. Stelle ich mir auch nicht so einfach vor.«

»Nein, das ist bestimmt nicht einfach. Aber Ronda hat da vielleicht auch einige Attribute, die bei den Kunden ganz gut ankommen.«

Tommaso brummte: »Verstehe, ich habe das Foto auch gesehen. Sie sieht schon gut aus.«

Der junge Mann schnalzte mit der Zunge: »Ja, das tut sie.«

Seine Augen blickten in die Höhe, dann folgte plötzlich: »Jetzt muss ich aber los. Vielen Dank und wenn ich die

Geschichte ins Blatt bringe, melde ich mich, damit Sie diese Ausgabe nicht verpassen.«

Die Männer verabschiedeten sich.

»Guter Mann«, dachte Tommaso, »das ist doch schon mal was.«

*

Die Schauspieler hatten sich alle im Theatersaal versammelt. Sie saßen auf den mit rotem Samt bezogenen Stühlen in der ersten Reihe, so, als seien sie das Publikum. Zenz war erstaunt über dieses Setting, als er die Bühne betrat. Normalerweise waren die Schauspieler auf der Bühne, wenn er hinzukam, und probten die ein oder andere Szene, wiederholten ihre Texte, machten Lockerungsübungen, bewegten sich, um warm zu werden. Heute Morgen saßen sie alle in einer Reihe und schwiegen ihn an.

»Ja klar«, dachte Zenz. »Das ist die Retourkutsche wegen der letzten Probe.« Weil er ein wenig »böse« geworden war. »Memmen«, dachte er, aber auch: »Wenn die jetzt dichtmachen, wird das nichts mit der Premiere.« Zenz setzte also eine Miene auf, die zwischen Verwunderung, ein bisschen schlechtem Gewissen und Mut machender Zuversicht lag. Von allem ein wenig. Damit jeder für sich das herauslesen konnte, was er gerade heute brauchte. »Theater ist Gefühl«, dachte Zenz. »Regiearbeit ist reine Psychologie, ist Manipulation, ist Druck, ist Zuckerbrot. Ich muss die Damen und Herren dahin bekommen, wo ich sie hinhaben will. Zum Schluss werden sie dankbar sein, mir aus der Hand fressen.« Er betrachtete die Damen und Herren Schauspieler der Reihe nach. Da war Werner links außen. »Das passt«, überlegte Zenz. Er sah ihn als jemanden, der sich gerne am Rand hielt. Werner hatte zwar alles im Blick, aber er trat nicht so gerne in den Vordergrund. Er könnte ihm aber gefährlich werden. Er war der Obmann und hatte die Kontakte zum Vorstand. Sein Wort – in der Stille gesprochen – könnte entscheidend sein, was die Anschlussbeschäftigung anging. Daneben saß Evi. Nicht laut, eher leise. Aber sie hatte gewusst, dass Maja Diabetikerin war. Das wusste sonst anscheinend niemand. Also hatte sie einen Zugang zu Maja. Wer weiß, vielleicht hat sie zu allen einen Zugang. Dann wäre Evi ebenso eine nicht zu unterschätzende Größe im Gesamtgefüge. In der Mitte saß Norbert. Klar. In der Mitte. Norbert würde ihn ansprechen. Er sprang auf jede Bühne, denn er war der Wortführer. Mit ihm müsste er jetzt fechten und alle anderen würden dieses Schauspiel betrachten, um danach die Daumen zu heben oder zu senken. Auf ihn müsste er sich jetzt konzentrieren. Daneben saß Maja. Nicht am Rand, wo sie hingehört hätte. Nein, Norbert an ihrer linken Seite und Sara an ihrer rechten. Norbert, das Sprachrohr der Laien und Sara, als Vertreterin der Profis. Maja, das Opfer, das er schlecht behandelt hatte, dazwischen. »Na dann soll der Tanz beginnen.«

Zenz sprang von der Bühne runter in den Zuschauersaal. »Ein schönes Bild«, rief er. Fröhlich sollte es klingen. »Ihr sitzt hier, als wolltet ihr Gericht halten.«

Die Schauspieler hatten mit dieser Reaktion nicht gerechnet. Eher damit, dass Zenz sie beschimpfen würde, weil sie nicht in Aktion waren. Aber wie es schien, war er heute wieder gut gelaunt und vielleicht auch zu Scherzen aufgelegt.

Zenz wandte sich direkt an Maja. »Wegen der letzten Probe … das tut mir leid. Ich wusste nicht, dass du Diabetikerin bist. Das hättest du mir besser gesagt. Dann kann ich darauf Rücksicht nehmen. Aber so kam es mir vor, als wolltest du mich ärgern.« Zenz wandte sich jetzt an alle. »Das war keine Glanzleistung von mir, aber ihr müsst verstehen, dass ich so kurz vor der Premiere nervös werde, wenn bestimmte Szenen noch nicht funktionieren.« Dabei schaute er kurz Sara an, die genau wusste, dass Zenz die Szene an der Stange meinte: »The flag«. »… und dass das Bühnenbild noch nicht fertig ist, macht mich auch nervös.« Er schaute sich um. »Wo ist eigentlich Hermann?«

Da hörten sie es hinter dem Bühnenvorhang rumpeln. Einer der schweren schwarzen Vorhänge wurde bewegt und Hermann schaute dahinter hervor. »Hier bin ich.« Er kam nach vorne. »Das Bühnenbild ist fertig. Zieht mal die Vorhänge weg.«

Damit gab es kein Halten mehr. Zenz hatte sich entschuldigt, noch bevor ihn Norbert dazu aufgefordert hatte, was er beabsichtigt hatte. Die anderen waren froh, dass der Konflikt ausgeräumt war und es weitergehen konnte. Die Aussicht, jetzt in der richtigen Kulisse spielen zu können, beflügelte alle. Die Vorhänge wurden durch die Motoren zur Seite gezogen und auf der Bühne des Theatersaals war zu sehen, was Hermann in seiner stillen Art in seiner Werkstatt fertiggestellt und offensichtlich in der jüngsten Vergangenheit aufgebaut hatte.

Zenz betrachtete die zweigeteilte Bühne. Im Vordergrund leicht nach links versetzt, aber noch mittig anmutend, war die Garderobe des Provinztheaters in Shapelton Upon Sea aufgebaut. Die Schminktische der drei Schauspieler Alice Barber, Linda Brewster und Mortimer Redferne standen alle mit der Front zum Publikum. Die Schauspieler blickten durch die imaginären Spiegel hindurch auf die Menschen im Saal. Im Hintergrund sah man zwei Türen: Die eine führte zur Bühne des Theaters, die andere zur Toilette. Es gab noch einen kleinen Stehtisch – sonst nichts. Hermann hatte die Bühne des Theaters Shapelton Upon Sea rechts von der Garderobe platziert und ganz leicht nach hinten versetzt. Der Betrachter konnte sehen, dass es zwei Settings waren, die aber irgendwie zusammengehörten. Der Raum des zweiten Settings war ganz in Schwarz: Boden, Hintergrund, Seiten – alles tiefes Schwarz. Eigentlich sah man gar nichts. Erst als Hermann die für diesen Teil der Bühne eingerichtete Beleuchtung einschaltete, sah man deutlich eine Poledance-Stange, die von nur zwei Spots in den Fokus gerückt wurde. Sonst war die Bühne praktisch nackt.

Zenz war begeistert. »Das ist es, Hermann, das ist es!« Er rannte zu Hermann, drückte ihn und alle spürten, dass seine Begeisterung echt war, nicht gespielt. »Das ist die Bühne, so wie ich sie mir vorgestellt habe.« Er rannte zu dem Teil, der die Garderobe darstellte. »Das hier ist konkret, ist Guckkastenbühne, ist Volkstheater … ist das, was die Leute kennen, was sie gewohnt sind, was sie mögen. Hier spielt die Komödie. Hier nimmt das Drama seinen Lauf, hier agieren die Schauspieler untereinander. Hier überlegt das Publikum, wer wird denn jetzt den Regisseur umbringen und wie wird er oder sie es machen. Das ist Bauerntheater, das ist das geliebte Theater, das niemanden anstrengt, da werden nur die Lachmuskeln strapaziert und nach der Vorstellung gibt es noch einen Wein und dann geht es nach Hause.« Zenz redete sich in Stimmung.

Er lief zum zweiten Teil des Bühnenbildes. »Und hier ist nichts, woran sich das Auge festsaugen kann. Hier gibt es nichts zu sehen. Die Stange ist nur eine Stange. Dass sie das Symbol für den Baum ist, und der Baum das Symbol für das Bäuerliche … für den Grund … für die Frucht … für die Ernte … für den Ertrag – für das ganze System der Monokultur, das System der Ausbeutung der Natur, für alles, was fragwürdig ist … Das, meine lieben Freunde, das kann man nicht sehen. Das kommt nur durchs Denken. Und denken, das ist es, was ich dem Publikum zumuten will. Sie sollen wieder denken. Und wir«, er strahlte seine Mannschaft an, »wir bringen sie dazu, nein, wir zwingen sie sogar dazu: Wir leiten vom Guckkastentheater zur Abstraktion, wir begleiten das Publikum auf seinem Weg. Und du«, er nahm Sara in den Arm, »du bist diejenige, die mit ihrer Leistung, nämlich, den abstrahierten Ast an dieser Stange darzustellen, die Brücke schlagen wird. Du bist das einzige Element, das im abstrakten Kosmos noch einen kleinen Bezug zur realen Welt hat. Der Rest ist Abstraktion, ist reine Inszenierung.«

Zenz nahm jetzt Hermann in den Arm, sichtlich gerührt. »Und dein Bühnenbild hat all das umgesetzt, um was ich dich gebeten habe. Es ist genau so, wie ich es mir vorgestellt habe. Ganz ehrlich … ich hatte Zweifel, ob du es schaffst.« Und an alle gewandt: »Aber jetzt bin ich voller Zuversicht, dass wir es alle schaffen und dass wir mit dem Stück einen großen Erfolg haben werden. Kommt! Lasst uns beginnen.«

*

Tommaso hatte einen Gedanken, der ihn nicht mehr losließ. In solchen Fällen brauchte er ein Gesicht, dem er diese Gedanken mitteilen konnte. Das Gesicht gehörte Fabio und der war froh, als Tommaso ihn fragte, ob sie zusammen zu Mittag essen wollten. In der Bar Marylin gab es heute Pasta mit Ragout. Tommaso hielt es nicht lange aus und begann seine

Geschichte – noch während sie aßen. Zwischen den Bissen erzählte er Fabio, was er bisher wusste. »Maria ist angeschossen worden: Jägermunition. Naz ist Jäger und war zum fraglichen Zeitpunkt in der Nähe. Aber er hat ein Alibi. Ronda. Ronda hat wahrscheinlich Schulden und muss hart arbeiten, um davon runterzukommen. Sie war von Naz informiert, dass möglicherweise die Carabinieri kommen und dumme Fragen stellen. Sie hat ihm ein wasserdichtes Alibi geliefert, was nach meinem Eindruck aber aus Gefälligkeit geschah. Meine Idee wäre, Ronda bösgläubig zu machen: ihr also zu stecken, dass die Polizei von einem Mord ausgeht. Dann hätte sie ein starkes Mittel in der Hand, um Naz zu erpressen. Wenn ihre finanziellen Nöte groß genug sind, dann wird sie das möglicherweise tun. Dann gibt es zwei Möglichkeiten. Naz zahlt, damit Ronda schweigt. Sie hätte ihn aber dann auch weiterhin in ihrer Hand. Oder er wird versuchen, Ronda zum Schweigen zu bringen – wie auch immer.«

Fabio hatte in aller Ruhe zugehört, und als er seine letzte Gabel mit Pasta gegessen hatte, schaute er Tommaso lange an. »Wie willst du es ihr denn stecken? Willst du selbst hingehen?«

Tommaso schüttelte den Kopf. »Nein, das habe ich nicht vor. Ich dachte, dass ich Paula schicke. Sie würde gerne mitarbeiten. Sie ist keine Polizistin. Das müsste sie Ronda natürlich erzählen und dass sie gehört habe, dass die Polizei diesem Verdacht nachgehe. Das würde reichen, meine ich … aber ich habe Gewissensbisse. Was, wenn Naz Ronda etwas antut? Ich habe den Mann erlebt. Meiner Einschätzung nach ist er impulsiv und aggressiv. Wenn er wirklich seine Frau auf dem Gewissen hat, dann wird er nicht zögern, eine Mitwisserin ebenfalls umzubringen. Wenn ich den Gerüchten Glauben schenke, dann hatte Naz viele Freundinnen. Ronda wird nicht die Letzte sein. Und wenn Ronda glaubt, sie würde diejenige sein, der Naz ab heute bis zum Ende des Lebens vertrauen müsse, bloß weil sie ihm ein Alibi gegeben habe, dann wird sie sich täuschen … Aber noch etwas habe ich nicht: ein Motiv. Warum sollte Naz seine Frau umbringen? Dafür habe ich noch nichts Hieb- und Stichfestes.«

Fabio hatte bis zum Ende zugehört. Er konnte die Überlegungen nachvollziehen, hatte aber sofort dieselben Bedenken. »Was das Motiv angeht, hier kann ich noch beisteuern, was Eduard herausgefunden hat.« Er berichtete, dass Eduard gehört hatte, dass Maria Steinegger ihren Mann möglicherweise eine Art Ultimatum gestellt hatte, nach der Art: »Wenn du nicht mit dem Fremdgehen aufhörst, dann mache ich ein Testament, dass dich ausschließt …« Als sie ihm hinterherstieg, um festzustellen, ob er wieder eine Neue hat, ist sie angeschossen worden. »… und die moralische Haltung der Nußbaumer-Männer wird im Dorf als äußerst fragwürdig bewertet. Naz hat viel Einfluss über seine vielen Ämter, aber einige Bauern sind ihm gram, andere neiden ihm den Besitz. Der wiederum gehört nicht ihm, sondern seiner Frau … beziehungsweise, er gehörte seiner Frau.«

»Dann wäre es ja interessant zu wissen, wie sich die Eigentumsverhältnisse nach dem Todesfall geändert haben«, überlegte Tommaso.

»Ja, aber das hilft uns nicht weiter. Wir müssten wissen, ob Maria wirklich vorhatte, ein Testament zu machen, nachdem sie festgestellt hat, dass ihr Naz mit Ronda fremdgeht. Aber das können wir nicht mehr herausfinden. Selbst wenn sie vor ihrem Unfall ein Testament aufgesetzt hätte, wüssten wir nicht, warum sie möglicherweise ihren Mann darin nicht bedacht hat. Das ist eine Sackgasse. Das hilft uns nicht.«

Tommaso brummte etwas. »Und die Idee mit Paula, was hältst du davon?«

»Ganz ehrlich? Nichts. Erstens ist Paula nicht bei den Carabinieri. Zweitens missbrauchst du sie. Was, wenn Ronda wirklich etwas zustößt? Dann steckt Paula da mit drin. Vielleicht macht sie sich dann Gewissensbisse. Das kannst du nicht verantworten. Lass das lieber, rate ich dir … aber ich denke, dass deine Überlegungen richtig sind. Wenn Ronda ihr Wissen dahingehend ausnutzt, dass sie Naz erpresst, oder auch nur so einsetzt, dass Naz glaubt, Ronda könnte ihn erpressen, dann ist sie in der Tat gefährdet. Aber dann hat sie die Gefahr selber heraufbeschworen. Da sollten wir nicht nachhelfen.«

Tommaso nickte. »Du hast recht. Ich habe das auch schon so gedacht, aber ich wollte es noch einmal von dir hören.«

»Verstehe ich ... Ich brauche auch manchmal deine Meinung, um meine eigene aus deinem Mund zu hören. Das macht ein gutes Gefühl.« Fabio lächelte. »Wir zwei sind gut aufeinander eingespielt, möchte ich meinen.« Er wurde nachdenklich. »Diese Ronda, was denkst du, wie sie tickt?«

»Ronda ist sehr attraktiv, aber eben auch verschuldet, und sie hat viel Arbeit. Zeit für Männer bleibt da kaum. Naz ist ihre Ablenkung an ihrem Ruhetag. Aber wenn auch der Ruhetag ausgefüllt ist, bleibt ihr praktisch kaum noch Zeit für das Drum und Dran, das an einer Bar hängt: Einkäufe, Abrechnung, Buchführung. Also führt sie ein sehr angestrengtes Leben. Das könnte sich nur ändern, wenn sie in absehbarer Zeit die Frau von Naz würde. Er hat Geld und sie könnte die Bar aufgeben. Deshalb lässt sie sich vielleicht mit einem Typen wie Naz ein. Prinzip Hoffnung, dass er seine Frau verlässt und dann sie, die fesche Ronda, nimmt. Und jetzt hat das Schicksal es gefügt, dass Naz Witwer ist und für sie der Weg vielleicht frei ... Zudem hat sie noch das Wissen in sich, was Naz wirklich gemacht hat, als der Schuss fiel. Tja, ich an Rondas Stelle würde mir jetzt Hoffnung machen, dass die missliche Lage sich schon bald verbessert. Trauerjahr und dann Heirat mit einem, der Geld hat ... Ich kann mir vorstellen, dass sie so tickt.«

Fabio schaute Tommaso an. »Dann, denke ich, ist sie auch gefährdet. Denn diesen Naz Nußbaumer schätze ich, nach allem, was ich gehört habe, nicht so ein, dass er Ronda heiratet. Das wird sie enttäuschen ... und was machen enttäuschte Frauen?«

»Sie rächen sich?«

»Genau. Warte einfach ab, was passiert ... Solange Ronda ihrem Naz die Treue hält, kommst du da nicht ran. Sichere die Beweise, mache alles gerichtsfest und dann veranlasse, dass der Staatsanwalt die Leiche freigibt. Da ihr alles gut dokumentiert habt, kann die Leiche auch verbrannt werden. Naz wiegt sich in Sicherheit. Ronda wird ihr Spiel spielen. Naz wird dann aber glauben, dass Rondas Aussage nicht viel Wert hat, wenn man die Schussabgabe auf seine Frau nicht nachweisen kann, weil nur noch ein Häuflein Asche über ist. Er wird ihr auf unmissverständliche Art und Weise mitteilen, dass sie sich zum Teufel scheren kann ... und dann kommt vielleicht Rondas Rache. Wenn sie Naz kein Alibi mehr gibt, hast du die Unterlagen aus der Gerichtsmedizin und dann kann der Staatsanwalt entscheiden, ob das für eine Anklage reicht. Mehr kannst du im Moment nicht tun, meine ich.«

*

Fabio wälzte die Akte »Sebastian Kleinfuhrmann«. Er las immer wieder den Bericht von Dr. Phillipi. Las immer wieder, was er selbst hineingeschrieben hatte, las Francescas Notizen, las, was Eduard beigesteuert hatte. »Was übersehe ich«, fragte er sich. »Ein Motiv, Sebastian zu töten, kann ich keines sehen. Die Art, wie er zu Tode kam, ist mysteriös.« Fabio grübelte. Las erneut, was Francesca notiert hatte. »Er konnte von der Ferienwohnung aus mit dem Fernglas die Stelle einsehen, an der er später zu Tode kam. Sein Freund hat ausgesagt, dass er Sebastian beobachtete, wie er frühmorgens mit dem Fernglas in diese Richtung schaute – zwei Tage vor seinem Tod. Zufall? Oder hat er etwas beobachtet, was ihn so interessierte, dass er dorthin gejoggt ist? Warum ist er überhaupt an diesem Morgen gejoggt, wo doch seine Kameraden ausgesagt haben, dass er nie joggen ging. Er hätte doch auch dorthin gehen können. Was war dort auf der Falkner-Promenade los? Hunde werden ausgeführt ... einige Menschen joggen – ebenfalls wie die Zeugin, diese Margarete Mannhall.« Fabios Gedanken riefen Margaretes Stangentanz ins Gedächtnis. »Tolle Figur«, erinnerte er sich. »Wahnsinn, was die ihrem Körper abverlangen kann ... und diese ausdifferenzierten Muskeln«. Er seufzte, weil er an seinen eigenen, wenig definierten Körper dachte. »Seit ich verheiratet bin«, meldete sich sein Gewissen, »habe ich deutlich an Kontur verloren und an Stattlichkeit gewonnen.«

Fabios Gedanken waren jetzt nicht mehr bei der Akte »Sebastian Kleinfuhrmann«. Sie wechselten zu seinem eigenen Leben und durcheilten in Windeseile die vergangenen sieben

Jahre. Wie er Elisabeth kennenlernte, wie schnell das alles gegangen war: im Frühjahr kennengelernt, im Herbst schon verheiratet. Drei Jahre später kam Laurin und jetzt war Elisabeth erneut schwanger. Sie hatten ein Haus gekauft, groß genug für viele Kinder, wie Elisabeth meinte. »Tja, die sieben Jahre sind auch nicht spurlos an mir vorübergegangen«, sinnierte Fabio. Die Hosen brauchte er jetzt um eine Nummer weiter. Er seufzte. »Ich sollte vielleicht wieder mehr Sport machen«, formulierte er einen Vorsatz, wusste aber zugleich, dass er nicht so recht wusste, wann Sport in seinen Tagesablauf passen sollte. Wenn er abends nach Hause kam, wurde er mit Haut und Haaren von Laurin in Anspruch genommen. Wenn er Elisabeth mit dem Vorschlag käme, an ein oder zwei Abenden Sport zu machen, wüsste er im Voraus die Antwort. Elisabeth hatte Laurin schließlich von morgens bis zu seinem Eintreffen betreut. Gut, seit Laurin im Kindergarten war, hatte sie etwas mehr Zeit. Aber nicht für sich, sondern für ihre Apotheke. Auch Elisabeth kam nicht mehr zur Ruhe. »Dann muss ich das mit dem Sport auf eine Zeit verschieben, bis es dafür wieder Luft gibt«, überlegte er. »Vielleicht spielt Laurin später gerne Fußball oder geht mit mir joggen.«

Das Wort »joggen« brachte ihn wieder zur Fallakte. »Sebastian ist gejoggt, obwohl er es zuvor nicht gemacht hatte.« Fabio überlegte. »Nach Francescas Notizen waren die jungen Männer immer bis 3 Uhr morgens unterwegs ... Dann jogge ich doch nicht morgens um sechs schon wieder. Dann bin ich doch müde ... um diese Zeit. Da schlafe ich bis mittags und frühstücke gegen 14 Uhr. Was also hat Sebastian veranlasst, so früh aufzustehen, um zu joggen?« Fabio kritzelte mit dem Bleistift auf einem Notizblock die Uhrzeiten, die Namen der vier Kumpels, umrundete mit der Bleistiftmine den Namen von Sebastian. Dann fügte er den Namen von Margarete Mannhall hinzu und schrieb das Wort Zeugin daneben. Er malte den Weg, den Sebastian genommen haben könnte, und machte ein Kreuz an der Stelle, wo er tot aufgefunden worden war. Er malte ein Strichmännchen, das aus der anderen Richtung angelaufen kam, und machte einen Pfeil zum Namen »Margarete Mannhall«.

Dann malte er noch einen Hund, der auf die Stelle zulief, an der Sebastian gelegen hatte. Auch malte er eine Windhose, genau zwischen Vinschgau und Passeiertal, und schrieb »Sprausswind« daneben und malte ein Fragezeichen. Dann warf er den Bleistift hin. »Das macht alles keinen Sinn«, dachte er.

Fabio lehnte sich zurück. »Die jungen Männer haben Sebastian in einem Kölner Klub kennengelernt. Nach ihren Aussagen hat er sich ihnen quasi angebiedert. Warum macht einer so was? Einsamkeit? Oder wollte Sebastian irgendwie abtauchen und hat sich zum Schutz diese Clique mitgenommen? Wieso hatte Sebastian – in so jungen Jahren – so viel Geld, dass er sich dieses teure Auto leisten konnte?« In Fabio begann eine Theorie Raum zu greifen. »Was, wenn Sebastian in Geschäfte verwickelt gewesen war, die ihm Feinde eingebracht hatten, vor denen er sich hatte fürchten müssen?« Er tippte mit dem Bleistift in das Papier kleine Löcher. »Aber wenn er sich vor jemanden gefürchtet hätte, den er durch das Fernglas beobachtet hatte, dann wäre er doch bestimmt nicht dorthin gejoggt, oder?« Die Mine des Bleistifts brach unter dem Druck, den Fabio aufgebaut hatte. »Mist! ... Ich stecke fest.« Er überlegte. »Ich weiß so gut wie nichts über Sebastian. Vielleicht sollte ich dort anfangen.«

Fast gleichzeitig mit diesen Gedanken wählte er eine Düsseldorfer Nummer. »Schon lange nichts mehr voneinander gehört«, murmelte Fabio, als das Freizeichen ertönte.

»Staatsanwaltschaft Düsseldorf, Bös«, meldete sich die gut bekannte Stimme. Hagen Bös war Oberstaatsanwalt in Düsseldorf und hatte mit Fabio hin und wieder zu tun. Über die Jahre hatte sich eine engere Freundschaft entwickelt. Inzwischen kannte Fabio auch Hagens Tochter, Felicitas, die ihm vor zwei Jahren bei seinem letzten großen Fall quasi über die Füße gelaufen war.

»Guten Tag, Hagen. Hier ist Fabio aus Bozen.«

»Das ist aber eine Überraschung, mein lieber Fabio«, tönte Hagens Bass aus dem Telefon. »Eine gefühlte Ewigkeit ist das her, aber ich freue mich, deine Stimme zu hören. Wie geht es? Alles im Griff in Südtirol? Wie geht es Elisabeth und meinem Freund Tommaso und seiner Frau Anna? Und was macht

Laurin? Ich bitte um Bericht!« Hagen schien sich zu freuen, und er hatte auch Zeit, denn seine Fragen riefen nach einem längeren Gespräch.

Fabio erzählte Hagen alles, was ihn interessierte. Über den Hauskauf schien er sich zu freuen. »Ja, dann gratuliere ich zum alten Gemäuer. Da hast du dir ja was Ordentliches ans Bein gebunden. Renovierungsstau, nehme ich an, Renovierungsstau ...! Ach herrje, das wird dich zum Sklaven dieser Steine machen.« Hagen neigte gerne dazu, die Dinge treffend zu beschreiben und dann ein wenig zu dramatisieren. »Aber auch bestimmt ein Juwel im Dorfbild, nehme ich an. Nun ja, ich bin gespannt. Hätte Lust, wieder einmal vorbeizukommen. Suche noch nach einer Gelegenheit, aber die schreiben keine Fortbildungen mehr aus, die in Südtirol stattfinden. Nur immer Brüssel, Brüssel und nochmals Brüssel ... Ist zwar auch ganz lecker da, aber ich möchte gerne mal wieder nach Bozen«, rief er durch die Leitung.

»Du bist herzlich eingeladen. Platz habe ich jetzt in den eigenen vier Wänden genügend. Aber noch sind nicht alle Räume hergerichtet. Es wird sich aber was finden. Kannst ja einfach mal so vorbeikommen, ganz ohne Fortbildung.«

»Die Zeit, mein Lieber: die Zeit ... Hier ist immer so viel los. Weiß vor Arbeit kaum noch, wohin. Muss mal sehen, aber danke für die Einladung. Irgendwann schmeiß ich hier hin und komme vorbei, versprochen ... Aber, du rufst ja nicht an, um mit mir die Belastungssituation zu besprechen. Was hast du auf dem Herzen?«

Fabio fasste kurz den Fall zusammen. »Meine Frage ist, ob ihr irgendetwas über Sebastian Kleinfuhrmann habt. Kann es sein, dass er Geschäfte machte, die ihm auch gefährlich hätten werden können? Kann es sein, dass er als bedroht galt? Wer war er überhaupt?« Fabio hörte, wie Hagen am anderen Ende der Leitung mitschrieb.

»Kann ich dir heute Abend sagen ... oder morgen früh. Ich selbst habe den Namen noch nie gehört ... aber es ist eine wirklich interessante Sache ... den Kopf abgerissen ... mit der Kraft eines Menschenaffen ... Euer Pathologe liest wohl gerne

Krimis? Also, die Geschichten von Edgar Allan Poe kenne ich auch. Auch die Geschichte mit dem Affen. Interessant sind aber die Detektive in der Geschichte, mein Lieber – besonders der Herr Dupin, der schließlich auch den Fall löst. Weißt du, wir Staatsanwälte und ihr Polizisten, wir alle geben uns große Mühe mit unseren Fällen. Wenn wir Erfolg haben, dann liegt das an unserem Eifer und unserer Betriebsamkeit. Es gibt aber immer Fälle, wo Eifer und Betriebsamkeit zu keinem Ergebnis führen. Dann braucht es einen Blick auf die Dinge, so wie ihn Herr Dupin hatte.«

»Dupin?«

»So heißt der Mann, der den Fall löst. Er war kein Kriminalbeamter, weißt du? Nein, er war vielmehr eine Art Privatier. Eine durchaus beliebte Figur bei Kriminalschriftstellern: Miss Marple, von Allmen, Sherlock Holmes, Pater Braun sind solche Typen wie Dupin. Alle zeichnet sie ein messerscharfer Verstand aus, der anders funktioniert als der Verstand talentierter Schachspieler. Folgen diese der reinen Logik und nutzen ihr gut trainiertes Gedächtnis für Spielzüge – sind also im Wesentlichen gut und schnell funktionierende Computer in Menschengestalt –, sind Typen wie Dupin mit etwas ausgestattet, das es ihnen ermöglicht, hinter die Geschehnisse zu blicken und so auch Morde aufzuklären, die anderen unerklärlich erscheinen. Ihre Kunst ist die Kunst des Beobachtens. Es ist die Art des Beobachtens, die den Unterschied macht. Er weiß, was sich zu beobachten lohnt. Aber er setzt sich keine Grenzen, so wie das andere tun. Er nimmt alles wahr, was um ihn herum passiert, und ordnet das Wahrgenommene, sortiert es und vergleicht es mit alten Erfahrungen, die er gemacht hat. Kurz, diese Figuren sind großartige Analytiker.«

»Das, mein lieber Hagen, war ja ein netter Vortrag über Romanfiguren. Aber auch wenn ich alle meine analytischen Fähigkeiten zusammennehme, so komme ich bei meinem Fall nicht weiter. Es gibt kaum etwas, was ich beobachtet habe. Darum frage ich ja auch jetzt bei dir an, ob ihr etwas über den jungen Mann wisst, der hier zu Tode gekommen ist. Dann hätte ich vielleicht ein Zipfelchen, an dem ich ziehen könnte.«

»Lass mich halt ein bisschen klugscheißen. Ich liebe diese Krimis und ihre Figuren, die alle ein wenig übersteigert gezeichnet sind und über eine irgendwie krankhaft gesteigerte Intelligenz verfügen. Dupin zum Beispiel, der Ermittler aus dem Krimi mit dem Affen, der hatte die Eigenschaft, aus Vorkommnissen, Gedanken, Situationen, zwischen denen eine große Distanz liegt und die auch keinen Zusammenhang zu haben scheinen, eine Verbindung zwischen Ausgangspunkt und Endpunkt zu knüpfen. Er hat quasi um die Ecke gedacht, Elemente in seine Überlegungen miteinbezogen, die dem normalen Ermittler nicht in den Sinn gekommen wären. Und damit sind wir ja auch bei deinem Fall. Alles ist rätselhaft. Es gibt einen Toten, kein Motiv für einen Mord, keine Tatwaffe, es gibt eine Todesart, die selbst eurem Pathologen Rätsel aufgibt, und du hast das Gefühl, etwas zu übersehen. Dupin würde jetzt die Dinge am Rande besehen, Eindrücke sammeln, Beobachtungen zusammenfügen und dann, irgendwann, Schlüsse ziehen, den Ausgangspunkt sehen, der zu dem Endpunkt hat führen müssen.«

Fabio stöhnte leicht auf. »Was denkt sich Hagen eigentlich?«, fragte er sich. Er räusperte sich vernehmlich in den Telefonhörer.

Das Gegenüber verstummte … »Äh? War wohl etwas viel? Aber ich habe manchmal Babbelwasser getrunken.« Hagens Bass brummte durch die Leitung. »Aber mach dir nichts draus. Du bist nicht Dupin. Du bist Fabio und Dupin denkt ja auch gar nicht selbst, sondern sein Schreiberling, der Edgar, aber der ist ja auch schon tot … Gesoffen soll er haben, erzählt man sich. Auch nicht schön.«

»Ja, danke, Hagen. Schön, dass du mich nicht für einen deiner Krimihelden hältst. Ich mache hier meine Arbeit nach den Regeln der Kunst, die ich gelernt habe – und die sind nicht so schlecht. Aber hier, in diesem speziellen Fall, könnte ich schon einen Geistesblitz à la Dupin gebrauchen – oder eben einen Hinweis von euch, der mir weiterhilft.«

Hagen, am anderen Ende der Leitung und froh darüber, dass Fabio nicht eingeschnappt war ob seiner Vergleiche mit seinen persönlichen Krimihelden, schlug einen versöhnlichen Tonfall an. »Ist ja auch nur ein Hobby von mir. Mit der Abteilung Mord und Totschlag habe ich ja auch gar nichts zu tun. Ich jage immer noch diese Wirtschaftsheinis: die, die ihr Geld mit Abzocke machen, die unsere Gemeinschaft schädigen. Meist mit der Hinterziehung von Sozialversicherungsbeiträgen usw. Das spürt kein konkreter Mensch in der Tasche. Deshalb wird das auch als weniger dramatisch empfunden als zum Beispiel ein Wohnungseinbruch. Aber die, die ich jage, die richten einen viel größeren Schaden an. Und es wird immer schwieriger für uns, mitzuhalten. Dafür sorgen unter anderem deine Brüder aus dem Süden.«

Fabio nickte, denn er wusste, was und wen Hagen meinte.

»Ja, das ist ein schwieriges Feld. Das weiß ich nur zu gut. Aber die Abteilung Mord und Totschlag ist manchmal auch kniffelig ...«, Fabio musste lachen, weil ihm ein Gedanke gekommen war, » ... und wir jagen hier in Südtirol nicht nur affenähnliche Totschläger oder Mörder, nein, wir sind auch Bienendieben auf den Fersen. Ich kann dir sagen, hier geht es ab, davon macht ihr euch in Düsseldorf keine Vorstellung.«

»Na, dann will ich mich mal nicht beschweren über meine allgemeine Arbeitsbelastung durch die Firma ›Nimm und versteck es‹. Die bringen wenigsten keinen um – und klauen auch keine Bienenvölker ... Ah, ich sehe gerade, während wir hier geplaudert haben, ist schon ein Ergebnis auf meinem Bildschirm eingetroffen.«

Fabio hörte Hagen rumpeln, auf der Tastatur klimpern, Papier zur Seite schieben.

»Also, hier ist nichts, was wir über Sebastian Kleinfuhrmann wissen. Ein ›No Name‹. Der Computer wirft nichts aus. Ein unbeschriebenes Blatt. Sorry, tut mir leid, aber das hilft dir jetzt nicht wirklich weiter.«

»Nein, tut es nicht wirklich. Da hast du recht, aber es war, wie immer, nett mir dir zu plaudern und deine Hinweise aus der Welt der Superspürnasen werde ich berücksichtigen. Vielleicht ist es genau das, was ich in dem Fall machen sollte: so denken wie dieser Dupin ... dann finde ich auch den Affen.«

Hagens dröhnendes, tiefes Lachen schallte Fabio noch im Ohr, als sie das Gespräch beendet hatten.

»Ein wirklich netter Kollege«, dachte Fabio. »Vielleicht hat er ja recht: Wenn die Computer der Staatsanwaltschaft Sebastian Kleinfuhrmann nicht kennen, dann gibt es wahrscheinlich auch nichts in seinem Leben, was mir einen Hinweis auf ein Motiv für die Tat gibt. Dann muss ich ganz woanders suchen: Nicht das Opfer in den Blick nehmen, sondern den möglichen Täter. Die Frage wäre dann, warum wurde Sebastian überhaupt Opfer? Wie, wann und wieso kam er seinem Mörder oder Totschläger in die Quere?«

Mit diesen Gedanken im Kopf schloss Fabio für heute die Akten. »Morgen ist auch noch ein Tag«, dachte er.

*

Die Probe war durch. Zenz war begeistert und seine Begeisterung hatte sich auf alle Schauspieler übertragen. Sara war die Figur »the flag« erstmals geglückt, was von allen gebührend bejubelt worden war. Selbst Maja hatte sich dazu hinreißen lassen. Hermann war mit seiner Arbeit zufrieden: Alle von ihm gebauten Kulissen passten gut, die Schauspieler konnten jetzt auch ihre Schrittfolgen einstudieren und es zeigte sich, dass er viel darüber nachgedacht hatte, wie die Schauspieler die Räume ausfüllen würden.

Zenz war am Ende der Probe sehr zufrieden. »Also, Leute, das war heute schon ziemlich perfekt. Alles, was recht ist, aber wenn ihr so spielt wie heute, dann klappt das mit der Premiere. Die Texte habt ihr alle drauf, die Räume passen – danke Hermann, wirklich gut gemacht – und selbst die akrobatische Nummer hat Sara heute gut hinbekommen. Also, was soll ich sagen? Danke in alle Richtungen. Morgen ist Pause und dann machen wir die Generalprobe und dann, meine Lieben, gehen wir die Premiere an. Was soll ich noch sagen?«

Norbert antwortete laut: »Nichts, für heute nichts.«

Alle riefen sie jetzt durcheinander: »Lass stecken.« … »Wird schon!« … »Jetzt wird's endlich.« … »Komm, wir gehen zum Drescherkeller.« Alle lachten sie, freuten sich, klopften sich gegenseitig auf die Schultern. Vergessen schien ihr Ärger über Zenz' Verhalten bei der vorausgegangenen Probe.

Hermann, der alles mit Distanz beobachtete, dachte: »Schauspieler sind alle irgendwie wie die Kinder: Sie wechseln ihre Gefühle schnell. Was eben noch ganz schrecklich war, ist im nächsten Moment vergessen. So kommt es mir vor. Ist das jetzt eine Gnade? Oder ist es ein Fluch?«

Bei diesem Gedanken ließ er sich von Evi unterhaken und zum Drescherkeller »entführen«. Dieser Abend wurde lang und lauschig.

*

Fabio musste aus dem neuen Buch *Jim Knopf und die Wilde 13* vorlesen.

»Papa, was ist die Wilde 13?«, wollte Laurin wissen.

Fabio, der das Buch noch nicht kannte, meinte: »Das werden wir schon erlesen. Ich weiß es auch noch nicht, aber ich bin sicher, dass wir dieses Rätsel lösen werden, wenn wir alle Geschichten gelesen haben.«

»Enträtseln, enträtseln …«, meinte Laurin. »Los, Papa, lies schon, enträtsele das Buch.«

Als Laurin über Geschichte Nummer drei eingeschlafen war, kam Fabio ins Wohnzimmer, das sie sich auf der ersten Etage des Ansitzes Esser eingerichtet hatten, und er sah, wie Elisabeth mit ihrer Buchhaltung beschäftigt war. »Na, Schatz, immer noch keinen Feierabend?«

Elisabeth schaute kaum hoch.

Vielmehr schien es Fabio so, als würde sie die verschiedenen Stapel Papiere wild durchmischen, statt sie sorgsam voneinander getrennt zu schichten. Er hörte sie leise fluchen, was er von Elisabeth sonst nicht kannte. »Dicke Luft«, dachte er und ging in die Küche nach unten, um mit einer geöffneten Flasche Lagrein und zwei Gläsern zurückzukommen. Er goss ein und stellte Elisabeth eines der Gläser auf ihren Schreibtisch. Ob sie ihn nicht gehört hatte oder ob sie wegen ihrer Arbeit so abgelenkt war, dass sie Fabios Aktivitäten nicht wahrgenommen hatte, konnte niemand von den beiden sagen. Jedenfalls erschreckte sie sich, stieß gegen das Glas und der ganze rote Inhalt verschüttete sich über die Papiere.

»So ein Mist!«, schrie Elisabeth und sprang auf.

Fabio, ob der heftigen Reaktion äußerst verwundert, blickte auf die Ansammlung von mit Rotwein getränkten Papieren, sah, wie seine Frau mit Wut im Blick, aber auch mit einer gewissen Fahrigkeit versuchte, den Schaden zu minimieren, indem sie mit einem Taschentuch begann, den Rotwein vom Tisch abzutupfen, was wegen der verschütteten Menge ein eher hoffnungsloses Unterfangen war: Das Fassungsvermögen des Tuches entsprach in keiner Weise der Menge des verschütteten Lagreins. Fabio hatte deshalb mit einem schnellen Griff zu einer Packung Papiertaschentücher, die in der Nähe lagen, ein besseres und saugfähigeres Material an der Hand und erledigte damit den Job schneller und vom Ergebnis her auch besser. Bei diesem Tun beobachtete er seine Frau, die ihm an diesem Abend wie aufgelöst vorkam.

Elisabeth sank dann auch auf ihren Stuhl zurück, nahm die Hände vor die Augen und begann leicht zu schluchzen.

»Was ist denn mit dir?«, fragte Fabio, der sich auf die heftige Reaktion keinen Reim machen konnte.

Sie umklammerte ihn, hielt ihn fest und das Schluchzen wurde heftiger.

Fabio zog sie sanft vom Stuhl hoch, bewegte sie leicht Richtung Sofa und setzte sich mit ihr hin, nahm sie in den Arm.

Elisabeth beruhigte sich dann auch schnell wieder. Sie rieb sich mit den Händen durch das Gesicht. »Entschuldige ...«, kam es aus ihr raus, »... es tut mir leid.« Sie schniefte.

Fabio hatte noch ein letztes Papiertaschentuch, das er ihr reichte.

»Ich weiß auch nicht, was mit mir ist ...«, begann sie. »... irgendwie klappt nichts mehr ... Ich habe doch tatsächlich einer meiner Kundinnen ein falsches Medikament rausgegeben. Sie hat das zum Glück bemerkt, sonst hätte sie ein falsches Medikament eingenommen. Das ist mir noch nie passiert ...« Sie schluchzte wieder. »... die ganze Buchhaltung ... ist normalerweise kein Akt für mich, aber heute bekomme ich überhaupt keine Ordnung in die Unterlagen. Ich weiß auch nicht. Die Gedanken sind alle durcheinander ... vielleicht ist das alles zu viel?«

»Was meinst du konkret?«

»Ach, ich weiß auch nicht. Alles eben.« Dabei sah Elisabeth nicht so aus, als läge es an der Arbeit, an dem Haus, an Laurin.

»Sie hat ein Problem«, dachte Fabio. »Meine Elisabeth hat ein Problem. Die Frau, die alles so locker bewältigte, die Arbeit, den Haushalt, die Kindererziehung, hat ein Problem und kann es nicht einmal benennen? Schon komisch.« Er stand auf, holte die Gläser, sein volles und Elisabeths leeres, füllte es wieder auf und gab es ihr in die Hand. »Nimm einen Schluck, es wird dir guttun. Ein Glas geht schon ... und dann erzähl mal, was los ist.«

Sie tranken. Elisabeth sah Fabio irgendwie anders an als sonst.

Ihm schien, dass da eine Unsicherheit war, die er von seiner Frau bislang nicht kannte. »Vielleicht lag es an der Schwangerschaft?«, überlegte er. »Geht es dir gut?«, fragte er vorsichtig.

Elisabeth nickte. »Ja, die Schwangerschaft ist es nicht, was mich so fahrig macht, so zerstreut – glaube ich jedenfalls. Kann natürlich auch sein, aber glaube ich nicht ... Es ist ... ach ich weiß es auch nicht.« Sie brach ab.

Fabio hatte eine Idee. »Wir haben doch die Karten für die Premiere von dem Stück für Kriminalpolizisten, über die Frage, wie man am besten seinen Regisseur tötet. Von deinem Kumpel aus der Studienzeit, diesem Zenz Nußbaumer. Das ist doch in zwei Tagen. Was hältst du davon, wenn wir Laurin zu deinen Eltern bringen und wir uns einen schönen Abend machen? Das ist doch in Kaltern. Dann gehen wir nach dem Stück noch irgendwohin essen. Was meinst du? Gretel am See vielleicht – oder hast du eine andere Idee?«

Elisabeths Blick schien ihm wie aus einer anderen Welt. Sie schaute ihn mit fast tränenunterlaufenen Augen an. Aber da waren keine Tränen, nur Bitterkeit war in ihrem Gesichtsausdruck zu sehen. Fabio verstand nicht.

Elisabeth setzte das Weinglas ab, nahm Fabios Hand, drückte sie und dann flossen die Tränen. Es kam heftig aus ihr heraus, sodass Fabio sich genötigt sah, sie in den Arm zu nehmen und ganz fest zu halten. Nur, dass er nicht wusste, was diese Gefühlsregung ausgelöst haben könnte. »Schwangerschaftsdepression« schoss ihm durch den Kopf, weil er den Begriff schon einmal gehört hatte, aber was das bedeutete, wusste er nicht wirklich. »Vielleicht doch etwas mit der Schwangerschaft – mit den Hormonen«, dachte er.

Das Weinen hörte langsam auf. Elisabeth schien sich zu entspannen. Sie löste sich aus seiner Umklammerung, strich sich die Haare zurück und wischte sich mit den Händen durch das Gesicht. Sie nahm Fabio in den Blick, schaute ihm tief in die Augen. »Ich muss dir etwas erzählen ...«, begann sie, »möglicherweise – nein – bestimmt ist das der Grund für meine ... meine Fahrigkeit ...«, sie schluckte, holte tief Luft, »... als ich in Innsbruck studierte, habe ich Zenz Nußbaumer bei einer Party kennengelernt.«

Fabio ahnte, was jetzt kommen würde. »Aber das ist doch kein Problem«, dachte er spontan. »Ich habe doch auch früher Freundinnen gehabt.«

Elisabeth fuhr fort: »... wir hatten eine kurze, aber sehr heftige Affäre: So könnte man es vielleicht ausdrücken. Zenz war so etwas wie der Schwarm aller Frauen. Charismatisch war er, hatte das gewisse Etwas, sah sehr gut aus ... und ich war recht unerfahren mit allem: seit einem knappen Jahr an der Uni – in der Stadt.« Elisabeth lachte leise. »Ein Kind vom Dorf halt, das gleich in die angesagteste Clique geraten war ... und der Zenz ... der war der Star der Clique. Was soll ich sagen, es ging heftig ab ... für mich völlig ungewohnt, aber auch berauschend eben ...« Elisabeth musste an dieser Stelle eine Pause machen.

Fabio sprach in diese Pause hinein: »Aber das ist doch nicht schlimm. Ich meine, wir waren doch alle mal jung und mussten vieles ausprobieren. Das war bei mir doch auch nicht anders. Deshalb musst du dir doch heute keine Vorwürfe mehr machen.«

Bei dem letzten Satz funkelten ihn Elisabeths Augen an. Dieses Funkeln konnte sich Fabio nicht erklären, aber er unterbrach seinen Redeschwall, den er ansonsten ungebremst fortgesetzt hätte, um die Situation für sie beide erträglicher zu machen.

»Deshalb mache ich mir auch keine Vorwürfe … Es ist ja auch viele Jahre her … aber dass Zenz hier wieder aufgetaucht ist, hat mich schon berührt … auch wenn da nichts mehr ist … an Gefühlen oder so. Das musst du wissen.«

Fabio überlegte kurz, ob er etwas sagen sollte, erinnerte aber das Funkeln und schwieg.

Elisabeth hatte ihren Blick gesenkt, sprach jetzt ganz leise und hatte erneut Fabios Hand ergriffen: »Es fällt mir nicht leicht, darüber zu sprechen … aber vielleicht solltest du es wissen … es weiß sonst niemand – nicht einmal meine Eltern.«

Fabio drückte Elisabeths Hand als Signal, dass er ihr zuhörte.

Sie holte tief Luft. »Ich war sehr unerfahren damals. Nicht, dass ich nicht gewusst hätte, wie man verhütet, aber die Pille hatte ich damals noch nicht, und dass ich darauf hätte bestehen müssen, dass Zenz für Schutz sorgt … nun, das habe ich mich im Fieber der Gefühle gar nicht gefragt … Jedenfalls wurde ich sofort schwanger, und als ich es erfahren habe, war Zenz auch schon mit einer anderen zusammen …« Elisabeth schaute jetzt wieder Fabio an und es war ein fragender Blick. »Was wird er dazu sagen? Was, wenn er erfährt, dass ich dieses Kind nie bekommen habe?«

Fabio konnte die Fragen, die sich Elisabeth stellte, förmlich aus ihrem Blick lesen. Er verstand, dass dieses Geständnis schwer war. Aber es war auch ein Vertrauensbeweis. »Was hatte sie gesagt? Sonst wüsste es niemand?« Fabio drückte Elisabeth an sich, sie schmiegte sich in seinen Arm. »Du hast das Kind nicht bekommen?«, fragte er leise.

Sie verneinte mit einer leichten Kopfbewegung.

»Auch deine Eltern wissen es nicht?«

Wieder dieselbe Kopfbewegung.

»Du hast das all die Jahre nur mit dir ausgemacht?«

»Ja, das musste ich wohl. Was hätte ich tun sollen? Hätte ich das Kind bekommen, wäre es ohne Vater groß geworden. Zenz war nicht der Typ dafür, und ich hätte mein gerade erst begonnenes Studium abbrechen müssen … bei allem Verständnis und aller Großzügigkeit meiner Eltern, aber das hätten sie nicht mitgemacht. Weder finanziell noch …« Elisabeth schüttelte sich. »Nein, das wäre nicht gegangen.«

»Und wie?«, fragte Fabio.

Elisabeth richtete sich auf, drehte sich zu Fabio, sodass sie ihm in die Augen sehen konnte. »Das willst du nicht wissen. Pharmaziestudentinnen können lesen, die Bibliothek benutzen und sich schlaumachen.« Elisabeths Stimme war jetzt wieder fest. »Das ist mir nicht leichtgefallen, damals … aber ich habe mich dazu entschieden und bereue es auch nicht. Zenz, nun, der ist zwar der Verursacher und er hat vielleicht – nein, er hat bestimmt meine Unerfahrenheit ausgenutzt, aber auch ich hatte daran meinen Anteil. Es wäre daher unfair, ihm allein Schuld zuzuweisen. Und dass er bis heute nicht weiß, dass er der Vater meines ersten Kindes hätte sein können, ist gut so. Ich für meinen Teil habe mich entschieden, dieses Kind nicht zu bekommen.« Sie nagte an ihrer Unterlippe. »Vielleicht hätte ich es dir vor unserer Hochzeit erzählen sollen, aber ich habe darin keinen Sinn gesehen. Damals. Ich hatte auch nie daran gedacht, dass Zenz hier wieder auftaucht und was das bei mir auslöst.«

Sie umschlang Fabios Nacken, zog ihn nah an sich heran. »Und nun, was sagst du dazu? Jetzt, wo du alles weißt, wo ich dir alles gesagt habe. Was macht das jetzt mit uns?«

Fabio spürte, dass jetzt eine ganz entscheidende Situation entstanden war. Ein falsches Wort von ihm konnte vieles zerstören … aber er wollte nichts zerstören. »Elisabeth, sei dir sicher … dass zwischen uns … jetzt nichts anders ist als vorher. Ich kann verstehen, dass du mir diese Geschichte nicht vor unserer Hochzeit erzählt hast. Dass du sie mir jetzt erzählst, zeigt mir nur, dass du mir vertraust. Ein solches Geheimnis vor der Familie zu bewahren ist schon nicht einfach. Vielleicht erleichtert es dich auch, wenn ich um die Geschehnisse weiß. Ich jedenfalls würde dich wegen der Dinge, die vor Jahren passiert sind, nicht verurteilen. Das steht mir nicht zu.« Er zog sie näher zu sich. »Wir haben einen tollen Sohn, wir bekommen weiteren Nachwuchs. Das ist es, was zählt … Und ich bin gerne Vater.

Das mit uns funktioniert. Wenn es nach mir geht, funktioniert das für immer und ewig.«

Elisabeths Augen wurden feucht, diesmal aber nicht vor Kummer oder Schmerz, sondern vor Freude.

Emotional bewegt sprachen sie noch eine Weile über ihre jeweiligen Geschichten aus der Zeit, bevor sie sich kennengelernt hatten. Fabio erfuhr, dass Elisabeth während ihrer Studienzeit viele Angebote verschiedener Herren hatte, aber seit ihrer Erfahrung mit Zenz viel vorsichtiger geworden war. Zenz aber hatte, weil er der Erste gewesen war, einen besonderen Stellenwert behalten.

Am Ende des langen Abends richtete sich Elisabeth auf und sagte: »Weißt du was? Wir gehen dahin! Zu der Premiere. Ich will dem Kerl gar nicht ausweichen ... dann hätte er Macht über mich. Zenz soll aber keine Macht über mich haben. Ich kann es nicht ändern, dass er hier wieder aufgetaucht ist, aber ich will bestimmen, ob, wann und wo ich ihn sehe. Punkt. Kommst du mit?«

Fabio musste innerlich lachen. Da war sie wieder, seine alte Elisabeth. »Ein Prachtweib«, dachte er. »Klar komme ich mit«, sagte er. »Der soll vor allem sehen, dass ich jetzt an deiner Seite stehe – oder sitze!«

Zehn

Der Theatersaal im katholischen Vereinshaus war bis auf den letzten Platz besetzt. Auch die Plätze auf der Empore waren alle verkauft worden. Das war zwar auch in den Vorjahren so gewesen, wenn die Premiere der Theatergruppe Kaltern angestanden hatte, aber diesmal waren noch vor der Premiere auch alle Folgeaufführungen restlos ausverkauft. Das war wahrscheinlich der Werbekampagne zuzuschreiben, die Zenz gefahren hatte. Der Vorstand der Theatergruppe war jedenfalls begeistert.

Die erste Reihe hatte nur 18 Plätze und zwei davon hatten Elisabeth und Fabio eingenommen. »Das ist ja schon ein tolles Ding, dass wir bei der Premiere in der ersten Reihe sitzen«, raunte Fabio.

Elisabeth flüsterte zurück: »Genau ... mit der ganzen Prominenz aus Kaltern und Umgebung auf Tuchfühlung. Schau mal, da kommt die Bürgermeisterin.« Sie bewegte ihr Kinn leicht Richtung Mittelgang. Eine Frau mittleren Alters kam von dort freundlich in alle Richtungen grüßend und hier und da auch ein Wort wechselnd Richtung erste Reihe und nahm nicht weit von Elisabeth und Fabio Platz.

»Dann gibt es bestimmt auch noch einen kleinen Empfang im Anschluss?«, raunte Fabio Elisabeth fragend ins Ohr.

»Kann ich mir gut vorstellen«, kam es von Elisabeth zurück.

Das Stimmengewirr im Theatersaal war schon gewaltig angeschwollen. Fast alle Plätze waren besetzt, aber immer noch strömten weitere Besucher in den Saal. Die samtigen roten Vorhänge verbargen noch das Bühnenbild, und als schließlich auch die Vorhänge zugezogen wurden, die die seitlichen großen Rundbogenfenster umrahmten, wusste jeder, dass es bald losgehen würde. Kurz bevor die schweren Theatervorhänge der Bühnen aufgezogen wurden, huschten noch zwei Leute auf die Plätze direkt neben Fabio und Elisabeth und damit war die erste Reihe komplett besetzt. Elisabeth hatte neugierig geschaut, wer es denn war, der in der letzten Sekunde seinen Platz eingenommen hatte, und sie erkannte sofort Squelo und seine Frau

Nora. Sie grüßten einander durch leichtes Kopfnicken, denn Sprechen verbot sich jetzt.

Das Spiel begann. Die drei Akteure Linda Brewster, Mortimer Redferne und Alice Barber spielten amüsant und wortgewaltig ihre jeweiligen Marotten. Der Regisseur Lewis Westcastle gab den widerlichen Typ, wie man sich ihn nicht unsympathischer vorstellen konnte. Zenz brillierte in dieser Rolle, würden nachher alle sagen. Die Dienerin Gabriela, Hüter aller Geheimnisse und verständnisvolle Begleiterin aller Schauspieler und auch des Regisseurs, sowie der Inspektor John Armstrong sorgten für die nötigen Verwicklungen. Besonders die in Slapstick-Art und mit Stroboskoplicht oder hellblauem Licht ausgeleuchteten Szenen mit Elementen aus der Zeit des Stummfilmkinos begeisterten die Zuschauer. Diese Szenen deuteten an, welche Gedanken sich in den Köpfen der einzelnen Schauspieler abspielten, und standen im krassen Gegensatz zu ihren Handlungen. Dabei hielten die Protagonisten Tafeln vor sich, auf denen ihre jeweiligen Gedanken aufgeschrieben standen. In den Szenen ersannen sie jeweils, den Regisseur auf ihre Art umzubringen. Linda erschießt Lewis, Alice sticht Lewis mit dem Messer in den Hals und Mortimer erschlägt Lewis mit einer Axt. Kurz nach diesen »Traumszenen« erlosch das Stroboskoplicht und die echte Bühnenbeleuchtung versetzte die Szene wieder in das »reale« Leben des Theaters Shapelton Upon Sea.

Ganz großen Applaus erhielten die Schauspieler für ihre Darbietung auf der zweiten Bühne, auf der sie das Stück *Wenn der Apfel fällt* aufführten. Besonders Sara als Alice Barber erhielt viel Zwischenapplaus, als sie »the flag« vorführte und damit den Ast darstellte, von dem der Apfel fällt. Ganz in der Art des Regietheaters waren die übrigen Elemente der Darstellung wie Kostüme und Dialoge eher zurückgenommen. Eigentlich ergaben die Dialoge kaum Sinn, oder, wenn man so wollte, jeder konnte sich seinen eigenen Sinn hineindenken. Es waren streng genommen auch keine echten Dialoge, sondern eher Abfolgen von lautmalerischen Ausrufen. Regietheater eben …

In der Pause war das Gedränge an den Getränkeausgaben groß. Der Vorraum des Saals war nicht sehr groß und die Theaterbesucher von der Empore drängten von oben kommend auch noch hinein. Fabio und Elisabeth suchten für sich daher einen Stehplatz auf der freien Fläche draußen vor dem katholischen Vereinshaus, das mit seinen beiden Seitentürmen und den drei symmetrisch angeordneten Rundbögeneingängen eine harmonische Kulisse für die Gästeschar bot.

Squelo und seine Frau Nora hatten sich ihnen angeschlossen. Man saß schon im Theater nebeneinander, Elisabeth kannte Squelo von früher, zwar nicht sehr innig, aber doch so, dass man einander beim Namen kannte und voneinander wusste, was der andere machte.

»Da haben wir aber wirklich tolle Plätze bei der Premiere«, begann Squelo ein Gespräch, nachdem Elisabeth alle miteinander bekannt gemacht hatte.

»Wir haben Freikarten bekommen ... vom Regisseur«, sagte Fabio.

»Oh, wir auch«, meinte Squelo. »Dieser Zenz Nußbaumer ... kennt ihr den näher?«

Elisabeth antwortete: »Ich kenne ihn ... aus einer Zeit, die lange her ist. Als ich in Innsbruck studierte, war Zenz auch dort. Er studierte damals an einer Theaterschule.«

»Ah, ja, das kann sein«, murmelte Squelo halblaut.

»Wir haben uns aber schnell wieder aus den Augen verloren, damals ...«, fuhr Elisabeth fort, »... eigentlich komisch, dass er uns Freikarten für seine Premiere gegeben hat.«

Squelo schaute Elisabeth an und meinte: »Na, vielleicht hat er sich gefreut, dich wiederzusehen? Wie dem auch sei, meine Frau und ich, wir sind auch in den Genuss von zwei Freikarten gekommen. Aber ich kann mir schon erklären, warum. Zenz hatte ein längeres Gespräch mit mir ... über seine weiteren Pläne und so. Ich schätze, er wird mich um Unterstützung bitten.«

»Ach, Zenz will also hierbleiben?«, fragte Elisabeth und ihre Stimme hatte eine andere Klangfarbe angenommen, was Fabio sofort auffiel.

»Nun ja, er hat jedenfalls Pläne, die ... wie soll ich sagen, recht gewaltig sind. Ich weiß ehrlich gesagt nicht, ob sich das alles realisieren lässt. Aber, das muss ich sagen, Ideen hat er, der Zenz Nußbaumer, Ideen hat er.«

Squelo schaute seine Frau an. »Was sagst du denn zu dem Stück?«

Nora hatte viel Theatererfahrung und konnte daher gut einschätzen, was von der Inszenierung zu halten war. »Ganz ehrlich, ich bin nur mäßig begeistert. Also, was wirklich gut ist, ist das Humorvolle an dem Stück. Da nimmt sich Theater selber auf die Schippe. Das hat mir gefallen. Aber warum jetzt dieses Regietheater eingebaut worden ist, das kann ich mir zwar vorstellen, aber es hat mir nicht so gut gefallen. Ich hätte das wahrscheinlich nur angedeutet. Das hätte gereicht. Denn es geht im Stück im Wesentlichen um die Charaktere der drei Schauspieler in Beziehung zum Charakter des Regisseurs. Dabei geht es darum, dass alle im Wesentlichen um sich selber kreisen – jeder auf seine Art. Am meisten kreiselt natürlich der extrem narzisstisch angelegte Regisseur um sich selbst. Und im Theater findest du natürlich viele solche Charaktere. Ich meine, wir Schauspieler stellen uns auf die Bühne und lassen uns anschauen. Dazu musst du narzisstisch veranlagt sein, sonst geht das gar nicht. Aber dieser Regisseur, dieser Lewis Westcastle, der stellt eine Ausprägung des Narzissmus dar, die krankhafte Züge hat. Das, finde ich, spielt Zenz sehr gut – fast so, als wäre es ihm auf den Leib geschrieben …« Nora lachte. »Wollen wir mal nicht hoffen, dass er in Wirklichkeit auch so ist.«

Elisabeth nickte verhalten. Sie ahnte, dass Zenz Nußbaumer auch in echt so war wie die Figur Lewis Westcastle. Sie hatte ihn als einen skrupellosen Menschen erlebt. Damals war sie zwar noch ein wenig naiv, ein Kind vom Dorf halt, das sich mit Menschen wie Zenz nicht auskannte. Sie war zunächst fasziniert von ihm gewesen, musste dann aber sehr schnell feststellen, dass er nur an seinem Vorteil interessiert war, keine Verantwortung für sein Tun übernehmen wollte oder konnte und nur sich im Mittelpunkt der Wirklichkeit sah. Zenz war ein Egoist, aber von einer besonderen Sorte. Er lebte eine Fassade aus Nettigkeit, Charme, Hilfsbereitschaft, aber diese Fassade hielt nicht lange.

»Ich bin gespannt, wie es nach der Pause weitergeht«, flocht Fabio ein. »Wir wissen ja jetzt schon einmal, wie die drei, Linda, Mortimer und Alice, ihren Regisseur im Traum umbringen. Eigentlich ganz klassisch: Messer, Pistole, Beil. Fehlt eigentlich nur noch Gift. Dann hätten wir fast alles beisammen, was man braucht, um einen ins Jenseits zu befördern.«

»Oder es kommt ganz anders, und Lewis Westcastle wird durch eine Kraft hinweggefegt, die bisher noch gar nicht in Erscheinung getreten ist«, meinte Squelo.

Fabio schaute ihn etwas verwundert an, denn ihm fiel natürlich sofort sein »Affen-Fall« ein, wie er ihn im Geheimen nannte. Der Todesfall Sebastian Kleinfuhrmann, bei dem er nicht weiterkam.

»Vielleicht reißt ein Affe ihm den Kopf ab?«, warf Fabio ein.

Jetzt schaute Squelo verwundert. »Ein Affe?«

»Ja, so wie bei Edgar Allan Poe in seiner Geschichte *Die Morde in der Rue Morgue*«.

Squelo warf seinen Kopf leicht nach hinten. »Ah, der Commissario mag die alten Kriminalgeschichten. An die Geschichte erinnere ich mich. Spannend, gewiss. Aber ich rechne in diesem Stück nicht mit einem Affen als Mörder. Nein, das würde nicht passen. Es wird schon einer der handelnden Akteure sein, der den Regisseur um die Ecke bringt. Da drei schon ihre Fantasien offenbart haben, nehme ich an, dass es schlussendlich die Figur ist, die bisher am unauffälligsten agiert hat. Ich tippe mal auf Gabriela. Vom Aufbau des Stückes scheint mir das zwingend. Wollen wir wetten?«

Fabio meinte: »Aus kriminalistischer Sicht ist nicht immer der unauffälligste Charakter der Täter. Täter haben meist ein Motiv. Und bei den drei Schauspielern habe ich drei Motive, jedes für sich stimmig. Gabriela hat bisher kein Motiv. Also ich würde aus meiner Sicht auf die Handlung dagegenhalten wollen. Aber vielleicht hat das Theater auch mit der Wirklichkeit nichts zu tun – jedenfalls, wenn es um einen Mord geht.«

Elisabeth lachte und Nora lachte mit. »Unsere Männer«, meinte Nora. »Ein Theatermann«, sie deutete auf Squelo, »und ein Kriminalist«, sagte Elisabeth und deutete auf Fabio. »Zwei Fachleute – aber mit zwei Meinungen.«

Da rief die Glocke zum zweiten Teil.

*

Der Tag nach der Premiere war ein Samstag. Elisabeth hatte, wie immer am Samstag, frische Brötchen vom Tisner Bäcker besorgt und den Tisch in der Küche fein gedeckt. Laurin war noch bei Elisabeths Eltern im Ultental. Da der Hauptunterhalter der Familie sich bei Oma und Opa und den vielen Tieren wohlfühlte und sehr beschäftigt war, konnten Fabio und Elisabeth ihre Eindrücke von der Premiere in aller Ruhe austauschen. Erst am Nachmittag, so hatten sie es vereinbart, würden sie Laurin abholen.

»War nett gestern, oder?«, fing Elisabeth an. »Besonders das Gespräch mit Squelo und seiner Frau hat mir gut gefallen. Ist schon was Besonderes, mit Theaterleuten zu sprechen. Sie haben eine spezielle Sicht auf so ein Stück.«

»Ja, und dann hat Squelo seine Wette auch noch gewonnen. Tja, was soll ich sagen, aus kriminalistischer Sicht war das nicht vorherzusehen.« Fabio musste schmunzeln. Letztendlich hätte zwar der Regisseur ermordet werden sollen, was aber aufgrund einer Verwechslung dann doch nicht geschah, und jemand anderes hatte dafür ins Gras beißen müssen. »Das ist eben Theater. Da geht immer noch etwas, was der Kriminalist nicht sieht.« Bei diesen Worten fiel ihm sofort wieder sein Fall Sebastian Kleinfuhrmann ein und er dachte: »Was sehe ICH bei diesem Fall nicht?« »Aber die beiden sind richtig nett, findest du nicht auch?«

»Unbedingt. Es war schön, die beiden kennenzulernen. Wann ist denn die Premiere von Squelos Stück? Da könnten wir doch auch hingehen. Dann haben wir auch einen Vergleich. Wenn ich Squelo richtig verstanden habe, dann macht er eine andere Art von Theater.«

»Ich glaube auch, dass er Zenz' Leistung zwar schätzt, aber dass er selbst so etwas nicht inszenieren würde. Er kommt eher vom klassischen Theater her, nehme ich an. Zenz ist ihm vielleicht zu experimentierfreudig.«

»Du meinst wegen der zwei Bühnen ... Ich weiß nicht.« Fabio wiegte den Kopf hin und her. »Mein Eindruck ist eher, dass er etwas anderes an Zenz nicht schätzt. Und das hat etwas mit diesen Plänen zu tun, die er ihm gegenüber geäußert hat. Mein Bauch sagt mir, dass Squelo Vorbehalte entweder gegenüber der Person Zenz Nußbaumer hat oder gegen dessen Pläne. Wobei er uns ja nicht erzählt hat, was das für Pläne sind. Ist dir das nicht auch aufgefallen? Er hat das erwähnt, aber dann kein Sterbenswörtchen darüber fallen lassen. Komisch, oder?«

»Ich weiß nicht«, Elisabeth biss in ihr Brötchen. »Mit Theaterleuten kenne ich mich nicht gut aus. Vielleicht sind das auch Konkurrenten? Es gibt so viele Theater bei uns in Südtirol. Und auch viele richtig gute Theater. Nimm doch nur die Freilichtspiele Lana. Jedes Jahr eine richtig gute Inszenierung. Und die Schauspieler und die Regisseure werden immer professioneller. Da gibt es bestimmt auch Konkurrenz untereinander. Und jetzt kommt da noch Zenz daher und mischt alles auf. Denk nur mal an diese groß angelegte Werbekampagne. Das würde mir als Verantwortlicher einer der großen Freilichtbühnen nicht nur unangenehm auffallen, ich würde mir auch überlegen, ob ich das im kommenden Jahr auch so machen muss.« Elisabeth kaute ihr Brötchen mit Genuss zu Ende. »Weißt du, ich kenne Zenz ja nur kurz, also man könnte sagen, ich kenne ihn nicht wirklich gut. Aber das bisschen, was ich mit ihm erlebt habe, lässt auf einen unfeinen Charakter schließen ... und den wird er möglicherweise im Laufe der Jahre fortentwickelt haben. So wie ich ihn einschätze, ist er von sich derart überzeugt, dass er niemanden neben sich duldet. Wenn ein solcher Charakter die Theaterszene in Südtirol durcheinanderwirbelt, dann gibt es nur zwei Varianten: Die eine ist, er setzt sich durch und dann werden ganz viele der jetzt amtierenden und guten Regisseure davongejagt oder von sich aus das Weite suchen.«

»Und die zweite Variante?«

Elisabeth schmunzelte: »Die zweite Variante sieht vor, dass der Regisseur Zenz Nußbaumer von einem seiner vielen Feinde ermordet wird. Und dann musst du, mein lieber Mann, seinen Mörder suchen ... Dann bist du wie Inspektor Armstrong im Stück gestern.«

»Aber Lewis Westcastle lebt doch noch! Der Mordanschlag ging ins Leere.«

»Das ist eben der Unterschied zwischen dem Theater und dem richtigen Leben«, Elisabeth lachte jetzt. »Aber vielleicht kommt Zenz ja auch mit dem Leben davon und sie jagen ihn nur vom Hof. Wir werden sehen ... Oder, auch denkbar, er etabliert sich mit seinen Ideen und wird in den Kreis der Kulturschaffenden Südtirols aufgenommen ... Wir werden es erleben.«

Fabio griff nach dem Tagblatt *24DerTag24*, das Elisabeth mitgebracht hatte. Er blätterte – nicht lange.

»Schau mal, hier ist schon eine Theaterkritik zur Premiere gestern.« Fabio las vor:

Südtirol hat ein neues Theater und einen neuen Regisseur

Die Premiere von Zenz Nußbaumers Stück »TEE MIT ZIMT oder Wie töte ich meinen Regisseur« im Theatersaal des katholischen Vereinshauses in Kaltern gestern Abend war ein grandioser Erfolg, wie ihn Südtirols Theaterlandschaft lange nicht mehr erlebt hat. Vor voll besetztem Haus bot die mit zwei studierten Schauspielerinnen ergänzte Truppe der Theatergruppe Kaltern eine mehr als beeindruckende Leistung. Traditionell führte die Theatergruppe Kaltern unterhaltsame Stücke auf. In diesem Jahr sind sie unter der Regie von Zenz Nußbaumer davon abgewichen. Dieser Mut zum Bruch mit den Erwartungshaltungen der Theaterbesucher wurde mit frenetischem Applaus am Ende des Stückes belohnt. Es schien, als ob die Theaterliebhaber auf diesen neuen Stil gewartet hätten. Zenz Nußbaumer betonte, dass er bewusst keinen »harten Cut« mit alten, lieb gewonnenen Erzählstilen machen wollte. »Aber«, so Nußbaumer, »sei es an der Zeit, das Publikum für das Neue in der Theaterlandschaft zu begeistern. Das Neue, das nicht mehr ausschließlich das Amüsante ist, sondern als kritischer Ansatz auf das, was ist, blickt.« So inszenierte Nußbaumer vordergründig eine Komödie, die amüsant daherkommt, aber hintergründig – mit einer in den Hintergrund verlegten Extrabühne – (großartig konzipiert und umgesetzt von Hermann Greif) auf eines der derzeit bewegenden Themen der Südtiroler Landwirtschaft verweist. Großartig auch die abstrakte Darstellung des Problems im Apfelanbau, die lediglich andeutet, vor welchen Problemen Südtirol steht. Hier ist die Leistung von Sara Wagenbauer hervorzuheben, die in der Rolle der Alice Barber eine meisterliche akrobatische Leistung zeigte, die ihr viel Szenenapplaus einbrachte.

Auch die Stummfilmszenen vor der Pause, meisterlich in Szene gesetzt durch eine ausgeklügelte Lichttechnik, hatten einen besonderen Reiz, wenngleich sie eher amüsant daherkamen, so aber den Bogen von der Humoreske zu ernstem Regietheater schlagen konnten.

In weiteren Rollen brillierten Maja Gebauer als Linda Brewster, Norbert Andergassen als Mortimer Redferne, Evi Sinn als Gabriela und Werner Gschnell als Inspektor John Armstrong. Brillant in der Rolle des Regisseurs Lewis Westcastle war der Regisseur des Stücks, Zenz Nußbaumer, selbst. Nicht unbedingt ein Novum, dass Schauspieler sich auch als Regisseure bewähren, aber schon bemerkenswert, wenn sich ein erfahrener Regisseur als Schauspieler selbst in Szene setzt.

Wir dürfen gespannt sein, was Zenz Nußbaumer in Zukunft mit uns vorhat. Hinter vorgehaltener Hand ließ er uns wissen, dass im kommenden Jahr mit einigen Neuerungen zu rechnen sei. Noch hüllte er sich aber in Schweigen und genoss zusammen mit seinen Schauspielern den Premierenerfolg auf einer After-Premieren-Party.

»Wow, das ist ja eine fette Belobhudelung der Premiere.«

Fabio legte den Bericht zur Seite.

»Was für eine Überschrift. *Ein neues Theater, ein neuer Regisseur.* Hört sich an, wie ›Da ist ein neuer Sheriff in der Stadt‹. Zenz, das Wunderkind. Na ja. Ziemlich dick aufgetragen, würde ich sagen.«

Fabio schaute Elisabeth an, die sich ein weiteres Brötchen belegte. »Findest du?« Er überlegte. Vielleicht war es ja so, dass Zenz etwas Neues hierhergebracht hatte. Er und Elisabeth waren bis zur Geburt von Laurin regelmäßig ins Theater gegangen. Meist nach Lana zu den Freilichtspielen, aber auch schon mal ins Meraner Theater. Gut, es waren jetzt nicht so viele Stücke, die Fabio gesehen hatte. Aber sie waren alle eher klassisch.

So einen Mix aus Schaukastenbühne und experimentellen Elementen hatte er jedenfalls noch nicht gesehen.

»Na ja, die Überschrift ist schon ziemlich reißerisch und verspricht vielleicht auch mehr, als Zenz halten kann. Aber es hat schon viel Applaus zum Schluss gegeben. Wir waren schließlich dabei.«

*

Zenz war in Hochstimmung. Er hatte den Bericht in *24DerTag24* gelesen und war weitestgehend zufrieden. »Diese Kulturreporterin hätte vielleicht noch etwas mehr ... ach was, fürs Erste war es gut. Nein, es war sehr gut.« Er war zufrieden, mit sich, mit seinen Leuten, mit der Welt. Selbst sein Bruder, der natürlich genauso wenig wie sein Vater zur Premiere erschienen war, hatte ihm gratuliert. Nicht sehr herzlich, aber immerhin. Jetzt saß Zenz in der Küche des elterlichen Hofes und nahm ein Telefonat nach dem anderen entgegen. Sein Handy bimmelte ohne Unterlass. Kaum hatte er aufgelegt, konnte er schon die Annahmetaste drücken. Viele Gespräche waren reine Gratulationen, was schön war. Aber Zenz wartete auf etwas anderes. Auf einen Anruf von Squelo etwa. Aber genau der rief nicht an. Bürgermeister wären auch nicht schlecht, Abgeordnete oder andere Menschen mit Einfluss, die ihn jetzt weiterbrachten. Darauf war er aus. Hier und da waren Anrufe dabei, die ihn möglicherweise einen Schritt weiterbringen konnten. Aber die für ihn entscheidenden Gesprächspartner meldeten sich nicht – vorerst. »Sie melden sich nicht gleich«, dachte Zenz. »Aber sie werden noch kommen – alle!« Zenz wusste, dass sein Stück ausgebucht war. Komplett ausgebucht. »Das war doch eine Sensation! ... Das müssen die doch sehen! ... Das kann man doch gar nicht übersehen!« Solche Gedanken schossen durch seinen Kopf. Und noch ein Gedanke machte sich breit. Der Gedanke nach Belohnung. Eine ganz besondere Belohnung. Er hatte sie sich wirklich verdient. Diesmal griff er zum Telefon und wählte eine bestimmte Nummer.

Elf

»Nein! Das kann doch nicht sein!« Fabio war fassungslos. Was Tommaso ihm soeben am Telefon erzählt hatte, konnte er nicht glauben. Heute Nachmittag, am heiligen Sonntag, teilte ihm Tommaso mit, dass man Zenz Nußbaumer tot aufgefunden habe. In Tirol, im MARINIs giardino Hotel. Auf einer Massageliege.

»Das kann ich nicht glauben, was du da erzählst. Das ist ja der Hammer. Am Freitag habe ich ihn noch auf der Bühne erlebt. Quicklebendig und äußerst munter ... Wann, sagst du, habt ihr ihn gefunden?«

Fabio war sehr aufgeregt und hatte deshalb Tommasos Schilderungen nicht alle gespeichert.

Tommaso wiederholte daher geduldig, was er wusste. »Heute Morgen, so gegen 9 Uhr erreichte uns ein Anruf von der Hotelleitung. Man habe einen Toten gefunden. Offensichtlich Herzinfarkt, hat es geheißen. Man hat uns gebeten, Diskretion zu wahren – wegen der anderen Hotelgäste. Wir haben eine Streife hingeschickt. Der Mann, den sie gefunden haben, war tot. Er lag auf der Massageliege im Wellnessbereich. Im Hotel hatte er ein Zimmer gebucht und eine Massage bei der im Hotel beschäftigten Masseurin. Diese hat ihn auch tot aufgefunden. Offenbar hatte es sich der Mann auf der Liege schon bequem gemacht und dann dort einen Herzinfarkt erlitten. So die Einschätzung unserer Leute. Es handelt sich bei dem Mann wahrscheinlich um Zenz Nußbaumer, denn er hat sich im Hotel unter diesem Namen angemeldet. Das ist erst mal alles. Ich dachte, es interessiert dich.«

»Und ob mich das interessiert – und ob ...« Fabio dachte zunächst an Elisabeth und was sie gestern beim Frühstück so scherzhaft in den Raum gestellt hatte: »Die zweite Variante sieht vor, dass der Regisseur Zenz Nußbaumer von einem seiner vielen Feinde ermordet wird. Und dann musst du, mein lieber Mann, seinen Mörder suchen ... Dann bist du wie Inspektor Armstrong im Stück gestern.«

Plötzlich fiel ihm auf: »... schon wieder dasselbe Hotel!«

»Tommaso, wer hat die Leiche von Nußbaumer gefunden? Die Masseurin? Heißt sie zufällig Margarete Mannhall?«

»Genau, das ist ihr Name.«

»Die Dame findet dauernd Leichen, Tommaso. Sie war auch die Zeugin, die Sebastian Kleinfuhrmann gefunden hat. Genau vor dem Garten des Hotels.« Fabio überlegte: »Was habt ihr mit der Leiche gemacht?«

»Sie ist bei Dr. Phillipi. Die Todesursache ist nicht eindeutig. Dass der Mann einen Herzinfarkt gehabt haben könnte, ist bloß eine Vermutung. Unsere Leute haben aber keinerlei äußere Verletzungen oder Gewalteinwirkungen feststellen können. Nußbaumer lag nackt auf der Liege, sein Gesäß mit einem Handtuch bedeckt. Der Kopf steckte in so einer Art Aussparung, er konnte also auf den Boden des Raumes sehen. Alles sah so aus, als hätte er es sich auf der Liege bequem gemacht, um sich massieren zu lassen. Gebucht war die Massage für 8 Uhr morgens. Das ist nichts Ungewöhnliches. Manche Gäste lassen sich vor dem Frühstück massieren, haben wir gehört. Und als die Masseurin um 8 Uhr den Raum betreten hat, lag er so da, wie wir ihn gefunden haben. Sie hat sofort die Hotelleitung informiert, gemeinsam sind dann alle runter in den Wellnessbereich und haben nur feststellen können, dass der Gast nicht mehr atmet. Sie haben dann die Rettung und die Carabinieri angerufen. Den Rest habe ich dir erzählt.«

»Und was meinst du?«

»Ich habe die Leiche nicht gesehen, nur den Bericht bekommen. Also, Herzinfarkt, kann schon sein, möchte ich annehmen. Aber das wissen wir, sobald Dr. Phillipi mit der Leiche fertig ist. Allerdings ...«

»Ja?«

»Der Mann ist eigentlich viel zu jung für einen Herzinfarkt. Das ist doch dieser Regisseur, den wir auf den Plakaten dauernd gesehen haben. Der mit den Augen. Dass ein so junger Mann einfach stirbt, ist schon komisch. Vielleicht hat er auch eine Krankheit gehabt? Wir werden es bald wissen ... Er muss den Weg von seinem Zimmer bis zu der Massageliege im Wellnessbereich gegangen sein, sich dort entkleidet haben und sich dann auf die Liege gelegt haben. Um 8 Uhr hatte er seinen Termin. Also, wenn ich er gewesen wäre, dann hätte ich knapp vor 8 Uhr entkleidet auf der Liege gelegen und nicht sehr lange zuvor. Denn so nackt ist es auch in einem beheizten Raum zu kühl, würde ich meinen. Wenn dann um 8 Uhr die Masseurin kommt, dann hätte ich nicht viel Zeit zum Sterben gehabt. Das finde ich komisch. Der Notarzt war nach Protokoll um 8.30 Uhr vor Ort. Er hat nur noch den Tod festgestellt. Um 8.30 Uhr war also kein Leben mehr in dem Mann. Und unsere Leute konnten ja den gesamten Körper sehen – nackt. Da gab es keinerlei Verletzungen, keine Wunden, keine äußeren Anzeichen. So etwas wie ein plötzlicher Kindstod vielleicht. Soll es ja auch bei Erwachsenen geben ... Allerdings ein sehr, sehr plötzlicher Tod. So zwischen 7.55 und 8 Uhr. Denn die Masseurin hat ausgesagt, dass sie um Punkt 8 Uhr den Raum betreten hätte.«

»Hatte sonst noch jemand Zutritt zu dem Raum?«

Tommaso schnaufte leicht. »Das werden meine Leute schon noch fragen, wenn sich herausstellen sollte, dass der Mann nicht eines natürlichen Todes gestorben ist. Aber zum jetzigen Zeitpunkt gibt es keine Notwendigkeit für Ermittlungsmaßnahmen der Carabinieri.«

Das saß. Fabio hatte verstanden. »Gut, gut, mein Freund. Es ist eure Leiche. Schon klar. Aber mich treibt eben auch der Fall Sebastian Kleinfuhrmann um und es gibt eine Übereinstimmung. Der Auffindeort. Beide Leichen wurden im Umkreis von, sagen wir, 200 Metern gefunden, und zwar von derselben Person. Dieser Margarete Mannhall. Zufall? Oder gibt es einen Zusammenhang? Diese Gedanken habe ich sofort im Kopf, wenn ich deinen Worten lausche.«

»Verstehe natürlich. Also, ich halte dich auf dem Laufenden. Das mache ich, aber Nußbaumer ist unser Fall, wobei ich hier noch gar nicht von einem Fall reden möchte. Ich dachte nur, dass dich das interessiert, weil wir beide uns mit dem Mann ja mehr oder weniger beschäftigt haben. Und dann hat er doch so eine tolle Kritik im Blatt gehabt, gestern. Ich habe sie gelesen.«

Fabio nickte am Telefon, machte sich klar, dass Tommaso das nicht sehen konnte. »Das ist nett von dir. Weißt du, die Sache mit dem jungen Deutschen, die finde ich verwirrend.

Mit Logik komme ich nicht dahinter. Ich erkenne kein Motiv, finde nichts in seinem Leben, was mir einen Hinweis gibt. Auch das, was wir von ihm wissen, was er hier gemacht hat, gibt nichts her. Also übe ich mich darin, die Dinge von einer anderen Warte zu sehen. Alles in den Blick zu nehmen, was sich beobachten lässt. Auch dann, wenn ganz offensichtlich kein Zusammenhang besteht. Vielleicht hilft mir das. Und da kommst du mit dem toten Nußbaumer im Hotel, vor dessen Garten mein junger Deutscher gefunden worden ist … Und, das ist auch bemerkenswert, Nußbaumer hat das Stück *Tee mit Zimt oder Wie töte ich meinen Regisseur* aufgeführt. Jetzt ist er selber tot, zwei Tage nach der Premiere. Komisch, oder? Nichts passt zusammen, oder vielleicht doch?«

»Das Leben **ist** komisch, mein Freund. In vielerlei Hinsicht. Wir warten jetzt erst mal ab, was Dr. Phillipi meint, woran Nußbaumer so plötzlich gestorben ist. Dann sehen wir weiter.«

*

Als Fabio Elisabeth von den Neuigkeiten erzählte, blickte sie ihn ungläubig an. Da war Erleichterung, aber auch ein Anklang von Trauer in ihrem Blick zu erkennen, meinte Fabio.

»Das ist kaum zu fassen … da habe ich gestern noch herumgewitzelt, dass ihn seine Feinde vielleicht umbringen … und jetzt ist er tatsächlich tot.«

Elisabeth ließ sich alles haarklein berichten, was Tommaso soeben Fabio am Telefon erzählt hatte.

»Dann kann es ja auch eine natürliche Ursache sein«, murmelte sie und fügte dann mit fester Stimme hinzu: »… das wird sehr wahrscheinlich eine natürliche Ursache gehabt haben. Auch wenn es sicher selten vorkommt, dass jemand so plötzlich verstirbt … und wenn es doch keine natürliche Todesursache war …?«

»… dann jedenfalls werde ich nicht den Inspektor John Armstrong spielen, sondern das wird dann Tommaso tun. Denn die Carabinieri haben die Leiche. Damit ist es zunächst ihr Fall … wenn es denn überhaupt ein Fall sein sollte.«

Zwölf

Die Montagsausgabe des Tagesblattes hatte auf Seite 1 nur eine fette Überschrift:

Berühmter Regisseur tot aufgefunden
Zenz Nußbaumer verstarb kurz nach seinem großen Triumph

Es folgte eine kurze Notiz, die aber nicht wirklich Interessantes enthielt. Die Carabinieri hatten offensichtlich nur eine knappe Meldung an die Medien abgesetzt und vor Redaktionsschluss auch keine Details veröffentlicht. Nicht einmal der Auffindeort wurde präzise benannt.

Da wusste Fabio schon wesentlich mehr aus dem Telefongespräch mit Tommaso. Als sie heute wieder gemeinsam von Prissian aus nach Bozen gefahren waren, hatte Tommaso noch keine weiteren Details berichten können. »Ich schaue mir den Bericht heute im Detail an, dann telefoniere ich gleich mit Dr. Phillipi. Der muss den Nußbaumer vorziehen, denn das ist ein Promi. Sonst liegen mir die Zeitungsleute und all die anderen stündlich in den Ohren … Wenn ich etwas weiß, von dem ich annehme, es könnte dich interessieren, melde ich mich bei dir. Ansonsten erfährst du alles Neue auf der Heimfahrt.« Mit diesen Worten war Tommaso ausgestiegen und in die Hauptwache der Carabinieri entschwunden.

*

Elisabeth wunderte sich etwas darüber, dass die Nachricht vom Tod des Regisseurs, die sie in dicken Lettern im Tagblatt nochmals nachlesen konnte, in ihr eher ein Gefühl der Befreiung ausgelöst hatte. »Der Mann, den ich nicht unbedingt wiedersehen wollte und der jetzt so plötzlich wieder in meinem Leben aufgetaucht ist, lebt nicht mehr … Das stimmt mich eher froh.« Ein wenig schämte sie sich, aber andererseits konnte sie dieses Gefühl auch verstehen. »Ich habe mir zwar gesagt, dass ich es bin, der bestimmt, wann und wo ich diesen Mann sehen werde, aber wie will ich denn ausschließen, dass er meine Wege auch dann kreuzt, wenn es ihm passt. Dieser Zenz war schon immer jemand, dem man nicht aus dem Weg gehen konnte. Er konnte einen fesseln … in gewisser Weise.«

*

Auch Squelo las das Tagblatt am Montag. »Am Sonntagmorgen aufgefunden? Das ist komisch. Kein Wo? Kein Wann genau? Kein Wie? So ein knapper Bericht. Ich bin gespannt, was dahintersteckt … Na, seine Pläne jedenfalls, die wird er jetzt nicht mehr umsetzen können.«

*

Es war nach 14 Uhr, als Fabios Telefon läutete. »Ja … Verstehe … Komme.«

Tommaso erwartete Fabio in der Pathologie. Dr. Phillipi und auch Paula waren anwesend. Sie gingen direkt zur Leiche von Zenz Nußbaumer, die unbekleidet mit dem Gesicht nach unten auf dem metallenen Tisch lag.

Paula beugte sich nahe über den Hintern von Zenz, zückte wieder ihren Kuli aus der Tasche und deutete mit der Spitze auf zwei winzig kleine rote Fleckchen. Ein jeder ziemlich mittig auf je einer der beiden Pobacken. »Sehen Sie das?«

»Mit der Lupe vielleicht«, sagte Fabio, dem die beiden Punkte nicht aufgefallen wären. Menschliche Haut hat vielerlei Unebenheiten: Flecken, kleine oder große Warzen, kleine oder große Narben, Kratzer und was sonst noch alles. Zwei kleine rote Pusteln fallen im Gesamtbild der mannigfachen Hautunregelmäßigkeiten nicht auf.

Dr. Phillipi berichtete. »Wir haben den Leichnam auf die Möglichkeit eines Herzinfarkt untersucht. Das war negativ. Dann haben wir verschiedene Untersuchungen angestellt, die andere sehr plötzlich eintretende Todesursachen nachweisen können. Einzelheiten erspare ich Ihnen. Aber alle Untersuchungen waren negativ. Wir haben dann an Gift gedacht …

Aber da ist der Nachweis nicht so einfach, wenn man nicht weiß, wonach man suchen muss. Wir haben jedenfalls das Blut auf verschiedene, leicht zugängliche Gifte untersucht. Die Ergebnisse haben wir erst in einigen Tagen. Das war schon ernüchternd für uns, nicht feststellen zu können, woran der Mann gestorben war. Wir haben dann seinen Körper – wie Sie schon sagten – mit der Lupe abgesucht und haben diese beiden kleinen Einblutungen gefunden. Nichts Spektakuläres, nichts, was uns bei der ersten Betrachtung der Leiche direkt aufgefallen war.«

Fabio fragte: »Und was hat es damit auf sich?«

»Das ist die Frage. Wir wissen es nicht. Aber wir haben eine Vermutung.« Das war Paula, die das Gespräch damit übernommen hatte.

Tommaso und Fabio wandten sich ihr zu.

»Es sind zwei sehr kleine Einblutungen. Das ist sicher. Wir fragten uns, wie es zu diesen Einblutungen gekommen sein könnte. Es gibt hierzu eine Theorie … Es gibt sehr dünne Injektionsnadeln, die nicht sehr tief in das Gewebe gehen und die normalerweise keinerlei erkennbare Verletzungen in der Haut verursachen, es sei denn, sie treffen eines der winzigen Blutgefäße, die wir alle auf fast der gesamten Hautoberfläche haben.«

»Und was sind das für Injektionsnadeln?«, fragte Tommaso.

»Insulinpens. Das sind solche dünne Nadeln, mit denen sich Diabetiker das für Sie lebenswichtige Insulin spritzen.«

»In den Po?«, fragte Fabio.

»Nein, Diabetiker spritzen sich Insulin in das Unterhautfettgewebe, meistens im Bauchbereich, manchmal auch in den Oberschenkel.«

»Aber dann ist es doch unwahrscheinlich, dass sich Zenz Nußbaumer Insulin in den Po gespritzt hat … Es sei denn …«

»Richtig, Commissario, es sei denn, er hat es sich nicht selbst gespritzt.«

»Wissen wir denn sicher, dass Insulin gespritzt worden ist?«, fragte Tommaso.

Dr. Phillipi übernahm wieder: »Nein, das können wir nicht mit Sicherheit sagen. Insulin baut sich im Körper innerhalb von einigen Stunden ab. Wir können es nach seinem Abbau im Körper nicht mehr nachweisen. Wir haben auch das untersucht und kein Fremdinsulin mehr gefunden. Das Einzige, was uns als Anhaltspunkt bleibt, sind diese kleinen Einblutungen. Sie wurden durch einen winzigen Stich verursacht, wie er mit diesen dünnen Injektionsnadeln eines Insulinpens erfolgt sein könnte. Könnte, wohl gemerkt. Wir wissen es nicht mit Sicherheit. Was wir jetzt machen, ist, das Umfeld dieser Einstichstellen feingeweblich zu untersuchen. Das braucht aber Zeit und wir könnten dann möglicherweise den Nachweis führen, dass Insulin gespritzt worden ist. Mehr aber nicht.«

Tommaso runzelte seine Stirn. »Ich kenne mich da nicht so gut aus. Gehen wir davon aus, dass Insulin gespritzt worden ist. Was bedeutet das?«

»Jetzt muss ich Ihnen einen kleinen Vortrag halten, mein Lieber. Aber ich will mich auf das Wesentliche beschränken. Insulin ist ein Hormon, das bei einem Gesunden von der Bauchspeicheldrüse gebildet wird. Es kommt vor, dass Menschen das Pech haben, dass die Bauchspeicheldrüse aufgrund einer Autoimmunerkrankung kein Insulin mehr bilden kann. Das kann sehr plötzlich auftreten. Dann überzuckert der Mensch, bildlich gesprochen. Das Hormon Insulin hat die Aufgabe, den Einfachzucker, den wir alle in unserem Blut haben, in die Muskelzellen zu transportieren. Wenn das nicht mehr funktioniert, fließt in unserem Blut eine Unmenge von Einfachzucker, das Blut verklumpt und der Mensch stirbt. Aber das passiert nicht plötzlich, sondern dauert Monate. Das ist jetzt eine sehr verkürzte Version dessen, was wirklich passiert.«

»Das habe ich verstanden«, sagte Tommaso. »Aber was bedeutet es in diesem Fall?«

»Nehmen wir an, Zenz Nußbaumer ist kein Diabetiker, sondern gesund und er würde sich Insulin spritzen. Was, glauben Sie, würde passieren?«, fragte Fabio nach. »Das eigene Insulin transportiert den Zucker in die Zellen und das künstlich gespritzte wird ausgeschieden?«

»Nein, so funktioniert es gerade nicht. Das künstliche Insulin arbeitet genau so wie das eigene Insulin. Der Blutstrom würde vom Zucker quasi leergefegt. Aller Zucker würde in Windeseile in die Muskelzellen transportiert werden. Der Körper, also eigentlich der Blutstrom, wäre unterzuckert ... Das kennen Sie vielleicht auch selbst. Wenn Sie nach größerer körperlicher Anstrengung Hunger, gar Heißhunger verspüren, Ihnen vielleicht sogar leicht schwindelig wird, dann ist das ein Signal zu essen und dem Körper Nährstoffe zuzuführen, die er in Zucker verwandeln kann. Das ist die Energiewährung, die die Muskeln und übrigens vor allem unser Gehirn andauernd fordert. Wenn der Zuckerhaushalt nicht ausreicht, dann wird uns schwindelig, wir können nicht mehr klar denken, wir werden am Ende sogar ohnmächtig – im ganz extremen Fall sterben wir auch.«

»Wenn ich also einem gesunden Zenz Nußbaumer Insulin spritze, dann kann er möglicherweise sterben?«

»Das ist richtig. Es kommt allerdings auf die Menge an. Es müssen schon einige Einheiten Insulin sein, um einen Mann von der Statur Zenz Nußbaumers zunächst in Ohnmacht fallen zu lassen und dann umzubringen.«

»Wie funktioniert das genau? Wie muss ich mir das vorstellen?« Fabio wollte es genauer wissen.

Paula übernahm. »Zunächst wird Ihnen vielleicht nur schwindelig. Dann bricht kalter Schweiß aus. Sie haben keine Kraft mehr in Ihren Muskeln und können sich auch nicht mehr richtig bewegen. Zum Schluss werden Sie ohnmächtig. Wenn Sie in diesem kritischen Zustand nicht gefunden werden und Ihnen niemand hilft, dann sterben Sie. Das alles dauert eine ganze Weile – mehrere Stunden, möchte ich meinen. Das geht keinesfalls von jetzt auf gleich. Das ist ein Prozess ... und wir haben dann doch etwas gefunden, was für Sie von Interesse sein könnte. Im Blut des Toten haben wir ein Schlafmittel nachweisen können. Ein gängiges Präparat. Die Menge war nicht gewaltig hoch, aber doch deutlich höher, als die Firma als einzunehmende Menge empfiehlt. Fest steht daher, dass er ein Schlafmittel genommen hat, wobei er die Dosierung etwas zu hoch angesetzt hat. Was wir nicht nachweisen können, ist, dass er sich Insulin gespritzt hat – oder es ihm gespritzt worden ist. Wenn er Insulin erhalten hat, dann muss das Stunden vor dem Auffindezeitpunkt, also vor 8 Uhr in der Früh, geschehen sein, denn es war kein Insulin mehr nachzuweisen.«

»Wenn ich jetzt mal eine erste Theorie formuliere ...«, sagte Tommaso, »... wenn wir davon ausgehen, dass er sich nicht selbst Insulin gespritzt hat – und das ist wahrscheinlich, weil es sich niemand in die Pobacken spritzt –, dann muss derjenige, der das getan hat, gewusst haben, was er anrichtet. Damit sich Zenz nicht wehrt, hat man ihm ein Schlafmittel gegeben. Als er schlief, ist ihm das Insulin verabreicht worden. Und am Morgen war er dann tot. Der Täter muss ihm das Insulin einige Stunden vor 8 Uhr morgens gespritzt haben, sonst hätten Sie es nachweisen können, richtig?«

»Fast richtig. Wir haben die Leiche ja erst am Sonntag erhalten und dann nur kühl gelegt. Untersucht haben wir sie erst heute Morgen, am Montag. Das heißt, dass das Insulin auf jeden Fall abgebaut war, auch wenn dem Mann erst knapp vor dem Auffindezeitpunkt die Injektion gesetzt worden wäre. Allerdings braucht es einige Zeit, bis eine hohe Dosis Insulin eine solch letale Wirkung entfaltet. Ich schätze, dass ihm die Injektion zwischen Samstag 24 Uhr und Sonntag 5 Uhr gesetzt worden ist. Dann wäre er mit an Sicherheit grenzender Wahrscheinlichkeit um 8 Uhr tot gewesen.« Dr. Phillipi schaute Paula an. »Was meinen Sie?«

»Ich schätze das genauso ein. Die Frage ist dann aber, wie der Tote auf die Pritsche kam. Hat man ihn dort hingelegt? Wer kann einen solchen Mann, der immerhin 75 Kilogramm wiegt, tragen? Wir haben uns überlegt, dass wir in dem Fall auch Fingerabdrücke hätten finden müssen oder irgendein Fitzelchen DNA-haltiges Material, Haare, Hautpartikel oder so was. Bis jetzt haben wir nichts gefunden, werden aber noch intensiver suchen. Wenn wir nichts finden, dann hat man den Mann nackt ausgezogen und ihn auf diese Massageliege gelegt, ohne Spuren zu hinterlassen. Dann müssten der oder die Täter quasi ein Ganzkörperkondom angelegt haben. Irgendetwas bleibt sonst immer hängen, ein Fusel, ein Haar, Hautpartikel. Das wiederum, also das mit dem Ganzkörperkondom, ist aber ein großer Aufwand und setzt eine vorher geplante Logistik voraus.

Denn solche Anzüge, wie wir sie von der Spurensicherung kennen, hat man nicht immer dabei.«

Tommaso musste innerlich schmunzeln. »Paula hätte in der Tat auch eine gute Kriminalistin abgegeben«, dachte er. »Oder ...«, flocht er in das Gespräch ein, »... der Mann hat sich freiwillig auf die Massageliege gelegt, ist dort eingeschlafen, weil er ein Schlafmittel intus hatte, und jemand hat ihm das Insulin in die ohnehin frei zugänglichen Pobacken gespritzt.«

Alle schauten sie Tommaso an.

»Was schaut ihr so? Ist doch klar, oder? Jetzt müssen wir Folgendes wissen: Ist Zenz Nußbaumer selbst Diabetiker? Wenn ja, wo bewahrt er seine Insulinpens auf? Wenn er kein Diabetiker ist, wer in seinem Umfeld hat Zugang zu Insulin. Wir müssen wissen, was in der Nacht von Samstag auf Sonntag passiert ist. Warum hat er in diesem Hotel gebucht? Er wohnt doch in Tramin, wenn ich das richtig erinnere. Was wollte er in Tirol? Hatte er jemanden treffen wollen und, wenn ja, wen? ... Fabio, du warst doch bei der Premiere von Zenz Nußbaumers Stück in Kaltern dabei. An was erinnerst du dich?«

»Das Stück wurde Freitagabend aufgeführt. Ich habe Zenz Nußbaumer zuletzt gesehen, wie er sich nach der Vorstellung im Kreise seiner Schauspieler getummelt hat. Die standen alle in dem kleinen Foyer des Theaters und haben es ordentlich krachen lassen, würde ich meinen. Er war auch im Gespräch mit einer jungen Dame. Ich glaube, es war die Kulturredakteurin von *24DerTag24*, die diesen positiven Artikel geschrieben hat, den wir am Samstag lesen konnten. Das war auch schon alles, denn wir sind dann noch mit Squelo und seiner Frau auf ein Glas Wein in Kaltern gewesen ... Squelo hat allerdings irgendwann einmal angedeutet, dass Zenz Nußbaumer ihm gegenüber von ›gewaltigen Plänen‹ gesprochen hätte. Wenn ich mich richtig an den Artikel im Tagblatt erinnere, stand da auch etwas von ›Neuerungen‹, die im kommenden Jahr anstünden. Ich weiß nicht, ob das etwas zu bedeuten hat.«

Tommaso nickte. »Dann müssen wir also die Zeit ab Freitagabend bis zum Sonntagmorgen um 8 Uhr untersuchen. Wo war Zenz Nußbaumer wann? Wenn wir das herausbekommen haben, dann wissen wir auch, wer in der kritischen Phase bei ihm war. Was sagten Sie, Doktor, so zwischen Samstag 24 Uhr und Sonntag 5 Uhr, richtig?«

Dr. Phillipi nickte zustimmend.

*

»Was machst du jetzt?«, fragte Fabio, als sie vor der Tür der Pathologie standen.

»Das, was ich eben angedeutet habe. Ich fange da an, wo deine Beobachtungen geendet haben. Zenz Nußbaumer hat mit seinen Schauspielern gefeiert. Das war am Freitagabend nach der Premiere. Ich befrage jetzt jeden Einzelnen, wann und wo sie Zenz zuletzt gesehen haben. Und ich frage, ob er Diabetiker war oder ob jemand aus diesem Kreis Diabetiker ist. Dann sehen wir weiter, je nachdem wie weit ich damit komme.«

Fabio nickte. »Wie ist Zenz eigentlich in das Hotel gekommen? Mit einem Auto oder mit einem Taxi?«

»Wir haben seinen Porsche sichergestellt. Er steht noch bei uns in der Hauptwache. Wir werden ihn in den nächsten Tagen an seine Verwandten geben.«

»Die habt ihr schon unterrichtet, nehme ich an?«

»Natürlich. Am Sonntagnachmittag waren zwei meiner Leute dort.«

»Und wie haben der Vater und der Bruder das aufgenommen?«

»Meine Leute haben mir berichtet, dass sie sehr gefasst waren. Sie hätten auch keine Fragen gestellt ... Sie haben natürlich auch gefragt, wann sie Zenz das letzte Mal gesehen hätten. Der Bruder, Bartl, hat ausgesagt, dass er seinen Bruder am Samstag kurz nach dem Frühstück gesehen hätte. Als er, Bartl, gegen Nachmittag wieder auf den Hof gefahren war, sei der Porsche seines Bruders aber weg gewesen.«

Fabio blickte in die Luft, ordnete seine Gedanken. »Wir haben doch ein ziemlich genaues Bild von der Familie Nußbaumer, würde ich meinen ... dank Eduard. Naz haben wir im Verdacht, seine Frau umgebracht zu haben ... Bartl trauen sie im Dorf auch das ein oder andere zu ... und Zenz beunruhigt die

Theatermacher in Südtirol ... Eine gewagte These, aber mein Bauch spricht so mit mir. Squelo hat das zwar nicht so ausgedrückt, aber du weißt ja, dass die wahre Botschaft nicht immer im Wort zu finden ist, sondern im Ausdruck, in der Aura einer Person.«

»Das Feld der Menschen, die eine Rechnung mit Zenz Nußbaumer offen hatten, ist groß, meinst du?«

»Ja, das kann ich mir vorstellen. So ein Mann polarisiert. Das ist meine Einschätzung. Jemand der polarisiert, hat mindestens so viele Feinde wie Freunde. Was mich aber stutzig macht, ist der Ort, an dem die Leiche gefunden wurde. Das MARINIs giardino Hotel in Tirol. Was wollte Zenz dort? Warum bucht er dort ein Zimmer – für ein oder zwei Nächte. Warum bucht er eine Massage für Sonntag 8 Uhr ... Ich meine, warum so früh? Wenn er dort jemanden treffen wollte, wer könnte das sein?«

»Vielleicht jemanden, mit dem er seine Pläne für das kommende Jahr besprechen wollte?«, frage Tommaso ins Blaue hinein.

Fabio schaute Tommaso an: »Das könnte es sein! Er hat einen großen Erfolg zu verzeichnen. Er möchte jetzt das Eisen schmieden, bevor es erkaltet. Er hat ein wichtiges Gespräch mit einer Person, die ihm dabei helfen kann ...« Fabio stockt, »... wenn es dir nichts ausmacht, lieber Freund, es ist ja dein Fall, also ein Fall der Carabinieri.«

Fabio schmunzelte und Tommaso tat es ihm gleich.

»Ja, was willst du sagen?«

»Ich würde vorschlagen, dass ich mit Squelo spreche und erfrage, welche Pläne Zenz Nußbaumer gehabt hat. Vielleicht führt uns das weiter. Äh, ich meine ... dich, vielleicht führt dich das weiter.«

Tommaso ließ seinen Bass rollen, während er Fabio seine schwere Pranke auf die Schulter legte. »Wir sind wie die drei Musketiere mein Lieber, bloß dass wir nur zwei sind. Aber einer für alle, alle für einen. Das gilt. Lass mich wissen, was du herausfindest. Ich besuche jetzt zunächst die Schauspieler.«

*

»Du kannst ins Mesnerhaus kommen, ich bin heute dort und muss einiges wegen der Kostüme mit Nora und den Schneiderinnen besprechen. Weißt du, wo das ist? Am Ende der Lauben, Andreas-Hofer-Str. 56, du erkennst es sofort an dem Harlekin im grünen Wams, der eine Leier in der Hand hält. Links daneben ist ein Glasanbau. Ich lass die Tür auf, du gehst hoch und kommst dann unter dem Dachboden direkt in den Zuschauerraum. Dann einfach rufen. Ich höre dich schon.«

Squelo liebte es praktisch und seine Beschreibung war perfekt. Fabio fand das Theater an der Etsch sofort. Er erklomm die Stiegen bis unter das Dach, erreichte den Zuschauerraum und schaute auf eine kleine, intime Bühne, die in der Tat unter dem Dachboden des alten Mesnerhauses untergebracht war. Er sah dunkles Holz, eine Bühne, zu der drei Stufen aus dem Publikumsbereich heraufführten. Ein roter Theatervorhang im Hintergrund, halb zugezogen, ein dicker brauner Vorhang vor der Bühne, aber hochgezogen, sodass man einen freien Blick auf die Bühne hatte. Es gab ein Klavier im Zuschauerraum, auf dem ein Helm nach Art römischer Legionäre lag, dessen Federschmuck wie ein Irokesenschnitt angeordnet war, dabei aber recht zerzaust aussah. Außerdem zwei Köpfe, die als Perückenhalter dienten. Die Perücken erinnerten an vergangene Zeiten, als sie noch im Alltag getragen worden waren. Es war recht dunkel, nur spärlich fiel das Licht durch ein kleines Fenster, ansonsten wurde die Szenerie durch eine Art Notbeleuchtung in gerade so viel Licht getaucht, dass man sah, wo man hintrat.

Fabio rief, »Squelo! Bis du hier irgendwo?«

Ein leises Poltern quittierte, dass er gehört worden war. Schritte waren zu hören und dann stand er auf der Bühne, seiner Bühne. »Ich bin hier«, begrüßte Squelo Fabio. »Es ist hier nicht aufgeräumt, wir brauchen die Bühne erst wieder im Winter. Jetzt sind wir in den Vorbereitungen für unsere Premiere in der Freilichtbühne, im Klösterle. Wir haben hier unsere Kostümwerkstatt. Meine Frau ist gerade bei den Anproben, da störe ich ohnehin. Also lass uns jeder einen Stuhl nehmen und hier oben reden.«

Sie setzen sich in den Zuschauerraum.

»Du hast schon gelesen, dass sie Zenz Nußbaumer tot aufgefunden haben?«, begann Fabio das Gespräch.

»Ah, deshalb bist du hier ... Ja, ich habe es gelesen. Das ist ja schrecklich. Wie ist das denn passiert?« Squelo wirkte betroffen.

»Das wissen wir noch nicht genau. Kann sein, dass er eines natürlichen Todes gestorben ist: Herzinfarkt oder so. Wir lassen das gerade untersuchen. Aber das dauert immer.«

»Und was kann ich für dich tun? Ich meine, was habe ich damit zu tun?«

»Vielleicht kannst du mir helfen ... Nur für den Fall, dass wir der Sache nachgehen müssen ...« Fabio machte eine kleine Pause.

Squelo sah ihn durchdringend an, erkannte sofort, dass Fabio nicht hier wäre, wenn sich die Polizei sicher gewesen wäre, dass Zenz an einem Herzinfarkt gestorben war. Aber ihm war auch klar, dass er jetzt nicht mit der Sprache herausrücken wollte. »Na, dann frag. Wenn ich helfen kann, will ich das tun.«

Fabio blickte ihn dankbar an. Ihm war ebenfalls bewusst, dass Squelo die Sache längst durchschaut hatte und war daher froh, dass er nicht nachfragte, sondern sich einfach so zur Verfügung stellte. »Du hast am Freitag, als wir uns bei der Premiere trafen, davon gesprochen, dass Zenz Nußbaumer noch große Dinge vorhatte. Was war das genau?«

Squelo lehnte sich zurück. »Jetzt, da Zenz verstorben ist, kann ich das bestimmt erzählen. Er wollte hier in Neumarkt eine Veranstaltung etablieren, die Elemente des Schauspiels, des Gauklertums, des Rummels und des Eventmanagements vereinen. Eine ganz große Nummer schwebte ihm vor. Er wollte uns Schauspieler mit Menschen zusammenbringen, die in sogenannten Live Action Role Plays einen Charakter mimen, ohne dass sie jetzt Schauspieler sind, sondern sich einfach nur gerne in einer Rolle bewegen. In vollem Kostüm natürlich. Zenz schwebte vor, Menschen, die Freude daran haben, sich in einer mittelalterlichen Welt, einer Fantasywelt und in was weiß ich noch für Welten zu bewegen, nach Neumarkt zu holen, sie vor unserer mittelalterlichen Kulisse agieren zu lassen und dachte daran, das ganze Dorf miteinzubeziehen. Mich hat er vermutlich angesprochen, weil er sich Unterstützung versprochen hat.

Denn du kannst nicht so einfach hierherkommen und solche Ideen durchsetzen. Da brauchst du Unterstützung vom Bürgermeisteramt, von den Touristikern, den Vereinen, den Wirten und, und, und … und du brauchst einen Toröffner. Jemanden, der alle kennt, den alle schätzen und auf den sie hören. Ich glaube, dass Zenz mich für diesen Toröffner gehalten hat.«

»Hättest du das für Zenz gemacht?«

»Ganz ehrlich, ich weiß es nicht. Die Idee als solche hat möglicherweise Charme. Aber ich habe hier in Neumarkt zwei Produktionen in einem Jahr. Da ist das Theater an der Etsch, in dem wir gerade sitzen. Wir spielen meist im Winter, so Dezember bis Februar. Die Vorbereitungen dafür laufen ab August/September. Und wir spielen in der Spielstätte ›Klösterle‹ als Freilichtspiele Südtiroler Unterland. Das ist immer eine große Produktion. Hier ist die Premiere meist im Juli und die Spielsaison endet im August. Die Vorbereitung dafür beginnt, wenn die Spielzeit im Theater an der Etsch abgeschlossen ist. Du verstehst? Da bleibt keine Zeit für das, was sich Zenz vorgestellt hat. Jedenfalls nicht für mich … Und, ganz ehrlich – wenn ich mir das Spektakulum vorstelle, das er hier vorgehabt hat, dann weiß ich nicht, ob ich das für mich hier in Neumarkt haben will … Wie gesagt, die Idee hat einen gewissen Charme, aber die Auswirkungen auf das Dorf wären enorm gewesen. Zenz schwebte ein Megaevent vor, bei dem er ordentlich Kasse machen wollte. Mich hat er damit locken wollen, dass ich davon auch profitieren solle.«

»Und das hat dich nicht gereizt?«

Squelo schaute Fabio intensiv an, was selbst bei der spärlichen Beleuchtung nicht ohne Effekt war. »Ein Schauspieler«, dachte Fabio. »Das ist ein Bühnenblick!«

»Weißt du, was ich glaube? Dieser Zenz ist ein Menschenfänger. Er kann begeistern, er kann überzeugen und er kann Leute mitnehmen. Aber ich bezweifele – und da bin mir ganz sicher –, dass er dich, sobald er bekommen hat, was er will, noch länger kennt. Der wendet sich ab und weiß ab dem Moment nicht, was er anderen verdankt. Dann ist das schon alles Seins. Der ist vom ›Stamme Nimm‹. Mit solchen Leuten macht man besser keine Geschäfte. Das meine ich.« Squelo machte eine Pause, schaute kurz auf den Boden, dann hob er seinen Blick wieder. »Aber, was ich auch glaube, ist, dass Menschen wie Zenz Nußbaumer nicht aufgeben. Zenz hat bei mir nicht sofort den Erfolg erzielt, den er erreichen wollte. So ein Mensch versucht es dann noch einmal, hat aber möglicherweise schon mit anderen Menschen Gespräche geführt. Menschen, von denen ich möglicherweise abhängig bin. Dann hätte er so ganz nebenbei erwähnt, dass er schon mit, sagen wir, dem Bürgermeisteramt, dem Hauptsponsor, oder dem Obmann geredet hätte. Dann müsste ich mir überlegen, ob es weiterhin klug wäre, einem Mann wie Zenz Nußbaumer die Stirn zu bieten. Möglicherweise hat er gegenüber den erwähnten Menschen auch angedeutet, dass er mich schon im Sack hätte …

Was ich sagen will: Menschen wie Zenz Nußbaumer spielen die Menschen gegeneinander aus. Sie schmeicheln, sie umgarnen, sie sind charmant, charismatisch, sie verlieren ihr Ziel nicht aus den Augen – aber, und das betone ich ganz besonders, solchen Menschen kannst und darfst du nicht vertrauen.« Squelo setzte sich aufrecht hin. »Die Theaterliteratur ist voll von diesen Typen: Findest du alle bei Shakespeare und auch schon bei den Klassikern. Zenz ist so ein Querschnitt von einigen dieser Figuren, die ich im Auge habe. Nur, dass diese Typen heute gehypt werden. Das sind die Typen Mensch, die unser Zeitalter prägen, die ihm ihren Stempel aufdrücken wollen. Und sie werden dafür auch noch geliebt … und das, mein lieber Fabio, ist es, was sie eigentlich wollen: geliebt werden. Das ist das Ziel, dafür ist ihnen kein Aufwand zu groß und sie geben alles … Vielleicht sogar ihr Leben.«

»Uff!«, dachte Fabio. »Schon toll, wenn die Analyse durch einen Schauspieler und Regisseur erfolgt«.

Squelo lächelte Fabio an. »War das jetzt zu viel …? Ich sehe die Menschen vielleicht durch meine Theaterbrille, aber, was ist Theater denn überhaupt. Theater ist – jedenfalls zu einem Teil – immer auch der Blick auf den Menschen, auf seinen Charakter, auf seine Abgründe. Immer etwas übersteigert, immer etwas gekünstelt, aber immer auch der Realität entnommen … Schau mal auf unser Symbol, den Harlekin: Er spiegelt den Menschen, zeigt ihnen den Spiegel. Die Figur des Harlekins ist alt und hat auch in seiner Bedeutung einen Wandel durchlaufen, aber Theater ist letztendlich das berühmte ›Spiegelvorhalten‹: meist amüsant, manchmal nachdenklich, aber immer ungefährlich. Die Menschen brauchen das. Und ein Harlekin bleibt deshalb auch ungestraft.«

Fabio nickte leicht. »Vielen Dank für diese Einschätzung. Das war spannend. Darf ich dich jetzt noch etwas fragen?«

»Nur zu. Frage.«

»Meinst du, Zenz könnte noch jemanden anderen als dich auf sein Projekt, seine Idee, angesprochen haben? Oder warst du der Einzige?«

»Ich kann es mir schon vorstellen. Aber ich weiß nicht, ob er auch andere ins Vertrauen gezogen hat. Aber ja – so ein Typ wie Zenz, der hat bestimmt nicht nur auf eine Karte gesetzt … Lass mich überlegen. Er war ganz wild auf die Kulisse von Neumarkt, du verstehst das schon, die Lauben, die mittelalterlichen Häuser und so. Aber das findest du natürlich auch woanders. Stell dir nur mal all die Burgen vor, die es hier gibt. Da wäre Zenz schon fündig geworden. Also – ja, ich kann mir sogar ganz gut vorstellen, dass er mehrere Eisen im Feuer hatte.«

»Nächste Frage. Wen könnte er angesprochen haben in der Region von Tirol?«

»Nun, da gibt es auch Freilichtspiele, es gibt auch Bühnen, Regisseure, Schauspieler. So wie hier. Und in Tirol, nun da gibt es das Schloss Tirol. Das ist natürlich ein schöner Ort … eine alte Burg, in der jetzt ein Museum untergebracht ist … Das Dorf selbst, nein, das bietet sich nicht als Kulisse an … Da stehen nur moderne Hotels in Reih und Glied … das hat so eine ganz andere Atmosphäre als zum Beispiel hier in Neumarkt.« Squelo überlegte. »Salurn wäre auch passend … als Kulisse jedenfalls. Vielleicht hat er es auch dort versucht. Allerdings – davon hätte ich wahrscheinlich erfahren.

»Letzte Frage. Weißt du zufällig, ob Zenz Diabetiker war?«

Squelo schüttelte langsam seinen Kopf und blickte dabei Fabio amüsiert in die Augen. »Nein, das weiß ich nicht«, antwortete er langsam. »Aber ich weiß, dass, wenn sich ein Commissario aus Bozen auf den Weg nach Neumarkt macht, um mir diese Frage zu stellen, er dies nur macht, wenn man vonseiten der Polizei einem Verdacht nachgeht, der mit dem plötzlichen Tod von Zenz Nußbaumer in Verbindung steht. Richtig?«

Auch Fabio schaute jetzt amüsiert in Squelos Gesicht.

Squelo fuhr fort. »Aber der Commissario kann mir jetzt natürlich noch nichts erzählen – auch richtig?«

Fabio nickte.

»Dann will ich mal die Ohren spitzen und in die Landschaft hören. Vielleicht höre ich ja was.«

»Welche Landschaft?«, fragte Fabio.

»Die Theaterlandschaft natürlich, mein Biotop. Was hast du denn gedacht?«

Die beiden Männer verabschiedeten sich. Squelo verschwand wieder Richtung Kostümwerkstatt und Fabio nahm die Stiegen nach unten und landete wieder auf Neumarkts Laubengängen, den längsten in Südtirol. Vor seinem inneren Auge spielten sich hier Szenen ab, wie sie sich Zenz Nußbaumer vorgestellt hatte. LARP-Spieler in ihren wilden Kostümen tummelten sich, mittelalterlich anmutende Schenken duckten sich unter den Laubengängen, überall wurde gehandelt, gegessen, getrunken, gespielt. Musik verschiedener Stilrichtungen wäre zu hören gewesen. Vampire, Ritter, Endzeitgestalten belebten die Szene.

»Daraus wird jetzt erst einmal nichts«, dachte Fabio.

*

Tommaso hatte sich einen Termin bei Werner Gschnell geben lassen. Werner arbeitete bei der großen Weinbaugenossenschaft in Kaltern, aber für die Carabinieri nahm er sich natürlich Zeit. Außerdem ahnte er schon, weswegen man ihn sprechen wollte. Auch Werner hatte die Zeitung gelesen. Er konnte es noch gar nicht fassen, dass Zenz tot sein sollte. »Was wird jetzt aus dem Stück?«, hatte er sofort überlegt. »Bekommen wir bis zur nächsten Aufführung Ersatz?«

Tommaso traf also auf einen informierten, aber auch besorgten Obmann der Theatergruppe Kaltern.

»Sie ahnen, warum ich Sie sprechen möchte?«, eröffnete Tommaso das Gespräch.

»Zenz Nußbaumer, nehme ich an … Wir sind alle ziemlich entsetzt, dass er so plötzlich verstorben ist. Und, ganz ehrlich, wir können es noch gar nicht richtig glauben.«

»Das kann ich verstehen. Es kam ja auch völlig unerwartet … und dann noch so kurz nach der Premiere. Was wird denn jetzt mit den weiteren Aufführungen?«

Werner zog deutlich seine Schultern nach oben: »Wenn ich das wüsste! Alle Vorstellungen sind ausverkauft. Und Zenz spielt eine der Hauptrollen … Spielte, wollte ich sagen. Er spielte die Hauptrolle. Wir haben dafür keine Zweitbesetzung. Ich bin geradezu verzweifelt.« Dann folgte wieder etwas gefasster: »Aber wenn Sie jetzt hier sind, dann bestimmt nicht nur deswegen, um mir zu erzählen, dass Zenz Nußbaumer verstorben ist. Wenn Sie hier sind, dann haben Sie doch Fragen, oder?«

Tommaso nickte: »Reine Routine … bei einem Todesfall … nichts Besonderes. Als Erstes wüsste ich gerne, ob Sie wissen, ob Zenz Diabetiker war.«

Werner schaute etwas verwundert, beschloss dann aber, sich nicht zu wundern. »Soviel ich weiß, nicht. Nein, er hat uns nie davon berichtet.«

»Gut … Wie war Zenz denn so … als Mensch, als Kollege, als Regisseur?«

Werner ließ deutlich hörbar Luft ab: »Pfffhhhhh.«

Tommaso nahm das wahr, ließ Werner aber Zeit, seine Gedanken zu sammeln.

»Also, das ist jetzt ein weites Feld … und über Tote soll man ja auch nicht schlecht reden.«

Tommaso blickte Werner streng an. »Verstehe ich gut, aber ich wäre nicht hier, wenn ich das nicht wissen müsste. Legen Sie sich bitte keinen Zwang auf, reden Sie so, wie Sie reden würden, wenn Sie unter Vertrauten reden. Ich muss wissen, was Zenz für ein Mensch war, wie er sich verhalten hat, ob er Feinde hatte.«

Werner schreckte auf. »Ist er ermordet worden? Ich meine ... in der Zeitung hat davon nichts gestanden, nur, dass er plötzlich verstorben ist.«

Tommaso legte Werner seine schwere Hand auf die Schulter, schaute ihm tief in die Augen. »Wir wissen noch nicht viel. Wir kennen die Todesursache noch nicht, und deshalb gehen wir – rein vorsorglich – allem nach. Also, wenn Sie jetzt bitte erzählen würden, was für ein Mensch Zenz Nußbaumer war?«

Werner holte Luft und erzählte. Er erzählte davon, wie Zenz den Vereinsvorstand für sich eingenommen hatte, wie er den alten Regisseur verdrängt hatte, wie er es geschafft hatte, durchzusetzen, dass zwei Profischauspielerinnen in die Truppe von Laienschauspielern aufgenommen wurden. »Das müssen Sie sich mal vorstellen: Der bricht einfach eiserne Regeln ... und den Theo hat er auch rausgeworfen.«

»Wer ist dieser Theo?«

»Theo Drescher, einer unserer liebsten Kollegen, den hat er rausgeworfen.« Werner wurde nachdenklich. »Oder es war so, dass er vielleicht auch nicht alles mitmachen wollte ... Egal, Theo ist jedenfalls nicht dabei.« Werner verstummte und ging in sich. Er murmelte, »Theo, dass ich nicht gleich darauf gekommen bin ... Theo könnte den Lewis spielen. Der schafft das in der kurzen Zeit, sich den Text reinzuziehen.« Sein Gesicht strahlte wieder.

Tommaso notierte sich alles: den Namen des geschassten Regisseurs sowie die Adresse und den Namen von Theo.

Hellhörig wurde er, als Werner berichtete, wie Zenz insbesondere die Profischauspielerinnen Maja und Sara gescheucht hatte.

»Die Sara, also die mit dieser Figur, der Flagge, die hat sich richtig quälen müssen. Nach den ersten Proben hatte sie überall blaue Flecken und nach den Trainings in diesem Sportstudio war sie am ganzen Körper blau. Das kommt von den Quetschungen, wenn man mit dem Training beginnt, hat sie uns erzählt. An der Stange hält man sich nur, wenn die Haut gequetscht wird. Die gewöhnt sich mit der Zeit daran, hat die Trainerin erklärt. Aber wir haben zuerst gedacht, Zenz hätte sie verdroschen ... aber das war dann doch wohl nicht der Fall.« Nachdenklich fügte er hinzu, »... aber dieser Zenz, der hatte schon etwas von einem Sadisten.«

»Gibt es Beispiele?«

Werner erzählte von Majas Zusammenbruch und wie Zenz darauf reagiert hatte.

Tommaso wurde hellhörig. »Maja ist Diabetikern?«

Werner antwortete etwas verwirrt: »Ja, ich glaube ... Ja, das hat sie damals gesagt. Evi hat es gewusst und hat sie damit gerettet. Ja, so war es: Evi hat Cola besorgt, als Maja umgekippt ist.«

Tommasos Stift flitzte über seinen Notizblock. Er befragte Werner jetzt ausgiebig nach Zenz' Verhalten gegenüber den Schauspielern. Am Ende seiner Fragen hatte er den Notizblock vollgeschrieben. Er lehnte sich zurück und blickte Werner an: »Wo finde ich denn jetzt Maja und Sara?«

*

Auf seiner Fahrt von Neumarkt nach Bozen telefonierte Fabio mit Eduard.

»Kannst du bitte herausfinden, ob Zenz Nußbaumer mit Theaterleuten von Tirol gesprochen hat? ... Nein, ich weiß nicht, mit wem konkret ... und dann frage noch die Inhaber aller Burgen und Schlösser, ob Zenz mit ihnen Kontakt aufgenommen hat ... Was? ... Ja, alles halt, was wie Mittelalter aussieht ... egal, ob da ein Museum drin ist. Wenn die Kulisse nach Mittelalter aussieht, halt ... Jetzt alles verstanden? ... Gut ... Ja, ich bin auf dem Weg in die Questura.«

*

Maja war erstaunt, dass ein Carabiniere sie nach ihrer Diabetes fragte. »Woher wissen Sie das überhaupt?«, hatte sie ihn gefragt.

Tommaso erzählte ihr von seinem Gespräch mit Werner.

»Dass der das erwähnt hat?«, hatte sich Maja gewundert.

Erst als Tommaso ihr erzählte, dass er Zenz' Leben ausforschen müsse, wurde sie hellhörig, aber auch gesprächsbereit.

»Dann haben Sie also einen Verdacht?«, hatte sie gefragt.

Aber Tommaso hatte nur leicht den Kopf hin und her bewegt, was alles oder auch nichts bedeuten konnte.

Maja kam aber in Fahrt. »Zenz war so ein typischer Fall von fiesem Regisseur. Es gibt auch andere, aber Zenz war schon eher von der fiesen Sorte. Er nutzte jeden und alles aus. Gut, er kann auch was ... Er konnte uns auch begeistern. Das Stück, nun ja, das Stück, das ist immer auch Geschmackssache. Als Schauspieler haben Sie auf das Stück keinen Einfluss ... und wie der Regisseur es inszeniert, ist schließlich allein seine Sache. Wir müssen unsere Rollen darin ausfüllen.« Sie lachte. »Das Witzige war, dass wir Schauspieler in unserem Stück unsere kleinen Eitelkeiten, unsere Gefühlswelten, unsere Wechselhaftigkeit im Positiven wie im Negativen spielen konnten, also praktisch uns selber gespielt haben. Das hatte schon was.« Ihre Miene verfinsterte sich dann aber. »Aber dass Zenz, der dieses Arschloch von einem Regisseur, diesen Lewis, gespielt hat, selber so ein Superarschloch war, das ... das ... also das war dann schon ein wenig zu viel Realität ... Manchmal! Ich meine, wir Schauspieler halten schon viel aus, wir sind es auch gewohnt, uns zu unterwerfen – wenn es sein muss –, aber Zenz war genauso ein Arschloch, wie er es in der Rolle des Lewis gespielt hat. Als hätte er sich das Stück auf den Leib geschrieben, dabei hat er es gar nicht selber geschrieben ... Das war auch so eine Sache: Er hat das Stück nämlich geklaut, zumindest die Grundfassung.«

Maja redete jetzt ohne Punkt und Komma. Tommaso konnte so schnell gar nicht mitschreiben. Aber er ließ sie weiterreden.

»Und gemein, also so richtig gemein, war er auch ... Er hat auf niemanden Rücksicht genommen, auch auf mich nicht, als ich zusammengeklappt bin ... wegen der Unterzuckerung ... da hat er mich fast rausgeworfen, wie in dem Stück, da hat der Lewis auch alle Schauspieler rausgeworfen, so hat er das auch in echt machen wollen ...« Jetzt kamen Maja die Tränen.

Tommaso konnte erkennen, dass es Tränen der Wut waren. »Sie waren also wütend auf Zenz?«, fragte er.

»Wut ist gar kein Ausdruck! Wir alle waren wütend. Auch der Norbert, der hat das damals in die Hand genommen. Wir sind alle raus, alle miteinander. Norbert hat dann auch gemeint, dass Zenz ohne uns nichts ist.«

»Und wer hat Sie gerettet, war das auch der Norbert?«

»Nein, das war Evi. Ihr hatte ich das mit meiner Diabetes erzählt.« Maja wischte sich ihre Wuttränen aus dem Gesicht. »Es ist so, dass ich ziemlich schnell unterzuckere. Blöd ist, dass ich das nicht vorher merke. Die meisten Diabetiker spüren das. Normalerweise fängt man an zu zittern, kalter Schweiß bricht aus, man wird nervös, unkonzentriert oder all so was. Aber ich spüre das leider alles nicht. Ich falle gleich um, werde gleich ohnmächtig. Und deshalb habe ich Evi eingeweiht, dass wenigstens einer in der Truppe Bescheid weiß, was zu tun ist. Cola hilft immer am schnellsten, das wusste Evi. Also die richtige Cola, mit dem vielen Zucker, die andere, die nützt nichts – im Gegenteil …«

»Nehmen Sie denn auch Insulin?«, fragte Tommaso.

»Ja, leider, das ist ja die Krux. Das Insulinmanagement ist kniffelig, insbesondere, wenn ich spiele – also auf der Bühne stehe. Dann muss ich immer darauf achten, dass ich auch genügend gegessen habe, denn sonst treibt mich das Insulin in die Unterzuckerung. Aber auf der Bühne stehen und regelmäßig essen, also das ist schwierig. Ich vergesse das einfach. Wenn ich eine Rolle spiele, dann bin ich wie in einer anderen Welt. Essen ist dann unwichtig, ich habe dann auch keinen Hunger. Das ist echt unpraktisch, kann ich Ihnen sagen … Am Tag dieser Probe zum Beispiel war es so. Ich hatte keinen rechten Hunger am Morgen und die Probe war bereits um 8 Uhr angesetzt worden, weil wir in Zeitverzug waren. Zenz war nervös, was sich auf alle übertragen hatte. Ich habe mir morgens meine Dosis Insulin gespritzt, wie jeden Morgen, bin mit meinem Butterbrot zur Probe und habe dann einfach vergessen, es zu essen. Das Insulin fegt mir den Restzucker aus dem Blut und ich werde – leider ohne Vorwarnung – ohnmächtig. Ein schlechtes Gewissen hatte ich dann auch noch, weil ich ja selbst schuld daran gewesen bin. Ich habe die Probe vermasselt.«

Tommaso hatte interessiert zugehört. Maja hatte also Insulin – und eine Wut auf Zenz. »Darf ich noch einmal auf die Zeit nach der Premiere zu sprechen kommen. Freitagabend, die Premiere war gelaufen, und was haben Sie dann gemacht?«

Majas Gesichtszüge erhellten sich. »Ja, das war klasse, so viel Applaus. Wir hatten einen großen Erfolg ... den haben wir gefeiert. Das ganze Ensemble hat sich in der Lobby getroffen und ...«, sie gluckste, »... ich glaube, wir haben die gesamten Vorräte leer getrunken.« Maja bekam jetzt einen besonderen Glanz in ihren Augen.

»Wie lang hat die Party denn gedauert?«

Maja überlegte. »Weiß nicht ... lang ... Die Leute, die die Getränke ausgeschenkt haben, haben dem Werner irgendwann die Schlüssel gegeben. Der Wein kam auch irgendwie vom Werner oder von der Kellerei, wo er arbeitet. Die haben gesagt: ›Werner, übernimm das selbst, wir gehen jetzt.‹ Ja, und so war es dann auch ... bis alles leer getrunken war.«

»Und dann ... ging es dann noch weiter? Wo ist Zenz hin?«

»Ach, das wollen Sie wissen?« Maja schnippte mit den Fingern. »Der ist mit Sara abgezogen. Kann man sich ja vorstellen, was die noch vorhatten.« Den letzten Satz zischte Maja fast.

»War Sara die Freundin von Zenz?«

Maja schaute jetzt demonstrativ nicht in Tommasos Gesicht, sondern an ihm vorbei. Tommaso konnte sehen, wie es in ihr arbeitete. Er fragte sich, ob das Eifersucht war ... oder Wut, oder beides zusammen.

»Seine Freundin? Ja, kann schon sein ... Jedenfalls für diese Nacht, nehme ich an.« Ihr Blick traf jetzt wieder Tommasos Blick. »Zenz war so ziemlich das promiskuitivste Arschloch, das ich kenne. Ich möchte gar nicht wissen, mit wem der alles ...«.

»Sie mochten ihn also eher nicht?«

»Wenn Sie es genau wissen wollen? Nein! Aber ich war schon froh, dass er mich besetzt hat. So viele Möglichkeiten gibt es nicht – schon gar nicht in Südtirol. Ich war froh, diese Rolle zu bekommen. Wer weiß, wenn Zenz erfolgreich gewesen wäre, dann hätte da vielleicht noch eine Saison drangehangen und dann noch eine ... Wir alle hoffen ja immer, dass wir dann einmal – irgendwann halt – von einem ganz großen Regisseur entdeckt werden. Dann winken Rollen für Fernsehproduktionen oder größere Bühnen fragen an. Das hoffen wir doch alle.«

»Und jetzt?«

»Jetzt? Ja, ich weiß nicht. Zenz hat den Lewis gespielt. Den kann man nicht so einfach nachbesetzten, denke ich. Vielleicht war es das dann auch schon für mich: Viel Arbeit reingesteckt, eine gute Premiere gehabt und – aus!«

Maja war jetzt sichtbar traurig.

»Ich muss Sie noch etwas fragen.«

Maja nickte stumm.

»Wo waren Sie Samstag ab 24 Uhr bis Sonntag 5 Uhr?«

Maja hob langsam ihren Kopf. »Das ist eine Frage, die mich jetzt verwundert. Eben noch haben Sie mir erzählt, dass Sie ›rein routinemäßig‹ fragen, weil es die Vorschrift halt so will. Aber jetzt fragen Sie mich ... ich kann es nicht glauben! Wurde Zenz ermordet? Stehe ich unter Verdacht?«

Tommaso hob beschwichtigend seine Hände.

»Nein, nein ... Wir wissen noch gar nichts. Wir wissen nur nicht, wie Zenz zu Tode kam. Das wird jetzt alles untersucht ... Aber es wäre schon wichtig, zu wissen, wo Sie in der fraglichen Zeit gewesen sind. Sagen Sie es mir einfach. Bitte.«

Maja zeigte einen Schmollmund. »Also gut, wenn es der Wahrheitsfindung dient. Ich war im Bett, nehme ich an, allein, das ist mal sicher, und ich habe geschlafen. Da niemand dabei war, habe ich dafür auch keine Zeugen.«

»Gut, das war dann auch schon fast alles. Nur eines noch: Wo heben Sie Ihr Insulin auf?«

Maja schüttelte leicht ihren Kopf. »Was Sie alles wissen wollen? Aber Sie haben keine Ahnung vom Insulin, sonst wüssten Sie, dass es in den Kühlschrank gehört. Jedenfalls die Pens, die man nicht angebrochen hat. Den angebrochenen Pen können Sie bedenkenlos einige Zeit ungekühlt mit sich herumtragen. Hier ...«, Maja kramte in ihrer Tasche, »... hier ist der Pen.« Sie zog ein orangefarbenes Röhrchen heraus, das mit einer blauen Kappe verschlossen war.

»Das ist ein Pen?«

»Ja, das ist ein Pen. Noch nie gesehen?«

»Nein. Das kenne ich nicht … Darf ich fragen, wie der funktioniert?«

Maja nahm die Kappe ab. »Hier ist ein kleines Gewinde, sehen Sie? Und darauf schraubt man die Injektionsnadel.« Sie kramte erneut in ihrer Tasche und förderte ein kleines weißes Plastik hervor. Sie riss eine Schutzfolie von der hinteren Öffnung, setzte diese auf den Pen und zog ihn mit einer kurzen halbrunden Bewegung fest, dann nahm sie von der Spitze des Plastiks eine Hülle ab und hervor kam eine ganz schmale Injektionsnadel. »Damit ist der Pen fertig zur Verabreichung des Insulins. Und hier«, sie drehte den Pen um und zeigte Tommaso die untere Seite, »hier ist ein Rädchen, das man drehen kann: Jeder Einraster ist eine Einheit Insulin. Die Menge kann man mit dem Rädchen einstellen, je nachdem, wie viele Einheiten man braucht. Dann stecken Sie die Nadel in den Bauch und drücken die vorher gewählte Menge in das Unterhautfettgewebe.« Maja zog zwei Einheiten auf, hielt den Pen nach oben, drückte ab und es kamen zwei kleine Spritzer aus der Nadel. »So einfach ist das. Alles verstanden?«

Tommaso nickte und war dankbar für diese Demonstration.

»Nur, weil ich nichts davon verstehe …Wie viele Einheiten muss man denn so spritzen?«

»Ich brauche nur wenig, so 5 bis 6 Einheiten vor der Mahlzeit. Manche brauchen mehr, andere weniger. Es gibt auch Menschen, die benötigen kein künstliches Insulin, weil sie noch Restinsulin haben, aber leben halt danach. Also, sie achten darauf, wann sie was essen und treiben Sport. Es gibt keine Regel … Das sollten Sie sich merken, es gibt keine Regel, die für jeden gilt.«

»Und wenn Sie sich zu viel spritzen?«

»Dann passiert das, was mir bei der Probe passiert ist. Ich werde direkt ohnmächtig. Anderen wird es schwindelig oder sie erkennen eine Unterzuckerung an anderen Warnzeichen.«

»Wenn Sie sich jetzt absichtlich zu viel Insulin spritzen würden?«

Maja runzelte ihre Stirn. Sie nickte leicht, so als verstünde sie jetzt. »Alle Ihre Fragen … Zenz? … also hat er vielleicht? …

Ich sage es Ihnen: Sie können sich auch mit Insulin umbringen. Das weiß jeder Diabetiker. Eine Überdosis kann töten. Wenn ich mir eine zu hohe Dosis spritzen würde und mich würde keiner finden, dann erleide ich einen sogenannten diabetischen Schock. Daran stirbt man.«

»Und wie viele Einheiten sind dafür nötig?«

Majas gerunzelte Stirn krauste sich jetzt noch mehr. »Das weiß ich auch nicht. Ich schätze, dass das auch wieder individuell verschieden ist ... Also, ich habe das noch nie ausprobiert. Wäre ja auch dumm, oder? ... Die meisten Diabetiker, die Insulin nehmen müssen, kennen sich bestens aus. Sie wissen auch um die Gefahren und wie sie sich helfen können. Also wenn Zenz sich Insulin gespritzt hat, dann ...«

»Halt, halt, dass habe ich nicht gesagt.«

Maja legte ihren Kopf schief, schaute Tommaso aus Augenschlitzen an. »Ich bin nicht blöd. Ihre Fragen ... Ihre Art, also allein, dass Sie hier aufgetaucht sind. Was soll das alles, wenn Sie nicht einen Verdacht hätten?«

»Na, dann verblüfft sie ja auch meine nächste Frage nicht: Sind Ihre Insulinvorräte noch vollständig?«

Maja stutzte, stand auf und ging zu ihrem Kühlschrank. Sie kramte hinter der Wurst und holte eine Pappschachtel heraus, der sie drei Pens entnahm.

»Alles noch da. Ich hatte noch drei Pens und diesen angebrochenen.« Sie hielt Tommaso die drei gekühlten Pens vor die Nase.

»Und diese Pens sind unversehrt?«

Maja zeigte Tommaso das Fenster, über das man die Füllhöhe ablesen konnte. »Sehen Sie, alle Pens sind bis oben voll.«

*

Sara trauerte sichtlich. Das war Tommaso sofort klar, als sie ihm die Tür öffnete. »Das war bei Maja nicht so«, dachte er. Auch Sara stellte er die Frage, was nach der Premierenfeier geschehen war.

Sara bestätigte das, was Tommaso bereits von Maja berichtet bekommen hatte.

Interessant war dann noch, was Sara zusätzlich erzählte. »Zenz und ich sind dann noch zu mir gegangen. Wir waren alle beide ziemlich angeheitert. Zenz war so lebenslustig, so voller Energie, so mitreißend. Wir machten Pläne ... So wie man Pläne macht, wenn alles gut gelungen ist ... und die Premiere war ja auch gelungen. Er sprach von großen Aufführungen, die er im nächsten Jahr plane und dass er Großes vorhätte.« Sara schluchzte jetzt. » ... und jetzt ist das alles vorbei. Einfach vorbei.« Sie schaute Tommaso an. »Wie ist er denn gestorben? Ich meine, er war doch am Freitag noch so lebendig. Wie konnte das denn passieren?«

»So genau wissen wir das eben nicht, deshalb bin ich ja hier und befrage alle, die mit ihm zu tun hatten. Wir gehen erst einmal nicht davon aus, dass ihm jemand etwas angetan hat, aber wir können die Todesursache nicht feststellen. Und so haben wir die Hoffnung, dass irgendjemand aus seinem Umfeld etwas weiß, was uns weiterhilft.«

Sara sank auf ihrem Sessel noch weiter in sich zusammen.

»Sie trauern?«, fragte Tommaso.

Sara nickte. Sie wischte sich die Tränen vom Gesicht, schaute zu Tommaso empor. »Zenz hatte mit mir noch viel vor, hat er gesagt. Ich habe mich für diese Rolle arg geplagt. Er hat mir sehr viel abverlangt. Das hat er mir am Freitag noch gesagt ... und dass sich das für mich auszahlen wird. Das hat er mir auch gesagt. Überhaupt war er am Freitag sehr nett gewesen.«

»War er das sonst nicht?«

Sara schüttelte langsam den Kopf, Tränen schossen aus ihren Augen. Sagen konnte sie offenbar nichts.

»Aber Freitagabend war er nett ... Wie lange ist er denn geblieben?«

Leise antwortete sie: »Bis Samstag früh. So gegen 10 Uhr ist er los.«

»Haben Sie ihn danach noch einmal gesehen?«

Wieder schüttelte Sara nur den Kopf.

»Darf ich Sie dann noch fragen, wo Sie Samstagnacht ab 24 Uhr bis Sonntagmorgen 5 Uhr waren?«

Sara zeigte keine Reaktion. Nach einigem Zögern sagte sie: »Na hier, wo denn sonst.«

*

Tommaso suchte nach einem Platz, an dem er in aller Ruhe seine Notizen zusammenfassen und seine Gedanken ordnen konnte. Er schlenderte durch das von der morgendlichen Sonne freundlich ausgeleuchtete Kaltern: Vorbei an den pastellfarben gestrichenen alten Fassaden, vorbei am Rathaus und der großen Kirche, die beide auf den großen Platz blickten. Wegen seiner Uniform wurde er verstohlen aus den Augenwinkeln beobachtet – vor allem von den Touristen. Das kannte er schon. »Wir Carabinieri machen ja auch was her«, wusste er. »Die Kollegen von der Polizia sehen nicht ganz so schneidig aus ... Ja, so eine Uniform macht schon was her.« Er schmunzelte. »Und wenn ich mich jetzt vor eines der Cafés setze, dann denken die Touristen wieder: ›Ah sieh an, die machen alle auf Dolce Vita, selbst die Polizisten!‹« Solche Gesprächsfetzen hatte er hier und da schon mal belauscht, also suchte Tommaso nach einem Platz, wo er in Ruhe und eher unbeobachtet seine Notizen studieren und zusammenfassen konnte. Seine Füße fanden den Weg in den Drescherkeller fast von allein, obwohl er sich in Kaltern nicht besonders gut auskannte.

»Interessant ...«, überlegte Tommaso, »und wie klein doch die Welt ist.« Im Garten des Drescherkellers sah er Werner Gschnell im Gespräch mit einem sehr großen Mann, der sich durch einen milden Blick auszeichnete. »Wenn mich meine Füße schon hierher geführt haben, dann hat das auch seinen Sinn«, sagte er sich und bewegte sich in die Richtung der beiden ins Gespräch versunkenen Männer.

Kurz bevor sie ihn bemerkten, konnte Tommaso einen Fetzen ihres Gesprächs aufschnappen: »Schön, dann versuchst du es. Toll. Du schaffst das schon. Ich bring dir das Textbuch gleich vorbei.« Danach hatte Werner Gschnell ihn entdeckt. »Ach, Sie schon wieder?« Das klang aber nicht unhöflich, eher neugierig. »Jetzt lernen Sie auch noch Theo kennen.« Werner deutete auf den großen Mann.

»Einer, dem ich in die Augen schauen kann«, sinnierte Tommaso. »Selten, so große Männer.« Sie gaben einander die Hand.

»Theo übernimmt die Rolle von Zenz. Wird zwar schwierig, aber Theo schafft das schon bis zur nächsten Aufführung. Wir bauen noch eine Souffleuse ein, dann klappt das. Bis zum Ende der Aufführungszeit hat Theo den Text drauf.« Werner schien zufrieden. »Haben Sie mit Maja gesprochen? Hat es Sie weitergebracht?«

Tommaso berichtete, dass er mit Maja und Sara gesprochen hatte, dann fragte er in die Runde: »Sagen Sie, Sara und Zenz, waren die beiden ein Paar?«

Werner schaute etwas betreten zu Boden. »Also, das weiß ich nicht. Aber es kann schon sein … Setzen wir uns doch.« Er deutete auf einen der Tische. Theo verschwand kurz in seinem Keller und kam mit drei Gläsern und einem Krug Wein zurück, schenkte, ohne zu fragen, ein.

Werner schaute Tommaso an. »Zenz und die beiden Schauspielerinnen, die gehörten nicht zur Theatergruppe Kaltern. Man könnte sagen, die haben sich da hineingedrückt. Die Maja und die Sara, die sind ja auch nett und wir Laienschauspieler können von denen auch einiges lernen, also abgucken. Das ist schon ganz gut, aber sie wurden beide von Zenz mitgebracht und es gab dann so eine Zweiteilung in der Truppe. Die da und wir hier. Wir hier sind die, die schon lange dabei sind, und die Theatergruppe tragen. Ob Sara oder Maja dabei bleiben, ist eher fraglich. Die leben ja nicht hier. Also, beide, so glaube ich, haben ihre Rollen nur bekommen, weil sie, na … weil sie beim Zenz durch die Betten gegangen sind. Das ist aber nur so eine Vermutung. Aber die Eifersucht von Maja auf die Sara, die war schon zu greifen. Nach der Premiere ist Zenz mit der Sara losgezogen. Wohin weiß ich nicht, aber ich nehme an, zu ihr, denn er selbst lebt ja in Tramin auf dem Hof der Eltern. Wie man so hört, ist mit dem Alten nicht gut Kirschen essen … Um Ihre Frage zu beantworten: Der Zenz hatte viele Eisen im Feuer. Ob er es mit Sara ehrlich gemeint hat, das glaube ich nicht. Die hat sich für ihn geschunden. Diese Nummer mit der Stange, also ehrlich, das war schon echt zu viel. Aber sie hat es geschafft, das muss man anerkennen. Sie hat es für ihn gemacht. Sie ist schon so ein bisschen ... na wie sagt man, wenn man gerne leidet, also so was halt. Sie ist sehr leidensfähig ...«

»... und der Zenz ist einer der gerne triezt und einen Spaß daran hat?«

Werner nickte. »Ja, glaube schon.«

»Und Evi und Norbert, die waren auch bei der Feier dabei?«

»Wir waren alle bis zum Schluss dabei. Ich habe noch abgeschlossen. Zenz ist mit Sara abgezogen, Maja war eingeschnappt, das konnte man deutlich sehen. Evi, Norbert und ich sind dann gemeinsam losgegangen – nach Hause. Wir waren echt platt.«

»Danach haben Sie Zenz nicht mehr gesehen?«

»Nein. Ich habe heute aus der Zeitung erfahren, dass er gestorben ist. Die nächste Aufführung ist nächsten Freitag. Wenn Theo bis dahin den Text drauf hat ... Theo, kannst du morgen zur Probe kommen? Wir nehmen Evi als Souffleuse, bis wir jemanden haben, der das für die restliche Spielzeit macht.«

Tommaso spürte, dass es Werner unter den Nägeln brannte, das Stück erfolgreich aufzuführen. Er fragte: »Geht das denn so ohne Regisseur?«

Werner und Theo schauten Tommaso verwundert an. »Na klar«, kam es wie aus einem Munde. »Wir haben das Stück doch jetzt drauf. Wir machen das ja nicht erst seit gestern!«, sagte Werner.

*

Werner und Theo verabschieden sich voneinander und von Tommaso. Nun allein, sortierte er seine Gedanken: »Maja ist eifersüchtig auf Sara und hat eine Wut auf Zenz. Sie verfügt über Insulin und weiß um seine tödliche Wirkung, wenn man es zu hoch dosiert. Sie hat kein Alibi für den möglichen Tatzeitraum.«

Er überlegte weiter: »Sara ist die Geliebte von Zenz. Der quält sie gerne, und sie lässt es sich gefallen. Wie weit geht diese Toleranz? Ab wann ist sie überschritten? Ein Alibi hat sie auch nicht.« Tommaso notierte sich die Fragen: »Wie war das Verhältnis zwischen den beiden genau? War es ein Abhängigkeitsverhältnis ... oder war es ein Liebesverhältnis? Was hätte Sara dazu bewegen können, Zenz ins Jenseits zu befördern? Hatte sie Zugang zu Insulin?«

Tommaso notierte auch die Frage: »Wie könnte Sara oder Maja nach Tirol gekommen sein? Gibt es Zeugen? Ist sie dort gesehen worden? Hotelpersonal befragen.«

Zu Werner, Norbert, Evi und Theo hatte Tommaso keine Fragen notiert.

»Dann muss ich heute noch nach Tirol«, dachte er. Er ging nochmals zu Theo in den Keller. »Hast du zufällig einen Flyer von eurem Stück und sind da alle Schauspieler abgebildet?« Der Wirt konnte damit dienen.

*

Tommaso hatte den schnellen Alfa 159 genommen, den er vor Kurzem erst dem Journalisten gezeigt hatte. Was er dem Mann nicht erzählt hatte, war, dass dessen Motor besonders stark war. Keine Serie, sondern eben besonders stark. »Mal sehen, ob ich Kaltern–Tirol in 25 Minuten schaffe«, überlegte er, als sein Handy ging. Er hörte kurz rein, fragte etwas, notierte sich dann eine Adresse in seinem Block. »Interessant ...«, murmelte er, »... von Samstagabend ... Das könnte passen.« Er blickte auf den Flyer, den ihm Theo gegeben hatte. »Einer von euch könnte es gewesen sein. Das werde ich ja dann gleich wissen.« Jetzt – ohne schlechtes Gewissen – ließ Tommaso das Blaulicht laufen und gab Gas. Bis Tirol waren es – für ihn und den schnellen Wagen – tatsächlich nur 25 Minuten.

*

Das Culinaria im Farmerkreuz hatte montags Ruhetag. Es lag oberhalb von Tirol und der Blick ins Etschtal war gewaltig. Tommaso parkte seinen Wagen recht auffällig vor dem Haupteingang. »Unübersehbar«, dachte er und hoffte, dass man auf sein Läuten öffnen möge. »Ruhetage sind dazu da, um Einkäufe zu erledigen, Buchführung zu machen und was sonst noch so anfällt«, überlegte er. »Hoffentlich ist jemand da, der auch am Samstag hier war. Er läutete nochmals und bemerkte in einem der oberen Fenster eine Bewegung. »Wenn man von dort meinen Wagen gesehen hat, dann werden sie schon aufmachen«, sagte er sich. Da wurde auch schon die Tür geöffnet und etwas sorgenvolle Augen blickten ihn an. Tommaso hatte Glück. Es war der Restaurantleiter, der auch am Samstag zugegen war.

»Kennen Sie eine von diesen Personen?«, hatte ihn Tommaso gefragt und ihm den Flyer gegeben, den er von Theo erhalten hatte. Alle Schauspieler waren darin abgebildet. Der Restaurantleiter deutete ohne Zögern auf Zenz. »Der war hier – am Samstag. In Begleitung einer sehr attraktiven Dame.«

»Ist diese Dame auch auf diesem Flyer zu erkennen?«

Der Mann schaute sich die Bilder nochmals intensiv an. »Nein, definitiv nicht. Die Dame sah ganz anders aus. Sie war schlank, aber auch irgendwie ideal muskulös, würde ich sagen. Sie trug das berühmte ›kleine Schwarze‹, ganz schlicht, und das Kleid umfloss ihren Körper wie Seide. Es war aber eher Chiffon. Also, da war so gar kein Gramm Fett, wenn ich das mal so ausdrücken darf. Sie hatte eine Figur wie eine Leichtathletin, also wie eine Läuferin, aber eben doch wieder anders …« Der Mann geriet ins Schwärmen.

»Wenn Sie sie beschreiben wollten: Größe und Gesicht zum Beispiel, Frisur, Haarfarbe, Augenfarbe …«, versuchte Tommaso den Mann wieder auf griffigere Erkennungsmerkmale zu bringen.

Der berappelte sich: »Ja, natürlich, es war halt eine außergewöhnliche Erscheinung. Sie war ungefähr 1,70 Meter groß. Das ist jetzt die Größe ohne die hohen Absätze, die sie getragen hat. Ich konnte ihr in die Augen sehen und ich bin 1,85 Meter groß. Schlankes Gesicht, kurze blonde Haare. Augenfarbe, ja, da bin ich mir nicht sicher, aber ich glaube, blau. Das Licht ist hier abends sehr gedämpft. Aber blau, ja das scheint mir passend. Ihr Blick war allerdings eher kühl, abschätzend und, mit Verlaub, etwas arrogant.«

»Und der Mann?«

»Der Mann, ja, das war ja dieser Regisseur, dessen Augen wir ja seit Langem überall gesehen haben. Der hat hier reserviert: Das war am Samstagnachmittag. Ich habe das selber angenommen.« Der Restaurantleiter wurde jetzt nachdenklich. »Habe ich nicht gelesen, dass er gestorben ist? ... Sind Sie deshalb hier? Oh, mein Gott!«

Tommaso sagte nichts, fragte vielmehr: »Wie haben sich die beiden denn verhalten, wann sind sie gekommen, wann sind sie gegangen?«

Der Restaurantleiter überlegte. »Ich will ja nichts Falsches sagen, warten Sie ... Ja, die waren irgendwie vertraut miteinander. Sie kannten sich auf jeden Fall, aber es war nicht so wie bei einem Paar. Paare, die sich schon lange kennen, verhalten sich anders. Deren Aufmerksamkeit ist nicht mehr andauernd beieinander. Paare kennen sich schließlich sehr gut und diese Menschen interessieren sich mehr für die Umgebung, dafür, wer sonst noch da ist, studieren die Speisekarten anders. Manche sprechen auch miteinander, wenn sie ein Thema haben. Aber es gibt auch Paare, die kommen hierher, reden kaum miteinander, essen die Gänge, zahlen und gehen. Alles schon gehabt.«

»Und die beiden, also Zenz Nußbaumer und die Unbekannte?«

»Ja, also ich glaube, dass der Mann der Frau imponieren wollte. Seine Aufmerksamkeit war ganz bei ihr. Sehr charmant, würde ich sagen. Und sie, nun, sie hat ihn etwas hängen lassen und ihm eher die kalte Schulter gezeigt. Aber es war vielleicht auch nur ein Spiel. So was gibt es auch. Ich glaube, dass der Mann sich um die Frau bemüht hat, und wenn Sie mich fragen, ob er damit Erfolg gehabt hat, dann würde ich darauf wetten, dass er Erfolg gehabt hat.«

»Wann sind die beiden denn gekommen? Und wann sind sie gegangen?«

»Bestellt war der Tisch für 19 Uhr und unser Menü, die beiden haben das Degustationsmenü genommen, dauert ungefähr vier Stunden. Also vor 23 Uhr werden sie hier kaum raus sein, aber auf die Uhr habe ich nicht gesehen … Darf ich fragen, woher Sie wissen, dass die beiden hier waren? Ich frage deshalb, weil, wenn Sie die Rechnung haben, dann steht da die Uhrzeit drauf.«

Tommaso hob die Augenbrauen. »Guter Mann«, dachte er. Tommasos Leute hatten den Porsche von Zenz Nußbaumer durchsucht und die Rechnung vom Samstagabend gefunden. Das war die Information, die sie ihm telefonisch durchgegeben hatten. Tommaso grinste. »Sie haben mir sehr geholfen. Danke. Sollte Ihnen noch irgendetwas in den Sinn kommen, so lassen Sie es mich wissen.« Damit übergab er seine Visitenkarte. »Mich interessiert besonders die Dame, von der Sie so begeistert waren. Ich würde gerne wissen, wer Sie war.«

»Verstehe. Ich habe sie noch nie zuvor hier gesehen. Aber wenn ich mich noch an etwas erinnere, dann melde ich mich.«

*

»Auf der Rechnung steht 23.15 Uhr«, teilte ihm der Kollege mit, der die Rechnung im Wagen gefunden hatte. »Und die haben ganz schön was angelegt«, kam es aus dem Telefonhörer.

»Wie viel denn?«, fragte Tommaso.

»Hier stehen 350 Euro auf der Rechnung. Ist doch schon was, oder? Wann hast du deine Frau zuletzt so üppig eingeladen?«

Tommaso konnte sich nicht erinnern, jemals so viel Geld für ein Essen zu zweit ausgegeben zu haben. Er kombinierte. »Sara und Maja waren es nicht. Von zirka 19 bis 23.15 Uhr war Zenz Nußbaumer mit einer Unbekannten im Restaurant. Zenz hatte ein Zimmer im MARINIs giardino Hotel bestellt, etwas tiefer gelegen im Dorf. Der Weg bis dahin macht zirka 5 Minuten. Um 23.15 Uhr ist hier kein Verkehr. Dann war er Samstag zwischen 23.20 und 23.30 Uhr im Hotel … Und am Sonntag um 8 Uhr wurde er tot aufgefunden. Also muss ich nur noch klären, was er in der Zwischenzeit gemacht hat – und mit wem.«

*

Tommaso wurde von einer jungen Frau hinter der Rezeption des Hotels ins Auge genommen, die, als sie den Carabiniere die Halle betreten sah, sofort auf ihn zukam und sich vorstellte.

»Guten Tag, ich bin Daniela Marini. Sie kommen sicher wegen des Toten?« Daniela hatte am Sonntagmorgen die Rettung und die Carabinieri angerufen und wunderte sich daher nicht.

»Das ist richtig. Können wir irgendwo ungestört reden?«

Daniela begleitete Tommaso auf die Terrasse, die sich vom Haus weg durch zwei Stufen zum Garten hin orientierte, der, sehr großzügig angelegt, das Hotelgelände vom Falknerweg abschloss. Vom ersten Teil der Terrasse konnte man in das Restaurant des Hotels blicken, in dem noch einige Gäste beim späten Frühstück saßen. Da Tommaso nicht wollte, dass die Gäste etwas von dem Gespräch mitbekamen, strebte er den unteren unüberdachten Teil der Terrasse an, der mit Holz ausgelegt war. Als Tommasos Blick auf den liebevoll angelegten Gemüsegarten fiel, wusste er, warum das Hotel die Zusatzbezeichnung »giardino« im Namen führte.

»Sie lieben die Gärten, richtig?«, eröffnete er und sog gleichzeitig die würzig milde Luft ein. »Hier riecht es angenehm nach Kräutern«, fügte er hinzu. »Meine Frau pflegt auch einen Gemüsegarten. Ach, es gibt nichts Besseres, oder?«

Daniela schaute den großen Mann mit Interesse an. Er überragte sie um mehr als eine Haupteslänge. »Ein Bär, der Gemüse toll findet«, schoss es ihr durch den Kopf. »Ja, meine Eltern pflegen diesen Garten und mein Vater kocht auch für unsere Gäste mit Gemüse und Kräutern aus eigenem Anbau.«

Tommaso ließ seinen Blick weit schweifen. Das ganze Etschtal lag vor seinen Füßen. Er zeigte in die Richtung, wo das Mittelgebirge von Tisens zu sehen war. »Da wohne ich, in Tisens.«

Daniela kam es vor wie ein Déjà-vu. »Genau so etwas hatte doch auch der Commissario neulich gesagt, oder?« Sie nickte. »Ja, Tisens kenne ich. Neulich hatte ich hier einen Commissario, der kam aus Prissian.«

»Fabio Fameo?«

»Genau, so hieß er.«

»Ein Freund von mir.« Er schaute auf Daniela, lächelte. »Das da oben ist ein Nest.«

Beide lachten jetzt.

Tommaso wurde wieder ernst. »Ich komme wegen des toten Zenz Nußbaumer. Es gibt da noch einige Dinge zu klären. Mich interessiert vor allem, wann er reserviert hat, wann er eingecheckt hat und wann er am Samstagabend hier war. Können Sie mir da helfen?«

Daniela nickte. »Das kann ich ganz gut, denn ich hatte hier am Samstag Dienst ... wir teilen uns die Arbeit«, fügte sie noch hinzu. »Wir sind ein Familienbetrieb, meine Eltern, meine Schwester Isabel und ich. Und ich hatte Samstagabend Dienst.«

»Dann haben Sie Zenz Nußbaumer noch gesehen?«

»Ja, schon ... Also ich erzähle es der Reihe nach. Herr Nußbaumer rief hier am Nachmittag an. Das war so gegen 15 Uhr, meine ich. Er hat ein Doppelzimmer gebucht für zwei Nächte. Also von Samstag auf Sonntag und von Sonntag auf Montag. Er hat gesagt, dass er am Samstag erst sehr spät kommen könnte, und gefragt, ob er noch um Mitternacht seinen Zimmerschlüssel bekommen könnte. Das habe ich ihm zugesichert, weil ich bis Mitternacht Dienst habe. Gekommen ist er dann so gegen 23.30 Uhr.«

»War er allein?«

»Ja, ich habe niemanden sonst gesehen. Er war allein, aber ... da war noch etwas Komisches: Er hat mich nach einer Flasche Champagner gefragt, ›den besten den Sie haben‹, hat er gesagt, und dann hat er noch zwei Gläser haben wollen. Ich meine, wenn einer allein ist, warum braucht er dann zwei Gläser?«

»Aber Sie haben niemanden gesehen, der ihn begleitet hat, eine Frau in einem ›kleinen Schwarzen‹ vielleicht?«

»Nein, da war niemand ... Ich habe ihn vorfahren hören. Er hatte so einen Porsche. Ziemlich laut um halb zwölf nachts. Den hat er hier direkt vor dem Eingang abgestellt. Eigentlich blöd für uns, aber ich wollte auch keinen Stress machen ... wegen der anderen Gäste. Ich habe mir gedacht, er könnte den Wagen morgen, nach dem Frühstück, wegfahren. Wir haben ja auch eine Tiefgarage. Jedenfalls habe ich den Wagen vorfahren hören und nur eine Tür, die ins Schloss gefallen ist. Dann kam er auch schon herauf und verlangte nach der Flasche Champagner ... und nach seinem Schlüssel natürlich.«

»Und dann?«

»Dann ist er hochgegangen – vermute ich jedenfalls –, denn ich habe ihn nicht mehr gesehen. Ich bin dann ebenfalls zu Bett. Es ist immer ein langer Tag.«

»Und wer ist dann noch wach im Hotel?«

Daniela schaute etwas verwundert. »Ich hoffe, niemand! Also vom Personal ist jedenfalls niemand mehr hier. Ich schließe dann ab und dann ist Feierabend.«

»Was machen Sie denn so spät noch – ich meine, bis Mitternacht?«

»Es gibt eben Gäste, die spät anreisen. Die übernehme ich dann, aber eigentlich mache ich ab etwa 22 Uhr die Buchführung. Etwa zur gleichen Zeit beginnt sich unser Restaurant zu leeren. Gut, es gibt auch Tage, da geht es ab 22 Uhr erst richtig los ... Dann sind wir natürlich auch noch auf. Meine Schwester macht das dann meistens. Sie ist Sommelière und kümmert sich um die Bar. Aber am vergangenen Samstag war um 22 Uhr nichts mehr los, meine Schwester ist nach Hause gegangen, und ich habe noch auf Herrn Nußbaumer gewartet und ein wenig Buchführung gemacht. Wissen Sie, in so einem Hotelbetrieb gibt es keine freie Zeit.«

Tommaso überlegte. Wie könnte die Dame in Schwarz in das Hotel gelangt sein? Denn für sie wird der Champagner gewesen sein, da war sich Tommaso sicher.

»Sagen Sie, Daniela, ich habe Grund zu der Annahme, dass Herr Nußbaumer nicht alleine war. Es gibt Zeugen, die ihn mit einer attraktiven Dame gesehen haben, kurz bevor er hier bei Ihnen angekommen ist. Gibt es einen Weg ins Hotel, der nicht über Ihre Rezeption führt? Oder, anders formuliert, könnte Herr Nußbaumer diese Dame an Ihnen vorbei in das Hotel geschmuggelt haben?«

Daniela schaute leicht irritiert. »Nein, eigentlich nicht. Da, wo Sie heute hereingekommen sind und mich hinter der Rezeption haben sitzen sehen, da habe ich auch am Samstagabend gesessen und Herr Nußbaumer ist genauso wie Sie in das

Hotel gekommen. Wenn er in Begleitung einer Dame gewesen wäre, dann hätte ich das nicht einmal kommentiert. Er hat schließlich ein Doppelzimmer gebucht und kann kommen, mit wem er will. Gut, ich hätte ihm dann auch einen etwas höheren Preis berechnet. Aber, ganz ehrlich, der Mann machte auf mich nicht den Eindruck, als wollte er einen geringen Betrag sparen. Ich meine, er bestellt den teuersten Champagner. Das kostete dreimal so viel wie der Aufschlag von Einzelzimmer zu Doppelzimmer. Was ich meine ... Er hatte überhaupt keinen Grund, die Dame zu verstecken. Das wäre überhaupt kein Problem gewesen.«

Tommaso dachte nach. »Das verstehe ich. Aber wenn wir davon ausgehen, dass er den Champagner nicht alleine trinken wollte, dann stellt sich mir die Frage, ob die Dame, ich nehme einfach mal an, dass es sich um eine Dame handelte, ob sie vielleicht schon im Hotel war, als Herr Nußbaumer bei Ihnen den Champagner bestellte. Wenn das so gewesen ist, dann ist die Frage, welche der im Haus anwesenden Damen es gewesen sein könnte. Mmh. Gibt es unter ihren Gästen eine besonders attraktive Dame mit kurzen blonden Haaren und möglicherweise blauen Augen?«

Daniela dachte nach, ließ alle derzeit anwesenden Gäste vor ihrem inneren Auge erscheinen. »Nein, ich fürchte, dass diese Beschreibung auf niemanden hier passt. Aber, wir haben meist auch Paare als Gäste, seltener Einzelreisende. Im Augenblick haben wir keine Einzelreisenden.«

Tommaso konnte das Rätsel nicht lösen. Er grübelte. »Das Zimmer, das Herr Nußbaumer belegt hatte, ist das noch so, wie er es benutzt hat?«

Daniela schüttelte den Kopf. »Nein, das haben wir schon wieder hergerichtet. Wir hatten ja auch keine Auflagen diesbezüglich. Ihre Leute haben gesagt, dass wir das so machen können. Seine persönlichen Sachen haben wir Ihren Leuten mitgegeben, dann ist das Zimmer gereinigt und wieder hergerichtet worden.«

»Wissen Sie, ob er den Champagner getrunken hat?«

»Sie meinen, ob die Flasche leer war? Das müsste ich die Dame vom Housekeeping fragen. Moment mal.« Daniela zückte ein Mobiltelefon und tippte eine Nummer. Sie sprach kurz. »Das ist ja komisch. Die Dame vom Housekeeping hat keine Flasche Champagner gesehen, auch keine Gläser. Das Zimmer war auch recht unberührt. Da habe nur die Tasche gestanden, die Herr Nußbaumer dabeihatte. Das Bad war allerdings mit seinen Waschutensilien bestückt gewesen. Sie sagte, es hätte so ausgesehen, als hätte Herr Nußbaumer seine Sachen ins Zimmer gebracht und sei dann woanders hingegangen, denn das Bett sei gänzlich unbenutzt gewesen ... Das ist doch komisch, oder?«

Tommaso nickte. »Ja, das ist in der Tat komisch. Wo hat sich Nußbaumer in der Zeit ab der Entgegennahme des Champagners bis zu seinem Auffinden um 8 Uhr am Sonntagmorgen rumgetrieben – in Ihrem Hotel. Wahrscheinlich in Ihrem Hotel. Wo denn sonst«, überlegte Tommaso laut. »Meinen Sie, dass Ihre Gäste etwas beobachtet haben könnten?«

Daniela verzog das Gesicht. »Also, mir wäre es lieb, wenn wir die Gäste da raushalten könnten. Die haben schon mitbekommen, dass die Carabinieri im Haus waren, und haben natürlich auch gefragt. Aber keiner hat gesehen, dass hier ein Toter aus dem Hotel rausgetragen worden ist. Ich würde es schätzen, wenn wir da keinen Staub aufwirbeln ... Aber ich habe jedenfalls keinerlei Beschwerden gehabt, dass sich von Samstag auf Sonntag jemand gestört gefühlt hätte. Da war nichts, alles war ruhig. Ich wohne ja selber hier und habe auch nichts gehört.«

Tommaso zeigte Daniela den Flyer. »Haben Sie eine dieser Personen hier gesehen? Am Samstag oder vielleicht auch früher?«

Daniela betrachtete den Flyer gründlich. »Das sind die Schauspielerinnen und Schauspieler? Von dem Stück habe ich natürlich schon gehört, oder besser, gesehen. Das war ja auch nicht zu übersehen ... überall diese Augen.« Sie wurde nachdenklich. »Sagen Sie, wenn Sie jetzt alle diese Fragen stellen, muss ich mir Sorgen machen? Ich dachte, dass Herr Nußbaumer vielleicht einen Herzinfarkt gehabt hat. Ermitteln Sie denn? Also, wenn Herr Nußbaumer Opfer eines ...«

Tommaso legte seine Hand leicht an Danielas Arm. »Ich kann Ihre Sorgen verstehen ... Es ist so: Wir wissen nicht genau, woran Herr Nußbaumer gestorben ist. Wir haben aber einen Verdacht, dem wir nachgehen. Ich bitte um Verständnis, wenn ich Ihnen nicht alles sage, was ich weiß. Aber, ganz ehrlich, wir wissen auch noch nicht viel und leider auch nichts Konkretes. Derzeit untersuche ich, wo Herr Nußbaumer in der Zeit ab Entgegennahme der Flasche Champagner gegen 23.30 Uhr am Samstag bis Sonntag 8 Uhr war und ob er jemanden getroffen hat. Dabei interessiert mich eine schlanke Frau mit kurzen blonden Haaren, mit der er zuvor im Culinaria im Farmerkreuz essen war. Wo ist die Dame geblieben? Hat er sie abgesetzt und wenn ja, wo? Warum hat er für Samstag auf Sonntag bei Ihnen eine Übernachtung gebucht? Das sind die Fragen, die mich beschäftigen. Wenn Ihnen dazu etwas einfällt, bin ich dankbar, wenn Sie es mir sagen. Ich verspreche Ihnen im Gegenzug, dass ich bei Ihren Gästen keinen Wirbel auslöse.«

Daniela nickte, sie hatte verstanden.

Tommaso blickte Richtung Hotel. »Wissen Sie – und diese Frage ist jetzt wichtig –, ob jemand hier im Hotel Diabetiker ist? Noch wichtiger ist die Frage, ob es hier im Haus irgendwo Insulin gibt?«

Daniela kannte sich damit aus, denn es gab immer wieder Gäste, die unter Diabetes litten und deshalb eine bestimmte Kostform wählten: viel Gemüse zum Beispiel, was ihr Vater ja auch gut anbieten konnte, weil sie es selbst anbauten. »Wir haben natürlich auch Diabetiker als Gäste. Wenn sie Insulin nutzen, dann bieten wir ihnen an, dass sie ihre Vorräte in unseren Kühlschränken lagern, denn wir haben aus Nachhaltigkeitsgründen keine Zimmerkühlschränke mehr. Wenn ein Gast seine Medikamente bei sich haben will, verleihen wir auch einen kleinen Kühlschrank. Aber es ist nicht so, dass ich von jedem Gast weiß, ob er Diabetiker ist. Manche erzählen es, manche auch nicht. Die meisten kommen ganz gut damit klar. Einige wünschen eine spezielle Kostform. Darauf können wir eingehen ... Um zu Ihrer

Frage zurückzukommen, ob hier im Haus irgendwo Insulin lagert. Also, das weiß ich nicht sicher. In unserer Familie hat niemand Diabetes und beim Personal ist es mir nicht bekannt. Ob jemand unter den Gästen derzeit Insulin in unseren Kühlschänken lagert, weiß ich nicht, aber das könnte ich vielleicht über das Housekeeping herausbekommen«, schob sie nach. »Ich könnte die Damen bitten, in den Kühlschränken nachzusehen. Soll ich?«

»Ja bitte, machen Sie das. Vielleicht hilft uns das.«

Daniela griff wieder in ihre Tasche, holte das Handy hervor, tippte eine Nummer und sprach einige Worte.

Tommaso überlegte, was er in der Zwischenzeit erledigen konnte. »Die Dame in Schwarz ist unauffindbar, aber ich habe das Gefühl, dass sie im Hotel war. Ob es Insulin in den Kühlschränken des Hotels gibt, erfahre ich erst, wenn alle Zimmer gemacht sind. Und selbst, wenn keines gefunden wird, heißt das ja nicht, dass es diesen Stoff hier im Haus nicht gibt. Die Damen Sara und Maja scheinen als potenzielle Täterinnen nicht infrage zu kommen. Sie haben zwar beide kein Alibi, aber sie sind hier nicht gesehen worden. Keine von ihnen war die Frau in Schwarz. Wenn zum Beispiel Maja die Tat hätte begehen wollen, dann wären dazu viele logistische Vorbereitungen notwendig gewesen. Sie hätte wissen müssen, dass Zenz hier übernachten wollte. Sie hätte sich unbemerkt Zugang zum Hotel verschaffen müssen, sie hätte Zenz irgendwie auf die Massageliege bekommen müssen … Nein, das passt alles nicht.«

Tommaso wandte sich an Daniela: »Kann ich bitte einen Blick auf den Ort werfen, wo die Leiche gefunden wurde? Ich war ja nicht dabei, als meine Kollegen am Sonntag bei Ihnen waren. Dann würde ich gerne mit der Zeugin sprechen, die Herrn Nußbaumer gefunden hat. Geht das?«

»Kein Problem. Ich muss nur schnell schauen, ob der Massageraum frei ist. Wissen Sie, unsere Gäste nutzen den Wellnessbereich und auch unsere Angebote gerne. Wir bieten verschiedene Arten von Massagen an und es gibt natürlich auch ein Indoor-Schwimmbad und unseren Naturteich, schauen Sie mal.« Sie zeigte Tommaso die Richtung.

Tommaso konnte einen schön angelegten Teich sehen, mit Holzbohlen umrandet, aber dennoch so angelegt, als sei er in die ihn umgebende Natur integriert. Dahinter sah er einen wunderschön angelegten Garten, der durch seine Art der Bepflanzung nicht erkennen ließ, wie groß er war und wie weit er sich erstreckte.

Daniela konnte Tommasos Blicken folgen und las seine Gedanken. »Nicht wahr, ein wirklich schöner Garten. Meine Eltern haben ihn angelegt und pflegen ihn.«

Tommaso hatte eine Schwäche für Gärten. Er und seine Frau Anna hatten ja auch sehr viel Spaß an ihrem Gärtchen. Er hatte schon überlegt, ob er nach seiner Pensionierung ein größeres Stück Land pachten würde, um es zu bebauen. Pflanzen anzubauen hatte ihn immer schon beruhigt. Außerdem liebte er Gemüse, das er selber gezogen hatte. Leider ließ ihm der Beruf kaum Zeit für den Garten. Das war deshalb Annas Domäne. Aber, wer weiß, vielleicht hatte er ja auch bald mehr Zeit und vielleicht auch ein Stück Land.

Daniela schaute etwas verwundert in Tommasos verträumtes Gesicht, denn er hatte auf ihre letzte Bemerkung gar nicht reagiert.

Tommaso bemerkte es, räusperte sich und sagte. »Wirklich sehr schön. Toll, was Ihre Eltern hier geleistet haben. Wissen Sie, ich mag Gärten. Jedes Mal, wenn ich einen schönen Garten sehe, dann stelle ich mir vor, wie es wäre, wenn ich auch einen hätte.«

Daniela freute sich sichtlich. »Na, dann will ich jetzt mal sehen, ob der Massageraum frei ist und ob unsere Masseurin auch kurz für Sie Zeit hat. Darf ich Ihnen in der Zwischenzeit einen Kaffee anbieten?«

»Vielleicht später. Im Augenblick wäre mir daran gelegen, die Dinge zu sehen und zu besprechen.«

Daniela verschwand kurz im Hotel, Tommaso folgte ihr langsam. »Was weiß ich aus den Berichten meiner Kollegen? Nußbaumer wurde auf einer Massageliege auf dem Bauch liegend aufgefunden. Er war unbekleidet und hatte nur ein Handtuch über seinem Gesäß. Gefunden hat ihn die Masseurin am Sonntag um 8 Uhr ... Ist es eigentlich üblich, dass man so früh Termine macht? An einem Sonntag? Und wann hatte Nußbaumer diesen Termin gemacht? Daniela sagte, dass er den schon bei der Buchung gemacht hatte – also am Samstagnachmittag. Er wusste also schon am Samstagnachmittag, dass er Sonntag um 8 Uhr massiert werden wollte. Am Abend geht er aber ausgiebig und lang essen, kauft noch eine Flasche Champagner, was darauf hindeutet, dass er die Nacht verlängern wollte – mit wem auch immer –, und wollte dann so früh am Sonntag eine Massage? ... Na ja, der Mann ist auch jünger als ich. Mir wäre das alles viel zu viel und vor allem zu stressig.«

Daniela bat den in seinen Gedanken versunkenen Tommaso ihr zu folgen. Sie führte ihn die Treppe neben der Rezeption nach unten. Von diesem Geschoss aus erreichte man direkt den Wellnessbereich des Hotels. Eine Dame mittleren Alters in weißer Hose und weißem Poloshirt begrüßte die beiden.

»Darf ich vorstellen«, sagte Daniela zu Tommaso, »das ist unsere Masseurin, Margarete Mannhall. Sie hat Herrn Nußbaumer gefunden. Margarete, bist du so nett und zeigst Herrn Caruso den Massageraum? Und vielleicht gibt es auch noch Fragen ... Soll ich dabeibleiben?« Diese Frage richtete sich mehr an Tommaso als an die Masseurin.

»Nein, das ist nicht nötig.« Tommaso wandte sich direkt an die Masseurin. »Ich will Sie auch nicht allzu lang von der Arbeit abhalten. Ich möchte mir nur ein Bild machen.«

Margarete Mannhall ging voran und zeigte Tommaso den Raum, in dem sie Zenz Nußbaumer tot aufgefunden hatte. Der Raum war schlicht ausgestattet. Die Wände waren weiß gestrichen. Es gab einen Holzfußboden, eine goldene Sonne hing an einer der Wände und ansonsten fand sich ein Waschbecken auf einem Unterbau aus Naturholz. Der eher kleine Raum wurde von der Massageliege ausgefüllt, die mittig im Raum stand. Ein stattliches Gerät, das es dem darauf Liegenden gestattete, es sich bequem einzustellen. Es gab absenkbare Armauflagen und teilbare Auflageflächen. Ein Profigerät.

»Hier hat er gelegen?«

Margarete Mannhall zeigte auf die Liege: »Hier, mit dem Kopf Richtung Fenster.«

Das Fenster war mit einem lindgrünen Vorhang zugezogen, durch den aber hinreichend Licht in den Raum fiel.

»Er war unbekleidet?«

»Ja ... also da lag ein Handtuch über seinem Gesäß.«

»Ist das so üblich?«

»Eigentlich behalten die Kunden die Unterhose an. Manche aber nicht. Das kommt vor.«

»Ist Ihnen das unangenehm?«

»Ich kann gut unterscheiden, ob mich die männlichen Kunden für eine Masseurin oder für eine Masseuse halten, Sie verstehen?« Margarete lächelte etwas verschmitzt. »Also, ich werde mit denen fertig.«

Tommaso schaute sich um: »Und seine Kleidung?«

»Die hatte er hier über den Stuhl gehängt.«

»Warum hat Herr Nußbaumer so einen frühen Termin gebucht, wissen Sie das?«

Frau Mannhall zuckte mit den Schultern. »Das weiß man nie. Gäste buchen eben Termine, so wie es ihnen passt. Sonntag früh um acht ist gar nicht mal so ungewöhnlich. Ich habe immer wieder Kunden, die sehr früh ihre Massage buchen, weil sie dann beschwingter in den Tag starten. Aber normalerweise sind die Hauptzeiten schon eher nachmittags bis in den frühen Abend.«

»Sie haben sich also nicht gewundert?«

»Nein. Gar nicht.«

»Wann erfahren Sie denn von Ihren Terminen?«

»Ich bin jeden Tag – außer samstags – ab 8 Uhr im Dienst. Bis 18 Uhr normalerweise. Und wenn ein Gast einen Termin außerhalb dieser Zeiten möchte, na, dann machen wir das natürlich auch. Die Gäste sollen sich ja wohlfühlen. Ist ja ihr Urlaub, die schönste Zeit des Jahres, oder?«

Tommaso nickte leicht. »Sie arbeiten also an sechs Tagen von 8 bis 18 Uhr und Samstag haben Sie frei?«

»So steht es im Vertrag. Ich bin hier auf Saison – hier im Hotel das erste Jahr.«

»Sind Sie von hier?«

»Nein, ich komme aus Deutschland.«

»Ach ja. Von dem Termin mit Herrn Nußbaumer, wann haben Sie davon erfahren?«

»Wir haben einen Plan, der hängt einmal oben in der Rezeption und den haben wir auch hier unten hängen. Die Kunden melden ihren Wunschtermin der Rezeption, auch welche Art von Massage sie wollen, und ich schaue mir vor Dienstbeginn den Plan durch und weiß dann, wen ich in welchem der Räume bearbeite. Hier ...«, sie zog einen zusammengefalteten Zettel aus ihrer Gesäßtasche, »... das ist der Plan von heute.« Sie reichte den Zettel Tommaso. »Sehen Sie, jetzt, um diese Zeit ist gerade mal nichts los. In zehn Minuten kommt die Dame von Zimmer 10 und will eine Vollmassage. Eine Stunde später kommt der Herr von Zimmer 17 und bekommt eine Thai-Yoga-Massage. Und so weiter. Wie Sie sehen, bin ich heute ganz schön ausgebucht. Gerade mal Zeit für eine halbe Stunde zum Essen. Tja, so ist das.«

Margarete Mannhall machte dabei aber einen fröhlichen Eindruck. So, als mache ihr die Arbeit Spaß.

»Hat es Sie berührt, als Sie den Toten gefunden haben?«

»Ich habe mich erschrocken, ja. Das war nicht schön. Aber ich bin dann gleich nach oben und habe Daniela geholt. Sie hat dann alles Weitere veranlasst. Ich war dann raus ... Herzinfarkt oder so was, haben sie gesagt ... Schlimm. Der Mann war doch noch gar nicht so alt.«

Tommaso ließ noch einmal seinen Blick durch das Zimmer schweifen. Aber es gab nichts, woran sich sein Blick verfing. Er bedankte sich bei Margarete und suchte den Weg nach oben. Kurz vor der Treppe fand er eine Toilette, wofür er dankbar war. Als er sie wieder verließ, fiel ihm eine Metalltür auf, auf der das Wort »Garage« aufgemalt war. Er öffnete die Tür und gelangte durch einen kleinen Gang in eine Tiefgarage. Tommaso überlegte: »Wer auch immer in die Tiefgarage gelangt, hat einen Zugang zum Haus, hat einen Zugang zum Wellnessbereich. Was, wenn Nußbaumers Insulinmörder diesen Weg genommen hat? Wenn der Mörder hier unbemerkt von der Rezeption rein- und wieder rausgegangen war, dann hätte das auch geschehen können, nachdem sich Zenz Nußbaumer auf die Pritsche gelegt hatte, möglicherweise wegen des Schlafmittels eingeschlafen war … Also vielleicht doch Maja, oder Sara? Aber wie hätten sie in die Tiefgarage gelangen können und wissen können, dass Zenz im Wellnessbereich lag?« Tommaso verscheuchte diese Gedanken. »Das ist zu blöd. Das passt alles nicht zusammen.«

Grübelnd ging er die Treppe hoch zur Rezeption.

»Jetzt vielleicht doch einen Kaffee?«, fragte ihn Daniela, als sie Tommaso erblickte.

»Jetzt würde er mir gut passen.«

»Dann nehmen Sie doch auf der Terrasse Platz. Ich bringe Ihnen gleich den Kaffee.«

In Tommasos Hirn stapelten sich die Eindrücke. Er versuchte zu erkennen, was noch fehlte, und durchlief den Weg, den Nußbaumer gegangen sein musste. Er holte die Flasche Champagner, hatte aber auch seine Tasche dabei … Da er seine Tasche in seinem Zimmer abgestellt hatte und sogar seine Waschutensilien im Bad ausgebreitet hatte, wollte er also in diesem Zimmer übernachten. Dann musste Nußbaumer mit der Flasche Champagner und den zwei Gläsern sein Zimmer verlassen haben. »Das wird so gegen 24 Uhr gewesen sein, wenn ich die Zeiten addiere seit Verlassen des Restaurants«, kalkulierte Tommaso. »Was hat er in den acht Stunden gemacht. Was hat er in den acht Stunden in diesem Hotel gemacht? Ich glaube nicht, dass er woanders war. Oder etwa doch? Bei der Frau in Schwarz vielleicht … in der Nähe? Das könnte sein. Er ist mit dem Champagner rausgegangen, hat die Frau in Schwarz besucht, vielleicht waren sie auch verabredet. Er muss dann aber zurückgekommen sein, hat den Massageraum aufgesucht, sich entkleidet, auf die Liege gelegt und dann, ja was passierte dann?«

In dem Moment kam Daniela mit dem Kaffee, und sie war nicht allein. »Darf ich Ihnen meine Schwester, Isabel, vorstellen. Sie teilt sich mit mir die Arbeit. Sie ist meist vormittags im Einsatz. Ich habe ihr von unserem Gespräch erzählt und auch von

Ihrer Frage nach dem Insulin. Isabel hat da vielleicht etwas beobachtet, was Sie interessieren könnte.«

Die Schwestern setzten sich zu Tommaso jeweils in einen der bequemen roten Sessel, mit denen ein Teil der Terrasse möbliert war.

Isabel erzählte. »Vor ungefähr einer Woche ist hier ein Gast abgereist, der zwei Insulinpens in dem von uns ausgeliehenen Zimmerkühlschrank vergessen hatte. Wir haben ihn daraufhin angerufen und gefragt, ob wir sie ihm zuschicken sollten. Er hat gesagt, dass wir sie wegwerfen sollen, denn es sei nicht gut, wenn die Pens ungekühlt über vielleicht mehrere Tage mit der Post unterwegs seien.«

»Und das haben Sie getan, ich meine, Sie haben die Pens weggeworfen?«

»Ja, schon. Also, ich denke, dass Margarete das gemacht hat.«

»Die Margarete, die ich eben als Masseurin kennengelernt habe?«

Isabel nickte. »Wir sind hier ein Familienbetrieb. Hier packt jeder mit an. Wenn Margarete keinen Termin hat, dann hilft sie auch beim Housekeeping. Sie hat den Kühlschrank verräumen wollen und dabei die Pens gefunden und bei mir abgegeben.«

»Aber Sie haben die Pens nicht selbst weggeworfen?«

»Ich glaube, ich habe – nach dem Telefonat mit dem Gast – Margarete gesagt, sie solle sie wegwerfen. Aber, ehrlich, ich weiß das selbst nicht mehr so genau. Sie liegen aber nicht mehr da, wo ich sie gesehen habe. Wir können Margarete ja kurz fragen.« Isabel zückte ein Handy, tippte, wartete etwas. »Es tut mir leid. Sie hat wahrscheinlich einen Termin. Dann muss sie ihr Handy abschalten. Aber wir fragen sie, kein Problem.«

»Die Adresse des Gastes, seine Telefonnummer, würden Sie mir die geben?«

Isabel und Daniela schauten sich an. »Schon, wenn Sie die unbedingt brauchen. Aber Sie wissen ja, unsere Gäste …«

»Ja, ich weiß«, unterbrach Tommaso, »ich werde Ihren Gast nicht beunruhigen. Versprochen.«

Tommaso überlegte. Margarete Mannhall hatte Zugang zu Insulinpens. Blond war sie auch. Wie mochte sie in einem kleinen Schwarzen aussehen? »Wohnt Ihre Masseurin hier im Hotel, oder vielleicht außerhalb, um die Ecke vielleicht?«

Daniela und Isabel wussten nicht, warum Tommaso das fragte. »Ja, sie wohnt hier im Hotel. Wir haben oben Zimmer für einige unserer Angestellten: kleine Appartements mit einer Kochnische. Warum?«

»Nur so, kam mir nur so in den Sinn ... Gibt es noch andere Angestellte, die hier wohnen?«

»Die meisten wohnen nicht im Hotel, sondern kommen aus dem Dorf oder aus benachbarten Dörfern. Vor allem die Damen vom Housekeeping. Sie kommen alle von hier. Unsere Masseurin und einen Hilfskoch, die beiden haben wir nur für die jeweilige Saison und bringen sie dann in den beiden Kleinappartements unter.«

»Wissen Sie, ob sich Frau Mannhall und Herr Nußbaumer kannten?«

Die Schwestern schauten sich verwundert an.

»Nein«, sagte Isabel.

Daniela stimmte ihr zu. »Das glauben wir nicht. Woher auch. Herr Nußbaumer ist erstmals bei uns zu Gast gewesen. Frau Mannhall ist erst seit Saisonbeginn bei uns. Also, wir haben die beiden nie zusammen gesehen.«

»Frau Mannhall hat einen freien Tag, richtig?«

»Ja, den Samstag, den hat sie frei. Außer, wenn die Nachfrage nach Massage so groß ist, dass wir sie auch am Samstag brauchen. Das wird natürlich extra vergütet. Aber ansonsten ... ja, Samstag ist ihr freier Tag.«

»Wissen Sie, was sie an diesem freien Tag machte?«

Die Schwestern schauten Tommaso verwundert an. »Ist irgendetwas mit Frau Mannhall?«

Tommaso wiegelte ab: »Nein, nein, ich stochere völlig im Nebel. Ich frage, was mir in den Sinn kommt, wissen Sie. Manchmal führt mich das auf Gedanken, die mir dann aber helfen. Also wissen Sie etwas?«

Daniela antwortete. »Frau Mannhall ist eine recht berühmte Pole-Tänzerin. Sie trainiert eine kleine Gruppe von Nachwuchstalenten in einem Sportklub in Bozen. Das macht sie am Samstagvormittag, soviel ich weiß. Hier und da macht sie auch Einzeltrainings, abends, außerhalb ihrer Dienstzeit bei uns. Also nach 18 Uhr. Da haben wir nichts dagegen. Sie ist eine sehr zuverlässige Kraft. Sie hat noch nie gefehlt, war nie krank, ist sehr gewissenhaft und das Wichtigste: Unsere Gäste lieben sie.«

»Sie nennen sie Magic Mäggi«, flocht Isabel ein. »Wegen ihrer magischen Hände. Die Gäste sagen, dass sie noch nie so gut massiert worden seien. Also, mit Frau Mannhall haben wir eine echte Granate engagiert. Wir wollen hoffen, dass sie auch die nächste Saison bei uns bleibt.«

»Und dass Ihre Masseurin sich noch etwas nebenbei verdient, ist Ihnen recht?«

»Durchaus, ja. Sehen Sie, das Saisongeschäft ist hart und Sie müssen normalerweise Ihr Jahresgehalt in der Saison verdienen, also zwischen März und Oktober. Vier Monate lang gibt es keinen Verdienst. Also finde ich es richtig, wenn man ein zweites Standbein hat. Frau Mannhall soll wohl ganz gut sein, was man hört.«

Da ging Isabels Handy: »Kannst du bitte mal kurz auf die Terrasse kommen? ... Nein, es dauert nicht lange, Margarete. ... Sie kommt kurz hoch. Sie hat nur fünf Minuten zwischen ihren Terminen.«

Und da sprintete Margarete Mannhall auch schon auf die Terrasse.

»Margarete, du erinnerst dich doch an den Gast, der seine Insulinpens vergessen hat. Ich meine, dass ich dir gesagt habe, dass du sie wegwerfen sollst. War das so?«

Margarete nickte: »Ja, das war so. Ich habe diese Stäbe im Kühlschrank gefunden und dir gegeben. Du wolltest den Gast anrufen und hast mir irgendwann die Dinger in die Hand gedrückt und gesagt, dass ich sie wegwerfen solle.«

»Und das hast du auch gemacht?«

Margarete zeigte ein verwundertes Gesicht. »Ja, natürlich. Was hätte ich denn sonst mit denen machen sollen?«

»Das war es schon. Du kannst jetzt wieder gehen, vielen Dank.«

Margarete schaute noch etwas irritiert, machte sich aber sofort wieder auf den Weg in ihr Reich.

»Na dann wäre das auch geklärt«, sagte Tommaso. »Ich habe aber noch eine Frage. Wie gelange ich von außen in Ihre Tiefgarage?«

»Dazu brauchen Sie einen Chip, den jeder Gast erhält, wenn er hier eincheckt.«

»Ohne den Chip komme ich da nicht rein?«

»Nein, das ist nicht möglich.«

»Sind alle ihre Chips vollständig, oder fehlt Ihnen einer?«

Die Schwestern schauten sich an. »Also, ich kann gerne kurz nachsehen, aber mir ist nichts dergleichen aufgefallen«, sagte Daniela, stand auf und ging zur Rezeption.

»Könnten Sie sich vorstellen, wie jemand ins Haus gelangen könnte, ohne dass es auffällt«, fragte Tommaso Isabel.

»Tagsüber scheint mir das ausgeschlossen. Hier ist immer jemand – schon wegen unserer Gäste.«

»Und nachts?«

»Wir schließen ab. Nachts gibt es nur den Weg über die Rezeption. Die ist meist bis 24 Uhr besetzt. Danach ist abgeschlossen.«

Daniela kam zurück: »Alle Chips sind vollständig. Es fehlt keiner.«

Tommaso erhob sich. »Dann weiß ich jetzt auch nicht mehr weiter – für heute jedenfalls. Ich danke Ihnen sehr für Ihre Hilfe. Mal sehen, wie es jetzt weitergeht. Ach ja, die Adresse von dem Insulingast, dem Vergesslichen, die hätte ich dann noch gerne.«

Mit einem vollgeschriebenen Notizbuch und der Düsseldorfer Adresse des vergesslichen Gastes verließ Tommaso das Hotel.

»Wer war die Dame in Schwarz und wo ist sie jetzt«, überlegte Tommaso, als er den Alfa anließ.

*

Zurück in Bozen musste Tommaso sofort zum Pressesprecher. »Mein Telefon steht nicht mehr still. Alle Welt will wissen, was mit dem Nußbaumer ist. Können wir nicht irgendetwas sagen wie ›tragischer Tod‹, ›vermutlich Herzinfarkt‹ oder so was. Wenn du noch etwas anderes findest, dann können wir ja immer noch nachlegen.«

»Meinst du, die geben dann Ruhe? Also ich war heute in Kaltern und in Tirol und habe dort mit vielen Menschen gesprochen. Irgendeiner kennt einen, der für die Zeitung schreibt, und dann glaubt uns niemand die Geschichte mit dem Herzinfarkt. Denn wenn es so etwas Lapidares wäre, dann würde ich nicht herumfahren und Fragen stellen.« Tommaso dachte nach. »Halte die Leute noch etwas hin. Schieb es auf die Pathologen. Die brauchen halt lang … sind überlastet, oder so was … Ich muss jetzt erst einmal alle Notizen und meine Gedanken ordnen. Sonst kommt da nichts Vernünftiges bei raus. Du machst das schon.«

Mit diesen Worten verließ Tommaso seinen Kollegen und telefonierte. Er musste sich jetzt mit Fabio austauschen. Das war immer das Beste in solchen Situationen. Zu zweit sah man mehr. Außerdem wollte Fabio ja in Neumarkt mit Squelo sprechen. Vielleicht war da was herausgekommen.

Fabio war ganz froh, dass sein Freund anrief. Es war inzwischen früher Nachmittag und der Hunger wühlte im Bauch. »In zehn Minuten im Marylin?«

Nachmittags lagen im Marylin immer eine große Auswahl herrlich üppig belegter Brote. Genau das Richtige. Sie hatten auch das Glück, einen Tisch zu ergattern, der frei von neugierigen Nachbarn war. Sie konnten reden. Tommaso berichtete von seinen vielen Eindrücken und Erkenntnissen. Fabio hörte aufmerksam zu.

Als Tommaso von dem Düsseldorfer Gast erzählte, der seine Pens im Hotel vergessen hatte, wurde Fabio hellhörig. »Düsseldorf? Das ist gut. Gib mir mal die Adresse.« Tommaso reichte Fabio seine Notizen. Fabio griff zu seinem Handy und tippte die Rufnummer von Hagen Bös ein. Tommaso kannte das Spiel und grinste. Wann immer Fabio seinen Freund in der Düsseldorfer Staatsanwaltschaft anrufen konnte, machte er es.

»Hallo Hagen, nur ganz kurz, kennst du zufällig«, Fabio blickte auf Tommasos Notiz, »einen Mann aus Düsseldorf namens ›Klaus Steiner‹?«

Am anderen Ende hörte Fabio Hagen rumpeln. »Willst du mich verarschen? In Düsseldorf gibt es mehr Einwohner, als bei euch in Südtirol Leute rumlaufen. Wie soll ich die alle kennen? Wie war noch mal der Name?«

»Klaus Steiner heißt der Mann.«

»Du willst mich verarschen!«, tönte es zurück. »Wirklich Klaus Steiner?«

»Ja, ich sage es gerne noch mal. Klaus Steiner ... und nein, ich will dich nicht verarschen. Ist nur so ein Testballon. Wir suchen den nicht wirklich. Ich habe auch seine Telefonnummer und kann den sofort anrufen, aber ich hatte das Gefühl, dass ich dich aus deinem Büroschlaf wecken sollte. Danach kannst du dich ja wieder hinlegen, mein Freund.«

Fabio grinste ins Telefon, Tommaso tat es ihm gleich, beide hörten sie, wie Hagen am anderen Ende der Leitung schnaufte.

»Es gibt einen Klaus Steiner, der ist in meiner Welt recht berühmt. Der berühmte Klaus Steiner von der Mord 1 der Düsseldorfer Kriminalpolizei. Kriminalhauptkommissar a. D. Klaus Steiner, der Mann, der jeden Mord in Düsseldorf aufgeklärt hat: eine Ikone sozusagen. Hat auch in Münster an der Polizeiakademie gelehrt. Ich selbst kenne ihn nur flüchtig, weil ich ja mit Mord und Totschlag nichts zu tun habe. Aber meine Kollegen von der passenden Abteilung, die kennen den Mann ganz gut und schwärmen von ihm. Wenn das dein Klaus Steiner ist, dann kannst du ihn bestimmt anrufen. Der freut sich ein Loch in den Bauch, wenn er helfen kann. Hast du denn wieder einen Mord am Wickel, mein Lieber? In eurem sonst so sanften Südtirol?«

»Weiß ich noch nicht, mein Lieber, aber wer weiß. Du kennst ja meine Theorie.«

»Ja, ja, viele Morde bleiben unentdeckt, weil es keine geregelte Leichenschau gibt. Hast du mir schon oft erklärt. Aber tröste dich, das ist hier nicht besser. Die sparen bei den Kliniken und dann ist das eben so. Auch hier gibt es nicht genügend Experten. Alles zu teuer, sagen die Politiker. Meine Wirtschaftskriminellen bekomme ich auch nicht alle. Mir fehlen die Leute … Ich brauche Spezialisten, die sich damit auskennen. Aber mir ziehen sie die Leute ab! Ja, so ist es. Das ist der Skandal!«

Fabio kannte Hagens gebetsmühlenartig vorgetragenen Klagegesang über die unzureichende Ausstattung der Staatsanwaltschaften. Auch das hatte er schon öfter gehört, genauso wie er selbst das Thema »regelhafte Leichenschau« favorisierte.

Er unterbrach daher den Redeschwall: »Siehst du, war doch wieder gut, dass ich dich angerufen habe. Dann rufe ich jetzt mal diesen Klaus Steiner an. Wenn es der Hauptkommissar a. D. ist, dann spreche ich ja auch mit einem Kollegen. Danke dir und bis demnächst irgendwann.«

»Stets zu Diensten, alter Freund«, schallte es aus der Gegenrichtung.

»Gib mir mal die Nummer.« Tommaso reichte Fabio seine Notizen. »Ist nur ein Versuch, aber Versuch macht klug«, sagte Fabio und wunderte sich selbst darüber, dass er solch blöde Sprüche parat hatte, um die Pausen zu füllen.

»Steiner?!«, meldete sich eine Stimme.

»Guten Tag, Herr Steiner, hier spricht Commissario Fabio Fameo aus Bozen. Spreche ich mit meinem Kollegen, Kriminalhauptkommissar a. D. Klaus Steiner?«

»Ganz richtig, der bin ich. Das ist ja ein Ding! Ein Kollege aus Italien. Was gibt's?«

»Ich arbeite in der Questura Bozen, also in Südtirol, da, wo Sie vor Kurzem Urlaub gemacht haben.«

»Das wissen Sie also auch schon? Na, dann bin ich aber gespannt, was Sie von mir wollen.«

»Ja, ich weiß das von Isabel Marini, die kennen Sie doch?«

»Natürlich. Das ist eine von den beiden Schwestern, die das Hotel leiten. Nette Frauen. Beide. Und was kann ich für Sie tun?«

»Frau Marini sagte uns, dass Sie Ihr Insulin vergessen hätten? Ist das richtig?«

»Ja, das stimmt. Ich habe es im Kühlschrank liegen lassen. Blöd von mir, aber auch kein Beinbruch. Das bekomme ich hier in jeder Apotheke. Warum interessiert Sie das?«

Fabio schaute kurz Tommaso an, so als wolle er sich seine Genehmigung holen, für das, was er jetzt vorhatte.

»Wir sind ja quasi Kollegen, Sie und ich. Und deshalb erzähle ich Ihnen etwas, das ich Ihnen aber nur unter dem Siegel der Verschwiegenheit erzählen kann. Ich muss mich darauf verlassen, dass es unter uns bleibt.«

»Machen Sie schon. Einmal Polizist, immer Polizist. Auch wenn ich nicht mehr im Dienst bin.«

»Also, wir haben im Hotel eine männliche Leiche gefunden. Es könnte sein, dass der Mann mit einer Überdosis Insulin getötet worden ist. Aber das wissen wir noch nicht sicher. Deshalb interessiert uns, wer wann welche Insulinvorräte im Hotel abgreifen konnte.«

»Ha, da haben Sie den Richtigen angerufen. Ich habe nämlich einen Insulinmord aufgeklärt. Ist schon viele Jahre her und deshalb war das auch nicht leicht, aber ich habe es geschafft. Wissen Sie, es ist fast der perfekte Mord. Besser als viele Gifte, denn die sind meist nachweisbar. Insulin baut sich aber schon nach vier Stunden im Körper wieder ab. Dann finden Sie es nicht mehr. Nun gibt es eine äußerst komplizierte Methode des Nachweises von Insulin im Körper eines Toten. Man muss Gewebestellen rund um die Einstichstellen nehmen, diese zu Extrakten verarbeiten und diese Mäusen injizieren. Das ist grausam, ich weiß. Aber wenn die Mäuse in Konvulsion verfallen, dann ist Insulin im Spiel, und wenn man dann den Blutzucker der Mäuse misst, dann kann man auf die verabreichten Einheiten schließen. Kompliziert, kann ich Ihnen sagen. Aber auch wenn Sie das wissen, wissen Sie noch nicht, welches Insulin gespritzt worden ist.« Er machte eine Pause, schien sich zu besinnen. »Das war damals ein reiner Indizienprozess. Aber wir haben ihn gewonnen.« Nachdenklich fügte er hinzu: »Dass mir überhaupt der Gedanke gekommen ist, lag wohl daran, dass ich selbst mit dem Zeug klarkommen muss ... seit Kindesbeinen an. Ich weiß, wie das funktioniert, habe die ganze Entwicklung mitbekommen, von diesen dicken Spritzen bis zu diesen Pens, die ich heute nutze. Das ist schon eine Erleichterung, kann ich Ihnen sagen.«

»Das ist spannend, was Sie uns da erzählen. Wir müssten dann nur noch wissen, wer alles Zugang zu Ihrem Insulin gehabt hat.«

»Na, jede der Damen, die das Zimmer aufräumt. Und natürlich meine Frau. Und ich, klar, ich auch.«

»Wusste außer Ihrer Frau noch jemand von Ihrer Aufklärung des Insulinmordes?«

Am anderen Ende herrschte Schweigen. Dann kam leise: »Nun ja. Vielleicht. Aber klar. Natürlich. Also, ich erzähle schon mal gerne von meinen Heldentaten. Wer tut das nicht? Und die alten Fälle, na ja, die sind ja auch schon lange her, da kennt man ja niemanden mehr, nicht wahr. Also, die Geschichte, wie ich den Insulinmord aufgeklärt habe und wie das funktioniert, das erzähle ich schon ganz gerne ... aber nur, wenn es den anderen auch interessiert.«

Fabio nickte in Richtung Tommaso, der alles mithören konnte, weil Fabio das Handy entsprechend hielt. »Und wem haben Sie es im Hotel alles erzählt?«

»Also, da war ein Ehepaar aus Essen. Mit dem haben meine Frau und ich zusammen an einem Tisch gesessen. Meine Frau verdreht immer die Augen, wenn ich mit den alten Geschichten anfange. Sie hat die Geschichten ja auch schon hundertmal gehört. Aber das Ehepaar fand das eben interessant. ... und, ja, der Masseurin habe ich das auch erzählt. Wissen Sie, wenn man da so wohlig massiert wird, da muss man doch etwas sagen, oder? Das geht doch nicht, dass man dann schweigt.«

»Das war Margarete Mannhall?«

»Ja, so heißt sie wohl. Also, wir haben sie ›Magic‹ genannt – wegen ihrer Hände. Auch der Mann aus Essen, der hat den Namen wohl erfunden, ›Magic Mäggi‹ hat er sie genannt. Also ›Mäggi‹ statt Margarete, verstehen Sie?«

»Ja, das verstehe ich. Und ich finde das gerade sehr spannend. Was genau haben Sie Margarete Mannhall erzählt?«

»Den ganzen Fall von damals. Also, wie ich den Täter überführt habe. Der hat seine Frau zu Tode gespritzt. War ein ganz normales Ehepaar. Es gab kein Motiv. Ich habe bis heute nicht verstanden, warum er das gemacht hat. Es wäre als normaler Todesfall durchgegangen, wenn ich nicht genau hingesehen hätte.«

»Genau hingesehen?«

»Ja, beim Pathologen. Da habe ich zwei Einstiche gesehen. So wie ich sie auch bei mir kannte. Damals gab es nur diese dicken Spritzen. Die haben noch echte Löcher gerissen im Vergleich zu den feinen Nadeln der Pens, die es heute gibt. Das kannte ich also und ich habe daraufhin den Pathologen die Hölle heißgemacht.«

»Haben Sie Frau Mannhall auch die Wirkung des Insulins beschrieben?«

»Ja, das habe ich bestimmt, denn sonst kann man die Geschichte ja nicht verstehen, oder?«

»Da haben Sie sicher recht. Lieber Herr Steiner, Sie haben mir bestimmt geholfen. Wenn ich noch Fragen habe, darf ich Sie dann wieder anrufen?«

»Jederzeit, Herr Kollege, jederzeit!«, schallte es aus dem Hörer zurück.

»Versuch macht klug. Das gibt es doch nicht.« Fabio schaute Tommaso an. »Hast du alles verstehen können?«

»Ja, ich denke schon. Dann hätten wir ja jemanden, der sich immer deutlicher als Täter herausschält.«

»Langsam, lieber Freund, langsam. Was wissen wir jetzt? Wir wissen, dass Frau Mannhall durch die Erzählungen unseres Düsseldorfer Kommissars wissen konnte, wie ein Insulinmord funktioniert. Wir wissen, durch deine Recherchearbeit, dass sie das vergessene Insulin von Herrn Steiner in Händen hatte. Und ich weiß noch was.«

Tommaso schaute Fabio fragend an.

»Ich kenne Frau Mannhall nämlich auch. Sie ist die Zeugin, die den toten Sebastian Kleinfuhrmann gefunden hat, und ich habe sie in Lana gesehen … beim ›Langen Donnerstag‹. Sie führte einen Tanz an einer Stange vor. Und was soll ich sagen, so im Bikini hat Frau Mannhall eine Figur, also, wirklich vom Feinsten. Sie ist total durchtrainiert, wirkt aber nicht muskulös wie eine Bodybuilderin. Sie sieht schon toll aus. Ich sag mal so, im kleinen Schwarzen macht sie etwas her.«

»Du meinst, meine Frau in Schwarz könnte Frau Mannhall sein?«

»Könnte passen, oder? Nehmen wir mal an, es stimmt. Unser Zenz Nußbaumer kennt sie irgendwoher. Er lädt sie in dieses schicke Restaurant ein. Er weiß, dass sie im MARINIs giardino Hotel wohnt. Er bucht ein Zimmer, um mit ihr die Nacht zu verbringen. Sie kennt vielleicht die Möglichkeit, ins Hotel zu gelangen, ohne an der Rezeption vorbeizumüssen. Zenz besorgt noch eine Flasche Champagner, die beiden haben Spaß und ...«

»... und dann bringt die Mannhall den Nußbaumer um? Wo ist denn da das Motiv? Wenn sie sich einen netten Abend machen wollen, dann spritze ich dem Liebhaber doch nicht einfach eine Überdosis Insulin. Zumal mir die Wirkung beschrieben worden ist. Zudem hat sie ja auch gesagt, dass sie es weggeworfen hat. Also, mir erschien das glaubhaft. Die Mannhall hat auf mich nicht den Eindruck gemacht, als lüge sie.« Tommaso war nicht zufrieden mit der Theorie.

»Ja, und sie hat gesagt, dass sie Zenz Nußbaumer gar nicht gekannt hat«, ergänzte Fabio. »Kann natürlich auch gelogen sein. Aber, ich muss dir recht geben, es macht keinen Sinn. Die Dame hat kein Motiv ... Aber sie findet viele Tote. Zuerst den jungen Mann, jetzt den Nußbaumer.«

Fabio überlegte. »Warte mal, mir fällt da was ein. Ich war doch in dem Theaterstück von dem Nußbaumer. Da hat eine der Schauspielerinnen so einen akrobatischen Akt vorgeführt – an einer Stange! Aber ja, das ist es vielleicht. Diese Schauspielerin war ebenfalls eine Pole-Tänzerin. Und wo kann man das hier trainieren – und bei wem? Bei Margarete Mannhall samstagvormittags und auch im Einzeltraining, richtig?«

Tommaso nickte zustimmend.

»Wenn die Schauspielerin bei der Mannhall trainiert hat, dann wird Nußbaumer das gewusst haben und hat die Mannhall so kennengelernt?«

»Das ließe sich ja schnell feststellen.« Tommaso zeigte Fabio den Flyer. »Wer von denen hat an der Stange getanzt?«

Fabio zeigte auf das Porträt von Sara.

»Ah ja. Sara. Mit der habe ich schon gesprochen. Sie ist Nußbaumers Geliebte gewesen und war mit ihm in der Nacht von Freitag auf Samstag zusammen. Die anderen Schauspieler haben mir erzählt, dass Zenz aber noch andere Frauen hatte. Maja zum Beispiel war eifersüchtig auf Sara. Ich könnte Sara fragen, ob sie bei Margarete Mannhall trainiert hat und ob Zenz Nußbaumer Frau Mannhall gekannt hat.«

Fabio sagte: »Kommen wir noch mal auf Frau Mannhall zurück. Sie ist auf Saison? Ist sie von hier?«

Tommaso blätterte in seinen Notizen. »Ich habe mir notiert, dass sie gesagt hat, sie käme aus Deutschland«.

Fabio tippte schon wieder in sein Handy. »Versuch macht klug«, summte er dabei.

»Ja, was wird das denn?«, tönte es aus der Hörmuschel. »Haben wir heute eine Konferenzschaltung?« Hagen Bös war gut gelaunt. Aber auch verwundert, dass Fabio heute zum wiederholten Male anrief. »Was gibt es denn jetzt?«

»Der Tipp mit Klaus Steiner war so gut, dass ich dich gleich um einen weiteren Gefallen bitten möchte.

»Schieß los, Unmögliches erledige ich sofort, für Wunder brauche ich drei Tage.«

»Lass doch bitte einen Namen durch eure Computer laufen. Ich bräuchte alles, was ihr über die Dame wisst. Vielleicht wisst ihr auch gar nichts. Dann ist das auch gut. Denn dann lasse ich sie in Ruhe.«

»Also, ich bin schreibbereit. Wie heißt die Dame?«

»Margarete Mannhall heißt sie. Sie stammt aus Deutschland und ist Physiotherapeutin oder Masseurin. Mehr weiß ich nicht.«

»Ist ja nicht viel, was du weißt«, höhnte Hagen. Das ist also eher die Kategorie ›Wunder‹. Kann etwas dauern. Ich melde mich, sobald ich was weiß.« Er legte auf.

»Das mit dir und Hagen …«, setzte Tommaso an.

»… ist eine ganz dicke Freundschaft und verschafft uns beiden hier und da einen Informationsvorsprung. Wir können natürlich auch den korrekten Weg gehen.«

Tommaso winkte ab. »Alles gut. Alles gut.«

»Und was machen wir jetzt?«

»Ich weiß auch nicht. Abwarten?«

»Nein, lass uns nachdenken und ein wenig spinnen. In meinem Kopf formt sich da etwas.«

Tommaso schaute Fabios Kopf an, ob der sich verformte, konnte aber nichts feststellen.

»Lass das«, sagte Fabio, der den Blick sehr wohl bemerkt hatte. »Es ist mir ernst. Schau mal, die Mannhall findet immer die Toten. Zuerst meinen Sebastian Kleinfuhrmann, dann Zenz Nußbaumer. Wir nehmen noch immer an, dass sie die beiden nicht kannte. Bei Sebastian bin ich mir da auch ziemlich sicher. Bei Zenz Nußbaumer könnte ich mir vorstellen, dass sie ihn kannte. Das kriegen wir schon noch raus. Wir könnten zum Beispiel den Leiter von diesem Restaurant in Tirol bitten, sich die Mannhall anzusehen. Dann hätten wir einen sicheren Nachweis, dass sie sich kannten. Ich nehme das jetzt erst mal als Hypothese. Die beiden kannten sich. Sie waren schick essen, Zenz besorgt Champagner, bringt sein Gepäck auf sein Zimmer und legt die Zahnbürste ins Badezimmer. So weit richtig?«

Tommaso nickte. Worauf wollte Fabio hinaus?

»Dann nimmt er den Champagner, die zwei Gläser und besucht Margarete auf ihrem Zimmer. Die ist nämlich schon da. Weil sie nicht will, dass ihre Arbeitgeber sehen, dass sie sich mit einem Gast einlässt, hat sie Zenz gebeten, sie etwas vor dem Hotel aus dem Auto zu lassen. Sie ist dann durch den, sagen wir, Personaleingang ins Hotel, unbemerkt von der Chefin. Also, sie wartet auf Zenz in ihrem Zimmer, der taucht dort auf und die beiden trinken Champagner und haben vielleicht eine tolle Nacht miteinander.«

Tommaso blickte Fabio mit großen Augen an. »Ja, und warum soll Margarete dann ihren Liebhaber umgebracht haben? Das macht doch keinen Sinn. Wo ist das Motiv?«

Fabio lehnte sich zurück. »Hast du noch im Ohr, was uns Dr. Phillipi erzählt hat, als er uns die beiden Leichen präsentierte, also den Sebastian und die Maria?«

»Meinst du die Geschichte mit dem Affen?«

»Genau. Ich habe mir die Geschichte besorgt und gelesen.«

»Ah, löst du deine Fälle jetzt mithilfe von Kriminalliteratur?«

Fabio grinste. »Nein, mein Lieber, aber es war interessant. Der Mörder der beiden Frauen in der Geschichte war ein Orang-Utan. Er hatte kein Motiv. Verstehst du? Es braucht nicht immer ein Motiv.«

Tommaso zog seine Augenbrauen zusammen. »Alles, was recht ist, mein lieber Freund. Ein Affe hat vielleicht kein Motiv, aber ein Mensch doch allemal!«

»Weil wir das so sehen wollen, weil wir das so einschätzen, weil wir es so bewerten ... Nehmen wir an, unsere Frau Mannhall ist die Täterin. Wir fragen uns dann, warum sollte sie es gemacht haben? Warum sollte sie Zenz Nußbaumer mit Insulin in den Tod gespritzt haben? Welche Motive kann eine Frau haben, um so etwas zu tun? Ich frage dich, welche Motive gibt es?«

Tommaso schmunzelte. »Als Erstes würde ich Eifersucht vermuten.«

»Eifersucht also. Ja, das ist ein klassisches Motiv. Die betrogene Frau nimmt Rache. Es gibt aber auch Verzweiflungstaten. Nach jahrelanger Demütigung und Misshandlung nimmt die Ehefrau Rache und vergiftet ihren Mann. Ein Klassiker – halte ich aber hier für ausgeschlossen. Aber das Wort ›Verzweiflungstat‹, das gefällt mir in dem Zusammenhang.«

»Warum?«

»Ich will es dir sagen. Frau Mannhall findet auch den toten Sebastian. Erinnerst du noch, was Dr. Phillipi zu dieser Todesart gesagt hat?«

»Er hat gesagt, dass dem jungen Mann der Kopf mit großer Wut abgerissen worden ist, oder so ähnlich.«

»Genau. ›Mit großer Wut‹, das hat er gesagt. Mir stellt sich die Frage, ob Frau Mannhall nicht vielleicht ohne Motiv mordet, so wie der Affe in der Geschichte. Vielleicht ist sie sich ihrer Schuld nicht einmal bewusst. So eine Art Spaltung der Persönlichkeit. *Dr. Jekyll und Mr. Hyde* ... verstehst du? Die Opfer sind Zufallsopfer, es gibt keinerlei Beziehung – jedenfalls nicht im Fall Sebastian.«

Tommaso brummte, wiegte seinen Kopf. »Also die Kriminalliteratur lässt dich scheinbar nicht los. *Dr. Jekyll und Mr. Hyde* also. Na ja, meinetwegen, die Mannhall ist tagsüber die gute und nachts die Böse. Aber, wie kann sie dem jungen Mann den Kopf abgerissen haben? Wie soll das praktisch gehen? Sie ist jetzt nicht sehr groß?«

Fabio schaute Tommaso durchdringend an. »Es ist natürlich eine verrückte Idee, die mich plagt, aber ich erzähle sie dir trotzdem. Als ich zur Leiche von Sebastian gerufen wurde, lag sie auf der Falknerpromenade. Dicht daneben hat eine der Laternen gestanden, die die Promenade säumen. Na, fällt der Groschen? Eine Laterne, das ist so was wie eine Stange. Wenn ich mich jetzt an das erinnere, was ich in Lana gesehen habe, wie sich nämlich unsere Margarete um die Stange gewunden hat, dann könnte ich mir auch vorstellen, dass sie sich um eine Laterne wickelt.«

»Na gut, dann wickelt sie sich um die Laterne ... Aber wie reißt sie dem jungen Mann den Kopf ab?«

»Das weiß ich natürlich auch nicht. Aber meine Fantasie stellt sich vor, dass sie die Beine dazu nimmt.«

»Die Beine?«

»Ja, so eine Art Beinschere. Also sie springt die Stange, ich meine, die Laterne an, ist blitzschnell in der Höhe, dreht sich ebenso blitzschnell um die Stange, ihre Beine, oder auch nur ein Bein fährt aus, umschlingt den Hals von Sebastian und dann zieht sie sich ruckartig nach oben und der Halswirbel reißt aus. Dr. Phillipi hat gesagt, dass es ein weiches Instrument gewesen sein muss. Ein Bein ist weich. Könnte passen.«

Fabio schwieg, schaute Tommaso gespannt an. Der stellte sich das alles vor, schüttelte aber mit dem Kopf.

»Fantasie, Fantasie ... Nein wirklich, tolle Idee. Aber warum sollte sie das gemacht haben? Ich sehe überhaupt keinen Grund.«

»Das ist in der Tat nicht einfach. Aber ich habe da noch was ... Sebastian hatte ein Fernglas, mit dem er von der Terrasse seiner Ferienwohnung aus den Ort sehen konnte, an dem er sterben würde. Er hat, so die Aussage seines Mitbewohners, morgens schon mal auf dem Balkon gestanden und das Fernglas benutzt.

Warum, so habe ich mich gefragt, geht einer morgens joggen, obwohl er das nach Aussagen seiner Kumpels sonst nicht macht? Höre meine Theorie, Tommaso: »Der junge Mann war frustriert, weil er im Gegensatz zu seinen Kumpels bei den Frauen kein Glück gehabt hat. Dann sieht er durch Zufall unsere Joggerin Margarete Mannhall morgens den Falknerweg entlanglaufen. Er beschließt, ebenfalls zu joggen, um die Dame kennenzulernen. Sie treffen an der Stelle zusammen, an der Margarete ihn umbringen wird. Warum tut sie das? Nun, Dr. Phillipi sprach von ›einer großen Wut‹. Was, wenn Margarete schrecklich wütend gewesen ist. Vielleicht muss man die Dame nur auf dem falschen Fuß erwischen, und sie wird wütend und schlägt dann um sich? Pech für Sebastian, dass eine Stange in der Nähe war und Margarete so durchtrainiert ist. Er hat sie vielleicht nur blöde von hinten angequatscht und das hat ausgereicht, dass Margarete vor Wut explodiert ist ... Na, was sagst du?«

Tommaso hatte aufmerksam zugehört. »Ich sage ›uff‹! Was für eine Theorie! Wow. Sehr fantasievoll. Aber, was soll ich sagen, nichts ist durch irgendein Indiz belegbar ... Aber nehmen wir einmal an, du hast recht. Recht damit, dass Margarte Mannhall einmal wie der sanfte Dr. Jekyll ist und sich auch in das Monster Mr. Hyde verwandeln kann, warum auch immer. Dann müsste das ja auch bei Zenz Nußbaumer so gewesen sein. Aber dann verstehe ich eines nicht. Bei Sebastian nimmst du an, dass er die Margarete blöd angemacht hat. Aber Zenz? Ich meine, die beiden waren fürstlich essen, es gab Champagner und Nachtisch. Warum Zenz? Und warum mit Insulin, wenn sie doch die Beinschere hat?«

»Ja, darüber habe ich auch schon nachgedacht ... Ich weiß es schlicht nicht. Das mit dem Sebastian, der Wut und der Handlung im Affekt, das kann ich mir noch so irgendwie vorstellen. Aber warum sie auf Zenz wütend gewesen sein könnte, das weiß ich nicht ... Aber du musst zugeben, es ist was dran.«

Tommaso schüttelte seinen Kopf. »Nein, mein Lieber, da ist nicht viel dran. Es ist nur eine nette Geschichte, die dir der Affe in den Kopf gesetzt hat und die anderen Figuren aus den Krimis, die du gelesen hast. Das ist, wie soll ich es ausdrücken, zu viel

Fiktion. Aber es hat kein Fleisch. Wir können damit nichts anfangen. Wir brauchen Fakten. Ich werde jetzt erst einmal herausfinden, ob wir über die Schauspielerin Sara in Erfahrung bringen, dass Zenz Nußbaumer die Margarete Mannhall kannte. Und dann können wir sie damit konfrontieren.«

Fabio nickte, »Vielleicht hast du ja recht, aber ich denke noch mal darüber nach. Diese beiden Fälle sind irgendwie durch die Mannhall miteinander verbunden. Ich weiß noch nicht genau, wie, aber ich denke jetzt mal so wie dieser Dupin.«

Tommaso verdrehte die Augen.

»Das habe ich gesehen«, bemerkte Fabio. »aber ich glaube, dass wir die Dinge nur verstehen, wenn wir so denken wie dieser Dupin in der Affengeschichte. Wir müssen den Blick weiten.«

Tommaso riss die Augen auf.

Fabio musste lachen.

*

Am kommenden Tag besuchte Tommaso erneut Sara. Sie sah noch trauriger aus als am Tag zuvor.

»Ich habe da noch eine Frage.«

»Bitte, fragen Sie.«

»Sie haben in dem Stück eine schwierige Szene spielen müssen. Eine fast akrobatische Szene, wurde mir erzählt.«

»Ja, das ist ›the flag‹, eine Kunstfigur aus dem Poledance. Das war nicht einfach.«

»Wo haben Sie das gelernt?«

Sara blickte Tommaso neugierig an. Sie wunderte sich, dass er das wissen wollte.

»Ich habe hart dafür trainiert … in einem Studio in Bozen.«

»Hatten Sie einen Trainer?«

»Eine Trainerin, Margarete Mannhall. Ein echter Profi.«

Tommaso atmete tief ein.

»Wissen Sie, ob Zenz Nußbaumer Margarete Mannhall gekannt hat?«

Saras Augen funkelten ihn jetzt an. Sie belebte sich sichtlich.

»Ja, das hat er. Warum fragen Sie das? Hat er etwa auch mit ihr …«

Dann brach Sara in Tränen aus. Sie konnte sich kaum beruhigen. Tommaso wusste nicht so recht, ob er sie in den Arm nehmen sollte. Aber es war ihm jetzt sofort klar, dass Sara die Vermutung hatte, dass Zenz ein Verhältnis mit Margarete gehabt haben könnte, und es war klar, dass sie allein unter der Vorstellung litt.

Als sich Sara wieder beruhigt hatte, fragte Tommaso: »Wissen Sie vielleicht, wann und wo Zenz Nußbaumer Frau Mannhall kennengelernt hat?«

Sara wischte sich die Tränen aus den Augen. Leise, aber mit zunehmend festerer Stimme sagte sie: »Zenz hat mir diese Rolle angeboten, unter der Voraussetzung, dass ich versuche, diese Figur auf die Bühne zu bringen. Ich habe mich umgehört und bin auf Margarete gestoßen. Sie ist eine wirklich gute Trainerin. Sie meinte auch, dass ich großes Talent habe. Diese Figur ist extrem schwierig, müssen Sie wissen. Dazu brauchen Sie enorme Körperspannung. Ich habe seit Kindesbeinen Ballett gemacht, das hat mir jetzt gut geholfen. Und ich kann auch Schmerzen gut wegstecken. Also, mit Margartes Hilfe habe ich es dann auch in relativ kurzer Zeit geschafft.« Sara schluckte. »Dann, es war nach einer Probe, da hat Zenz mich angemacht, dass ich das nie lernen würde und dass er doch besser gleich meine Trainerin dafür nehmen könnte … Das war ohnehin alles gemein. Er hat Maja angemacht, die ohnmächtig vom Stuhl gekippt war. Alle haben sie das Theater daraufhin verlassen, und Zenz, dieser miese Kerl, der hat mir dann, als wir alleine waren, gesagt, dass er meine Trainerin kenne und dass er sie gegen mich austauschen werde – in allen Rollen. Genau das hat er gesagt! In allen Rollen!« Sara schluchzte jetzt wieder. Leise sagte sie: »Er konnte so gemein sein.«

»Ich muss das noch mal nachfragen. Er hat Ihnen gesagt, dass er Margarete Mannhall kannte. Haben Sie die beiden denn auch mal zusammen gesehen?«

Sara schüttelte langsam den Kopf. »Nein, das habe ich nicht. Jedenfalls nicht direkt. Aber ich kann mir schon vorstellen, dass Zenz sich mit Margarete getroffen hat.« Der Satz klang bitter.

*

Als Tommaso wieder in seinem Büro war, lag der Bericht der Kriminaltechnik vor ihm. Sie hatten die Geschossreste untersucht, die Paula im Körper der toten Maria Steinegger gefunden hatte. Nach dem Bericht handelte es sich mit hoher Wahrscheinlichkeit um Munition, wie sie zur Jagd verwendet wird. Aufgrund der hohen Anzahl der zerlegten Teile des Bleikerns vermutete die Kriminaltechnik ein Geschoss, wie es heute nur noch selten Verwendung findet.

»Bei dem Geschoss handelt es sich wahrscheinlich um ein sogenanntes D-Mantel-Geschoss. Diese Munition wurde früher gerne bei der Jagd verwendet, wenn der Schütze sicher sein wollte, dass das beschossene Stück Wild im Knall fallen sollte. Das Geschoss hat eine besonders hohe Splitterwirkung und hinterlässt im Körper daher auch eine wesentlich größere Anzahl an Splittern. Geschosse dieser Art werden heute aber nicht mehr verwendet.« Weiter unten hieß es: »Eine Zuordnung zu einer bestimmten Jagdwaffe ist allerdings nicht möglich.«

»Na, das ist doch mal ein Hinweis. Wenn ich jetzt bei Naz Nußbaumer D-Mantel-Geschosse finde, wäre das ein Indiz … aber noch kein Beweis … wenn es Naz Nußbaumer überhaupt war.«

Tommaso schrieb dann noch einen Bericht an die Staatsanwaltschaft, dass die Leiche von Maria Steinegger freigegeben werden konnte. »Jetzt kann ihr Sohn Zenz nicht mehr bei der Beerdigung dabei sein. Und die Familie erlebt eine Doppelbeerdigung. Das ist schon tragisch«, dachte er.

*

Als Fabio den Hörer aufnahm, ahnte er noch nicht, was ihm dieser Tag noch alles bescheren sollte.

»Hallo, mein Freund. Da haben wir hier aber wieder mal kräftig für euch gewirbelt.« Hagen Bös ließ seinen Bass durch das Telefon rollen. »Aber alles, was ich dir jetzt sage, ist, wie soll ich es erklären, eine Art Lagebild. Denn wir haben nichts gegen die Dame Mannhall vorliegen. Aber es gibt eben doch einige interessante Informationen … Also, wo soll ich da mal anfangen.«

Hagen Bös holte hörbar Luft und Fabio vernahm ein Geräusch, wie es beim Blättern entsteht. Es gibt hier einen Vorgang aus dem Jahr 2002. Ein bis heute ungeklärter Todesfall. Opfer war ein Mann, ein Gast im SportSchloss Velen. Velen, das liegt im Münsterland … hübscher Ort. Also, dieser Gast ist tot aufgefunden worden. Nicht im Hotel, sondern in einem Waldstück, auf so einer Joggingstrecke. Er hatte den Hals gebrochen. Die Gerichtsmedizin war sich aber sicher, dass das nicht durch einen Sturz passiert ist. Sie ging damals davon aus, dass ihm der Hals irgendwie umgedreht worden war. Also, alles jetzt unfachmännisch ausgedrückt. Ich bin ja nicht von der Abteilung Mord und Todschlag, wie du weißt. Im Rahmen des Ermittlungsverfahrens taucht auch Frau Mannhall auf. Sie war Masseurin im SportSchloss Velen und kannte den Toten. Er war einer ihrer Kunden. Die Kommissarin, die damals die Ermittlungen leitete, hatte vermerkt, dass dieser Kunde beim Personal als ›übergriffig‹ bekannt war. Also ein eher unangenehmer Typ. So, das war das eine.

Dann gibt es noch einen Fall, wo der Name Mannhall auftaucht. Das scheint aber ein Unfall gewesen zu sein. Im Jahr 1997 verunglückte in Duisburg der Vater von Frau Mannhall. Er brach sich das Genick, nachdem er mit dem Kopf unglücklich auf einen Bordstein aufgeschlagen war. Das scheint zweifelsfrei erwiesen zu sein. Fremdeinwirkungen habe es nicht gegeben, schreiben die hier.« Fabio hörte Hagen blättern. »Ach ja, hier steht noch, dass der Mann einige Zeit zuvor eine sehr bekannte Bar in Duisburg aufgesucht hatte, so eine mit Tabledance und so: also quasi eine Bar mit Puffbetrieb – alles illegal natürlich. Dort soll er eine lautstarke Auseinandersetzung mit einer der Tänzerinnen gehabt haben. Jetzt rate mal, wer das war? Na? …

Deine Frau Margarete Mannhall. Die war da in dem Puff angestellt, und der Vater ist da rein und hat mit ihr geschimpft. Damals war sie, lass mich das noch lesen, ja, hier steht es, sie war damals 20 Jahre alt, also kein Kind mehr. Die konnte da schon machen, was sie wollte. Aber der Herr Papa war wütend und einige Stunden später war er tot. Die Polizei hat damals alle befragt, die in der Bar waren. Aber außer diesem Streit zwischen Tochter und Vater hat niemand etwas bemerkt. Die Polizei hat sich dann noch intensiv mit Frau Mannhall beschäftigt, aber sehr diskret. Und absolute Diskretion gilt dann bitte auch für dich. Es gibt nämlich eine Akte der Jugendhilfe, die in der Polizeiakte zitiert wird. Demnach hatte es die Tochter mit diesem Vater nicht leicht, sondern ganz im Gegenteil: Alles, was du dir vorstellen willst, aber nicht vorstellen magst. Die Mutter war alkoholabhängig und konnte ihre Tochter nicht beschützen. Margarete ist immer wieder ausgerissen und mit 16 Jahren endgültig von zu Hause weg. Mehr steht da nicht drin.

Na, hilft dir das? ... Aber, dass das klar ist, diese Angaben sind ohne Gewähr. Wenn du das in echt brauchst, dann bitte nimm den Weg über die Rechtshilfe. Dann bereiten dir die richtigen Fachleute das alles auf. Ich bin ja nur der Aktengucker.«

Fabio hatte alles in Stichworten mitgeschrieben. Er war jetzt richtig aufgeregt. »Gibt es vielleicht noch irgendwo ein psychologisches Gutachten?«

Fabio hörte Hagen blättern.

»Nein, so was sehe ich hier nicht. Wie gesagt, Frau Mannhall wurde in beiden Verfahren nur als Zeugin vernommen. Sie stand nicht im Verdacht, mit den Todesfällen etwas zu tun zu haben. Nur die Notiz, die die Akte der Jugendhilfe zitiert, lässt darauf schließen, dass sie es nicht einfach hatte. Das kann natürlich immer etwas bei einem Menschen auslösen, Ängste zum Beispiel.«

»Oder große Wut.«

»Wut? Verstehe ich jetzt nicht.«

»Brauchst du auch nicht zu verstehen. Ich verstehe es auch nicht. Aber dir sage ich herzlichen Dank. Das war für mich prima. Wann kommst du uns mal wieder besuchen?«

»Sobald ich dafür Zeit habe.«

Sie verabschiedeten sich.

Fabio nahm ein großes weißes Blatt und notierte fein säuberlich eine Zeitschiene und trug darin ein, was er jetzt über Margarete Mannhall wusste.

Danach atmete er tief durch und lehnte sich zurück.

»Wie würde Dupin jetzt über die Sache denken?« Fabio blickte nochmals auf seine Aufzeichnungen und Skizzen. Dann rief er Tommaso an.

»Du hast ja gestern noch den Kopf geschüttelt ... Aber heute weiß ich noch mehr und meine Ahnung von gestern scheint sich in ein Bild zu wandeln.«

»Und ich weiß jetzt ziemlich sicher, dass Zenz Nußbaumer Margarete Mannhall gekannt hat. Seine Freundin Sara war eifersüchtig, weil sie vermutete, dass Zenz auch mit Frau Mannhall ein Verhältnis gehabt hat.«

»Wir beide müssen heute noch besprechen, wie wir jetzt vorgehen ... aber da, wo uns keiner zuhören kann.«

Fabio und Tommaso trafen sich auf der Brücke beim Museion. Unter ihnen floss die Talfer. Sie lehnten am Geländer, ziemlich in der Mitte der Fußgängerbrücke, und hatten so jeden im Blick, der von der einen oder der anderen Seite vorbeikam.

»Meine Theorie ist, dass Margarete Mannhall unsere beiden Toten auf dem Gewissen hat. Mein Fall Sebastian Kleinfuhrmann und dein Fall Zenz Nußbaumer sind nur zu lösen, wenn wir Margarete Mannhall zu einem Geständnis bewegen. Sonst wahrscheinlich nicht«, begann Fabio. »Wir haben keine Beweise und es gibt auch kein echtes Motiv für die Taten. ... Ich betrachte diesen Fall so ähnlich wie den Fall mit dem Affen.«

Tommaso zog die Stirn kraus. Er mochte es nicht so gerne, dass Fabio die Kriminalliteratur bemühte. Er mochte Fakten.

»Ich kenne deine Bedenken, aber höre mir bitte zu ... Also, der Affe gehörte einem Seemann, der diesen Affen in Gefangenschaft hielt. Er ist ihm ausgebüxt und in das Zimmer zweier Damen eingedrungen. Diese, erschrocken natürlich, haben den Affen verwirrt. Er hat dann mit seinen übermenschlichen Kräften die Damen zu Tode gebracht, ohne es zuvor beabsichtigt zu haben ... Dupin hatte die Idee, dass dieser Affe es gewesen sein könnte aufgrund einiger Indizien, einer Zeitungsmeldung und aufgrund seiner genialen Kombinationsfähigkeit. Jetzt galt es, den Seemann dazu zu bewegen, zuzugeben, dass ihm der Affe entwichen war und er auch davon wusste, was sein Affe angerichtet hatte. Denn die Polizei hatte längst einen Unschuldigen ins Visier genommen und bereits eingesperrt. Dupin wollte verhindern, dass dieser Unschuldige vor Gericht kam. So weit verstanden?«

Tommaso nickte, wusste aber nicht, worauf Fabio hinauswollte.

»Gut. Der Affe und der Seemann, das ist Margarete Mannhall in Personalunion. Sie ist beide, also zwei, denn sonst hätte der Todesfall Sebastian Kleinfuhrmann nicht passieren können. Ich erkläre dir, wie ich glaube, dass die Geschichte sich zugetragen hat. Sebastian hatte Margarete einige Tage zuvor mit dem Fernglas bei ihrem morgendlichen Jogging entdeckt. Sie hat ihm gefallen, und er wollte am letzten Tag seines Urlaubs unbedingt einen Erfolg bei einer Dame verbuchen. Vielleicht wäre er dann auch noch länger geblieben und hätte seine Kumpanen alleine nach Hause geschickt. Wer weiß? Er wusste, wann Margarete läuft, lauert ihr auf und macht sie an. Margarete reagiert darauf sehr spontan, blitzartig, ohne zu überlegen – so stelle ich mir das vor –, und greift Sebastian an. Laternenmast, daran hoch, schnelle Drehung, Beinschere, Kopf in der Klammer, heftiger Ruck und knack! Wirbel abgerissen.

Sie betrachtet, was sie angerichtet hat, nicht, sondern läuft einfach weiter, als wäre nichts geschehen. Sie ist wieder die alte Margarete. Als sie zurückkommt, ruft sie in aller Ruhe die Rettung und die Polizei. Sie wusste ja, dass bisher niemand die Leiche gefunden hatte, und konnte daher auch davon ausgehen, dass sie von niemandem gesehen worden war. Und da stellte sich mir die Frage, wieso ein Mensch so sein kann. Und ich habe eine Ahnung.«

Fabio erzählte Tommaso, was ihm Hagen Bös berichtet hatte. »Wenn sie als Zwanzigjährige möglicherweise ihren Peiniger aus Kindertagen, ihren Vater in den Tod befördert hat, dann hatte sie eine Problemlösung mit schwierigen Männern gefunden. 2002 begegnet sie einem Gast, der als ›übergriffig‹ geschildert wurde. Er wollte ihr vielleicht beim Joggen an die Wäsche gehen. Da hat sie ihm das Genick gebrochen – genau wie bei Sebastian Kleinfuhrmann. Sie verwandelt sich blitzartig in jemand anderen. Um im Bild der Geschichte zu bleiben, wandelt sie sich in den Affen. Der Seemann in ihr weiß allerdings, dass es der Affe war. Der Seemann fühlt sich aber unschuldig, verstehst du?«

Tommaso hatte gut zugehört. Langsam nickte er mit dem Kopf. »Verstehe, was du meinst. Sie hat den Affen in sich. Und der tritt an ihrer Stelle in Aktion, wenn ein Mann sie bedrängt. Sie selbst hat den Affen nicht unter Kontrolle. Der Affe entgleitet ihr. Aufgrund ihrer extremen Sportlichkeit hat sie auch eine Waffe, die niemand bei ihr vermutet ... Ja, das klingt in sich schlüssig. Aber beweisen können wir das nicht.«

»Richtig. Beweisen können wir es nicht. Wir brauchen ein Geständnis.«

»Aber wie erklärst du dir den Tod von Zenz Nußbaumer? Wie passt das zu deiner Affentheorie?«

»Um in dieser Theorie zu bleiben, Zenz muss sie irgendwie bedroht haben, oder sie muss sich bedroht gefühlt haben. Dazu habe ich aber keine Idee. Ich gehe davon aus, dass unsere Margarete die bezaubernde Dame in Schwarz war und dass sie in ihrem Zimmer auf Zenz gewartet hat, der mit dem Champagner zu ihr unterwegs war. Das würde auch erklären, warum auf seinem Zimmer die Flasche und die Gläser nicht gefunden wurden. Die waren auf dem Zimmer von Margarete und die wird sie bestimmt nicht dort gelassen haben. Wie aber Margarete Zenz auf die Liege gebracht hat, um ihm das Insulin zu spritzen, das weiß ich auch noch nicht. Da Zenz ein Schlafmittel im Blut hatte, nehme ich an, dass sie es ihm in den Schampus getan hat. Ich nehme doch kein Schlafmittel freiwillig, wenn ich mir eine heiße Nacht verspreche. Also muss

Zenz Margarete mit dem Champagner in der Hand irgendwie so geärgert haben, dass sie ihn umgebracht hat. Oder es ist so, dass sie einfach aus Mordlust mordet. Kalt und unberechenbar. Alle Männer einfach umbringt, die ihr irgendwie zu nahe kommen.«

Tommaso schaute Fabio durchdringend an. Er war schon lange bei der Polizei, aber ein solch komplexes Muster hatte er noch nie erlebt. Wie wollten sie das beweisen? »Wie wollen wir denn jetzt vorgehen? Wir haben doch nichts in der Hand. Deine Ideen finde ich zumindest interessant. Aber wenn wir Frau Mannhall damit konfrontieren und sie nichts sagt, dann können wir gehen und nichts machen. Es gibt keine Spuren, die Indizien sind so mau, dass wir nicht einmal einen Haftbefehl bekämen.«

»Genau. Wir haben nicht viel in der Hand – deshalb machen wir es, wie Dupin es in der Affengeschichte gemacht hat.«

Tommaso horchte auf. Er hatte die Geschichte ja nicht gelesen.

»Dupin hat den Seemann in eine Falle gelockt. Genau das versuchen wir auch. Die Dame kann uns nicht gefährlich werden, denn du bist schließlich gut sichtbar bewaffnet.«

Tommaso machte eine kleine Bewegung nach vorne, kaum merklich, aber Fabio unterbrach sich.

»Du willst was sagen?«

»Nein, nichts, es ist nichts.«

»Also, Dupin bat seinen Partner, eine geladene Waffe bereitzuhalten, damit der Seemann nicht zu fliehen versuchte, nachdem er, Dupin, die Tür verriegeln würde, also der Mann wahrnehmen würde, dass er in eine Falle getappt war. Dann haben die beiden den Seemann mit ihren Theorien konfrontiert und ihm ins Gewissen geredet. Mit kühler Brillanz erläuterte Dupin ihm haarklein, was und wann durch den Affen angerichtet worden war. Schließlich gestand der Seemann alles. So oder so ähnlich würde ich das mit Frau Mannhall auch versuchen wollen. Wir bluffen ein bisschen, ergänzen frei und versuchen, sie zu einem Geständnis zu bewegen. Dann haben wir den Fall gelöst.«

Tommaso sog laut die Luft ein. »Ein gewagter Plan«, dachte er.

»Wer redet?«

»Wenn du es mir überlassen möchtest?«

»Gut, ich greife nur ein, wenn es mir passend erscheint. Ich habe allerdings die Befürchtung, dass wir eine Bauchlandung erleben werden. Warum sollte sie gestehen? Sie wird sehr schnell begreifen, dass wir nichts in der Hand haben.«

Fabio schaute auf die Talfer und beobachtete, wie das Wasser unter ihnen durchfloss.

»Ich hoffe, dass der Seemann in ihr müde geworden ist. Denn ich stelle es mir sehr anstrengend vor, dieses Leben mit einem Affen, den ich nicht in den Griff bekomme. Das – und nur das ist meine Hoffnung. Wenn der Seemann in ihr noch zu stark ist, dann kommt sie uns schweigend aus, kündigt ihren Job, verlässt dieses Land und macht woanders weiter. In unseren Akten findet sich dann nur der Vermerk über die Zeugin Margarete Mannhall. Denn meine Gedanken, meine Seemann-Affen-Theorie, die kann ich unmöglich in die Akte schreiben.«

Tommaso schaute jetzt auch auf das fließende Wasser.

»Wollen wir jetzt gleich los?«

*

Die Terrasse des MARINIs giardino Hotels war sonnenbeschienen. Rosmarin, Lavendel und Rosen konkurrierten mit ihren Düften. Fabio, Tommaso und Margarete hatten in den braunen Gartensesseln rund um einen der kleineren Tische Platz genommen. Als die beiden Polizisten im Hotel aufgetaucht waren, wunderten sich die Schwestern Marini zwar, dass sie erneut mit ihrer Masseurin sprechen wollten, aber da es früher Nachmittag war und die nächsten Massagetermine erst am späteren Nachmittag anstanden, hatten sie nichts dagegen, dass Margarete nochmals mit den beiden sprach.

Fabio blickte Margarete lange an. Sie erwiderte seinen Blick zunächst ausdruckslos. Dann wandte sie sich ab, blickte nach unten und schwieg. Sie schien in sich versunken, so, als säße sie alleine vor dem Tisch.

»Wir glauben, dass Sie etwas mit dem Tod von Zenz Nußbaumer und dem jungen Jogger zu tun haben«, eröffnete Fabio das Verhör.

Beide Polizisten beobachteten jede Reaktion von Margarete. Aber sie wurden enttäuscht. Sie blieb in sich versunken, den Blick auf den Boden gewandt. Tommaso wollte nachlegen, aber Fabio gebot ihm mit einem Blick, jetzt still zu bleiben.

Sie fing an, leise vor sich hinzusummen. Das wirkte merkwürdig. Sie summte und blickte weiterhin auf den Boden zwischen ihren Füßen. Es war, als hätte sie die Frage nicht vernommen, als wäre sie ganz woanders.

»Haben Sie meine Frage überhaupt verstanden?«

Margarete schaute zu Fabio hoch. Ihr Blick war zwar ohne besonderen Ausdruck, aber die Art, wie sie den Kopf hob, ließ sie arrogant wirken. »Sie haben mir keine Frage gestellt.« Und nach einer kleinen Pause: »Sie haben mir gesagt, dass Sie glauben, dass ich etwas mit dem Tod von Zenz Nußbaumer und des jungen Joggers zu tun habe.«

»Und, haben Sie?«

Sie schüttelte ganz langsam ihren Kopf. Ihren Blick hatte sie inzwischen wieder auf den Boden gerichtet. Leise sagte sie: »Nein, wieso sollte ich auch?«

»Sie haben die beiden Toten entdeckt.«

»Ja, das habe ich.«

»Sie finden öfter Leichen?«

»Nein.«

»Wissen Sie, wir haben uns ein wenig erkundigt.«

Fabio und Tommaso beobachteten jede Regung von Margarete Mannhall. Sie wollten nicht verpassen, ob die Worte Wirkung erzielten. Doch diese schwieg und hielt den Blick weiter auf den Boden gerichtet. Sie summte wieder leise.

Fabio fuhr fort: »Da gibt es einen ungeklärten Todesfall in Deutschland in Velen, das liegt im Münsterland in Nordrhein-Westfalen. Im Jahr 2002 ist dort ein Mann zu Tode gekommen.«

Margaretes Gesichtsmuskeln zuckten zart. Fabio und Tommaso war es nicht entgangen. Sie nickten einander zu.

»Damals konnte man nur den Tod und die Todesart feststellen. Und das ist schon interessant ...«, Fabio zog das Wort lang auseinander, um mehr Dramatik hineinzugeben, »... Sie waren zum selben Zeitpunkt vor Ort. Sie haben die Leiche damals zwar nicht gefunden, aber Sie waren dicht dran.«

Margarete richtete ihren Blick abwechselnd auf Fabio und Tommaso. Er hatte jetzt seine Ausdruckslosigkeit verloren. Die Augen flackerten, aber sie schwieg weiter.

»Was uns dabei verwundert, ist die Tatsache, dass der Jogger und der Mann aus Velen auf eine ähnliche Art zu Tode gekommen sind.«

Tommaso flocht sich ein: »Wir haben die Leiche des Joggers untersuchen lassen. Wenn wir das Obduktionsergebnis mit den Akten aus Deutschland vergleichen, dann gibt es deutliche Parallelen.«

Fabio setzte nach: »Damals sind Sie von der deutschen Polizei vernommen worden. Es gab keine handfesten Beweise gegen Sie. Aber jetzt, wo Sie ›zufällig‹ eine Leiche gefunden haben wollen, die auf eine sehr ähnliche Art und Weise ums Leben gekommen ist, stellen wir uns – und auch die deutsche Polizei – die Frage, was Sie mit den Todesfällen zu tun haben.«

Margarete knetete ihre Hände, sagte aber nichts.

»Wir haben etwas in Ihrem Leben geforscht. Da gibt es noch einen Todesfall, der nie aufgeklärt worden ist.«

Margarete rutsche jetzt auf ihrem Stuhl herum. Zuvor hatte sie dort gesessen, ohne die Haltung zu verändern.

»Es geht dabei um Ihren Vater.«

Margarete blickte nach wie vor auf den Boden. Sie wischte mit dem Handrücken über Ihre Augen. Fabio sah, dass der Handrücken ein wenig feucht war. Eine Träne war verwischt worden. Margarete atmete jetzt schwer.

»Er hatte einen Unfall. Das war 1997. In Duisburg. In einem Viertel, das dafür bekannt ist, dass Männer sich dort amüsieren können. Sie haben damals in einem dieser Amüsierbetriebe gearbeitet. Wir wissen, dass Sie am Abend des tödlichen Unfalls Ihres Vaters in diesem Betrieb eine laute Auseinandersetzung mit ihm hatten. Einige Stunden später war er tot. Genickbruch. Und auch damals waren Sie in der Nähe.«

Margarete schüttelte unwirsch den Kopf. Sie blickte die Polizisten jetzt zornig an. »Was soll das?«, rief sie. »Was sollen diese Andeutungen, diese Unterstellungen? ... Sie schnüffeln in meinem Leben herum. Warum? Ich habe mit alldem nichts zu tun.« Ihr Körper bebte, sie war hochgradig erregt. »Warum sollte ich denn diesen Männern etwas angetan haben? Ich kannte sie doch gar nicht.«

»Das stimmt jetzt so auch nicht«, sagte Fabio. »Ihren Vater kannten Sie natürlich. Der Mann in Velen war einer Ihrer Kunden. Sie waren Masseurin im SportSchloss Velen, so wie Sie hier im Hotel auch als Masseurin arbeiten. Der junge Jogger wollte Sie vielleicht nur kennenlernen und Zenz Nußbaumer, nun, den kannten Sie doch recht gut.«

Margarete holte tief Luft. Sie fühlte sich sichtlich unwohl. Sie nahm ihre Hände zu Hilfe, um eine Antwort zu formulieren. »Den Herrn Nußbaumer kannte ich nicht gut. Das ist gelogen«, stürzte sie hervor. »Er war auch nur ein Kunde und hatte für sich einen Massagetermin gebucht. Ich habe ihn dann tot auf der Liege gefunden. Das habe ich Ihnen doch schon alles erzählt. Den Jogger habe ich noch nie vorher gesehen. Ich habe ihn gefunden, als ich von meiner Joggingrunde zurückkam – auch das wissen Sie. Damals in Velen, mein Gott ist das lange her, ja, da war ein Toter, den ich am Tag zuvor massiert hatte. Aber ich massiere jeden Tag einige Kunden. Die anderen leben noch alle, soviel ich weiß«, schoss sie frech in die Luft. »Nicht jeder, dem ich begegne, stirbt gleich. Und das mit meinem Vater, das geht Sie überhaupt nichts an. Ich kann nicht sagen, dass ich traurig war, als ich von seinem Tod erfahren habe, aber getötet habe ich ihn nicht.«

Fabio ließ eine lange Pause zu, denn er wusste, dass sie gelogen hatte. Margarete wurde zunehmend unsicherer.

»Kann ich jetzt gehen?«, stieß sie hervor. Sie wollte weg. Weg von hier. Weg von diesen Fragen.

»Nein, das können Sie nicht. Denn wir sind nach wie vor der Meinung, dass Sie etwas mit dem Tod von Nußbaumer und dem Jogger zu tun haben.«

Margarete lehnte sich trotzig zurück.

»Wenn Blicke töten könnten«, dachte Fabio, dann wären wir jetzt tot.

»Sie haben soeben gelogen. Sie kannten Zenz Nußbaumer sehr wohl. Sie waren einander nah. Kann man nicht auch von einem Verhältnis sprechen?«

Margarete schoss erneut tödliche Blickpfeile ab. »Geht Sie das was an?«

»Natürlich. Wir ermitteln in einem Todesfall.«

»Todesfall! Ja! Eben! Todesfall! Kein Mordfall! Das ist ein Unterschied, Commissario.« Margarete verknetete ihre Finger. Sie war sichtlich erregt. »Ich weiß überhaupt nicht, wieso Sie das etwas angeht. Ich habe nicht viel Glück mit Männern. Und Zenz, nun ja, der war mir sympathisch … Aber wir kannten uns noch nicht lange. Ich weiß nicht, ob etwas daraus geworden wäre, aber vielleicht schon.« Sie rang sichtbar mit ihrer Fassung. »Und dann liegt er tot auf dem Massagetisch.« Sie blickte Tommaso fast verzweifelt an. »Liegt da und rührt sich nicht. Können Sie sich vorstellen, wie es in mir aussah? Da war endlich mal einer, der vielleicht ganz nett war, und dann ist er tot. Einfach so.« Sie begann zu schluchzen. Die Schultern bewegten sich auf und ab. Dann brach ein Weinkrampf durch die starre Haltung, der ganze Körper bebte. Margarete hielt ihre Hände vor ihr Gesicht, sie saß da mit gekrümmtem Rücken, weinte bitter.

Tommaso rückte seinen Stuhl neben den von Margarete und nahm sie vorsichtig in den Arm. Sie wirkte zunächst irritiert, blickte ihn aus verheulten Augen ungläubig an, ließ sich dann aber in seinen Arm fallen.

»Was für ein Bild«, dachte Fabio. Da saß Tommaso, groß, geradezu riesig im Vergleich zu der Frau: breitschultrig, in der schwarzen Uniform mit den roten Streifen, auch äußerlich ein Repräsentant des Staates. Jetzt tröstete er eine zierliche Frau, die vielleicht eine Mörderin war und die jetzt zerbrechlich wirkte, so hilflos.

»Ich hole Wasser. Das wird uns allen guttun«, sagte Fabio, nickte Tommaso zu und ging in den Frühstücksraum. Er kam mit einer Flasche Wasser und drei Gläsern zurück, schenkte für jeden ein Glas voll. Margarete hatte sich inzwischen wieder beruhigt und schaute Fabio gefasst an. Dankbar nahm sie einen Schluck Wasser. Tommaso tat es ihr nach. Nickte ihr aufmunternd zu.

Fabio nahm Margarete in den Blick. »Sie bestätigen also, dass Sie Zenz Nußbaumer kannten und dass Sie eine Art Verhältnis hatten oder sich zumindest ein Verhältnis vorstellen konnten.«

Margarete nickte.

»Und Sie haben damals zu Protokoll gegeben, dass Sie Zenz Nußbaumer am frühen Morgen tot auf der Massageliege vorgefunden haben.«

Margarete nickte erneut.

»Wir wissen aber, dass Sie am Abend zuvor mit Zenz Nußbaumer gemeinsam essen waren. Im Culinaria im Farmerkreuz, ein wenig bergauf von hier, sozusagen gleich um die Ecke. Wir haben die Rechnung in seinem Wagen gefunden. Die Serviceleute haben sich an Zenz und seine Begleitung erinnert und Sie ganz gut beschrieben. Auch, dass sich Zenz ziemlich viel Mühe gegeben hat. Er hat sich ja auch nicht lumpen lassen: So ein Degustationsmenü und dann der viele Wein, nun, das kostet. Auch wissen wir, dass er Sie anschließend hierher, ins Hotel, gefahren hat. Aber Sie wussten nicht, dass er hier ein Zimmer gebucht hatte und eine Massagebehandlung bei Ihnen am kommenden Tag. Das haben Sie nicht gewusst. Deshalb machen wir uns so unsere Gedanken.«

Margarete schluckte, sagte aber nichts. Sie griff lediglich zum Wasserglas und trank.

»Wir glauben, dass Ihnen das nicht recht war. Sie fühlten sich möglicherweise bedrängt … und beschlossen Zenz Nußbaumer zu töten.«

Margarete sprang auf: »Jetzt reicht es aber! Was soll das? Sie spinnen sich da etwas zusammen, das so absurd ist wie nur irgendetwas. Wie soll ich ihn denn umgebracht haben? Vielleicht totgequatscht? Oder was? Jetzt sag ich Ihnen mal was: So viel Unsinn habe ich in meinen Leben zuvor noch nie gehört. Sie haben wohl ein Problem mit Frauen. Lassen Sie mich in Ruhe – oder beweisen Sie mir, was ich getan haben soll. Aber verschonen Sie mich mit Ihrem Quatsch.« Sie wollte gehen, aber Tommaso stellte sich ihr in den Weg.

»Hinsetzen! Wir sind noch nicht fertig – bitte!«

Margarete nahm erneut Platz. In ihr brodelte es. Sie hatte Mühe, ihre Gedanken zu ordnen. »Was zum Teufel wollen die von mir? Was wissen die? Bluffen sie?« Durch ihren Kopf schossen viele Erinnerungen gleichzeitig, nacheinander, durcheinander. Ihr Vater, dieses Ekel, die vielen Männer, die sie gehabt hatte und die doch alle nichts getaugt hatten ... Ihre ständige Suche, nach was auch immer, ihre Blackouts, ihre Ängste, ihre Wutausbrüche. Sie konnte nicht mehr klar denken. Etwas blockierte sie. Ihr war kalt.

Margarete zitterte. In der warmen Sonne zitterte sie. Die Polizisten sahen es. Tommaso griff nach einer Decke, die über einem der Stühle lag, und bot sie Margarete an. Sie legte sie über ihre Schultern, blickt Tommaso dankbar, aber auch misstrauisch an.

Fabio nahm den Faden wieder auf: »Wir nehmen an, dass Sie Zenz Nußbaumer mit einer Überdosis Insulin getötet haben.«

Beide Polizisten blickten gespannt auf die Reaktion von Margarete. Es schien in ihr zu arbeiten. Ihre Augen bewegten sich jetzt schnell. Sie wirkte gehetzt.

»Woher soll ich denn Insulin haben?«, fragte sie.

»Wir wissen, dass Sie in der Woche vor Zenz Nußbaumers Tod einen Gast hatten, der jeden Tag zu Ihnen in das Massagestudio gekommen ist, um sich von Ihnen massieren zu lassen. Er ist einige Zeit vor Ihrem abendlichen Treffen mit Zenz Nußbaumer abgereist. Der Gast war insulinpflichtiger Diabetiker und hatte seine Pens im Zimmerkühlschrank vergessen. Sie hatten an dem Tag seiner Abreise die Aufgabe, beim Housekeeping auszuhelfen, und Sie haben die Pens im Kühlschrank entdeckt. Es waren zwei Pens vergessen worden. Die Chefin hat beim Gast zu Hause angerufen und gefragt, ob man die Pens nachschicken solle. Da die Kühlung aber nicht gesichert war, hat er darum gebeten, dass die Pens in den Müll gegeben werden. Das hat man Ihnen aufgetragen. Sie haben das nicht gemacht und verfügten so über viele Einheiten Insulin. Der Gast war ein deutscher Kriminalkommissar, der gerne von seinen alten Fällen erzählt hat. Und er hat Ihnen auch seinen berühmten Fall erzählt, dem Insulinmord, den er aufgeklärt hat. Er hat Ihnen erklärt, wie das mit dem Insulin funktioniert und dass man Insulin im Körper schon nach vier Stunden nicht mehr nachweisen kann. Er hat Ihnen die perfekte Mordmethode erzählt – und Sie hatten das perfekte Mordinstrument in der Hand. Zwei Pens voll mit Insulin.«

Margarete kniff die Lippen zusammen. In ihrem Kopf rasten die Gedanken. »Aber wenn ich die Pens weggeworfen habe? Das habe ich nämlich. Was sollte ich denn mit den Dingern? Als ich die Pens gefunden habe, wusste ich doch noch gar nichts davon, dass mich Zenz Nußbaumer Tage später zum Essen einladen würde. Auch wusste ich nichts davon, dass er hier ein Zimmer buchen würde und Massagen bei mir bestellen würde. Ich konnte das nicht wissen. Und Sie meinen, dass ich dieses, wie haben Sie sich ausgedrückt, ›Mordinstrument‹ in Händen gehalten habe, für was für eine Gelegenheit auch immer … Sie sind krank. Echt krank … Und überhaupt, wenn es so ist, wie Sie sagen, dass sich Insulin im Körper so schnell abbaut, dass man es nicht nachweisen kann, wieso sind Sie dann so sicher, dass Zenz eine Überdosis gespritzt bekam? Vielleicht war er auch Diabetiker? Ich weiß das nicht. Ich habe ihn ja gar nicht richtig kennenlernen können.« Sie hatte sich in Rage geredet und war sichtlich wütend.

»Das klingt ja alles ganz plausibel, was Sie da sagen«, bemerkte Fabio. »Aber wir sind uns dennoch sicher, dass Zenz Nußbaumer mit einer Überdosis Insulin ums Leben gebracht worden ist. Außerdem glauben wir, dass Sie ihm diese Spritze gesetzt haben und dies mit der Absicht, ihn damit zu töten.«

Margaretes Gesicht lief vor Wut rot an: »Und warum, Herr Kommissar, glauben Sie, dass ich das hätte machen wollen? Was habe ich denn Ihrer Meinung nach für ein Motiv? Danach sucht ihr Polizisten doch immer zuerst. Nach einem Motiv.

Warum sollte ich das denn getan haben? Einen Mann töten, den ich gerade erst kennengelernt habe, der mir sympathisch war, mit dem vielleicht etwas gelaufen wäre. Warum zum Teufel sollte ich das tun? ... Sie fantasieren sich da was zurecht. Ich habe keine Ahnung, warum Sie mich ins Visier nehmen. Mir kommt das wie eine Hexenjagd vor. Plötzlich kommen Sie mit alten Kamellen von 1997 und 2002 um die Ecke und setzen die in einen Zusammenhang mit dem Geschehen hier. Mein Pech, dass ich ein ›Mordinstrument‹ gefunden habe. Mein Pech, dass ich nicht beweisen kann, dass ich die Dinger weggeworfen habe. Mein Pech, dass ich einen Toten auf dem Falknerweg gefunden habe. Passt ja alles wunderbar zusammen. Wie damals im Mittelalter, als die Hexen von Typen wie Ihnen verfolgt wurden. Da wurde auch alles passend gemacht. Das Schwein war gestorben – die Hexe ist schuld. Das Kind erkrankte – die Hexe ist schuld. Es regnete – die Hexe ist schuld. Die Sonne verbrannte die Ernte – die Hexe ist schuld. Verbrennt die Hexe! So gehen Sie auch vor. Merken Sie überhaupt noch was?« Margarete hatte die letzen Sätze fast herausgeschrien.

Fabio nahm Margarete fest in den Blick. Er wusste, dass er so gut wie nichts in der Hand hatte. Keine Beweise, nur Vermutungen. Er musste an ihr Gefühl heran.

»Wir glauben nicht, dass Sie die Bemühungen von Zenz Nußbaumer so geschätzt haben, wie Sie uns das darstellen. Wir glauben, dass er Ihnen nachgestellt hat. Vielleicht war es so, dass Sie sich mit dem Gedanken getragen haben, sich ganz vorsichtig auf eine Beziehung mit ihm einzulassen. Aber dann kam er Ihnen in der Tatnacht zu nah und war zu forsch. Sein Tempo war zu schnell und er hat überhaupt nicht realisiert, dass man eine Frau wie Sie nicht überfallen darf ... Dann haben Sie keinen anderen Weg gesehen, um sich zu wehren. Das Insulin hatten Sie nicht weggeworfen. Nicht, weil Sie es als Mordinstrument einsetzen wollten, sondern schlicht, weil Sie es vergessen hatten. Sie wussten aber um seine tödliche Wirkung und setzen es ein, ohne das vorher geplant zu haben.«

Fabio blickte Margarete lange an. »Sie fragten mich, welches Motiv Sie gehabt haben. Nun, wir vermuten, dass Sie sich gewehrt haben. Nichts anderes war Ihr Motiv. So, wie Sie sich damals gegen Ihren Vater gewehrt haben, gegen den übergriffigen Gast im SportSchloss Velen, gegen den übergriffigen Jogger – auch gegen den übergriffigen Zenz Nußbaumer.«

In Margarete ging es drunter und drüber. Da saß ein Mann vor ihr, der in ihr Inneres blickte. »Und können Sie mir das beweisen?«, fragte sie leise.

Fabio lehnte sich zurück und nahm eine entspannte Haltung ein. Er und Tommaso wussten ja, dass sie keine Beweise in der Hand hatten. Aber Margarete Mannhall wusste das nicht. Er musste bluffen. »Zenz Nußbaumer hatte ein Doppelzimmer bestellt, für die Nacht, in der er gestorben ist. Wir wissen, dass Sie mit ihm zuvor unterwegs gewesen sind. Zenz Nußbaumer hatte seinen Porsche etwas frech und auch ungeschickt vor dem Eingang zum Hotel stehen lassen – unübersehbar und mit Absicht.«

Fabio beobachtete Margaretes Gesicht. Es war nicht mehr ausdruckslos. Winzige Gesichtsmuskeln ließen erkennen, dass sie sich unwohl fühlte. Nicht mehr sicher.

Er fuhr fort: »Es war inzwischen knapp vor Mitternacht. Die übrigen Hotelgäste hatten sich längst auf ihre Zimmer zurückgezogen. Nur Daniela Marini war noch da – hinter der Rezeption. Bei ihr bestellte Zenz Nußbaumer eine Flasche Champagner und nahm noch zwei Gläser mit ... Ich frage Sie, für wen war das zweite Glas, wenn nicht für Sie?«

Fabio blickte sie an. Margarete schwieg. Aber es arbeitete in ihr. Gesichtsmuskeln lügen nicht.

»Wir gehen also davon aus, dass das zweite Glas für Sie war«, stellt Fabio fest. »Wir haben uns aber gewundert, dass wir in Zenz Nußbaumers Zimmer weder die Flasche noch die zwei Gläser gefunden haben. Also haben wir uns gefragt, wohin er damit wohl gegangen sein mag ... Haben Sie eine Idee?«

In Margaretes Kopf hämmerten die Gedanken heftig gegen die Schädeldecke. So fühlte es sich an. Sie war nicht mehr klar im Denken. Zu viel, einfach zu viel. Es war zu viel. Was sollte sie jetzt sagen? Was passte jetzt noch? Es raste in ihrem Kopf. Alle Optionen wurden durchgespielt, krachten aneinander, brachen auseinander. Sie musste lachen. Sie dachte: »Es ist wie beim Schach: Ein falscher Zug und du bist schachmatt.« Dann wusste sie, wie sie ihren nächsten Zug setzen musste.

»Sie lachen?« Fabio schaute sie etwas erstaunt an. Diese Reaktion hatte er nicht erwartet.

Jetzt musste sie etwas sagen: »Also, Commissario, Sie haben natürlich recht. Aber ...« Sie zog das »aber« in die Länge. »Was ich Ihnen jetzt erzähle, müssen Sie für sich behalten. Sonst bin ich gefeuert. Klar?«

Fabio nickte nur.

»Sie haben schon recht, dass das zweite Glas für mich war und dass Zenz mit dem Champagner und den beiden Gläsern nicht auf sein Zimmer gegangen ist, sondern zu mir kam.«

»In Ihr Zimmer, oben unter dem Dach?«

»Genau.«

»Und dann?«

»Na, was glauben Sie? Was will ein Mann mit einer Flasche Champagner und zwei Gläsern nach Mitternacht bei einer Frau auf ihrem Zimmer, mit der er zuvor einige schöne Stunden in einem sündhaft teuren Restaurant verbracht hat. Muss ich Ihnen das erklären? ... Nein, das muss ich nicht ... dafür reicht Ihre Fantasie schon aus.«

Fabio überging diese Einschätzung seiner und Tommasos Fantasie und fragte: »Und ...?«

»Zenz hat sich einen Streifen Kokain in die Nase gezogen ... im Bad. Das nehme ich jedenfalls an, weil ich dieses typische Geräusch gehört habe. Außerdem lagen weiße Pulverreste auf dem Waschtisch.«

»Was wollte er denn im Bad?«, fragte Tommaso.

»Ich habe ihn duschen geschickt.«

»Sie wollten den Abend also angenehm ausklingen lassen?«

»Wenn Sie es so ausdrücken mögen, Commissario.« Sie schmunzelte. »Die Vorstellung von Zenz, wie so ein Abend ›angenehm ausklingt‹, ist möglicherweise etwas anders, als Ihre Fantasie es Ihnen gerade vormacht.«

»Erzählen Sie, ich lasse meiner Fantasie gerne Nachhilfe geben.«

»Zenz war ein Machtmensch. Er liebte es, Macht auszuüben. Solche Typen kenne ich. Typen wie er möchten manchmal auch ganz schwach sein, ausgeliefert, von anderen bestimmt werden.«

»Sie meinen Rollenspiele beim Sex, Unterwerfung und so etwas?«

»Sie kennen sich ja richtig aus, Commissario? Selber ein Machtmensch?«

»Nur mit reichlich Fantasie gesegnet ... Aber weiter ... fahren Sie fort.«

»Nun, ich habe Zenz in den Keller geschickt.«

»Wie?«

»Ganz einfach. Ich habe ihm gesagt, dass ich im Massagesalon die Herrin bin. Das hat er sofort verstanden ... Ich habe ihm befohlen, dass er dort auf mich warten muss. Er soll sich nackt ausziehen und mit dem Bauch auf die Massageliege legen. Und warten ... Das ist wichtig, wissen Sie. Dann zündet das Kopfkino, er fragt sich: ›Was macht die alles mit mir‹ usw. Dann sind die Kerle fast schon fertig, bevor ich angefangen habe.«

»Und Sie haben ihn warten lassen ... Wie lange?«

»Ich habe ein Glas Champagner getrunken und einige Utensilien zusammengesucht.«

Fabio blickte sie fragend an.

»Was ich so brauche. Stricke, Knebel, Lederriemen ... Alternativ gehen auch Seidenstrümpfe und ein Gürtel. Vielleicht noch eine Kerze und Streichhölzer. Ich brauche nicht viel Zeug ... Ich weiß halt, wie sie wirken ... bekommt man alles im Baumarkt ... sieht gar nicht spektakulär aus.« Margarete blickte jetzt auf den Boden. Es schien, als sei es ihr peinlich.

Fabio und Tommaso wussten aber, dass ihr nichts peinlich war. Sie dachten: »eine gute Schauspielerin« und »Zenz hätte seine Freude an dieser Inszenierung«.

»Also, Sie haben Zenz in den Keller geschickt, ein Glas Champagner getrunken, Ihre Utensilien geholt und sind ihm dann in den Keller gefolgt? Richtig?«

»Richtig.«

»Wie spät war es da?«

»Was weiß ich? Ich habe nicht auf die Uhr geschaut. Vielleicht 15, vielleicht 20 Minuten, seit Zenz mit dem Champagner auf mein Zimmer gekommen ist. Also vielleicht so gegen halb eins, schätze ich.«

»Sie haben Zenz auch ein Glas Champagner mitgebracht – zum Aufwärmen.«

Margarete war verwirrt. Was sollte diese Frage. Wieso fragte er das?

»Nein, das habe ich nicht. Das hätte auch nicht gepasst.«

»Aber Zenz hatte Champagner im Bauch, als er starb. Wie erklären Sie sich das?«

Margarete geriet aus dem Konzept. Was sollten die Fragen nach dem Champagner? Warum blieb der Commissario nicht bei seiner Linie. Warum wollte er nicht wissen, wie es im Massagesalon weitergegangen ist?

»Vielleicht hat Zenz oben bei mir ein Glas getrunken, nehme ich an.«

»Nehmen Sie an. Aber eben haben Sie davon nichts erzählt.«

»Das erschien mir nicht so wichtig. Also ja, wir haben zuerst jeder ein Glas Champagner getrunken, dann habe ich ihn zum Duschen ins Bad geschickt. Dann habe ich gehört, wie er geschnieft hat, bevor er duschte. Anschließend habe ich ihn nach unten geschickt, noch ein Glas Champagner getrunken, meine Utensilien bereitgelegt und dann bin ich nach unten gegangen. Passt es jetzt, Herr Commissario?«

Fabio nickte nur. »Fahren Sie fort. Was geschah im Massagesalon?«

Margaretes Sprechtempo hatte sich beschleunigt. Die Nummer mit dem Champagner hatte sie aus ihrem Gedankenstrang gebracht. Es wirkte so, als müsse sie deshalb schneller sprechen, um zur beabsichtigten Zeit ins Ziel zu kommen.

»Und da lag er dann, genau so, wie ich es ihm befohlen habe … Aber er war so ruhig. Er reagierte überhaupt nicht, als ich den Salon betrat.«

»War das Licht an?«

Schon wieder so eine Frage von diesem Commissario, die Margarete aus ihren Gedanken brachte. »Was soll das? Wieso fragt er danach?«

»Nein. Es war kein Licht an. Es fiel etwas Licht durch das Fenster, sodass man sich im Raum orientieren konnte ... Ist das wichtig?«

»Ja. Ist es ... Weiter: Sie konnten also nicht wirklich gut sehen, was oder wen Sie vor sich hatten. Es gab nur diesen Lichteinfall von dem Fenster.«

Margarete atmete auf. Klar, jetzt verstand sie. Der Commissario war nur genau. Er wollte sich ein genaues Bild machen. So sehen, wie sie es gesehen hatte. Mit ihren Augen sehen ... Margarete war erleichtert.

»Also, da lag Zenz auf der Pritsche, so wie ich es ihm befohlen hatte: nackt und auf dem Bauch.«

»Und das konnten Sie im Halbdunkeln zweifelsohne sehen?«

Margarete wurde jetzt leicht wütend. Wieso unterbrach sie dieser Commissario immer? Warum zweifelte er an ihren Sätzen?

»Wer sollte das denn sonst gewesen sein? Ich meine, wovon wären Sie denn ausgegangen? Der Raum ist abgeschlossen, ich habe die Schlüssel. Ich habe Zenz den Schlüssel gegeben.«

»Das hatten Sie noch gar nicht erwähnt. Wann haben Sie ihm den Schlüssel gegeben?«

Jetzt stieg in Margarete die Wut hoch. Sie bezwang sie, aber ihre Stimme war dadurch gepresst. »Wann, wann, wann? Wann hätte es denn Sinn gemacht? Na, wann? Es macht Sinn, als ich Zenz befahl, hinunterzugehen, nicht wahr? Sonst wäre er nämlich vor die verschlossene Tür gelaufen – und dann? Dann wäre er wieder nach oben gekommen. Also werde ich ihm den Schlüssel mitgegeben haben, sonst wäre das Ganze ja auch Quatsch gewesen, oder?«

Fabio blickte Margarete streng an. »Das mag sein, aber Sie haben das erst jetzt, auf meine Nachfrage, erwähnt. Eben noch, als Sie so minutiös aufzählten, was wann passierte, da haben Sie dieses Detail ausgelassen.« Nach einer Pause: »Wer hat noch einen Schlüssel zu dem Massagesalon?«

Margarete spürte, dass dieser Commissario auf irgendetwas hinauswollte, was sie nicht erkannte. Es verwirrte sie.

»Die Chefs, die Inhaber – nehme ich jedenfalls an. Wahrscheinlich auch das Housekeeping, die Putzfrauen. Was weiß ich … Also, wenn Sie es genau wissen wollen: Ich weiß es nicht genau. Ich weiß nicht, wer noch alles einen Schlüssel zu dem Massagesalon hat.«

»Dann hätten Sie also damit rechnen müssen, dass jederzeit jemand hereinkommen kann … weil viele Leute Schlüssel zu dem Massagesalon haben.«

»Nachts um zwei?«

»Eben meinten Sie noch, es sei halb eins gewesen.«

»Sie nerven jetzt aber, Commissario. Ich habe keine Uhr dabei gehabt. Wann genau ich unten war, weiß ich doch jetzt nicht mehr. Irgendwann nach Mitternacht jedenfalls. Und, nein, ich hatte keine Angst, dass uns jemand mit einem weiteren Schlüssel hinterhersteigt, denn um diese Zeit schlafen hier alle. So ein Hotel ist ein Rund-um-die-Uhr-Betrieb. Da endet der Tag kurz vor Mitternacht und beginnt am frühen Morgen. Um die Zeit, als ich den Salon nutzen wollte, schlafen hier alle, da konnte ich sicher sein.«

»Wissen Sie, was mich wundert?«

Margarete, jetzt schon deutlich gereizt: »Nein, was denn?«

»Ach nein. Jetzt möchte ich doch erst wissen, was geschah, als Sie den Raum betreten haben. Es war also kein Licht an. Die Szenerie war nur durch den Lichteinfall vom Fenster beleuchtet, so weit richtig? Was sahen Sie und was haben Sie gemacht?«

Margarete holte Luft, nahm Fabio ins Visier. »Also, ich sah einen Körper bäuchlings auf der Massageliege liegen, vermutete stark, sehr stark, Commissario, dass es Zenz Nußbaumer war, dem ich kurz zuvor befohlen hatte, sich genau so auf die Liege zu legen. Klar, so weit, Commissario? Dann weiter. Ich hörte nichts, kein Atmen, keine Lebensgeräusche. Normal wäre es gewesen, wenn Zenz nach der Zeit des Wartens und des Kopfkinos, Sie erinnern sich, Commissario, irgendeine Reaktion gezeigt hätte. Ein leises Stöhnen, ein heftiges Einatmen, so was halt …

Aber es kam nichts. Und das war komisch, befremdlich – auch irgendwie unheimlich.«

Margarete verstummte. Es war ihr, als stehe sie starr und stumm vor der Massageliege. Dann fuhr sie fort: »Ich habe seinen Namen gerufen. Nichts. Mir wurde heiß und kalt. Ich ging hin und berührte ihn. Er zeigte keine Reaktion. Ich schüttelte ihn. Immer noch nichts ... Dann habe ich das Licht angemacht.«

»Und?«

»Seine Augen waren offen, aber sein Blick war leer. Ich habe seinen Puls gefühlt, aber da war nichts mehr.«

»Wo haben Sie den Puls gefühlt?«

Margarete schaute Fabio an, als sehe sie ihn das erste Mal.

»Am Arm, glaube ich ... also am Handgelenk, meine ich.«

»Und Sie haben keinen Puls gespürt?«

»Nein. Da war kein Puls mehr ... und die Augen. Die waren so tot.«

»Sie waren also der Meinung, Zenz Nußbaumer sei da schon tot gewesen?«

Margarete nickte.

»Und warum haben Sie da nicht die Rettung alarmiert? Es wäre doch möglich gewesen, dass man ihn hätte reanimieren können?«

»Ich weiß nicht ... Ich hatte Angst.«

»Angst? Wovor?«

»Um meine Arbeitsstelle. Das war jetzt nicht das, was meine Chefs gutheißen würden. Des Nachts mit einem Hotelgast im Massagesalon Sexspielchen treiben. Das geht doch nicht. Außerdem wollte ich nicht schon wieder einen Toten finden: zuerst der Jogger und jetzt der Zenz.«

»Aber Sie haben ihn dann doch ganz offiziell gefunden, als Sie Ihren Dienst im Massagesalon angetreten haben. Zenz war ja Ihr früher Kunde.«

»Ich hatte gehofft, dass ihn jemand anderes vor dem ersten Massagetermin am frühen Morgen findet. Dann hätte ich nicht schon wieder der Finder sein müssen.« Margarete schwieg. Es war ihr nicht gut. Glaubte der Commissario ihr? Oder nicht? Was, wenn nicht? Sie wollte das hier alles nicht. Sie wollte hier raus. Raus aus dieser Situation, raus aus diesem Hotel, raus aus Südtirol. Raus, raus, raus.

Fabio und Tommaso blickten einander an. Sie dachten: »Gut durchdacht.« Aber sie dachten auch: »Sie sieht fertig aus.« Fabio überlegte: »Wie gehe ich jetzt vor?« »Wie haben Sie in der Nacht geschlafen?«, fragte er.

Margaretes Mundwinkel zuckten leicht. Was soll denn jetzt diese Frage? Worauf will der Commissario hinaus? »Ich habe gar nicht geschlafen ... Was denken Sie denn von mir.«

»Nun, ich denke, dass Sie uns eine Geschichte erzählen.« Fabio schwieg und ließ diese Worte wirken.

Margaretes Mundwinkel zuckten wieder. Nur wenig, aber Fabio konnte es sehen. Auch Margarete schwieg. In ihrem Kopf rauschte es. »Was, was, was will er?«, rief es. Und: »Was soll ich jetzt sagen?«

»Wir haben nicht nur Champagner in Zenz Nußbaumers Mageninhalt gefunden ...«, Fabio ließ den Satz in der Luft schweben, »... wir haben auch sein Blut untersucht.«

Margarete rührte sich nicht.

»Wir wissen ziemlich genau, wann Zenz was zu sich genommen hat oder, sagen wir besser, einverleibt bekommen hat.«

»Einverleibt? Was heißt das? Was wollen Sie damit sagen? Dass ich ihm etwas ›einverleibt‹ hätte? Was soll das jetzt. Ich habe Ihnen alles gesagt ... Mehr gibt es nicht zu sagen.«

»Na, na, Frau Mannhall. Bisher haben Sie immer noch etwas gesagt, was Sie zuvor vergessen hatten zu erwähnen. – Ihnen fällt immer erst dann wieder etwas ein, wenn ich Ihnen erzähle, was wir schon wissen.«

»Ich sage jetzt gar nichts mehr. Das ist mir zu blöd. Ich weiß nicht, was Sie von mir wollen. Ich habe nichts mit dem Tod von Zenz und diesem Jogger zu tun. Punkt.« Margaretes Gesicht war rot angelaufen.

»Rot vor Wut«, dachte Fabio. »Bleiben wir zunächst bei Zenz. Ich sage Ihnen jetzt mal, wie es war.«

»Da bin ich aber gespannt«, zischte Margarete.

»Zenz und Sie waren gemeinsam essen. Dann hat er Sie damit überrascht, dass er Sie nicht nur im Hotel absetzen wollte, sondern auch ein Hotelzimmer für diese Nacht gebucht hatte. Ein Doppelzimmer. Und er holte auch gleich Champagner, ein Getränk, dass man gerne für besondere Stunden einsetzt. Jetzt stelle ich mir die Frage, ob Sie das gut fanden oder nicht. Wenn Sie es gut fanden, dann hätte es für Sie beide ein entspannter Abend werden können. Egal, ob Sie die Nummer im Massagesalon gemacht hätten oder ganz klassisch im Hotelzimmer. Nun hat Zenz Nußbaumer den Abend aber nicht überlebt. Wir würden heute nicht miteinander sprechen, wenn wir beide …«, Fabio nickte zu Tommaso, »nicht davon überzeugt wären, dass Zenz Nußbaumer keines natürlichen Todes gestorben ist. Aufgrund der Beweise gehen wir davon aus, dass er ermordet worden ist.«

Fabio wusste, dass er hier zu dick auftrug. Streng genommen hatten sie keine Beweise. Es gab eine These und sie brauchten das Geständnis. Sonst würde dieser Tod weiterhin ohne Folgen bleiben.

Margarete zuckte beim Wort »Beweise« ganz leicht.

»Treffer«, dachte Fabio. »Ich glaube, dass Ihnen das Vorhaben von Zenz Nußbaumer, mit Ihnen zusammen eine lauschige Nacht zu verbringen, nicht gepasst hat. Sie waren damit nicht einverstanden und wollten ihn loswerden. Das wäre auch ganz einfach gewesen. Sie hätten ihn wegschicken können, aber das ging nicht. Ich frage Sie, warum?«

Margarete schaute verdutzt. Glaubte dieser Commissario denn wirklich, dass sie darauf eine Antwort hätte? Sie sagte: »Da das eine Geschichte ist, die Sie sich ausgedacht haben, müssen Sie sich schon selber eine Antwort geben. Das ist nicht meine Geschichte. Die habe ich Ihnen schon erzählt.«

»Ich sage Ihnen, warum. Zenz Nußbaumer war ein Mann, der alles, was er wollte, bekam. Weil er es sich genommen hat. Er fühlte sich dabei gut. Er hatte immer recht. Und so war es auch an dem besagten Abend. Er wollte Sie und hat sich genommen, was er wollte.«

Margarete lachte heiser auf. »Ach ja? Und wieso ist er dann folgsam in den Salon im Keller gegangen? Wenn er sich doch auch hier oben hätte nehmen können, was er wollte?«

»Ich denke da weniger an ein gewaltsames Nehmen.«

»Sondern?«

»Ich denke an Erpressung.«

Diese Worte zeigten Wirkung bei Margarete. Jetzt zuckten ihre Mundwinkel deutlich. Ein bitterer Zug zeigte sich um ihre Lippen. Sie schluckte.

Fabio setzte nach: »Zenz Nußbaumer hatte herausgefunden, wo und wie Sie Ihr Geld in der Vergangenheit verdient hatten. Sie waren nicht immer Masseurin … Sie haben in Duisburg und in Dortmund in den Rotlichtvierteln gearbeitet. Wir haben dieses Wissen aus Unterlagen, die wir bei Zenz Nußbaumer gefunden haben. Er wusste über Sie Bescheid, er hat Sie ausspioniert. Und als Sie ihm sein Schäferstündchen vermiesen wollten, hat er diese Karte gespielt.«

Pause. Lange Pause, in der sich Fabio und Margarete gegenseitig beobachteten.

Tommaso blieb auf der Zuschauerbank. »Davon hat mir Fabio gar nichts erzählt … Das hat der sich spontan ausgedacht«, schoss es ihm durch den Kopf. Was er sah, war spannend wie ein Theaterstück.

Die beiden Kontrahenten nahmen Maß. Sie loteten sich mit Blicken aus. Margarete überlegte, woher der nächste Angriff kommen würde; Fabio versuchte, die Wirkung seiner Worte aus dem Gesicht von Margarete Mannhall abzulesen. Es war ein stummer Kampf.

»Und wie geht Ihre Geschichte weiter?«, fragte Margarete leise, gefährlich leise.

»Sie handelten schnell und umsichtig. Ihr Entschluss, Zenz zum Schweigen zu bringen, stand sofort fest. Dieser Typ würde Sie nicht dominieren. Sie kannten sich mit solchen Typen aus – haben Sie selbst gesagt. Sie wussten, dass Sie ihn mit der Domina-Nummer in den Keller bekommen würden. Um ihm zuvor ein Schlafmittel geben zu können, haben Sie ihn Duschen geschickt. Während er unter der Dusche stand, haben Sie reichlich Schlafmittel in den Champagner gegeben. Anschließend haben Sie ihm befohlen, in den Keller zu gehen. Sie ließen ihn zappeln. Einmal, weil es zum Spiel gehört, und dann, weil Sie die Zeit abwarten mussten, bis er fest schlief.«

Fabio versuchte, in Margaretes Gesicht zu lesen. Aber da fand er nichts. Ihre Mimik blieb neutral bis kalt.

»Ihren Plan hatten Sie schnell gefasst. Sie hatten noch diese zwei vollen Pens mit Insulin aus dem Zimmerkühlschrank des älteren Gastes, die dieser dort vergessen hatte. Sie hatten die Pens nicht aufgehoben, um damit später jemanden zu ermorden, nur vergessen, sie wegzuwerfen. Sie lagen halt noch rum und kamen Ihnen gelegen. Von dem Gast wussten Sie, dass eine Überdosis Insulin tödlich ist. Dass er Ihnen das erzählt hat, wissen wir. Wir haben nämlich mit ihm gesprochen.«

Nach diesem Satz veränderte sich Margaretes Gesichtsfarbe. Sie wurde blass. »Noch ein Treffer«, dachte Fabio.

»Sie hatten also ein perfektes Mordinstrument. Perfekt ist es deshalb, weil sich Insulin im Körper abbaut und nicht mehr nachzuweisen ist. Das wussten Sie auch von Ihrem Gast, der sich von ›Magic Mäggi‹ so gerne massieren ließ. Das war Ihr Spitzname, wussten Sie das eigentlich? ›Magic Mäggi‹ hat er Sie genannt. Er war sehr redselig, nicht wahr? Er erzählte in einem fort, und als Kriminalhauptkommissar im Ruhestand hatte er viele Geschichten zu erzählen. Auch die Geschichte von dem Insulinmord, nicht wahr? Die hat er Ihnen auch erzählt. Ich glaube, die erzählt er jedem. Nun, Sie wussten, wie man es macht. Einem wehrlosen Menschen eine Überdosis spritzen, abwarten, bis der Tod eintritt und fertig. Sie sind dabei recht geschickt vorgegangen, das muss ich Ihnen lassen.«

Margaretes Blick war jetzt nicht mehr so klar wie zuvor. Ihr Kopf brummte, es pfiff in ihren Ohren, sie meinte, doppelt zu sehen.

Fabio und Tommaso bemerkten diese Veränderungen. Tommaso schob ihr ein Glas Wasser hin.

Margarete ergriff das Glas und trank.

»Sie haben die Injektion an einer Stelle vorgenommen, an der man nicht danach sucht. Auch das haben Sie aus den Erzählungen Ihres Gastes, des Herrn Kriminalhauptkommissars aus Deutschland. Ein Fall wie aus dem Lehrbuch. Als wir dies entdeckt hatten, fehlten uns nur noch der Täter und das Motiv.

Mit dem Fund Ihrer Vita in Zenz Nußbaumers Nachlass hatten wir das Motiv und das führte uns zum Täter.«

Margarete schluckte, vermied Blickkontakt. Ihr Kopf schien zu explodieren. Sie konnte keinen normalen Gedanken mehr fassen, so kam es ihr vor.

»Nun, wie gefällt Ihnen meine Geschichte«, hörte sie Fameo sagen.

Aber es klang dumpf und irgendwie verzerrt. Dann sackte sie auf ihrem Stuhl zusammen und glitt langsam vom Stuhl.

*

Tommaso reagierte sofort, verhinderte durch beherztes Zugreifen, dass Margarete hart auf dem Boden aufschlug, bettete sie schonend auf dem Boden, mit seiner zusammengefalteten Jacke als Kopfkissen. Ihre Beine legte er hoch auf die Sitzfläche eines der Stühle. Nach leichtem Klopfen auf die Wangen kam Margarete auch schnell wieder zu sich. Sie wirkte benommen.

»Sollen wir einen Krankenwagen rufen?«, fragte Tommaso. »Oder geht es wieder …? Sie sind ohnmächtig geworden, aber nicht lange.«

Margarete lächelte ihn dankbar an. Sie winkte leicht ab. »Nein, keinen Krankenwagen. Es geht schon wieder …« Sie rappelte sich hoch, ließ sich von Tommaso helfen. Sie griff nach dem Glas Wasser, das immer noch auf dem Tisch stand, lehrte es langsam bis auf den Boden. Dann blickte sie von Tommaso zu Fabio und wieder zurück. Ihr Augenausdruck war leer. Sie schien keine Kraft mehr zu haben.

Fabio fragte: »Frau Mannhall, geht es Ihnen wieder gut? Fühlen Sie sich in der Lage, mit uns zu reden?«

Sie richtete sich auf und setzte sich sehr gerade hin.

»Wie eine Tänzerin«, dachte Fabio, »mit perfekter Haltung«.

Sie drehte sich zu Fabio: »Wie kommen Sie eigentlich darauf, dass ich für den Tod von Zenz und den Tod des Joggers verantwortlich bin. Das sind doch ganz verschiedene Typen? Den Jogger habe ich gar nicht gekannt. Nicht mal ein Wort habe ich mit ihm gewechselt. Ihre zusammengereimte Geschichte zum Tod von Zenz ist ja wenigstens in sich logisch – wenn auch falsch! Aber wie reimen Sie sich denn zusammen, dass ich den Jogger getötet haben soll. Ich habe ihn doch nur gefunden und dann sofort die Polizei verständigt, wenn Sie sich das bitte vor Augen halten wollen … Ich finde Sie echt krank. Sie und Ihre Geschichten.«

»Eine harte Nuss …«, dachte Fabio, »… gerade noch ohnmächtig und schon wieder im Angriffsmodus.« Er lehnte sich nach vorne und nahm Margarete in seinen Blick. »Der Jogger war ein Zufallsopfer. Sie hatten nie geplant, diesen Mann zu töten – dennoch haben Sie es getan. Davon bin ich überzeugt.«

»So ganz ohne Motiv und Tatwaffe?«, schoss es höhnisch aus Margarete hinaus.

»Die Waffe, Frau Mannhall, sind Sie selbst und Ihre unglaublichen Fähigkeiten an der Stange. Und das Motiv ist einfach: Sie haben sich gewehrt. Ob es Notwehr war, kann ich noch nicht beurteilen. Aber der Typ wollte Sie anbaggern, und da haben Sie sich gewehrt. Etwas heftig vielleicht – aber effektiv. Der Mann war sozusagen anschließend kopflos.«

Margarete wurde wiederum blass. Beide Polizisten sahen, dass diese Worte erneut getroffen hatten – ins Schwarze. Aber sie brauchten ein Geständnis. Wenn Margarete Mannhall weiter schwieg, kamen sie nicht weiter.

Fabio nahm den Faden wieder auf: »Ich könnte auch sagen, der Mann war seinen Kopf los. Der Kopf wurde aus seiner Verankerung in der Wirbelsäule gerissen, wenn ich das bildhaft ausdrücken darf. Das kann passieren, wenn man am Hals unterhalb des Kinns mittels einer starken Schlaufe sehr schnell und mit viel Kraft nach oben reißt. Fast so, als würde man gehängt. Aber nur fast. Hier war es schon etwas Besonderes und für uns deshalb so interessant, weil es Parallelen zu dem Todesfall in Velen im Jahr 2002 gibt. Damals waren Sie auch in der Nähe des Toten. Sie kannten ihn. Er war einer Ihrer Massagekunden. Und er war dafür bekannt, dass er seine Finger nicht bei sich behalten konnte. Denkbar, dass er Sie im Wald angegriffen hat. Sie haben sich gewehrt … und dabei haben Sie den Mann getötet. Wissen Sie, warum wir das glauben? Weil die Art des Todes so ähnlich ist … wie beim Jogger. Das Verletzungsmuster ist nicht exakt dasselbe. Dem Mann in Velen ist das Genick gebrochen worden. Dem Jogger ist der Kopf aus der Verankerung gerissen worden. Das ist letztlich eine akademische Frage, über die sich Pathologen unterhalten können. Sie haben dazu die Kapazität: Sie sind perfekt an der Stange, trainieren junge Menschen und sind im Bozner Studio der Star. Sie können mit Ihren Beinen jeden Hals in den Schwitzkasten nehmen und zudrücken, oder eben auch ruckartig den Hals abtrennen. Und bei dem Jogger kam Ihnen zupass, dass er Sie an einer Stelle angesprochen hat, an der ein Laternenmast stand. Für Sie das ideale Instrument, um sich in die Höhe zu schwingen, den Hals zu umklammern und dann mit einer ruckartigen Bewegung den Kopf abzuziehen. Das haben Sie nicht geplant. Das haben Sie nicht gewollt. Das war eine reflexartige Abwehrreaktion. Tausendmal geübt, nur dass jetzt ein Kopf zwischen Ihren starken Beinmuskeln klemmte …War es so?«

Margarete hatte gebannt zugehört … So wie ein Kaninchen, das in Todesstarre verfällt, wenn ein Fressfeind vor ihm steht. Flüchten oder totstellen, das sind die beiden verbleibenden Überlebensstrategien, wenn ein Angriff aussichtslos scheint.

»Es kommt kein Angriff mehr«, stellte Fabio zufrieden fest. Dann setzte er sein letztes Pfund ein: »Warum, so fragte ich mich, handeln Sie so? Sie wollen nicht töten, tun es aber schnell, heftig, gefühllos. Sie tun es dann, wenn Ihnen Männer zu nahe kommen, Sie sich von den Männern bedroht fühlen. Anschließend leben Sie so weiter, als wäre nichts geschehen. Sie haben keinerlei schlechtes Gewissen, Sie leiden nicht unter dem, was Sie getan haben. Es ist so, als spalteten Sie diese Taten von sich ab. Wenn ich als Kriminalist verstehen will, warum jemand so etwas tut, muss ich ihn kennenlernen, muss viel über ihn wissen. Da ich Sie nicht direkt fragen konnte, musste ich mir die Erkenntnisse zusammentragen. Und da kam einiges bei heraus. Korrigieren Sie mich, wenn ich falschliege.«

Margarete hatte ihre Augen zu Schlitzen zusammengekniffen. Sie sprach jetzt ganz leise. »Tolle Theorie, Commissario. Wirklich toll … aber leider völlig falsch, was Sie sich da zusammenreimen. Wenn ich jeden Kerl, der mir zu nahe gekommen ist, umgebracht hätte, dann hätte ich viel zu tun gehabt. Männer gab es in meinem Leben einige. Das geht Sie zwar überhaupt nichts an, meine Herren, aber ich sage Ihnen, die meisten von ihnen leben meines Wissens noch. Denken Sie doch mal nach, ob Sie sich da nicht etwas zusammenfantasieren.« Sie verstummte.

»Wir haben intensiv darüber nachgedacht, Frau Mannhall. Wirklich. Sehr intensiv. Und wir meinen auch die Ursache herausgefunden zu haben, warum Sie, manchmal jedenfalls, so impulsiv, so wütend reagieren.«

»Ach ja. Da bin ich jetzt aber gespannt, was Sie sich ausgedacht haben.« Margaretes Blick war lauernd. Es war, als ob sich ihr Körper spannte.

»Wir haben in Ihrem Leben geforscht und dabei entdeckt, dass Ihre Kindheit ziemlich schwer war.«

Margarete wechselte die Gesichtsfarbe. Sie wurde blass, dann wurde sie puterrot. »Was soll das jetzt?«, stieß sie hervor. »Lassen Sie das, das geht Sie nichts an.«

»Das geht uns nichts an? Ja und Nein. Ihr Privatleben geht uns nur insoweit etwas an, als es erklären kann, warum Sie töten.«

Margarete keuchte. »Was soll das? Lassen Sie mich in Ruhe!«

»Das geht leider nicht mehr. Wir können Sie nicht in Ruhe lassen. Wir sind davon überzeugt, dass Sie Menschen getötet haben. Und wir haben uns gefragt, wie aus Ihnen eine Mörderin werden konnte. Bei Zenz Nußbaumer ist uns das klar. Sie wollten sich von ihm nicht erpressen lassen. Bei dem Jogger gehen wir von einer heftigen Abwehrreaktion aus. Vielleicht dasselbe Muster wie damals in Velen. Und wir fragen uns natürlich, warum eine Frau wie Sie eine solche Wut entwickelt, aus der heraus sie sich urplötzlich und ohne jede Planung wehrt. Hier kommen wir auf Ihre Kindheit zu sprechen: Sie hatten einen Vater, der Ihnen gegenüber gewalttätig war, und eine Mutter, die Sie nicht beschützt hat. Sie sind aus diesen Verhältnissen ausgebrochen, so früh es Ihnen möglich war. Wir haben Ihre Mutter dazu befragt. War nicht einfach, aber wir haben einiges verstanden.«

Fabio machte eine Pause, um zu beobachten, wie Margarete auf seine Worte reagierte.

Sie schien jetzt wegzutauchen. Ihr Blick ging nach innen. Sie konnte den Blickkontakt nicht mehr halten. Ihre Mundwinkel begannen erneut leicht zu zucken. Es war ihr anzusehen, dass es ihr schlecht ging. Sie tat Fabio leid, aber wenn er ein Geständnis wollte, dann musste er jetzt nachlegen.

Leise fuhr er fort: »Dem Tod Ihres Vaters im Jahr 1997 ging ein heftiger Streit voraus. Richtig?«

Margarete nickte kaum merklich. Es war ihm, als wäre sie jetzt woanders. Fabio war nicht sicher, ob sie noch zuhörte oder geistig abwesend war. Er setzte nach: »Wir glauben, dass er Sie damals gesucht hat. Vielleicht deshalb, um Sie zurückzuholen. Er war, so glauben wir, kein guter Vater. Er betrachtete Sie als seinen Besitz. Liegen wir damit richtig?«

Margarete nickte erneut, aber so leicht, so zart, dass man es nicht eindeutig als Zustimmung werten konnte. Vielleicht war es auch nur ein leises Zittern.

»Dieser Mann hat Ihnen in Ihrer Kindheit Schlimmes angetan. Sie sind vor ihm geflohen und er hat Ihnen weiter nachgestellt. Als er Sie damals, 1997, in dieser Bar gefunden hatte, muss da eine große Angst gewesen sein. Was, wenn er Sie wieder unter seine Gewalt bekommen würde? Was, wenn er seine völlig unangemessenen und gewalttätigen Bestrafungsrituale wiederholen wollte? Aber Sie waren jetzt erwachsen. Sie hatten sich ein eigenes Leben eingerichtet. Sie hatten zu diesem Zeitpunkt schon viel erlebt und waren stark geworden. Sie hatten damals schon einen Ruf als sehr talentierte Pole-Tänzerin. Dazu braucht man Kraft – und Selbstbewusstsein. Sie haben damals Ihrem Vater die Tür gewiesen, aber er hat Ihnen aufgelauert. Es kam draußen in den Straßen von Dortmund zu einem Streit. Und als er Sie packen wollte, haben Sie sich gewehrt. Er ist dumm aufgeschlagen: mit dem Kopf auf die Bordsteinkante. Genickbruch. Tod. Sie haben ihn nicht umbringen wollen, aber Sie haben seinen Tod verursacht. Das mag in Notwehr geschehen sein, das wissen nur Sie selbst. Wir nehmen aber an, dass diese Tat für Sie der Beginn Ihrer kriminellen Karriere war. Sie haben gespürt, dass Sie das können und dass es Ihnen nichts ausmacht. Sie wussten seit diesem Tag, dass Sie jeden

Mann, der Ihnen zu nahe kommt, töten können, ohne ein schlechtes Gewissen zu haben. Sie töten jedes Mal Ihren Vater. Immer wieder. Mindestens dreimal – da sind wir uns sicher. Sehr sicher.«

Fabio versuchte, den Blickkontakt zu Margarete wiederherzustellen. Sie blickte aber auf den Boden. Ihr Körper wirkte plötzlich zierlich, zerbrechlich. Die Schultern waren nach vorne gefallen, die Körperspannung war weg. Sie zitterte leicht.

Fabio räusperte sich: »War es so?«

Fabio und Tommaso hörten, wie Margarete ganz leise »Ja« sagte.

Die Männer warteten.

Dann begann sie zu reden. Stockend. Zunächst leise. Dann wurde ihre Sprache klarer und fester. »Ich, ich habe keine Wahl mehr gesehen … Seit meiner Kindheit … Mein Vater war ein Schwein … Er hat es nicht besser verdient. Das war ein Unfall … Aber, ja, Sie haben recht. Seit dem Tag habe ich nichts mehr zugelassen, was ich nicht selber wollte. Aber ich weiß auch nicht, wie es dazu kommt. Mit manchen Männern gab es keine Probleme. Aber es gab welche, da bin ich ausgerastet. Es kam aus mir raus, ohne dass ich das gewollt habe.«

Sie suchte nach einem Taschentuch, fand eines und wischte sich die Nase.

»Der Jogger, der hat mich von hinten angemacht. So eine saublöde Bemerkung: irgendetwas über meinen Hintern. Da habe ich rot gesehen und im nächsten Moment lag er tot vor mir … Ich weiß nicht, es ging so schnell. Ich kann mich gar nicht richtig erinnern. Aber die Stange, die Figur, die ich tausendmal geübt habe … Vielleicht denke ich dann nicht. In mir ist da nur eine so riesige Wut, so plötzlich und so unmittelbar und so heftig.« Sie schwieg. Es schien, als versuche sie sich die Situation ins Gedächtnis zu rufen.

»Das war auch in Velen so. Diese Wut. Sie ist mir selbst unheimlich.« Margarete nagte an ihren Lippen. »Aber danach bin ich ganz ruhig. Es macht mir nichts aus. In Velen bin ich einfach weitergelaufen – genauso wie hier. Ich habe an gar nichts gedacht, nicht, was passiert, sollte man mich gesehen haben. Nicht, was passiert, wenn ich mich dafür verantworten müsste.«

Sie blickte jetzt Tommaso und Fabio an. Eindringlich. »Glauben Sie mir?«

Die Männer nickten. Fabio sagte: »Erzählen Sie bitte weiter.«

»Als ich von der Laufstrecke zurückkam, lag der Jogger immer noch da. Ich spürte überhaupt nicht, dass ich damit etwas zu tun hatte. Deshalb habe ich die Polizei und die Rettung anrufen können, als wäre ich nur die Zeugin. So, wie es jeder getan hätte, der einen findet, der tot aussieht.« Und, etwas leiser: »So, als wäre ich eine andere.«

Fabio und Tommaso hatten sehr aufmerksam zugehört.

Jetzt räusperte sich Tommaso: »Aber Zenz Nußbaumer. Da war es anders.«

Margarete blickte ihn mit einem erstaunten Blick an. Sie brauchte einige Zeit, bis sie ihre Antwort formulierte: »Ja, Sie haben recht, da war es anders. Da hatte ich keine Explosionswut. Nur Wut. Auf Zenz Nußbaumer war ich stinksauer. Der gehört zu der Sorte Männer, die so sind, wie mein Vater war. Diese Männer betrachten Frauen als ihren Besitz: Wenn sie nicht spuren, dann werden sie gefügig gemacht – mit Gewalt oder mit Erpressung.« Margarete stieß dieses Wort hart durch die Zähne.

Fabio dreht sich der Magen um. Er musste an Elisabeth denken.

»Diese Art von Männern ist charmant, sie haben das gewisse Etwas, sind aber nur auf sich bezogen, egozentrisch, egoistisch, egomanisch. Wehe, sie bekommen nicht das, was sie wollen. Sie verletzen, sie werten ab, sie erniedrigen. Und es ist ihnen scheißegal: Sie denken einfach nicht weiter darüber nach, denn sie haben immer recht. Die anderen sind die Deppen. Niemals sie selbst. Sie sind das Zentrum, die Sonne, die Macht.«

»Wenn Sie das so klar sehen, warum haben Sie sich denn mit Zenz Nußbaumer überhaupt eingelassen?«, fragte Tommaso.

»Habe ich das …? Nein, das habe ich nicht. Er ist mir nachgestiefelt. Der wollte zunächst nur etwas von einer seiner Schauspielerinnen, die bei mir eine bestimmte Figur an der Stange lernen sollte … für so ein Theaterstück von ihm. Die hat ihn auch angehimmelt und tat alles für ihn. Sie hat sich richtig schinden müssen für diese Figur. Und er? Er hat das Mädchen beim Training besucht, mich gesehen und seither hat er auch mich haben wollen. Wie gesagt, er ist mir nachgestiefelt … Und ja, an dem Tag, als es dann passiert ist, da hat er mich vom Studio abgeholt und mich zum Essen eingeladen. Es war so eine Art schwacher Moment bei mir, da habe ich eingewilligt. Ich konnte ja nicht ahnen, dass er in dem Hotel, in dem ich wohne, ein Zimmer gebucht hat und dann noch eine Massage bei mir für den kommenden Tag. Deshalb habe ich auch nicht protestiert, als er anbot, mich nach Hause zu fahren … Dann steht er plötzlich in meinem Zimmer mit einer Flasche Champagner und wird ziemlich schnell eindeutig. Als ich ihn rausschmeißen wollte, hat er mir damit gedroht, dass er meinen Chefs alles über meine Vergangenheit erzählen würde. Er wusste von meiner Zeit in Duisburg und Dortmund. Er hat mich da wohl einmal gesehen und meinte mich wiedererkannt zu haben. Vermutlich hat er recherchiert, alte Freunde befragt oder so was. Jedenfalls hat er die Etablissements gekannt, in denen ich damals gearbeitet habe. Um das alles zu bekräftigen, hat er mir einige Stationen aus meinem Leben aufgezählt, die ich nicht zu den schmeichelhaftesten Episoden zähle. Können Sie sich vorstellen, wie mir zumute war? Dieser Arsch!«

»Und da haben Sie den Entschluss gefasst …?«

»… ihn kalt zu machen? Das meinen Sie doch …? Ja, so ungefähr wird es gewesen sein.« Margarete wurde nachdenklich. So, als müsse sie überlegen, wie es gewesen war. »Zunächst wollte ich ihn nur loswerden. Darum habe ich ihn ins Bad geschickt. Dann kam mir die Idee mit dem Schlafmittel. Und, ja, mir war klar, dass Typen wie Zenz sexuelle Experimente lieben. Die Idee mit dem Massagekeller und der Sonderbehandlung hatte ich spontan. Hat ja auch geklappt: Er ist brav nach unten marschiert – in Erwartung einer heißen Nacht. Der Idiot.«

»Und die Idee mit dem Insulin?«

»Das war Zufall. Ich hatte das Insulin noch nicht weggeworfen und ich wusste ja, wie es wirken sollte. Ich dachte, probiere es aus. Wenn der alte Kommissar aus Deutschland recht hat, dann ist es der perfekte Mord. Ein Arschloch weniger.«

»Was hätten Sie gemacht, wenn Sie nicht über das Insulin verfügt hätten?«

»Ich weiß nicht … Ich weiß es wirklich nicht … vielleicht mit einem Tuch erstickt? Oder ich wäre am nächsten Morgen einfach verschwunden … Ich weiß es nicht.« Margaretes Augen hatten sich gerötet. Sie nagte an ihren Lippen.

»Es war einfach zu viel. Ich konnte nicht mehr. Ich wollte doch nur meine Ruhe haben. Und da habe ich dieses Insulin auf meinem Tisch liegen sehen. Es war wie in einem Traum. Ich habe die Spritzen aufgeschraubt und das Rad so weit gedreht, bis es nicht mehr weiterging. Dann bin ich nach unten gegangen. Zenz hat geschlafen, und ich habe ihm beide Kanülen in die Pobacken gespritzt.«

»300 Einheiten. Jeder Pen hat 300 Einheiten.«

»Ist das viel?«

»Absolut tödlich.«

*

Margarete nickte langsam. Sie murmelte: »Ja, tödlich … tödlich … Das war es wohl.« Sie stand langsam auf, schwankte leicht. Ihr Blick wirkte jetzt in sich gekehrt.

Es kam Fabio so vor, als würde sie ohnmächtig. Aber noch, bevor er aufstehen und sich darum bemühen konnte, sie aufzufangen, war Tommaso bei ihr und griff ihr von vorne unter die Arme.

Fabio dachte noch: »Wie schnell dieser massige Tommaso doch reagieren kann«, da ging alles plötzlich ganz schnell. Fabio hatte es weder erwartet noch kommen sehen.

Margarete hatte Tommasos Hilfe ausgenutzt und ihm blitzschnell die Pistole aus dem Köcher gezogen. Sie richtete die Pistole jetzt auf Tommaso, lud sie blitzschnell durch und entriegelte die Sicherung. Fabio saß noch auf seinem Stuhl, traute sich nicht, sich zu rühren. Margarete machte jetzt keinen hilfsbedürftigen Eindruck mehr. Ihr Gesichtsausdruck war kühl und äußerst konzentriert.

»Machen Sie keinen Mist«, sagte Tommaso mit ruhiger fester Stimme. Er hatte sich keinen Millimeter gerührt, stand auf Armeslänge von Margarete entfernt.

Die ging jetzt einen Schritt zurück, vergrößerte die Distanz.

»Legen Sie die Waffe ganz vorsichtig auf den Boden. Das macht doch keinen Sinn.«

Fabio bewunderte Tommasos Gelassenheit. Immerhin war der Lauf der Waffe auf seine Brust gerichtet. Margarete war anscheinend nicht berechenbar. In Fabio rasten die Gedanken. Seine eigene Waffe hatte er gar nicht dabei, fiel ihm ein. Sie lag im Büro. »Na toll, dachte er. Jetzt haben wir das Geständnis und dann lassen wir uns überrumpeln. Von, von ... so einer.« Ihm fiel nichts Besseres ein. Gedanken sind wie wilde Tiere.

Margaretes Augen fingen an zu flackern. Sie schluckte. Deutlich sichtbar.

Tommaso streckte langsam seinen Arm aus: »Geben Sie mir die Waffe ... aber vorsichtig. Bitte!« Seine Stimme klang warm, weich.

»Fast schon verführerisch«, dachte Fabio.

Margaretes Blick wechselte von Tommaso zu Fabio, dann wieder zu Tommaso. Sie ging einen weiteren Schritt zurück, hielt aber die Waffe weiter auf Tommasos Brust gerichtet. Dann begann sie, ganz langsam ihren Kopf zu schütteln. Von links nach rechts, von rechts nach links.

Plötzlich riss sie die Waffe hoch, hielt sich die Mündung an die rechte Schläfe, blickte in Tommasos Gesicht, dann in Fabios und drückte ab.

*

»Klick!«

*

Es war das lauteste »Klick«, das Fabio je gehört hatte. Margaretes Blick ging ins Staunen über, in ungläubiges Staunen. Tommaso ging ganz ruhig auf sie zu, nahm ihr die Waffe ab, steckte sie geräuschlos in sein Halfter, griff Margaretes linken Arm und nötigte sie leicht auf einen Stuhl. Er blieb leicht versetzt hinter ihr stehen.

Tommasos und Fabios Blick trafen sich über den Kopf von Margarete hinweg.

Tommaso nahm seine Handschellen und fesselte Margaretes Hände hinter ihrem Rücken. »Das ist jetzt auch zu Ihrer Sicherheit«, sagte er.

Margarete ließ alles über sich ergehen, ohne Widerstand zu leisten.

»Warum?« Es war Fabio, der diese Frage an Margarete richtete.

Sie blickte ihn ausdruckslos an, dann begann sie zu schluchzen. Das Schluchzen steigerte sich zu einem heftigen Weinen, Schüttelkrämpfe setzten ein, ihr ganzer Körper zuckte.

Tommaso nickt Fabio zu. Der rief die Ambulanz.

*

Fabio parkte seine Fulvia auf dem Parkplatz hinter der Feuerwehr. Tommaso schaute ihn etwas verwundert an. Normalerweise ließ Fabio Tommaso kurz vorher raus.

»Lass uns noch ein Bier trinken gehen.«

Tommaso nickte. Er wusste: Jetzt ist Zeit zum Reden. Die Anspannung musste raus. Sie hatten Margarete Mannhall als suizidgefährdet in ein Krankenhaus gebracht und eine Bewachung angeordnet. Eine Psychiaterin kümmerte sich um sie. Tommaso hatte noch ein Protokoll geschrieben und es mit Fabios Protokoll abgestimmt. Fabio schrieb wegen des Joggers, Tommaso wegen Zenz Nußbaumer. Aber es war letztlich ein Fall.

Das Gasthaus Zur Brücke lag nur ein paar Schritte vom Parkplatz entfernt. Sie nahmen auf der Bank direkt rechts nach dem Eingang Platz. Die Bank war mit einer kleinen Tischplatte, die von der Rückenlehne der Bank leicht in den Raum ragte, getrennt. So konnte man nebeneinandersitzen und ihre Biere fanden so einen Platz zwischen ihnen. Jeder nahm einen kräftigen Schluck.

Fabio blickte Tommaso an: »Du hast gewusst, dass deine Waffe nicht geladen war?«

Tommaso nickte langsam, sagte aber nichts. Stattdessen griff er in seine linke Hosentasche und zog ein volles Magazin heraus, zeigte es kurz Fabio. Er nickte leicht, trank den Rest Bier aus seinem Glas, steckte das Magazin wieder ein. »Ich brauche keine zehn Sekunden, dann bin ich schussbereit. Das habe ich immer wieder trainiert.«

»Warum machst du das?«

Tommaso schaute Fabio an: »Ich will niemals aus Versehen einen Menschen töten. Das habe ich mir geschworen. Und eine Waffe zu ziehen und schnell schießen zu können, mag zwar in Extremfällen mein Leben retten können, aber wenn ich nicht wenigstens zehn Sekunden Zeit habe, zu überlegen, kann ich auch einen Fehler machen, den ich mein Leben lang bereue.«

»Und wenn der andere schneller ist? Wenn er keine zehn Sekunden braucht?«

»Erstens bin ich noch nie in eine solche Situation gekommen und schätze die Wahrscheinlichkeit, dass ich in eine solche Situation komme, als äußerst gering ein. Schließlich sind wir hier nicht auf Sardinien oder Sizilien, mein Freund, sondern in Südtirol. Und zweitens ist es doch so: Jedes Leben endet mit dem Tod – auch meines. Bevor ich mir Vorwürfe machen muss, den Tod eines anderen verursacht zu haben, gehe ich das Risiko, dass ein anderer schneller als ich ist, ein ... Auch müsste der andere noch treffen. Das ist gar nicht so einfach.« Tommaso grinste über das ganze Gesicht.

»Sag mal«, sagte Tommaso, »dass der Zenz Nußbaumer die Mannhall erpresst hat, das hast du mir vorher gar nicht erzählt.«

Fabio nahm einen Schluck. Grinste. »Das habe ich ja auch spontan erfunden. Es fiel mir in dem Moment ein. Es konnte nur so sein: Drohung oder Erpressung. War ein Schuss ins Dunkle.«

»Aber ein Volltreffer.«

»Ja, ein Volltreffer.«

»Ich sag jetzt nur noch Dupin zu dir.«

Fabio lachte.

Dreizehn

Der Gruß aus der Küche ließ nicht lange auf sich warten. Drei Kleinigkeiten, bunt und appetitlich, schmolzen auf der Zunge. Elisabeth sah Fabio an. Es war dieser Blick, der Daniela Putzer offenbarte, dass dieses Paar ein »Konfliktbereinigungsessen« hatte. Sie kannte diese Blicke.

Daniela Putzer sorgte zusammen mit den Sommeliers Alois und Elisabeth Matscher für den perfekten Service im Restaurant Zum Löwen. Sie erkannte, was der Gast brauchte, noch bevor er es wusste. Fragte man sie, wie sie das machte, würde sie antworten: »Das ist doch ganz einfach. Du musst nur genau beobachten. Wie bewegt sich der Mensch, wie liest er die Menükarte, die Weinkarte, wie blickt er dich an. Dann weißt du schon viel über ihn und kannst ihm dementsprechend gegenübertreten.«

Dieses Paar war ohnehin gut bekannt. Die Apothekerin und ihr Commissario. Jeder im Dorf kannte sie. Sie kamen nicht oft, aber immer dann, wenn etwas Besonderes anlag, etwas zu feiern war, oder wenn sie sich einfach etwas Gutes tun wollten. Denn gut war es im Löwen. Weit über das Burggrafenamt, ja weit über Südtirol hinaus war die Küche des Löwen bekannt. Dafür sorgten Anna Matscher und ihre Brigade. Und für den Service eben Daniela.

»Was darf ich Ihnen als Aperitif bringen? Ich würde einen fruchtigen Sekt vorschlagen. Als ersten Gang dann vielleicht pochierten Kräutersaibling mit Südtiroler Artischocke, anschließend Schwarzbrotbruschetta mit Kalbskopf, Rettich, Frühlingszwiebeln und Schnittlauch. Sie können die Weine gerne aus der Weinkarte wählen, oder ich biete Ihnen eine passende Weinbegleitung an.«

Fabio freute sich auf die Köstlichkeiten, wusste aber, dass dies noch nicht alles war.

»Als Zwischengang vielleicht Teigtaschen mit Kalbswangen gefüllt, als Hauptgang Rehkeule, Selleriepüree, Kornelkirschen, Kakaobohnen und gepuffte Hirse?«

Fabio nickte.

»Wenn Sie dann noch Platz für ein Dessert haben, würde ich unsere Topfentaschen mit karamellisierten Kirschen und Vanilleeis empfehlen.«

Elisabeth und Fabio nickten nur, wussten, dass alles perfekt sein würde. Sie nahmen die Weinbegleitung, denn sie wollten nach dem Essen zu Fuß durch den unteren Wiesenweg nach Hause gehen. Laurin war auf dem Bauernhof von Oma und Opa, hatte sein neues Buch dabei und würde Opa nötigen, ihm daraus vorzulesen. Elisabeth stellte sich vor, wie es ihrem Vater gelingen würde, Herrn Tur Tur zu spielen. Ob dieses Gedankens musste sie schmunzeln.

»Du lächelst?«, fragte Fabio.

»Ich denke gerade an meinen Vater und an Laurin.«

Fabio wusste, was sie meinte. »Ich habe die Matroschka in seinen Rucksack gepackt. Er wird dem Opa schon erklären, wie er zu spielen hat.«

Sie schwiegen eine Weile. Der erste Wein kam zusammen mit dem ersten Gang. Der Fisch war köstlich.

»Du, ich wollte dir danken …«, begann Elisabeth, die Fabio heute zum Essen eingeladen hatte. Sie hatte auch arrangiert, dass Laurin das Wochenende bei ihren Eltern verbrachte. Sie wollte dieses Wochenende mit Fabio alleine sein. Möglich, dass es eines der letzten Wochenenden war, das sie ungestört miteinander genießen konnten.

Fabio war erstaunt. »Warum denn? Weil ich das mit den Fenstern so gut hinbekommen habe?« Tatsächlich hatte Fabio zusammen mit dem Fensterbauer eine Lösung gefunden, die das Budget nicht sprengte. Der Auftrag war erteilt, die Fenster in Arbeit. »Oder weil ich das mit dem Vice und der Nachfolge geregelt habe?« Der Vicequestore hatte die Verlängerung seiner Dienstzeit beantragt und erfahren, dass sie ihm möglicherweise genehmigt würde. Und das würde die Cantallielo, vorerst jedenfalls, verhindern.

Elisabeth blickte Fabio in die Augen, dann wieder senkte sie ihren Blick auf die blütenweiße Tischdecke.

»Nein, nicht dafür. Es ist, weil du so toll reagiert hast, als ich dir von meiner ersten Schwangerschaft berichtet habe.«

Fabio schwieg. Einem Impuls folgend wollte er zunächst so etwas sagen wie: »Hey, alles in Ordnung, keine Ursache, da nicht für«, aber er spürte, dass dies jetzt nicht passte, denn diese verheimlichte Geschichte war für Elisabeth wohl etwas sehr Besonderes. So wartete er.

Elisabeth beobachtete genau, wie Fabio reagierte. Sie war froh, dass er schwieg, sie aber freundlich und interessiert ansah.

»Mir fehlt ein Kind. Das ist Teil meiner Biografie«, kam es aus ihr heraus.

Fabio erahnte, was dieser Satz für seine Frau bedeutete.

»Du bist der Einzige, dem ich davon erzählt habe.« Sie griff nach seiner Hand, die auf dem Tisch lag. »Und jetzt bekommen wir nach Laurin wieder Nachwuchs.«

Fabio sah, wie eine kleine Träne aus Elisabeths Auge austrat.

»Ich war vor zwei Tagen beim Arzt. Wir bekommen Zwillinge, Fabio. Zwei Mädchen.« Die Träne kullerte jetzt über die Wange.

»Mein erstes Kind war auch ein Mädchen. Und jetzt bekomme ich zwei Mädchen.« Sie drückte seine Hand noch fester. »Es kommt mir vor, als würde die verlorene Seele zu mir zurückkommen.«

Fabio drückte ihre Hand fest zurück.

»Ein schöner Gedanke. Wirklich! Der Gedanke gefällt mir. Zwillinge?! Was für ein Geschenk! ... Allerdings, dann sind wir Männer ja in der Minderheit!« Fabio tat entrüstet. »Das werde ich demnächst mit meinem Sohn besprechen müssen. Das geht nicht.«

Elisabeth musste lachen. »Das können wir ja noch ändern. Das Haus ist groß genug.«

Epilog
Neun Monate später

Der Kasten Altbier hatte die weite Reise schadlos überstanden. Alle Flaschen waren heil geblieben. Der Kasten kam in einem großen Paket, das außerdem noch ein Glas mit Düsseldorfer Senf und eine eingeschweißte geräucherte Blutwurst enthielt. Obenauf lag ein Brief:

Lieber Fabio,

meine Kolleginnen und Kollegen von der Abteilung Mord und Totschlag haben mich gefragt, womit sie dir eine Freude machen können. Das Ergebnis ist hoffentlich heil bei dir angekommen. Altbier kennt ihr nicht in Südtirol und den Senf schmierst du auf die Blutwurst. Dazu passen Röggelchen, aber solches Brot kennt ihr ja auch nicht. Deshalb nimm Brot mit einem hohen Anteil an Roggenmehl. Das ist ein echter Düsseldorfer Gruß.

Du fragst dich vielleicht, warum wir Bier Hunderte Kilometer nach Süden schicken, zumal ihr in Südtirol auch gutes Bier habt (aber eben kein Düsseldorfer Altbier, mein Freund!). Nun, du hast uns einen Riesengefallen getan. Die Sache mit Margarete Mannhall hat Kreise gezogen. Nachdem sie durch dich zum Reden gebracht worden war, hat sie sich wohl entschlossen, reinen Tisch zu machen. Wir können deshalb neun Akten schließen, die alle ungeklärte Todesfälle enthielten. Die Frau hat eine Schneise quer durch Deutschland geschlagen, bevor sie bei euch gelandet ist. Eine Massenmörderin, möchte man meinen. Ob sie dafür im Gefängnis landet, wird ein Gericht zu entscheiden haben. Jetzt seid ihr erst einmal dran. Unsere Fälle werden wir im Licht der Verhandlung sehen, die demnächst bei euch vor dem Landesgericht stattfinden wird. Wir sind gespannt, was dabei herauskommt. Aber die Einlassungen der Mannhall haben uns hier geholfen, alte Fälle neu zu bewerten.

Eigentlich kann einem die Frau auch leidtun. Sie muss eine derart große Wut in sich haben, die sie nicht beherrschen kann. Ich mag mir gar nicht vorstellen, wie man das aushält. Ich bin ja kein Psychologe, aber ich stelle mir das so vor, dass sie in ihrem Wutausbruch jemand anderes ist, also zwei Margaretes eben. Eine, die in ihrer Wut wütet, und dann eine, die ein ganz normales, wenig auffälliges Leben führt. Und um das auszuhalten, muss sie den wütenden Anteil irgendwie abspalten, ihn unterdrücken. So stelle ich mir das laienhaft vor.

Egal. Wir sind hier weiter und du hast dafür gesorgt. Darum schicken wir dir den »Düsseldorfer Gruß«. Lasst es euch schmecken.

Ich komme übrigens im Sommer nach Südtirol. Ich habe doch tatsächlich ein Seminar ergattert. Ich treffe mich mit einigen eurer Staatsanwälte im Landesgericht. Dann sehen wir uns und ich freue mich darüber.

Was macht die Familie, wie kommt Laurin mit seinen Schwestern zurecht? Noch findet er sie bestimmt niedlich, habe ich recht? Was machen Tommaso und Anna? Ich möchte unbedingt noch mal mit Anna kochen. Das hat so viel Spaß gemacht. Und euer antikes Haus möchte ich mir auch ansehen. Ich bin schon ganz gespannt.

Grüße mir alle, die mich kennen. Bis bald.

Hagen

Fabio las den Brief und blickte anschließend auf Laurin, der zu seinen Füßen eine Fantasielandschaft aus Holzeisenbahnen, Matroschkas und verschiedenen Plastikfiguren aufgebaut hatte. Es waren inzwischen einige neue Figuren dazugekommen, denn Laurins neues Buch *Jim Knopf und die Wilde 13* war ihm inzwischen mindestens fünfmal hintereinander vorgelesen worden.

In ihren Babybettchen schliefen selig und süß die kleine Frida und die kleine Paula. Einen Tag bevor Laurin und Fabio die beiden samt ihrer Mutter aus dem Krankenhaus abgeholt hatten, waren sie zum Blumenhändler in Tisens gegangen und hatten dreißig rote Rosen besorgt, was zu dieser Jahreszeit gar nicht so einfach war. Rosen im Winter – die kamen von ganz weit her, hatte Fabio Laurin erzählt. Und der hatte daraufhin Jim Knopf losgeschickt, um Rosen aus einem fernen Land zu holen. Die Rosen hatten sie in jedem der vielen Zimmer im Ansitz Esser verteilt und Elisabeth war sehr gerührt gewesen. In der Tat fand Laurin seine beiden Schwestern sehr süß. Da hatte Hagen schon recht. Aber noch waren sie auch niedlich und störten Laurin nicht bei seinen Unternehmungen.

Es war Samstag und Fabio freute sich auf das Abendessen, dessen Gerüche schon verlockend durch das Haus zogen. Da klingelte sein Handy.

Tommaso rief an. »Sitzt du …? Es ist so gekommen, wie du es vor vielen Monaten vermutet hast. Dieser Naz Nußbaumer hat seine Freundin Ronda übel zugerichtet. Sie hat mit letzter Kraft die Rettung gerufen. Im Krankenhaus wollte sie dann unbedingt mit mir sprechen. Sie hielt meine Visitenkarte in der Hand, als sie in das Krankenhaus eingeliefert worden war. Ich bin hin und sie hat das Alibi widerrufen, das sie Naz gegeben hat. Die Ärzte haben mich dann gebeten zu gehen, weil Ronda viel Blut verloren hat und sehr schwach war. Ich hoffe, sie kommt durch, dann haben wir diesen Burschen. Jetzt haben wir Naz erst einmal verhaftet. Ich werde am Montag alle Fakten in einen Bericht fassen, dann nochmals Ronda besuchen. Hoffentlich können ihr die Ärzte helfen. Dann machen wir den Sack zu. Naz kommt uns nicht aus. Mit dem widerrufenen Alibi und den Fakten aus der Gerichtsmedizin haben wir einiges in der Hand. Das wird die Staatsanwaltschaft schon überzeugen, denke ich.«

»Weiß man, was passiert ist?«

»Noch nicht genau. Ronda hat halt immer nur davon gesprochen, dass Naz sie geschlagen hat. Also, ich habe sie ja gesehen … Geschlagen ist gar kein Ausdruck. Grün und blau war sie, überall Blut. Der hat richtig zugelangt. So voller Wut.«

Fabio nickte in den Telefonhörer.

»Ja, Wut kommt selten allein.«

Danksagung

Wut kommt selten allein. Und die Wut ist der große Bruder des Ärgers. Wut resultiert manchmal aus Verzweiflung, Angst, dem Gefühl der Leere. Und es gibt verschiedene Arten von Wut. Aber alle Arten von Wut sind »nur« Gefühle. Oder »Emotionen«, wenn man die tief liegenden, alten Gefühle, derer man sich nicht immer bewusst ist, mit einem besonderen Wort belegen will. Dann, wenn man sie von den spontanen »Gefühlen« unterscheiden muss.

Und was lernen Schauspielerinnen und Schauspieler in ihrer Ausbildung unter anderem? Alle Sorten von Emotionen und Gefühlen darzustellen!

Mit diesen beiden Komponenten, der Welt der Emotionen und der Gefühle, speziell der Wut, und dem, was Schauspieler leisten, habe ich gearbeitet, als das Konzept zu diesem Krimi in meinem Kopf entstand, wuchs und schließlich rauswollte.

Auf dem Weg dahin habe ich viele anregende Gespräche geführt. Viele Südtirolerinnen und Südtiroler haben mich erneut mit Rat und Tat unterstützt und einige spielen auch in diesem Stück mit und begleiten die fiktiven Figuren auf ihren Irrungen und Wirrungen.

Und das sei an dieser Stelle nochmals besonders betont: Alle echten Südtirolerinnen und Südtiroler, die in meinen Krimis vorkommen, spielen darin eine Rolle. Ich beschreibe also nicht die echten Menschen, sondern gebe ihnen einen Raum, der sich zwar an ihre öffentliche und von jedem wahrnehmbare Rolle im Leben anlehnt, aber niemals den Menschen als solchen beschreibt. Ziehen sie daher bitte keine Rückschlüsse auf ihre Wesensart, ihre Art zu denken oder ihre Lebensweise. Sie spielen im Krimi nur eine Rolle. Wie im Theater. Und ich bedanke mich bei allen, die in diesem Stück mitgespielt haben!

Mein großer Dank geht an die **Schauspielerinnen und Schauspieler** der **Theatergruppe Kaltern** und an **Roland Selva**, den **Leiter der Freilichtspiele Südtiroler Unterland** und des **Theaters an der Etsch** in **Neumarkt**.

Die Theatergruppe Kaltern, das sind der Obmann der Theatergruppe und Schauspieler **Werner Gschnell**, die Schauspieler **Norbert Andergassen, Evi Sinn** und der Bühnenbildner **Hermann Greif**. Und **Theo Drescher** gehört auch dazu. Für den Krimi hat er mir außerdem seinen **Drescherkeller** als Kulisse zur Verfügung gestellt. Der Theatersaal des **katholischen Vereinsheims** in Kaltern ist der Spielort der Theatergruppe.

Mit **Roland Selva** habe ich interessante Gespräche geführt, und er hat mir das Theater an der Etsch in Neumarkt gezeigt. Unsere Treffen haben mich dazu inspiriert, einen Teil der Handlung in Neumarkt spielen zu lassen.

Das gilt auch für **Elisabeth Simmerle**, die als »Luisa Simoni« im Krimi auftaucht. Die echte Elisabeth Simmerle war früher Kanzleileiterin im Friedensgericht in Kaltern. Dort haben wir uns vor Jahren kennengelernt und seither habe ich darüber nachgedacht, wie ich diese Institution in einen meiner Krimis einbauen kann. Die echte Lisa ist, wie die »Luisa«, im Kinoverein in Kaltern aktiv. Ein Besuch des **Neuen Kinos im Alten Bahnhof** von **Kaltern** lohnt sich. Lisa hat mir auch bei der Auswahl der Südtiroler Namen geholfen.

Antonia Ceolan schließlich arbeitet tatsächlich beim Friedensgericht in Neumarkt, das jetzt für Kaltern zuständig ist. Ich habe dort meine Erkenntnisse über die Friedensgerichte aktualisiert. Außerdem haben Antonia und Lisa mir bei der Recherche zum »Pink-Lady-Fall« geholfen.

Vincenzo Degasperi (Enzo), dem Inhaber der **Enoteca Johnson & Dipoli** in **Neumarkt**, danke ich dafür, dass Zenz sich dort von seiner besonderen Seite zeigen durfte. Hier kann man schöne Stunden verbringen! Es ist ein Ort außerhalb der Zeit.

Daniela und Isabel Marini aus **Tirol** danke ich für viele Gespräche und dafür, dass ich ihr **MARINIs giardino Hotel** verwenden durfte, vor dessen Kulisse Margarete Mannhall agieren konnte. Dass ich jetzt so viel über Tirol (Dorf Tirol) weiß, verdanke ich **Franz Lang**. Der pensionierte Gymnasialprofessor hat mich an seinen profunden Kenntnissen über die Geschichte des Dorfes teilhaben lassen.

Im **Buchladen Lana** finden Sie bei **Paul Valtiner** und seiner Tochter **Susanna** alles, was das Herz eines Bücherfreundes erfreut. Auch das junge Herz eines Kindes, wie das von Laurin Fameo. Paul Valtiner und auch **Lissy Pernthaler** haben mich beraten auf meiner Suche nach einem Ansprechpartner für die Theaterszene in Südtirol und mir den Weg zu Roland Selva gewiesen. Die Schauspielerin Lissy Pernthaler hat mir darüber hinaus viel über ihr Heimatdorf Kaltern erzählt und mir interessante Plätze gezeigt.

Neben MARINIs giardino Hotel in Tirol und der Enoteca in Neumarkt habe ich meine Krimifiguren an **weiteren Originalschauplätzen** spielen lassen dürfen. Alle diese Orte können Sie besuchen und dabei herausfinden, wo die Krimifiguren agiert haben. Hier seien nur einige genannt:

Die **Bar Marylin** in **Bozen** ist den Stammleserinnen und -lesern schon bekannt.

Der **Kürbishof** in **Altrei** hingegen ist neu. Das Essen dort ist lecker. Mein Dank geht an die Familie **Varesco**, dass Tommaso bei ihnen einkehren durfte. Ein Tipp an dieser Stelle: Auf dem benachbarten Amorthof wird die Bitterlupine angebaut. Es gibt in Altrei noch weitere Höfe, die sich dem Anbau und der Vermarktung dieses seltenen Produkts verschrieben haben.

Dass Fabio und seine Familie im **Ansitz Esser** wohnen dürfen, verdanke ich **Familie Holzner** aus **Prissian**. Die Hoteliers vom **Hotel zum Mohren** in Prissian haben diesen alten Ansitz gekauft und wollen ihn restaurieren. Sie können das Anwesen von außen betrachten. Die Wegbeschreibung finden Sie im Krimi. Aber Fabio, Elisabeth, Laurin, Frida und Paula leben nur in meinem Kopf (und vielleicht auch in Ihrem), aber nicht wirklich im Ansitz Esser. Dass ich die Geschichte des Ansitzes

Esser und auch der benachbarten Fahlburg kenne, verdanke ich **Christoph Gufler**. Der frühere Bürgermeister von Lana hat profunde Kenntnisse über Kunstschätze und Baudenkmäler, die er bei historischen Wanderungen und in seinen Büchern weitergibt.

Nicht weit davon, in **Tisens**, findet sich das **Restaurant Zum Löwen**, in dem Fabio und Elisabeth immer zu besonderen Anlässen einkehren.

Dann habe ich Unterstützung erhalten durch **Armin Köhl**, der mir einiges über die Geschichten rund um die Bienenbeuten – und deren »Umsetzung« – erzählt hat.

Die **Landshuter Hochzeit** habe ich selbst erlebt. Nicht die echte natürlich. Aber ich war im Jahr 2017 Gast bei einer echten »Hochzeiterfamilie«. Dort war man in einer Art Ausnahmezustand, so wie beim Karneval im Rheinland, wenn die ganze Familie in einem Karnevalsverein aktiv ist. Vielen Dank an den Fechtmeister **Joachim Rogos**, die Edeldamen **Anna** und **Laura** und die Frau für Marketenderaufgaben, Logistik und Transportwesen, **Gabriele Rogos**.

Alles was ich über Poledance weiß, hat mir **Milena Moll** aus Solingen beigebracht.

Großen Dank schulde ich **Lars Lienen**, Schauspieler, Sänger, Autor und auch Regisseur, aber auch Inhaber des **Theaters Nero** in **Erkrath** (www.larslienen.com). Sein Stück ***Tee mit Zimt oder Wie töte ich meinen Regisseur*** wird nicht nur in Erkrath gespielt, sondern auf vielen Bühnen. Vielleicht haben Sie einmal die Chance, es zu sehen. Dann wird die Krimilektüre zu einem besonderen Genuss – oder Sie sehen das Stück mit Krimiaugen! Lars Lienen hat es mir gestattet, sein Stück in meinen Krimi einzubauen. Quasi das Stück im Stück – wie im Krimi. Das Stück im Stück im Stück im Stück – Matroschkas gibt es überall. Mit einer der Schauspielerinnen, **Saskia Leder**, die in Erkrath die

Rolle der Alice Barber gespielt hat, sprach ich über das Berufsverständnis von Schauspielerinnen und Schauspielern. Herzlichen Dank für die Einblicke.

Margarete gibt es wirklich. Sie heißt aber nicht Mannhall. Die echte Margarete hat mit der fiktiven nichts gemein. Sie ähnelt ihr aber auffällig, was das Äußere angeht. Ähnlich wie **Hagen Bös** und **Felicitas Bös** (aus Band 6) ist sie in meinem näheren Umfeld zu finden und hat, wie die Bös-Familie, Spaß daran, im Krimi eine Rolle zu spielen.

Die **Nußbaumers** in **Tramin** gibt es nicht. Wirklich nicht! Suchen Sie also bitte nicht das Weingut oder die Pension. Sollte es zufällig Namensähnlichkeiten geben, dann bitte ich um Verständnis dafür, dass ich das nicht ausschließen kann. **Ronda** gibt es auch nicht … auch nicht in Montan. Diese Figuren sind frei erfunden und jede Ähnlichkeit mit lebenden Personen ist rein zufällig.

Erstleser und Erstkorrektor war mein alter (seit 1975!) Freund **Stephan Maria Breuer**, dem ich herzlich dafür danke, dass er das Krimi-Projekt von Anfang an so treu begleitet.

Das Buchprojekt wird im Verlag von **Elke Wasmund** perfekt betreut. Ihr zur Seite steht ein tolles Team. Die Schlusskorrektur verantwortete **Michael Supanz**.

Allen, die mir bei der Arbeit am siebten Krimi der Reihe geholfen haben, sage ich herzlichen Dank!

Ralph Neubauer
März 2018

Kleine Literaturliste

Wenn Sie Spaß daran haben, sich mit einzelnen Themen intensiver zu beschäftigen, die ich im Krimi nur angerissen habe, dann empfehle ich folgende Bücher:

Tirol ohne Maske, Carl Techet (Sepp Schluiferer), Edition Raetia, Bozen 2009

Fern von Europa – Tirol ohne Maske, Sepp Schluiferer, Löwenzahn, Innsbruck 2015, 15. Auflage

Das Mittelgebirge von Tisens, Südtiroler Gebietsführer, Christoph Gufler, Verlagsanstalt Athesia, Bozen 1980

Lana und Umgebung, Kunst – Kultur – Geschichte, Christoph Gufler, Athesia-Tappeiner, Bozen 2016

Gschichtn an der Südtiroler Weinstraße in Vers und Prosa, Alfred Wörndle, Eigenverlag des Vereins für Kultur und Heimatpflege Kaltern, 1990

Südtiroler Zeitreisen, Ulrich Ladurner, Haymon, Innsbruck 2012

Das große Buch der Gefühle, Udo Baer, Gabriele Frick-Baer, Beltz Verlag, Weinheim und Basel 2014

Alltagsnarzissten, Destruktive Selbstverwirklichung im Licht der Transaktionsanalyse, Ingrid Wandel & Fritz Wandel, Junfermann Verlag, Paderborn 2012

Die Seele des Menschen, Erich Fromm, dtv, München 2016

Dr. Jekyll und Mr. Hyde, Stevenson, Diogenes, Zürich 1996

Jim Knopf und Lukas der Lokomotivführer, Michael Ende, Thienemann, Stuttgart 1960

Jim Knopf und die Wilde 13, Michael Ende, Thienemann, Stuttgart 1962

Die Morde in der Rue Morgue (1841), in Edgar Allan Poe, Erzählungen, Winkler Weltliteratur, München 1992

Erläuterungen

Damit insbesondere die Leserinnen und Leser aus Deutschland verschiedene Begriffe aus der italienischen Polizeiwelt besser verstehen, seien diese Erläuterungen angefügt – die Polizei ist in Deutschland nämlich anders organisiert als in Italien.

Das Polizeisystem in Italien besteht aus mehreren nationalen Polizeikörpern.

Da gibt es die zivile Staatspolizei, die **Polizia di Stato.** Dieser gehört Fabio Fameo an.

Die **Carabinieri** sind eine militärische Einrichtung, unterstehen dem Verteidigungsministerium und versehen nach Weisung des Innenministeriums Polizeidienst. Daraus ergibt sich ein ganz eigenes Selbstbewusstsein. Dieser Einheit gehört Tommaso Caruso an.

Dann gibt es noch die **Guardia di Finanza.** Das ist eine militärisch organisierte Finanz- und Zollpolizei. Sie untersteht dem Wirtschafts- und Finanzministerium. Sie ist insbesondere für die Bekämpfung der Wirtschaftskriminalität zuständig. Schwerpunkt ist die Steuer- und Zollfahndung.

Weiters gibt es besondere Polizeibehörden wie die Gefängnispolizei, die Forstpolizei und die Küstenwache sowie – auf Gemeindeebene – die Gemeindepolizei **(Polizia Municipale).** Diese prägen häufiger als andere Einheiten das Stadtbild, denn sie kümmern sich u.a. um die Parkraumbewirtschaftung, den örtlichen Straßenverkehr und die kleinen Kümmernisse der Bevölkerung.

Diese nicht ganz vollständige Aufzählung zeigt, dass das Polizeiwesen in Italien komplizierter ist als in Deutschland.

Für die Leser der Krimireihe ist es vielleicht wichtig, sich vor Augen zu halten, dass zwar sowohl Polizia di Stato als auch Carabinieri Polizeieinheiten sind, aber nicht so betrachtet werden sollten wie Kriminalpolizei und Schutzpolizei in Deutschland. Es besteht ein relativ ausgeprägtes Konkurrenzverhältnis zwischen diesen beiden Polizeieinheiten. Deshalb ist die Freundschaft zwischen Fameo und Tommaso auch etwas Besonderes. Im richtigen Leben kann es vorkommen, dass sie an ein und derselben Sache dran sind, sich aber gegenseitig nicht helfen, sich nicht in die eigenen Karten schauen lassen und Ermittlungsergebnisse nicht austauschen.

Sinn dieser Konstruktion ist, dass man in Staaten wie Italien (Vergleichbares gibt es auch in Frankreich und Spanien) eine Machtkonzentration der Polizei in einer Hand vermeiden wollte. Dafür nimmt man bis heute in Kauf, dass unter Umständen doppelt gearbeitet wird. Allerdings koordiniert die Staatsanwaltschaft die Einsätze der verschiedenen Polizeieinheiten. So ist in der Realität gewährleistet, dass die Konkurrenz nicht ausartet.

Blickt man heute auf diese Polizeieinheiten, nimmt man wahr, dass die Polizia di Stato (Zivilpolizei) vorwiegend in den Städten anzutreffen ist, während die Carabinieri (als militärische Gendarmerie) mit einem engmaschigen Netz von Carabinieri-Stationen auch auf dem Land stark vertreten sind. Das ist in Südtirol augenfällig.

In Bozen findet sich die **Questura** (vergleichbar einem Polizeipräsidium in Deutschland) in unmittelbarer Nähe zum Bozner Hauptsitz der Carabinieri. Auch deshalb habe ich Caruso im zweiten Band hierher »befördert«, weil er dann enger mit Fameo zusammenarbeiten kann. Kurze Wege eben.

Fameo arbeitet als **Commissario Capo** in der **Questura.** Ein Commissario Capo ist in etwa mit einem deutschen Polizeirat zu vergleichen. Sie können seine Position also so einschätzen, dass er durchaus noch Karriere machen kann. »Kommt Rat, kommt Oberrat«, sagt man in Deutschland. Aber er soll ja Vicequestore werden. Das hat man ihm in Rom versprochen, als man ihn in die Provinz nach Bozen versetzt hat. Ein **Vicequestore** ist vergleichbar einem deutschen Polizeioberrat / Polizeidirektor / Leitenden Polizeidirektor. In Italien gibt es dafür so schöne Namen wie Vicequestore Aggiunto, Vicequestore Vicario und Dirigente Superiore (Questore).

Ich habe den fiktiven Leiter der Questura in Bozen zu einem Vicequestore gemacht. Damit ist er zwar ein hoher Offizier, aber noch nicht im Generalsrang. Und dieses Ziel hat man Fameo in Aussicht gestellt. Mal sehen, wann er es erreicht. Das hängt vor allem davon ab, was aus dem Vicequestore wird. Lassen Sie sich insoweit überraschen.

Nun zu Tommaso Caruso. In Band 1, »Rache ist honigsüß«, war er noch ein **Maresciallo Capo** in Terlan und leitete dort die Carabinieri-Station. **Marescialli** heißen in Italien ganz allgemein die Chefs der örtlichen Carabinieri-Stationen. Ihr militärischer Rang ist der eines Unteroffiziers mit Portepee – also ab Feldwebel aufwärts in der Rangordnung. In der deutschen Polizeiwelt wäre ein Maresciallo Capo vergleichbar einem Polizeihauptmeister. In Deutschland hätte er vier grüne Sterne auf der Schulter. Caruso ist also schon wer, als er die

Station in Terlan leitet – aber auch so ziemlich am Ende der Karriereleiter angekommen.

Deshalb und weil ich ihn ab Band 2 in der Nähe von Fameo haben wollte, habe ich ihn nicht nur in den die Carabinieri-Station von Bozen versetzt, sondern ihn auch zum **Maresciallo Aiutante** befördert, so eine Art »Fachoffizier«. Jedenfalls ist er jetzt im Rang eines Polizeihauptmeisters mit den Funktionen eines Polizeikommissars – nicht ganz gleichrangig mit des Commissarios neuer Assistentin Francesca Giardi, aber (mit Blick auf seine langjährige Erfahrung) mit ihr auf Augenhöhe.

Francesca Giardi ist **Vicecommissaria.** In Deutschland wäre das mit einer Polizeikommissarin zu vergleichen, die noch eine Probezeit zu absolvieren hat, bevor sie endgültig zur Kommissarin ernannt wird.

Dieses Dreiergespann stellt also drei Stufen in der Hierarchie der Polizei dar: Unteroffizier (Tommaso Caruso), Offizier (Francesca Giardi), Stabsoffizier (Fabio Fameo). Oder – aus Sicht der Beamten – Mittlerer Dienst, Gehobener Dienst, Höherer Dienst.

Und ab Band 4 ist Eduard Thaler Mitglied unserer Ermittlergruppe. Er ist noch im Rang eines Assistente, vergleichbar einem Polizeihauptwachtmeister. So hat Tommaso auch mal angefangen.

Dass unsere vier Ermittler so eng zusammenarbeiten, ist wegen der oben beschriebenen Konkurrenzsituation der beiden Polizeien nicht selbstverständlich. Insoweit beschreibe ich einen Zustand, wie man ihn im richtigen Leben wahrscheinlich nicht antrifft. Aber das ist das Schöne an fiktionalen Texten: Man kann als Autor (fast) alles erfinden, wenn es das Kino im Kopf entzündet.

Und manchmal holt das richtige Leben den fiktionalen Text ein. Es gibt derzeit Überlegungen, die Polizeieinheiten in Italien zusammenzulegen, um europäische Vorgaben zu erfüllen. Das »Pilotprojekt Fabio-Tommaso« scheint sich durchzusetzen.

Ralph Neubauer

Reihe Südtirol-Krimi – auch als E-Book erhältlich

Rache ist honigsüß – Band 1
Liebe macht zornesblind – Band 2
Wie du mir so er dir – Band 3
Der Schein betrügt – Band 4
Kommt Zeit kommt Tat – Band 5
Der Tod zahlt alte Schulden – Band 6
Wut kommt selten allein – Band 7
Neid kennt kein Gebot – Band 8
Tote Frauen schweigen nicht – Band 9

Leseproben zu allen Bänden finden Sie auf
www.athesia-tappeiner.com

Neue
Krimi-Reihe
CHRISTIANE OMASREITER
KATHRIN SCHECK
DIE BILDER MACHERIN
KRIMINALROMAN
304 Seiten,
ISBN 978-88-6839-349-6
CHRISTIANE OMASREITER
KATHRIN SCHECK
DIE BILDER MACHERIN
und der böse Wolf
KRIMINALROMAN
352 Seiten,
ISBN 978-88-6839-384-7
CHRISTIANE OMASREITER
KATHRIN SCHECK
DIE BILDER MACHERIN
und das Hexenhaus
KRIMINALROMAN
304 Seiten,
ISBN 978-88-6839-537-7
ATHESIA
TAPPEINER
VERLAG